박완서 소설의 젠더의식 연구

저자 ▮ 김윤정 (金阭訂, Kim Youn Jung)

1978년 서울에서 태어났다. 성신여자대학교를 졸업하였고, 이화여자대학교 대학원에서 『남정현 소설의 탈식민주의적 담론 연구』로 석사학위를, 『박완서 소설의 젠더의식 연구-수행성을 중심으로』로 박사학위를 받았다. 현재 이화여자대학교에서 강의하고 있으며, 주요 연구로는 「근대적 자아의 형성과 여성성-「사상의 월야」를 중심으로」, 「최인훈 소설의 환상성 연구-『서유기』를 중심으로」, 「디아스포라 여성의 타자적 정체성 연구-『리나』와 『찔레꽃』을 중심으로」가 있다.

박완서 소설의 젠더의식 연구

인 쇄 2013년 2월 1일
발 행 2013년 2월 8일
지은이 김윤정
펴낸이 이대현
편 집 박선주
디자인 이홍주
펴낸곳 도서출판 역락
　　　　서울시 서초구 동광로 46길 6-6(문창빌딩 2F)
　　　　전화 02-3409-2058(영업부), 3409-2060(편집부)
　　　　팩시밀리 02-3409-2059
　　　　이메일 youkrack@hanmail.net
　　　　등록 1999년 4월 19일 제303-2002-000014호
ISBN 978-89-5556-020-6 93810

정 가 26,000원
• 잘못된 책은 구입처에서 바꾸어 드립니다

박완서 소설의 젠더의식 연구

김 윤 정

역락

책머리에

　이 책은 박사학위 논문인 『박완서 소설의 젠더의식 연구 – 수행성을 중심으로』를 수정 보완한 것이다. 박완서의 소설은 한국문학사에서 여성문학의 분명한 위치를 깨닫게 하고, 여성문학에 내재한 능동적인 실천력을 확인하게 한다. 그리고 박완서의 소설은 앞으로 여성문학이 어떠한 가치를 지향해야 하는가를 말해 준다. 다작(多作)의 작가이면서도 작품에 면면이 담겨있는 여성의 삶에 대한 냉철한 고찰과 여성성에 대한 전복적인 재인식은 한국의 여성문학사에서 유례를 찾아보기 힘들 정도로 적극적이고 획기적이라 할만하다.

　무엇보다 박완서 소설의 미덕은 '여성'문학의 범주를 확장했다는 데에 있다. 박완서의 소설은 '여성'만을 위한 문학으로 규정될 수 있는 것이 아니다. 또한 그의 소설은 '여성'의 삶을 재현하는 데 급급하지 않다. 오히려 관계에 주목하고 있다고 할 수 있다. 여성과 남성의 관계, 여성과 여성의 관계, 여성과 '여성적' 삶의 관계 등에 주목하고 있는 것이다. 이를테면 사회 제도가 규정한 여성적인 것, 여성성의 문제에 집요하게 천착하여 과연 '여성'이 어떻게 구성되고 있는가를 재현해낸다. 여기서 여성 젠더에 대한 작가의 인식이 발현한다. 박완서는 전(全) 작품을 통해서 '여성'이, 그리고 여성성이 사회제도와 규범에 의해서 기획되고 강제된다는 것을 확인해 주었다. 더 나아가 여성 스스로 자신의 욕망에 따라 여성(성)을 전략적으로 구성해나가기도 한다는 사실을 밝혀주었다.

　이러한 박완서의 작품을 이해하기 위해서 주디스 버틀러(Judith Butler)의

『젠더 트러블 *Gender Trouble*』(1990)을 인용하였다. 제3세대 페미니즘 이론 가로서 버틀러는 젠더의 해체를 주장하며 섹스/젠더의 이원체계로 강제 된 기존의 인식체계를 붕괴시키고자 하였다. 헤겔의 변증법과 라캉의 정신분석 이론에 이르기까지 버틀러는 공고하게 마련되어 있는 규범화 된 젠더의 권위를 해체하기 위해 다양한 이론적 기반을 활용하였다. 이 를 통해 버틀러는 주체라는 개념에서 탈피하여 '수행성(performativity)'이라 는 수행자가 없는 수행으로서의 정체성을 개념화하였다. 버틀러에 따르 면 여성성이라는 것은 사회적으로 구성된 권력과 담론의 효과이고 여 성은 제도와 문화로써 규범화된 젠더 담론을 전략적으로 활용하는 '행 위주체(agent)'인 것이다.

　따라서 박완서의 소설과 버틀러의 이론의 조우는 적확했다고 할 수 있다. 박완서의 소설은 시대의 흐름에 따라 여성인물의 젠더 정체성이 변이(變移)되는 양상을 보여주고 있다. 그리고 작가의 젠더의식의 흐름 을 드러내는 글쓰기 성격의 변화도 뚜렷하다. 더욱이 박완서 소설에서 여성인물의 수행적 젠더 정체성은 여성의 욕망을 생성적 욕망으로, 창 조적 욕망으로 표면화하고 있다. 이는 남성적 가치와 제도, 문화에 대항 하는 반동적 사유에서 벗어나 인간으로서의 가치와 존엄성을 인정받는 존재론적 욕망을 추구하는 것이다. 또한 여성주의 문학으로서 남성을 타자화하거나 적대시하지 않고 상생(相生)의 동반자로 구성하고 있다는 점은 주목할 필요가 있다.

이 책에서는 박완서 소설의 젠더의식의 변이 과정을 이론적으로 고찰하는 데 집중하였다. 이를 테면, 박완서의 소설은 여성성과 남성성이라는 이분법적 가치를 해체함으로써, 젠더라는 것이 사실은 이데올로기적 환상이며 지금까지의 남성과 여성은 적대관계가 아닌 모두 이데올로기의 희생자였음을 확인하는 것으로 확대되고 있다. 아울러 이러한 작가의 문학적 사유는 타자를 끌어안는 윤리학적 가능성을 모색하는 것으로 나타난다는 점에서 한국의 여성문학으로서 박완서 소설의 문학사적 의의를 규명하고자 하였다. 부족하나마 이 책이 박완서 소설을 여성주의적 관점을 넘어서 젠더 관계에 대한 새로운 인식의 변화를 이끌어내는 독해 방식으로 접근하는 데 도움이 되기를 희망한다.

지금처럼, 눈이 내리던 토요일이었다. 박완서 작가의 타계(他界)소식을 전해들었을 때 잠시 망연하였다. 연구자이자 대중독자로서 그의 작품에 몰두해 있던 시기였기에, 갑작스러운 비보(悲報)는 더욱 더 큰 슬픔으로 닥쳐왔다. 그리고 어느덧 2년이라는 시간이 흘러 그의 작품에 대한 연구 성과를 세상에 내놓는다. 그때의 슬픈 감정이 아직도 가슴속에 저려오는 듯한데, 이제 내 몫의 역할은 그의 문학에 대한 성실한 독해와 체계적인 이해를 돕는 안내자가 되는 것이리라 믿는다. 이 책은 그 첫 번째 안내서가 될 것이다.

문학 연구자로서 나를 태어나게 하고 성장하도록 이끌어주신 김미현 교수님께 가장 깊이 감사 인사를 올리고 싶다. 내가 '학문'의 바깥에서 방황할 때, 교수님께서는 항상 나를 '학문'의 안으로 불러들여 주셨다. 내가 '문학'의 바깥에서 상처를 받고 쓰러져있을 때, 교수님은 항상 내게 '문학'으로 다스리고 이겨내라고 일러주셨다. 그렇게 대학원 과정을 마칠 수 있었다. 학문에 대한 내 방황이, 내가 어쩌지 못하는 문학에 대한 혼란이 언제나 교수님의 말씀으로 멈출 수 있었고 새로운 힘을 얻을 수 있었다. 문학과 동행하는 여정 속에서 김미현 교수님을 따를 수 있게 된 것이 가장 큰 힘이고 변하지 않는 감동이다.

처음 현대문학을 공부하는 데 자극을 주신 분은 강진호 교수님이시다. 교수님의 강의를 잊을 수가 없다. 그 가르침에 어긋나지 않는 연구자가 되는 것으로 은혜에 보답하고자 한다. 박사학위 청구 논문 심사를 통과했을 때의 기쁨은 앞으로도 오랫동안 남아있을 것이다. 부족한 논문을 꼼꼼하게 지도해 주시고 격려해주신 김현숙 교수님, 정우숙 교수님, 홍혜원 교수님, 신수정 교수님께도 다시 한번 감사 인사를 전하고 싶다. 그리고 어느덧 3년을 훌쩍 넘긴, 매달 빠짐없이 배움의 기회를 얻게 해 주신 <비평숲길>의 동행도 큰 힘이 되었다. 서정자 교수님, 이덕화 교수님, 구명숙 교수님, 이미림 교수님, 김응교 교수님, 권성우 교수님, 황영미 교수님, 안미영 교수님, 이진아 교수님의 조언과 격려가 언제나 감사할 따름이다. 더불어 매일매일 함께 공부하고 가장 가까운 자리에서 기꺼이 고충(苦衷)을 나누어 짊어주었던 진선영 선배와 김소륜

후배에게도 고마움을 전한다.

무엇보다 첫 번째 저서 출판을 누구보다 가장 크게 기뻐할 내 가족들이 있기에 부끄러움을 조금이나마 덜어낼 수 있다. '여성'의 몸으로 홀로 세 명의 '딸'을 건강하고 바르게 키워내신 내 어머니에게서 나는 '젠더의 수행성'을 배웠다. 당신의 일생을 담보로 오늘의 내가 존재한다는 것을 나는 잊지 않을 것이다. 막내딸이라는 특혜를 누리며 두 언니들의 배려를 강요해왔음을 시인하지 않을 수 없다. 감사하다는 말을 꼭 전하고 싶다. 두 형부와 다섯 명의 조카들의 든든한 지원과 열렬한 지지에 힘든 시간도 잘 버텨낼 수 있었다. 고마움을 전한다.

마지막으로, 출판을 허락해 주신 역락 출판사 사장님과 이태곤 편집장님께 어떻게 감사 인사를 드려야 할지 모르겠다. 역락 출판사를 만날 수 있게 된 인연에 감사한다. 오랜 시간동안 꼼꼼하게 교정을 도와주신 박선주 대리님 이하 편집부에도 감사드린다. 박사학위 논문의 미진한 점을 보완하겠다는 야심찬 의도를 품었음에도 불구하고, 박사학위 논문을 교정본 수준에서 머무른 채 이 책을 세상에 내놓는다. 남아 있는 문제의식과 보완해야 할 논점들은 앞으로의 연구에서 밝혀보리라 다짐해 본다. '이후'가 더욱 기대되는 연구자가 될 수 있도록 성실하게 연구를 계속해 나갈 것이다.

2013년 새해 첫날, 김윤정

차례

1. 연구사 검토 및 문제 제기

1970년 『여성동아』에 『나목』을 발표하며 등단한 박완서(1931~2011)는 이후 40년 동안 대중성과 문학성을 인정받으며 한국의 대표적인 소설가로서 명성을 이어갔다. 박완서는 한국의 근현대사를 관통하는 시대를 소설화함으로써 독자들로부터 공감을 이끌어내는데 성공하였으며, 한국인에게 내재된 특유의 정서를 짚어냄으로써 감동을 전달하는 데에도 부족함이 없는 작가였다. 때문에 그의 문학은 한국 현대문학사의 중심에 있다 해도 과언이 아니다. 특히 한국의 대표적인 여성 문학가로서 박완서와 그의 소설이 보여 준 성공은 한국 여성문학사에 귀감이 되고 있다.

그럼에도 불구하고 '대중소설' 작가, '여성' 작가라는 다소 폄훼(貶毁)적인 평가가 박완서와 그의 소설에 대한 깊이 있는 연구의 장애가 되어 왔다.[1] 따라서 본 연구의 가장 큰 목적은 박완서와 그의 문학에 대한

---

1) 이에 대해서 권명아는, "박완서 작품에 대한 오독은 여성 작가에 대한 편견(여전히 남발되는 여류라는 호칭에서도 확인되듯이)과 '대중성'에 대한 강박관념과 밀접한

총체적인 검토와 함께 문학적 성과의 학문적 규명에 있다. 아울러 우리 문학사에 큰 줄기를 이어 온 박완서 소설을 통해 한국 문학의 위상과 그의 소설이 갖는 여성문학으로서의 의의를 밝히고자 한다.

특히 그동안 남성 중심의 시각에서 평가, 비판되었던 작품들에 대한 젠더적 독해를 통해 작품에 내재된 문제의식과 심층적 의미를 고찰하여 그 문학적 의의를 재고(再考)하고자 한다. 이에 본고는 박완서 소설의 문학적 성과와 그 변모양상을 동시에 살펴보기 위하여 박완서의 전 작품을 대상으로 작가의 문학적 일대기를 검토할 것이며, 이를 통해 박완서의 작가로서의 역량과 그 문학사적 의의, 여성문학으로서의 성과를 공고하게 하고자 한다.

박완서 소설에 대한 관심과 그의 문학적 성과에 대한 고찰은 현재까지 계속 이어지고 있으며, 다양한 논의를 통해서 이미 상당부분 그의 문학에 대한 연구 성과가 축적되었다. 박완서 소설에 대한 선행연구는, 연구 방법에 따라 작가론, 작품 주제론, 서사 구조론을 중심으로 진행되어 왔다. 이와 함께 연구자의 목적에 따라 박완서와 작품 활동 시기가 비슷한 동시대의 여성작가와 비교, 대조 연구가 발표되기도 하였다. 그러나 연구자의 독특한 시각이나 다양한 연구 방법론, 혹은 한국 여성문학사의 맥락에서 연구될 때를 불문하고, 박완서 소설의 성격은 분명하게 세 가지의 핵심 논점을 갖는다. 그것은 첫째, 한국전쟁과 분단문제, 둘째, 산업화와 도시화에 따른 사회 문제, 그리고 마지막으로 가부장적 이데올로기에 의한 여성문제이다.

먼저 박완서의 여러 소설에서 한국전쟁과 분단문제를 짚어내고, 박완서의 글쓰기의 본령이 그곳에 있음을 밝히는 연구는 작가의 등단 이후

관련이 있다."라고 지적한 바 있다. (권명아, 「미래의 해석을 향해 열림, 우리 시대의 고전」, 박완서 외, 『우리시대의 소설가 박완서를 찾아서』, 웅진닷컴, 2002, p.201)

끊임없이 반복되고 있는 논점이다.2) 작가가 에세이나 자전소설에서 밝히고 있듯이 젊은 시절에 경험한 한국전쟁은 작가에게 글쓰기의 소명(召命)의식을 불러일으켰음에 틀림없다.3) 등단작인 『나목』을 비롯하여 박완서의 많은 작품은 한국전쟁을 소재로 하고 있으며, 전쟁을 통해 확인한 이념의 허상과 생존의 의지, 오빠의 죽음 등의 모티프는 여러 작품

---

2) 권명아, 「가족의 기원에 관한 역사 소설적 탐구」, 『박완서 문학 길 찾기』, 세계사, 2000 ; 『한국 전쟁과 주체성의 서사연구』, 연세대 박사학위 논문, 2001 ; 김경수, 「여성 삶의 복원에 대하여」, 『박완서 문학 길 찾기』, 세계사, 2000 ; 김우종, 「분단현실이 한국문학에 미친 영향」, 『덕성여대논문집』 14, 덕성여자대학교, 1986 ; 김윤식, 「박완서론 – 천의무봉과 대중성의 근거」, 『문학사상』, 1989 ; 김은하, 「완료된 전쟁과 끝나지 않은 이야기 – 박완서론」, 『실천문학』 통권62호, 2001.5 ; 김인환, 「이중의 분단」, 『박완서론』, 삼인행, 1991 ; 박정애, 「여성작가의 전쟁체험 장편소설에 타나난 '모녀관계'와 '딸의 성장' 연구 : 박경리의 <시장과 전장>과 박완서의 <나목>을 중심으로」, 『여성문학연구』 제13호, 한국여성문학회, 2005 ; 백지연, 「폐허속의 성장」, 『박완서 문학 길 찾기』, 세계사, 2000 ; 소영현, 「복수의 글쓰기, 혹은 쓰기를 통해 살기」, 『박완서 문학 길 찾기』, 세계사, 2000 ; 「박완서의 나목론 – 치유와 복원의 소실점, 글쓰기」, 『1970년대 장편소설의 현장』, 민족문학사연구소 현대문학분과, 국학자료원, 2002 ; 유종호, 「고단한 세월 속의 젊음과 중년」, 『창작과 비평』, 1977 가을 ; 「불가능한 행복의 질서」, 『동시대의 시와 진실』, 민음사, 1982 ; 이경훈, 「작가의 전쟁 체험의 문학의 핵심적 구조」, 『문학사상』, 1996.3 ; 이은하, 「박완서 소설에 나타난 전쟁체험과 글쓰기에 대한 고찰」, 『한국문예비평』 제18집, 창조문화사, 2005 ; 임규찬, 「분단체제와 박완서 문학」, 『작가세계』, 2000 겨울 ; 임순만, 「분단극복을 향한 문학의 가능성」, 『박완서 문학 길 찾기』, 세계사, 2000 ; 정규웅, 「목마른 계절의 세계」, 『제삼세대 한국문학, 박완서』, 삼성출판사, 1983 ; 정호웅, 「상처의 두 가지 치유방식」, 『작가세계』, 1991 봄, pp.62~63. ; 조미숙, 「박완서 소설의 전쟁 진술 방식 차이점 연구」, 『한국문예비평연구』 제24집, 창조문학사, 2007.12 ; 최성실, 「전쟁 기억과 트라우마를 넘어서 – 박완서의 『나목』 다시 읽기」, 『근대, 다중의 나선』, 소명, 2005 ; 홍혜미, 「박완서 문학에 투영된 6·25전쟁」, 『단산학지』 5집, 전단학회, 1999. ; 황광수, 「민족문제의 개인주의적 굴절」, 『창작과 비평』, 1985.10.

3) "남들은 잘도 잊고, 잘도 용서하고 언제 그랬더냐 싶게 상처도 감쪽같이 아물리고 잘만 사는데, 유독 억울하게 당한 것 어리석게 속은 걸 잊지 못하고 어떡하든 진상을 규명해 보려는 집요하고 고약한 나의 성미가 훗날 글을 쓰게 했고 나의 문학정신의 뼈대가 되지 않았나 싶다."(박완서, 「나에게 소설은 무엇인가」, 박완서 외, 『우리 시대의 소설가 박완서를 찾아서』, 웅진닷컴, 2002, p.22)

에서 반복, 변주되어 나타났다. 따라서 많은 연구자들은 박완서 소설의 원천을 전쟁 체험으로 규정하였고, 작가는 전쟁을 겪고 기억하는 증언자로서의 글쓰기를 하고 있다고 평가하였다. 아울러 이와 같은 맥락에서 박완서의 글쓰기는 그에게 전쟁의 상처를 치유하고 극복하게 하는 매개가 되었다는 사실도 지적된 바 있다.

유종호와 김윤식은 박완서의 소설에 등장하는 "한국전쟁이 단순한 배경이나 소재의 차원을 넘어서"[4]고 있으며, 작가의 '일상적 삶의 감각이 작품 구성력으로 전의되어 천의무봉(天衣無縫)'[5]의 글쓰기를 완성해 낼 수 있었다고 고평하였다. 특히 김윤식은 박완서에게 있어서 "'사실 자체'야말로 천의무봉의 근원이며 대중성의 원천"으로서, 그의 소설은 "방법론으로써가 아니라 생리로써 쓴 문학"이라고 하였다.

한국전쟁에 대한 작가의 체험은 작가가 '자전소설'이라고 밝힌 작품을 통해서도 나타난다. 때문에 자전소설에 관한 많은 연구자들의 관심은 등단작인 『나목』을 비롯한 초기의 소설에 대한 연구에서도 나타나지만, 1990년 이후에 발표된 자전소설을 중심으로 급격하게 증가하였다.[6] 이선미와 조미숙, 이경재의 연구는 자전소설의 모티프 변주의 양

---

4) 유종호, 앞의 글, 1982, p.185.
5) 김윤식, 앞의 글, 1989, pp.231~236.
6) 강진호, 「반공주의와 자전소설의 형식 – 박완서를 중심으로」, 『국어국문학』 133, 국어국문학회, 2003 ; 권명아, 「박완서 문학 연구 – 억척모성의 이중성과 딸의 세계의 의미를 중심으로」, 『작가세계』, 1994 ; 김양선, 「증언의 양식, 생존·성장의 서사」, 『한국문학이론과 비평』 15집, 한국문학이론과 비평학회, 2002 ; 김연숙·이정희, 「여성의 자기발견의 서사, '자전적 글쓰기'」, 『여성과 사회』 제8호, 한국여성연구소, 1997.7 ; 김윤식, 「박완서와 박수근」, 『현대문학』, 1983.5 ; 김치수, 「역사의 상처와 문학적 극복 – 박완서 씨의 삶과 문학」, 『문학과 사회』, 문학과지성사, 2011.2 ; 박영혜·이봉지, 「한국여성소설과 자서전적 글쓰기에 관한 연구 : 나혜석, 박완서, 서영은」, 『아세아여성연구』, 제40집, 숙명여대 아세아여성연구소, 2001 ; 신수정, 「증언과 기록에의 소명 – 박완서 자전소설 읽기」, 『푸줏간에 걸린 고기』, 문학동네, 2003 ; 이경재, 「박완서 소설의 오빠 표상 연구」, 『우리문학연구』 제32집, 우리학회,

상과 그 변모의 계기를 통시적으로 고찰하였다는 점에서 주목할 만하다. 먼저 이선미는 박완서의 소설이 다양한 주제를 형성하고 있지만, "그 다양함을 꿰는 한 축은 바로 '분단'이며, 때문에 그의 소설은 '분단'과 그로 인해 묻힌 많은 '사실'들을 환기하고 있는 것"이라고 지적한다.[7] 연구자는 작가의 자전소설이 1990년대 이후 나타내는 변화에 주목하고 있으며, 그 변화의 원인을 규명함으로써 이데올로기의 자장으로부터 자유롭지 못했던 작가의 갈등을 읽어낸다. 박완서의 자전소설이 1990년대 탈냉전의 기류에 따라 이전 시대에 하지 못했던 '말'들을 꺼내기 시작했다는 것이다. 조미숙과 이경재의 연구는 사회주의 사상을 갖고 있었던 오빠에 관한 허구성과 사실성을 구분해 내고 있으며, 작품의 내용에서 오빠의 사상이나 화자와의 거리, 오빠와의 동질성 여부, 오빠의 죽음의 문제 등에서 변화의 양상을 찾을 수 있음을 지적하고 있다.

신수정은 박완서의 자전소설에서 재현되는 낙원상실의 구조가 개인적 체험을 넘어서 황폐한 근대세계로 나아간 현대인 일반의 '역사철학적인 기록'으로 읽힐 수 있다고 평가함으로써 박완서의 개인적 체험 소설에서 보편적 공동체의 세계를 읽어내는 분석을 시도하였다. 이를테면, '증언 욕망'과 '복수심'에서 비롯된 그의 글쓰기가 한 개인, 한 세대의 특수한 경험의 양상에서 벗어나 인류 보편의 문제에 대한 성찰로 자리바꿈 한다는 것이다.[8]

2011.2 ; 이상우·나소정, 「복수와 치유의 전략적 서사 – 박완서의 자전적 작품세계」, 『인문과학논총』 제25호, 명지대학교 인문과학연구소, 2003 ; 이선미, 「세계화와 탈냉전에 대응하는 소설의 형식 : 기억으로 발언하기 – 1990년대 박완서 자전소설의 의미 연구」, 『상허학보』 12집, 상허학회, 2004.2 ; 조회경, 「박완서의 자전적 소설에 나타난 '존재론적 모험'의 양상」, 『우리문학연구』 31집, 우리문학학회, 2010.
7) 이선미, 「박완서론 – '소시민성' 비판에서 '타자성'의 발견으로」, 『새로 쓰는 한국 작가론』, 상허학회 지음, 백년글사랑, 2002.
8) 신수정, 앞의 글, 2003.

한편, 한국전쟁을 소재로 하는 박완서의 소설은 성장소설의 관점으로 분석되기도 하였다. 특히 여성만의 고유한 입사식 체험으로 밝힌 연구들도 상당량 그 성과를 보여주고 있다.9) 김병희는『나목』과『그 많던 싱아는 누가 다 먹었을까』의 비교분석을 통해, 이들 작품이 작가의 자전적 성장소설임을 밝히고, 성장의 주체인 여성 화자는 '어머니'와의 관계를 통해 입사의 과정을 수행하게 된다고 하였다. 아울러 박완서의 자전소설은 인물의 체험을 중심으로 전개됨으로써 자전소설 양식의 새로운 일면을 구축했다고 평가하였다.10)

반면에 성민엽은 "자전적 사실들의 많은 부분이 일정정도 변형, 굴절되고" 있는데, "그것을 통어하여 작품 전체와 결합시키는 것이 소설의 원리"임을 볼 때, 박완서의 자전소설『그 많던 싱아는 누가 다 먹었을까』는 그러한 변형, 굴절이 거의 나타나지 않고 "사실들이 직접태로 드러나고" 있다는 점에서 결함을 갖는다고 평가하였다. 이를테면, "자전 소설은 자전이기에 앞서 우선 소설"이라는 의미에서, 또한 작품의 종결부에 나타나는 각성이 소략되어 있고, 돌연적으로 서술되었다는 점에서 박완서의 자전소설은 "소설적 구조화에 있어서 작품의 결함"을 갖는다고 지적하였다.11)

---

9) 김경수, 「여성 성장소설의 제의적 국면」,『페미니즘 문학비평』, 고려원, 1994 ; 김병희, 「일대기적 성장소설」,『태릉어문연구』9, 서울여자대학교, 2001 ; 나병철, 「여성 성장소설과 아버지의 부재」,『여성문학연구』10호, 한국여성문학학회, 2003 ; 류보선, 「고통의 기억, 기억의 고통 ―『그 많던 싱아는 누가 다 먹었을까』연작에 대한 단상」,『문학동네』, 1998 ; 성민엽, 「자전적 성장소설의 실패와 성공」,『서평문화』9집, 1993. 봄 ; 최경희, 「『엄마의 말뚝 1』과 여성의 근대성」,『민족문학사 연구』9, 1996 ; 최성실, 「전쟁소설에 나타난 식민주체의 이중성 ―박완서의『나목』을 중심으로」,『여성문학연구』10호, 여성문학학회, 예림기획, 2003 ; 하응백, 「한국 자전소설의 계보학을 위하여」,『문학으로 가는 길』, 문학과 지성사, 1996.
10) 김병희,『한국 현대 성장소설 연구』, 서울여대 박사학위 논문, 2001.
11) 성민엽, 앞의 글, 1993, pp.33~36.

박완서 소설 연구의 중심 논점 중 두 번째는 세태소설로 분류되는, 한국의 산업화와 도시화, 근대화의 문제를 다룬 소설에 대한 연구이다. 이와 같은 측면의 연구도 박완서 소설을 이해하기 위한 핵심 주제 중의 하나로 계속되어 오고 있다.12) 이정희는 박완서의 소설이 도구적 합리성이 생활 세계의 고유한 영역을 침범할 때 발생되는 문제점을 정확하

---

12) 강인숙, 「박완서의 소설에 나타난 도시의 양상 : 『도시의 흉년』에 나타난 70년대의 서울」, 『人文科學論叢』 16, 건국대학교, 1984 ; 「박완서론 : 「울음소리」와 「닮은 방들」, 「泡沫의 집」의 비교연구」, 『人文科學論叢』 26, 건국대학교, 1994.8 ; 김양선·오세은, 「안주와 탈출의 이중심리」, 『오늘의 문예비평』 3, 지평, 1991 ; 김영무, 「박완서의 소설세계」, 『세계의 문학』, 1997 겨울 ; 「박완서의 단편들」, 『제삼세대 한국문학』, 삼성출판사, 1983 ; 김주연, 「순응과 탈출 – 박완서론」, 『문학과 지성』, 1973 겨울 ; 방민호, 「불결함에 맞서는 희생제의의 전통성」, 『박완서 문학 길 찾기』, 세계사, 2000 ; 성민엽, 「윤리적 결단과 소설적 진실」, 『지성과 실천』, 문학과지성사, 1985 ; 신규호, 「박완서론 2」, 『비평문학』 16호, 한국비평문학회, 2002 ; 신철하, 「이야기와 욕망」, 『박완서 문학 길 찾기』, 세계사, 2000 ; 염무웅, 「사회적 허위에 대한 인생론적 고발」, 『박완서론』, 삼인행, 1991(『세계의 문학』, 1977 여름) ; 오생근, 「한국 대중문학의 전개」, 『삶을 위한 비평』, 문학과 지성사, 1988 ; 이광훈, 「소시민적 삶과 일상의 덫」, 『현대문학』, 1980.2 ; 이남호 「말뚝의 사회적 의미」, 『이상문학상 수상작가 대표작품선』, 문학사상사, 1989 ; 이동하, 「1970년대의 소설」, 『한국문학의 현단계』, 창작과 비평사, 1982 ; 「한국대중소설의 수준」, 『박완서론』, 삼인행, 1991 ; 이명재, 「변동사회에 대한 문학적 접근」, 『문학사상』, 1999.3 ; 이정희, 「감시의 시선, 몸의 언어」, 『여성과 사회』 13, 창작과 비평사, 2001 ; 「생활세계의 식민화와 나르시시즘적 '신여성' – 박완서의 세태소설을 중심으로」, 『한국문화연구』 4, 경희대학교 민속학연구소, 2001 ; 이화진, 「박완서 소설의 대중성과 서사전략 – 『휘청거리는 오후』와 『도시의 흉년』을 중심으로」, 『반교어문연구』 통권 제22호, 반교어문학회, 2007.3 ; 정미숙, 「탈주의 서사 : 박완서의 『도시의 흉년』」, 『국어국문학』 제35집, 부산대 국어국문학과, 1998 ; 정혜경, 「도시의 흉년 혹은 허위의 풍년 – 박완서의 도시의 흉년」, 『매혹과 곤혹』, 열림원, 2004 ; 정호웅, 「욕망의 안쪽」, 『박완서 문학 길 찾기』, 세계사, 2000 ; 정홍섭, 「1970년대 서울(사람들)의 삶과 문화에 관한 극한의 성찰 – 박완서론(1)」, 『비평문학』 제39호, 한국비평문학회, 2011.3 ; 최유연, 「1970년대 소설에 나타나는 '집'의 상징성」, 『도솔어문』 15, 단국대학교, 2001 ; 한형구, 「서울 현대의 삶과 박완서 소설」, 『인문과학』 9집, 서울시립대학교, 2002 ; 홍정선, 「한 여자 작가의 자기 사랑」, 『역사적 삶과 지평』, 문학과 지성사, 1986.

게 제시하고 있으며, 이는 곧 "생활세계의 식민화 현상"이라고 규정하였다. 예컨대, 박완서 소설의 주요 소재로 등장하는 결혼풍속이나 배금주의적 생활태도, 중산층의 획일화된 생활양식 등은 바로 생활 세계가 교환가치에 의해 지배되고 있는 양상을 여실하게 보여주고 있다는 것이다. 이화진은 이러한 세태 풍속에 대한 작가의 비판적 시각이 오히려 박완서 소설의 대중성이 갖는 주요 전략이라고 설명한다. 근대 도시화 과정에서 불거지는 근대의 파행에 대한 작가의 진단은 곧 박완서 소설이 대중성을 지속적으로 확보해 나가게 하는 핵심적인 요소라는 것이다. 연구자에 따르면, 박완서의 소설은 육체의 물신화와 욕망의 세계를 적확하게 제시함으로써 대중들의 시선을 끌게 하는데 성공하였으며, 이러한 소설은 일종의 계몽의 기획이라는 전략적 서술로써 드러내고 있다.

산업화된 도시의 물질만능주의와 개인주의, 이기주의적인 속성을 신랄하게 풍자하고 비판한 박완서의 세태 풍자 소설은 '근대성'의 일면을 제시하고 있다는 점에서도 연구자들의 관심을 받았다.[13] 김영희는, 박완서의 소설 속 여성들에게 근대는 새로운 가능성이면서 동시에 자본주의적 가치에 의해 식민화하는 억압적 체제였다고 분석하였다. 김은하는『그 남자네 집』에서 첫사랑에 대한 사색과 성찰이라는 표층적 의미 대신에 근대의 내밀한 욕망을 가진 여성인물의 등장이라는 점에 주목하였다. 그러나 여성의 근대 체험이 결과적으로 가부장적 국가 담론에 편입되는 한 과정으로 기능한다는 일반적 결론에 도달함으로써 새로운 시각의 연구에 대한 기대감을 충족시키지 못 하였다는 아쉬움이 남았다.

---

13) 김영희,「근대체험과 여성」,『창작과 비평』통권89호, 창작과 비평사, 1995.9 ; 김은하,「개인사를 통해 본 여성의 근대체험」,『여성과 사회』, 한국여성연구소, 2005 ; 조남현,「한국문학과 박완서 문학」,『박완서 문학 길 찾기』, 세계사, 2000.

최근에는 박완서의 세태 비판 소설을 중심으로 한국의 근대사회에서 발병하게 되는 병리적 증상에 대한 연구도 발표되었다.[14] 김영택과 신현순은 박완서의 장편 소설연구에서 상대적으로 소외되었던 두 작품,『욕망의 응답』과『오만과 몽상』을 중심으로 정신분석학적 고찰을 시도하였다. 연구자들은 이 두 작품을 심리소설의 장르로 규정하고 작중인물들의 내적 콤플렉스와 불안의식이 세계에 대한 결핍에서 비롯되는데, 이때의 결핍이 인간관계의 신뢰와 결핍, 윤리적 가치의 상실로 해석될 수 있다고 분석하였다. 이들의 이러한 연구는 박완서 소설의 작품에 대한 새로운 해석 방법론을 제시한 것으로도 충분한 의의를 가지며, 아울러 깊이 있는 분석으로 작품에 대한 흥미를 배가하였다는 점에서도 그 성과를 말할 수 있다.

또한 정문권은 박완서의 단편 소설을 중심으로 인물의 불안 극복 양상을 분석하였다. 연구자는 프로이트의 '불안'의 개념을 인용하여 '현실적 불안', '신경성 불안', '도덕적 불안'이라는 구분을 박완서의 단편소설,「그 가을의 사흘 동안」과「엄마의 말뚝 2」,「꿈꾸는 인큐베이터」에 각각 적용하였다. 각기 유사하면서도 특이성을 갖는 불안의식으로 하여금 연구자는 여성 화자들의 자아 인식이 변화되는 양상을 고찰하였다.

박완서 소설 연구의 주요 논점 세 가지 중 마지막인 여성주의 소설에 관한 연구는 박완서 소설의 전체 맥락을 연결하는 중심 주제로서 진행되었다.[15] 권명아는 딸이 '억척모성'으로서의 어머니의 세계를 발견함

---

14) 김영택 · 신현순,「박완서 소설의 정신분석학적 고찰 – 욕망의 응답, 오만과 몽상에 나타난 '콤플렉스', '불안'을 중심으로」,『어문연구』63, 2010.3 ; 정문권,「불안의 극복을 통한 자아 인식 연구」,『한국문예비평연구』제31집, 2010.4.
15) 고정희,「다시 살아있는 지평에 서 있는 작가, 박완서」,『한국문학』, 1990 ; 권명아,「박완서 : 자기상실의 '근대사'와 여성들의 자기 찾기」,『역사비평』제45집, 역사비평사, 1998 ; 김경연 외,「여성해방의 시각에서 본 박완서의 작품세계」,『여성 2』, 창작사, 1988 ; 김명호 외,「여성해방문학론에서 본 80년대 문학」,『창작과 비평』,

1990 봄 ; 김미영, 「박완서 성장소설과 여성주체의 성장」,『한중인문학연구』제25집, 2008 ; 김미현, 「다섯 개의 사랑으로 남은 당신」,『문학동네』, 1999 여름 ; 「영원한 농담에서 새로운 진담으로」,『박완서 문학 길 찾기』, 세계사, 2000 ; 김병덕, 『한국 여성작가 소설에 나타난 일상성 연구』, 중앙대 박사학위 논문, 2002 ; 김복순, 「'말걸기'와 어머니-딸의 플롯」,『현대문학연구』20, 새미, 2003 ; 김은하, 「애증 속의 공생, 우울증적 모녀관계 : 박완서의『나목』론」,『여성과 사회』제15집, 한국여성연구소, 2004 ; 김정진, 「페미니즘 소설의 양상」,『한국어문학연구』9, 한국외국어대학교, 1998 ; 김홍진, 「홀로서기와 거듭나기-자기발견의 서사」,『한남어문학』제22호, 한남대학교 국어국문학회, 1997 ; 문혜원, 「진정한 남녀평등에 대한 질문」,『박완서 문학 길 찾기』, 세계사, 2000 ; 박영혜·이봉지, 「한국여성소설과 자서전적 글쓰기에 관한 연구」,『아세아여성연구』40, 숙명여자대학교, 2001 ; 박혜란, 「여자다움의 껍질벗기」,『작가세계』, 1991 봄 ; 변신원, 「일상성의 세계에서 드러나는 여성의 목소리」,『현대문학의 연구』17, 새미, 2001 ; 송명희, 「중년 여성의 위기의식-박완서의『살아있는 날의 시작』을 중심으로」,『표현』, 표현문학회, 1989 ; 송지현,『페미니즘 비평과 한국소설』, 국학자료원, 1996 ; 안소현 외, 「한국 여상해방문학의 현주소」,『원우론집』19, 연세대학교, 1992 ; 오세은, 「박완서 소설 속의 '어머니와 딸' 모티브」,『한국여성문학비평론』, 개문사, 1995 ; 이광호, 「여성에 대한 물음과 소설쓰기-박완서의 <꿈꾸는 인큐베이터>」,『위반의 시학』, 문학과 지성사, 1993 ; 이선미, 「여성 언어와 서사」,『작가세계』, 2000 가을 ; 이선옥, 「박완서 소설의 다시 쓰기」,『실천문학』, 2000 가을 ; 이인숙, 「박완서 단편에 나타난 여성의 '성'」,『국제어문』22, 국제어문학회, 2000 ; 이정숙, 「<서있는 여자>, 그 서성거림의 두 가지 방법」,『선청어문』21, 서울대학교 사범대학, 1993 ; 이정희,『오정희, 박완서 소설의 근대성과 젠더의식 비교연구』, 경희대 박사학위 논문, 2001 ; 이태동, 「서 있는 여자의 갈등」,『문학사상』, 1992.3 ; 「여성작가 소설에 나타난 여성성 탐구」,『한국문학연구』19, 동국대학교, 1997 ; 임금복, 「존재자로서의 고부와 비극의 전말」,『현대여성소설의 페미니즘 정신사』, 새미, 2000 ; 임옥희, 「박완서 문학과 페미니즘」,『작가세계』, 2000 겨울 ; 정영자, 「현대 인기소설의 특징과 문제점」,『분단현실과 비평문학』, 1986 ; 조은, 「<그 많던 싱아는 누가 다 먹었을까>가 우리에게 던진 숙제」,『또 하나의 문화』9, 1992 ; 조혜정, 「한국의 페미니즘 문학 어디까지 왔나」,『또 하나의 문화』3, 실천문학사, 1987 ; 「박완서 문학에 있어 비평은 무엇인가」,『작가세계』, 1991 봄 ; 최경희, 「<엄마의 말뚝1>과 여성의 근대성」,『민족문학사연구』9, 1996.6 ; 한혜선, 「박완서의 두 겹의 글쓰기」,『한국문학이론과 비평』제7권, 한국문학이론과 비평학회, 2003 ; 황도경, 「생존의 말, 교신의 꿈 : 여성적 글쓰기의 양상」,『이화어문논집』14, 1996 ; 「생존의 말, 생존의 몸-박완서론」,『우리시대의 여성작가』, 문학과지성사, 1999 ; 「정체성 확인의 글쓰기 : 박완서의 <엄마의 말뚝1>의 경우」,『이화어문논집』13, 1994 ; 「통곡과 말씀의 힘-박완서의 한 말씀만 하소서」,『그대 아직도 꿈꾸고 있는가』, 세계사,

으로써 여성의 존재론적 성찰이 수행되며, 역사적, 현실적 맥락 속에서 여성들이 자신의 존재를 찾게 되는 양상을 분석하였다. 또한 '억척모성'의 여성성은 천성적인 것이 아니라 열악한 생존환경에 의해 규정된 결과적 여성성임을 밝혀주었다. 아울러 박완서 문학이 갖는 '여성의 서사'로서의 특질은 '아직도 이름을 얻지 못한 무수한 다중을 배제하는 근대의 매커니즘을 비판적으로 성찰함으로써 근대체제의 정치적 소수자로서의 여성의 의미를 재확인시켜준다'고 분석하였다.16)

이와 같이 여성의 정체성에 대한 연구와 아울러 모성성에 대한 분석도 이루어졌다.17) 이러한 연구는 인습으로 전해진 남성중심적 이데올로기와 모성 이데올로기를 재고찰함으로써 박완서 소설의 여성주의적 의의를 더욱 강건하게 하는 데 기반이 되었다. 김경희는 박완서의 모성을 '현실인식 주체'로서 파악하고, 박완서 문학에 나타나는 "뿌리 깊은 생명주의와 모성성"은 현대문명에 대한 비판의식으로 발전하여 "인간의 참다운 삶의 가치를 회복"하기 위한 매개로 작동한다고 보았다.18)

나아가 박완서의 모성 담론은 생태주의적 인식론으로 이어져 있다는 점에서도 중요하다.19) 박완서의 자전소설에서 제시되는 유년시절의 공

1999 ; 「부재를 견디는 나눔의 말—박완서의 <나의 가장 나종 지니인 것>」, 『환각』, 새움, 2004.
16) 권명아, 「미래의 해석을 향해 열림, 우리 시대의 고전」, 박완서 외, 『우리시대의 소설가 박완서를 찾아서』, 웅진닷컴, 2002, pp.203~207.
17) 강인숙, 『박완서 소설에 나타난 도시와 모성성』, 둥지, 1997 ; 김경희, 『한국 현대 소설의 모성성 연구』, 조선대 박사학위 논문, 2005 ; 안숙원, 「박완서와 전화언어—나의 가장 나종 지니인 것」, 『한국 여성 서사체와 그 시학』, 예림기획, 2003 ; 이남호, 앞의 글, 1989 ; 하응백, 『낮은 목소리의 비평』, 문학과지성사, 1999 ; 「모성, 그 생명과 평화」, 『배반의 여름』, 문학동네, 1999.
18) 김경희, 앞의 논문, 2005, pp.83~84.
19) 남진우, 「박완서 소설에 나타난 식물적 상상력」, 『문학동네』, 2008년 봄 ; 송명희, 「박완서의 자전적 근대 체험과 토포필리아—『그 많던 싱아는 누가 다 먹었을까』를 중심으로」, 『타자의 서사학』, 푸른사상사, 2004 ; 우한용, 「여성소설에서 에코

간에 대한 묘사와 자연의 흐름과 합일된 화자의 일상은 나이가 들어감에 따라 점차 생명에 대한 경의로 확장되어 나타나고 있으며, 이러한 생태주의적 인식은 산업화와 도시화에서 비롯된 인간중심적, 개인주의적, 물질만능주의적 폐해를 치유하고 보듬어주는 모성적 기능을 한다. 따라서 박완서의 소설은 생태주의적 여성주의나 생명주의 등의 관점으로 연구되어 여성문학으로서의 성과를 높이는 결과를 보여주었다.

가장 초기의 언급으로는 이선영의 연구가 시사하는 바가 크다. 이선영은 박완서 소설이 생명주의를 중심으로 서사화되어 있음을 보여주었다. 연구자는 박완서 소설의 생명주의에 대해, "삶의 근원적인 활력으로서의 야성 및 성본능을 중시하고, 직접 인간의 생명을 사랑하고, 중용과 평형에서의 일탈을 가능케 하는 싱싱한 인간내면을 추구하는 것"[20]이라고 하였다. 따라서 박완서의 일련의 작품들은 바로 인간다운 삶의 가치를 저해하는 사회와 역사의 모순이나 문명의 해독을 배격하고 비판하고 있다고 분석하였다. 요컨대 이선영은 박완서 소설의 본령을 생명주의에서 찾고 있다고 할 수 있다.

남진우는 박완서의 등단작인 『나목』을 시작으로 후기의 작품에 이르기까지, 박완서 소설에 나타난 식물 이미지를 고찰하였다. 다양한 색감과 질감으로 묘사되는 '나무'는 박완서 소설에서 다양한 의미화 기능을 하고 있는데, 예를 들면, 작품 속 화자의 "낭만적 동경과 환상의 세계"를 집약적으로 나타내는가 하면, "작가의 인식 저변에 인간과 세계에

페미니즘의 한 가능성 - 박완서의 『그 많던 싱아는 누가 다 먹었을까』를 중심으로」, 『한국어와 문화』 제1집, 숙명여자대학교 한국어문화연구소, 2007 ; 이선영, 「세파 속의 생명주의와 비판의식」, 『박완서론』, 삼인행, 1991 ; 이재복, 「문명의 야만, 야만의 문명」, 『리토피아』 6, 2002 ; 조남현, 「생태학과 상식과 그리고 생명주의의 화음」, 『박완서 문학 길 찾기』, 세계사, 2000.
20) 이선영, 위의 글, 1991, p.73.

대한 도전한 비관주의"를 읽게 하는 표지로 작동하기도 한다. 연구자는 박완서 소설의 식물이미지를 여성성과 연계하여 짚어내고 있지는 않지만, 분석 대상 작품 속 중심인물이 모두 여성이라는 점에서 이러한 식물적 상상력과 여성성을 연결하는 해석의 가능성도 보여주었다.

우한용은 박완서의 『그 많던 싱아는 누가 다 먹었을까』를 '생태학적 시각'으로 독해하면서 작품 속에 제시된 자연의 속성과 환경의 의미를 여성성과 연결하여 분석하였다. 연구자는 박완서의 소설을 '시간의 흐름에 따른 변화를 수용하는 인간의 삶의 모습을 언어로 재구성한 것'이라고 평가하였으며, 여성인물의 성장을 자연의 순환과 대비하여 박완서 소설의 에코페미니즘적 해석의 여지를 마련하였다.

그밖에 최근의 논의로는 노년소설에 대한 관점의 연구가 축적되고 있다.[21] 정미숙과 유제분은 박완서의 단편 소설에 등장하는 노인을 대상으로 하여 젠더 변주를 고찰하였다. 박완서의 소설이 사회에서 배제와 편견의 폭력에 노출된 '노인'이라는 소수자의 주체성 회복을 통해

---

21) 김경수, 「여성경험의 소설화와 삽화형식-<저문 날의 삽화>론」, 『현대소설』, 1991 겨울 ; 김병익, 「험한 세상, 그리움으로 돌아가기-박완서의『친절한 복희씨』」, 『기억의 타작-도저한 작가 정신을 위하여』, 문학과 지성사, 2009 ; 김치수, 「젊음과 늙음의 아름다운 의식-박완서의『저문 날의 삽화』」, 『문학의 목소리』, 문학과 지성사, 2006 ; 박혜경, 「저문 날의 삽화, 소시민적 삶의 풍속도」, 『저문 날의 삽화』 해설, 문학과 지성사, 1991 ; 백지연, 「황혼의 삶을 향한 따뜻한 시선」, 『동서문학』, 1999 봄 ; 손종업, 「삶을 완성하는 것은 결국 죽음이다 : 박완서의 친절한 복희씨 읽기」, 『분석가의 공포』, 경진문화, 2009 ; 양진호, 「노인에 관한 명상 : 박완서, 최일남, 김원일의 소설을 읽으며」, 『오늘의 문예비평』, 세종출판사, 2002 봄 ; 유남옥, 「풍자와 연민의 이중성」, 『어문논총』 5, 숙명여자대학교, 1995 ; 전흥남, 「박완서 노년 소설의 담론 특성과 문학적 함의」, 『국어문학』 제42집, 국어문학회, 2007.1 ; 「박완서 노년 소설의 시학과 문학적 함의(Ⅱ)」, 『국어문학』 제49집, 국어문학회, 2010.8 ; 정미숙·유제분, 「박완서 노년 소설의 젠더시학」, 『한국문학논총』 제54집, 2010.4 ; 조회경, 「일상 속의 진실 캐기-박완서 론」, 『치유와 회복의 서사』, 푸른 사상사, 2005 ; 하수정, 「노년의 삶과 박완서의 페미니즘」, 『문예미학』 제11호, 2004.

젠더 윤리의 회복이라는 확장된 인식을 꾀하고 있다는 연구자들의 분석은 박완서 소설의 또 다른 문학적 성과로 기록될 만하다고 하겠다. 백지연 역시 박완서 소설에 등장하는 노인 인물에 주목하였다. 특히 후기 소설에 등장하는 노인들을 재현하는데 있어서 이전 소설에서 보여주었던 남성에 대한 대항적 인식이 변화했음을 지적하였다. 이러한 변화를 통해 연구자는 박완서 소설이 "낡고 소멸해가는 것들에 대한 연민과 회한, 새롭게 발견하는 삶의 진실된 가치"라는 결실을 맺었다고 평가하였다.

조회경은 박완서의 노년소설이 "만연된 허위와 체면으로부터 자연스럽게 벗어나는 길"을 보여준다는 점에서 의미를 찾는다. 박완서의 노년소설에는 그동안 "환멸과의 치열한 싸움, 인간을 억압하는 각종 이데올로기와의 투쟁"에서 벗어나 "순진무구의 단순성으로 회귀"하는 과정이 일상에서의 체험을 통해 잘 드러나고 있다는 것이다. 하수정은 노년의 '몸'에 주목하였다. 박완서의 소설은 노년의 '몸'이 가지는 존엄성을 보여주고 있으며, "작품에서 노년의 '몸'은 여태까지의 비주체적 삶을 벗어나 자신의 의지로 '가족이 아닌' 타인과 소통하게 해주는 중요한 도구로서 작용한다."[22]

전흥남은 박완서의 노년소설이 "비판이나 경멸보다는 인간에 대한 이해를 바탕으로 연민과 화해와 동지애를 강조하게 된 이유"[23]가 "인생의 황혼기에 맛보는 삶의 숨겨진 진실을 다루고 있기 때문"[24]이며, 박완서는 소설을 통해 "혈연으로 맺어진 가족에 대한 집착으로부터 벗어나 더 넓은 공동체를 향해 풍성한 모성을 나누기를 촉구"[25]하고 있다고

---

22) 하수정, 위의 글, 2004, p.93.
23) 전흥남, 앞의 글, 2007, p.58.
24) 전흥남, 앞의 글, 2010, p.125.
25) 전흥남, 위의 글, 2010, p.126.

분석하였다.

내용적 측면의 연구와 함께 박완서 소설의 형식적 측면에 대한 연구
도 상당부분 진행되어 왔다.[26] 박완서 소설의 형식 연구에 있어서도 앞
서 제시한 세 가지의 논점에서 벗어나지 않는데, 먼저 한국전쟁을 소재
로 하고 있는 작품을 통해 박완서 소설의 형식에서 중심축이라 할 수
있는 '기억'에 의한, 회고적 글쓰기와 도시적 일상생활의 경험을 자연스
럽게 서술하는 삽화적 형식의 글쓰기가 박완서 문체의 특징으로 부각
되었다. 아울러 여성주의적 시각에서 비롯된 여성적 서사로서의 의의
역시 박완서 문학의 형식 연구에 대한 그 깊이와 폭을 넓혀왔다.

황도경은 박완서 소설의 문체를 분석하여 소설 속 화자의 "말은 고통
을 풀어냄으로써 그것으로부터 자신을 해방시키는 힘"[27]으로 작용한다
고 보았다. 또한 "박완서는 가장 비속한 일상으로부터 출발하여 그 속
에서 우리 삶의 본질적인 문제를 끄집어내는 작가"로서 그가 강조하는
"자유나 생명이나 삶의 소중함이 그 힘을 얻는 것은 이처럼 그것들이
우리 삶의 구체적인 현장 속에서 인식되고 있기 때문"이라고 평가하였

---

26) 권택영,『짐승의 시간과 전이적 글쓰기』, 세계사, 2000 ; 김영민,「슬픔, 종교, 성숙,
글쓰기 : 박완서의 경우」,『오늘의 문예비평』제18집, 1995 ; 김현주,「발언의 정신
과 새로운 문화」,『도덕의 형성』, 세계사, 1997 ; 민충환,「박완서가 만들어낸 우리
말의 아름다움」,『새국어생활』제13권, 국립국어연구원, 2003 ; 엄혜자,「박완서 소
설에 나타난 여성의 언어」,『경원어문논집』제6집, 경원대학교 국어국문학과,
2002.3 ; 이선미,『박완서 소설의 서술성 연구』, 연세대 박사학위 논문, 2001 ;「여
성언어와 서사 – 소외체험을 드러내는 감각적 내면 묘사와 지적 서술 태도의 공존」,
『박완서 문학 길 찾기』, 세계사, 2000 ; 이은하,『소설 창작의 갈등구조 연구』, 새
미, 2009 ; 정미숙,「시점과 젠더 공간」,『한국문학논총』27, 한국문학회, 2000 ;「시
점과 젠더 공간 : 박경리, 박완서, 윤정모를 중심으로」,『문창어문논집』제37집, 문
창어문학회, 2000 ; 정성미,「애도와 치유언어의 언어적 특징 – 박완서 수필 <한 말
씀만 하소서>를 중심으로」,『언어학연구』제19호, 한국중원언어학회, 2011.4 ; 황
도경,「이야기는 힘이 세다 – 박완서 소설의 문체적 전략을 중심으로」,『실천문학』
통권59호, 실천문학사, 2000.8.
27) 황도경, 앞의 글, 2004.

다. 이러한 작가의 세계관은 바로 "논리적이고 이성적으로 설명하는 것
이 아니라 본능적이고 감각적으로 표현하는 몸의 말에 있다"28)고 주장
하였다.

박성천29)은 박완서의 자전소설을 중심으로 그의 서술전략을 분석하
였다. 그에 따르면, 박완서의 자전소설은 각 텍스트가 삶의 일부를 이루
고 있고 대체로 연대기적 일탈 등 시간의 변주가 많이 나타나고 있으며,
이야기의 시간과 서술의 시간이 교차하며 허구적 변형에 의해 스토리
와는 다른 담화가 구축되는 특징이 있다. 연구자는 그것을 화자가 체험
자아의 이야기(상처)를 효과적으로 전달하기 위해 과거 체험을 사전제시
와 같은 방식으로 취하고 있기 때문으로 풀이한다.

박완서 소설의 공간 연구30)를 최근의 논의를 중심으로 살펴보면, 한
귀은은 『그 남자네 집』의 서사를 따라가면서 '그 남자'와 화자의 관계,
'그 남자'의 집을 중심으로 한 장소애(topophilia)를 분석하였다. 연구자에
따르면, 이 작품에서 공간은 사랑과 연애의 장소, 모성의 장소, 혐오의
장소로 변화되어 나타나며 이러한 변화 양상은 연대기적인 기억의 재
서술로 서사화되고 있다. 정혜경은 『휘청거리는 오후』와 『도시의 흉년』

---

28) 황도경, 앞의 글, 2000, pp.79~86.
29) 박성천, 「박완서 자전소설의 서술전략」, 『한국언어문학』 제56집, 한국언어문학회,
2006, p.201.
30) 강금숙, 「박완서 소설의 공간에 나타난 여성의식」, 『이화어문논총』 10, 이화여자대
학교, 1989 ; 박철수, 「박완서의 문학작품을 통해 본 서울 주거공간의 이분법적 시
각」, 『한국주거학회 논문집』 제17권, 한국주거학회, 2006 ; 오창은, 「아파트 공간에
대한 문화적 저항과 수락 : 박완서의 <닮은 방들>과 이동하의 <홍소>를 중심으
로」, 『어문논집』 제33집, 중앙어문학회, 2005 ; 한귀은, 「장소감에 따른 기억의 재
서술−박완서의 『그 남자네 집』을 중심으로」, 『현대문학의 연구』 36호, 2008 ; 송
은영, 「현저동에서 강남까지, 문밖의식으로 구성한 도시사 : 박완서 문학과 서울」,
한국여성문학학회 학술대회(특집 : 한국 근현대사와 박완서) 발표문, 2011.4.30 ; 정
혜경, 「1970년대 박완서 장편소설에 나타난 '양옥집' 표상」, 『대중서사연구』 제25
호, 대중서사학회, 2011.6.

의 '양옥집'이라는 주거 공간 표상에 주목하였다. 연구자의 논의에 따르면, 박완서는 양옥집을 철저히 소비적 욕망이 들끓는 공간으로 형상화함으로써 사적영역의 공간이 사실은 자본주의적 이데올로기를 감추고 있음을 드러낸다.

학위논문의 경우, 1990년대 이후 급격하게 증가하면서 박완서 소설에 대한 전면적인 이해와 통합적인 고찰, 새로운 독법(讀法) 등이 시도되었다. 박완서의 소설을 중점적으로 연구한 학위논문으로는 2011년 현재까지 박사학위 논문 4편과 석사학위 논문 202편이 발표되었다. 그 밖에도 동시대의 여성작가나 여성문학에 대한 통시적 고찰에서 박완서 문학의 문학사적 의의를 밝힌 연구도 있다.[31] 오랜 작품 활동을 통해 작가가 문학적으로 그 성과를 인정받고 대중적으로 지지를 받아왔다는 점을 감안할 때 앞으로 박완서의 소설연구에 대한 학문적 접근은 더욱 급증하리라 예상된다. 여기에서는 박완서의 소설을 중점 논의 한 박사학위 논문을 중심으로 그 연구의 성과와 한계를 검토해 보고자 한다.

이선미[32]는 박완서 소설의 서술 특성을 서술의 역설성, 양가성, 매개성으로 구분하고, 기억의 복원방식에서 형상화된 인물들, 즉 가장적 인물, 분열적 인물, 반성적 인물과 각각 연결하였다. 이를 통해 억압의 체험이 여전히 계속되는 현실 속에서 자신의 내면을 온전히 드러내지 못하는 소설 속 인물들이 이중적인 서술방식을 통해 독자에게 이면을 보

31) 정미숙, 『한국 근대 여성소설의 서술시점 연구』, 부산대 박사학위 논문, 2000 ; 이정희, 앞의 논문, 2001 ; 김병희, 앞의 논문, 2001 ; 김병덕, 앞의 논문, 2003 ; 김은하, 『소설에 재현된 여성의 몸 담론 연구 : 1970년대를 중심으로』, 중앙대 박사학위 논문, 2004 ; 김경희, 앞의 논문, 2005 ; 정혜경, 『한국 현대소설에 나타난 여성정체성의 변모과정 연구』, 부산대 박사학위 논문, 2007 ; 임선숙, 『1970년대 여성소설에 나타난 가족담론의 이중성 연구 : 박완서와 오정희를 중심으로』, 이화여대 박사학위 논문, 2010.
32) 이선미, 앞의 논문, 2001.

여주고자 한다는 분석을 하였다. 이러한 연구 결과는 박완서 소설의 중층적 서술방식을 밝혀주었다는 점에서 의의가 있다. 또한 박완서 소설 속 인물의 성격에 대한 다각적인 분석을 통해 초기소설과 후기 소설에서 인물의 내면이 미묘하게 변화했음을 지적했다는 점에서도 박완서 소설에 대한 이해의 폭을 넓혀 주었다.

이은하[33]는 박완서의 소설에서 갈등이 완전히 해결되기보다는 오히려 심화되고 있다는 점에 집중하였다. 박완서의 소설에서 갈등은 주로 외적으로 발생되는데, 외부에서 발생한 갈등이 인물의 내적 갈등을 일으키는 계기가 되어 자아정체성의 형성에 영향을 미치고 있다는 것이다. 이 연구에서 주목할 만한 성과는 박완서 소설의 갈등구조를 구체적으로 분석하고 있다는 점이다. 연쇄고리식, 교차식, 삽입식 전개라는 갈등 구조는 박완서 소설에 대한 치밀한 연구의 성과로 기록된다. 다만 연구의 핵심 논점인 갈등의 발생 요인이 전쟁체험, 유교적 가부장제, 현대 사회문제라는 기존 논의의 틀에 맞추어 진행됨으로써 박완서 소설의 갈등 양상에 대한 보다 구체적인 검토가 미진한 점은 한계로 지적될 수 있을 것이다.

신영지[34]는 박완서의 소설이 현대 한국 사회가 지니고 있는 부정적인 현실을 반복적으로 재현하고 있다는 점에 주목하고, 부정적인 일상의 재현 방식을 통해 작가의 현실인식을 파악하고자 한다. 이로써 박완서 소설의 부정적 현실은 그 근원이 한국전쟁에서 비롯되고 있으며, 이러한 현실은 산업사회를 통해 이어지고 있음을 분석하였다. 그러나 "박완서에게 있어 이상적 일상은 완전한 부권적 현실이 실현되는 공간이

---

33) 이은하, 『박완서 소설의 갈등 발생 요인 연구』, 명지대 박사학위 논문, 2005.
34) 신영지, 『박완서 소설 연구 : 현실재현 양상과 서술방식을 중심으로』, 성균관대 박사학위 논문, 2005.

다"35)라는 다소 동의하기 어려운 결과에 이르고 있다는 점은 한계로 지적할 수 있다. 다시 말해서, 작중인물이 혹은 작가가 부정적 현실을 극복하기 위해 이상적 일상을 동경한다는 점에서는 수긍할 수 있는 분석들이 이어지고 있지만, 연구자는 결과적으로 박완서의 소설이 이상적 부권사회, 부권적 일상세계로의 복귀를 지지하고 있다고 주장함으로써 작품 해석에 대한 반론의 가능성을 유발하였다.

신현순36)은 박완서 소설의 공간 분석이 '시골/도시'라는 이분법에 의해 반복되었던 선행연구의 한계를 지적하고, 처소(處所)로서의 공간, 문화적 공간, 인물의 내면 공간 등 '공간'에 대한 개념을 확장하여 연구를 진행하였다. 이로써 공간에 함의된 의미는 물론, 공간과 인물 심리와의 상관성과 이념공간에 따른 인물의 의식 변화까지 밝힐 수 있는 근거가 제시되었다는 점에서 의의를 논할 수 있다. 그러나 분석 대상 작품이 제한적으로 선정되어서 박완서 소설에 대한 전면적인 연구가 이루어지지 않았다는 한계가 있다.

이상에서와 같이 축적된 연구 성과에 따라 박완서 소설의 문학적 의의는 다음과 같은 몇 가지 공론(公論)으로 귀결되고 있다.

첫째, 박완서 소설의 기원은 6·25 전쟁 체험에 있다. 등단작인 『나목』을 비롯하여 이후 많은 작품들이 작가의 전기적 사실에 기반하여 형성되었다는 데에 동의하는 것이다. 선행 연구자들은 한국전쟁의 발발로 인해 "짐승의 시간"을 견뎌내야 했던 작가의 기억이 소설쓰기의 소명(召命)의식으로 발산되어 그의 문학의 중심축을 이루고 있다고 평가하고 있다. 그동안 박완서 글쓰기에 대해서 여러 논자들은 '복수의 글쓰기',37)

---

35) 신영지, 위의 논문, 2005, p.273.
36) 신현순, 『박완서 소설의 서사 공간 연구』, 목원대 박사학위 논문, 2008.
37) 권명아, 앞의 글, 2000, pp.83~84.

'증언으로서의 글쓰기',38) '치유의 글쓰기',39) '통곡의 글쓰기'40)라는 수
식어로 규정해 왔는데, 이러한 표현은 모두 작가의 글쓰기가 체험에서
비롯되고 있으며, 글쓰기를 통해 전쟁으로 인한 자신의 상처를 치유하
고, 민족 보편의 고통을 위무하고자 한다는 사실을 보여준다.

둘째, 박완서의 소설은 모녀(母女)관계를 중심으로 구축되었다. 이러한
특징 역시 전쟁 체험과 무관할 수 없는데, 전쟁의 시작과 동시에 남성
인물들의 잇단 죽음은 모계(母系) 중심의 가족 형태를 구성하게 했고, 이
때의 모녀(母女)관계는 참혹한 기억을 공유하게 되면서 애증(愛憎)의 감정
으로 상호작용하게 된다. 이에 따라 여성 인물 간의 갈등과 화해의 양
상을 중심으로 여성 정체성 연구, 여성 성장 소설 연구 등의 연구가 축
적되었다.

셋째, 박완서의 소설은 모성성을 극대화(極大化)하고 있다. 이때의 '극
대화'는 모성성의 숭고성에 대한 고찰뿐만 아니라 모성성의 영역이 확
대되었다는 점도 포함하고 있다. 즉 많은 작품에서 나타나고 있는 희생
적 모성의 모성성은 물론 박완서 소설의 생명주의 사상에 대한 연구도
모성성의 극대화의 한 연구로 포함된다. 그러나 여성성이나 모성성의
개념을 지나치게 확대 적용할 경우, 오히려 여성의 존재론적 위상을 위
태롭게 할 우려가 있다.41)

넷째, 박완서의 소설은 도시의 중산층 여성을 주된 화자로 내세우고
있다. 박완서 소설의 대부분에서 화자는 여성으로 설정되어 있는데, 특

---

38) 강인숙, 앞의 책, 1997.
39) 백지연, 「폐허속의 성장」, 『박완서 문학 길 찾기』, 세계사, 2000.
40) 황도경, 「한 말씀만 하소서」, 『박완서 문학 길 찾기』, 세계사, 2001.
41) "일부 페미니즘 담론에서조차 여성성이나 모성을 포용력이나 생명력으로 신화화
    하는 것은 가장 현실적이고 역사적인 담론으로서의 페미니즘을 추상적이고 비편
    실적인 담론으로 환원하는 것이며, 그 결과 페미니즘 담론으로부터 현실성을 박탈
    하게 되는 것이다." (권명아, 앞의 글, 1998, p.396)

히 일상의 권태와 세속적 욕망을 거침없이 드러내는 화자들이 등장한다. 이는 많은 논자들로부터 보편적 공감대의 약화 등을 이유로 박완서 소설의 문학적 한계로 지적되기도 하였다.[42] 그러나 부조리한 사회에 소속되어 있으면서 동시에 사회의 부조리에 대한 인지(認知)가 가능한 인물 구성이라는 점, 때문에 여성의 현실과 그에 따른 자의식의 변모 양상을 살필 수 있다는 점에서는 중산층 여성 인물의 설정은 유효한 의의를 갖는다고 할 수 있다.

다섯째, 박완서의 소설은 파행적 근대화에 대한 비판의식이 투철하다. 1970년대는 산업화와 도시화에 따라 등장한 물신 숭배 현상이나 배금주의, 이기주의가 만연하게 되었는데, 박완서의 소설에는 이러한 사회 풍토에 대한 세밀한 검토와 비판이 이루어지고 있으며, 그러한 일상 생활에서 주체적 삶을 영위하지 못하는 인물의 심리적 갈등이 잘 드러나고 있다.

여섯째, 박완서의 소설은 여성의 정체성에 대한 자각을 강조하고 있다. 이는 남성 중심적 사회 제도 속에서 여성이 처한 현실의 모순을 사실적으로 제시해 주고 있다는 점에서 박완서 소설의 큰 성과 중 하나로 꼽히고 있다.[43] 그러나 한편으로는 현실적 대안이 결여된 자각으로 인해 오히려 현실 사회의 도시적 생리(生理)와 대응되는 봉건적 전통사회

---

42) 정호웅, 「상처의 두 가지 치유방식」, 『작가세계』, 1991 봄 ; 황광수, 「민족문제의 개인주의적 굴절」, 『창작과 비평』, 1985.

43) 김치수는 박완서가 다루고 있는 남녀평등의 문제가 우리가 살고 있는 삶 속에 있는 모든 불평등이 문제를 가장 상징적으로 보여주고 있기 때문에 보다 큰 보편성을 획득하고 있다고 평가한다. (김치수, 「함께 사는 꿈을 위하여」, 『우리시대 우리 작가』, 동아출판사, 1987) 이남호 역시 박완서가 우리 시대의 중산층 여인들의 삶을 탁월하게 그려내고 있으며, 제한적인 소재를 통해 보다 큰 현실 인식에 도달하고 있다고 평하고 있다. (이남호, 앞의 글, 1989) 반면에, 김경연의 경우 역사적, 사회적 시각을 탈각한 상태에서 여성문제를 개인의 문제로 축소시키고 있다고 비판한다. (김경연 외, 앞의 글, 1988)

를 옹호하고 있다는 비판이 제기되기도 하였다.

일곱째, 박완서 소설의 서술 구조 연구에 따르면 대부분 1인칭 화자의 내적 독백이거나 고백적 서술이 강화되어 있고 회상에 의존한 서술이 빈번하다. 이는 작가의 체험에 기반 한 소설이 많다는 점과 상동(相同)하는 서술적 특징이라 할 수 있다. 아울러 일상의 내용을 요설로써 풀어내는 '삽화적' 글쓰기 또한 박완서 소설의 주요한 성격으로 제시되었다.

여덟째, 박완서 소설의 공간 구조는 고향 '개성(박적골)'과 도시 '서울(현저동)'의 대비를 중심으로 하여 향토적 정서와 근대적 이기주의의 대립양상으로 분석되어 왔으며, 박완서의 소설은 대부분 고향에 대한 그리움과 함께 인간의 참된 삶의 근원지로서 전원적 공간에 의지하고 있다. 최근에 와서 이러한 이분법적 공간구조 분석의 한계를 지적하기도 하였으나, 다수의 연구는 박완서 소설의 공간 연구에 있어서 여전히 이분법적 도식에 근거하고 있다.

이와 같이 그간의 선행 연구는 작가의 문제의식이나 근원적 사상에 대해서는 다양한 논점에서 그 성과를 이룩해 왔다. 그러나 많은 연구들이 유사한 독해 방식의 반복과 동일한 주제의식으로의 귀결로 이어지고 있어 자칫 작가에 대한 다양한 해석을 사전에 봉쇄해 버리는 위험을 내포하고 있다. 또한 텍스트 선정에 있어 소수의 작품을 연구의 대상으로 선정함으로써 소설 전반에 대한 규명이 이루어지지 않았다. 아울러 대중적으로 인지도가 낮은 작품의 경우는 연구 대상에서 제외됨으로써 박완서 소설 세계를 통시적으로 또 공시적으로 고찰하지 못했다는 한계를 안고 있다. 요컨대, 논의의 획일화와 제한적인 작품 고찰은 또다시 선행연구의 결과를 반복하는 결론에 도달하게 되는 재귀(再歸), 순환적인 연구 축적의 원인이 된 것이다.

실제로 많은 학위 논문과 작품론이 박완서 소설에 대한 해석을 선행 연구 결과에 의존하여 이해하고 그 문학적 의의를 부여하는 경우가 많다. 이러한 연구 방식은 작품의 문학적 생명력을 단축하는 결과를 초래할 수 있으며, 박완서의 작가적 위상을 정립하는 데에도 악재(惡材)로 작용할 수 있다. 따라서 본고는 40년이라는 장구한 문학 활동 기간 동안, 끊임없이 제기해 온 작가의 문제의식을 재조명하고 특히 그동안 여성인물에 대한 단편적인 해석방식의 틀에서 벗어나 보다 확장된 관점으로 박완서의 문학의 의의를 고찰하여 그 문학적 성과를 밝히고자 한다.

2. 연구의 목적 및 연구 방법

본고는 박완서 소설 연구에 있어서 선행연구의 미덕을 수용하면서도 그 한계를 벗어나기 위해서 몇 가지 전제를 상정하고, 그에 따라 본 연구의 목적을 분명히 하고자 한다.

첫째, 본 연구는 박완서 소설에서 주된 소재로 작용하고 또 작품에서 다양한 의미망을 보여주고 있는 '여성'에 주목할 것이다. 앞서 박완서 소설의 특징으로 제시된 자전적 체험 소설, 세태 비판 소설, 여성주의 소설 등의 항목을 아우르고 있는 공통분모 역시 '여성'이다. 따라서 박완서 소설을 이해하는 데 있어서 가장 핵심적인 관점은 '여성주의적 시각'이라 할 수 있다. 수많은 작품을 발표하면서 박완서는 여성인물의 다양한 성격을 구축하였고, 그 인물들을 통해서 여성의 삶과 여성의 정체성, 여성의 윤리와 여성의 언어를 보여주었다. 이를테면, 전쟁의 공포와 반공이데올로기의 억압을 여성의 관점과 여성의 생활 현장을 통해서 비판하였고, 여성의 의식 확대와 인식의 전환을 꾀하는 작품을 통해 여성의 자기 반성과 각성을 유도하였으며, 급변하는 사회 형태와 가치관의 부재를 몸으로 경험하고 반응하는 여성인물을 통해 사회의 부조리와 모순을 치밀하게 폭로하였다.

요컨대, 박완서의 문학 전반에서 여성은 작가를 대신하여 작품의 주제의식을 전달하는 화자였으며, 다른 한편으로는 사회의 부조리를 대신하여 당대 사회의 비판과 조롱을 받는 인물이 되기도 하였다. 따라서 박완서의 문학적 의의는 '여성' 인물에 대한 철저한 고찰과 분석에 의해서 가장 효과적으로, 또한 가장 명확하게 밝혀질 수 있을 것이다. 이에 본고에서는 박완서 소설의 여성인물을 중심으로 여성과 당대 사회의 조응관계를 살펴보고자 한다.

둘째, 박완서의 전 작품을 대상으로 통시적 고찰을 목적으로 한다. 40년이라는 박완서의 문학적 생애는 한국 현대사의 흐름과 그 맥락이 일치하고 있다. 박완서는 문학 작품을 통해 당대 사회에 대한 비판적 시각을 제시하였으며, 냉소와 풍자, 반어와 조롱의 언어로 표현하였다. 뿐만 아니라 인간에 대한 애정과 연민을 보여주는 작품을 통해서는 각박한 현대 도시의 삶을 반성하고 성찰하게 하기도 하였다. 즉, 박완서의 문학적 흐름은 사회의 변화와 함께 하고 있으며, 급격한 변화에 따른 모순과 갈등, 그 해법을 작품을 통해 제시하고 있다. 다시 말해서, 물리적 시간의 흐름, 세대의 변화에 따라 작품 속 인물의 세계관이나 자기에 대한 인식이 변화하고 있는 것이다.[44] 따라서 박완서 소설의 이해는

---

44) 예컨대, 박완서의 등단작인 『나목』(1970)과 그의 유작(遺作)인 「석양에 등을 지고 그림자를 밟다」(2010)를 비교해 보면, 전자가 스무 살 여성의 성장의식을 보여주는 작품이라면, 후자는 노년의 여성이 자신의 생을 되돌아보는 회고담을 보여준다. 다시 말해서 전자가 한 여성이 세계(상징계)로 진입하는 과정에서 겪는 정신적 상처와 각성을 담고 있다면, 후자는 세계(상징계)의 삶을 다 경험한 후의 관점에서 그 세계의 '허무'를 밝히는 내용이라고 할 수 있다. 이와 같이 작품 속 인물은 작가의 문학적 생애에 따라 그 인식의 폭과 깊이가 변화하고 있다.

당대의 시대적 배경을 배제하고서는 불가능하며, 그의 소설이 사회 정서의 변화에 가장 예민하게 반응했다는 점을 고려할 때, 통시적으로 연구, 분석하는 것이 박완서 소설의 의의를 규명하는 데 가장 효과적일 것으로 판단된다.

이에 본고는 박완서의 작품을 작품 발표 시기에 따라 초기, 중기, 후기로 구분하였다. 초기는 1970년대의 발표 작품이, 중기는 1980년대의 발표 작품이, 후기는 1990년대 이후의 발표작품이 각각 해당된다. 1970년대의 우리나라는 근대화와 산업화의 욕구가 최고조에 이르렀던 시기였다. 정치적으로는 폐쇄적이었던 반면 경제적으로는 급격한 성장, 변화가 나타났던 시기로, 가치관의 혼란은 물론 사회적 윤리의식이 결여되었던 시기이다. 정치적 억압과 사회적 가치관의 부재는 당대 사회에 극명한 불안의식을 야기한 바 있다. 박완서의 1970년대 작품은 이러한 당대의 정치, 사회, 문화적 양상을 여성인물의 갈등과 혼란을 통해 모두 보여주고 있다. 1980년대는 민주화 운동의 열기가 고조되고, 여성 문제에 대한 사회적 인식의 변화가 일어나기 시작했던 시기이다. 박완서 역시 1980년대에 여성주의 소설을 집중적으로 집필했던 시기로, 작가가 당대의 사회적 변화에 민감하게 반응했음을 알 수 있다.45) 이 시기에

---

45) 강인숙은 작품상에 나타나는 작가의 심리변화를 축으로 1980년대 소설의 변화를 밝힌 바 있고, 그에 따라 박완서 소설의 시기를 구분하였다. 강인숙에 따르면, 1980년부터 이미 그의 작품 세계에 변화양상은 나타난다. 박완서의 1970년대 작품들은 주로 6·25 체험과 관련하여 토악질, 증언, 복수로서의 글쓰기로 삶의 부정적인 면이 압도적으로 우세했다. 반면에 1980년대 들어서면 박완서 개인적인 측면에서 많은 변화가 일어난다. 오랜 치매 상태에서 그녀를 괴롭히던 시어머니가 1979년에 돌아가셨고, 1980년에 첫 손자를 보았으며, 1981년에 한옥생활을 끝내고 아파트로 이주했고, 카톨릭에 귀의했다. 그로 인해 1980년대 글쓰기는 이런 변화들이 문학에도 파급되어 아파트라는 주거공간이 클로즈업되는 것뿐만 아니라 6·25 이전의 시기인 유년기와 소녀시기에도 조명이 주어질 만큼 정신적 여유가 생겨나게 되고, 그로 인해 삶을 바라보는 작가의 시선에 변화가 일어나는 것이다. (강인숙, 앞의

발표된 여러 편의 소설은 대개 여성인물의 '자기 발견의 서사'로 응축되고 있다. 1990년대 이후에는 냉전시대의 종결과 탈근대적 인식론의 확산으로 사회적 패러다임이 전면적으로 변화된 시기이다. 아울러 박완서 역시 1988년의 개인적으로 극심한 고통을 경험하면서 세계에 대한 인식과 삶에 대한 관점이 바뀌었음을 에세이를 통해 밝힌 바 있다. 이러한 작가의 내면적, 외부 환경적 변화는 소설 작품에 투영되어 작중 인물의 세계관에도 영향을 미친 것으로 판단된다.

셋째, 박완서의 소설이 여성(성)의 탈(脫)신비화를 구축하고 있다는 점을 밝히고자 한다. 앞서 많은 연구의 결과를 살펴보면, 대부분 여성성과 모성성을 자연과 동일시하고 있고, 생물학적 여성을 여성의 본질적 특성으로 강조하면서 모성을 성화(聖化)하는 인식을 펼치고 있다. 이러한 연구 결과는 오히려 여성을 신비화하고 동시에 남성(성)을 거부하거나 타자화하게 된다.[46] 이와 같은 가치판단은 남성 중심 사회에 대한 반동적 사유에서 기인한 결과라고 할 수 있다. 앞서 밝힌 바대로 여성성을 규명한 몇몇 연구 결과는 상상계적 공간에 여성 인물을 옮겨다 놓음으로써, 여성은 부정적 현실을 극복할 만한 능력이 결여된 인물로 왜곡될 수 있는 여지를 만들었다.

이러한 연구자의 시각은 '전근대적 봉건사회, 가부장제도에 대한 옹호'라는 지적과 함께 '현실의 모순을 직시하면서도 구체적인 대안을 제시하지 못한 채 현실 비판만을 하는 무력한 여성인물을 그려내고 있다'는 비판에 대한 대응에서 비롯된 것으로 판단된다. 그러나 현실 세계에

책, 1997, pp.23~24)
46) 본고의 시각과 유사한 연구로서, "'생명주의'를 박완서의 핵심으로 파악한 이선영의 진정한 한계는 '생명주의'를 여성성과 관련시키지 못한 데 있는 것이 아니라, 구체적이고 역사적인 맥락이 아닌 '본능'의 차원에서 설명한 데 있는 것"이라고 지적한 전승희의 주장은 설득력이 있다. (전승희, 앞의 글, 1991, p.194)

서 정서적 안정을 찾지 못하는 여성 인물들이 자연적 공간에 대한 상상적 동일시 과정을 경험하면서 자연의 생명성에 대해 동경하는 것으로 나타난다는 작품 해석은 오히려 여성을 현실 세계로부터 축출해 버리거나 적어도 현실에 발 딛지 못한 채 부유(浮游)하는 인물로 고정하는 결과를 낳게 된다. 이에 대해, 본 연구는 박완서 소설에 등장하는 여성 인물을 (부조리한) 현실 세계에 능동적으로 참여하고, 응대하는 인물로 재해석하고자 한다.

아울러 남성 중심의 가부장사회에서 타자(여성)를 동일자(남성)로 환원하는 '모성 담론' 연구에 대해 재고(再考)함으로써 박완서 소설의 여성성과 모성성에 대해 전면적인 검토를 시도하고자 한다. 지금까지 박완서 소설에서 나타나는 모성성에 관한 연구 결과는 상당부분 박완서 소설의 긍정적 의의로서 모성성의 회복을 주장하고 있다. 그러나 이러한 결론이 갖는 위험성은 굉장히 크다. 여성의 중요한 특성 중 하나일 수는 있으나 여성의 본성적인 특성, 여성만의 고유한 특성이라고 규정하기에는 모성 담론이 갖고 있는 이데올로기적 성격을 간과할 수 없기 때문이다. 그러므로 본고는 일괄적으로 '모성성의 회복'이라는 작품 해석 방식에서 벗어나 박완서의 소설이 여성성을 본질주의의 관점으로만 해석하거나 남녀 이분법적 도식에 함몰되지 않은, 적극적인 여성주의 소설로서의 문학적 의의를 갖는다는 것을 제시할 것이다.

넷째, 박완서 소설의 전략적 글쓰기 방식을 분석하고자 한다. 시대에 응대하는 방식으로서 소설쓰기가 이루어졌다고 할 때, 그 글쓰기 방식은 전략적이지 않을 수 없다. 본고는 박완서 소설에서 나타난 서사구조 분석을 통해 남근중심주의, 국가주의, 반공주의, 가부장주의, 이기주의 등 사회의 이데올로기에 대응하는 여성적 서사의 양상을 모색할 것이다. 소설의 어조와 문체, 서사 구조, 어휘의 표현방식 등은 여성 인물의 사회인식을 반영하고 있으며, 여성의 정체성 변화에 따른 세계관의 표현으로 나타나고 있다. 이로써 박완서 소설의 전략적 글쓰기는 곧 여성의 전략적 글쓰기와 일치하고 있음을 찾을 수 있을 것이다.

기존의 연구에서는 박완서의 글쓰기의 특징을 사적(私的) '기억'에 의존한 공적(公的) 역사의 '복원'이라는 소명(召命)의 글쓰기 또는 상처와 고통에 대한 '치유'와 '통곡'의 글쓰기라는 여성적 서사로 규명되어 왔다. 그러나 이는 여성적 서사에 대한 단편적 인식에 머물러 있거나, 박완서 소설이 갖는 서사 구조의 특징을 정밀하게 분석하지 못한 한계를 갖는다. 따라서 본고는 박완서 소설의 서사적 특징을 페미니즘 서사의 전략적 글쓰기 특성과 연관하여, 그 내용을 분명하게 제시하고 획일적인 논의로부터 벗어나는 기점으로 삼고자 한다.

이와 같은 연구의 목적을 위해서 본고는 박완서 소설의 젠더[47]적 독해를 시도하고자 한다.[48] 페미니즘 연구에서 젠더에 관한 인식은 이미

---

47) 젠더(gender)란 기존의 문화에서 육체적인 것으로 남성 또는 여성에게 일치시키려는 감정적, 심리적 속성을 가리킨다. (리사 터틀, 『페미니즘 사전』, 유혜련·호승희 옮김, 동문선, 1999, p.183) 젠더는 현대 페미니즘 이론의 기본 인식소일 뿐만 아니라, 일레인 쇼왈터(Elain Showalter)의 지적처럼 젠더가 새로운 분석의 범주로 부상함에 따라 1980년대 이후 인문학 분야에 획기적인 변화가 초래되었다. 원래 젠더의 어원은 낳다(generare)라는 라틴어 동사이고, 그 어근 'genere-'는 인종, 종류, 부류를 뜻한다. (한국영미문학페미니즘 학회, 『페미니즘 어제와 오늘』, 민음사, 2001, p.389)

48) 페미니즘 젠더 이론에서 젠더 범주는 두 가지 의미 층위를 갖는다. 젠더는 우선 생물학적 섹스와는 구분되는 사회적 여성성과 남성성을 의미한다. 사회적으로 만들어진 "여성성, 남성성"이 젠더라는 것이다. 다른 한편 젠더는 이 사회적 "여성성, 남성성"을 만드는 권력 체계를 의미한다. 이때 젠더는 "여성성, 남성성"이 아니라 "여성성 남성성"이라는 구분을 만들어내는 힘이고, 이 힘을 분석하는 관점이다. 따라서 젠더(gender)는 단순하게 여자 또는 남자로 구분하는 생물학적 성(sex) 분류를 가리키기보다는, 성별화 된 의미를 생산하는 차이의 관계들을 포괄적으로 지칭한다. (김애령, 「'여자 되기'에서 '젠더 하기'로 : 버틀러의 보부아르 읽기」, 『한국여성철학』 제13권, 한국여성철학회, 2010, p.46)

보부아르(Simone de Beauvoir)가 자신의 저작 『제2의 성』(The second Sex, 1949)에서 '여자는 태어나는 것이 아니라 만들어진다'라고 주장한 데서 시작되었다고 할 수 있다. 여성성은 생물학적 성(性)에 의해 좌우되는 것이 아니라 사회의 제도와 문화에 의해 생성된다고 본 것이다. 이후 젠더에 대한 연구와 여성의 정체성과의 연관성에 대한 고민은 포스트페미니스트들(post-feminists)에 의해 본격화되었다. 1980년대 이후 포스트구조주의[49] 로부터 영향을 받은 이들은 여성의 정체성을 규정하는 것이 여성에게 또 다른 형태의 억압으로 작용하고 있음을 밝히고, 여성들의 차이와 여성성의 다양한 변이를 인정할 수 있는 새로운 인식론이 필요하다고 주장하였다. 따라서 포스트페미니즘은 정태적이고 단선적인 여성의 정체성을 거부한다. 즉 여성성(feminity)은 근본적으로 역사화된 것이며 여성의 정체성은 유동적이고 복수적이라는 것이다.[50]

크리스테바(Julia Kristeva)의 구분을 따르자면,[51] 이러한 포스트페미니즘

---

49) 포스트구조주의의 성립에 기여한 이론들에는 소쉬르(Ferdinand de Saussure)와 에밀 방브니스트(Emile Benveniste)의 구조주의 언어학과 마르크스주의 특히 루이 알튀세르(Louis Althusser)의 이데올로기 이론, 그리고 프로이트(Sigmund Freud)와 자끄 라캉(Jacques Lacan)의 정신분석학, 데리다(Jacques Derrida)의 차연 이론과 푸코(Michel Foucault)의 담론과 권력이론에 토대를 둔 해체이론 등이 포함된다. (Chris Weedon, 『포스트구조주의와 페미니즘 비평』, 이화영미문학회 옮김, 한신문화사, 1994, p.24)
50) 여성을 포함한 모든 것은 하나의 고정되고 불변하는 정체성을 지니고 있지 않다. 여성의 경우, 하나의 여성(Woman)이 있는 것이 아니라 어떤 특정한 입장에 있는 수많은 여성들(women)이 있다. 여성이 남성과 다른 목소리를 갖고 있는 만큼, 여성들 자체 내에서도 서로 다른 목소리들이 존재한다. 여성들은 인종, 계급, 능력, 나이, 종교 등에 따라 그 내부에서도 서로 구별된다. 이것은 여성의 정체성이 단지 여성이라는 성적 구별에 따른 정체성으로 자아가 형성되지 않는다는 것을 보여준다. 여성은 하나의 정체성으로 존재하는 것이 아니라, 보다 큰 사회적 맥락 속에서 여러 종류의 정체성을 갖고 있는 것이다. (이동수, 「포스트모던 페미니즘에서 여성의 정체성과 차이」, 『아시아여성연구』 제43집 제2호, 2004, p.57)
51) 주디스 로버, 『젠더 불평등 : 페미니즘 이론과 정책』, 최은정 외 옮김, 일신사, 2005, pp.25~34 참조할 것.

은 '제3의 물결'을 일으킨 것이다. 제1세대의 남성주의적 여성주의와 제2세대의 여성중심적 여성주의를 넘어 제3세대 여성주의는 희생논리 자체를 극복함으로써 비로소 타자를 배제하지 않는 여성주의를 구현하고자 했다. 즉 제3세대는 동일화나 부정이 아니라 양자의 관련 속에서 희생논리를 극복하려는 것을 주요 과제로 삼고 있는 것이다. 여성주의자들은 여성의 자아실현이 타자의 부정을 통해서가 아니라 타자의 인정을 통해서 가능하다는 것을 알게 되었다. 이로써 제3세대 여성주의는 배제의 논리 자체를 극복하는 관심으로의 전환점을 보여주고 있다고 하겠다.[52]

주디스 버틀러의 『젠더 트러블』(1990)은 이러한 젠더 연구를 본격화한 대표적인 이론으로 등장하였다. 버틀러는 여성을 구성주의적 시각으로 인식한다. 이는 여성을 집단화하여 여성의 동질성을 강조하기보다는 여성 간의 차이(difference)와 이질성(heterogeneity)을 강조하려는 것이다. 본질주의를 지양하고 구성주의를 수용하면 여성성 내의 다양한 차이'들'을 고려할 수 있고, 남근이성중심주의(phallogocentrism)적 형이상학에 근거한 이분법으로 환원되는 것을 차단할 수 있게 되기 때문이다.[53]

---

52) 이현재, 『여성주의적 정체성 개념』, 여이연, 2008, pp.40~41 참조.
53) 버틀러는 여성 젠더 주체에 관한 주장의 근거로서 데리다(Derrida)의 해체주의와 라캉(Lacan) 정신분석학, 그리고 푸코(Faucault)의 권력 담론을 인용하였다. 데리다는 소쉬르의 이성중심주의에 이의를 제기하며, 소쉬르의 기호 이론에서 고정된 기의들이 차지하는 자리를 차이와 지연의 이중적인 전략을 통해서 의미를 생산하는 차연(différance)의 개념으로 대치시킨다. 이것으로 데리다는 근대의 이성중심적 이항 대립을 해체하였다. 즉 남성/여성, 말하기/글쓰기, 철학/문학, 진리/허구, 밖/안, 형식/내용 등의 대립항을 붕괴함으로써 의미란 단 하나의 기호에 속박될 수 없으며 의미는 순수하게 관계적이라고 주장하였다. 이는 최종적이고 안정적인 의미와 진리에 도달할 수 있다고 믿는 모든 담론(철학적, 논리적, 종교적, 법적, 과학적 담론)을 해체시키는 것이다.
라캉은 프로이트의 정신분석과 기호학을 연결하여, 무의식은 언어처럼 구조화되어 있다고 주장하였다. '구조화'는 생산된다는 것을 의미한다는 점에서 본질적 특요컨대, 버틀러에게 정체성이란 사회적 관습과 관행에 의존하여 문화적으로 구성된 행동 양식을 반복적으로 수행한 결과이다. 버틀러는 성(性)과 젠더, 섹슈얼리티 등 모든 것은 가변적으로 행위 중에 구성되며, 반복 속에서 모든 의미는 언제나 새로운 의미로 열릴 가능성이 있고, 우리는 모두 내 안에 타자를 안고 있는 주체라고 새롭게 규정한다. 버틀러의 주장을 핵심적으로 드러내는 '패러디, 수행성, 반복 복종, 우울증'적 젠더 정체성은 단일하고 고정된 젠더 정체성을 부정하기 위한, 버틀러의 대표적 이론이자 전략이다. 이때 패러디나 수행성, 반복복종과 우울증으로서의 젠더 정체성은 서로 다른 것이 아니라 문화적이고 사회적인 일시적 구성물로서의 젠더를 설명하는 상호보완적 방식들이다.

***

성이 없는 젠더 정체성을 뒷받침한다. 또한 라캉의 주체이론은 버틀러의 정체성 해체에 주요한 이론적 근거를 제공하였다. 라캉에게 주체화는 상징계의 '법' 질서에 의해 구성되는 것이기 때문에 주체가 내적 본질을 갖지 않고, 다만 언어나 사회 규범에 의해 주체화된다고 설명한다. 이를 버틀러는 '행위 주체(agency)'이라는 수행적 주체를 주장하는 데 인용한다. 버틀러에게 행위 주체는 법과 규범을 반복적으로 실천하는 수행자일 뿐이다. 이로써 버틀러는 근대 주체의 완전성이나 자족성에 의문을 던지고, 주체의 소극성과 수동적 주체로서의 의미를 부과하였다.

한편 버틀러의 젠더 정체성 논의에서 가장 핵심적 이론을 제공한 것은 푸코의 '권력'과 '담론'에 관한 주장이다. 권력의 배치와 담론의 형성에 대한 푸코의 주장은 남성중심적 담론이 주장해 온 생물학적 성에 대한 논리와 이전의 페미니즘 연구가 의지해 온 본질주의적 여성성에 대한 개념을 반박하는 데 기여하였다. 버틀러는 푸코의 주체 이론을 수용하여 젠더 정체성이라는 것은 '규제적 허구'(regulatory ideal)이며, '담론적 생산물'(discursive product)일 뿐이라고 주장하였다. 다시 말해서 여성이란 본질적으로 존재하지 않으며 당대의 규율 담론이 생산한 이차적 효과에 불과하다는 것이다.

아울러 버틀러는 푸코가 주장한 권력과 저항의 동시성에서 담론의 전복 가능성을 찾았다. 푸코의 권력은 저항과의 관계 속에서 형성되는 것이고, 권력이 있는 곳에는 반드시 저항도 공존한다. 권력은 소유할 수 없는 것이기 때문에 언제나 불안정한 상태에 있고, 따라서 지배 담론은 대항 담론을 동반할 수밖에 없다는 것이다. 말하자면 푸코는 담론의 모호성과 권력의 다양성을 인정함으로써 버틀러로 하여금 배제와 소외를 야기하는 기존의 성 정치학에 대해 저항하고 반박할 수 있는 여지를 마련해 준 것이다.

주체의 수행적 구성을 설명하기 위해 버틀러는 정체성에 기반 한 주체라는 개념을 버리고 그 대신 행위주체(agent)라는 개념으로 정치적 주체를 대체한다. 행위주체는 미리 설정된 개념이 아니라, 강제와 규범의 구성적 권력 속에서 스스로의 수행성으로 미래를 향해 열려있는 주체 개념이다. 이를 '수행적 주체'라고 하는데, 버틀러에 따르면 수행(perform)과 수행성(performativity)은 구별되어야 한다. 수행성은 수행자가 없는 개념이기 때문이다. 다시 말해서, 수행(perform)은 수행을 하는 주체를 상정하는 것이고, 수행성(performativity)은 그러한 주체가 미리 존재하는 것이 아니라 수행의 과정에서 구성되는 것이다.[54]

이러한 행위 주체(agent), 수행적 젠더 주체는 성별화된 젠더 규범에 의해 구성되는 주체이면서 동시에 젠더 규범을 전복적으로 수행할 수 있는 저항성을 내포한다. 젠더 규범에 대한 수행적 동일시는 젠더 담론을 확립하는 데 기여하기도 하지만, 그것의 허구성을 드러내기 위해 전략적으로 채택할 수도 있는 것이다. 곧 수행적 젠더 주체는 전략적으로 젠더를 수행하고 차별적으로 규범화된 젠더 담론의 허구성과 비본질성을 가시화할 수 있는 역량을 포함하고 있다고 하겠다.

물론 버틀러의 수행적 젠더 주체는 한 개인이 젠더를 자유롭게 선택하거나 변경할 수 있는 것은 아니다. 젠더는 주체에 의해 형성되는 것이 아니라, 그것이 수행적으로 주체를 구성하는 것이기 때문이다. 이를테면 젠더는 담론적 효과로 나타나는 것이기 때문에 당대의 지배적인 이데올로기와 사회, 문화적 영향으로부터 자유로울 수 없다. 다만 개인

---

54) "버틀러에게 젠더는 바로 그러한 수행성이다. 젠더는 명사도 아니고 자유로이 떠도는 속성도 아니다. 젠더는 수행성, 즉 그럴 것이라고 추정되는 정체성을 구성하는 것이다. 이러한 의미에서 젠더는 언제나 행위이지만, 행위에 앞서 존대한다고 생각되는 주체에 의한 행위가 아닌 수행성이다." (김지영, 「버틀러와 여성」, 『여성학연구』 Vol.18, 부산대학교 여성학 연구소, 2008, p.127)

은 '전략적'으로 수행할 수 있다. 버틀러는 푸코의 권력이론이 강조하고 있는, 권력은 소유될 수 있는 것이 아니라 배치될 수 있을 뿐이라는 점55)에 주목하여 권력에 저항하는 역담론(counter-discourse)의 생산 가능성을 제시함으로써 젠더 정체성의 전복적 성격도 밝힐 수 있었다. 즉 젠더는 규범이 생산한 허구적 구성물이지만, 이 허구적 구성물은 단순히 문화결정론의 산물이 아니라 규범을 다르게 반복될 가능성 속에 내적 전복력을 가진다는 것이다. 담론적 실천을 통해 '여성'이 된다는 것은 비록 표면상 안정된 것처럼 보일지라도, 그 정체성은 담론의 권위와 권력의 통제 하에 반복적 수행이 만들어낸 환상적, 비본질적 구성물에 불과하며, 이미 그 자체 내에 개입과 재전유의 가능성을 포함하고 있다는 것을 의미하기도 하기 때문이다.

버틀러는 앞서 포스트페미니즘이 강조한 젠더의 개념과 젠더 연구의 필요성을 강조한 것에서 나아가 젠더 해체를 요구하기에 이른다. 이분화된 젠더 정체성의 개념과 양식을 모두 거부하는 것이다. 버틀러는 규범화된 정체성으로서의 젠더, 즉 '남성적'인 것도, '여성적'이라는 것도 모두 부정하고 오로지 수행성으로서의 젠더만을 인정한다. 여성성이나 여성적이라는 '특화'된 개념도 거부하기 때문에, 버틀러의 주장은 페미니즘의 정치성을 해체할 우려가 있는 것으로 비난을 받았다.56) 그러나

---

55) 푸코는 권력이 사회 속에 세력의 그물망처럼 퍼져 있듯이 권력이 존재하는 곳이라면 어디에서나 저항도 존재한다고 강조한다. 저항은 권력 외부에 있는 것이 아니라 권력과 함께 공존하고 "권력관계의 전략 영역 안에서만 존재할 수 있다." (미셸 푸코, 『성의 역사 1』, 이규현 역, 나남, 2007, p.110) 따라서 권력관계는 다양한 저항점들의 관련 아래서만 존재한다. 그것들은 권력관계에서 반대자, 표적, 버팀목, 공략해야 할 모난 부분의 역할을 수행한다. (미셸 푸코, 위의 책, 2007, p.109) 권력과 함께 저항이 생성될 수 있는 이유는 권력이 무수한 요소들로부터 불평등하고 유동적인 상호작용 아래서 행사되는 것과 같은 방식으로 저항 또한 불규칙하게 배분되어 있기 때문이다. (서인숙, 「포스트 페미니즘 시대의 푸코와 페미니즘」, 『영화연구』 제14호, 한국영화학회, 1998.12, pp.282~283)

버틀러는 젠더의 불확정성이 곧 페미니즘의 실패는 아니며,57) 정체성의 반복적 재의미화 속에 정치적 실천력의 가능성이 있다고 반박하였다. 즉 고정된 젠더 유형들을 교란하고 해체함으로써 오히려 담론의 장에서 권력과 제도, 문화를 비판할 수 있다는 것이다.

여기서 버틀러의 논의는 박완서의 문학적 특성과 조우한다. 박완서는 여성에 관한 불합리한 억압과 사회적 담론에 대한 비판을 소설로써 끊임없이 제시했지만, 작가 스스로 밝히고 있듯이 박완서는 여성해방론자도 아닐뿐더러 '여성을 말하기' 위해 소설을 쓰지 않았다. 그의 소설은 여성을 중심화자로 설정하지만, '여성'만이 아닌 인간으로서 받는 불합리함에 대해 말하고 있는 것이며, 이는 근본적으로 남성에게도 동일하게 적용된다. 다만, 젠더 규율과 위계에 따른 여성의 억압을 구체화함으로써 젠더 규범이라는 것이 어떻게 인간을 억압하고 구속하는지를 비판적으로 제시하고 있다.

당대 사회와 세계관의 변화를 작품에 반영한다는 측면에서 박완서 소설 속 여성인물의 정체성이 변화한다는 사실은 분명하다. 그러나 박완서의 소설 속 여성인물의 정체성은 개별자로서의 일관된 주체의 자각과 자아 확립을 목적으로 하기보다는, 여성 젠더의 끊임없는 정체성 변화 양상을 보여주고 있다는 점에 주목해야 한다. 여성들은 시대마다 각기 다른 주체-위치들을 점유한다. 당대의 사회와 조응하는 여성인물들은 '생존'과 '안정', 생활의 '지속'을 요구하면서 정치, 사회, 문화적인

---

56) 앨리슨 위어는 버틀러의 여성 정체성 파괴는 곧 비판적 행위의 해체라고 비판한다. 위어는 직접적이고 형이상학적이며 전(前)담론적인 정체성은 비판되어야 한다는 점에서 버틀러와 의견을 같이 한다. 그러나 위어는 버틀러가 통일적 정체성에 대한 거부의 논의로부터 매개 능력, 책임, 반성 능력의 불가능성까지 도출하는 것은 비약이라는 점을 지적한다. (이현재, 앞의 책, 2008, pp.91~95)

57) 주디스 버틀러, 앞의 책, 2008, p.73.

여성의 삶을 구축해나가고 있는데, 이 과정에서 여성의 젠더 정체성이 달리 나타나고 있는 것이다.

따라서 주요 논점은 젠더의 수행성이라고 할 수 있다. 박완서의 소설이 반복적으로 제시하고 있는 것은 권력의 배치와 이데올로기의 효과로서 나타나는 여성(성)이며 동시에 당대의 허구적 담론에 전략적으로 대응하는 여성의 수행적 젠더이기 때문이다. 박완서 소설의 여성인물들은 당대가 부여한 여성성을 모방하거나 잉여적으로 복종한다. 또한 자기 내부의 이질적 속성을 긍정하고 수용함으로써 이전의 배타적 젠더 인식을 철회하게 된다. 이러한 젠더의식의 다양성은 박완서 소설의 통시적 변화와 맞물려 있어서 그 의의가 더욱 가중된다. 즉 한국 사회의 역사적 지형과 그에 따른 담론의 형성에 여성인물이 적극적으로 응대하고 비판적으로 수용하는 양상을 보여주고 있기 때문이다.

그러므로 박완서의 소설을 통시적으로 구분하고 규율과 담론의 형성에 따른 여성인물의 젠더 수행성을 살펴보는 것은 여성성의 생성과 변화를 역사성과 관련하여 이해할 수 있게 한다. 아울러 소설을 통해 제시되는 차별적 젠더 담론의 억압성을 비판하고, 인간적인 삶은 여성성과 남성성의 차이를 넘어서 추구된다는 작가의 의식을 규명할 수 있는 유효한 독해 방식이라 할 수 있다. 박완서는 전통적으로 수호되고 유지되어 온 가부장제도와 국가 담론, 차별적 젠더 규범을 여성인물의 삶에 반영하고 사회적 요구와 여성의 욕망이 교차하는 곳에서 젠더가 형성된다는 점을 분명하게 밝히고 있다. 이러한 양상은 젠더 규범 담론의 허구성을 노출하기 위한 작가의 전략으로 이해할 수 있다. 이에 본고는 젠더의 정의와 범주를 따르는 '수행적' 젠더 정체성의 변화와 '전략적'인 젠더 수행의 효과로써 박완서 소설의 젠더 수행성을 분석하고, 이를 통해 작가의 젠더의식을 규명하고자 한다.

먼저 각 2, 3, 4장은 박완서 소설을 세 개의 시기58)로 구분하고, 각각의 시대적 담론과 당대 권력의 효과로서 나타나는 젠더의 형성 과정과 여성인물의 전략적 수행의 구체화된 모습을 살펴볼 것이다. 시대적 담론 양식에 따라 젠더는 각각 상이한 형태로 나타나고, 이를 수행하는 여성의 젠더 정체성 역시 변화되고 있음을 확인할 수 있다. 여성의 수행적 정체성은 여성의 내, 외부적 환경의 영향을 받게 되는데, 외부적 현실에 대한 반응으로서의 의지와 내부적 욕망이 인물의 정체성 형성의 주된 요인으로 작용한다. 요컨대 정체성 형성에 있어서 '욕망의 다변성이 젠더의 가변성과 긴밀한 관련을 갖게 되는'59) 것이다.

각 1절에서는 여성 인물의 정체성 형성 요인을 고찰하고, 여성 인물이 수행하는 젠더의 성격, 다시 말해서 '어떤' 젠더인가를 밝힌다. 먼저 모방적 젠더 정체성은 젠더라는 것이 당대가 만든 하나의 이상적 구성물에 불과하다는 것을 보여준다. 우리가 모방하는 것도 이상적인 남성성이나 여성성이라고 생각되는 당대의 '규제적 이상'이며 담론의 효과일 뿐이라는 것이다. 아울러 젠더가 규제 권력의 효과라는 것은 그것의 전복 가능성을 동반한다. 이에 버틀러는 여성이 젠더 역할을 모방하는 것은 다른 한편으로 저항적 성격을 표출하는 것임을 강조하였다. 이러한 저항성은 당대 사회가 규격화하고자 강제하는 개인의 정체성에 대해 그 억압성과 허위성, 비본질성을 스스로 드러나게 하는 전략으로 이해할 수 있다.

다음으로, 인간은 태어나면서 젠더 규범의 호명을 받기 때문에 그 사

---

58) 시대적 구분은 앞서 밝힌 박완서 문학의 시대구분을 근거로 하였다. Ⅱ장 : 1970년대 발표 작품을 중심으로, Ⅲ장 : 1980년대 발표 작품을 중심으로, Ⅳ장 : 1990년대 이후의 발표 작품을 중심으로 한다.
59) 윤방실, 「성과 젠더 그리고 수행성에 관한 자의식적 고찰」, 『현대영미드라마』 제21권 제3호, 한국현대영미드라마 학회, 2008.12, pp.119~149 참조.

회가 요구하는 젠더 규율에 복종해야만 한다. 알튀세르는 이데올로기의 호명에 복종함으로써 주체가 된다고 했는데, 이는 젠더 정체성에서도 동일하게 적용된다. 다만 버틀러는 호명에의 불복종 가능성을 제시한다. 주체가 법과 규율의 호명에 의해 구성된다는 것은 주체의 완전성을 보장할 수 없다는 것이며, 이러한 복종이 반복된다는 것은 그 복종이 완전히 끝나지 않고 열려있다는 의미에서 전복성을 내포하고 있는 것이기 때문이다. 결국 반복 복종의 젠더주체는 수행문의 호명에 완전히 복종하지 않고 잉여부분을 남김으로써 완전한 복종도, 완전한 저항도 아닌 잉여적 복종을 하는 주체이다. 그리고 이 주체는 법 안에서 법에 대한 반복 복종을 통해 법의 재의미화나 재발화를 모색한다.

마지막으로, 젠더는 자기 안에 타자를 이미 품고 있다. 버틀러에 따르면, 젠더는 완전한 애도가 불가능한 것에서 비롯된다.[60] 애도가 불가능한 이유는 무엇을 상실했는지가 분명하지 않고, 대상이 분명하다 해도 그 대상의 어떤 부분을 상실했는지를 알 수 없기 때문이다. 상실된 무의식적인 대상은 '나'의 자아의 일부를 구성한다. 즉, 상실한 대상을 상실했다는 사실 자체를 부인하고 자신의 내부에 합체함으로써 주체는 타자를 자기 안에 '구성적 외부'로서 포함하게 되는 것이다. 버틀러는 이를 우울증적 젠더 정체성으로 규정하였다. 그러므로 젠더 주체는 순수하지도, 단일하게 고정된 것도 아니다. 자기 안에 이질적 타자를 합체하고 있는 주체는 더 이상 자기 동일적 주체성을 주장할 수 없게 되는 것이다.

이와 같은 모방적, 반복 복종적, 우울증적 젠더 정체성의 유형은 개별

---

60) 프로이트의 성 정체성 이론을 인용하면서 버틀러는 근친상간 이전에 동성애에 대한 금기를 내면화한 젠더가 형성된다고 주장한다. 따라서 모든 이성애자는 내면에 동성애적 욕망을 구성적 외부로 포함하고 있다.

적으로 수행되는 것은 아니다. 상호 교차하는 가운데 젠더 정체성이 구성되기 때문이다. 본고는 박완서의 시기별 소설 작품에서 버틀러의 젠더 정체성의 유형이 집중적으로 드러나는 것을 발견하고, 각 시대의 젠더 규범과 이에 적극적으로, 혹은 저항적으로 대응하는 소설 속 여성인물의 젠더 정체성을 정밀하게 분석해 보이고자 한다.

각 2절에서는 상징적 서사공간으로서 여성의 몸이 담고 있는 의미를 밝히고자 한다. 여성의 몸은 젠더 정체성을 주조하고 억압의 체험을 각인하는 뚜렷한 젠더 공간이다.[61][62] 또한 여성의 질병은 각 시대가 여성

---

61) "몸들은 항상 시공간적인 맥락 내에서 이해되며, 시간과 공간은 오로지 육체성이 시공간에 대한 우리의 직관과 표상의 기초로 작용하는 한에서만 생각될 수 있기 때문에, 시공간의 문제는 몸의 문제와 밀접한 관련이 있다. 또한 주체성의 발현 내지 주체위치의 획득은 자신의 몸에 의해 점유되는 공간에 자신을 위치시켜야만 가능하다는 점에서, 몸과 공간의 문제는 주체성과 필연적으로 연결된다."(전혜은, 『섹스화된 몸』, 새물결, 2010, p.106)

62) 젠더가 몸의 양식으로 구성된다는 것은 시몬느 드 보부아르나 메를로-퐁티, 미셀 푸코, 엘리자베스 그로츠, 제인 갤롭을 거쳐 '몸의 페미니즘'(corporeal feminism)을 구성하는 데 공헌한다. 드 보부아르에게 모든 젠더는 자연적 사실이기 보다는 '역사적 상황'을 의미한다. 이는 몸이 생물학적인 사실이기보다는 몸의 행위나 수행에 관한 '문화적 구성물'이라는 의미이다. 메를로-퐁티에게도 몸은 자연적 종이라기보다는 역사적 개념이며, 그 개념이 계속해서 구현될 가능성의 집합이다. 몸은 특정한 문화적이고 역사적인 가능성들을 구현하는 능동적 과정으로 이해되는 것이다.

푸코의 몸은 정치적 장과 직접 관련된다. 몸은 그 자체가 지배담론의 의미를 각인하고 의미로 만드는 장(場)이다. 더 나아가 그로츠는 그런 몸 자체도 문화적으로 생산된다고 주장한다. 몸은 형상 없는 유체이며, 심리적 내부와 사회정치적 외부 사이에 있는(in-between) 공간의 이미지이다. 갤롭은 정신분석학을 이용하여 여성의 몸이 가부장제에 저항하지만, 그 가부장제 질서로는 재현될 수 없는 장소로서 새로운 육체성(corporeality)을 들고 있다. 규율담론의 의미질서로 완전히 통합되지 않는 지점이 있다는 것이다. 버틀러는 푸코와 정신분석학을 이용하여 몸의 '물질성'과 몸이 '젠더화'되면서 물질화되는 방식을 이론화 하였다. 역사적 상황, 맥락적 구성물인 몸은 자기 동일적인 것도 단순히 사실적인 물질성도 아니다. 몸은 의미를 보유한 물질성이고, 이 의미 보유 방식은 근본적으로 수행적이다. 몸은 본질의 형이상학에 대한 저항이자 역사적 상황을 실행하고 극화하고 재생산하는 방식인

의 몸에 대해 부여한 환상과 상징적 젠더 질서의 반영이다.[63] 그러므로 이 절에서는 신체적 젠더 공간인 몸과 정서적, 병리적 젠더 공간으로서 여성의 질병이 소설 속에서 어떻게 재현되고 있는지를 살필 것이다.[64]

몸을 '개인의 자아정체성에 관한 메시지를 투사하는 사회적 상징물'[65]이라고 할 때, 여성은 몸을 통해 여성성의 역할들을 선택함으로써 욕망을 현시하며 감정을 재현한다. 이런 의미에서 여성의 몸은 하나의 상황이고, '자연과 역사의 복합체'[66]이다. 그리고 몸은 제도 규범이나 권력 담론을 각인하는 표면인 동시에 그것이 스스로 저항할 가능성도 안고 있다.[67] 박완서 소설에서 저항성은 여성인물의 질병으로 서사화되고 있다. 이러한 병리적 증상은 여성의 수행적 젠더 정체성을 보여주는 것이면서 아울러 이데올로기, 규율 권력의 허구성을 노출하는 것이다.

먼저, 70년대 박완서 소설에서 여성인물은 당대 사회가 여성에게 요구하는 규제적 이상을 수용하는 것으로 자신의 젠더 정체성을 구체화

것이다. (조현준, 『주디스 버틀러의 젠더 정체성 이론』, 한국학술정보, 2007, pp.183~193 참조 ; 엘리자베스 그로츠, 『뫼비우스 띠로서 몸』, 임옥회 옮김, 도서출판 여이연, 2001 참조 ; 린다 맥도웰, 『젠더, 정체성, 장소』, 여성과 공간 연구회 역, 한울, 2010, pp.101~105 참조)

63) 크리스티나 폰 브라운·잉에 슈테판, 「성 평등을 위한 비판적 학문」, 『젠더 연구』, 탁선미 외 옮김, 나남, 2002, p.48 참조.

64) 여기서 젠더공간은 남성과 여성의 생물학적 성을 규정하는 공간일 뿐만 아니라 인식이나 권력에 관한 상상적이고 사회적인 임무를 수행하는 공간을 의미하게 되어 구체적인 장소나 추상적인 공간 모두를 포함하게 된다. (임명숙, 「Gender 공간에서의 여성적 글쓰기 양상 모색」, 『돈암어문학』 제14집, 돈암어문학회, 2001.10, p.59)

65) 크리스 쉴링, 『몸의 사회학』, 임인숙 역, 나남출판, 1999.

66) 버틀러는 사르트르에게 몸이 고정된 현상이 아니라, 지향성의 영식이자, 일정한 방향을 가지고 있는 힘이며 욕망의 양태라는 사실을 지적한다. 사르트르에게 "몸은 모든 인간의 분투의 매체이자 맥락으로서, 체험되고(lived) 경험된다." 결국 몸은 생명이 없는 물체가 아니라, 생성의 양태이다. (김애령, 「지배받는 몸, 자유로운 몸 - 다시 보는 여성의 몸」, 『여성과 사회』 Vol.6, 한국여성연구소, 1995, pp.31~33 참조)

67) 미셸 푸코, 『담론의 질서』, 이정우 역, 새길, 1993, p.169 ; 이정우, 「미셸 푸코에 있어 신체와 권력」, 『문화과학』 제4호, 1993 가을, p.93.

하는데, 우리는 젠더 담론의 권력과 여성의 욕망이 교차하는 지점을 여성의 '얼굴'에서 읽어낼 수 있다. 다른 한편으로 몸은 의미를 보유한 물질성이기도 한데, 이 의미의 보유방식은 내적인 본질을 가정하지 않는다는 의미에서 근본적으로 연극적이다.68) 이에 모방의 허구성에 대한 심리적 갈등은 여성인물로 하여금 신경증을 유발하게 된다. 모방된 젠더를 다시 모방하고 있다는 점에서 이러한 젠더 공간은 젠더의 허구성을 더욱 강조하는 공간으로 나타난다.

80년대의 박완서 소설에서 여성 인물은 남성적 담론에 복종하는 공간으로서의 '자궁'에 대해 그 고유성과 순수성을 회의(懷疑)한다. 그리고 동시에 '자궁'의 잉여성을 강조하는 것으로, 이를테면 풍요와 생산성, 모성성이 아닌 결핍과 사멸성(死滅性), 불모성(不母性)을 드러내 보임으로써 젠더 규범에의 불복종 양상을 구체화한다. 이와 같이 여성인물은 젠더 규범에 복종하면서 불복종하는데, 소설에서 이러한 이중적 심리가 결벽증으로 표현된다. 젠더 규범에 철저하게 자신을 일치시키면서 다른 한편으로는 차별적 젠더 규범을 거부하고 저항하는 심리가 타자와의 소통과 교류를 차단하는 결벽증으로 나타나고 있는 것이다.

마지막으로 90년대 이후의 소설에서 젠더 공간은 '피부'로 나타난다. 이 시기 소설에서 여성인물들은 피부 접촉을 통해 자신이 거부하고 배제했던 '타자'가 '나'의 '구성적 외부'임을 수용하게 되면서, 이제 타자는 더 이상 타자가 아니고, '나' 역시 자기 동일적 주체라는 확신을 할

---

68) 여성의 몸은 태어나면서부터 결정된 해부학적 운명이기도 하지만, 다른 한편으로 볼 때 끊임없는 훈육과 통제를 통해서 어떤 기준에 맞춰 변모시키거나 인위적 변형을 가하는 문화적 구성물이기도 하기 때문이다. 그래서 몸은 해부학적 운명인 동시에 문화적 구성물이라는 양가적인(ambivalent) 의미를 가진다. 당대의 지배적 규범 질서가 이상적이라고 노정하는 성 정체성에 맞게 육체를 훈육하거나 위장하는 것이다. (조현준, 「몸과 여성 정체성 – 주디스 버틀러의 수행성과 우울증을 중심으로」, 『인문학연구』 제5호, p.222)

수 없게 된다. '나'의 불안정성과 타자의 모호성은 여성인물에게 우울증을 남기는데, 이때의 우울증은 폐쇄적이고 고립적인 우울증이라기보다는 오히려 타자를 수용함으로써 개방적이고 확장적인 성격을 갖는다. 타자와 세계에 대한 인식의 전환이 가능해지기 때문이다.

이와 같이 박완서의 소설에서 여성의 몸은 젠더 정체성의 수행성을 인식하는 중요한 출발점이 되며, 젠더 정체성의 변이를 가장 구체적으로 재현해 주는 공간이다. 이에 본고는 젠더 공간의 중축이라 할 수 있는 여성의 몸을 통해 전략적 젠더 수행의 효과를 밝히고 그와 연관된 여성인물의 병리성의 의미를 함께 분석하고자 한다. 이때 본고에서 상정한 세 개의 핵심어, '얼굴', '자궁', '피부'는 각각 70년대와 80년대, 90년대에 발표된 소설 작품에서 공통된 의미를 내포하며 서사화되고 있는 몸을 추출하여 그 대표적인 젠더 공간을 표상한 것이다.[69]

각 3절에서는 전략적 젠더 수행이 서사화되어 나타나는 방식을 통해 박완서 소설의 여성적 글쓰기 양식을 분석할 것이다. '여성적 글쓰기'는 기존의 남성 중심적 언어체계 내에서 왜곡되었던 '여성성'을 재정립하기 위한 시도이다. 따라서 여성 작가에 의해 구현된 여성적 글쓰기는 기존의 남성적 문학에서 추구하던 이념이나 가치와는 다른 새로운 발상, 인식의 전환을 촉구하기 때문에 "잠재된 혁명적인 정치적 가능성"[70]을 찾을 수 있는 기반을 마련한다.

---

69) '얼굴', '자궁', '피부'라는 핵심어의 1차적인 선정 근거는 동시대에 발표된 다른 작품들과 상징적 유사성이다. 다음으로 이들 용어는 시기별로 다르게 변화하고 있는 작가의 젠더의식을 표출할 수 있는가에 따라 선정하였다. 다시 말해서 '얼굴'이나 '자궁', '피부'라는 신체공간은 발표 시기를 초월하여 많은 소설에서 다양하게 나타나고 있지만, 본고는 시대적 공통성과 작가적 의식을 드러내고 있는 작품을 중심으로 하여 각 시대의 유의미한 젠더 공간으로 분석한 것이다. 요컨대, 본고에서 대표성을 띠는 신체 공간은 작가의 젠더의식의 동시성과 통시성을 반영하여 추출한 것이라 할 수 있다.

박완서의 소설은 시대에 조응하는 여성 인물을 서사화하기 위해 다양한 기법을 전략적으로 활용하고 있다. 특히 젠더 담론에 저항하는 방식이 글쓰기의 양식으로 드러나기도 한다. 먼저 박완서는 젠더가 규제적 이상이며 허구라는 것을 강조하기 위하여 담론의 우연성을 보여준다. 또한 젠더 정체성의 모방성이 내포한 허구성을 밝히기 위해 '여성'이라는 기호에 전략적으로 동일화하면서도 여성성을 재현하는 데 있어서는 모호한 서술 태도를 취한다. 요컨대, 박완서의 소설에서 언제나 파열되고 흩어지며 조각난 의미들, 파편화된 단상들은 논리적 체계로 흡수되지 않는 기표들을 의미하며, 이러한 '흔적으로서의 글쓰기'는 여성의 젠더 정체성이 원본이 없는 모방에 의해 구성되고 있다는 사실을 재현하는데 효과적으로 기능하고 있는 것이다.

한편 원본이 없다는 점에서 발생하는 진위의 양가성은 연쇄 구조를 통해 나타나는데, 그러한 글쓰기의 특징은 데리다[71]의 '차연'(différance),[72] '산종'(dissemination) 등의 개념과 바르트의 해체기호로 설명될 수 있다. '여성'이라는 기표의 현존과 원본으로서의 여성성 부재의 상호작용은 확정적 재현을 연기(延期)하며 젠더 정체성의 허구성과 가변성을 강조한다. 박완서 소설에서 여성인물들은 '여성'이라는 기호의 자리바꿈으로만 등장할 뿐, 본질적으로 여성적인 여성은 존재하지 않는다는 것을 보여준다.

---

70) 태혜숙, 앞의 책, 2004, p.109.
71) 의미의 계속적인 명멸, 누출, 확산을 데리다는 산포(散布, dissémination)라고 부른다. 데리다에게 있어 모든 언어는 정확한 의미를 초과하는 '잉여' 의미를 드러내며, 그 잉여의미를 담아두려는 의미를 항상 넘어서거나 벗어나려 한다. (테리 이글턴, 「후기구조주의」, 『문학이론 입문』, 김현수 옮김, 인간사랑, 2001, p.270)
72) 차연이란 데리다가 주조한 신조어 différance가 지니고 있는 두 가지 뜻, 시간화에 따른 지연과 공간화에 따른 차이를 뜻한다. (데리다, 『해체』, 김보현 역, 문예출판사, 1996, p.17)

다음으로 박완서는 여성들이라는 보편성을 강조하기보다는 개별적인 여성인물의 서사에 집중한다. 박완서는 여성 간의 차이를 인정하고 포용하는 것이며, 현실의 여성이 겪는 사회 역사적 맥락에서의 구체적 정치성과 생활에서 구성되는 정체성을 수용하는 과정을 각각 서사화하는 것이다. 예컨대, 박완서는 여성들의 구체적 삶의 양태를 나란히 구성하여 보여줌으로써 개별적 여성의 삶을 인정하고 포용한다. 나아가 여성의 경험을 구체적으로 서사화하는 방법으로 감각 이미지를 동원하는데, 여성적 인식과 감성의 전이를 독자에게 전달하는 데 효과적으로 기능하고 있다. 이러한 글쓰기 방식은 루스 이리가라이(Luce Irigaray)와 엘렌 식수(Hélène Cixous)가 제시한 여성의 '육체적 글쓰기'[73]로써 이해할 수 있다.

마지막으로 박완서는 고정된 젠더 규범으로부터 탈피하고 익명적 정체성으로서 타자를 환대하여 상생(相生)을 사유하는 포월의 글쓰기를 보여준다. 작가의 인식의 전환과 세계관의 변화를 가장 직접적으로 드러내주는 글쓰기 방식의 변화는 여성과 남성, 여성성과 남성성, 또 주체와 타자 사이의 대화성을 강조하는 서술을 통해 제시된다. 다성적 문학의 일면을 확인할 수 있는 이러한 서사와 언어는 다양한 해석의 여지를 마

---

73) 이리가라이는 『하나이지 않은 성』(this sex which is not one, 1985)에서 여자의 성욕에 대한 가부장적인 정의가 여자로 하여금 자신의 육체에 위치하고 있는 본질적인 여성성과, 그 여성성이 지닌 다양하고 이질적인 쾌락의 능력과 접촉하지 못하도록 했다고 주장한다. 라캉의 정신분석학에서와 마찬가지로, 언어의 습득은 욕망을 야기시키고, 여자의 언어는 욕망을 충족하려는 시도에 의해 촉발된다. 그러나 여자의 리비도가 남자의 리비도와 다른 것과 마찬가지로, 여자의 언어도 필히 남자의 언어와 구별된다. 마찬가지로 엘렌 식수는 여성적 리비도와 여성적 글쓰기 사이의 관계에 초점을 둔다. 그녀의 연구는 여성적 이질성을 강조한다. 이리가라이처럼 식수도 여성적 성욕을 풍부하고 복수적인 것으로 보며, 여성적 리비도와 여성적 글쓰기를 나란히 대비한다. 식수에게 여성적 글쓰기는 억압된 여자의 성욕, 그리고 그것이 보유하고 있는 여성적 리비도에 발언권을 주는 방법이 된다. (Chris Weedon, 『포스트구조주의와 페미니즘 비평』, 이화영미문학회 옮김, 한신문화사, 1994, pp.84~89참조)

런하며 타자에 대한 윤리학을 모색하는 양상으로 발전한다.

창조적 생성의 이미지는 크리스테바(Julia Kristeva)[74]의 '기호적 글쓰기'
로써 그 의의를 확인할 수 있다. 또한 엘리슨 위어[75]는 언어 이론적 접
근을 통해 차이를 소각시키는 희생논리에 토대를 두는 의미의 동일성
을 비판하고 개별적 차이는 개인이 "의미생성 과정"에 일관적으로 참여
함으로써 표현될 수 있다고 주장하였다. 즉 의미 생성 과정에서 개인적
차이와 공동의 언어는 대립하는 것이 아니라 서로 변증법적으로 상호
작용한다는 것이다.[76]

요컨대, 이와 같은 데리다와 바르트, 엘렌 식수와 이리가라이, 크리스
테바와 엘리슨 위어의 해체적 인식론은 기존의 구조화된 가치 체계에
대한 '저항성'을 긍정하고 또한 그것으로부터의 자유로운 '해방성'을 인
정한다는 점에서 여성적 글쓰기의 전략과 밀접하게 관련된다. 본고는
박완서의 1970년대의 글쓰기를 데리다와 바르트의 '차연'과 '자리바꿈'

---

74) 크리스테바는 전(前)언어학적 차원의 기호계를 인정한다. 기호계는 원초적 리비도
의 복수성을 표현한다. 이런 기호계는 문법적인 질서가 무시된 충동적인 힘이다.
합리적인 논리를 무시하는 혹은 그것을 넘어서 있는 시적 언어의 은유성은 논리적
언어의 단단한 조직결을 뚫고 나올 수 있는 충동적인 힘을 가지고 있다는 것이며,
이것을 시적은유로 표현하면 어머니의 육체 담론이 된다. (임옥희, 앞의 글, 1999,
pp.252~253)

75) 엘리슨 위어는 인정이론적 시각에서 정체성 개념에 내재하는 희생논리의 가면을
벗기고 타자를 배제하지 않는 정체성을 재규정하고자 한 사람이다. 다시 말해서
비(非)배제적 정체성 개념을 재구성 하고자 한다. 많은 포스트모더니즘 여성주의
철학자들이 남성적 정체성에 대한 비판을 하였지만 실제로 그들은 정체성 자체를
재구성하려고 하지 않았다는 것이다. 그들은 항상 정체성 자체를 여성성의 부정을
통해서만 다다를 수 있는 개념으로 보았기 때문에 정체성을 재구성하기보다 이를
해체하려는 전략을 모색하였다. 이 과정에서 그들은 여성성을 "비규정성"으로 파
악하거나 여성들 간의 차이를 강조하고 이를 남성 중심적 통일적 정체성에 대립시
키고 있다. 반면에 위어는 배제적 논리를 넘어서는 정체성을 모색한다. (이현재, 앞
의 책, 2008, pp.91~95참조)

76) 이현재, 앞의 책, 2008, p.72.

의 '흔적으로서의 글쓰기'로, 1980년대의 글쓰기를 엘렌 식수와 이리가라이의 '육체적 글쓰기'로, 1990년대의 글쓰기를 크리스테바와 엘리슨 위어를 바탕으로 한 '기호적 글쓰기'로 논의를 전개해 나갈 것이다.

본 연구는 박완서의 소설 전(全) 작품을 대상으로 하며, 필요에 따라 산문집을 참고할 것이다. 구체적인 연구대상 목록은 다음과 같다.

> 박완서 소설 전집 1권~17권, 세계사, 2009~2010.
> 박완서 단편소설 전집 1권~6권, 문학동네, 2006.
> 장편소설 『아주 오래된 농담』, 실천문학, 2000.
> 장편소설 『그 남자네 집』, 현대문학, 2004.
> 소설집 『친절한 복희씨』, 문학과 지성사, 2007.
> 단편소설 「갱년기의 기나긴 하루」, 『문학의 문학』, 2008 가을.
>   「빨갱이 바이러스」, 『문학동네』, 2009 가을.
>   「석양에 등을 지고 그림자를 밟다」, 『현대문학』, 2010.2.

2장 젠더 역할의 모방과 일상성의 회복

1. '여성'의 탐색과 모방적 여성성

1) '규제적 이상'의 추구

전쟁이나 급격한 산업화라는 외부적 환경의 변동으로 인해 박완서의 1970년대의 작품 속 인물들은 가치관의 혼란을 경험하게 된다. 자신을 유지해 주던 생활의 내용이 전면적으로 해체되거나, 기존의 인식론으로는 변화하는 세계를 감당할 수 없게 될 때 인간은 불안과 공포를 경험하게 마련이다. 때문에 이러한 정서적 불안과 심리적 강박에서 벗어나기 위해 인간은 어떤 방식으로든 정서적 평정의 상태, 일상성의 회복을 갈구하게 된다. 『나목』과 『목마른 계절』에서 여성 화자는 폐색(閉塞)의 현실 세계, 즉 전쟁 중이라는 현실에서 고운 빛의 옷감이나, 한복 등에 매혹되는데, 이것은 고립의 절망과 안정의 열망이라는 세계 인식과 내면적 욕망의 양면성을 동시에 보여준다. 또한 『휘청거리는 오후』와 『도시의 흉년』에서 나타나듯이, 인간적 가치관이 부재한 도시의 삶에서 화려한 장식의 옷과 보석에 대한 탐욕은 불안정한 심리상황과 인간소외에 대한 결핍의 대리적 욕망으로 읽을 수 있다.

요컨대, 이들이 갈망하는 것은 불안정한 심리, 불안전한 삶으로부터의 탈주(脫走)이며, 동시에 자신을 비호, 보존할 수 있는 안정된 삶으로의 정주(定住)인 것이다. 따라서 이들 여성인물들은 현실을 벗어나기 위한 저항의 방식으로서 모방 가능한 여성성을 탐색한다. 『나목』의 '이경'과 『목마른 계절』의 '진이', 『도시의 흉년』의 '수연'을 중심으로 볼 때, 이들 소설이 성장소설의 성격을 갖는다는 점에서 이들 여성인물의 이상적 여성성에 대한 탐색과 그들이 모방의 방식으로 '여성' 젠더를 수행하게 된다는 점은 더욱 설득력을 얻을 수 있을 것이다.

한국전쟁 시기를 배경으로 하는 박완서의 등단작 『나목』은 그 시대적 배경으로 하여금 시종 우울하고 침침하며 답답한 풍경으로 채워진다. 회색의 전쟁, 회색 휘장, 회색의 고가(古家)로 묘사되는 '이경'의 생활 세계는 이제 갓 스무 살이 된 젊은 여성의 삶이 고립과 불안, 불만족으로 계속되고 있음을 보여준다. 이경은 두 오빠의 죽음으로 인해 어머니로부터 자신의 존재성을 거부당한다. 폭격 사고를 당한 후, 혼수상태에서 깨어난 어머니가 "잡혔던 손을 슬그머니 빼내"며 "어쩌면 하늘도 무심하시지. 아들들은 몽땅 잡아가시고 계집애만 남겨놓으셨노"라는 말을 한 것은 이경에게 '원성이자 주문과도 같은 끔찍한 소리'로 강렬한 상처를 남긴다.

고명딸이자 막내딸로서 집안의 관심과 귀여움을 받던 이전의 일상적 삶은 이제 이경에게는 반드시 되찾고 싶은 욕망의 시간이다. 폐허가 되어버린 고가(古家)를 두려워하면서도 친척들의 이사 권유를 받아들이지 않은 것은, '고가(古家)에서의 일상', '이전의 일상'을 회복하고 싶었기 때문이다. 아버지와 두 오빠가 죽었지만, 다시 예전의 일상으로 회복을 해야만 한다는 집념인 것이다. 일상의 회복은 고가(古家)에서 몸만 벗어난다고 이룰 수 있는 것이 아니다. 오빠들의 죽음과 자신의 생존을 모두 부정하고자 하는 어머니가 '의치'를 끼우시도록 하는 일, 시절(時節)에 맞게 음식을 먹고 옷을 차려 입는 일, 흉가(凶家)로 남은 집에 다시 생기(生氣)를 찾는 일. 이런 소박한 일상을 되찾고 싶은 것이 이경의 소망이자 삶의 목표이다.[1] 그러나 일상의 온전한 회복은 이경의 바람대로 이루어지지 않는다. 어머니는 언제나 무표정했고 딸에게 냉담했으며, 폭사한 고가(古家)는 여전히 공포스러운 공간으로 인식된다.

자녀의 관점에서 '어머니'는 자신들의 정체성을 확인하기 위해 보는 거울과 같은 존재이다. 자녀는 젠더 정체성의 변화뿐만 아니라 활동하고 사랑하는 능력을 '어머니'와의 관계를 통해서 확인하고 학습하게 되는 것이다.[2] 그러나 어떤 방식으로든 삶다운 생존을 거부하는 어머니를 통해 이경은 희망이 배제된 일상의 단면을 본다. 또한 헝클어진 머리에 주름진 입가로 차가운 표정을 짓는 어머니, 자식이 자신의 생존을 인정하지 않는 어머니에게서 이경은 여성성과 모성성의 부재를 확인하게 되고 혐오감을 갖게 된다.

> 나는 먼저 수저를 놓고 어머니의 식사하는 모습을 지켜보며 왈칵왈칵 치미는 혐오감을 되새김질했다.
> 나는 어머니가 싫고 미웠다. 우선 어머니를 이루고 있는 그 부연 회색이 미웠다. 백발에 듬성듬성 검은 머리가 궁상맞게 섞여서 머리도 회색으로

---

1) 「엄마. 우린 아직은 살아 있어요. 살아 있는 건 변화하게 마련 아녜요. 우리도 최소한 살아 있다는 증거로라도 무슨 변화가 좀 있어야 게 아녜요?」
「왜? 이대로도 우린 살아 있는데」
「변화는 생기를 줘요. 엄마, 난 생기에 굶주리고 있어요. 엄마가 밥을 만두로 바꿔만 줬더라도…그건 엄마가 할 수 있는 아주 쉬운 일이잖아요. 그런 쉽고 작은 일이 딸에게 싱싱한 생기를 불어넣을 수도 있다는 걸 엄만 왜 몰라요?」(박완서, 『나목』, 세계사, 2009, p.97) (이하, 작품명과 인용면만 표기)
2) 사라 러딕, 『모성적 사유』, 이혜정 옮김, 철학과 현실사, 2002, p.88 참조.

보였고 입은 옷도 늘 찌들은 행주처럼 지쳐 빠진 회색이었다.

그러나 무엇보다도 견딜 수 없는 것은 그 회색빛 고집이었다. 마지못해 죽지 못해 살고 있노라는 생활태도에서 추호도 물러서려 들지 않는 그 무섭도록 딴딴한 고집. 나의 내부에서 꿈틀대는, 사는 것을 재미나 하고픈, 다채로운 욕망들은 이 완강한 고집 앞에 지쳐가고 있었다.

회색빛 벽지에 몸을 기대듯이 앉은 어머니의 부옇고도 고집스러운 모습, 의치를 빼놓은 입의 보기 싫은 다뭄새, 이런 것들을 피하듯이 나는 건넌방으로 건너와 불을 켰다.

-『나목』, pp.17~18

그런데 이렇게 어머니에게서 찾아볼 수 없었던 여성성과 모성성을 이경은 옥희도 씨의 부인과 다이아나 김을 통해 경험하게 된다. 옥희도 씨를 문병하기 위해 그의 집으로 찾아간 날, 이경은 옥희도 씨의 부인에게 강한 적대감과 함께 여성적 아름다움을 보게 된다. 옥희도 씨의 시중을 거드는 부인의 동작은 "조용하면서도 지성스러웠다"(p.83) 또한 그녀는 남자용 옷을 입고 있었지만, 오히려 여성적 정결함이 돋보이는, 지극히 여성스러움을 드러내는 모습이었다. 이경은 이러한 옥희도 씨의 부인에게 여성으로서의 질투어린 감정을 보인다. 또한 인정할 수밖에 없는 그녀의 여성적 매력으로 인해 이경은 말로 설명할 수 없는 초조를 느끼기도 한다. 아래의 예문은 옥희도 씨와의 첫 대면에서 이경이 느끼는 양가적 감정을 잘 보여준다.

거무스름한 통치마에 윗도리는 국방색 남자용 방한 점퍼를 걸친 초라한 차림새가 그녀의 섬세한 목과 얼굴을 도리어 돋보이게 떠받치고 있었다.

점퍼의 목둘레가 헐렁한 때문일까, 목이 좀 길어 보이고 그 사이로 드러난 내복이 정결하게 흰 것에 호감이 갔다.

나는 그녀에게 호감을 느끼는 내가 너무 마음이 좋은 것 같아 좀 화가 났다.

그러나 그녀의 희고 긴 목은 남의 미움 같은 걸 도저히 감당할 것 같지가 않았다.

나는 그녀가 권하는 사과 한 쪽을 오래오래 썹었다. 그녀는 애들을 보내는 것도, 사과를 권하는 것도 말없이 그저 눈으로만 했다. 그녀의 눈짓과 동작에는 풍부한 느낌과 사연이 있었다. 나는 점점 더 화가 났다. 도무지 바가지를 긁을 것 같지도 않으니 말이다.

궁상맞고 헐렁한 방한 점퍼 속의 정결한 내의.

게다가 희고 긴 목과 섬세한 얼굴은 하필이면 내가 좋아하는 모딜리아니가 그린 여인들을 닮았을 게 뭐람.

나는 좌절감과 초조로 아랫입술을 자근대며 앉음새를 이리저리 고쳤다. 그녀를 내 감정상으로 도저히 선명하게 처리할 수 없어서였다.

－『나목』, pp.83~84

들떠 있는 그녀는 전번보다 훨씬 젊고 발랄해 보였다. 복장도 전보다는 여성적이었다. 흰 동정이 정갈한 자주 저고리 위에 허름하지만 그래도 여자용 스웨터를 걸치고 있었다.

그녀는 확실히 그녀 자신의 용모의 가치를 알고 있었다. 그래서 항상 정갈한 흰색으로 떠받들고 있었다.

－『나목』, p.194

옥희도 씨 부인의 '정갈한 흰색 동정'과 '자주색 저고리'의 아름다움은 이전의 '나'의 젠더 역할 모델이었던 어머니의 회색과 대조된다. 어머니는 전쟁이라는 극한의 현실에서 자신의 여성성을 거세하고, 자신의 젠더와 무관한 일상을 영위하고 있었다. '회색'은 어머니의 젠더 정체성의 무화(無化)를 의미하는 색이다. 반면에 옥희도 씨 부인의 '흰색'과 '자주색'은 여성적 정갈함과 여성의 아름다움을 나타나는 색으로, 이상화된 여성 젠더의 표상이라 할 수 있다.

이경에게 옥희도 씨의 부인은 '연적(戀敵)으로서의 여성'이라는 의미와 함께 전쟁 중의 현실에서 쉽게 만날 수 없었던 지극히 '여성스러운 여성'이라는 점에서 분노와 동경의 대상이 된다. 특히 가장 가까운 여성인 어머니로부터 '규제적 이상'으로서의 젠더 역할 모델을 찾을 수 없었던 이경에게 옥희도 씨의 부인은 여성성의 가장 이상적인 상(像)으로 나타난 것이다. 따라서 앞서 본 것처럼 옥희도 씨 부인에 대한 양가감정은 점차 호감으로 기울어져 간다. 이는 옥희도 씨 부인이 갖는 여성성을 자신의 이상적 정체성으로 수용하게 되었다는 사실을 말해준다. 자신이 사랑하는 남성의 아내라는 적대감보다는 그녀의 여성스러운 용모와 행동을 긍정하고, 그녀에 비해 자신의 여성 젠더로서 매력이 없음을 자각하게 된 것이다.[3]

---

3) 자신과 옥희도 씨 부인의 여성적 매력의 대결과 그 패배는 이경의 꿈을 통해서도 알 수 있다.
"나는 지금 옥희도 씨의 모델인 것이다. 나는 그의 모델임에 손색이 없는 게 기뻤다. 그런데 옥희도 씨는 무엇을 하고 있는 걸까? 어서 그의 모델을 위해 경이의 탄성을 지르며 화칠을 잡을 것이지. 나는 차츰 초조했다. 나는 내 윤기 흐르는 장밋빛 나신이 수명 짧은 화사한 꽃처럼 퇴색하기 전에 옥희도 씨의 캔버스에 담겨지길 바라고 있었다.
이윽고 나는 어두운 방 한구석에 웅크리고 있는 옥희도 씨를 보았다. 그는 그 구석에 경건히 꿇어앉아 무언가 열심히 어루만지고 있었다. 그가 쓰다듬고 있는 건 목이 긴 백자의 술병이었다. 때깔과 자태가 빼어나게 고운 이조백자다 싶었다.
그는 어쩔 셈인지 백자를 쓰다듬기에만 몰두하고 있어 침상에 누운 나에게는 일별도 주지 않았다. (중략)
백자는 드디어 완연한 생명을 지닌 우아한 여인의 모습으로 변했다. 그것은 틀림없이 옥희도 씨의 부인, 목이 긴 여자였다.
나는 단숨에 무슨 욕설이라도 퍼부으며 그들에게 달려가려 했으나 몸이 말을 듣지 않았다.
나는 꼼짝도 할 수 없었다. 나도 생명이 없는 것일까? 두려워하며 다시 내 나신을 훑었다. 어쩐 일일까. 내 나신은 그 찬란한 장밋빛 생기가 가시고 여위고 보잘것없이 평범했다.
어쩌자고 이런 빈약한 자태를 부끄러움 없이 벗을 수 있었단 말인가. 나는 내 몸을 가릴 것을 찾으려 했으나, 이미 내 주위에는 꽃잎도 환상적인 색채도 없고 부연 혼돈만이 있었다. 부연 혼돈 속에 추한 나신을 어쩔 수 없이 드러내고 있었다." (『나목』, pp.240~241)

어머니로부터 찾을 수 없었던 모성적 정체성에 대한 탐색은 '다이아나 김'을 통해서 이루어진다. 실상 다이아나 김에 대한 이경의 감정은 멸시와 혐오로 압축된다. 양공주이면서도 자신만만한 태도가 이경에게는 수치를 모르는 여성으로 비쳐졌기 때문이다. 더욱이 다이아나 김이 두 아들을 둔 어머니라는 사실은 이경에겐 '모성성'에 대한 모욕 정도로 여겨지며 인정할 수가 없었다. 이경은 "사람들이, 특히 착하고 어리석은 사람들이 어머니라는 이름에 너무 관대한 게" 견딜 수 없다고 생각했다. 그러나 우연히 마주친 다이아나 김과 그녀의 두 아들의 다정한 모습은 이경의 무자비한 멸시와 혐오를 가중하면서도 한편으로는 다이아나 김의 모성성을 확인하는 계기가 된다.

> 애들은 건강하고 어딘지 모르게 품위까지 있었다. 엷은 화장으로 바꾼 다이아나가 딴사람같이 유순하고 따뜻한 시선으로 아들들을 지켜보고 있었다.
> (중략)
> 그녀가 꾸밈없이 소탈하게 웃었다. 오늘은 그녀의 주름살이 조금도 추하지 않다. 앞에 앉힌 아들들 때문일 게다. 제기랄, 제법 다복해 뵈는 모자다. 나는 그녀의 옆자리가 아닌 애들의 옆자리로 옮겨 앉았다.
> (중략)
> 그녀는 나를 위해 케이크와 빵을 주문하고는, 볼이 미어지게 빵을 먹어대는 애들에게 좀 천천히 꼭꼭 씹어 먹으라는 둥, 물을 마셔가며 먹으라는 둥 잔소리를 했다. 그 잔소리가 별로 듣기 싫지 않았다.
> <제기랄 어머니이기 때문일까? 쌍, 저 따위가 어머니라니>
> 울화통이 부글부글 치밀며 쌍소리가 목구멍을 뿌듯하게 치받쳤다.
> —『나목』, pp.204~205

거친 상소리가 치미는 것은 그동안 멸시했던 다이아나 김에게서 자신이 이상화한 젠더 역할 모델로서의 모성성을 발견한 탓이다. 이경에게 모성성은 자혜로움이었다.[4] 자신의 어머니에게 느끼고 싶었던 자혜를 이경은 다이아나 김이 그녀의 두 아들을 향한 행동과 표정, 말투에서 보게 된 것이고, 그렇다면 다이아나 김의 모성성을 인정하지 않을 수 없는 것이다. 요컨대, 다이아나 김이 아이들에게 보이는 어머니로서의 다정한 몸짓과 따뜻한 관심, 애정이 담긴 말투는 담론화된 규제적 이상으로서의 모성성의 일면인 것이다.

이와 같이 『나목』에서 여성 인물은 자신의 어머니가 상실한 여성 젠더의 모습을 주변의 여성을 통해 경험하게 되고, 자신의 현실과 대비되는 안정된 일상의 젠더를 확인하게 된다. 이 작품을 성장소설로 볼 때, 이러한 이상적 젠더 정체성의 간접 경험은 여성 인물의 젠더 정체성 형성에 영향을 미친다고 할 수 있다. 전쟁이라는 현실 속에서 회색빛 절망만을 안고 살아가는 이경에게 옥희도 씨 부인의 단아한 아름다움의 여성미와 다이아나 김이 보여준 평범한 모성의 모습은 일상성의 회복 열망을 더욱 강렬하게 했다.

일상성 회복에의 욕망은 이경에게 당대가 요구하는 규제적 이상으로서의 여성성을 확인하고, 그러한 젠더 정체성을 모방해야 할 가치로서 수용하는 양상으로 나타난다. 이경은 황태수에게 그다지 사랑의 감정을 느끼지는 않았지만 결국 황태수와의 결혼을 선택한다. "가장 현실적이고 상식적인 소망을 품은 그"라는 이경의 생각은 태수의 속물적인 면을 경멸하는 것으로 읽히는 동시에 태수야말로 전쟁과 현실의 고통에서 벗어날 수 있는, 일상적 삶의 회복을 가능하게 하는 사람이라는 판단을 의미한다. 결국 이경은 회색빛으로 점철된 전쟁의 현실, 흉가(凶家)로 비

---

4) "만두를 먹고 싶다는 게 단순한 식욕뿐이었을까? 식욕보다는 훨씬 절실한 것, 목탄나무의 단비에의 갈구 같은, 자혜에의 애타는 소망에 그토록 굳게 잠길 수가…남도 아닌 내 어머니가." (박완서, 『나목』, p.110)

유되는 공간에서의 불안감으로부터 도피할 수 있는 방법으로 안정된, 규범적 젠더의 삶을 선택하는 것이다.

『목마른 계절』은 한국전쟁이 발발한 1950년 6월부터 이듬해 5월까지 1년 동안의 상황을 추보식으로 구성한 소설이다. 이 작품의 화자인 '진이'는 고등학교를 졸업하고 갓 대학에 진학한 학생이다. 첫 장(章)에서는 친구인 '향아'의 집에서 향아의 약혼과 결혼에 대한 소식을 접하게 되는데, 이들의 대화를 통해 진이는 "중성"적인 여성으로 나타난다.

> 「넌 그게 틀렸다는 거야. 여자가 모양을 내려는데 수단 방법 가리게 됐어? 좀 여자라는 자각을 가져봐. 넌 통 여자 티가 안 나거든. 마치 중성 같아. 왜 그런지 알아? 그건 네가 여자라는 짜릿한 자각에 눈떠야 할 시기에 엉뚱하게도 무산계급이란 자각에 눈떴기 때문이야.」
> ─『목마른 계절』, p.20

향아의 말처럼, 진이는 고등학교 시절부터 "좌익의 조직생활에 몸담았던" 인물로, 남성적인 의욕과 저항의식, 투쟁력을 갖고 있는 여성이다. 이 작품의 서두에서 중심인물인 진이는 젠더 정체성이 모호한 채로 등장한다. 하지만 소설의 내용이 전개됨에 따라 진이는 '여성적'인 면모를 뚜렷하게 드러내며, 여성으로서의 매력을 체득하기 위해 갈망하는 모습도 보여준다. 다시 말해서, 전쟁이라는 극한의 공포 속에서 '사상'에의 열정이 아닌 오히려 '여성성'에 대한 모방의 욕망을 보여준다는 점에서 진이는 수행적 젠더 주체로 해석된다.

진이는 향아의 약혼자였던 '민준식'과의 우연한 만남이 거듭되면서 자신의 젠더 정체성을 구성하게 되고, 그와의 결혼을 소망함으로써 전쟁의 참혹함으로부터, 또 죽음의 위협으로부터 벗어나기를 갈망하게 된다. 그러나 민준식은 진이와 달리 공산주의 혁명에 기투(己投)하고, 진이는 민준식을 사로잡지 못한 이유를 자신의 여성적 매력의 미흡함에서 찾는다.

> 그녀는 자기의 설득이 소용없게 되자 이제 마지막으로 자기가 여자라는 것으로 그를 잡아둘 수 있기를, 그에게 자기가 그만큼 매력적이기를 바랄 수밖에 없었던 것이다.
> 그러나 길고 긴 입맞춤은 삽시간에 끝나고 아까보다 더 어두워진 곳에 그녀는 혼자 남겨졌다. 그는 가버린 것이다. 이제 그는 없는 것이다. 그녀는 분하고 참담했다. 그를 영 놓치고 만 것이. 그리고 대담하게 과시한 자기의 여자로서의 매력이 그를 붙잡아 두기에 미흡했던 것이.
> ─『목마른 계절』, p.127

여자로서의 자각은 진이로 하여금 "예쁜 여자"에 대한 호감으로 나타났다. 이전까지는 "예쁜 여자는 온통 머리가 비었다고" 생각했던 진이는 "이왕이면 머리도 차고 예쁘기도 한 여자가 있을" 것이며, "그리고 그런 색시야말로 민준식에 어울리는 신붓감", "아리따운 신부"가 될 것이라고 믿게 된다. 이러한 '여성'에 대한 탐색은 올케 혜순에게로 옮겨 간다.

> 떨어져 있는 이를 위해 안달이나 조바심보다는 정성과 기도를 힘껏 발돋움시켜 먼 곳까지 뻗쳐 사랑하는 이를 지키려는 치성과도 같은 사랑을 닮아 가고 있었다.
> 아무리 멀리서라지만 여자들의 지극한 염려와 정성을 추리고 거른 것, 쑥스럽지만 일편단심이랄까. 이런 것이 허구한 날 무진장 바쳐진 남자는 절대로 쉽사리 죽지는 않으리라는 믿음으로 조바심을 용케 달래고 있었다. 전 같으면 「흥, 일편단심이 용한 무당의 부적쯤 되나」하고 비웃었을 진이가.
> ─『목마른 계절』, p.301

진이가 추구하는 이상적 여성성은 남성에게 정조(情調)와 정성을 보이는 여성이다. 그것만이 전쟁 중의 여성에게 부과된 유일한 이상적 여성성이었던 것이다. 이러한 여성성을 추구하는 기저에는 일상성에의 회복 욕망이 깃들어 있다. 민준식의 무사귀환으로 안정된 일상을 회복하는 일, 그래서 사람답게 살아가는 일을 욕망하는 것이다. 전쟁이라는 극한의 경험은 "평범하고 소박한 사람들의 살림살이"를 하는 것이야말로 "애국이니 수령이니 혁명이니보다 훨씬 평범한 사람들을 행복하게 하는 일"이라는 것을 알게 해 주었고, 이러한 욕망을 실현하기 위해서는 정조(情調)와 정성이 깃든 여성성을 체득하는 것이 유일한 방편이 되었던 것이다.

이와 같이 『나목』과 『목마른 계절』의 이경과 진이는 여성의 젠더 정체성이 탐색에 의해 구성된다는 것을 보여준다. 그들은 이상적 젠더 역할 모델을 설정하고 그렇게 가정된 원본을 모방하는 것으로 자신의 젠더 정체성을 구성해 나간다. 그러나 이경과 진이가 모방하려는 여성은 역사와 문화에 의해 형성되어 온 여성성일 뿐, 생물학적 성(性)으로서의 여성이 아니다. 따라서 모방의 대상이 되는 젠더 정체성은 실체가 없는, 모방의 모방이 된다. 모방적 여성성이란 원본이라고 가정한 대상을 모방한 것이기 때문에, 젠더 환상에 기반한 모방이다. 젠더 정체성이 이러한 모방에 의해 구성된다는 것은 젠더라는 것이 원래 본래적인 것이 아니라, 당대의 사회가 '진짜' 젠더라고 가정한 것을 모방해서 이루어진다는 것을 의미한다.

「흑과부(黑寡婦)」[5]는 여성적인 외모나 여성미(女性美)를 상상할 수 없는 여성인물을 보여준다. 이를테면 남성적 여성이라는 말의 의미처럼, 이미 생물학적으로 주어진 성(性)과 외부적 환경에 의해 수행되는 성(性)의

---

5) 「흑과부」, 박완서 단편소설 전집 2, 문학동네, 2006.

불일치, 성(性)과 젠더가 적절하게 호응하지 못하는 경우가 발생되는 양상을 보여준다. 이 작품의 중심 인물인 '흑과부'는 광주리 장사와 날품팔이를 하는 생활력이 강인한 여성이다. 그녀는 생계를 책임지고 있는 가장(家長)의 젠더 역할을 수행하기 위해 남성적인 행동과 강인한 힘, 억척스러운 면모를 보여준다.[6] "여자가 아줌마같이 될 수도 있다는 걸로 아줌마의 가난은 내 이해를 초월한 흉측한 악몽이었다."라는 화자(話者)의 말처럼, 흑과부의 '여성적'이지 않은 외모와 생활 방식은 가난이라는 외부적 환경에 의해 비자발적으로 구성된 것이다. 이는 젠더의 구성적 측면을 단적으로 보여준다. 또한 흑과부는 '남성적인 여성'이라는 점에서 기존의 젠더 역할 담론을 전복적으로 수행하고 있는 것이다.

그러나 그녀의 젠더 정체성은 표면적인 것에 한정되지 않는다. 흑과부는 자신이 이상적인 여성으로서의 삶을 살지 못한 것을 한탄하고 서러워한다. 흑과부는 내부적으로 규제적 이상으로서의 여성성에 대해 갈망하고 있는 것이다. "비록 찌들었을망정 화려한 진분홍 바탕에 노랗고 흰 꽃을 미싱 자수한 캐시밀론 이불"을 빨고 있는 그녀의 모습이나, 자신이 어렵게 마련한 새 아파트에서 '남편'과 함께 "정분 좋게 붙어 앉아" "깨가 쏟아지게 재미난 세상"을 살아보지 못한 여성으로서의 서러움을 울음으로 쏟아내는 장면을 통해 흑과부가 외부적으로 보이는 모습과 달리 철저하게 규범적 여성 젠더의 성향을 보여준다는 사실을 확인할 수 있다. 삶을 위해서는 억척스러움이나 남성적인 강인함을 여과 없이 드러내면서도, 사회적으로 공인된 여성적 삶과 그 삶의 방식을 욕망하고 모방하는 흑과부는 고된 삶의 경험으로 구성된 젠더 정체성이 아닌, 여성으로 호명된 젠더 정체성을 추구하고 또 모방하고 있는 것이다.

---

6) 그녀는 실제 과부(寡婦)가 아님에도 불구하고 장사 잇속을 위해 과부(寡婦) 행세를 하며 '연민과 자선'에 의한 단골을 확보할 정도로 억척스러운 면모를 보인다.

결국 이 작품의 여성 인물들은, 표면적으로 '여자답지 않은' 여성에게도 안정된 일상을 영위할 수 있는 규범화된 여성성을 모방하고자 하는 욕망이 내재해 있다는 사실을 보여주고 있으며, 규범화된 여성 젠더의 역할에 맞게 살지 못하는 것을 최악의 불행으로 여기고 있음을 강조해 주고 있다. 다시 말하면, 여성은 안정된 삶의 회복과 영위를 위해 자신들에게 요구되는 젠더 가치를 자발적으로 모방함으로써 자기 욕망 충족의 수단으로 삼고 있다는 것이다.

『도시의 흉년』과 『휘청거리는 오후』에는 여성성을 과장하여 연기(演技)하는 여성 인물이 등장한다. 이들 작품에서 '절름발이 여자'와 '초희'는 '금시발복(今時發福)'의 가장 효과적인 방법으로 경제적 안정을 가진 남성과의 결혼을 희망한다. 때문에 이들은 모두 남성적 시선을 내면화하여 자신의 여성성을 만들어가고 있으며, 다른 여성보다 더 아름답고, 매력적으로 보이기 위해 젊고, 아름다운 여성의 면모를 모방하게 된다.[7] 전통적으로 여성은 '결혼'이라는 통과의례를 통해서 자신의 새로운 삶을 구축하게 된다. 특히 역사적으로 위기의 시기에 여성의 결혼은 더욱 급증하게 되는데, 가족의 재구성을 통해 심리적 안정을 보장받고자 함이다.[8] 정신분석학적으로 보면, 이들은 상징적 질서의 파열로 나타난 '무질서'를 견뎌내지 못하고 다시 '법'으로서의 초자아를 회복하여

---

7) "부자와 결혼하고 싶다는 그녀의 욕망은 그녀 자신의 것이면서 동시에 모방된 가짜 욕망이기도 한 것이다. 모방의 가짜 욕망이기에 무엇보다 중요한 것은 타인의 시선이다. 그녀를 지배하는 것은 자신의 좋아함/싫어함이 아니라 다른 사람의 눈이다." (정호웅, 『휘청거리는 오후』 해설, 세계사, 2009, pp.548~549)

8) 이러한 여성인물들에 대해 이정희는 박완서의 소설이 공식화(公式化)된 젠더의식을 보여준다고 하였다. 공식화된 젠더의식이란 당대의 지배적인 젠더 이데올로기나 당대에 부상하고 있는 역할 젠더의 내면화를 의미하는 것으로, 당대의 지배적인 젠더 이데올로기인 여성다움/남성다움의 기질이나 재생산/생산으로 분할 된 성역할 분담 등을 자연스럽고 당연한 것으로 간주하는 성별 이분법에 근거한 지배 이데올로기를 뜻한다. (이정희, 앞의 논문, 2001, p.140, p.149)

안정을 찾으려는 것이다. 즉 프로이트가 말한 '사회적 불안'에서처럼 초자아 속에 통합되어서만 안정감을 가질 수 있다고 믿는 것이다.9)

『도시의 흉년』에서 아버지 '지대풍'의 첩(妾)인 '절름발이 여자'는 소아마비로 한쪽 다리의 성장이 멈춰버린, 보기에도 유약(幼弱)한 여자이지만, 아버지의 표현10)대로 아버지를 남자답게 해주는 '여자다운' 여자이다. 아버지와 함께 있는 절름발이의 모습은 수연에게 "뭔가 비정상적이고 병적인 것"같아 보였다. 아버지가 어머니를 배신했다는 점에서 아버지와 절름발이 여자의 관계를 어머니에게 폭로하고, 어머니로 하여금 벌하도록 하는 것이 옳은 줄 알면서도, 수연이 아버지와 첩의 관계를 묵인하고 오히려 지원한 것은 이복동생에 대한 정(情)때문만은 아니다. 그것은 아버지와 절름발이 여자 사이의 상하관계가 "조금도 불안하지 않고 오히려 형언하기 어려운 편안감이 있었"기 때문이다. 수연은 당대 사회가 여성에게 요구하는 여성상에 대한 인식을 아버지와 절름발이 여자 사이에서 확인하고 있었던 것이다.

> 여자가 또 부엌으로 갔다. 훈련을 받은 충직한 개처럼 열심스러운 얼굴로. 그럴수록 아버지는 더 심하게 굴었다. (중략) 그 여자는 그 불구의 다리를 쩔룩대며 아버지가 시키는 대로 싸게싸게 움직였다.
> 나는 아버지의 그런 무자비한 횡포로 하여 당초 그 여자에게 품었던 적의가 완전히 누그러져 있었다.
> 아버지의 특기인 병신육갑춤의 영감이 됐음직한 그 여자의 애처롭게 저

---

9) 이종영, 『욕망에서 연대성으로』, 백의, 1998, p.91.
10) "…남자에겐 오입으로 해결 안 되는 문제가 또 있어. 나 아니면 못 사는 여자, 나만을 의지하는 여자. 나를 편하게 해주고 남자답게 해주는 여자가 필요해. 그 여자는 바로 그런 여자야. 그 여자는 나를 편하게 해주고 존경해 받들어주고, 무엇보다도 그 여자하고 있으면 난 남자다워져. 그 여잔 돈도 많이 바라지 않아. 욕심이 없는 여자야. 내가 조금씩밖에 못 주는 생활비로 아주 만족해 해" (박완서, 『도시의 흉년』 상권, p.164)

는 한쪽 다리, 급하게 왔다갔다할 때마다 엉덩이로부터 미숙한 허벅지와 떡가래처럼 희고 가느다란 종아리로 흐르는 섬세한 떨림은 고통스러운 듯이, 그러나 정면으로 지켜보며 자꾸자꾸 심부름을 시키는 아버지의 횡포, 그 횡포에 묵묵히 굴종하는 불구의 여자, 한 가정의 이런 분위기는 뭔가 비정상적이고 병적인 것이었지만, 조금도 불안하지 않고 오히려 형언하기 어려운 편안감이 있었다.

─『도시의 흉년』 상권, pp.361~362

첩은 살이 으깨져서 피맺힌 불구의 다리를 감출 척도 안 하고 드러낸 채 눈에서 닭똥 같은 굵은 눈물을 흘리며 아버지에게 매달렸다. 그녀가 보통내기가 아니란 건 진작부터 알고 있었지만 그 정도까지인 줄은 나도 미처 몰랐다. (중략) 그녀는 울고불고 애걸하고 있는 것 같으면서도 실상은 야비다리를 치고 있었다. 본처를 패주는 남편을 말리는 첩의 쾌감이란 성적인 절정감과도 닮은 것이리라. 이런 생각이 들 만큼 첩의 표정은 오랫동안 짓눌렸던 욕망을 한꺼번에 발산하는 황홀감으로 무르익어 있었다. 불구의 종아리의 핏빛 선명한 엄마의 이빨 자국조차 승리자의 가슴에 단 장미꽃처럼 오만해 보였다.

─『도시의 흉년』 하권, p.313

수연의 눈에 절름발이 여자는 아버지의 "횡포에 묵묵히 굴종하는" 모습으로 비춰진다. 남자에게 의지하고, 굴종한다는 면에서 다소 이모와 정서적으로 비슷한 여성성을 보이지만, 실상 절름발이 여자는 수연의 어머니나 이모와는 전혀 다른 여성성을 보여준다. 즉 절름발이 여자는 자신의 약점인 '절름발이'라는 신체적 장애와 젠더로서의 '여성'을 이용하여 오히려 남성을 조종하는 여성인 것이다. 다시 말해서 절름발이 여자는 표면적으로 가장 나약하고 무지하며 봉건적인 여성으로 행동하지만, 자기가 낳은 아들을 통해 자신의 존재성을 확보하겠다는 욕망을 성취하기 위해 남성이 요구하는 여성성을 과장되게 연기(演技)함으로써 당대의 젠더 역할을 전략적으로 수행한다. 여성적인 여성을 과장되게 연기하는 것으로 자신의 젠더를 적극적으로 활용하는 여성인 것이다.

의식적인 여성성의 가장(假裝)이나 연기(演技)는 『휘청거리는 오후』에서
도 나타난다. '초희'는 부유한 남자와의 결혼을 통해 상류층에 진입하고
자 하는 여성이다. 허성 씨가 공장을 시작하면서 손가락 마디가 잘리는
사고를 겪고 불구의 손가락이 부끄러우면서도 자랑스럽다고 여길 때,
초희는 아버지의 불구의 손을 '생활의 궁기'로 파악한다. 때문에 불구의
손은 초희에게 혐오의 대상이 되고, "아버지가 발산하는 궁기가 골고루
스민 것 같은 이집을 하루 바삐 면하고 싶다는 소망"의 간절함만을 키
워간다. 초희에게 넉넉하지 못한 현실로부터 벗어나 경제적으로 풍요로
운 이상적 삶의 형태로 가는 가장 현실적인 방법은 결혼이었다. 초희는
당대 사회에서 '여자'의 삶과 결혼의 깊은 관련성을 간파하고 있으며,11)
자신에게 신분상승의 기회로 작용할 '결혼'을 위해서 예쁘고 참한 여성
이라는 전통적인 여성상, 즉 당대 사회의 '규제적 이상'으로서의 여성을
모방하고 답습한다.

> 특히 마담 뚜를 통해 듣는 상류사회의 갖가지 풍속의 소문은 그녀가 빠
> 른 시일 안에 귀부인다워지는 데 많은 도움을 주었다.
> 서울 시내 일류 귀부인들이 제일 많이 모이는 양장점은 명동 어디고, 지
> 압을 겸한 전신마사지까지 해주는 미장원은 어디고, 외제를 구할 수 있는
> 양품점은 어디고, 신을 만한 수제화를 만드는 살롱은 어디고, 이런 것들에
> 마담 뚜는 통달해 있었고 이런 지식을 지나가는 말처럼 자연스럽게 초희
> 에게 불어넣었다. 초희는 자기도 모르게 마담 뚜에 의해 다시 만들어지고

---

11) 「말희야, 너 그런 측은한 얼굴로 날 볼 것 없다. 내가 뭐 언제까지나 이 쓰레기 같
은 고장을 뛰어넘지 못할 줄 아니? 이 답답이 콧구멍 속같이 숨 막히는 고장을──.
뛰어넘어 보일 거야. 도망쳐 보일 거야. 너도 아마 알아두는 게 좋을걸. 여자는 시
집갈 때 밖에는 자기가 자란 고장의 울타리를 뛰어넘을 기회가 없는 거야. 좀 힘들
더라도 그때 뛰어넘어야지. 그 울타리 속에서 궁둥이만 옮겨 앉으려면 무슨 맛에
시집을 가니?」(『휘청거리는 오후』, pp.185~186)

있었다.

-『휘청거리는 오후』, p.439

이처럼 박완서 소설에 등장하는 '결혼'은 상당히 전략적이다. 여성들은 단순히 심리적 안정 때문만이 아니라 경제적 풍요, 혹은 신분 계급의 상승을 위한 기회로 결혼 제도를 활용한다. 안락한 삶의 실현, 평안한 공간의 확보와 일반적이고 보편적으로 호명된, '팔자 좋은 여자'의 삶을 꿈꾸게 되는 것이다. 이를 위해 여성인물들은 자신을 화려하게 꾸미고, 장식하며, 가장 '여성스러운' 표정과 몸짓, 말씨와 규범을 준수하게 된다. 즉 정주(定住)의 욕망을 위해서 당대 '가장 여성적'이라고 인식할 수 있는 '여성 젠더'를 모방적으로 수행하게 되는 것이다.

지금까지의 선행 논의에서는 이러한 물질중심의 결혼과 여성들의 가치관을 당대 사회의 배금주의와 연관하여 작품의 풍자 소설적 역량을 평가하였다. 이를테면, 이러한 여성인물들은 물질중심의 세계관에서 비롯된 "안이한 소시민적 인생관과 삶의 방식"[12]의 재현이며, 나아가 "탐욕스러운 일상생활"[13]의 한 단면을 날카롭게 포착하였다는 것이다. 이러한 연구는 충분한 타당성을 갖고 있으며, 박완서의 소설에 등장하는 중산층 여성인물들의 내면을 통해서도 분명하게 확인된다.

그러나 이러한 여성 인물들의 속물적이고 이기주의적인 생활 방식이나 물질만능의 세계관을 비판하는 것만으로는 여성인물에 대한 해석이 다소 미흡하다고 본다. 여성의 물질적 욕망은 미성숙한 감정적, 육감적 충동에 이끌리는 유아적 비합리성의 표출로 분석되기도 하지만, 동시에 여성의 욕망에 대한 적극적인 배출로도 의미화할 수 있다. 특히 여성

---

12) 김영무, 「박완서의 소설 세계」, 『세계의 문학』, 1977 겨울.
13) 김주연, 「말이 학대받는 사회」, 『문학과 정신의 힘』, 문학과지성사, 1990.

젠더에게 부여된 미(美)를 추구하기 위해서 외적 꾸밈은 필수적이고, 이를 위한 소비 행태는 '근대성의 퇴행적 차원의 표상'이라기보다는 오히려 근대적 젠더 정체성의 적극적인 표현이라고 할 수 있다.[14]

그러므로 안정된 결혼 생활을 지향하는 여성의 욕망을 피상적으로 물질 중심적 가치관에 따른 윤리의식의 상실이나 속물적 성격이라고 비난하는 것은 지나치게 일면적인 분석이다. 오히려 작가는 당대 사회가 여성에게 억압한 젠더 규범을 적확하게 재현하고 있으며, 여성인물들은 그러한 젠더 규범과 자신의 욕망을 교차시키고 있는 것으로 이해해야 할 것이다. 즉 당대가 요구한 젠더 규범을 전략적으로 수행하는 것으로 경제적 풍요를 통한 생활에의 안정과 정서적 불안의 불식이라는 자신의 욕망을 충족하고 있는 것이라 하겠다.

2) 호명된 여성성의 전복

젠더의 차이를 양산하고 젠더의 구성을 비가시화하며 본질적인 것으로 주지시키는 젠더의 유형화는 젠더에 대한 기대와 행위 방식을 규율하는 규범으로써 그 담론적 체계를 강화해 간다. 그 과정에서 규범화된 젠더에 적절하지 못한 행위와 외모에 대해서는 비난과 비판으로 규제하거나 소외시킨다. 특히 전통적인 가부장제라는 권력 위계에서 여성의 지위는 경제적 계급구조의 견지에서가 아니라 가부장제 사회 조직의 견지에서 규정된다. 성별 분리를 통한 사회의 구조화는 여성의 활동, 노동, 욕구, 그리고 열망 등을 한계 지운다.[15] 그러나 박완서 소설에서 수

---

14) 리타 펠스키, 『근대성의 젠더』, 김영찬 · 심진경 옮김, 자음과 모음, 2010, pp.126~150 참조.
15) 질라 아이젠슈타인, 「자본주의적 가부장제이론과 사회주의 여성해방론의 계발」, 『여성해방이론의 쟁점』, 하이디 하트만 · 린다 번햄 외, 태암, 1990, p.81.

행적 젠더 주체들은 자신에게 부여된 젠더 정체성을 거부하거나 부정하는 면모를 보인다. 이러한 전복적 젠더 수행은 자신이 택한 젠더 연기(演技)를 통해 이데올로기의 감옥을 감지하고 주체적 젠더 역할을 수행한다는 의미를 가진다. 이처럼 호명된 젠더 역할의 전복은 구성적이면서 저항적이다.

『도시의 흉년』에서 김복실 여사는 해방되기 전 해에 '지대풍' 씨와 중매로 결혼을 했고, 결혼하자마자 남편이 징병으로 끌려 나간 후, 임신하지 못한 자신을 '돌계집'이라 부르며 식량이 축나는 것을 억울해 하는 시어머니 밑에서 눈칫밥을 먹으며 지냈다. 해방된 해 겨울, "거지꼴로 나타난 남편"이 '애국'하러 다니는 동안, '부지런하고 말 수 적고 조그맣고 파리하지만 생전 감기나 배탈 한 번 않게 앙센 새댁'으로, 오로지 '허풍선이 애국자의 아내와 가난한 집 며느리로 창조된 여자' 같던 김복실 여사는 6·25 전쟁을 겪으면서 변신을 하게 된다. 김복실 여사는 축재(蓄財)와 함께 더 이상 가정 내에서 두려울 것이 없는 당당한 모습으로 변모한 것이다.

김복실 여사가 한국전쟁을 경험하면서 획득하게 된 이상적 젠더 정체성은 시부모를 정성껏 봉양하고 남편의 뜻을 받들어 집안의 평화와 안정을 꾀하는, 순종적이고 희생적인 여성이 아니었다. 사회의 변화와 불안한 정세(政勢)는 수줍고 다소곳한 여성이 아닌, 강인한 여성을 요구했고 김복실 여사는 그러한 사회의 변화에 알맞게 자신의 젠더 정체성을 변화해 나간 것이다. 그러나 그녀가 '돈으로 대표되는 물질의 생리를 잘 아는 여자'[16]로 변모하면서 상대적으로 점점 규제적 이상으로 호명된 여성적 매력을 상실하게 된다. 가부장적 담론에서 여자의 본성과 여자의 사회적 역할은 남성 중심적 규범과의 관계를 통해 정의되기 때문

---

16) 조구호, 「현대소설에 나타난 가족의 모습」, 『배달말』 25, 1999.12, p.126.

이다.17)

> 엄마는 얇은 잠옷 바람이었다. 거의 무게나 부피가 느껴지지 않는 하늘
> 하늘한 분홍빛 잠옷이 가슴이 깊이 패여갔고 그 패인 자리에 잔주름이 몇
> 겹이나 들어 있어 엄마의 가슴은 온통 부글부글한 비누거품에 덮인 것처
> 럼 보였다. 비누거품 속에 두 개의 유방이 여자의 유방이라기보다는 오뉴
> 월 쇠부랄처럼 한없이 무겁게, 권태롭게 늘어져 있었다. 나는 문득 그런
> 모습으로 잠자리에 든 엄마를 아버지가 어떻게 대할까가 궁금해졌다.
> 아버지와 엄마는 도대체 어떤 모습으로 사랑을 할까. 나에게 그것처럼
> 난해한 문제는 없으면서도 나는 때때로 그 문제를 꽤 심각하게 생각하는
> 버릇이 있었다. 아버지와 엄마는 자식들에게 문제의 실마리가 될 만한 어
> 떠한 모습도 이제껏 보여준 적이 없었다.
>
> -『도시의 흉년』 상권, pp.98~99

여성성의 상징이라 할 수 있는 "유방"이 남성성의 상징인 "부랄"처럼
보인다는 것은 '엄마'인 김복실 여사의 여성성의 상실을 의미한다. 수연
의 눈으로 재현되는 엄마의 모습은 생물학적 성(性)과 상관없이, 기표화
된 남성적인 이미지로 각인된 것이다. 표면적으로 김복실 여사는 물질
적 풍요와 경제적 능력을 얻는 대신, 모성적 풍요와 성(性)적 능력을 상
실한 여성으로 재현된다. 이러한 젠더 정체성의 전복성은 남성에게서도
나타난다. 경제권을 소유하게 되면서 더욱 더 거침없는 성격을 갖게 된
엄마와 달리 아버지인 지대풍의 모습은 점점 더 유약한 성격과 외모로
표현된다. 가족 내에서 전혀 가장(家長)으로서의 영향력을 발휘하지 못하
고 아내의 경제력에 기생(寄生)하는 남성이라는 것뿐만이 아니다. 수연은
어머니에게서 느낀 남성성처럼 아버지에게서 여성성을 확인한다. "가운
자락 사이로 드러난 여자처럼 나란히 맞붙인 발끝엔 꽃과 구슬이 달린

---

17) Chris Weedon, 앞의 책, 1994, p.11.

슬리퍼가 꿰어 있었다."(상권, p.83)라는 서술처럼, 아버지는 '여자처럼' 포즈를 취하고, 여성성을 풍기는 '꽃'과 '구슬' 장식으로 꾸며져 있었던 것이다. 이러한 모습에서 수연은 아버지를 "어릿광대" 같다고 생각한다. 어머니의 상류 흉내를 몸으로 재현하고 있는 아버지의 모습이 민망했다고 하나, 사실 어머니에게서 여성성의 상실을 확인한 것과 마찬가지로 아버지에게서 거세된 남성성을 확인했기 때문이다.

김복실 여사와 지대풍 씨의 이러한 전복적 젠더 수행은 젠더가 경제적 가치, 외부적 환경에 의해 강력하게 영향을 받고 있다는 것을 의미한다. 또한 경제력을 소유한 김복실 여사의 막강한 권력은 가부장제도 하에서의 남성적 권위마저도 위축되게 할 만큼의 위력을 과시하고 있다. 나아가 김복실 여사의 경제력은 아버지의 생물학적 남성성마저도 위축되게 한다.[18] 즉, 제도화된 담론의 권위는 유형화된 젠더 차이에 의존해서 유지, 보전될 수 있었던 것이며, 젠더의 차이는 권력의 이동에 따라 전복적으로 수행될 수 있다는 것을 의미한다. 결국 젠더란 임의적이며 비본질적이라는 사실을 증명하는 것이다. 요컨대, 김복실 여사의 젠더 수행은 경제력의 소유를 통해 남편 지대풍보다 더욱 강인하고 담대한 면모를 보여준다는 점에서 젠더 역할을 역전하는, 수행적 젠더 정체성의 전복성을 상징적으로 보여준다.

다른 한편으로, 여성이 여성적인 모습을 과장된 방법으로 모방하여 수행하는 것은 남성 중심적 담론의 허구성을 드러내고 전복하는 과정이다. 젠더 모방을 통해 젠더 담론의 기준점이 소멸하기 때문이다. 버틀러는 이러한 젠더의 모방전략은 가부장제가 여성에게 규정한 여성성을

---

18) "……기가 죽으면서 내 섹스까지 죽어버렸어. 그때부터 남자구실이 잘 안되더란 말야. 내 의사와는 상관없이 내 섹스가 제멋대로 내 말을 안 듣는 걸 난들 어떡하냐 말야. (하략)" (『도시의 흉년』 상권, p.164)

의도적으로 가시화함으로써 가부장제도의 근간을 붕괴할 수 있게 한다고 주장하였다. 또한 모방적 젠더 정체성의 수행을 통하여 여성들이 자신의 자리를 회복할 수 있게 된다고 하였다.

> 그녀는 남자들 사이에 특히 공회장같이 여자에 대해도 도통하고 있는 것으로 믿고 있는 정력적인 남자들 사이에 떠도는 여자에 대한, 아니 여체(女體)에 대한 소문에 대해 알 만큼 알고 있었으므로 그 소문대로만 반응하면 되었다. 그 소문은 모든 소문이 그렇듯이 아주 근거없는 것도 아니면서도 진실과는 동떨어지는 것이었지만 그대로 충실히 반응해 줌으로써 공회장으로 하여금 자기의 정력과 정력제의 효험에 대한 한층 두터운 자신을 갖게 해줄 수 있다는 걸 초희는 알고 있었다.
> 그러니까 공회장은 여자의 아니, 여체의 소문을 안고 정력제를 시험하고 초희는 자기의 일부를 소문으로 내주고, 정작 자기는 슬쩍 비켜나서 소문과 씨름하는 남자를 흥미진진하게 구경할 수조차 있었다.
>
> ─『휘청거리는 오후』, p.450

위의 예문은 여성 인물의 여성성 모방 전략이 결국 남성 중심 담론의 권위를 해체하고 조롱하고 있음을 단적으로 보여준다. 정체성과 타자성 혹은 관찰하는 주체와 관찰 당하는 객체간의 차별성과 위계질서가 얼룩질 수 있다는 점에서 지배 권력은 절대적인 것이 아니라 불안정하게 되기 때문이다. 초희가 남성들의 욕망을 인지하고 그에 맞게 자신의 젠더 역할을 수행하는 것처럼 여성은 보이는 대상인 동시에 보는 주체이기도 하다. 즉, 자신이 보이는 것을 알고 그 사실을 역이용해 자신의 이미지를 스스로 창조하고 그것으로 경제적 이해관계를 창출하는 '안다고 가정되는 주체'인가 하면, 스스로 보이는 대상이 되기 위해서 보는 주체의 시선을 필요로 하는 '불완전한 반쪽 주체'이기도 하다.[19][20]

---

19) 조현준, 앞의 책, 2007, p.299.

초희는 '공회장'이 이상적으로 생각하는 '여성'을 연기함으로써 자신의 물질적 욕망을 충족한다. 그리고 '소문으로' 만들어진 '여성'을 연기하는 동안, '여성'이라는 기호에만 주목하는 남성을 조롱한다. "소문이란 돌고 도는 사이에 진실과는 상관없는 부피가 되게 마련이지만 알고 보면 그 터무니없는 부피는 그 소문을 만들어내는 데 참여한 사람들의 은밀한 소망을 보탠 부피일 뿐"(p.450)이라는 것을 초희는 알고 있었다. 이는 담론화된 젠더 규범에 대한 위반이면서 또한 젠더 규범이 담론에 의해 구성된 것이라는 사실을 증명하고 있는 것이다.

이러한 젠더 역할의 모방성은 저항의 전제조건이 된다. 여성은 젠더 규범의 담론 상황으로 직접 자신의 젠더 정체성을 투사함으로써 권력 담론의 중심으로 진입한다.[21] 그리고 규범화된 젠더 담론을 수용하고

---

20) 호미 바바의 논의에 따르면, 지배 주체가 피지배 주체를 볼 때는 언제나 전치되고 파편화된, 자신의 부분적인 재현만을 보게 된다. 지배 주체의 이러한 부분적 시각은 피지배 주체가 부분적인 존재일 뿐 아니라, 지배 주체와 닮았지만 다른 존재라는 사실에 기인한다. 이와 동시에 그동안 응시의 주체로서 존재하던 지배 주체는 타자의 응시 대상으로 위치하게 된다. 늘 타자만이 대상이 되어 타자의 모든 것을 장악하고 통제하던 '감시의 응시'가 이제는 '부분적 응시'가 되고, 주체의 통일성과 본질을 상실케 한다는 것이다. 즉 지배 주체의 '감시하는 눈'은 '훈육된 자'의 전치하는 시선이 되어 돌아옴으로써, 감시자가 감시를 받는 입장이 된다고 할 수 있다. 그리고 이때 지배 주체는 훈육된 자의 눈에 비쳐진, 자신과 닮았지만 똑같지 않은 모습을 보고 자아정체성의 분열을 경험한다. 이러한 분열은 주체와 타자 사이에 나타난 권력 관계의 그물망에 내재된 '권력의 효과'로, 지배자가 스스로 와해하게 만든다.

더불어 새로운 공간을 구성하는 역할을 맡기도 한다. 즉 호미 바바가 추구하는 식민주의적 상징계가 무너지는 사이에 낀 공간, 즉 '제3의 공간'을 형성해 나가는 기제가 된다고 할 수 있다. 호미바바는 피식민지인이 식민화의 과정에서 식민지배자를 모방(mimicry)하는 행위야말로 지배-피지배의 역학에 균열을 낼 수 있는 저항점으로 읽고 있다. 모방은 거의 같지만 그렇다고 완전히 같지 않은 것, 즉 닮은 꼴인 동시에 위협적이며 식민지배자의 권력을 강화하는 동시에 와해시키는 모순적인 현상이 되는 것이다. (호비 바바, 앞의 책, 2002 참조)

21) 바바가 상정하는 문화적 차이의 주체들은 양가적이며 순수하거나 전체론적이지 않고 항상 치환, 전치, 혹은 투사(projection)의 과정에서 만들어진다. (정미옥, 『포스

모방함으로써 스스로 젠더 정체성을 구성, 변조한다. 따라서 박완서 소설에서 나타나는 '여성'의 탐색과 이상적 여성성을 수행하는 모방적 젠더 정체성은 가부장제의 논리가 무너지고, 침묵하는 여성들이 자신을 '드러낼' 수 있는 저항의 가능성으로도 나타나고 있다고 하겠다.

「부끄러움을 가르칩니다」, 「세모」, 「카메라와 워커」에서 여성 인물들은 모성성의 이상적 이미지를 전복하거나 과장하는 것으로 여성의 젠더 역할을 연기(演技)한다. 이들 작품은 여성 젠더 역할의 모방적 수행이 '구실'과 '노릇'일 뿐이라는 점에서 젠더 정체성의 비본질성을 드러낸다. 세 작품에서 모성은 시대적 변화, 환경의 변화, 주체의 위치(positionality) 변화에 따라 '버릇'처럼, 또 '구실'로서 수행하며 일종의 '허영'으로도 과장된다.

> 그때부터 어머니는 툭하면 "이 웬수 같은 놈의 새끼들" 하면서 아이들을 불문곡직하고 흠뻑 두들겨 패주는 버릇이 생겼다. "이 웬수야, 뒈져라 뒈져" 하며 정말 전생부터의 원수라도 노려보듯이 아이들을 노려보며 삿대질을 하던 무서운 어머니와, 아이들의 악마구리 끓듯 하던 울음소리를 나는 지금도 끔찍스러운 지옥도의 한 폭으로 생생하게 기억한다.
>   -「부끄러움을 가르칩니다」, 박완서 단편소설 전집 1, p.313

> 샘 많은 계집애들이 일러바치는 소리가 분노나 슬픔이 되어 와 닿기에는 나는 그때 너무도 가난했었다. 지금은 사정이 아주 달라진 것이다. 인수란 놈만은 남부럽지 않게 키울 수 있게 된 것이다. 학교만 해도 그놈은 우선 이부제에다 한 반에 백 명씩 쓸어 넣는 치사스러운 의무교육의 공립학교가 아니라 수익자 부담의 사립학교에 다니고 있는 것이다. 사람 구실도 부모 구실도 돈이 다 시키는 거나 진배없으렷다.
>   나는 다시 신바람이 난다.
>   -「세모」, 박완서 단편소설 전집 1, pp.25~26

트식민적 페미니즘의 글쓰기 : 인종, 젠더, 몸」, 대구 카톨릭대 박사학위 논문, 2003 참조)

도시락도 요리책을 봐가며 좀 멋을 부려봤지만, 내 모양을 내는 데 분수 없이 시간을 잡아먹었다. 미장원에 가서 머리도 새로 했고, 화장도 정성 들여 했고, 옷도 거울 앞에서 몇 번을 갈아입어봤는지 모른다. 그때만 해도 내 용모에 어느 만큼은 자신이 있을 때라 나는 군계일학처럼 딴 엄마들 사이에서 뛰어나길 바랐었다. 그래서 조카까지가 그런 우월감으로 엄마 대신 고모라는 서운함을 메울 수 있기를 바랐었다. 그러다가 그만 한 시간이나 지각을 하고 만 것이다. (중략)

내가 그애의 엄마라면 뭣 하러 그런 허영을 부렸겠는가. 내가 내 아이들보다 조카를 더 사랑한다는 느낌에는 그런 허영과도 공통된 과장과 허위가 있음직도 하다.

－「카메라와 워커」, 박완서 단편소설 전집 1, pp.358~359

「부끄러움을 가르칩니다」에서 모성은 '마녀적' 형상으로 나타난다. 이 작품의 화자(話者)가 기억하는 모성은 "제 딸을 양갈보 짓 시키기 못해 눈이 뒤집힌 여자"(p.317)이다. 전쟁으로 인한 가난과 굶주림은 어머니 역할에 덧씌워진 신비감이나 성스러움을 제거했다. 이 작품에서의 무서운 어머니가 '마녀적'으로 재현되는 것은 이상적 젠더 역할을 일탈했기 때문이다. 하지만 전쟁이라는 시공간적 위기와 생존의 위협은 주체로 하여금 규범적 젠더 역할 수행을 불가능하게 한다. 규범의 준수보다 생존의 가치가 우선하기 때문이다. 그렇다면 젠더 규범, 젠더 역할이라는 것은 일종의 허식이고 가장(假裝)이다. 그것은 삶이 안정될 때, 남들에게 좋게 보이기 위해서 수행하는 일종의 연기(演技)인 것이고, 반대로 생존의 위기에 직면했을 때에는 그러한 이상적 연기를 과감하게 포기할 수 있게 되는 것이다.

「세모」에서 규제적 이상으로서의 젠더 역할은 '돈'에 의해 가능해 진다. 예문에서와 같이, 경제적 풍요는 가난한 시절에는 할 수 없었던 '사람 구실'과 '부모구실'을 가능하게 하였다. 아들의 학교에서 마주한 동급생의 어머니들의 모습 역시 모두 '돈'으로써 어머니 노릇을 수행하는 여성들이다. 이는 곧 모성성이라는 것이 외부적 영향에 의해 수행되고 연기되는 비본질적인 것임을 의미한다.

「카메라와 워커」에서는 이러한 모성의 과장과 허위성이 직설적으로 제시된다. 스스로 조카에 대한 자신의 애정이 모성성이라고 믿어왔던 화자(話者)는, 자신의 행동들이 남들에게 엄마'처럼' 보이기 위한 젠더 역할의 모방적 수행이라는 것을 자각한다. 예쁜 고모를 통해 진짜 엄마의 부재를 충족시킬 수 있을 것이라는 기대 역시 자신의 모성성이 규범화된 젠더 역할의 모방 수행이라는 것, 모성성이라는 것이 정형화된 이미지를 모방하는 과장된 연기(演技)의 한 모습임을 설명해 주는 것이다.

한편 가정 내에서 전통적으로 유지되어 온 젠더 분업의 체계는 성차를 본질적인 것으로 상정하고 차별적인 젠더 가치를 규범화해 왔다. 젠더 정체성과 의미가 재생산되는 곳은 가족생활 이데올로기 안에서이다. 가족 내의 젠더 분업 이데올로기는 가족 자체 내에서 일어나는 젠더의 사회화 과정에서 가장 광범위하고 집중적으로 접합된다.22) 박완서는 여러 작품을 통해서 이러한 가정 내의 차별적 젠더 이데올로기를 폭로하고 비판해 왔는데, 1970년대의 몇몇 작품에서 그러한 기조의 초기적 양상을 찾을 수 있다.

「어떤 나들이」, 「집 보기는 그렇게 끝났다」, 「여인들」에서는 '아내' 혹은 '주부'에게 부과된 이상적 역할 규범에 저항하고자 하는 여성인물이 등장한다. 이들 여성인물들은 모두 자신들에게 부여된 젠더 역할을 온전하게 수용하고 수행하기보다는 거부하고 전복한다. 유형화된 젠더 역할 규범이 비가시적인 방식으로 여성의 젠더 정체성을 억압하고 말

---

22) 미셸 바렛 외, 『페미니즘과 계급정치학』, 신현옥 · 장미경 · 정은주 편역, 여성사, 1995, p.105 참조.

소한다는 것을 보여주는 것이다.

　더욱 분한 것은 내가 만든 옷을 거부할 임시부터, 그러니까 여남은 살부터 자식들은 내 보살핌까지 멀리하려 들더니 어느 틈에 패류(貝類)처럼 단단하고 철저하게 자기 처소를 마련하고 아무도 들이려 들지 않는 것이다.
　나에겐 패류의 문을 열 불가사리의 촉수 같은 악착같고 지혜로운 촉수가 없다. 나에겐 또한 남편이나 자식들의 것 같은 스스로를 위한 패각(貝殼)도 없다. 도저히 그들이 나에게 후하게 베푼 무위와 나태로부터 나를 지킬 도리가 없다.
　일 년에 한두 번쯤 상경하는 시골의 시어머니가 그 샐쭉한 실눈으로 나를 흘겨보며
　"쯧쯧, 어떤 년은 저리도 사주팔자를 잘 타고났노. 시골년이 금시발복을 해도 분수가 있지. 서방하고 잠자리하는 것밖에 할 일이 없는데도 밥이 주러운가 의복이 주러운가…"
　나는 이 소리가 미칠 듯이 징그러울 뿐 추호의 이의도 없다. 팔자가 좋다는 건 얼마나 구원이 없는 암담한 늪일까?
　　　　　　　　　　　　-「어떤 나들이」, 박완서 단편소설 전집 1, p.40

　그러나 어느 날 남편이 가장 아끼던 소나무 분재의 밑동을 보고 나는 이상한 충격을 맛보았다. 윗가지는 벼랑의 낙락장송처럼 품위 있게 늘어져 있는데 밑동은 뱀이 또아리를 튼 것처럼 심하게 잠겨 있었다. 아마 인위적으로 억제된 성장이 그런 모양으로 괴롭게 또아리를 틀고 있으리라. 나는 우리 집안의 점잖음과 화평도 남편이 분재를 가꾸듯이, 그의 취미에 맞게 자르고 다듬고 억제해서 만들어낸 작품 같은 게 아닐까 하는 생각을 했다.
　　　　　　　　　　-「집 보기는 그렇게 끝났다」, 박완서 단편소설 전집 2, p.346

　나는 방금 헤어진 이십대와 사십대에 대해서 생각했다. 그들도 그들 나름의 딱지를 쓰고 살고 있다는 걸 알아낸 것처럼 느꼈다. 이십대는 귀한 외화에 대한 의리라는 딱지, 사십대는 정절, 일부종사라는 딱지를.
　그러고 보면 나는 이 두 개를 합친 좀 더 굳은 딱지를 쓰고 있음이 분명했다. 따라서 내 딱지는 그들의 딱지보다 견고할지는 모르지만 그 딱지를

> 허물고 분출하려는 삼십대의 생명력은 또 얼마나 뜨겁고 세찬가.
> − 「여인들」, 박완서 단편소설 전집 2, p.279

「어떤 나들이」에서 화자는 친정어머니의 '중학교 졸업장의 쓸모'라는 "계산"에 맞게 서울로 결혼을 하여, 시어머니의 표현처럼 "금시발복" 같은 결혼 생활을 시작하였다. 그러나 자신의 보살핌을 필요로 하지 않는 가족들과 그들만의 "패류(貝類)처럼 단단하고 철저한" 처소로부터 번번이 소외당하는 화자는 무위와 나태의 일상을 보낸다. 그리고 일상에서의 빈핍(貧乏)의식과 소외감으로 알코올 중독에 빠져들게 된다. 알코올 중독은 일종의 자포자기처럼 생각될 수 있다. 하지만 소설은 '알코올 중독의 여성 화자'가 갖는 '분명한' 자의식을 보여준다. 이때의 자의식은 자신의 일상이 젠더 모방에 의해 구축된 허구적 삶으로 유지되고 있다는 사실의 자각이다. 여성 화자의 "이미 나는 가장 안 미친 상태를 잘 알고 있었고 그 상태가 얼마나 재미 없나를 알고 있었으니까"라는 언급은 남들이 말하는 '팔자 좋은 여성'의 삶이라는 것이 얼마나 많은 허위와 가식으로 유지되고 있는 것인지를 말해준다.

이와 같은 여성인물의 자각은 「집 보기는 그렇게 끝났다」에서도 동일하게 나타난다. 어느 날 들이닥친 낯선 남자와 함께 남편은 집을 비우게 되고, 남편이 부재중인 집을 남편이 있을 때와 다름없이 유지하기 위해 '나'는 시모(母)와 자식들에게 가식적인 행동을 한다. 하지만 화자인 '나'는 남편의 부재가 길어지면서 불안해지는 것과 마찬가지로, 남편이 집에 있을 때 유지되었던 가정의 안정과 평화가 남편의 억제와 구속이었음을 깨닫게 된다.

지금까지 '나'는 정성껏 시모(母)를 봉양하고, 깍듯하게 남편의 시중을 들면서 남들 보기에 의좋은 부부로 나름의 품위와 정서적 안정을 유지하며 살아왔다. 그런데 실상 이러한 '나'의 젠더 역할은 상징적 질서에 철저하게 길들여지고 통합되어 있는 것으로 드러난다. '나'는 가정주부라는 젠더 역할의 수행이 가족들에 대한 사랑과 희생이라는 규제적 이상의 모방이었음을 확인한다. 즉 '나'는 타자에 의해 사랑받고 인정받으려는 욕망의 주체가 타자의 사랑과 인정을 받기 위하여 자기 스스로를 조합, 조작, 관리, 보호, 통제하는 하나의 상상적인, 규범적 인물이었던 것이다.

젠더 정체성의 비본질성을 확인한 화자는 "매일 포장지를 찢어내듯이 점잖고 화평한 겉껍질을 찢어내"며, 자신의 삶의 공간에 뿌리내린 규제적 이상으로서의 삶의 양태를 거둬내고자 한다. 작품의 종결부분에서 화자는 '나'라는 의식의 주체가 이상적 젠더 역할에 대해서 가지고 있는 하나의 상(像)에 불과한 것이었음을 확인하고, 남편의 "꽃나무 분재를 바깥마당에 동댕이"를 친다. 이는 가부장적 젠더 규율이 만들어 낸 호명된 여성성으로부터 벗어나고자 하는 여성 젠더의 내면을 표출하는 것이다.

「여인들」에는 중동으로 파견 근무 중인 남편 때문에 독수공방을 하는 세 명의 여성이 나온다. 이들은 해외파견 사원 가족을 위한 위로회에 참석했다가 택시 합승으로 돌아오는 중에 각자의 고독과 외로움을 이야기 나눈다. 세 명 중 가장 젊은 "이십대" 여성은 자신의 식구를 포함한 세상 사람들로부터 자신이 속았다고 억울해 하는데, 이유는 "세상 사람들이 말하는 좋은 신랑감을 만나 결혼해서 세상 사람들이 젊은 나이에 그만하면 잘산다고 부러워할 만큼 살고" 있지만, "사람이 사는 건 결코 그게 아니었"다는 사실을 깨달았기 때문이다. 이 말에 세 여성은 모두 공감하면서도, "사십대" 여성은 여성의 '정절과, 일부종사, 수절'을 소재삼아 여성의 정조를 강조하고, "이십대"는 '외화를 벌어들이는 남편'에 대한 의리를 강조하면서 또다시 각자 자신에게 부여된 여성성을 수용하는 포즈를 취한다.

이러한 서사는 '아내'라는 젠더 역할의 수행이 남들에게 좋게 보이는 삶의 허울일 뿐이라는 사실을 암시한다. 또한 표면적으로 강제된 젠더 정체성을 수행하는 것으로 보이지만, 사실상 이들의 젠더 역할 수행은 자기 내면의 고독과 결핍을 감추기 위해 치장하고, 남들과 같은 물건들을 사들이는 것으로 지속되고 있다는 점에서 전복적 젠더 수행이라 할 수 있다. 즉, 젠더 규범에의 종속이라기보다는 경제적 가치에의 종속이라는 점에서 젠더 역할 담론을 초과하여 수행하고 있는 것이다.

「황혼」은 '늙은 여자'라는 호명, 즉 노년의 여성에게 작용하는 '규제적 이상'로서의 젠더 역할을 부정하고 비판한다. 이 작품의 '늙은 여자'는 "실상 늙은 여자가 아니었다." 며느리인 '젊은 여자'에 의해 "모든 자연스러운 행동들을 하나하나 간섭받으면서 늙은 여자로 만들어졌다." 이는 '늙은 여자'라는 젠더의 원본이 부재하다는 사실을 의미한다. 며느리로부터 '늙은 여자'라는 호명이 강조된 이후 '늙은 여자'는 '늙은 여자'의 흉내를 내야 했다. 그것이 이상적인 젠더 역할의 수행이기 때문이다.

> 늙은 여자는 몰래 엿듣는 전화였으므로 숨죽여야 했고, 아무리 우스워도 소리 죽여 웃어야 했다. 그래서 더욱 늙은 여자의 표정은 팬터마임처럼 과장되어 변해갔다. 늙은 여자는 통화에 끼어들진 못했지만 젊은 여자들이 하는 말에 늘 흥미진진했다. 젊은 여자들은 한 번도 늙은 여자의 귀에 거슬리거나 못 알아들을 말을 한 적이 없었다. 젊은 여자들이 재미있어하는 얘기는 늙은 여자도 재미있었고, 젊은 여자들이 분개하는 문제에 대해선 늙은 여자도 분개했다. 젊은 여자들의 기쁨이나 슬픔, 바람을 늙은 여자는 특별히 노력하거나 가장하지 않고도 따라 할 수 있었던 것이다.
> 전화로 젊은 여자들의 이야기에 숨어서 참여할 때마다 늙은 여자는 자기가 왜 늙은 여자여야 하는지 이상하게 생각했다. 고립되어 특별히 취급

되어야 할 아무런 이유도 그 자신에겐 없었다.
—「황혼」, 박완서 단편소설 전집 3, pp.42~43

　그러나 이 작품에서 '늙은 여자'는 반복적으로 자신에게 주어진 호명
에 수긍하려 하지 않는다. 위의 예문은 '늙은 여자'라는 호명을 전복적
으로 수행하는 젠더 정체성을 증명해준다. '늙은 여자'는 숨소리를 죽이
고, 웃음소리를 죽이며 팬터마임처럼 과장되게 표정을 짓게 되는데, 이
것은 자신의 젠더 정체성과 호명된 젠더 정체성의 간극에서 비롯된 격
차를 의미하는 것이다. 이처럼 여성 인물의 전복적 젠더 수행은 비가시
적인 상태로 진행되고, 다른 사람들로부터 지지와 옹호를 이끌어내지도
못한 채 이어진다.

> 　늙은 여자는 웃으면서 일어나 앉아 거울을 본다. 거울 속의 여자는 울고
> 있었다. 엉엉 울고 있었다. 아무리 웃기려도 말을 듣지 않았다. 그래도 거
> 울 속의 여자쯤은 자기 마음대로 될 수 있으려니 했는데 그게 아니었다.
> 　늙은 여자는 과부 되고 외아들 기르면서 늙게 혼자 살게 될까봐 그걸 항
> 상 두려워하며 살았었다. 지금 늙은 여자는 혼자 살지 않는다.
> 　그러나 늙은 여자는 지금 정말 불쌍한 건 혼자 사는 여자가 아니라 자기
> 뜻대로 아무것도 할 수 없는 여자임을 깨닫는다.
> —「황혼」, 박완서 단편소설 전집 3, p.51

　'늙은 여자'는 거울을 통해 젠더 이데올로기에 억압받는 자신을 마주
한다. 자신에게 호명된 젠더 정체성과 젠더 역할이 규제하고 있는 자신
의 모습은 울고 있다. 늙게 혼자 살게 될까봐 두려워했던 것이 규제적
이상으로서의 여성의 삶을 못 살게 될까봐 두려워했던 것이라면, 이제
자신이 추구했던 삶의 양식이 억압적 젠더 규범에 종속된 삶이었음을
확인하게 된다. 그리고 젠더 이데올로기로 인해 자기 뜻대로의 살아갈
수 없다는 것이 얼마나 큰 고통인지를 강조하고 있다.

이상에서와 같이 박완서 소설에서 여성 인물의 젠더 수행은 정치, 경제, 사회적인 불안으로부터의 탈피와 안정된 삶의 지속, 일상의 회복을 욕망하는 차원에서 시작된다. 하지만 수행 과정을 통해서 담론 지배 권력이 요구하는 이분법적 규범을 위반하고, 그 경계를 지우게 된다. 나아가 남성 중심의 젠더 규범에 자발적으로 응대함으로써 오히려 남성적 권력을 조롱하고 젠더 이데올로기의 권위를 부정하는 양상으로 발전되었다. 따라서 당대의 규제적 이상으로서의 '여성'을 탐색하고 자신의 이상적 정체성을 모색하거나, 사회적으로 '여성'에게 호명된 젠더를 모방적으로 수행하는 것은 결과적으로 여성 젠더에게 강요된 젠더 역할 수행의 저항적 기반으로 작용하고 있음을 알 수 있다.

2. 연기(演技)와 복제의 허구 공간

1) 위장과 가면의 '얼굴'

앞서 보았듯이 『휘청거리는 오후』의 여성 인물은 타자의 시선을 내면화하는 것으로 자신의 정체성을 구성해나갔고, 그에 따라 여성의 몸은 남성의 욕망에 맞게 훈육되고 있었다. 그러므로 이 작품에서 나타나는 여성인물들의 소비 욕망은 실상 남성적 시선에서 비롯된 것으로, 남성 중심의 담론이 구축해 놓은 여성적 젠더의 특성을 모방, 인용하는 데서 발생한 것이다.[23] 다시 말해서 여성의 물질적 소비는 남성 중심적

---

23) 호미 바바에 따르면, 지배 주체의 모순된 요구 속에 내재된 금기는 피지배 주체로 하여금 부분적인 모방을 유발한다. 이때 '모방(mimicry)'은 부분이 전체를 대체하려는 환유의 메커니즘에 의존한다. 즉 창조적 재현이 아니라 위장을 위한 겉치레이며 패러디를 수반하는 흉내내기인 것이다. 바바는 흉내내기가 유사성을 추구하면서 동시에 위협을 가하기 때문에, 제국과 식민지 사이의 비동시적이며 비대칭적

가치에 따른 모방인 것이고, 자신의 정체성을 위장하기 위한 한 방법이 되며, 저항성을 내포한 연기(演技)라고 하겠다.

젠더의 모방적 반복은 사회적으로 이미 설정된 일련의 의미들을 재실행하는 동시에 재경험하는 것이다. 버틀러에 따르면, 모방으로서의 '행동'은 어떤 공적인 행동이다. 여기에는 시간적이고 집단적인 차원이 있고, 그 행동의 공적 성격 또한 무의미한 것이 아니다. 사실 이 수행은 이분법적 틀 안에서 젠더를 유지하려는 전략적 목적으로 작동되기도 한다.[24] 요컨대, '여성다운' 여성을 모방하고 수행하는 젠더의 행동은 반복된 연기(演技)를 필요로 한다. 피지배 주체의 결핍[25]은 '진짜(authentic)'가 되고자 하는 욕망으로 인해 지배 주체를 흉내내는 반복적인 '미끄러짐'의 운동을 이어나가는 것이다. 따라서 여성 젠더 주체의 '흉내내기'는 담론화된 여성성에 대한 재현이 아닌, 차이를 만들어내는 반복 행위가 된다.

여성이 여성 젠더를 모방하고, 여성 젠더로 위장하기 위해서 '화장'은 필수적이다. 여성에게 화장은 자신의 내면, 자신의 본 모습을 위장하고, 남들에게 완벽하게 보이기 위한 방법으로 활용된다. 결국 화장은 여성들에게 '가면'으로서 기능하는 것이다. 그들은 화장으로써 자신의 얼굴을 꾸미고 감춘다. 이런 점에서 '얼굴'은 여성 인물의 위장과 모방을 가능하게 하는 젠더 공간으로 의미화된다. 화장은 맨얼굴을 위장하는 과

관계를 노출시킨다고 보았다. (김용규, 「포스트 민족 시대 혼종과 틈새의 정치학 : 호비 바바 읽기」, 『비평과 이론』 제10권, 한국비평이론학회, 2005년 봄/여름, p.39)

24) 주디스 버틀러, 앞의 책, 2008, p.348 참조.

25) 즉 피지배 주체는 지배 주체가 요구하는 이중성으로 인해 지배 주체가 내세운 모델을 '부분적으로' 모방 할 수밖에 없고, 그로 인해 불완전한 상태의 모방(mimicry)인 '흉내내기'가 이루어진다는 것이다. 따라서 이러한 지배와 통치를 전제로 하는 식민 상황에서 피지배 주체가 지배 주체를 흉내 내는 일에는 언제나 본질적인 '결함'이 내재하게 된다. (호미 바바, 앞의 책, 2002 참조)

정으로서 주체의 가변적 정체성을 은유한다. 『휘청거리는 오후』에서는 허성 씨의 큰 딸 '초희'가 화장을 하는 모습이 자주 묘사된다. 초희는 자신의 얼굴에 정성들여 화장을 하는데, 그것은 자신의 여성적 매력을 더욱 강화하는 방법이기도 하지만, 자신의 심리적 불안과 초조, 또는 열등감을 감추는 위장의 방법이기도 하다.

> 초희는 콤팩트를 꺼내 얼굴을 비춰본다. 아주 냉정하게 자기 얼굴과 마주 대한다. 아침에 정성들여 한 화장이 젊은 살갗에 잘 스며 반질반질하도록 고운 얼굴이었다.
> 그래도 그녀는 콜드 크림으로 화장을 말끔히 닦아낸다. 이상하게도 화장이 벗겨짐에 따라 살갗이 얇아지지 않고 두꺼워진다. 뻔뻔스럽도록 두꺼워진 낯짝 털구멍마다 허덕이듯이 피곤을 내뿜고 있다. 그녀는 바로 그런 얼굴과 만나보기 위해 일부러 화장을 지웠던 것처럼 별로 놀라지 않는다. 그러나 오래 그렇고 있지도 않았다. 그런 얼굴과는 짧게 은밀하게 만나고 말아야 하는 것이다. 고꾸라졌다가 얼른 바로 설 수 있었던 사람처럼 재빨리 둘레를 살펴보곤 다시 기민하게 화장을 시작한다.
> 그녀의 손놀림은 확실하고도 안전하다. 활짝 열린 채 피곤을 내뿜고 있던 털구멍이 해면처럼 걸신스럽게 갖가지 크림과 화장수를 빨아들인다. 살갗이 다시 꽃잎처럼 얇고 향기로워진다. 그녀는 당장 온 세상을 상대로 엄청난 사기라도 칠 수 있는 것처럼 만만해진다.
> —『휘청거리는 오후』, p.42

또한 화장 한 얼굴은 날마다 새로운 흔적으로 바뀌기 때문에 일시적일 수밖에 없다. 화장한 얼굴은 흔적에 불과한 것이다. 때문에 박완서의 소설에서는 자신의 모방적 젠더 수행을 검증하기 위해 '거울'이 자주 활용된다. 문학적으로 거울은 주체의 동일성을 검증받거나 자기 정체성의 고정성을 확인받기 위한 매개로 등장했다. 그러나 박완서의 소설에서는 자신을 되비쳐 주는 반사경으로서의 '거울'의 은유가 다르게 등장하고 있다. 거울은 맨 얼굴과 화장한 얼굴 두 가지를, 그러니까 진짜의 모습과 연기의 모습을 보여주고 스스로를 검증하게 하는 도구, 또자기 정체성의 비고정성을 확인하는 수단으로 등장한다.

박완서의 1970년대 소설에서 모방을 수행하는 여성 젠더는 거울을통해 자신의 얼굴을 들여다보게 되고, 반사되는 모습을 통해서 자신의젠더 수행의 정확도, 모사(模寫)의 정확성을 판단하게 된다.[26] 즉, 거울은자신의 가짜모습이 가짜가 아닌 참모습으로 잘 모방되고 있는지를 검증, 확인하는 도구로 사용된다. 다만, 이들 여성인물들은 기존의 문학사에서처럼 거울이 자신의 참모습을 보여주고 있다고 믿는 것과 달리, 거울이 자신의 가짜의 모습을 비추고 있다는 사실을 알고 있다. 수행적여성 주체는 거울을 통해 타자화된 자기를 보게 되고, 거울 속의 타자를 자기로 수용한다. 이는 자신의 정체성과 여성성을 '거울'을 통해 확인하고 확보하게 된다는 것을 의미한다. 그리고 이러한 과정이 매일, 매회 반복되기 때문에, 결과적으로는 자기 동일성을 파괴하고 거울 속의반영된 기호, 수시로 변화하는 기호를 따라 정체성을 변화하게 된다. 따라서 화장은 자아 정체성의 비고정성을 보여주며 또한 여성성의 (가정된)본질과 흔적의 자리바꿈이 수시로 반복되고 있다는 사실을 암시한다.

「그 살벌했던 날의 할미꽃」에는 한국전쟁 중 시골 마을 분교에 나타난 외국인 병사들을 속이기 위해 젊은 처녀로 변장하는 노파가 등장한다. "직업적인 양색시"를 찾는 외국인 병사들이 집집마다 기웃대며 다니자, 여자들만 남은 마을은 공포로 휩싸였다. 마을에서 제일 웃어른인

---

26) 커다란 삼면경 속에 방 안의 모습과 그 속에 꾸어다놓은 보릿자루 모양의 자신의모습이 비친다. 그녀는 거울 앞으로 가까이 다가갔다. 스스로의 아름다움을 확인하는 데는 그리 오랜 시간이 걸리지 않았다. 아름다움을 확인하자 이 집안의 견고하고 악의에 찬 기존질서를 하나하나 깨뜨려 나갈 자신 같은 게 생겼다. (『휘청거리는 오후』, pp.350~351)

노파가 사는 집으로 여자들이 모두 모이고, 마을에서 산신제를 주관할 정도로 위엄을 갖추고 있었던 노파는 "앞으로 일 년 간의 마을의 길흉화복이 오직 자기 한 몸에 달렸다는 듯이 몸 전체로 거역할 수 없는 위엄을 풍겼"다. 비로소 노파는 젊은 여자들을 대신해서 '양코배기들의 색시 노릇'을 하기로 결심을 하고, 화장을 해 달라고 요구한다.

> 드디어 화장은 완성됐다. 거울을 본 노파가 만족한 듯 웃었다. 그저 웃음이 아니라 마지막으로 쥐어짠 것처럼 처참한 교태가 섞인 웃음이어서 보고 있던 여자들은 다 같이 섬뜩했다.
> ─「그 살벌했던 날의 할미꽃」, 박완서 단편소설 전집 2, p.288

이미 늙어버린 노파에게 화장은 "젊은 색시"처럼 보이게 하기 위한 위장술이다. 상대 남성들이 인종(人種)이 다르다는 점에서 노파의 화장은 완벽한 위장으로 기대되었다. 특히 의복과 몸의 사용은 젠더와 성적 지향성의 표현이 된다. 이때 젠더와 섹슈얼리티는 숨겨질 수도 있고, 패러디가 되며, 과시될 수도 있고, 실험해 볼 수도 있으며, 우리가 원하는 어떤 방식으로든 혼합해서 나타낼 수 있다.[27] "다홍치마와 노랑 저고리", "알록달록 줄무늬가 있는" 보자기를 머리에 쓴 것 역시 젊은 여성으로 보이기 위한 변장의 방법이었다. 그리고 거울 속으로 '교태가 섞인 웃음'을 연기(演技)했다. 여성성의 가장 피상적인 면모를 스스로 훈련한 것이다.

결국 노파는 화장한 얼굴이 아닌 '말라버린 젖가슴'과 '주름진 뱃가죽' 때문에 젊은 여성이 아니라 할머니라는 사실이 밝혀지지만, '화장'으로써 가면을 쓰고 젊은 여자 '같은' 여자로 보이기 위해 위장했다는

---

27) 주디스 로버, 앞의 책, 2005, p.278.

점에서 모방적 젠더 수행의 일면을 보여준다. 노파는 남성을 속이기 위해 얼굴 위에 화장을 덧칠함으로써 가면(假面)을 쓴 것이었다. 그러므로 노파가 보여준, 남성에게 가장 매력적인 '여자답게' 보이기 위한 행위로서의 이분법적 젠더의 수용과 모방적 젠더 수행은 그 이면에서 남성의 시선을 교란하고 남성적 욕망을 조롱하는 틈새를 보여준다.

'흉내내기'로서의 여성 젠더 모방은 남성적 지배 권력과 규범에 대한 가장 교활하고 효과적인 전략의 하나이다. 이는 여성 젠더들이 모방하는 대상을 따라 자신의 젠더를 위장하고, 그 위장을 통해 지배 담론의 견고성을 소외시키며, 나아가 그러한 규율 권력까지도 와해하기 때문이다.[28] 따라서 흉내내기는 여성 젠더 주체를 '불완전'하고 '부분적'이며 '부적합'한 존재로 만듦으로써, 통제와 훈육을 통해 타자를 전용하려던 담론화된 젠더 규율 지배의 전술을 방해한다. 자신의 맨 얼굴을 감추고 화장으로써 재창조를 만들어내는 '얼굴'은 복수(複數)로 존재하면서 변형과 저항을 이끌어낸다. 다시 말해서 '얼굴'은 담론 지배자와 피지배자의 욕망을 모두 포함하는 양가적 공간이며, 지배 권력과의 조우를 가능하게 하는 문턱(liminality)으로서 기능한다. 이것은 '완결'이 아닌 '과정'을 의미하는 통로(passage)이며, 새로운 혼성적이고 가변적인 정체성이 출현하는 공간, 젠더 이분법의 규범을 위반할 수 있는 경계적 존재들의 생존 공간이다.[29]

버틀러 역시 '여성'을 본질적이고 고정된 의미로 규정하는 것에 대해 반대한다.[30] 여성성이 고정된 정체성이라는 것은 환영에 불과할 뿐이라

---

28) "모방의 위협은 어떤 핵심이나 '본체'도 감추고 있지 않기 때문에 간과하기 쉬운 모종의 힘의 놀이 속에서, 갈등적 · 환상적 · 차별적인 '동일성 효과'의 불가사의한 전략적인 생산물로부터 생성된다." (호미 바바, 앞의 책, 2002, p.187)
29) 정미옥, 앞의 논문, 2003 참조.
30) 주디스 버틀러, 앞의 책, 2008, p.350.

는 것이다. 그리고 그러한 환영은 정치적 목적에 의해, 지배 담론에 의해 구축된 구성적 효과일 뿐이며, 본질적인 의미를 포함하고 있지 않는 것이다. 버틀러는 젠더에 관한 이론들을 통해서 이러한 환영적 효과의 빈약한 토대를 증명하는 데 중점을 두었다. 젠더의 반복된 행위와, 그 행위의 모방, 또 모방 가능성은 결국 젠더 정체성이 고정된 것이라는 관점에서 시작된 그 젠더의 토대를 조롱하고 위협한다.

「공항에서 만난 사람」의 '무대소 아줌마'는 한국전쟁 당시 PX에서 청소부로 근무하던 여성으로, '나'가 기억하는 한 무대소 아줌마는 변장의 귀재(鬼才)였다. PX 내의 물품을 외부로 반출하기 위해 그녀는 온 몸에 물건을 감쪽같이 숨기고, "그녀를 아는 양키나 MP들까지 그녀가 본디 그렇게 생겨먹을 줄 알도록" 행동했다. 그녀의 몸에 한없이 들어가는 물건만큼 욕심 또한 한이 없었고, "남보다 곱절이 넘는 물건을" 숨기는 "신비한 그녀의 몸의 수용 능력 때문에 무대소란 별명까지 붙"게 되었다.

무대소 아줌마의 이러한 탁월한 변장능력은 생존에 대한 욕망에서 비롯된 것이다. 전쟁 중에 가난을 면하기 위해, "어려운 시기를 굶어 죽지 않고 살아남기 위해" 못할 일이 없는 것처럼 그녀는 여성스러운 몸짓이나 다소곳함보다는 "몸이 굼뜬 중늙은이"의 모습이나, 뱃심 좋은 오만함과 당당함, 거침없는 욕설과 맹수처럼 달려드는 몸짓으로써 자신의 젠더를 위장하고, 변장했다. 이러한 무대소 아줌마의 남성적인 모습은 "허우대" 큰 외국인 병사들마저도 "숨넘어가는 소리"로 "눈깔을 허옇게 뒤집고 기절"할만한 위협으로 재현된다. 그녀의 위협적인 젠더 변장으로 남성 젠더를 조롱[31]하고 있다는 점에서는 여성 젠더의 가변성과 전복적 저항성을 읽을 수 있다.

---

31) "……양키들이란 그저 허우대만 컸지, 간뎅이는 형편없이 작은 것들이라니까." (「공항에서 만난 사람」, 박완서 단편소설 전집2, p.401)

「저렇게 많이!」에서 화자 '나'는 일주일에 한 번씩은 가발을 쓰고 거리로 나온다. 가발은 "어깨까지 늘어지는 굵고 우아한 웨이브"와 "보는 각도에 따라 그 갈색"이 다른 색으로 변해 보이는 것으로, 이미지만으로도 여성성을 강조하는 가발이다. '나'가 특히 가발을 좋아하는 이유는 그 가발을 쓸 때, "화장을 하고 싶고, 향수를 뿌리고 싶고, 제일 좋은 옷을 입고 싶"어지기 때문이다. 그렇게 꾸미고 거리에 나와서 맛보는 해방감이 가족의 생계를 책임지는 부담감으로부터 자유로울 수 있는 단 하루를 즐기게 하는 것이다.

> 나는 일주일에 꼭 한 번, 내가 쉬는 날만 가발을 썼다. 가발 밑에는 요즈음 머슴애들보다 더 짧게 커트 친 내 더벅머리가 있고, 나는 그 머리에 어울리는 티셔츠와 바지 차림으로 일 주일 내내 이리 뛰고 저리 뛰며 나와 내 가족의 먹고사는 문제와 직결된 일에 종사했다.
> 그러다가 내가 쉴 수 있는 날, 가발을 쓰고 야한 화장을 하고 드레시한 옷을 입고 거리로 나오면, 발이 땅에서 붕 뜨는 것처럼 기분이 좋아지면서 거리의 풍경과 거기서 펼쳐지는 남의 인생들이 즐거운 구경거리로 변한다.
> ─「저렇게 많이!」, 박완서 단편소설 전집 2, p.32

이 작품의 화자에게 '가발'이 주는 해방감은 생계에 대한 부담감만은 아니다. 가발 밑에는 남자보다 더 남자 같은 '더벅머리'가 있다. 즉 이 작품의 여성 화자는 여성복장을 가장(假裝)함으로써 해방을 느끼는 것이다. 생물학적 여성이면서 남성보다도 더 짧은 '더벅머리'를 가진 여성과 그 더벅머리를 지극히 여성다운 가발로 가리는 여성 중 '나'의 젠더 정체성은 무엇인가? 버틀러는 근본적인 여성성과 피상적인 여성성은 같다는 주장을 통해 모방이나 가면 이전에 존재하는 본질적 여성성을 부정한다. 따라서 여성이면서 남성적인 헤어스타일을 고수하고 있고, 남자처럼 보이는 외모를 다시 여자처럼 흉내 내는 여성인 '나'는 젠더의 비고정성과 가변성, 전복적 수행성을 모두 명시하고 있는 인물이다.

이와 같이 젠더를 모방하는 '가면' 아래서 여성은 나이, 젠더, 섹슈얼리티 등을 자유롭게 가로지른다. 점잖은 사회의 계급적, 사회적 관행이 문신처럼 새겨진 몸의 구속으로부터 그녀는 자유롭다.[32] 그 '자유'는 오로지 여성 인물 자신만 알고 있고, 알고 있지만 모르는 척 위장하면서 수행한다는 점에서 충분히 저항적이고 전복적인 면을 읽을 수 있다. 또한 가장(假裝)으로써 젠더를 모방한다는 것은 자신의 섹슈얼리티를 위장할 수 있다는 것이고, 버틀러에 따르면 위장된 가면의 정체성은 모방적 패러디 구조 속에서 원본과 모방본의 경계를 허무는 작용을 한다. 그러므로 박완서 소설의 여성인물들은 위장으로써 정형화된 젠더 이데올로기를 조롱하고 있는 것이다.

2) 모방의 허구성과 신경증

1970년대 발표된 박완서의 작품들은 당대의 사회적 문제로 대두된 파행적 근대화와 이로 인한 가치관의 상실, 윤리성의 부재를 반영하고 있다. 특히 천민자본주의에 부응하여 물질적 욕망의 충족을 최상의 삶의 목표로서 추구하는 여성 인물들의 등장은 당대 사회에 대해 강력한 비판과 풍자를 드러내고자 한 작가의 목적의식을 분명하게 보여준다. 또한 급격한 부(富)의 창출로 상류사회의 분위기를 내고 싶어 하는 집이나, 외관(外觀)에서는 마치 성(城)처럼 보이지만 실질적으로는 속악한 배금주의로 뒤덮여 있을 뿐인 집의 모습은 모두 작품의 서술자로부터 비판과 풍자의 대상으로 그려진다. 그리고 이러한 공간의 재현은 젠더 모방의 허구성과 연결된다.

---

32) 임옥희, 앞의 책, 1996, p.66.

『도시의 흉년』에서 벼락부자가 된 김복실 여사의 저택은 화려한 외관과 조경(造景)으로 "흡사 숲처럼 보이고 집도 성처럼 보인다." 그러나 작품의 서술자인 딸 수연의 눈에는 "낮에 보면 웬만한 동네에서 흔히 볼 수 있는 벼락부자 티가 더럭더럭 나는 속악을 극한 양옥일 따름이다." 집안 내부의 공간에 대한 묘사도 이와 다르지 않다. 김복실 여사는 많은 돈을 들여서 집안을 치장한다. 그녀는 주위의 고위관직의 집에서 본 가구나 살림살이 등을 똑같이 사들이지만, 그것의 허위성은 거실 벽에 걸린 커다란 액자의 위조 미술품과 같다. 이러한 내부 공간에 대해서도 수연은, "엄마 딴에는 상류사회에서 본 것을 그대로 흉내 내는 셈"이지만, "아무리 비싼 거라도 벼락부자 티나 풍기는 게 고작이었다"라는 말로 그 모방의 허구성을 강조한다.

모방의 허구성은 가난한 생활에서도 나타난다. 「도둑맞은 가난」에서 '나'의 엄마는 "지독하게 가난해진" 집안의 몰락을 인정하지 않으려고 했다. "사회적으로 어엿하게 출세한 남편을 갖고, 생활기반이 확고하게 잡힌 친구들"에 비해 자신의 젠더적 삶이 초라하게 보이는 것을 견딜 수가 없었기 때문이다. 다른 여자들처럼 "사모님" 소리를 들으며 거드름을 피우고, 없는 돈이라도 있는 듯이 풍족하게 보여야만 '팔자 좋은 여성'의 삶을 사는 것이라고 믿는 것이다.

> 그래서 어머니는 수억대를 가지고 있다는 부자 친구네를 뻔질나게 드나들더니 드디어 집을 담보로 목돈을 빌릴 수가 있었다. 어머니의 이런 내조에 힘입어 아버지는 사무실을 얻고, 전화 놓고 회전의자 돌리고, 급사도 두고 사장 노릇을 시작했다. 어머니는 하루에도 몇 번씩 아버지 회사에 전화 걸기를 좋아했다. 응, 미스 최야? 여기 사장님 댁인데 사장님 좀 바꿔 줘. 그 소리를 하고 싶어 못살아했다.
> — 「도둑맞은 가난」, 박완서 단편소설 전집 1, p.391

자신이 욕망하는 이상적 젠더 역할을 모방하는 '어머니'는 끝끝내 자신이 "알거지가 됐다는 걸 인정하려 들지 않았다." "가난을 정면으로 억척스럽게 사는 사람들"을 경멸하며, "가난의 냄새를 맡느니 차라리 죽는 게 낫다고 생각"하던 어머니는 이상과 현실의 괴리를 감당하지 못하고 결국 '나'를 제외한 나머지 가족들과 동반 자살을 하고 만다. 이처럼 생활의 안정과 경제적 풍요를 추구하는 여성 인물들은 자신들의 삶의 양태를 '팔자 좋은 여성'이라는 이상성에 기준하여 모방하고, 모방에 실패할 경우 좌절한다. 이들이 추구하는 여성 젠더의 이상적 삶은 남들에게 어엿하게 보이기 위한 것이거나, 최소한 남들처럼 사는 것이다. 남들과 비교했을 때, 부족함이 없어야만 그것이 이상적인 여성 젠더의 삶이라고 믿는 것이다.

더군다나 박완서 소설에 등장하는, 아파트로 대표되는 도시적인 삶의 공간은 똑같은 형태로 복제되어 있고, '나'의 일상은 '옆집'의 일상과 동일하며, '나'의 일과는 '보통의 여자들'의 삶과 일치한다. 이는 '너나 할 것 없이' 남들을 '모방'하기 때문이고, 모방의 목적은 남들'처럼' 살기 위해서이다. 그리고 '남들처럼' 살아가기 위한 노력은 혼자만 '고립'되어 있다는 의식에서 벗어나기 위한 위장의식이며, 다른 사람들이 하는 대로 살면서 위안을 느끼기 위한 정주(定住)의 욕망이다.

> 아파트 생활이란 참 묘한 데가 있다. 다닥다닥 좌우상하로 수많은 이웃을 가졌으면서도, 어쩌다 전화의 "쓰-"소리만 안 들려도 고도에 유배된 듯한, 지독스레 절망적인 단절감에 시달리는 반면, 늘 엿뵈는 듯, 도청당하는 듯, 창은 물론 두터운 벽에서까지 눈과 귀를 의식해야 하는 괴로움이 있다.
> ─「주말농장」, 박완서 단편소설 전집 1, pp.149∼150

나는 내 눈을 애꾸를 만들어가지고 이 렌즈에다 대고, 천장에 달라붙은 이십 와트 형광등 불빛 밑에 서 있는 내 남편을 확인하는 일이 끔찍하다. 하루의 피로 때문인지 백색 형광등 때문인지 남편의 얼굴은 무섭도록 창백하고 냉혹하다. 어느 호주머니엔가 목을 조를 밧줄을 숨긴 얼굴이다. 번번이 나는 내 남편을 어머니가 겁내던 아파트 살인범으로 알아보고 화다닥 놀라고 나서야 남편임을 알아차린다. 문을 열어주고 옷을 걸고 하면서도 어느 만큼은 당초의 무서움증과 혐오감이 남아 있다.

－「닮은 방들」, 박완서 단편소설 전집 1, p.282

　　「주말농장」의 여성인물들은 "혹시 자기만 외톨이가 된 게 아닌가 불안한" 마음에 "그녀들의 생활의 알맹이를 뽑아다가 열심히 외화치레를" 한다. 이들의 허영심은 급기야 주말농장을 공동 구입하기로 하는 데까지 모아졌고, 야유회를 삼아 농장 답사를 떠나는 것으로 소설은 전개된다. 그러나 이들이 "부르주아가 된 기분"을 누릴수록 내부의 소외감은 더욱 두드러진다. 그것은 이들의 젠더적 삶이 규제적 이상의 추구로써 구성된 것이기 때문이다. 자신이 자발적으로 모방하고 수행하는 젠더적 삶의 양식이나 행동들은 모두 전형적으로 이상화된 여성의 삶이다.

　　때문에 이들 여성 인물들은 자신들의 젠더 수행에 대해서 "초등학교 삼학년짜리 딸이 혼자 아침을 먹고 난 자리가 뒤숭숭"하고 측은한 마음이 들듯이, 자신들의 "생활의 정작 알맹이는 화려한 겉치레에 착취당해 이렇게 보잘 것 없"다는 것을 확인한다. 그것은 자신들이 규범적인 젠더 이데올로기에 종속되어 있다는 사실의 확인이며, 그러한 삶은 "남의 이목을 의식한 위선이요 동시에 자기 기만"이라는 것을 자각하는 것이다. 그리고 자신이 모방하고 있는 젠더 정체성이 사실은 상상적으로 만들어진 환상적 젠더라는 점에서 '분명치 않은 곳의 가려움증' 같은, 근원을 알 수 없는 불안감을 느끼게 된다.

이와 같이 이 작품은 규제적 이상으로서의 '여성'의 삶을 추종하는 여성 인물들을 통해 그들이 모방하는 젠더적 가치가 사실은 이상화된 여성의 삶이라는 것, 따라서 자신들의 젠더 정체성은 모방본을 모방하는 불완전한 것이라는 점을 자각하는 여성인물들을 보여주고 있다. 그러므로 이들의 심리적 불안감과 불만족은 자신들의 자발적 젠더 수행이 사실은 정형화된 젠더 규범에 의해 종속된 데에 대한, 즉 젠더 규범을 내면화 한 자신들에 대한 거부감에서 비롯되는 것이라고 할 수 있다.

「닮은 방들」 역시 아파트라는 집단 공간에서 겪는 개별성의 상실과 그로 인한 여성의 심리적 증상을 보여준다. '나'는 오랜 친정살이에서 벗어나 아파트로 이사를 오게 되면서, 드디어 남편과 쌍둥이 아들과의 단란한 생활을 실현하게 된다. 하지만, 세대 간의 독립성을 보장해 주는 것으로 보였던 아파트의 주민들은 서로가 서로를 앞다투어 모방하기에 바빴다. 여성의 모방적 젠더 수행의 양상은 일상 공간의 형태, 삶의 구성방식과 생활양식을 통해서도 비교, 평가하게 된다. 이러한 양상은 도시적 삶의 모습을 재현한 작품들에서 두드러지게 나타난다.

하지만 그들은 '규제적 이상'에 대한 모방 행위가 "그들을 영원한 부자유의 상태로 전락시킨다는 사실"[33]을 쉽게 깨닫지 못한다. 다시 말해서 그들의 젠더적 삶은 기실 규범적 젠더 역할을 강제하는 이데올로기의 내면화라는 것을 인지하지 못하는 것이다. 아파트의 주부들은 "알뜰하고 아기자기" 했지만, '권태로웠고, 공허했고, 맥이 빠져' 있었다. '나' 역시 그러한 분위기에 쉽게 휩싸이게 된다. 똑같은 실내 구조와 인테리어, 반찬의 내용과 조리법의 동일화는 각각의 개체로서의 특이성을 상실하게 했다.

---

33) 류보선, 「개념에의 저항과 차이의 발견 – 박완서 초기소설에 대하여」, 『부끄러움을 가르칩니다』 박완서 단편소설 전집 1 해설, p.436.

거울에 비친 자신의 얼굴이 "이미 이 세상을 다 살아버린 듯이" 보이자, '나'는 어떤 방식으로든 자신의 개별적 존재자로서의 살아있음을 확인하고 말겠다는 생각을 한다. 그것은 옆집 '철이 엄마' 남편과의 간음으로 실행된다. 철이 엄마가 외박을 하던 날, 몰래 들어간 옆집은 '나'의 집과 같은 내부구조와 인테리어로 되어 있었으며, '나'의 집과 같은 냄새를 풍겼다. 철이 아빠 역시 내 남편과 같은 모습으로, 같은 체취를 풍겼으며, 그와의 간음 역시 간음이라 느낄 수 없을 만큼 '나'의 남편과 너무도 닮아 있었다.

결국, 간음이라는 비도덕적이고 비상식적인 방법을 통해서라도 자신의 개별적 존재성을, 살아있음을 느끼고 싶었던 '나'의 기대는 허물어지고 만다. 욕실에 들어가 바라 본 "간음한 여자의 모습"이 "생전 아무하고도 얘기해본 적도 관계를 맺어본 적도 없는 것같이 절망적인 무구(無垢)를 풍기는 여자"로 보이는 것[34]은, 자기 자신의 모습마저도 어느 것이 진짜인지 구분할 수 없을 만큼 허구적으로 보인다는 것을 의미한다.

---

34) 이러한 다소 충격적인 소설의 결말에 대해 많은 연구자들의 평가가 엇갈리고 있다. 가장 최근의 논의로 오창은은 이 작품의 결론 부분에 대하여, "소설의 결말은 모호한 역설로 점철돼 있기에 의미 분석이 쉽지 않다"고 하면서, "작가는 그 어느 곳에도 무게 중심을 두지 않은 채, 가치평가를 유보하고 있는 듯하다"고 분석하였다. '나'가 거울 속에서 "절망적인 무구(無垢)를 풍기는 여자"를 발견하고, 또 "해맑고 절망적인 기분" 속에서 "방금 간음까지 저지른 주제에 나는 나를 처녀처럼 느낀"다는 대목에서 '나'는 역설적 상황에서 가치판단을 중지하는 상태에 빠지는 것이며, "'절망' 대 '무구(無垢)', '해맑음' 대 '절망', 그리고 '간음' 대 '처녀'와 같은" "이 대립되는 양자의 긴장은 '판단중지'를 지속시킴으로써 독자의 상상적 지평에 의미를 내맡기는 것과 같다"고 하였다. 즉, "박완서가 아파트 공간에서 느낀 벽을 결론 부분에도 그대로 해결불가능 상태로 남겨 둔 것"이다. 또한 그의 분석 내용을 인용하자면, 이정희는 "철저하게 길들여져 있었음을 나타내는 대목"(경희대 박사학위 논문, 2001, p.104)이라고 했고, 이선미는 "이런 교차를 반복하는 인물의 삶이 지속될 것임을 환기"하는 것이라고 평가했다. 이선미는 덧붙여 "상실의 체험을 해명해내는 자의식조차도 억압될 수밖에 없는 삶을 드러내"는 서술방식이라고 보았다. (연세대 박사학위 논문, 2001, p.80) (오창은, 앞의 글, 2005, pp.173~174 참조)

다시 말해서, 복제된 생활 양식과 구조, 공간 속에서 그녀는 자기 자신에 대한 진위(眞僞)마저도 증명할 수 없는 허구적 존재임을 확인하게 된 것이며, 완전하다고 생각했던 자신의 정체성이 와해되는 경험을 일으킨 것이다.

이처럼 자기가 모방하는 '원본'이 '원본'이 아니라는 사실에서 오는 혼동을 박완서의 소설은 신경증이라는 여성적 병리성으로 보여준다. 여러 소설에서 '복제본의 복제', '자기 복제'가 가능하다는 의미에서의 모방적 젠더 정체성의 허구성은 불안과 공포, 구토와 두통 등의 형태로 나타난다. 신경증은 불안의식에서 유발된다. 불안은 자아가 굴복할 수밖에 없는 내적인 압력이다. 자신의 독자적 생활 양식의 설계가 불가능하다는 사실은 작중 화자에게는 두려움과 공포로 다가오고 "노이로제"라는 신경증으로 나타나는 것이다.

크리스티나 폰 브라운(Christina von Braun)에 따르면 여성의 히스테리는 끊임없이 로고스의 법칙을 거부하고 정신을 육체화 하려는 몸의 언어이다.[35] 때문에 여성의 히스테리는 연극적 형태나 가장(假裝)의 형식으로 읽어야 한다는 것이다. 이를테면, 자신의 내, 외부적 환경의 불일치에서 오는 불안감은 자아에게 매사에 긴장을 하게 만들고, 잠시라도 긴장감을 놓쳐서 위태롭게 유지되고 있는 평정상태가 흐트러질까 하는 두려움은 다시 불안을 가중시킨다. 이처럼 위장과 변장으로서의 젠더 수행은 이상세계와 현실세계의 분리를 보여주며, 모방의 허구성의 증상으로서 신경증은 '표본(標本)'의 허약성을 반증한다. 다시 말해서 이상 세계를 모사(模寫)하는 것과 그것의 반사(反射)로 나타나는 여성 젠더의 신경증은 젠더 정체성의 허구성을 보여주고 있는 것이다. 그렇다면 히스테리는 거부의 기제이며, 여성은 자신의 증상을 통해 상징적 동일시의 이상이

---

35) 크리스티나 폰 브라운, 『히스테리』, 엄양선·윤명선 옮김, 여이연, 2003.

성립되지 않음을 폭로하고 있는 것이라고 할 수 있다.36)

「포말(泡沫)의 집」에서 '나'는 "남 하는 대로 휩쓸리지 않으면 뒤로 욕을 먹을 것 같은 막연한 공포감을 갖고 있"다. '나'는 "오직 남의 이목 때문에", "유행이기 때문에", 그리고 선생님의 "고오발"이라는 말 때문에 노망 든 시모(母)를 모시고, 시모(母)를 아파트의 노인학교에 보내며, 아들의 도시락에 보리쌀을 섞어 학교에 보낸다.

> 나는 아파트 계단을 내려다보며 가벼운 현기증을 느꼈으나 그대로 아래를 향해 곤두박질을 쳤다. 발밑에서 계단이 무너져 내리는 느낌과 함께 손바닥에선 난간과의 마찰로 찌릿찌릿 열과 전기가 나면서 심장도 날카롭게 찌릿찌릿했다.
>
> ─「포말(泡沫)의 집」, 박완서 단편소설 전집 2, p.64

> 나는 이번엔 내 아파트를 찾아 달음질치며 몇 번이나 길을 잃었다. 매연 같기도 하고, 안개 같기도 한 어둠이 서서히 엷어지는 속에 무수히 직립한 아파트와 그 사이로 난 널찍널찍한 보도는 거기도 여기 같고, 여기도 거기 같은 모습으로 나를 혼미 시켰다.
>
> ─「포말(泡沫)의 집」, 박완서 단편소설 전집 2, p.65

작품의 내용에서는 여성인물의 병리적 증상에 대해서 구체적으로 언급하지 않는다. 다만, 위의 예문에서처럼 느낌과 기분으로 모호하게 표현된다. '나'는 남편이 미국으로 파견 근무를 나가고 없는 집에 노망이 든 홀시어머니와 중학생 아들과 함께 살고 있다. 대규모 아파트 단지에서의 생활은 '나'에게 뚜렷한 병명을 밝히기는 어렵지만, 분명한 자각 증상으로 나타나는 질병을 갖게 한다. '나'는 아파트 단지에 거주하는

---

36) 안미현, 「여성 주체의 말하기와 젠더화된 수사학」, 『수사학』 제9집, 한국수사학회, 2008.9, p.97 참조.

사람들의 천편일률적인 생활방식, 남편의 부재와 정서적 냉담함, 남편을 닮은 아들의 말없음, "새록새록" 늘어가는 시모(母)의 노망, 피상적인 국가적 정책과 남들의 시선과 평가를 의식한 도덕과 선행 등 일상 생활의 전반적인 것들과 심리적 일체감을 갖지 못하고 있다.

자신의 일상에서 느끼는 심정적 소외와 상징적 동일시에 대한 거부감은 여성 인물로 하여금 자신의 젠더 이상에 대한 회의를 갖게 한다. 그럼에도 불구하고 이상적 젠더 정체성에 대해 적극적으로 반발하거나 거부하지는 못한다. 따라서 박완서 소설의 여성 인물에게서 나타나는 신경증은 여성의 내, 외부적 환경의 불일치에서 오는 긴장과 두려움, 반발심에서 시작되며, 한편으로 이러한 불안은 여성의 자기 보존의 기능에서 비롯되는 것이라 할 수 있다.

「맏사위」에서 화자는 재수(財數)에 관한 미신과 금기를 철저하게 따르는 여성이다. 다른 미신은 전연 신용하지 않으면서 오직 재운(財運)에 관한 것만큼은 "거의 종교적인 엄숙으로 감당"해 올 정도로 화자는 "재수가 좋아보고 싶어 안달이 나 있"다. 하지만 여태껏 별로 재수가 좋아보지는 못했기 때문에, 맏사위를 잘 보고 싶은 마음이 크다. 그래서 틈만 나면 큰 딸에게 남편감에 대한 연설을 늘어놓았다. 그러니까 이 작품에서 여성 화자의 주요 성격을 드러내주는 요설(饒舌)은 단순히 말이 많다는 것을 의미하는 것이 아니라, 딸이 경제력을 갖춘 남자를 만나 부유하게 살기를 바라는 간절함의 재현이다. 달리 말하자면 자신은 갖지 못한, 이상화 된 젠더적 삶을 딸에게는 누리게 하고 싶은 여성 화자의 가난한 삶에 대한 극도의 예민한 거부감이 드러내고 있는 것이다.

> 나는 돈과 돈 들인 물건들을 너무너무 아껴야 하는 생활에서 오는 누적된 욕구불만을 카타르시스하는 유일한 방법을 요설로 삼았기 때문에 이런

부녀를 약간 아니꼽게 여기고 있었다.

-「맏사위」, 박완서 단편소설 전집 1, p.177

이 작품에서 쉼 없이 이어지는 화자의 수다스러운 말투와 이야기는 모두 재수(財數)에 관한 화자의 예민한 신경증에서 비롯된 것이다. 자신의 일상에서 이루어지는 엄격한 생활 방식이나 딸에게 늘어놓는, 혹은 독백으로 서술되는 화자의 내면 등 모든 말들은 화자의 욕구불만에 대한 표출인 것이다. 그리고 이러한 심리적 억압과 그것의 비정상적 표출은 딸에게도 이어진다. 딸과 맏사위의 대화 내용을 듣게 된 화자는 그들의 모습에서 자신과 남편의 모습을 보게 된다. 특히 딸이 예비신랑에게 건네는 경고성 말투는 '나'의 요설과 닮아있다. 이와 같은 여성 인물의 오버랩(overlap)은 요설이 단순히 여성적 언어의 특성이 아니라, 규제적 이상으로서의 젠더적 삶을 추구하는 여성 인물의 과민한 신경증적 분출이라는 것을 의미한다.

이와 달리 「세상에서 제일 무거운 틀니」에서 '나'가 옆집 '설희 엄마'와의 대화에서 자신의 고통과 상처를 털어놓고 위무(慰撫)를 받고 싶어도, 막상 말이 떨어지지 않는 것은 자신이 생활하고 있는 생활 세계, 고요한 현실의 붕괴에 대한 두려움 때문이다. 심지어 말할 수 없는 사실과 표현할 수 없는 고통을 공유한 어머니와 나는, 차라리 오빠가 남하하다가 죽었으면 좋겠다는 바람을 내비칠 정도로 '빨갱이'인 오빠로 인해 현재의 삶이 붕괴되는 것을 두려워한다. 화자인 '나'는 6·25 때 의용군으로 나간 오빠가 간첩이 되어 돌아올지도 모른다는 사실에 불안함을 갖고 있다.[37] 하지만 이러한 고통은 말로도 표현해 낼 수가 없는데,

---

37) 프로이트는 "불안은 위험상황에 대한 반응이다"라고 말한다. 여기에서 중요한 점은 불안은 '외적인' 실질적 위험에 상응하는 '내적인 상태'라는 것이다. 내적인 상태로서의 불안은 두 가지의 내적인 원천을 갖는다. 먼저 과거의 트라우마적 경험

지금까지도 오빠의 행적은 기록으로 남아 공무원인 남편의 출세를 막았고, 그 죄책감과 함께 남편의 증오와 연민의 시선은 어머니와 '나'를 견디기 어려운 수모로 고통스럽게 했기 때문이다.

한편으로 '나'는 "이혼을 함으로써 남편을 '그 일'로부터 자유롭게 해주"고, '나'도 남편의 "증오와 연민의 시선으로부터 자유로워 지"고 싶지만, 또 다른 두려움이 가로막는다. 그것은 여성 젠더로서 안정적인 일상이다. 이혼은 젠더 규범화된 세계에서의 일탈을 의미하는 것으로 결국 '나'에게 생활세계에서의 불안정을 야기하기 때문이다. 프로이트에 의하면, 불안의 상태를 촉발하는 충동은 자기보존충동의 성격을 갖는다. 자신의 일상을 보전(保全)함으로써 자기를 보존(保存)하고자 하는 것이다. 따라서 '나'는 이혼을 감행하는 대신 심리적 불안과 신경증적 증상을 감수하는 삶을 이어가게 된다.

> "나도 뭔가 입에 발린 수다가 아닌 속말을 하고 싶어진다, 그러자 내가 정말로 하고 싶은 건 이혼이라고 여직껏 한 번도 해본 적이 없는 생각이 문득 떠올라 하마터면 그것을 입 밖에 낼 뻔했다."
> ―「세상에서 제일 무거운 틀니」, 박완서 단편소설 전집 1, pp.71~72

> "남편의 아내 노릇, 두 아이의 어머니 노릇으로부터도 자유로워진다고 생각하면 심한 무서움증을 느꼈다. 그것 말고 내 쓸모는 무엇일까?"
> ―「세상에서 제일 무거운 틀니」, 박완서 단편소설 전집 1, p.72

의 기억이다. 프로이트는 "정동의 상태는 매우 오래된 트라우마적 경험들의 침전물로서 영혼의 삶에 육화되며, 유사한 상황이 도래하면 기억의 상징으로 환기된다"고 말하고서, "불안의 상태는 과거의 경험의 재생산"이라고 하였다. 다른 하나의 원천은 과거의 트라우마적 경험에 상응하는 새로운 트라우마를 피하려는 내적인 충동이다. "실질적인 위험이 도래했을 때 과거의 트라우마적 경험의 재생산을 피하기 위한 내적인 충동인 불안의 상태를 일으킨다"는 것이다. (이종영, 앞의 책, 1998, pp.79~80)

여성 젠더인 '나'는 결국 자신의 '고통'을 정직하게 '신음'하지 않겠다는 의지를 밝힌다. 이것은 '나'가 당대 사회가 여성에게 호명한 여성적 젠더의 삶을 수용할 수밖에 없다는 자포자기의 심정을 드러내는 것이다. 또한 이러한 결심은 거대 서사의 허위성에 대한 은폐의 속성을 띤다. 즉, 담론의 허구성과 불완전성을 알지만, 그러한 담론 체계를 유지함으로써 자신의 안존(安存)을 보장받고자 하는 것이다.

따라서 이 소설은 국가 담론의 피해자이며, 가부장 담론의 피해자인 여성인물이 남성 중심적 젠더 담론을 수용함으로써 지배 권력의 담론에 공모하는 것으로 종결된다. 이때 여성 인물의 고통은 배가(倍加)될 수밖에 없다. 국가 이데올로기에 의한 이념적 규율과 안정적인 여성 젠더로서의 규범이라는 이중의 억압은 '나'에게 이전보다 더 심한 턱뼈의 동통과 중압감으로 체현되기 때문이다. 하지만 그 고통은 '나'로 하여금 표현되지 않기 때문에, 여성의 질병은 증상만 있을 뿐 질병으로 인정받지 못한다.

이처럼 1970년대 소설에 등장하는 중산층 여성의 자아 상실감 경험이나 광기적 행동, 조울증과 신경쇠약 등의 병리적 증상은 그 구체적인 병명이 나타나지 않는다는 점에서도 특징을 꼽을 수 있다. 이는 여성의 병이 "이름 붙일 수 없는 병"이라는 것, 여성은 자신의 증상에 대해 자신의 언어로 표현해내지 못한다는 것을 의미한다. 그러나 이는 역설적으로 여성인물을 둘러싼 모든 현실이 증상의 근원이 되고 있다는 것을 반증하는 것이며, 여성의 의도적 침묵을 의미하는 것이기도 하다.

「서글픈 순방(巡房)」의 경우 남편과의 관계 속에서 젠더 역할 수행에 염증을 느끼는 여성인물이 등장한다. 이 작품에서 남편이 남들과 달리 "처덕이 없다"는 사실에 박탈감과 좌절감을 토로할 때마다 아내인 '나'는 억울하지만, "저절로 기가 죽고 몸이 오그라들었다." 자신의 젠더 역할 수행이 이상적인 젠더 역할을 정확하게 모방하고 있지 못하고 있다는 데에 대한 의기소침 때문이다.

'나'는 남편이 갖는 불만의 근원이 '셋방살이'의 고달픔에서 비롯된다는 것을 알고, 삼년 동안 겨우 모은 적금을 들고, 남편과 함께 '셋방살이'를 면하기 위한 '순방(巡房)'길에 나선다. '나'는 남편이 요구하는 이상적 '아내'의 역할을 보다 적극적으로 수행하기 위해 그의 욕망을 충족시켜 주고자 한 것이다. 그러나 끊임없는 남편의 속물적 욕망과 딸 영아까지 떼어 놓으면서까지 남편의 욕망에 순응해야 하는 아내의 '도리'를 견디기 힘들어진 '나'는 비로소 "가슴이 막히는 듯한 절망감"을 느낀다.

> 나는 그날 온종일 거의 아무것도 입에 넣은 게 없었다. 영아 일로 가슴이 메어 식욕도 없었거니와 남편 말대로 심한 입덧을 하는 척까지 해야 했기 때문이다. …… "웩웩." 아무것도 토해지지 않은 채 뱃속에선 폭풍인 듯 오장육부가 뒤집히고, 눈에선 뜨거운 눈물이 왈칵왈칵 넘쳤다. …… 나는 계속 웩웩 토했다. 아니 웩웩 울었다. 엉엉 울 줄도 몰라 웩웩 울었다. 저런 더러운 남자가 내 남편이란 설움을 그렇게 울음 울 수밖에 없었다.
> ─「서글픈 순방(巡房)」, 박완서 단편소설 전집 1, pp.421~422

'나'의 급작스러운 구토는 이상적 젠더 역할에 대한 거부감과 남편의 속물성에 대한 비판을 의미한다. 남성에 의해 규정된 젠더 역할의 이상성과 남성에 의해 강제적으로 수행되는 젠더 역할 수행에 모두 저항감을 표출하고 있는 것이다. 그런데 '나'의 저항성은 또다시 남편에 의해 '입덧'으로 위장된다.

이와 같은 허구적 젠더 정체성에 대한 반발은 『나목』에서도 유사하게 나타난다. 이경은 다이아나 김의 모성성을 강력하게 부인하면서 역설적으로 그녀의 모성성을 인정할 수밖에 없음을 인정하였다.[38] 이는 다이아나 김의 모습에서 어느 것이 진짜인지, 또 어느 것이 가짜인지를 구분할 수 없게 되었다는 사실의 수용이다. 또한 이것은 젠더 정체성의 비고정성에 대한 자각을 암시한다. 다이아나 김의 젠더 정체성이 유동적이며, 진위(眞僞)가 혼종 되어 있기 때문에 그녀의 정체성의 본질을 찾을 수 없다는 이경의 좌절감은 문득 자신의 "오버가 견딜 수 없이 무거워졌다"는 것으로 나타난다.

> 나는 모든 의상을 벗고 싶었다.
> 훨훨 훨훨 의상을 하나하나 벗어서 발길로 시원스럽게 차던지고 싶었다. 쾌적한 실내 온도 때문만은 아니었다. 나는 지금 밖의 어디쯤을 서성대고 있어도 역시 옷을 벗고 싶었을 게 틀림없다.
> 그렇다 나는 지금 경서 호텔로 가기를 원하고 있는 것이다. 조에 의해 옷이 벗겨지기를 원하고 있는 것이다. 그는 틀림없이 내 의상을 벗길 것이다. 동시에 여러 겹의 터부도 누더기처럼 벗어던져줄 게다.
> –『나목』, p.206

위의 예문에서 "오버", "옷"은 자신의 억압된 젠더 정체성을 가리키는 것이다. 두 오빠의 죽음이 자신의 탓일지도 모른다는 죄책감과 자신의 생존을 부인(否認)하는 어머니에 의해 이경은 전통적, 봉건적 여성성을 습득하고 있었다. 표면적으로는 어머니에 대한 반감으로써 젠더 이데올로기에 대한 거부를 드러냈지만, 분명하게 이경은 젠더 이데올로기로부터 벗어나지 못한 여성이었다. 그런데 외부의 현실에 의해 억압되고 구속된 젠더 정체성을 지니고 살아가는 자신과 달리 다이아나 김은

---

38) 앞서 본고는 이경이 어머니로부터 찾지 못한 여성성과 모성성을 옥희도 씨의 부인과 다이아나 김을 통해 확인하고, 전쟁이 주는 공포와 불안의 현실로부터 벗어나기 위해 당대의 호명된 여성성을 적극적으로 모방하고 수용하는 여성이라고 분석한 바 있다. 이경은 자신의 평화로운 일상을 회복하기 위해 이상적 정체성을 구상하고, 당대의 젠더 규범에 알맞은 여성 젠더를 모방하고자 한다.

"여러 벌의 옷을 바꿔 입듯이 여러 벌의 자기를 갖고 있어서 수시로 바꿔 입고 있다." 이는 젠더 역할의 비고정성에 대한 자각이다. 다이아나 김은 "악착같이 달러에 집착하고 껌둥이에게 안기"는 양공주이면서도 한편으로는 "연년생으로 잘 생긴 아이를 낳고" 기르는 어머니이며, "그 아이의 아버지의 아내이기도 하"다. 즉 당대의 젠더 규범에 따라 가장 여성적인 여성이기도 하면서 동시에 이상적인 젠더 역할을 전복적으로 수행하는 여성이기도 하다.

이와 같은 다이아나 김의 젠더 역할의 전복적 수행에 대한 확인은 이경에게 '회색빛 전쟁이 부여한', 억압적이고 규범적인 젠더 정체성을 자각하는 것으로 이어진다. '자신이 입고 있는 옷'을 벗어버리고 또 터부를 벗고 싶어 한다는 점에서, 다이아나 김의 젠더 역할이 지닌 비고정적 성격은 이경에게 또 다른 이상적 젠더 정체성을 욕망하게 한 것이라고 할 수 있다. 하지만 이경은 다이아나 김의 여러 개의 모습 중 몇 개쯤은 가짜일 것이며 자신은 결코 속아주지 않겠다는 "부질없는" 다짐을 하는 것으로 다이아나 김의 수행적 정체성에 대한 자신의 열패감을 상쇄하고자 한다. 이러한 반응은 정신적, 심리적 충격을 최소화함으로써 자기를 보존하고자 하는 욕망에서 나타나는 것으로 이해할 수 있다.

이상에서와 같이, 박완서의 소설 등장하는 여성인물들의 신경증과 불안 증세는 규제적 이상으로서의 젠더 역할과 자신이 수행하는 젠더 역할의 일치 혹은 불일치에서 유발된다. 여성은 자신들의 젠더적 삶이 규범적 가치에 맞게 수행되고 있는지를 검점하는 과정에서 심리적 압박을 느끼고, 다른 한편으로는 자신이 젠더 이데올로기에 종속된 삶을 살아가고 있을 뿐이라는 자각에서 오는 반동적 심리로 인해 신경증을 경험한다. 박완서는 여성의 삶이라는 것이 사회적으로 정형화된, 또는 이상적으로 추구되는 젠더 역할을 모방하는 것으로 구성된다는 것을 여성 인물들의 젠더 공간의 유사성을 통해서 재현하고 있으며, 또한 그들이 젠더 이데올로기에 종속되어 있으며 동시에 저항하고자 한다는 것을 심리적 불안이나 병리적 신경증으로 드러내고 있다.

3. 전략적 동일화와 포섭의 글쓰기

1) 진술의 지연(遲延)과 서사의 반복

박완서의 1970년대 작품 속 여성인물들은 자신들의 속말을 직접적으로 드러내지 못한다. 그것은 가부장적 체제 속에서 여성의 언어가 부재하기 때문이기도 하지만 다른 한편으로는 자신의 이중성을 숨기고, 전략적 모방으로서의 젠더 정체성을 감추기 위해서이기도 하다. 따라서 고정된 하나의 의미, 실체를 갖는 말보다는 진위(眞僞)를 판별할 수 없는 모호한 말로써 남성 중심적 가치 체계를 비판하고 조롱한다. 즉 박완서의 소설에서 여성의 언어는 상징계적 언어를 빌어 남성적 기호를 사용하면서도 그 의미(기의)는 표면적으로 드러내지 않고, 정확한 의미를 모호하게 함으로써 자신의 젠더 모방성과 젠더 규범에 대한 저항성을 은밀하게 유지하고자 하는 것이다.

앞의 분석에서 『나목』의 이경이 갖는 신경증적 불안의식은 현실의 모호성, 현실의 허구성에서 비롯되었다. 이 작품에서 화자는 "순종", "진짜 화가", "진짜 개성 음식", "진짜 꿀", "진짜 전쟁", "진짜 나" 등 '진짜'에 대한 강한 집착을 보였다. 반면에 "인조 속치마"와 "잡종, 혼혈", "가짜 투성이" 등 '가짜'에 대한 혐오와 기피를 표현하였다. 이러한 진짜와 가짜에 대한 화자의 집착과 불신은 남과 북의 대립된 사상이 번

갈아 침입하면서 빚어진 전쟁의 참상을 목격한 데서 온 정신적 강박이다. 다시 말하면 현실에서 어느 것이 진짜이고 가짜인지 정확하게 구분해 낸다는 것이 불가능하게 되었다는 좌절감의 한 표현인 것이다. 이러한 진위의 혼란은 "죽고 싶다"와 "살고 싶다"의 역설적 욕망이 동시에 나타나는 것에서도 확인할 수 있다.

> 그러고는 죽고 싶다는 생각을 했다. 곧이어 살고 싶다로 고쳤다. 죽고 싶다, 살고 싶다, 죽고 싶다, 살고 싶다. 두 상반된 바람이 똑같이 치열해서 어느 쪽으로도 나를 처리할 수 없다.
>
> -『나목』, p.166

> 죽고 싶다. 죽고 싶다. 그렇지만 은행나무는 너무도 곱게 물들었고 하늘은 어쩌면 저렇게 푸르고 이 마당의 공기는 샘물처럼 청량하기만 한 것일까. 살고 싶다. 죽고 싶다. 살고 싶다. 죽고 싶다.
>
> -『나목』, p.231

자신이 겪는 현실의 참담함이 자신을 살게 하고 싶은 것인지, 죽게 하고 싶은 것인지조차 알 수가 없는 것이다. 그런데 이러한 표면적 진술 이면에는 어느 것이 진실인지 밝힐 수 없다는, 혹은 밝히지 않겠다는 위장(僞裝)이 내포되어 있다. 수시로 전복되는 이념 대립이라는 외부적 상황이 어떻게 돌변하게 될지를 알 수 없는 불안한 상황에서 이경은 자신의 본심을 직접 드러내는 것이 두려울 수밖에 없다. 이것은 다시 말하면, 이경이 자신의 본심을 알고 있다는 것이다. 이경은 알고 있지만, 혹은 감지하고 있지만 겉으로 고백하거나 진술하지 않는다. 즉 진실 또는 진심을 알면서도 그것을 정확하게 짚어내기를 연기(延期)하는 것이다. 그러므로 이경이 은폐하는 것은 진심의 내용이 아니라, 자신이 진심을 알고 있다는 그 자체이다. 지젝에 따르면 이데올로기적인 것은 그

본질에 대한 참여자들의 무지를 통해서만 존재할 수 있는 사회적인 현실이다.[39] 이데올로기적인 것은 (사회적) 존재의 '허위의식'이 아니라 존재가 '허위의식'에 의해 유지되는 한에서의 그 존재 자체인 것이다.[40]

이와 같이 인물들의 정신적, 심리적 좌절감은 규율 권력, 거대 담론의 허위성에 대해 직시하면서도 그 사실을 외면하고, 또 여성인물 자신이 알고 있다는 진실을 은폐하며 은폐된 진실을 유지하고자 서로가 공모한다는 데서도 나타난다. 예컨대, 「부처님 근처」에서 '나'와 어머니는 아버지와 오빠의 죽음을 "꿀떡 삼켜버렸다." 주변 사람들에게조차 진실의 내막을 밝히지 않고 두 죽음을 은폐해 버렸던 것이다. 그런 점에서 '나'와 어머니는 공모자이다.

'나'와 어머니가 본 아버지와 오빠의 죽음은 억울한 것이었다. "빨갱

---

[39] 만약 우리가 대상에 너무 가까이 다가감으로써 욕망의 충족이 실현될 가능성이 커지면, 다시 말해 결핍 자체를 상실하게 될 위험에 처했을 때, 욕망이 소멸될 위기에 빠질 때 우리는 오히려 불안을 느낀다. 따라서 우리는 현실과 환상 공간 간의 차이를 더욱 공고화하고자 한다. 그것이 바로 자신들의 욕망을 접합하는 방법이기 때문이다. (슬라보예 지젝, 『삐딱하게 보기』, 김소연·유재희 옮김, 시각과 언어, 1995, 1장 참조)

[40] 정신분석적 접근은 사회현실 자체 안에서 작동하는 이데올로기적인 환상을 겨냥한다. '사회현실'은 윤리적인 구성물로, '믿음'이 상실되면 사회적인 장의 조직 자체는 와해된다. 법은 정당하고 이롭게 때문에 지켜야 하는 것이 아니라, 오직 법이라는 이유 하나 때문에 지켜야 하는 것이다. 따라서 유일하게 진정한 복종은 외면적인 복종이 된다. 주어진 명령이 이해되지 않음에도 불구하고 법의 실정적인 조건 그 자체로 인해 복종이 이루어지기 때문이다. 이는 정신분석학에서 말하는 '초자아'의 개념과 근본적으로 함께 한다. 피터 슬로텔디즈크는 이데올로기의 지배적인 기능양식을 냉소적이라고 주장한다. 냉소적 주체는 이데올로기적인 가면과 사회현실 사이의 거리를 잘 알고 있지만, 가면을 고집한다. "그들은 자신들이 무슨 일을 하고 있는지 잘 알고 있지만 그럼에도 여전히 그것을 하고 있"는 것으로, 냉소적인 이성은 더 이상 순진하지 않다. 냉소적인 거리두기는 단지 이데올로기적인 환상이 지니고 있는 구조화하는 힘에 대해 눈을 감아버리는 여러 방식 중의 하나이다. 이에 슬로텔디즈크는 "그들은 자신이 행하고 있는 바를 잘 알고 있지만 여전히 그것을 행한다."고 말한다. (슬라보예 지젝, 『이데올로기라는 숭고한 대상』, 이수련 옮김, 인간사랑, 2002, 서론 참조)

이"로 몰려 죽은 오빠와 "반동분자"로 오해받아 죽은 아버지. 실상 이들은 국가의 이데올로기와는 전혀 무관한 사람들이었다. 국가의 이데올로기가 요구한 어느 '색깔'도 이들은 갖고 있지 않았다. 그럼에도 불구하고 어느 하나의 '색깔'을 요구하는 전쟁에 의해 비극적인 죽음을 겪게 된 것이다. 이러한 일화는 이데올로기의 허구성을 보여준다. 국가가 만들어 낸 이데올로기와 전혀 무관한 사람들도 국가 이데올로기가 어떻게 적용하느냐에 따라 죽음을 면치 못할 반동인물이 될 수 있기 때문이다.

전쟁 상황에서 이해관계가 어떻게 전개되는지 예측할 수 없는 '나'와 어머니는, 그래서 두 죽음을 은폐했다. 자신들의 생존을 위해서였다. 죽은 두 사람처럼 억울한 일을 당하지 않기 위해서는 자신들의 '색깔'(이념)을 표현해서는 안 되었다. '색깔'이 달라서 죽은 두 사람이 어떻게 평가받는가에 따라 자신들의 목숨이 위태로워질 수도 있기 때문이다. 그러므로 '나'와 어머니가 은폐한 것은, 표면적으로는 아버지와 오빠의 억울한 죽음이지만 실상은 이데올로기의 허구성을 확인했다는, 그래서 이데올로기의 이면(裏面), 텅 빈 실체를 확인했다는 사실 그 자체라고 할 수 있다.

> 부우연 이른 아침, 나는 영락없이 아랫방에서 들리는 어머니의 염불소리에 선잠이 깨게 마련이었다. …… 어쩌면 나는 그 소리로 나의 하루를 안심스러워 하려 들었는지도 모른다.
> ─「부처님 근처」, 박완서 단편소설 전집 1, p.92

> 나는 어느 틈에 내 이야기로 소설을 쓰고 있었던 것이다. 토악질하듯이 괴롭게 몸부림을 치며, 토악질하듯이 시원해하며.
> ─「부처님 근처」, 박완서 단편소설 전집 1, p.113

위의 예문처럼, 어머니와 '나'는 삼킨 두 죽음을 토해내는 방식이 서로 다르다. 어머니는 '염불소리'로, '지노귀 굿'으로 진실에 대한 누설을 간접화한다. 반면에 '나'의 토해내기는 '소설 쓰기'이다. '나'는 체증과도 같은 고통으로부터 놓여나고 싶은 욕망에 은폐했던 사건을 기표화하는 것이다. 어머니의 '소리'와 '나'의 소설 속 '문자'는 모두 진실을 의미하고자 하는 기호들이다. 하지만 이 기호들은 결코 온전한 의미를 드러내지 못한다. 어머니의 소리는 "마법사의 주문"과 같을 뿐이고, '나'의 문자는 "거짓말"이라고밖에 할 수 없는 것이 되기 때문이다.

의미가 '차연'되고 '산종(散種)'한다는 것은 이성 중심 사유체계로서의 구조주의를 비판하기 위해서 데리다가 고안해 낸 해체 전략들이다.[41] 데리다에게는 고정된 어떤 기의(개념)도 기표(음성 또는 문자 이미지)도 있을 수 없다. 그것들은 상호간의 차이를 통해서만 정체성을 얻게 되며 끊임없는 지연의 과정에 종속된다. 다시 말해서 어떤 특정한 순간에 기표가 의미하는 바는 그것이 위치하고 있는 담론 상의 상관 관계에 좌우되기 때문에 기표는 끊임없이 다시 읽고 재해석될 수 있는 것이다.[42] 그러므로 '차연'과 '산종'은 언어의 불안정성과 의미의 잠정성을 설명하며, 의미란 특정한 기호에 각인되어 있는 것이 아니라, 끊임없이 지워지는 일종의 '흔적'(traces)에 불과하다. 하나의 의미는 다른 의미를 낳고 그 의미

---

41) 데리다는, 구조주의에서 '음성 : 문자', '소리 : 침묵', '현존 : 부재', '진실 : 허위' 등의 이분법적 분류가 가능한 것은 그 둘 중 하나가 더 우월하거나 옳다는 근거(중심)를 절대논리로 믿고 있기 때문이라고 지적하면서, 그 이분법적 구조의 벽을 와해시키기 위하여 '차연'(différance)이라는 해체 전략을 고안해 낸 것이다. '기표'와 '기의'는 끊임없이 새로운 '의미화'(signification)의 과정을 거치면서 우리들로 하여금 초월적인 '기표'와 '기의'에 도달할 수 없게 한다는 것이 데리다의 지론이다. 그래서 그는 차이내기(differing)와 연기하기(a defering)라는 공간성과 시간성을 동시에 함축하고 있는 '차연'이라는 용어를 새롭게 만들어냄으로써 '초월적 기표와 초월적 기의에 의한 의미의 불변성'이라고 하는 환상으로부터 깨어날 것을 제안한다. (장경렬, 「데리다와 해체구성」, 『문학사상』, 1991.3, pp.380~383 참조)
42) Chris Weedon, 앞의 책, 1994, p.39.

는 또 다른 의미를 낳으면서 끊임없이 '자리바꿈'(displacement)하는 것이 우리들의 사유체계인 것이다.[43)]

앞서 밝혔듯이 어머니와 '나'가 소리와 문자의 유희로써 은폐하고 있는 것은 개인의 일상을 지배하고 통제하는 이데올로기의 허구성이다. 전쟁이라는 극한의 사건을 통해서 알게 된 이데올로기적 세계에 대한 허상에 대해 두 여성 인물은 각기 나름의 방식으로 의미화 하고자 한다. 그러나 "그것은 소리 없는 통곡이요, 몸짓 없는 몸부림이었다." 즉 의미가 가시화되지 않는, 불확정적 재현일 뿐이다. 그럼에도 불구하고 두 여성 인물은 분명한 상징계적 기호를 사용해서 허상을 감추고 은폐하기를 계속한다. 두 죽음에 대한 애도가 완성될 수 없는 것은 '두 죽음'이라는 기호에 내재된 의미, 즉 이데올로기의 허구성, 전쟁의 무의미함, 국가 권력의 잔혹성이 표현될 수 없기 때문이다.

요컨대 이 작품에서 통곡 대신으로 선택한, 상징계적 기호인 '소리'와 '문자'는 그 의미를 명확하게 재현하지 않음으로써 오히려 더욱 분명하게 이데올로기적 세계, 담론적 질서의 허구성을 이야기하고 있는 것이다. 또한 두 여성 인물의 '소리'와 '기호'는 세계의 허구성에 대한 저항성을 은폐하기 위해 자발적으로 세계 내 질서를 모방하고 수용하면서 국가 이데올로기 속에 포섭되어 있는 여성 인물들의 내면을 의미하는 것이다.

「돌아온 땅」에서도 기호의 유희가 나타난다. 한국 전쟁 당시 "공산당한테 무참히 학살당한" 남편과 "주체성 없이 휩쓸리다가" 월북한 시동생이 각각 하나의 기호가 된다. 그런데 이들의 기호가 지시하는 의미가 모호하다. 월북한 삼촌으로 인해 파혼의 위기에 처한 딸의 부탁으로 '나'는 옛 동네를 찾아간다. 그런데 진실을 알고 싶어 하는 딸과 진실을

---

43) 권택영, 「미국의 해체 비평」, 『후기구조주의 문학론』, 민음사, 1990, pp.82~83.

확인시켜 주고 싶은 '나'의 기대와는 달리 동네 사람들의 증언은 기호
와 의미의 대응을 잘못 연결한다. 즉 '나'의 남편이 월북한 '빨갱이'였고
시동생이 인민군의 총에 억울한 죽음을 맞이한 것으로 연결되어 있는
것이다.

> "아, 참 내 정신 좀 봐. 난 지금 애 아버진 이북 가고 애 삼촌이 그때 그
> 끔찍한 지경 당한 걸로 헷갈리고 있구만, 원체 지지리도 고생만 하고 살다
> 보니."
>
> ─「돌아온 땅」, 박완서 단편소설 전집 2, p.165

이처럼 기호에 대응하는 의미는 그 안정성을 증명 받지 못한다. 의미
는 미끄러지기도 하고, 왜곡, 과장되기도 하면서 정확하게 완전한 의미
로 고정될 수 없는 것이다. 기호와 의미의 불안정성, 불완전성은 '나'의
고백을 통해서도 나타난다. 지금까지 '나'는 아이들에게 "실제의 아버지
하고는 많이 틀린 새로운 아버지를 날조" 해 온 것이다. 삼촌에 대해서
는 아예 "말살"하려고까지 했다. 그러나 이 작품에서 화자는 각각의 기
호에 정확한 의미를 대응하기를 꺼려했던 이유에 대해서는 밝히지 않
는다. "미루나무도 나에게 그 회답을 주지는 않았다."라는 서술은 진실
을 은폐하거나 왜곡하고자 했던 화자의 의지를 다시 한번 은폐한다.

다만 이 작품의 후반부에 덧붙여진 에피소드를 통해서 화자가 은폐
한, 불확정적으로 재현된 사실의 의미를 유추해 볼 수 있다. 덧붙은 이
야기는 이 작품에서 핵심 서사로서의 위상을 갖지는 않지만, 화자의 의
도가 독자에게 전달되는 데 효과적으로 기여하고 있다. 딸과 함께 돌아
오는 길에 버스 안에서 만난 취객의 난동은 앞서 기호의 자리바꿈과 의
미의 불안정성을 분명하게 암시하고 있기 때문이다.

"너도 빨갱이지? 응 너도 빨갱이야. 너도 날 내쫓자고 했지?"

이상한 일이었다. 승객은 한결같이 취한의 좀 전의 횡포는 접어둔 채 취한의 너도 빨갱이지? 하는 지적이 자기 가슴에 떨어질까봐 그것만 전전긍긍하고 있었다.

입장이 완전히 뒤바뀌어 승객이 죄인이 되고 취한은 죄인을 응징하는 입장이 되어 있었다.

－「돌아온 땅」, 박완서 단편소설 전집 2, p.172

위의 예문에서 알 수 있듯이 여성 인물의 은폐와 왜곡은 국가 이데올로기의 위협에 기인한다. 이는 다시 말하면, 개인의 정체성이라는 것이 당대의 권력과 담론이 원하는 대로 뒤바뀔 수 있다는 것을 의미한다. 공포가 확산될수록, 권력의 힘이 막강할수록 개인의 정체성은 권력과 담론 속에 포섭될 수밖에 없다. 그것은 자발적으로 일어나기 마련인데, 바로 삶의 지속과 생존의 문제에 직결되기 때문이다. 마찬가지로 이 작품에서 여성 인물의 고백과 기호의 유희는 공포와 불안의 시대를 살아가는 개인이 생존과 연결된 문제에 대해서는 얼마든지 자신의 정체성을 왜곡, 변조, 날조 할 수 있는지를 보여주며, 이것은 또한 개인의 정체성이 사회적 담론에 의해 구성되는 것이라는 것, 따라서 완전하거나 안정된 것이 아니라는 사실을 분명하게 보여주고 있는 것이다.

「이별의 김포공항」에서 '편지 대필'은 의미의 '차연'을 통해서 진의(眞意)가 왜곡 재현되는 서사적 특성을 보여준다. 손녀와 할머니의 서울 나들이에서 시작되는 이 작품은 손녀를 초점화자로 하여 삼촌들의 미국행과 고모의 미국행이 서술되고, 할머니로 초점화자가 바뀌면서 미국으로 떠나는 할머니 자신의 심경이 서술된다. 곧 '미국행'이라는 동일한 사건에 삼촌들과 고모, 할머니의 서사가 연결되고 있는 것이다. 그리고 '미국행'이라는 공통 사건에서 손녀와 할머니의 젠더의식이 드러나고 있다.

노파에겐 아들 넷이 있고, 그 중 맏이를 제외한 세 명의 아들이 모두 외국에서 살고 있다. 그런데 정작 자신의 미국행은 아들 덕이 아니라, 딸의 초청으로 이루어진 것이다. "딸의 덕에, 노파에겐 이 딸이 덕이란 게 암만 해도 진수성찬 끝에 구정물을 마신 것모양 꺼림칙했"다. 미국이란 "누구에게나 금시발복의 땅이란 고정관념이 뿌리박혀 있"었기에 세 아들들은 잠꼬대에서도 '미국, 미국'을 외칠 만큼 미국으로 이민 갈 연줄을 찾아 헤맸다. 막상 외국으로 이민을 간 아들들은 자신의 고된 이국생활에 대해서 푸념만을 전해 줄 뿐, 어머니인 노파에 대해서는 관심을 갖지 않았다. 그럼에도 노파는 아들들에게 편지를 쓰고 싶어 했고, 글을 쓸 줄 모르는 노파를 대신해서 손녀가 대필을 하게 된다.

> 노파는 구구절절 편지 사연을 일러줬다. 먼저 애간장이 타게 궁금하고, 보고 싶은 사연과 암만 해도 살아 생전 너희들을 못 보고 죽을 것 같다는 탄식 섞인 엄살과 그러고는 돈을 좀 부쳐달라는, 늙은이가 돈 한푼 없이 형 내외에게 얹혀살려니 구박이 막심하다는 애걸로써 끝을 맺게 되어 있었다. 그러나 소녀는 늘 돈 부쳐달라는 대목을 빼먹었다. 대필에 사기를 쳤다고나 할까, 돈 달라는 소리를 어머니가 아들에게 하는 소리로서 할 수 없었다.
> －「이별의 김포공항」, 박완서 단편소설 전집 1, pp.225~226

손녀가 할머니의 편지에서 삭제한 내용은 무엇인가. 할머니의 '말'은 '어머니'라는 여성의 젠더 규범에 어긋나는 내용이다. 손녀는 할머니의 기호(돈 부쳐 달라는 대목)를 젠더 규범에 맞게 삭제하고, 할머니의 진의(眞意)가 전달되는 것을 유예(猶豫)한다. 손녀에게 '어머니'라는 젠더 정체성의 전형성은 희생과 허여(許與)인 것이다. 이상적인 '어머니'로서의 젠더 규범은 자신이 굶주리고 고달프게 살지라도, 자식의 풍요를 탐내거나 자식의 것을 요구해서는 안 되고, 그러한 정체성을 수행하는 것은 상징 질서 내에서 여성에게 주어진 규율이 된다.

사실 손녀는 삼촌들의 자기중심적이고 배타적인 삶의 방식에 염증을 느낀다. 아울러 고모의 초청을 "딸"이라는 이유로 망신스럽게 여기는 할머니의 가부장적 세계관에도 거부감을 갖는다. 그럼에도 불구하고 고정된 여성 젠더 규범을 쉽게 거스르지는 못하고 있다. "아들을 그리는 늙은 어머니"에서 "돈을 달라는 소리"를 하는 어머니로의 급진적 변환은, 그 본류는 여성의 주체적 행동이라 할 수 있지만, 강력한 젠더 규범이 존재하는 사회에서는 "치사한 소리"에 불과하기 때문이다.

즉, 손녀는 할머니가 과감하게 규율적 젠더 담론으로부터 이탈하는 것을 거부한다. 아들들이 늙은 어머니에 대한 공경과 효도를 책임지지 않음에도 불구하고 '어머니'라는 정체성은 가장 희생적이고 허여적(許與的)인 모습을 담지해야만 하는 것이다. 뿌리 깊은 가부장적, 남근 중심적 사회에서 여성의 생존을 유지, 지속하게 하는 방법은 젠더 역할 규범을 모방하는 일이다. 이를 위해서 할머니의 진의(眞意)는 늘 삭제 될 수밖에 없다. 여성으로서 할머니의 존재론적 고독과 젠더적 고통을 이해하는 손녀의 대필은 결국 할머니의 주체적 젠더 수행을 제도적 담론 내로 포섭하는 양상으로 반복, 지속되는 것이다.

「지렁이 울음소리」에서도 여성 화자는 자신의 일상을 정확하게 표현해 줄 '욕'(기표)에 대한 강렬한 욕망을 보여준다. 자신의 입 밖으로는 드러내지 못하는 현실의 허구성(기의)을 대신 할 기호와 수단을 찾고 있는 것이다. 그러나 소설은 이러한 화자의 갈망을 재현하는 서사만 반복될 뿐, 욕망의 성취는 지연(遲延)된다.

"현대란 얼마나 살기 좋은 시댄가?"라고 외칠만한 일상을 살아가고 있는 화자는 동일한 상황에서 "아아, 현대란 얼마나 살기 힘든 끔찍한 시댄가.”라는 탄식으로 일상을 이어나간다. 이와 같은 표현은 서술자에 의해서 일상의 허구성을 강조하기 위한 방법으로 반복된다. 즉 서술자는 ‘살기 좋은 시대’로서의 일상과 ‘끔찍한 시대’로서의 일상을 오가며 서사의 통합을 방해하고 있는 것이다. 이는 여성인물이 가진 내면의 초조와 정서적 불안을 의미하는 것이다.

> 그러자 내 내부에서 별안간 힘찬 반란이 일어났다. (그것만은 안 돼. 그것만은 참을 수 없어. 그럴 수는 없어.)
> —「지렁이 울음소리」, 박완서 단편소설 전집 1, p.127

위의 예문에서와 같이 ‘나’의 언어는 괄호 속에서만 가능하다. ‘나’는 남편의 속물성에 대해 강렬한 저항감을 갖고 있으나, “그럴 수는 없어”라는 내부의 반란은 격렬한 외침이 되어 나오지 못한다. 다만 딸꾹질이 경련처럼 치솟을 뿐이다. 그런 딸꾹질도 ‘나’는 “한 번도 밖으로 토해내는 일이 없이 잘 삼켰”다. 자신의 말(기호)을 상실한 ‘나’의 언어는 표현될 수 없고, 의미화 될 수 없다. 따라서 이 작품에서는 ‘나’의 생활을 전복시켜 줄 수 있는 서사가 진행되지 않는다. 다시 말해서 갈등이 증폭되거나 또 해결되지 않는다. 서술자는 ‘나’가 일상의 권태와 표절된 행복의 기호와 그에 따른 무기력증을 참고 견디어 내는 방법들을 서술하는 것으로 ‘나’의 내면적 저항이 포기된 모습들을 반복적으로 보여준다.

이 작품에서 주요 사건이라 할 수 있는 것은 여고 시절의 국어 선생님과의 조우이다. 그를 통해서 화자는 자신의 속말이 기호화되기를 욕망한다. 그러나 현재의 ‘이태우 선생’은 지난 시절의 혈기와 패기를 상실한 상태였다. ‘나’는 어떻게 해서든지 그로부터 욕을 이끌어 내려하지만, 결국 나약한 채 속물성에 빠져있는 선생의 면모만을 확인하게 된다.

'나'의 내면에 감춰진 저항감을 드러내는 서사는 끊임없이 지연되고, 자신을 대신해서 "비명"이라도 질러주기를 바랐던 욕쟁이 선생과의 만남은 결국 독자의 기대를 배반한 채 실패하고 만다. 이태우 선생의 등장으로 기대되었던 '욕'의 서사는 그렇게 하나의 에피소드로 전락하고, 서사의 중심은 다시 '나'의 일상 복귀로 옮겨진다.

이처럼 화자는 표면상 아무런 변화가 없는 일상을 지속하게 된다. '나'의 남편은 여전히 식욕과 성욕에 집착하는 속물적인 중년 남성이고, '나'는 남편이 만들어 준 안전과 안정이 보장된 일상의 울타리에 머물며 호명된 여성적 정체성을 수행하는 것으로 삶을 지속하게 된 것이다. 이야기는 다시 작품의 서두와 같이 기호화되지 않은 기의만이 강조된다.

이 작품에서 여성 화자는 자신의 정체성에 회의(懷疑)를 하고 있었다. 남들의 시선에서는 부러울 것이 없는 생활 속에서, '나'는 안락한 삶이 여성 젠더에게 요구한 삶의 방식을 모방적으로 수행할 뿐, 내면의 반란과 저항의식은 항상 지니고 있었다. 그럼에도 불구하고 이 작품의 결말은 반전(反轉)의 서사를 보여주지 않는다. 인간적인 삶에 대한 '나'의 저항성은 아무런 의미도 드러내지 못하는 '지렁이 울음소리'에 불과할 뿐이고, 결국 남성에 의해 견고하게 구축된 안정적, 속물적인 중산층의 삶을 영위할 수밖에 없음을 보여준다. 여성인물의 변화나 실천이 없다는 점에서 화자인 '나' 역시 당대 사회의 지배 규율, 젠더 규범에 공모하는 양상으로 나타난다.

요컨대, 이 작품은 어디에서도 화자의 정체성을 확인시켜 줄 '진실'을 찾을 수 없고, 그녀의 '말' 역시 '지렁이 울음소리'에 그친다는 점에서 "표절된 행복의 기호"를 은폐하고자 하는 서사를 보여준다. 또한 이는 당대 사회에서 여성적 젠더 규범이 갖는 의미를 확인하게 해 준다. 사회적으로 윤리적 가치관이 소멸하고 물질 중심적이고 배금주의적 가치관이 팽배할 때, 여성의 안정된 일상은 가장 여성적인 여성 젠더를 수행함으로써만 유지될 수 있고 지속될 수 있다는 것이다. 이 작품의 여성 화자가 갖는 내면의 저항성은 결국 작품 속에서 그 의미를 찾지 못한 채 기호로만 떠돌아다닌다. 따라서 그녀의 신음이 육성으로 드러나지 않은 채 종결되는 작품의 결말은, 이것이 일상성의 지속을 위해서 호명된 여성 젠더를 수행할 수밖에 없는 당대 여성성의 한계라는 것을 보여주는 것이다.

지금까지 살펴본 작품의 서사는 모두 중층구조로 구성되어 있다. 그리고 주요 갈등의 전후(前後)가 변화 없이 반복된다는 점에서 수미상응(首尾相應)구조를 갖는다. 다시 말해서 표층서사는 전혀 변화를 보이지 않는다. 또한 과거의 사건이 현재의 시간에 소급되어 제시되고 있지만 현재의 갈등 해소에 전혀 영향을 미치지 못한다는 점에서 은폐와 공모의 서사가 강화되는 양상을 보인다. 이러한 서사 구성 방식은 현실 세계의 불완전성을 강조하면서 동시에 불확정성, 다시 말해서 가변적 세계임을 노출하는 것이다.

이처럼 작가는, 세계는 반복에 의한 재생산에 의존하고 있는 재현된 세계라는 것을 보여준다. 그리고 여성을 통제하고 규율하는 억압적 현실을 불확정적인 재현으로 해체함으로써 인물과 현실(재현) 간의 미시적 힘들의 관계를 드러낸다. 현실을 미결정적인, 즉 가변적인 재현으로 해체한다는 것은 지금의 현실(재현) 이외의 또 다른 재현이 가능함을 전제로 하는 것이다. 또한 현실을 여러 이본 중의 하나인 재현물로 봄으로써 기존의 현실을 완전한 판본으로 고정시키려는 억압적 권력에 저항하고 있는 것이다.[44]

그럼에도 불구하고 여성인물들의 전복적 성격은 표면으로 드러나지

---

44) 나병철, 『소설의 이해』, 문예출판사, 1998, pp.359~362 참조.

않는다. 작가는 이들 여성인물들이 결국 세계 내 질서 속으로 포섭될 수밖에 없음을, 따라서 자신에게 부여된 젠더 역할을 온전히 수행할 수밖에 없음을 강조한다. 이러한 포섭의 글쓰기는 곧 여성의 생존과 안정 욕구를 반영한 것이다. 한국전쟁이라는 시공간과 비인간적 가치관이 횡행하는 시대에 여성이 세계와 직접 맞서 대결 할 수 있는 방법이나 대안을 마련할 수는 없었을 것이다. 결국 여성인물은 당대의 규제적 이상에 맞게 자신의 젠더 정체성을 수행하는 것으로써 은밀한 전복성을 암시하는 것으로 자신들의 저항성을 대체하고 있다.

2) 진위(眞僞)의 양가성과 연쇄 구조

앞서 보았던 의미의 불확정성은 '빈 중심'과 '비어 있음'의 의미와 함께 창조와 생성의 근원이 된다는 양가적 의미를 갖는다. 기호들의 의미는 본질적인 것이 아니라 관계 속에서 생겨나는 것이기 때문이다. 데리다는 절대적이고 실체적인 의미가 존재하는 것이 아니라, 의미는 기호들의 연쇄적인 운동인 차이와 지연을 통해서만 이루어진다고 주장한다. 기호는 서로간의 차이에 의해서 의미를 지니며, 그 의미는 항상 지연된다. 때문에 의미는 스스로를 결코 완전히 드러내지 않으며 존재하면서 동시에 부재한다는 것이다.

따라서 의미 혹은 의미생산은 폐쇄적인 구조에서 만들어지기보다는 무한히 의미를 구성해가는 개방적인 서사구조를 지향하게 된다. 마찬가지로 박완서의 소설에서 기호의 자리바꿈을 통해 의미를 생성해 가는 소설은 의미 산출을 지연하고 유예한다. 이를 위해 서사는 연쇄적으로 구성된다. 연쇄(enchainment)구조란 하나의 계기의 결말이 다음 계기의 가능성이 되는 것이다. 이때 앞의 결말에서부터 새로운 계기가 열리게 된

다.45)

「아직 끝나지 않은 음모」 연작에서는 여성의 젠더 모방이 원본 없는 모방으로서 세대를 거듭하면서까지 이어지고 있음을 보여준다. 모방적 젠더 정체성이라는 허구의 가면은 어머니 세대가 딸의 세대에 넘겨주기도 하고, 자발적으로 이어받기도 한다. 이들의 공모(共謀)가 가능한 것은 '가장 안정적인 삶'을 위해서는 '가장 여성스러운 여성'이 되어야 한다는 사실을 그들끼리 공유하고 있기 때문이며, 자신들의 젠더가 여성성을 단지 모방(답습)하고 있다는 사실을 감추기 때문이다. 그러므로 여성의 모방적 젠더 정체성은 전략적 동일화의 양상을 띤다.

이 연작 작품의 서사는 연쇄적으로 구성되어 있다. 4대의 가족사를 이루고 있는 이 작품은 시모(母)와 며느리, 엄마와 딸이라는 여성 젠더 간의 갈등과 공모를 보여준다. 먼저 '삿갓재댁'은 청상과부이다. 가부장적 봉건사회에서 '청상과부'는 여성 젠더의 억압적 규범이다. 그런데 봉건적 이데올로기에 의해 호명된 여성성을 완벽하게 수행한 여성으로서 삿갓재댁은 일탈을 감행하게 된다.46) 일탈의 내용은 아들에 대한 집착과 새로운 여성(며느리 분희)에 대한 적대이다. 그러나 이러한 일탈은 사회적 젠더 규범에 어긋나는 행위이므로 은밀하게 이루어져야 한다. 삿갓재댁은 내부적으로는 가부장제 체제의 억압적 규율에 대한 자신의 일탈을 성공리에 완수하면서 표면적으로 "자기가 결코 아들 며느리의 정분을 갈라놓는 나쁜 시어머니가 아니라는" 사실을 공공연하게 드러내며 자신의 여성적 젠더 규율 위반을 은폐할 수 있었다.

반면에 분희 부인은 젠더 규범을 일탈하지 않는다. 분희 부인이야말

---

45) 리몬 케넌, 『소설의 현대 시학』, 최상규 역, 예림기획, 2003, p.47.
46) '어머니'라는 젠더 기호에 합치되는 덕목을 벗겨간다는 의미에서 아들과 며느리에 대한 삿갓재댁의 행동은 젠더 규범에 대해 일탈적이라고 할 수 있다.

로 철저하게 가부장적 이데올로기를 내면화하고 젠더 역할을 적극적으로 수행하는 인물이다. 분희 부인은 남성의 성적 횡포와 가부장적 폭력을 묵인하고, 샷갓재댁과의 은밀한 갈등을 스스로 분쇄했으며, 며느리 '경숙'과의 관계에서도 피상적이나마 친밀감과 유대감으로 이어갔다. 그러나 봉건적 가치체계를 따르고 가부장적 규범의 추종자로서 분희 부인의 며느리에 대한 사랑은 "상투적인 고부관계의 어쩔 수 없는 허구를" 강조하는 것에 지나지 않았다.

분희 부인의 젠더 규범 수행은 앞의 이야기를 인용함으로써 확인된다. 즉 「아직 끝나지 않은 음모 1」에서 은폐되어 서사가 중단되었던, 자신의 임신과 출산 비화(秘話)가 상세한 내막으로 서술되는 것이다. 「아직 끝나지 않은 음모 2」에 침입한 「아직 끝나지 않은 음모 1」의 사건은 현재의 갈등을 심화하고 해결하는 데 중심 소재로 기능한다. 여성(분희 부인)의 한 맺힌 삶의 내력은 마침내 「아직 끝나지 않은 음모 2」에서 새로운 사건 발생의 시작점이 되는 것이다. 분희 부인의 "비밀"은 며느리가 시앗을 보는 것으로 이어지고, 첩 며느리가 비로소 아들을 낳음으로써 가부장 이데올로기를 수호하는 분희 부인의 음모는 은밀하게 종결된다.

한편, 「아직 끝나지 않은 음모 3」에서 후남은 자신의 삶을 주체적으로 살기 위해 "여자다움"을 이용한다. 후남은 똑똑하고 자립심이 강했으며, 자신의 욕망을 적극적으로 표현할 줄 아는 여성이었다. 그녀는 기존의 젠더 규범으로부터의 일탈을 수행하는 것으로, 전통적 가부장 제도와 봉건적 가치관으로부터 벗어나고자 했다. 그런데 '결혼'은 여성의 욕망의 실현이면서 동시에 사회적으로 규율화된 젠더 담론을 모방해야 하는 일이었다. 때문에 일과 결혼을 모두 갖기 위해 남편이 될 기철을 설득하는 후남은 여성성의 가면을 쓰고 가장 여자다운 모습과 말투를 연기(演技)한다.

기철은 후남이를 마음으로부터 사랑했기 때문에 후남이의 이런 생각까지를 사랑했다. 그러나 그런 생각을 그의 가족에게 이해시키는 일은 난처해했다. 그러나 후남이는 그 일도 잘 해냈다. 그런 뼈대 있는 주장을 결코 주장답지 않게 지극히 여자답고 유연하게 했기 때문에 가족들은 저런 여자가 일을 가져봤댔자 며칠이나 갈 수 있을까 싶어 '오냐 오냐, 너 좋을 대로 해보렴' 하는 식으로 너그럽게 나왔다. 소위 여자다움이란 걸 충분히 이용해 가장 여자답지 않은 주장을 관철시킨 것이었다.

－「아직 끝나지 않은 음모 3」, 박완서 단편소설 전집 3, pp.96~97

후남이의 젠더 수행은 "할머니 시대"와 "어머니 시대"에 대한 반동으로서 이루어진 것이다. 많은 시간이 흘렀다고 생각했고, 시대가 변했다고 믿었다. 자신이 억압적, 종속적 젠더 규범에 얽매이지 않겠다는 투지도 있었다. 하지만 여전히 음모는 은밀하게 진행되는데, 직장 내에서의 성 차별적 처사가 표면적인 음모라면, 그 보다 더 직접적인 음모는 기철이의 권고와 함께 할머니, 어머니의 애걸이었다. 이를테면, 앞서 중단된 이야기는 거기서 끝나지 않고 다시 젠더 역할 규범을 강화하는데 작용하고 있는 것이다.

이와 같은 연쇄적인 구성은 우리 사회의 뿌리 깊은 가부장적, 봉건적 젠더 역할의 폭력성에 대한 전략적 서사이다. 다시 말해서 젠더의 수행성은 존재론적 진위를 판단하기보다 담론 실천이 사회 문화적인 맥락에서 수용될 수 있는 의미를 생산[47]하는 것임 보여주기 위한 것이다. 문화의 전승은 시간성과 공간성을 갖추고 있으며, 이러한 역사적 담론에 편승한 문화는 고착된다. 이를테면 젠더 전형(典型)이 탄생하게 되는 것이다. 문제는 이러한 젠더 전형의 탄생에 기여하는 것이 여성이라는 점이다. 작가의 서사 전략이 단순히 고착화된 가부장적 이데올로기의

---

47) 조현준, 앞의 책, 2007, p.195.

재현에 있었다면, 반드시 4대에 걸친 여성 젠더 생활사일 필요는 없었을 것이다. 서술자는 여성이 여성을 규제하고 포섭하는 과정을 서술하고 있는 것이다.

젠더 역할 규범의 전형을 만들고, 다시 그 전형화 된 젠더 역할을 모방하도록 강제하는 것이 바로 여성에 의해서 이루어지고 있다는 사실을 보여주는 것인데, 이때 삿갓재 댁과 분희, 경숙 여사, 후남이는 모두 자리바꿈만 일어난, 동일한 기호이다. 이들 여성은 모두 자신들의 고유의 정체성을 갖고 있다고 보기 어렵다. 전형화된 젠더 역할을 수행할 뿐인데, 이는 바로 여성이라는 기호만 있을 뿐, 여성의 본질은 존재하지 않는다는 것을 의미한다. 기호의 연쇄와 의미의 비고정성은 곧 진짜와 가짜 위계를 해체하고, 모방의 모방이라는 '원본 없는 모방'의 가능성을 모두 열어두는 것이다.

『욕망의 응달』은 심리소설,[48] 또는 추리소설의 기법이 활용된 소설로서 박완서의 소설 작품 중 장르적 특이성을 갖는 작품이며, 때문에 그동안의 선행연구에서 오랫동안 배제되어 왔던 작품이다. 이 소설은 미혼모인 '자명'이 '민우'의 갑작스러운 구혼을 받아들이고, 민우의 저택에서 벌어지는 음모에 합류하게 되면서 시작된다. 민우의 가족 관계와 저택의 분위기 등은 장르적 특성에 맞게 음침하고 공포심을 유발하는 경향이 있다. 때문에 사건의 전개와 사건에 휘말린 인물들 간의 심리적 긴장감과 함께 작품 전반에 흐르는 분위기는 소설의 이야기성에 기법적 측면이 더해져 작품의 생명력을 배가하고 있다.[49]

이 소설의 사건 전개는 저택집의 과거사와 연관이 있다. 과거, 민우의 아버지의 잘못된 욕망이 빚어 낸 자식들의 불행은 저택집에 내려진 저

---

48) 김영택·신현순, 앞의 글, 2010.
49) 신철하, 「이야기와 욕망」, 『욕망의 응달』 해설, 세계사, 2010, p.326.

주와 같이 갖가지 음모들을 만들어 냈다. 그런데 이 작품에서는 뚜렷하게 어떤 것이 잘못된 것인지, 어떤 음모가 도사리고 있는지를 밝히지 않은 채, 서술자는 모든 인물을 긴장 속에 몰아넣는다. 특히 9명의 이복 형제들 간에 제기되는 갈등의 표면화와 '소희부인'의 행동에 대한 진정성과 가식의 양가성은 사건의 핵심을 모호하게 하면서 불안의 원인을 찾는 데에 독자가 동참하도록 이끌어준다.

소설은 사건의 내막을 알려주지 않은 채 반복적으로 새로운 사건과 갈등만을 연쇄적으로 보여준다. 독자는 사건의 중심에 머물면서도, 누구의 말이 진실이고 거짓인지, 어떤 인물의 행동이 진실이고 거짓인지를 판단할 수가 없게 되는데, 그것은 서술자가 각각의 인물들의 행동과 말에 나름의 타당성을 부여하고 있기 때문이다. 그러므로 사건의 전말이 밝혀지는 소설의 종결부에 이르기까지 인물들의 선/악 구분은 불분명하게 그려진다.

선인(善人)과 악인(惡人)을 양분할 수 없는 상황에서 사건의 핵심을 추리하도록 연결되는 두 가지 소재가 등장하는데, 소설의 처음부터 마지막까지 이어지는 "꽃"과 병자(病者)의 "신음소리"이다. 이 두 가지 소재는 음모의 진실과 거짓을 혼동하게 하면서, 동시에 진실과 거짓이 분명하게 존재하고 있음을 보여준다. 먼저 주인공인 '자명'의 운명을 암시하면서 등장하는 '꽃'은 이 작품에서 주요한 복선으로 작용한다.

> 오월의 가로수가 눈부시게 아름답다. 그 밑에 꽃장수 아줌마가 양동이 하나 가득 안개꽃, 마가렛, 장미를 담아놓고 시름없이 앉아 있다. 꽃장수 아줌마의 찌든 얼굴을 보니까 자명은 자기의 행복이 과분한 것 같아 얼른 꽃을 산다.
>
> —『욕망의 응달』, p.20

「벌써 몇 년째 그 집 꽃 단골이래. 일주일에 한 번씩 꽃을 대는데 아줌마가 이 동네를 온종일 이고 다녀도 못다 팔 꽃을 그 집에선 한꺼번에 팔아 준다나봐.」

-『욕망의 응달』, p.36

이층에서 삼층으로 오르는 계단부터는 여기저기 많은 꽃이 놓여 있었다. (…) 정말 주책스럽도록 많은 꽃이었다. (…) 그것은 축제의 꽃이 아니라 상가의 꽃이었다. 삶의 넘치는 기쁨에 색채를 주고, 잔잔한 행복에 향기를 더하기 위한 꽃이 아니라, 넓은 저택을 함부로 횡행하는 사신(死神)의 얼굴을 가리고, 산 채로 썩어가는 부란(腐爛)의 냄새를 희석하기 위한 현란한 색채요, 향기였다.

-『욕망의 응달』, pp.83~84

유월의 햇살 속에 그렇게 아름답게 빛나던 갖가지 빛깔들이 죽음의 냄새가 늪처럼 괸 삼층 구석구석에 다만 그 냄새를 희석할 목적으로 꽂히는 걸 보기가 싫었다. 차라리 조화(弔花)가 되기를 바라게 될까봐 싫었다.

-『욕망의 응달』, p.122

다만 무쇠 자물쇠로 굳게 잠긴 육중한 반닫이 위의 보름달 같은 백자 항아리에 꽂힌 노을빛 글라디올러스가 싸리빗자루를 거꾸로 세워 불을 붙인 것처럼 맹목으로 이글이글 타오르고 있는 게 섬짓한 느낌을 주었다. 소희 부인의 꽃꽂이 솜씨는 늘 그랬다. 한꺼번에 많은 꽃을 꽂기 때문인지 아무리 가련 소박한 꽃도 그녀의 손을 거치면 탐욕과 귀기가 넘치는 특이한 형상으로 화했다.
    자명은 소희 부인의 꽃꽂이야말로 집안 가득한 부란의 냄새와 사신(死神)의 검은 그림자를 가리기 위한 수단 이상의 것, 어쩌면 가장 정직하고 직접적인 자기 표현이 아닌가 하는 생각을 문득 했다.

-『욕망의 응달』, p.270

이처럼 소설에서는 사건의 전개와 깊어지는 음모의 양상을 반복적으로 꽃을 서술함으로써 암시하고 있다. '저택집'은 웅장한 건물 외관(外觀)

과 함께 내부는 화려한 꽃들로 장식되어 있다. 그런데 초점화자인 자명의 서술에서도 알 수 있듯이, "주책스럽게 많은 꽃"은 오히려 이 집의 숨겨진 진실을 은폐하는 양상으로 비쳐진다. 그 꽃은 "부란의 냄새를 희석"하는 꽃이고, "탐욕과 귀기가 넘치는" 형상으로 묘사되기 때문이다. 화려한 꽃의 다양함과 꽃꽂이 된 화병의 꽃은 소희 부인의 탐욕을 은폐하며, 과도한 꽃냄새는 주검의 냄새를 희석함으로써 병자(病者)의 죽음을 은폐한다. 때문에 작품 서두에, 즉 자명이 홀로 윤명과 살아가던 시절에 보던 "꽃"과는 전혀 다른 분위기를 드러낸다.

다른 한편으로 "꽃"은 저택집의 음모를 은폐하면서 동시에 누설한다. "사신(死神)의 검은 그림자를 가리기 위한 수단"이면서 또한 "어쩌면 가장 정직하고 직접적인 자기 표현"일 것이라는 자명의 생각은 이 소설에서 "꽃"이 함축하고 있는 의미의 양가적 속성을 암시적으로 보여준다. 다시 말해서 꽃은 소희부인의 외적 아름다움과 여성스러운 성품을 강조하는데 유효한 소재이다. 따라서 꽃으로써 부란의 냄새를 은폐하고 사건의 전모를 감추려는 소희부인의 전략 수단으로 꽃이 활용되는 것은 젠더 규범에 따른 여성성의 서사화인 것이다. 요컨대, 소희부인은 자신의 여성성을 가장 효과적으로 드러낼 수 있고, 외적인 아름다움뿐만 아니라 내면의 아름다움을 상징화할 수 있는 꽃을 통해 자신의 복수를 완성하고자 하였다. 그러므로 이 작품에서 반복적으로 등장하는 꽃의 이미지는 곧 소희부인을 암시하는, 여성성의 이중성, 모방성, 전략적 저항성을 보여준다고 하겠다.

다음으로 이 소설에서 선/악의 양가적 측면과 진실과 위선의 양가성을 동시에 함축하는 또 하나의 소재는 바로 병환 중인 민우 아버지의 '신음소리'이다. 민우의 구혼은 받아들이고, 아들 윤명과 함께 처음으로 저택집을 방문한 자명은 병자(病者)의 섬뜩한 신음소리를 듣게 된다. 죽음을 앞둔 환자의 신음소리는 이 작품의 전편에 흐르는 음산한 분위기를 이끄는 중요한 요소 중의 하나이다. 따라서 소설 전반에 걸쳐서 반복적으로 신음소리가 제시되는데, 그 구체적인 내용은 다음의 예문을 통해 확인해 볼 수 있다.

　(1)「으, 으, 으, 으······ 나 죽는다, 나 죽어. 저것들은 다 뭐냐? 꼴도 보기 싫다, 성한 놈은 다 꼴도 보기 싫어. 소희만 빼놓고 썩 나가지 못할까. 으, 으, 으, 으, 나 죽는다 나 죽어. 성한 놈은 꼴도 보기 싫다」

－『욕망의 응달』, p.88

　(2)「으, 으, 으, 으, 소희야, 소희야, 나 죽는다. 으, 으, 으, 소희야, 어디 갔니? 소희 이년 어디 갔어?」

－『욕망의 응달』, p.115

　(3)「으, 으, 으, 으, 소희야, 같이 죽자. 나 혼자 죽긴 싫다. 으, 으, 으, 소희야, 소희야, 나 좀 살려줘. 으, 으, 으, 으······」

－『욕망의 응달』, p.117

　(4)「으, 으, 으, 소희야, 소희 어디 갔니. 으, 으, 으, 소희야, 나 죽는다」

－『욕망의 응달』, p.137

　(5)「으, 으, 으, 으, 소희야, 소희야, 나 죽는다. 으, 으, 으, 소희야, 어디 갔니? 소희 이년 어디 갔어? 안 된다 안 돼. 나 죽기 전에 젊은 서방 해가고도 네 년이 살아남을 줄 알구. 소희야, 으, 으, 으······」

－『욕망의 응달』, p.157

　(6)「으, 으, 으, 으, 소희야, 소희야, 나 죽는다. 으, 으, 으, 소희야, 어디 갔니? 소희 이년 어디 갔어? 안 된다 안 돼. 나 죽기 전에 젊은 서방 해가고도 네 년이 살아남을 줄 알구. 소희야, 으, 으, 으······」

－『욕망의 응달』, p.181

(7) 「으, 으, 으, 으, 소희야, 소희야, 같이 죽자. 나 혼자 죽긴 싫단 말이
다. 으, 으, 으, 소희야, 소희야, 나 좀, 나 좀 살려줘. 나 죽는다. 으, 으, 으,
으……」

－『욕망의 응달』, p.182

(8) 「으, 으, 으, 으, 소희야, 소희야, 나 죽는다. 으, 으, 으, 으 소희야, 어디
갔니? 소희 이년 어디 갔어? 안 된다 안 돼. 나 죽기 전에 젊은 서방 해가
고도 네 년이 살아남을 줄 알구. 소희야, 으, 으, 으……」

－『욕망의 응달』, p.226

(9) 「으, 으, 으, 으, 소희야, 소희야, 나 죽는다. 으, 으, 으, 으 소희야, 어디
갔니? 소희 이년 어디 갔어? 안 된다 안 돼. 나 죽기 전에 젊은 서방 해가
고도 네 년이 살아남을 줄 알구. 소희야, 으, 으, 으……」

－『욕망의 응달』, p.311

(10) 「으, 으, 으, 소희야, 소희 어디 갔니. 으, 으, 으, 소희야, 나 죽는다.」

－『욕망의 응달』, p.316

데리다의 말처럼 의미는 기호들의 연쇄운동 속에서 발생한다고 하면,
이와 같은 유사하지만 동일하지 않은 소리의 기호들과 이것의 반복된
서술로써 서술자가 독자에게 전달하고자 하는 의미는 스스로를 결코
완전히 드러내지 않으면서 동시에 존재하거나 또 부재한다. 즉 차이와
지연 속에서 기호의 연쇄는 가속되고, 그 의미는 미끄러지게 된다. 그
구체적인 양상을 살펴보면, 먼저 (1)은 자명이 결혼 후 처음으로 병환중
인 시부(父)와 대면한 장면에서의 신음소리이다. 저택집의 음산한 분위
기와 함께 환자의 비명과 신음소리는 앞으로 저택집에서 발생하는 음
모의 시작을 알린다. (2)의 소리는 9명의 남매 중 "셋째"와 소희부인의
대화 중 병자(病者)의 죽음을 암시하는 내용의 꿈 이야기가 제시된 후에

이어진 소리로, 병자의 생존과 죽음을 의심하는 독자에게 '생존'을 확인해 주는 기능을 하고 있다. (3)은 '영우'를 비롯한 9명의 자식들이 실상, 병자(病者)의 죽음을 바라고 있다는 진심을 자명이 알게 되는 계기로서 나타난다. 여기까지의 전개과정에서 독자는 병자(病者)의 생존을 확신하게 되고, 병자(病者)와 직접적으로 관련이 없는, 다시 말해서 배다른 9남매 사이의 갈등과 음모로 관심의 방향을 돌리게 된다.

하지만 저택집의 의혹은 전혀 다른 데서 발생한다. (4)에서 "너무 희미해서 삼층에서 들려오는 것 같지 않고 깊은 땅 속에서 들려오는 것 같기도 하고 환청 같기도 했다"는 자명의 진술은 병자(病者)의 생존이 거짓일지도 모른다는 것을 독자에게 누설하는 것이다. 이로써 서술자는 갈등의 중심에 선 인물의 생존과 죽음이라는 극단의 상황에서 독자를 불안하게 한다. (5)의 소리 역시 중심인물인 자명과 민우에게 "뒷덜미를 차갑게 휘어잡는 것 같"은 기분을 느끼게 함으로써 병자(病者)의 생존을 의심하는 독자의 불안감을 가중시킨다.

이러한 불안감의 근원은 (6), (7), (8), (9)의 신음소리가 반복되면서 증폭된다.[50] 즉 자명과 민우가 신음소리의 규칙성, 반복성을 자각하게 되었기 때문이다. 이러한 자각은 이 사건의 전말이 밝혀지는 데 매우 중요한 역할을 하게 된다. '영우'의 갑작스러운 죽음과 관련된 소희 부인의 이상한 행동들에 의혹을 품고 있던 자명은 신음소리의 규칙성을 깨닫고는 자신이 본 영우의 마지막 모습이 환영이 아니라 실제임을 확신한다. 마찬가지로, 자명의 진술을 곧이 믿으려하지 않았던 민우 역시 규칙적으로 발설되는 신음소리에 자명의 진실을 공유하게 된다.

---

50) (6), (7), (8)은 신음소리에 대한 자명의 불신이 점층적으로 계속되는 것을 보여주고, (9)는 자명의 의혹에 불신하던 민우가 비로소 자명의 진술에 신뢰를 갖게 되는 계기가 된다.

이처럼 소설의 긴장감과 인물간의 갈등을 증폭하는 데 주요한 장치로 기능하는 신음소리는 저택집의 화재가 일어나는 상황에서도 제시됨으로써 음모가 밝혀지는 절대적인 계기로 활용된다. ⑽의 신음소리는 바로 화재 당시에 들리던 신음소리인데, 신음소리의 진위(眞僞)에 대해 반신반의(半信半疑)하던 자명이 갑작스런 화재 상황에서 병자(病者)의 신음소리를 듣고 그동안 소희부인에 의해서 봉쇄 되다시피 했던 삼층으로 올라간다. 하지만 자명이 구해 나온 것은 이미 부패한 시부(父)의 주검이었고, 이로써 신음소리의 진위(眞僞)는 거짓으로 판명된다.

　이상에서와 같이 『욕망의 응달』에서 "의혹은 새로운 의혹을 낳게 되"는 상황과 분위기가 연쇄적으로 발생하고, 그 과정에 "꽃"과 "신음소리"는 연쇄의 연결고리로서 작품의 분위기를 압도한다. "꽃그늘에 숨어" '꽃의 향기'로써 '부란의 냄새'를 은폐하고자 했던 소희부인의 음모와 병자(病者)의 진짜 신음 소리와 가짜 신음소리를 반복적으로 제시함으로써 작품을 읽는 독자의 불안감을 가중시키고, 소희부인이 사건을 은폐하는데 공모했던 작가의 서술기법은 이 작품이 심리소설, 또는 추리 소설로서의 장르적 성공을 이끌게 하는 주요한 요소가 되었다.

3장 젠더 규범의 교란과 휴머니즘의 재구(再構)

1. 규범의 재해석과 반복 복종의 여성성

1) 제도적 모성성의 거부

여자다움(womanhood)에 대한 사회적 정의는 여성을 가족 내의 존재로 규정한다. 이를테면, 지속적으로 집안일을 하고, 출산과 수유, 육아와 같은 육체적인 기능을 완수하는 것이다. 곧 '현모양처(賢母良妻)'라는 젠더 역할 규범으로써 여성성을 평가한다. 지금까지 많은 페미니스트들은 가족을 현대사회에서 여성 억압의 주요한 장소라고 지적했다. 성별 분업화에 따라 남성의 경제력에 여성이 의존하도록 되어 있는 가부장제도는 여성의 관심을 "가정 중심성(domesticity)과 모성성(motherhood)으로 제한하는 가족 이데올로기"[1]를 양산해 왔다. 결국 가족 이데올로기는 사회제도와 문화적 계승을 빌미로 여성의 자아 발달을 정의할 뿐만 아니라 제한하는 방식으로 기능하게 된 것이다.[2]

---

1) 미셸 바렛, 「이데올로기와 성의 문화적 생산」, 『페미니즘과 계급정치학』, 미셸 바렛 외, 신현옥 · 장미경 · 정은주 편역, 여성사, 1995, p.112.
2) 샌드라 리 바트키(Sandra Lee Bartky), 「몸의 정치학」, 『여성주의철학 1』, 앨리슨M.재

사회적으로 규정된 여성의 존재성은 '모성'에서 가장 분명하게 나타난다. 남성 중심의 가부장적 권력은 여성으로 하여금 자녀의 출산과 육아를 책임지게 하고, 그것이 온전하게 수행되지 않을 때, 엄격하게 처벌했다. 나아가 출산이라는 여성의 생물학적 고유성을 들어 인류의 재생산이 여성 최고의 미덕이라고 이상화하였다. 그래서 여성이 재생산과 양육에 있어 사회적 담론 기준에 준하는 성과를 나타냈을 때, 그 여성은 성모(聖母)로 추대되고 칭송되었다. 반면에 재생산의 기능을 하지 못하거나 재생산 이외의 여성성이 부각되었을 경우, 악녀(惡女) 혹은 마녀(魔女)의 이미지를 덧씌워 사회 체제로부터 추방, 제거하고자 하였다.3) 이와 같이 모성은 사회적 담론의 규율에 따라 '성스러운 어머니'로 또는 '나쁜 어머니'로 이분화되었고, 그 기준은 오로지 자녀의 출산과 양육에 있다.

모성을 본능적 사랑으로 정의하는 사람들은 여성의 삶에서 생물학(female biology)이 가지는 중요성을 강조한다. 따라서 모성이란 임신이나 출산과 같은 생물학적 경험을 통해 발현되는 여성 고유의 속성이며 곧 여성의 정체성을 의미하는 것으로 인식한다. 반면 모성을 사회적 역할로 생각하는 사람들은 모성이란 여성에게 부여된 사회적 의무이지 여성적 본능이나 정체성의 문제는 아니라고 말한다. 이때의 모성은 제도적으로 억압되기 때문에 거부하고 싶은 부정적 현실의 상징이다.4) 여성을 어머니라고 이름 붙여 신화화함으로써 '종의 번식을 위한 엄격한 임무를 여

거·아이리스 마리온 영 편집, 한국여성철학회 옮김, 서광사, 2005, p.446.
3) 근대는 여성의 성욕을 '도착'으로 만듦으로써 여성의 성을 생식기능을 위해서만 사용되게 하고 제도화된 모성을 위해서만 허용했다. (미셸 푸코, 『성의 역사 1 : 앎의 의지』, 이규현 역, 나남, 2007, p.118)
4) 신경아, 「1990년대 모성의 변화-희생의 화신에서 욕구를 가진 인간으로」, 『모성의 담론과 현실』, 나남출판, 1999, pp.393~394.

성들에게 부과한 것'⁵⁾이기 때문이다.

박완서 소설에서도 모성적 역할은 출산과 양육에서 집중되어 나타난다. 이는 모성성에 대한 젠더 규범 담론이 출산과 양육을 기점으로 하여 강화되고 공고하게 유지되고 있다는 점을 밝힐 수 있는 근거가 되기 때문이다. 다시 말해서 박완서의 소설은 여성의 출산과 양육에 관련된 사회적 담론을 소설화함으로써 여성에게 부여된 모성이데올로기의 허위성을 드러내는 것은 물론 모성성의 본질을 재고(再考)할 수 있는 계기를 마련하고 있는 것이다.

『그해 겨울은 따뜻했네』에서 '오목'은 '출산'이라는 여성의 생물학적 능력으로써 '아내'의 위치를 확보하는 여성이다. 오목은 남편인 '일환'과의 사이에서 5남매를 두었는데, 막내 아들을 낳고나서야 비로소 일환의 아내라는 자신의 존재성을 내, 외부적으로 인정받게 된다. 오목은 결혼 전에 관계했던 '인재'의 아이를 밴 채 일환과 결혼을 하게 되었고, 오목과 일환은 첫 아들이 일환의 아들이 아님을 묵인(默認)한 채 부부의 관계를 이어간다. 하지만, '진짜' 아들의 부재는 이들의 부부 관계를 불완전한 상태로 만들었다. 일환의 잦은 가출과 방탕한 생활, 오목과 첫 아들에 대한 일환의 폭력은 딸 셋을 낳는 동안 반복되었고, 마침내 막내 아들을 얻고 나서야 비로소 종결된다. '진짜' 일환의 아들을 얻음으로써 두 사람의 부부관계는 정식으로 시작된 것이다.

> 「인재 씨 아기를 배고 그 남자한테로 시집을 갔으니까요. 그러곤 여태껏 속여왔죠. 그 애가 팔삭둥이라고. 난 그 남자가 안 속는 줄 알면서 속이고 그 남자는 속아주는 척하면서 알고… 우린 그동안 그 일을 속고 속이는 일을 위해 아무것도 돌보지 않고 피투성이가 되어 서로를 괴롭혔어요. 지

---

5) 팸 모리스, 『문학과 페미니즘』, 강희원 역, 문예출판사, 1997, p.283.

옥처럼 살았죠. 그렇지만 지금은 달라요. 막내로 아들을 낳은 후 그 사람
도 달라졌어요. 첫애도 아들인데 그 애가 자기 핏줄이 아니라는 의심 때문
에 그 사람은 아들 하나를 더 낳기를 병적으로 바랐죠. 아기를 밸 때마다
그 희망으로 마음을 좀 잡는 듯하다가 딸을 낳으면 다시 생활이 엉망으로
망가지기를 되풀이해 왔죠. 그렇게 딸을 셋 낳고야 아들을 낳았지요. 나로
선 목숨 걸고 난 아들이에요. 목숨 걸고 속죄를 한 셈이죠. 처음으로 자신
의 아들을 얻고부터 그 사람은 달라졌어요. 첫애도 위하고 딸들도 위하고
나도 위하고. 자기 아들이 생기고 나서야 그 사람도 비로소 고아를 면할
수 있었던 거예요. (하략)」

－『그해 겨울은 따뜻했네』, pp.453~454

　　자신의 규범화된 여성성을 반복된 출산을 통해 증명하고 인정받으려
한다는 점에서 오목은 호명된 여성성에 복종하는 여성이다. 일환의 '진
짜' 아들을 낳음으로써 오목은 남성 중심적 가부장 체제에 적극 가담하
고 부응하는 여성으로서 봉건적 젠더 규범에 반복 복종하고 있는 것이
다. 봉건적인 가부장 사회에서 여성의 결혼은 남편의 '아들'을 낳아야만
아내로서의 그 존재를 인정받을 수 있었다. 가문의 대(代)를 잇는 것은
혼인한 여성의 젠더 규범 중 가장 강력한 이데올로기였으며, 이러한 규
율은 세대를 거쳐 전승되었다.

　　「해산바가지」에서 '나'는 친구와 함께 친구 며느리의 산후 병문안을
가게 된다. 함께 병원에 간 '나'는 옆 침대의 산모를 축하하러 온 사람
들의 대화를 엿듣게 된다. 옆 침대의 산모는 첫 아들을 낳고, 아들 낳은
것에 대한 축하 인사를 받고 있었다. "아들을 낳을 때까지는 낳아야겠
다"는 생각은 "본능이자 남편에 대한 의무"라는 그들의 대화는 '남아선
호사상'에 집착하는 한국의 봉건적 가부장제도와 그 제도가 강제한, 아
내로서 며느리로서의 젠더 규율과 규범을 단적으로 보여준다.

　　'나'의 친구 역시 자신의 외며느리가 딸 둘을 낳고 단산(斷産)을 결정

한 데 대한 괘씸함에 혼자 문병가기를 꺼려했고, '나'의 동행을 요청해 왔던 것이다. '나'의 친구는 며느리의 결심이 "남의 집 대를 끊어놓겠다는" 것이라고 비난하며, '아들'을 낳는 것은 며느리로서의 의무라는 젠더 규범을 다시 한번 강조한다. 결혼 한 여성의 몸은 가문의 대(代)를 잇기 위해 존재하는 것이며, 반드시 아들을 낳아야만 가문에서 여성적 존재성을 인정받게 되는 것이다. 그러므로 이 작품은 남아선호사상에 대한 비판과 함께 출산의 의무라는 젠더 규범에 대한 논의를 제기하고 있는 것이다.

봉건적 가부장 제도는 가족 내에서의 남성의 권위와 여성의 종속을 반복 생산하게 된다. 부권제 내에 편재하는 남성 지배와 여성 복종의 체제는 사회화에 의해 달성되고, 이데올로기적 수단을 통해 영구화되며, 제도적 장치에 의해 유지되는 것이다.6) 문화와 전통이라는 명목으로 계승되는 차별적 젠더 규범으로 인하여 모성 담론 역시 제도적으로 공고하게 구축되어 왔다. 앞서 밝혔듯이 출산을 통해서 여성은 이상적인 모성상에 이를 수 있는 계기가 마련되고, 희생적인 양육을 통해서 성화(聖化)된 모성으로 이상화된다. 지금까지 페미니즘 운동에서 모성이데올로기의 허구성을 비판해 온 것은, 여전히 많은 사회에서 이러한 이상적 굴레가 여성에게 억압적으로 작용하고 있기 때문이다.

그러나 박완서의 소설은 억압적 모성 이데올로기에 대한 여성인물들의 자각에만 머물러 있지 않는다. 1980년대 발표된 박완서 작품에서 여성주의적 성격을 가진 소설들은 '여성해방을 위한 소설이며 남성 중심적 가부장제에 대한 비판'이라는 의의에서 한 발 더 나아가고 있기 때문이다. 박완서의 소설은 여성주의라는 특수성에 집착하기보다는 인간애라는 보편적 휴머니즘을 통해 여성성과 모성성에 대한 근원적인 물

6) J.미첼, 『여성의 지위』, 이형랑 · 김상희 역, 동녘, 1984, p.81.

음을 던진다. 다시 말해서 남성과 여성을 구분하는 젠더 규율 담론의 허구성이 스스로 드러나게 함으로써, '여성적'인 이야기가 아닌, '인간적'인 이야기를 하고자 하는 것이다.

따라서 박완서 소설에서 모성 이데올로기 비판의 목적은 "모성을 '나쁜 것'으로 보아 처단하는 것이 아니라, 모성을 특정한 방식으로 제도화하고 주체화하는 기제를 분석함으로써 모성 담론의 이데올로기성을 비판하는 것"이라 할 수 있다.[7] 또한 박완서 소설 속 여성인물들은 이데올로기로 작동하고 있는 모성 담론을 무조건 수용하지는 않으며 자신들의 일상적 경험에 비추어 개념을 수정해 간다.[8] 모성의 속성이 어떤 것이든 여성들은 전통적인 규범이나 지배적인 사회 관념을 재맥락화, 재의미화하는 것이다. 이러한 여성인물의 특징은 반복 복종의 여성성으로 설명된다.

규범이나 담론의 반복적인 호명에 의해서 주체가 구성된다는 것은 주체의 반복 수행과정에서 재의미화가 가능하다는 것을 의미하는 것이다. 주체가 호명에 응답하는 것은 외재적 권력에 의해 부과된 부름이나 규범적인 이상을 내면화하고 있기 때문이다. 그러나 푸코의 주장에서와 같이 이 주체는 담론에 내재적인 역담론처럼 법의 호명 앞에 완전히 복종하지 않고 남겨진 잔여물로 존재하게 되고, 이 잔여물은 잉여로서 완전히 총체적 일원 체계를 위협하는 전복력을 갖게 된다. 따라서 버틀러에게 주체는 그 호명에 완전히 복종하지 않고 잉여 부분을 남김으로써 완전한 복종도, 완전한 저항도 아닌 복종을 하는 주체인 것이다.[9]

『살아있는 날의 시작』의 '문청희'는 '현모양처'라는 규범화된 여성의

---

7) 이희원·이명호·윤조원 외,『페미니즘 : 차이와 사이』, 문학동네, 2011, p.321.
8) 김경희, 앞의 논문, 2005, p.21.
9) 조현준, 앞의 책, 2007, pp.207~209 참조.

삶을 성실하게 수행하는 것으로, 호명된 여성성에 복종하는 인물로 그려진다. 문청희는 미용실과 "차밍스쿨"을 운영하면서도 노망 든 시모(母)를 모시는 효부(孝婦)이고, 이기적이고 권위주의적인 남편에게 순종적인 아내이며, 아들의 과외 교습을 위해 열성을 보이는 어머니이다. 이렇게 볼 때 문청희는 분명 봉건적 이데올로기, 억압적 젠더 규범에 복종하는 인물이라고 할 수 있다. 그러나 『살아있는 날의 시작』의 '문청희'는 자신의 젠더 수행이 '억압'에서 기인하는 것이 아니라 '인간애'의 발현으로 이루어진다는 사실을 분명하게 밝히고 있다.

> 그 여자는 시집온 날부터 효부였으니 아닌 게 아니라 한결같은 효성이었다. 그러나 그 여자는 시집온 날부터 효부였기 때문에 효라는 것에 대해 뭘 좀 알고 있었다. 그건 지어먹은 마음이었고, 이건 우러난 마음이었다. 남 보기엔 한결같았지만 그 여자에게 있어선 판이한 변화였다.
> 그 여자는 송 부인이 앞으로 오래 못 살 것을 알고 있었다. 송 부인은 아무도 흉내 낼 수 없는 그 나름의 방법으로 이미 살아버린 지난날을 만회하려 하고 있지만 결국은 죽게 되리라는 걸. 만회가 곧 소멸이 될 것임을.
> 그래서 그건 효가 아니라 연민이었다. 사람이 낳아서 먹고 자고 싸고 생식하고 욕심부리고 늙고 망령부리고 소멸해 가는 기본적인 과정에 대한 어쩔 수 없는 연민이었다.
> –『살아있는 날의 시작』, p.25

> 「입을 닥쳐도 그건 사실인걸요. 남의 어머니한테 효성이 우러난다는 건 거짓말이고요. 그렇지만 효도 말고도 사람과 사람 사이엔 얼마든지 아름다운 사랑의 관계가 있을 수 있어요. 축복스럽게도 (중략) 남자들이 효도라는 걸로 억압하지만 않았어도 세상의 고부간은 지금보다는 훨씬 좋아졌을 걸」
> –『살아있는 날의 시작』, p.183

그러나 그 여자가 오랜 세월 그런 인고를 감수한 건 여자는 여자니라,

라는 여자의 운명에 대한 순종에서가 결코 아니었다. 시어머니가 그렇게 생각하고 만족했다면 그건 시어머니의 자유고, 그 여자 스스로는 어디까지나 남편에 대한 사랑 때문에 그렇게 할 수가 있었다. 사랑을 믿고 하는 희생이었기에, 그 희생은 상호적이라는 확고한 믿음을 깔고 있었다.

그 여자는 지금도 희생이라는 것에 대해 소녀처럼 아름다운 영상을 가지고 있지만 어디까지나 상호적인 희생에 한해서였다. 일방적인 희생이란 그건 희생이라기보다는 유린이었다.

- 『살아있는 날의 시작』, p.318

이 작품은 현모양처(賢母良妻)라는 규범적 정체성의 수행을 보여주는 것과 동시에 휴머니즘적 인식의 재구(再構)를 보여준다. 위의 예문에서와 같이 문청희에게 며느리로서의 젠더 규범은 봉건적 가치에 예속된 것이 아니라 인간애에서 비롯된 것이다. 또한 가부장제의 이데올로기가 여성 간의 관계를 억압하고 있다는 것을 분명하게 밝히고 있다. 고부(姑婦)관계는 남성 중심적 사회가 맺어놓은 결연관계가 아니라, 상호 연민과 애정에 따른 연대관계로 나아갈 수 있다는 것이다. 마찬가지로 젠더 규범에의 순종은 상호적인 사랑과 희생에 대한 확고한 믿음에 의한 것이었음을 분명히 한다.

또한 며느리로서 문청희의 젠더 수행은 여성의 모성성에 대해서도 재의미화를 시도한다. 노망이 든 시모(母), '송 부인'은 자신의 일생을 거꾸로 반복하는 듯이 점점 어린 아이처럼 말하고 행동한다. 송 부인은 청희와 그녀의 남편인 '인철' 사이에서 잠을 자고 싶어 했고, 그때마다 청희는 기꺼이 가운데 자리를 내 주었다. 청희는 그런 송 부인을 아이 다루듯이 정성껏 봉양한다.

청희는 송 부인을 안방으로 맞아들여 그들 부부 사이에 누이고 아기 재우듯 등을 토닥거리며 자장가를 불렀다.

「자장 자장 우리 아기, 먹고 자고 먹고 놀고, 자장 자장 우리 아기, 먹고 놀고 먹고 놀고」

-『살아있는 날의 시작』, p.27

치매에 걸린 송 부인은 서너 살 먹은 유아의 모습을 보이는데, 청희는 기꺼이 시모(母)의 엄마가 되어 주는 것으로 시모(母)에 대한 사랑과 공경을 표현한다. 이러한 감정이 바로 모성성이라 할 수 있을 것이다. 작가는 이러한 여성인물의 감성이 진정한 모성성이라는 것을 강조하기 위해 대조할 수 있는 상황들을 제시한다. 예컨대, 청희는 아들 '명구'를 고액 과외 팀에 합류시키기 위해 부유층 여자들의 "엄마 노릇"을 따라 하게 되는데, 그런 식의 가식적인 엄마 노릇에는 곧 혐오감을 드러낸다. 그것은 "이상한 시대의 이상한 엄마노릇"일 뿐, 결코 자신의 마음에서 "우러난 엄마 노릇은 아니었"기 때문이다. 청희는 "흉내 내지 않는 우러나는 자기 나름의 엄마 노릇을 꿈꾸었다. 그것은 아기를 누이거나 안고 볼 비비고, 젖 먹이고, 눈 맞추고, 냄새 맡고 홍얼거릴 적 같은" 것이다. 그러한 모성의 모습을 바로 자신의 시모(母)를 대상으로 발현하고 있는 것이다.

송 부인 역시 청희와 역전된 모녀관계를 보여준다. "며느리를 「어멈아」 하고 부르는 건 여전했지만 유아처럼 어리광부리는 목소리에서 꼭 「엄마아」 하는 소리로 들렸"으며, 청희는 "그렇게 불릴 때마다 의무감이 아닌 마음속에서 우러나는 애정을 느꼈다." 이처럼 『살아있는 날의 시작』은 인간애에서 비롯된 고부(姑夫)관계가 모성성의 발현으로 재현되고 있다는 점에서 여성성과 모성성에 대한 재의미화를 시도하고 있는 작품이라고 하겠다.

마찬가지로 「해산바가지」에서는 생명 존중의 인식에 기반 한 젠더 수행이라는 점에서, 생물학적 모성성과 규범적 부덕(婦德)의 이데올로기를 넘어서는 정체성 형성 요인을 파악할 수 있다. 이 작품에서도 화자 '나'는 친구와의 대화에서 과거에 노망 든 시모(母)를 모시며 괴로웠던 시간들을 회상하게 된다. 시모(母)의 노망은 점점 심해져 갔고, '나'는 "때때로 혐오감이 고조될 땐 살의를 방불케 해 섬뜩한 전율을 느끼곤 했"지만, 지옥을 살면서도 남들 눈에는 효부(孝婦)로 보이길 바랐다. '나'의 위선적인 효부 노릇은 엄격한 젠더 규범에의 복종 때문이었다.

그러나 전통적으로 규범화된 젠더 규율을 내면화하고 그것을 억압적으로 수행하는 것은, '나'의 이중성에 대한 자책과 자아 분열에 대한 공포를 가중할 뿐이었다. 정서적 불균형을 은폐하고 좋은 며느리 행실과 효부 노릇을 하고 있지만, 사실상 '나'는 효부의 틀을 깨고픈 증오와 절망적 쾌감을 느끼기도 한다. 이러한 '나'의 이중성에 대해 화자는 "양다리를 걸친 두 세계 사이의 격차"라고 표현하는데, 이는 바로 젠더의 복종과 불복종 사이의 격차를 의미한다. '나'가 거부하고자 하는 것은 노망난 시모(母)가 아니라 "효부"라는 젠더 규범인 것이다.

결국 시모(母)를 요양 시설에 모시기로 결심한 '나'는 남편과 함께 요양원을 알아보러 나서게 된다. 자신의 완벽한 위선을 감당하느니 "효부"가 되기를 포기하기로 결정한 것이다. 그런데 뜻밖에도 어느 지역 농가(農家)의 지붕에 매달린 탐스러운 박을 보게 되고, 자신이 출산할 때마다 정성껏 마련해 주시던 시모(母)의 '해산바가지'를 기억해 낸다. 그것은 '나'로 하여금 "인간의 생명을 어떻게 대접해야 하는지를" 다시금 깨닫게 해 준다. 시모(母)는 "누구에게 배우지 않고서도 생명의 존엄성을 알고 실천하는 분"이셨다. 즉, 생명에 대한 존엄성과 경외심은 규범과 제도에 의한 것이 아닌, 인간애에서 비롯된다는 것을 스스로 알고 계셨던 것이다.

'나'는 비로소 "그분의 여생도 거기 합당한 대우를 받아 마땅"하다는 반성을 하게 된다. 이후 '나'와 시모(母)의 관계는 전혀 다른 양상으로 변하게 된다. "효부"라는 이데올로기에 맞춰 자신을 억압하고 구속하기보다는 마음에서 우러나오는 그대로 시모(母)를 봉양하기 시작한 것이다. 그것은 고부(姑婦)라는 권력 관계, 남성 중심의 젠더 담론이 규정한 관계가 아닌, 인간과 인간 사이의 관계이고, 애정의 교류를 가능하게 했다.

> 위선을 떨지 않고 마음껏 못된 며느리 노릇을 할 수 있고부터 신경안정제가 필요 없게 됐다. 시어머니도 나를 잘 따랐다. 마치 갓난아기처럼 천진한 얼굴로 내 치마꼬리만 졸졸 따라다녔다. 외출했다 늦게 돌아오면 그분은 저녁도 안 들고 어린애처럼 칭얼대며 골목 밖에서 나를 기다리고 있곤 했다. 임종 때의 그분은 주름살까지 말끔히 가셔 평화롭고 순결하기가 마치 그분이 이 세상에 갓 태어날 때의 얼굴을 보는 것 같았다. 나는 마치 그분의 그런 고운 얼굴로 내가 만든 양 크나큰 성취감에 도취했었다.
> ─「해산바가지」, 단편소설 전집 4, p.247

새롭게 변화된 시모(母)와 나의 관계는 역전된 모녀관계로 그려진다. 노망난 시모(母)는 마치 어린애 같은 모습으로 '나'를 따르고, '나' 역시 시모(母)를 모성애로 보살핌으로써 두 사람의 관계는 이전과는 전혀 다른 모습으로 구축될 수 있었던 것이다. 시모(母)의 임종 때 모습이 갓 태어날 때의 얼굴과 같은 모습이었다는 것은, '나'와의 인간적 유대감의 교류가 시모(母)에게도 정서적 평화와 안정으로 전해졌음을 증명해 준다.

이와 같이 『살아있는 날의 시작』과 「해산바가지」에서 나타나는 제도적 젠더 규범의 수행은 표면적으로는 호명된 여성성에 대한 복종이며 종속적인 권력관계를 보여주는 것 같지만, 그 이면에서 여성인물들은 남성 중심적 담론이 억압한 젠더 규범에 불복종하는 양상을 보인다. 즉 가부장제 하에서 구성된 고부(姑夫)의 관계는 역전된 모성성이 발현되는 관계로 나타남으로써, 젠더 규범에 예속화된 모습이 아니라 젠더 규범의 허위성을 가시화하고, 그것을 휴머니즘의 측면에서 재구성하고 있다. 이를테면 젠더 규범에 대한 저항이요, 모성성의 재의미화인 것이다.

한편, 규범적 모성성 수행의 또 다른 양상은 양육이다. 현모(賢母)라는 제도화된 모성성은 자식을 위해서 무한한 희생을 감수하는 '어머니'의 모습이거나 가장(家長)이 부재할 경우, 대리 가장의 역할을 맡음으로써 가족의 생계와 엄한 대리 부성(父性)의 역할까지 수행해야 한다. 예컨대 「엄마의 말뚝 1」에서 '엄마'가 '오빠'에게 보여주는 희생과 엄격한 교육은 현모(賢母)로서의 젠더 규범을 정확하게 내면화하고 젠더 규율에 복종하는 양상을 보여준다. 그러나 박완서의 소설에서 양육에 의한 모성의 수행은 비단 젠더 규범에의 복종으로만 볼 수 없다. 바로 어머니와 딸의 관계인데, 어머니가 딸을 양육하는 과정에서 교육을 강조하고 학습을 강요하는 것은 현모(賢母)로서의 젠더 규범 수행이 아니라 여성주의적 시각의 주입, 여성주의적 자각의 전수(傳授)라는 측면이 더욱 강하게 나타나기 때문이다.

멜라니 클라인(Melanie Klein)은 성별 정체성의 구성 원리를 어머니로 변경하여 프로이트가 삭제한 어머니를 되살려 냈다.[10] 전-오이디푸스 단계에서의 주 양육자인 어머니와 아이와의 관계가 주체의 발달에 미치는 중요성, 다시 말해 아이의 최초 대상인 어머니와의 사이에서 일어나

---

10) 프로이트(Freud)는 주체성의 근간인 성별 정체성이 선천적인 것이 아니라 성장과정에서 형성됨을 이론화하여 생물학적 결정론이 지배하던 당시의 인식체계를 흔들었으며, 여성주의 연구자들은 프로이트의 주장에 기반하여 성별관계의 변화를 모색할 수 있게 되었다. 그러나 프로이트의 논의 안에서 성정체성 형성과정은 전적으로 '아버지-남근'에 기초하고 있어 어머니를 배제한다는 데 비판이 제기되었다. (이해진, 「아버지에 갇힌 주체에서 어머니로 열리는 주체」, 『젠더와 문화』 제4권 1호, 2011, pp.132~133 참조)

는 역동성을 분석함으로써 성정체성 형성의 토대를 아버지에서 어머니로 이동하고 공백으로 남겨진 어머니를 복구시킨 것이다.[11] 낸시 초도로우(Nancy Chodorow)는 클라인의 이론을 계승하여 대상관계이론을 보다 발전적으로 재구성하였다. 초도로우는 전-오이디푸스 단계에서 아이와 어머니와의 강한 애착관계를 성정체성 형성의 주요 동인으로 적극적으로 전유하고 활용한다. 초도로우에게 이 단계는 '성정체성 형성에 관한 새로운 이론을 발달시킬 수 있는 출발점'[12]이 되며, 이 단계에서의 어머니와의 관계를 주체구성의 토대로 활용하여 후에 '여성적 윤리의 기초를 제공'[13]하는 데 기여하였다.[14]

그 대표적인 예가 「엄마의 말뚝 1」에서 '엄마'가 '나'에게 강제하는 '신여성 되기'이다. "신여성이란 공부를 많이 해서 이 세상의 이치에 대해 모르는 게 없고 마음먹은 건 뭐든지 마음대로 할 수 있는 여자란다"라는 엄마의 가르침은 분명히 피상적이라 할만하다. 그것은 엄마 역시 '신여성'의 실체를 경험해 본 적이 없기 때문이다. 다만, 서울 살이를 통해서 "공부를 많이 해야 되"고, 머리도 "히사시까미로 빗어야 하고, 옷도 종아리가 나오는 까만 통치마를 입고 뾰죽 구두 신고 한도바꾸 들고 다닌"다는, 외면만을 숙지했을 뿐 엄마 역시 '신여성'에 대해 무지한 상태라고 할 수 있다. 그럼에도 불구하고 "계집엔 언문만 깨치면 된"다는 당대의 통념을 벗어나 여자인 '나'가 신여성이 되어야 한다는 확고한 의지를 표명한다. 이는 엄마가 "맏며느리로서 시부모 공양하고 봉제사라는 신성한 의무를 포기"한 것과 마찬가지로 젠더 규범 불복종의 또

---

11) 이해진, 위의 글, 2011, p.133.
12) 크리스 위던, 『여성해방의 실천과 후기구조주의 이론』, 조주현 옮김, 이화여자대학교출판부, 1993, p.72.
13) 장미경, 『페미니즘의 이론과 정치』, 문화과학사, 1999, p.135.
14) 이해진, 위의 글, 2011, p.158 참조.

하나의 사례이다. 엄마는 '나'에게 젠더 규범으로부터 이탈할 것을 교육하고 있는 것이기 때문이다.

> 「이것아, 계집애 공부시키는 건 아들 공부시키는 것하고 달라서 순전히 저 한 몸 좋으라고 시키는 거지 집안이 덕 보자고 시키는 거 아니다. 느이 오래비 성공하면 우리 집안이 다 일어나는 거지만 너 공부 많이 해서 신여성되면 네 신세가 피는 거야, 이것아. 알았지?」
> 이럴 때 엄마의 눈빛은 도저히 거부하거나 비켜갈 엄두가 나지 않을 만큼 절박한 열기를 담고 있었다. 나는 엄마가 바라는 신여성이 뭐 하는 건지 알 수가 없었고, 앞으로도 알게 될 것 같지가 않았다. 그러나 급체(急滯)인지 맹장염인지 걸린 남편을 굿해서 고치려다 잃고 층층시하와 봉제사의 의무와 안질에 거머리가 약인 무지를 떨치고 도시로 나온 엄마의 지식과 자유스러움에 대한 피맺힌 원한과 갈망은 벅차고 뭉클한 느낌이 되어 전해 왔다.
> 　　　　　　　　　　　　　　　　　　　　　　　　　－「엄마의 말뚝 1」, p.47

　오빠의 교육에 대한 신념이 젠더 규범에의 복종이라면,[15] '나'의 교육에 대한 엄마의 신념은 젠더 규범의 불복종이다.[16] 봉건적 세계관과 남성 중심적 가치관으로부터 온전하게 이탈할 수 없었던 자신의 한계를 '딸'에게 교육함으로써 여성에 대한 기존의 인식 체계로부터의 탈피를 꿈꾸고 있는 것이다.[17] 맨 처음 엄마가 들려주는 '신여성'의 존재에 대

---

15) 오빠는 엄마의 신앙이었다. 엄마는 오빠가 잠든 머리맡도 지나다니지 않았다. 오빠가 다 쓴 책이나 공책도 선반 위에 차곡차곡 쌓아놓고 신주단지처럼 받들었다. 신주단지를 배반한 엄마에게 그거야말로 새로운 신주단지였다. (「엄마의 말뚝 1」, p.41)

16) 「핵교를? 기집애를 핵교를?」
「네, 기집애도 가르쳐야겠어요」 (「엄마의 말뚝 1」, p.17)

17) 「글공부를 잘해야지 바느질 같은 거 행여 잘할 생각 마라. 손재주 좋으면 손재주로 먹고 살고 노래 잘하면 노래로 먹고 살고 인물을 반반하게 가꾸면 인물로 먹고 살고 무재주면 무재주로 먹고 살게 마련이야. 엄만 무재주도 싫지만 손재간이나

한 막연함은 '나'에게는 거부감으로 다가왔지만, '신여성'을 통해서 엄마가 '나'에게 가르치고자 하는 것이 엄마의 봉건적 가치관에 대한 "원한"과 여성의 주체적 삶에 대한 "갈망"임을 알게 된 '나'는 엄마의 '신여성 되기' 교육에 적극 따르게 된다.[18]

엄마의 이중적 교육방식에 대해 강용운[19]은, "새롭게 축조되는 엄마의 논리는 철저하지 않으며 그것은 전근대적인 세계를 대체하는 새로운 세계로서 딸에게 강요하는 '신여성'되기의 추상성과, 가부장제를 대체하는 '아들의 체제'로 나타나기 때문"이라고 분석한 바 있다. 또한 이와 같은 엄마의 저항과 순응, 갈등과 화해는 '박적골'과 '대처'라는 두 이질적 세계에 대한 공간분열로 잘 나타나는데, 이 분열의식은 엄마의 모순과 역설을 드러내는 것이라고 주장하였다. 그리고 착종되고 교란되는 이율배반적인 모순된 분열은 엄마의 한계이기도 하며, 부성적 세계에 도전하는 여성의 삶이 겪는 일반적인 한계라고 지적하였다.

이와 달리 권명아[20]는 '박적골'로 표상되는 봉건적 질서와 '대처'로 표상되는 근대적 경험이 공존하면서 갈등하는 면모들에 대해서 이제 막 자신의 정체성에 눈떠가는 개별자(딸)의 시각과 두 이질적인 질서 사

노래나 인물로 먹고 사는 것도 싫어. 넌 공부를 많이 해서 신여성이 돼야 해. 알았지?」(「엄마의 말뚝 1」, p.36)

18) 박혜경은 이와 같은 모녀 사이의 공감의 정서에 대해 다음과 같이 분석하였다. "「엄마의 말뚝」 연작의 어머니는 가부장적 모성의 삶을 공유하고 있지만, 모녀 관계를 통해 그려지는 어머니의 모습 속에는 모자 관계 속의 어머니에게 누락되어 있는 여성으로서의 삶과 욕망의 편린들이 보다 적극적인 양상으로 부각된다. 이는 아들과 달리 딸에게 거는 욕망 속에는 어머니 자신의 여성적 삶에 대한 자의식이 투사되어 있는데다가, 딸 역시 아들이 느끼는 가부장적 의식의 억압으로부터 상대적으로 자유로운 상태에서 어머니의 삶을 바라볼 수 있기 때문이다."(박혜경, 『박완서의 엄마의 말뚝을 읽는다』, 열림원, 2003, p.110)

19) 강용운, 「한국 전후소설에 나타난 모성성 연구 – 박완서의 「엄마의 말뚝」 연작을 중심으로」, 『우리어문연구』 제25집, 우리어문학회, 2005, pp.78~84.

20) 권명아, 『맞장뜨는 여자들』, 소명출판사, 2001, p.90.

이에서 자신의 정체성을 새로이 정립하려는 개별자(어머니)가 기존의 질서를 부정하면서 동시에 새로운 질서를 수립하고 이를 통해 참된 자기의 정체성을 구현고자 하는 것이라고 분석한다.

본 연구는 권명아의 논의에 동의하며, "문밖의 이웃을 툭하면 상종 못할 상것 취급"하며 '박적골'의 근거로 자부심을 갖거나 "문밖에 살면서 아직은 서울 사람이 못됐다는 조바심과 열등감을 가지"는 엄마의 모순성은 젠더 규범의 복종과 불복종 사이에서서 발생하는 것으로 이해하고자 한다. 따라서 딸의 시각으로 표현되는 '엄마'의 모순성은 시각의 초점을 달리해서 보아야 한다. 이를테면, "기집애"로 태어남으로써 호명된 젠더 규범에 복종하는 '나'가 엄마의 이중성을 모순으로 평가하는 것은 곧 젠더 규범 이탈자, 젠더 규범 교란자에 대한 부정적 인식 때문이다. 그러므로 '나'의 목소리에 의해 편협적으로 평가되는 엄마의 모순성과 이중성은 젠더 규범에 대해 복종과 불복종의 공존, 즉 양가성으로 새롭게 이해되어야 한다. 엄마는 전통사회에서 봉건사회로의 이행기에 적극적으로 젠더 담론을 수행하면서 동시에 고정된 담론 규율로부터의 이탈을 모색하였다. 그것이 제도화된 모성을 수행하는 한 방법인 양육을 통해서 드러나고 있는 것이다.

어머니와 딸의 관계에서 나타나는 현모(賢母)적 양육의 반복 복종은 『살아있는 날이 시작』, 「저문 날의 삽화 2」, 「무서운 아이들」에서도 유사하게 나타난다. 이들 작품에 등장하는 여성 인물들의 관계(청희-옥희, '나'-가연, '그 여자'-을희)는 실제로 모녀지간은 아니다. 그러나 이들 관계는 의사(擬似) 모녀관계라 할 수 있다. 『살아있는 날이 시작』에서 옥희는 청희의 미용실에 고용된 미용사이다. 청희는 옥희를 '콩쥐'라고 부르며 "콩쥐야말로 우리 사회의 미풍양속의 전형적인 의붓딸이라고" 생각한다. 그러면서 콩쥐를 자립 여성으로 이끌고자 마음을 다한다.

그 여자는 콩쥐를 딸처럼 사랑했다곤 말 못 한다. 다만 정들었다고 말할 수 있을 뿐이다. 그러나 콩쥐가 순종하고 있는 여자팔자에 전기를 마련해 주려고 꾸준히 애썼다고 생각하고 있고, 비록 극적인 전기까지는 안 왔어도 조금씩 콩쥐가 달라지고 있는 걸 유심히 지켜보았다고 여기고 있다. 그 여자가 돈이 잘 벌리는 미용실 쪽보다 미용학원에 더 정열을 쏟는 것도 거두어주고, 전기를 마련해 줄 수 있는 의붓딸을 콩쥐 하나로부터 조금씩 늘려가는 보람 때문이었다.

-『살아있는 날이 시작』, pp.314~315

옥희가 청희의 집에서 숙식하며 인철에게 '아버지'라 부르는 것 역시, '의붓딸'로서의 옥희의 위치를 강화한다. 전형적으로 의붓딸에 대한 모성은 마녀(魔女) 또는 악녀(惡女)로 재현되었다. 심지어 옥희가 인철과 불륜의 관계를 가졌다는 상황을 통해 보면, 처첩(妻妾)간의 갈등이 증폭되는 관계로 나타날 만하다. 그러나 이 소설에서 청희는 결코 마녀의 형상도, 본처(本妻)로서의 냉혹한 면모도 찾아볼 수 없다. 오히려 청희는 '의붓딸' 옥희에게 자립하는 여성의 길을 걷도록 양육하는 모성적 역할을 보여준다.

남편의 부정에 대한 사죄와 함께 친정집을 미용실로 개조해 옥희 스스로 자립하게끔 도와주고 싶다는 작품 후반부의 내용에서 이러한 모성적 교육의 의미는 더욱 확대된다. 청희는 옥희가 남성 중심적 사회에서 억압적으로 착취당하고 있는 자신의 현실을 자각할 수 있도록, 그 현실을 벗어날 수 있도록 지원해 주었다. 이는 곧 모성적 여성의 차별적 젠더 규범에 대한 자각과 그것을 '딸'에게 교육함으로써 남성 중심적 젠더 규범에 저항하고 있는 것이라 할 수 있다.

「저문 날의 삽화 2」의 '나'는 노년의 여성이다. '나'의 모성성은 자연물에 생명력을 불어넣는 기운으로 비유되어 나타난다. "화초뿐 아니라 개나 고양이 새 등 집에서 기르는 짐승들도 내 손만 가면 기승스럽게 번성"했다. 때문에 '나'는 스스로에게 "생명을 건강하게 하는 특별한 힘이 있다는 맹신"을 갖게 되었다. 이러한 작품 초반의 서술은 화자 '나'의 모성적 양육의 힘을 강조하고 있다는 점에서 이후에 전개될 내용에 대한 전반적인 암시라 할 수 있다.

'나'의 모성적 양육의 힘은 윗집에 사는 제자 '가연'을 자립하게 하는데 활용된다. 우연히 만난 가연의 첫인상은 애처로워보였다. "그런 느낌 역시 그만한 딸을 가진 에미다움"의 것이었고, '나'는 출가한 자신의 딸들 생각을 해서 가연에게 친숙하게 굴며, 가연의 집에 드나들게 되었다. 더욱이 가연의 남편이 운동권이라는 사실을 알고부터는 그의 모습에서 마찬가지로 운동권 출신이었던 아들의 모습을 보고자 했다. 가연의 남편에 대한 '나'의 관심과 신뢰감으로 '나'는 잃었던 "살 맛"도 생겨났다.

이렇게 가연에 대한 친밀감은 아들을 대신해 보는 것 같은 가연의 남편에 대한 신뢰감으로 바뀌게 되었고, '나'의 모성적 애정 역시 옮겨갔다. 황폐한 가연의 집을 보고 "마치 아들 수발을 제대로 못 드는 며느리"처럼 여겼고, "계집 잘못 만나 큰 뜻을 펴보기에는 애저녁에 글렀지 싶은 탄식을 하기도 했다." 이때 '나'가 보여주는 젠더 수행은 현모(賢母)로서, 또 양처(良妻)로서의 젠더 규범에 복종하는 성격을 띠고 있다.

그러나 가연으로부터 전해들은 가연의 남편에 대한 진실은 '나'에게 남성 중심적 권력의식에 대한 저항감을 일으키게 한다. 가연의 남편이 가진 여성에 대한 "확고한 일가견"은 "강력하게 지배할수록 좋다는 사고방식"으로, "그가 저항하는 부패한 권력의 지배논리를 그대로 여자에게 적용하고 쾌재를" 부르는 것이었다. 그는 집안 살림을 부수고 처가(妻家)로부터 생활비를 요구하고, 아내의 몸에 가학적인 폭력을 행사하는 남성이었다. 가연 부부의 관계를 직시하게 되면서 '나'는 가연에게 여성의 자립을 각성하게 한다.

> "그래 그가 가짜인가 아닌가는 네가 정하렴. 바로 보고. 바로 보기 위해
> 선 자립을 해. 그를 먹여 살리기 위해서가 아니라 네가 그를 대등한 입장
> 에서 바로 보기 위해 자립을 하란 말야. 그 후에 그가 진짜인가 가짜인가
> 는 알아봐도 늦지는 않아. 그렇지만 자립은 더 늦으면 안 된다."
> ─「저문 날의 삽화 2」, 박완서 단편소설 전집 5, pp.61~62

가연에게 자립의식을 부여하는 것은 인간적인 삶으로부터 유리(遊離)
되어 있는 가연이의 삶에 생명의 기(氣)를 불어넣는 것과 동일하다. 가연
은 남편에 대한 연민과 애정으로 자아 정체감을 상실한 상태였고, 종속
적 젠더 규율에 억압되어 자신의 존재감을 잃어가고 있었다. 그런 가연
에게 의사(擬似) 어머니이자 스승인 '나'는 종속적인 젠더 규율로부터의
탈피를 종용하고 있는 것이다. 이는 젠더 규범에 복종하는 형식으로서
현모(賢母)의 역할을 하는 여성이 그 교육의 내용면에서는 젠더에 불복
종하는 것으로, 모성적 양육의 은밀한 이면을 드러내는 것이다.

「무서운 아이들」에서도 스승과 제자의 여성관계가 나타난다. '그 여
자'는 중학교 선생님이고, '을희'는 자신이 담임을 맡고 있는 학생이다.
을희는 가난했고, 무지(無知)했으며, 가정 환경이 불우했다. 그러나 '그
여자'는 을희가 주변의 도움을 받아 살아가는, 미담(美談)의 주인공이 되
기를 바라지 않았다. '그 여자'가 을희에게 꼭 한 가지 가르쳐서 졸업을
시키고 싶은 것은 바로 "이 세상엔 결코 미담이 존재하지 않는다는 거
였다." 이러한 '그 여자'의 의지는 바로 여성의 자립, 한 개체로서의 자
립을 의미하는 것이다. 예컨대, 소풍날 을희가 입고 온 티셔츠의 영문이
"'PLAY GIRL'"이었고, "화학섬유의 질감이 을희의 제법 성숙한 가슴을
적나라하게 강조하면서 '플레이 걸'이란 말에 음탕한 암시"가 드러났다.

여기서 '그 여자'의 을희에 대한 자립의 교육은 개체적 자아로서 정체감을 확보하는 것이 인간적인 삶의 영위는 물론 젠더적 삶에서도 중요하다는 의미를 보다 강조하게 된다.

반 아이들이 집단으로 을희를 놀림감으로 삼은 데에 대한 분노와 그 놀림감의 대상이 되었다는 사실을 알지도 못하는 을희의 태평스러움에 화가 난 '그 여자'는 을희에게 다그치듯이 꾸중을 한다. 을희를 향한 질타와 비난은 수동적이고 순종적인 나약한 여성성에 대한 비판이었다. 그리고 그것은 물질적 자립은 이루었으나 정신적 자립은 이루지 못했던 자신에 대한 따끔한 비판이기도 했다. 을희에게 인간적, 여성적 정체성의 확립을 가르치면서 '그 여자'는 스스로의 자아 정체감을 확립할 수 있었던 것이다. '그 여자'와 을희 모두 젠더적 삶의 비루한 일면을 보여주는 여성들이었다는 점에서 '그 여자'의 자아 각성과 그것을 교육을 통해 전수하겠다는 의지는 젠더에의 불복종을 의미하는 것이다.

현실 세계에서 사회화의 토대는 성 역할의 전문화에 의해서 규정된다. 그리고 성차에 따른 젠더의 역할 구조는 자녀의 인성에 결정적인 역할을 담당한다. 그리하여 남성 지배와 여성 복종의 이데올로기는 사회화에 의해 영속화되며, 가족이란 장치에 의해 지속된다.[21] 때문에 현모(賢母)적 모성의 양육은 사회적 체계의 토대를 마련한다는 점에서 중시되었고, 역시 같은 이유로 모성 이데올로기는 억압적으로 규범화되고 강화되었다. 요컨대, 모성을 제도화하고 주체화하는 기제는 철저하게 '젠더화', 즉 '성(차)별화' 되어 있는 것이다.[22]

그러나 어머니에 의한 가르침이 사회적 변화의 기반이 될 수 있다는 점에서 모성의 양육은 젠더 불복종의 가능성이 되기도 한다. 앞서 살펴

---

21) A. 미셸, 『가족과 결혼의 사회학』, 변화순·김현주 역, 한울, 1990, p.81.
22) 이희원·이명호·윤조원 외, 앞의 책, 2011, p.322.

본 바와 같이 박완서 소설에서는 어머니와 딸 사이의 인성적 교육, 양육의 형태가 젠더 불복종의 내용으로 구성되었다. 교육자로서 어머니는 남성 중심적 세계관에서 여성의 억압과 예속, 굴욕적인 남녀 관계에 대해 자각하고 자신이 각성한 내용을 제자, 딸에게 교육함으로써 전이, 전수한다. 즉 현모의 모성적 양육이라는 규범적 젠더를 수행하면서 그 이면에서는 젠더 규범에의 불복종을 감행하며 동시에 종용하고 있는 것이다.

또한 이들 작품을 통해서 모성성은 결코 생물학적 관계에 의해서만 발현되는 것은 아니라는 사실을 확인할 수 있다. 모성성은 물론 여성만의 고유한 신체적 경험에서 비롯되기도 하지만, 정서적 관계에서도 모성적 감성이 나타나는 경우가 빈번하다. 따라서 여성의 생물학적 특수성에만 두고 의미를 부여하게 되면, 오히려 그 본성을 약화시킬 우려가 있다. 박완서 소설에서 모성성은 생물학적 관계를 넘어서서 인간적 유대관계의 형성을 통해서도 나타나고 있으며 이런 측면에서 볼 때, 표면적으로 제도적인 모성성을 수행하면서도 내부적으로는 젠더 규범을 교란하는 젠더 불복종의 이면을 확인할 수 있었다.[23]

이로써 이 시기의 박완서 소설은 젠더 규범을 내면화하도록 강제하는 젠더 이데올로기를 문제시하고, "집안의 천사"로서의 역할을 강조함으로써 여성적 가치를 평가하고자 했던 전통적인 젠더 규범에 저항한다. 지금까지 남성 중심적 담론에서 서사화된 모성의 성격이 '억척스러

---

23) "박완서의 '모성'은 모성의 신화화를 제거하고, 이데올로기적 모성을 비판하고 있는 것이 분명하지만, 동시에 인간애를 바탕으로 한 모성성을 긍정하고 있다는 점도 분명하다. 이선영의 논의는 박완서 소설의 모성성을 생명주의, 살아있는 자연과의 합일로 해석하고 있지만, 실상 박완서의 모성성은 지극히 인간중심적인 면모를 보인다. 자연과의 합일은 인간의 시각에서 이루어지고 있으며, 인간의 생활의 지속, 삶의 계속을 위한 자연이 긍정되고 있다." (이선미, 앞의 논문, 2001, p.92)

운 모성'이거나 '모성적 신화'에 빗대어 나타났다면, 박완서의 소설은 가장 현실적인 위치에서, 여성의 각성과 교육을 담당함으로써 여성에게 부여되었던 젠더 규범에 도전하고 새로운 가치 체계의 정립을 모색한다는 점에서 의미가 있다.

2) 잉여적 여성성의 구현

남성 중심적 가치관에서 여성성은 성(聖)과 속(俗)으로 이분화되어 왔다. 여성성의 이분화는 곧 여성의 성적 예속을 의미하는 것이다. 이를테면, 성모형 이미지와 창녀형 이미지로 양분하여 여성을 남성적 규율에 종속시키고, 한편으로 젠더 규범의 범위에서 배제된 여성에 대해서는 도덕적 징벌과 육체적 유린으로써 여성을 억압해 온 것이다. 이러한 여성의 이분법적 전형성은 여성의 성적 욕망이 드러나는 것을 금기시하고, 재생산과 무관한 여성의 성(性)에 대해서는 제도적, 도덕적 비난을 가해왔다.[24] 따라서 모성은 여성성이 거세된 여성이라 할 수 있다. 가족 안에서 여성은 자신의 본성은 억압하고 배제한 채, 자녀의 대타적 존재로서, 또 남편의 대타적 존재로서의 젠더 역할만을 강요받아온 것이다.

더군다나 노년 여성의 성(性)은 이중적으로 소외받아 왔다는 점에서 더욱 문제시된다.[25] 노년 여성의 성(性)은 늙음과 여성이라는 이중적 소

---

24) 여성의 섹슈얼리티를 처녀성과 모성성으로 국한시키는 사고는 여성이 남성보다 열등한 존재라는 인식에 기초한다. 이러한 인식은 여성이 원래 성적 욕망에 남성보다 민감하고, 그것을 규제할 만한 지각과 이성이 부족하다는 생물학적 기질론으로 낙착하기도 한다. (이혜령, 「식민주의의 내면화와 내부 식민지 - 1920~30년대 소설의 섹슈얼리티, 젠더, 계급」, 『상허학보』 제8집, 상허학회, 2002.2, p.276 참조)

25) "젊음과 미를 여성의 이상적인 기표로 보는 사회에서 여성에게 노년의 도래는 더욱 커다란 상실감과 굴욕감을 수반한다. 변화된 신체적 모습 외에도 나이든 여성들은 자신들이 더 이상 성적 존재가 아닌 것으로 간주된다는 사실을 인식한다. 이런 맥락에서 여성의 노년 진입 시기는 남성보다 훨씬 심리적으로 빠르게 다가온

외와 타자적 위치로 인해 인간적 본성을 억압받아 왔다. 성적 욕망은 젊은이들만의 것이었고, 늙음과 성적 욕망의 결합은 속물성과 퇴폐성으로 비쳐진다. 때문에 모성과 노년 여성의 성(性)은 재현되더라도 암시적으로, 비유적으로 표현될 뿐 그들의 성적 욕망을 노골적으로 표현한다거나 직접적인 재현에는 소극적이었던 것이 사실이다. 이는 젠더 규범의 내면화에 의한 것이라 할 수 있는데, 모성과 성적 욕망, 노년 여성의 적나라한 성(性)은 곧 도덕적 타락과 퇴폐, 문란한 생활로 연결되어 인식되었기 때문이다.

『서 있는 여자』에서 '연지'가 고등학생 이었던 시기, 한밤중에 마주하게 된 어머니의 성적 욕망과 그 좌절은 어머니에 대한 혐오와 아버지에 대한 동경을 확고하게 한다.26) '어머니처럼 살진대 차라리 죽게 해 달라'고 할 정도로 연지가 본 어머니, 여성의 성(性)은 추하고 굴욕적이었던 것이다. 어머니는 '모성'이기도 하지만 '여성'이기도 하다. 그런데도 흔히 여성의 성욕은 모성애로 대체될 수 있다고 믿기에 어머니들은 성(性)에 대해 초월적인 자세를 가져야 하는 것처럼 기대된다. 어머니에 대한 연지의 적개심도 이러한 기대감의 좌절에서 비롯된 것이다.

다. 이 시점은 성차별과 노년차별이 이중으로 겹치는 '굴욕적'인 장이다." (연점숙, 「페미니즘과 노년차별 : 페미니즘 안팎의 타자, 노년여성」, 『영미문학페미니즘』 제17권 1호, 2009, pp.111~112)

26) 그날의 어머니가 연지에게 새로운 발견이었다면, 그날의 아버지 역시 새로운 발견이었다. 그녀는 어머니에게서 추악한 것의 극단을, 아버지에게선 아름다운 것의 극단을 본 것처럼 느끼고 있었다.
아버지의 비정(非情)조차 아름답게 보였다. 그런 고고한 자기 세계를 지키기 위한 비정이 어찌 아름답지 않으랴. 나도 아버지처럼 살았으면.
나도 아버지처럼 살게 하고서. 어머니처럼 살게 될진대 차라리 죽게 하옵소서. 그녀의 라일락 나무 그늘에서의 기원은 고3이란 나이답게 치졸한 거였지만 그 나이만 지나면 절대로 할 수 없는 순수한 것이었다. (『서 있는 여자』, pp.64~65)

그런 까닭으로 고3 때 아버지는 그녀의 우상이었다. 어머니라기보다는 같은 여자로서 차마 못 봐줄 참담한 굴욕의 편에 서느니 차라리 그것을 입히는 편에 서려고 했다.

-『서 있는 여자』, p.65

딸 연지의 시점에서 어머니 '경숙 여사'의 성(性)은 여성으로서는 차마 있을 수 없는 굴욕의 형태로 비쳐진다. 경숙 여사의 성(性)적 표현은 젠더 규범에 의하면, 정숙하지 못한 여성으로 비난받아야 하는 양상인 것이다. 부부사이에서도 여성의 노골적인 성적 표현은 혹은 성적 욕망의 추구는 비난과 비판의 대상이 되어왔다. 성(性)은 남성만의 전유물로, 남성의 희열과 남성의 욕망에 여성은 수동적으로 응해주는 것만이 여성에게 허용된 성(性)의 범위였기 때문이다. 경숙 여사는 자신의 성적 욕망을 솔직하게 드러냈다는 이유로 남편으로부터 거부당하고, 딸로부터 소외를 당하고 있는 것이다.

이처럼 연지가 여성의 성(性)에 대해서는 지극히 젠더 규범적 인식을 갖고 있다면, 경숙 여사는 자신의 성욕(性慾)을 적극적으로 드러냄으로써 젠더 규범에 대해 저항적 성격을 보인다. 여성의 성(性)을 관념적으로 드러내거나 자신의 성욕을 억압, 구속하지 않는 것은 "여성들의 존재론적 욕망에 대한 적극적 긍정이자 스스로를 여성 주체로 위치시키고자 하는 주체적 의지"[27]라고 할 수 있다. 그럼에도 불구하고 경숙여사는 규범적 여성성으로부터의 이탈이라는 이유로 법(젠더 규범)의 '문' 앞에서 배제되고 소외된다. 남성 중심적인 성(性) 관념에 대한 배반이기 때문이다. 그러므로 아무리 두드려도 열리지 않는 '서재의 문'은 남성적 젠더 규범에서 일탈한 여성에 대한 규제이며 거부이다. 곧 '문' 앞에 '서 있

---

27) 박미선, 「로지 브라이도티의 존재론적 차이의 정치학과 유목적 페미니즘」, 『여/성 이론』 5호, 2001 겨울, p.182.

는 여성'은 젠더 법의 배제아 엄격힌 젠디의 법 앞에서 법의 관용을 요청하는 여성을 의미하는 것이다. 이때 '문'은 남성에 의해서만 열리는, 다시 말해서 여성에게는 차별적이고 불평등한 젠더 규범이다.

젠더의 엄격한 분리와 차별적 적용은 연지의 결혼 생활에서도 발견된다. 결혼 생활을 통해서 연지는 비로소 남성에게 종속된 여성성을 자각한다. 연지는 자신의 확고한 신념을 통해서 남성 중심적 젠더 규범과 그것을 해체하고 차별적 젠더 규율의 억압성을 타파해 보려고 하였다. 그러나 사회적으로, 제도적으로, 관습적으로 엄격하게 규율화된 여성의 젠더 규범은 연지의 의식만으로는 결코 넘어설 수 없는 육중한 '법의 문'이었다. 연지는 남자와 여자사이의 차별적 관계를 자각하고 난 후에 비로소 어머니의 성적 욕망의 표현과 그것을 거부한 아버지의 비정(非情)을 직시하게 된다.

「쥬디 할머니」에서 '쥬디 할머니'의 성적 이미지는 "갖가지 화장수병"을 통해서 확인된다. 할머니의 화장대 위에 있는 '모양도 예쁜' 화장품들은 할머니에게 젊음을 유지시켜주는 "신비한 미약(媚藥)"같은 분위기를 풍긴다. 할머니의 성적인 외모와 향기, 말투와 행동은 결코 노년 여성의 것이라 할 수 없는 것이었다. 할머니의 젊음과 성적 매력은 외국에 거주하는 자식들에 대한 이야기와 할머니의 외국 여행담 등의 화려함이 더해지면서 이국적인 느낌까지 갖고 있었다. 이러한 배경요소는 할머니의 여성성과 관능미가 동양적 가치관, 봉건적 젠더 규범에 의해서 가치 평가 되는 것을 예방하고 있다.

그러나 할머니의 성(性)은 결국 퇴폐성으로 변환된다. 외국에 나가 있다는 할머니의 자식들에 대한 이야기는 물론, 가장 아끼는 손녀딸인 '쥬디'라는 아이에 관한 이야기가 모두 거짓말이라는 것이 탄로가 난 것이다. 더군다나 누군가의 소실(小室)이었다는, 그리고 그 누군가의 "팔난봉"

이 쥬디 할머니에 의해서 비로소 중단되었다는 폭로는 이제까지 할머니에게서 감탄의 요소였던 여성성과 관능미를 "테크닉"이라는 표현으로 퇴락시킨다.

> "자식은 배우지도 못했어. 워낙 자식 바라고 둔 소실도 아니었구. 테크닉이 보통이 아닌가봐. 저 소실 들여앉히고부터는 우리 큰아버지 그 팔난봉이 마음 잡으셨으니까. 재산만 너무 많이 빼돌리지 않았으면 지금까지도 큰집하고 의지하고 좋게 지낼 수도 있었을 텐데……"
> –「쥬디 할머니」, 박완서 단편소설 3, p.197

과거 사실과의 마주침에 대해 쥬디 할머니는 급하게 시선을 피하고 집으로 돌아왔지만, "할머니 귀 속에선 여자들의 수많은 입이 쑥덕거리고 깔깔거리는 소리가" 들리고, 할머니는 곧 "죽을 것 같은 공포감"을 느끼게 된다. 할머니는 결국 이삿짐을 챙기고 "새로운 울타리"로 떠나기로 결심한다. 새로운 울타리란, 자신의 여성성을 퇴폐적인 것과 연결 없이 자연스럽게 보아줄 수 있는 곳이다. 자신의 여성성이 편견 없이 비쳐지기 위해 할머니는 온전한 가족의 배경이 필요했을 것이다. 보편적인 여성 젠더로서의 삶에서 벗어난 여성의 외적 아름다움이나 관능적 매력은 곧 퇴폐적이고 문란한 성(性)적 욕망으로 인식되기 때문이다.

이처럼 어머니의 성적 욕망이나 노년의 관능적 여성미는 혐오와 비난의 대상이 되어왔다. 때문에 여성은 자신의 성적 욕망을 자연스럽게 표현할 수가 없었고, '쥬디 할머니'가 그러했듯이 남들로부터 받는 왜곡된 시선을 피해 더 늙어보이게, 다시 말해서 성적 능력이나 성적 욕망으로부터 초월한 여성으로 보이도록 자신을 위장해야 했다. 젠더 규범에 따라 자신의 본성을 감추고 억압하는 것이 미덕이었고, 숭고한 여성미를 보장받는 방법이었기 때문이다.

그러나 다른 한편으로 박완서의 소설에서 여성의 성(性)은 남성적 젠더 규범의 범위를 초과하여 나타난다. 여성의 육체적 성(性)이 성적 대상이 되거나 혹은 강한 성적 욕망을 드러내는 양상으로만 재현되는 것이 아니라, 여성의 "살 맛", "살아있는 느낌"의 확인으로서 드러나고 있는 것이다. 이는 남성적 세계관에 의한 여성의 이분법적 성(性)의 전형성으로는 범주화될 수 없는 야성성(野性性)에 대한 욕망이요, 추구라 할 수 있다. 이러한 성적 이미지는 남성적 젠더 규율에 의한 비난이나 금기가 아닌 인간의 본성적 욕망 추구라는 점에서 긍정적 시선으로 서사화되고 있다.

「지 알고 내 알고 하늘이 알건만」에서 나타나는 여성인물의 관능적이고 야성(野性)적인 여성성 역시 고정된 젠더 규범의 잉여적 측면을 보여준다. 이 작품에서도 노년의 여성인물이 등장한다. '성남댁'으로 불리는 이 여성은 '진태 엄마'의 권유로 진태 엄마의 계모가 된다. 진태 엄마는 중풍 들린 홀시아버지를 대신 맡아줄 사람이 필요했고, 시장에서 광주리 장사를 하던 '성남댁'에게 "열세 평짜리 아파트"를 대가로 제시하고 계모의 역할을 부탁했던 것이다. 성남댁은 아파트라는 대가만을 생각하고 "혼자 사는 박복한 늙은이 행세"를 하며 진태 엄마의 계모 역할을 맡게 된다. 그것은 "아들을 욕 먹이는 일"이 없게 하기 위한 모성적 행동이었다.

그런데 성남댁이 '영감님' 시중을 들면서 위장한 것은 아들 없는 행세만은 아니었다. "저희 집 체면을 생각해주셔야죠"라는 진태 엄마의 잦은 잔소리는 성남댁이 자신의 본성을 억압하고 '집 체면'이라고 하는 규율에 맞게 행동하도록 했다. 그동안 광주리 장사를 하면서 생활해 온 성남댁의 본래 모습은 억척스러운 면과 함께 야성적 성향을 띠고 있었다. 특히 "머리에 무거운 임을 이고 다니던 버릇으로 걸을 땐 엉덩이를 몹시 흔들었"다. 그것은 성남댁의 억척스러움과 강인함을 동시에 상징하는 것이다 하지만 진태 엄마의 친구들에게 성남댁의 특유한 걸음걸이는 "음란적 상상력을 유발하기에 알맞은 육감적인" 것으로 의미화된다. 성남댁의 생활력, 생기의 리듬감은 "정력적인 엉덩이짓"으로 폄하되고 있는 것이다.

삼년 동안의 시중들기가 끝난, 영감님의 장례식 중이었다. 성남댁은 진태 엄마와의 셈만 끝나면 자유의 몸이 된다는 희망에 진태 엄마 친구들의 비속한 놀림감이 된 것에 대해서도 침묵할 수밖에 없었다. 이제 영감님의 장례가 끝나기만 하면, 약속대로 "열세 평짜리 아파트의 인수인계"만 남은 상태였기 때문이다. 그러나 이미 아파트는 처분이 된 이후였고 성남댁은 자신이 진태 엄마의 음모에 속았음을 깨닫고 분개한다.

진태 엄마의 가식과 위선에 대한 성남댁의 응징은 자신의 본성을 회복하는 것으로 나타난다. 진태 엄마의 명령으로 영감님의 장례 일정 내내 주방에서 숨어 지냈던 성남댁은 발인 날 당당히 영감님의 장례 의식에 참석한다. 그동안 진태 엄마의 허위의식에 맞춰 그가 내세운 "집의 체면"이라는 규율의 억압성에 묵묵히 복종하며 살아왔지만, 그 규율이 허구이며 위선이라는 것을 확인한 성남댁은 자신의 본성을 찾고, 자신의 방식대로 다시 살아가고자 하는 의지를 드러낸 것이다. 그리고 일확천금을 꿈꾸었던 것에 대한 반성은 다시금 생활의 활기로 되살아났다.

그 동안 너무 오래 편하게 지냈지만 차츰 왕년의 걸음걸이가 살아났다. 임을 일 자신까지 생기면서 어느 틈에 엉덩이를 신나게 휘두르고 있었다. 그녀도 스스로 그걸 느꼈고, 어제 여편네들한테 들은 해괴한 흉이 생각났다. 천하 잡년들! 엉덩이짓이라면 그저 잠자리에서 그 짓 하는 생각밖에 할 줄 모르는 몸 편한 것들이 나의 엉덩이짓이야말로 얼마나 질기고 건강한 생명의 리듬이란 걸 어찌 알까보냐는 비웃음을 그녀는 그렇게밖에 표현 못 했다. 임을 안 이고도 엉덩이짓은 되살아났지만 그 이상의 욕은 생각나지 않았다.

－「지 알고 내 알고 하늘이 알건만」, 박완서 단편소설 전집 4, p.210

성남댁의 육체적 관능성은 성적 욕망의 대상이 되거나 성적 욕망을 표현하는 비유로 나타나지 않고, 삶에 대한 열의나 생명적 리듬으로 재현된다. 남자의 욕망의 기표인 남근을 둘러싸고 조직된 외디푸스 콤플렉스의 입장으로부터 여자의 성적 쾌락으로 강조점을 변화시키는 것은 여자로 하여금 자기 육체를 긍정적으로 해석하도록 한다. 여자는 더 이상 결핍에 의해 규정되지 않는다.[28] 이러한 여성성을 야성적 여성성이라 할 수 있을 것이다. 남근적 젠더 규율에 따라 여성의 성이 정신적 성화(聖化)나 육체적 퇴락으로 이분화 되는 대신, 박완서는 젠더 규범의 잉여적 관능성을 보여주고 있는 것이다.

여성의 욕망을 성적 욕구의 비정상적 분출로만 해석하려는 남근적 이해방식은 「로열 박스」에서도 나타난다. 이 작품의 화자인 '선희'는 부잣집의 며느리로서 경제적으로 부족함이 없는 생활을 하는 여성이다. 하지만 선희는 시아버지의 권력이 지배하는 범위 내에서만 생활을 할 수밖에 없는 삶에 혐오감을 갖고 있다. 예컨대, 시아버지의 확인 인터폰을 받아야 하는 밤 10시가 바로 선희의 "권태롭고 무의미한 일상"의 정점이었다. 심지어 선희의 남편은 시아버지의 사업을 물려받아야 한다는 강박과 후계자 수업을 이수하는 과정에서 반복된 의욕상실, 허탈감으로 인해 '병자(病者)'로 진단을 받고 정신병원에 입원중이다. 남편이 부재한 결혼 생활이기에 선희의 무기력증은 더할 수밖에 없는데, 선희를 가장

---

28) 크리스 위던, 앞의 책, 1994, p.87.

괴롭히는 것은 남편의 장기 입원에 따른 정신과 담당의의 가족 면담이었다.

정신과 담당의인 '민 박사'는 모든 정신질환의 발병 원인을 성적인 불만족에 있다고 믿는 사람이었다. 그는 선희와의 면담에서 항상 남편에 대한 사랑의 정도(程度)와 성생활에 대한 만족도를 질문했고, 그 질문은 매회 반복되었다. 민 박사를 대신한 '양 박사' 역시 가족력에 대한 동일한 질문을 끊임없이 반복함으로써 자신들이 알고 있는 이론에 선희의 심리를 끼워 맞추고자 했다. 결국 선희는 고의적으로 담당의들의 질문을 가장한 유도심문에 동의하는데, 이는 그들이 원하는 대답을 해줌으로써 반복되는 질문으로부터 자신을 방어하고자 한 것이다.

> 하긴 남편에게 안겨서 외간 남자를 생각함으로써 쾌락을 한결 진하게 만든 적이 있었던 것도 같다. 그렇지만 그게 알랭 들롱이었을 리는 없다. 그녀는 평소 알랭 들롱을 좋아하지 않았다. 그렇다면 알랭 들롱의 이름을 빌려 은폐하고자 한 정작 그것은 무엇이었을까?
> ―「로열 박스」, 박완서 단편소설 전집 3, pp.289~290

정신분석은 남근 중심적인 성 심리학을 기반으로 한다. 때문에 남성적 세계관으로는 해석될 수 없는 여성적 심리체계는 공백으로 남는다. 남성은 그 공백을 메우기 위해 다양한 이론적 해석을 덧붙이지만, 여전히 여성의 내적 체계는 남근적 해석의 잉여부분으로 남겨질 뿐이다. 이 작품에서도 이러한 남근 중심적 심리학 체계의 잉여성이 드러난다. 선희는 해소되지 않는 남성적 해석학과의 간극을 서둘러 봉합하는데, 그것은 정신과 전문의의 유도된 질문에 동의하는 것이 아닌, 스스로 여성의 잉여적 세계를 은폐하는 것으로써 남성 중심적 담론의 허구성을 드러나게 한 것이다.

위의 예문에서 선희가 의문시했던 것, 다시 말해서 남성적 해석학으로 분석되지 않는 선희의 욕망의 본질은 "곱고 따뜻한 마음"과의 조우이다. 남편이 없는 생활 공간에서 홀로 지내는 선희는 시아버지가 등기로 보내주는 생활비를 받아 생활한다. 목적이 없는 삶의 연속이기에 생활 속의 행동들은 모두 무의미한 것이다. "베란다에선 화초들이 조금씩 조금씩 죽어가"듯이 선희는 삶의 활력을 잃은 채 자신의 삶을 이어가고 있었다. 그러므로 "곱고 따뜻한 마음"과 만나고 싶은 선희의 욕망은 "살맛"이라고 할 수 있다. 시아버지의 감시와 같은 확인 인터폰 벨을 거부하는 것, 시아버지가 만들어 놓은 "화원" 같은 인공적인 공간을 벗어나는 것이 바로 선희의 살맛인 것이다.

이 작품에서 작가는 여성인물의 희망적 미래를 구체화하여 보여주지 않고 있다. 다만 선희의 삶에서 살맛을 찾을 수 있는 가능성을 열어두고 있는데, 바로 "처음 들어보는 시아버지의" 따뜻한 육성이다. 가부장적 권력과 권위 의식으로 남편을 "병자"로 만들어버린 시아버지에 대한 반감은 자신의 삶을 인공으로 만들어가고 있다는 점에서 더욱 심화되었다. 그러나 "아가, 외롭쟈?"라는 "숨결과 체온마저 느껴지는" 시아버지의 말은 선희로 하여금 인간적 감성을 회복하게 하는 말로 다가온다. 바로 선희가 갈망하던 "곱고 따뜻한 마음"과의 조우가 이루어진 것이다.

「꽃 지고 잎 피고」에서도 여성의 욕망은 삶의 활력에 대한 욕망으로 나타난다. 작품의 화자로 등장하는 '그 여자'(형선)는 "자상하지 못한 남편"과의 무료한 결혼생활을 이어가고 있다. 형선은 자신이 결혼을 잘했다고, 스스로에 대한 감탄을 반복하는 것으로 자신의 무기력함과 존재론적 무의미성을 상쇄하고자 한다. 하지만 오히려 "완벽하게 갖추어진 팔자"로 인해 자신이 삶의 의미를 상실하고 있다는 것을 자각하게 된다. 형선은 보이는 것과 달리 '아내 노릇'과 '엄마 노릇'에 자신을 잃어가고 있었고, 그럴 때마다 "벼랑에 선 것 같은 위기의식을 느꼈다."

> 그때 일에 비하면 석철이와의 만남은 만남이라기보다는 사무적인 심부름에 불과했다. 그런데도 그 단순한 사건 속엔 음험하고 짜릿한 무엇이 있었다. 만지면 데일 듯한 불의 예감이 있었다. 그건 사건이 아니기 때문에 말로 표현할 수가 없었고 따라서 남편에게 고백할 수도 없는 거였다.
> 　　　　　　　　　　　　　-「꽃 지고 잎 피고」, 박완서 단편소설 전집 3, p.230

> 그날 밤, 사랑의 행위가 끝난 뒤에 남편이 감탄하듯 말했다.
> "당신은 참말로 무궁무진한 여자란 말야. 오늘밤에 당신은 전혀 새로운 불덩어리였거든."
> 그제서야 그녀는 자기가 남편에게 안겨 있는 동안 내내 석철이를 환상했음을 깨달았다.
> "몰라요, 몰라,"
> 그녀는 응석 부리듯이 앙탈을 하면서 남편의 가슴에 깊이 파고들었지만 속으론 두려워하고 있었다. 그 비밀만은 정말 무서웠기 때문이다. 그러나 무서움을 지우고저 파고든 남편의 가슴에서 되레, 그녀는 아찔한 벼랑을 보고 있었다. 남편은 곧 편안히 코를 골았지만 그녀는 오래도록 아슬아슬한 벼랑 끝에 서 있었다.
> 　　　　　　　　　　　　　-「꽃 지고 잎 피고」, 박완서 단편소설 전집 3, p.233

벼랑은 바로 일탈의 경계였다. 남편의 친구인 '석철'을 보고 불순한 기대를 하며 오랫동안 감추었던 공허감을 "외간 남자"와의 밀회를 통해 충족하고 싶은 욕망이 일어났기 때문이다. 이런 점에서 볼 때, 독자는 형선에게 남편과의 관계에서 해소되지 않는 성적 욕망이 내재해 있을 것으로 추측하게 된다. 하지만 형선이 은밀하게 확인한 자신의 성적 욕망은 '아내'와 '엄마'라는 젠더 역할 규범에 의해 다시 밀봉되고 만다. 자신의 여성적 매력이 발산되는 "긴 머리"[29]를 "상고머리 커트"로 짧게 자른 것은 젠더 규율을 일탈하고자 한 자신에 대한 처벌이요, 응징이었다. 젠더 규범을 내면화한 여성의 자기 반성과 자기 학대의 일면인 것이다.

그러나 형선의 진정한 반성과 각성은 젠더 규범에 복종하는 것이 아닌, 젠더 규범의 잉여적 측면을 확인하고서야 비로소 이루어진다. 석철과 두 번째 상면한 후 석철의 집으로 가게 된 형선은 석철 부부의 삶의 방식에 질투를 느끼게 된다. 석철의 아내는 공예품 가게를 운영하고 있었고, 외모의 아름다움은 없었지만 생기(生氣)가 있었다. 석철의 아내는 "딴 집 현모양처들처럼" 행동하지 않았지만, 석철과의 부부사이는 오랜 신뢰와 깊은 우정으로 자연스럽고 편안해 보였다.

아내 대신 부엌일을 기꺼이 도와주는 석철의 사고방식도 자신이 그동안 생각했던 남성성의 고정관념과는 달리 젠더 규범을 초월해 있는 것이었다. 나아가 석철의 두 아이, 남매는 외면적으로는 성 구별이 불가능할 정도로 젠더 이분법을 넘어서서 양육되고 있었다. 이런 가정 환경을 보며 형선은 당황하고 낯설게 느끼지만, 결국 "아무리 예쁘고 화려한 것도 살아 있지 않으면" 매력이 없는 것이라는 석철의 말에 자신의 존재성에 대한 반성을 하게 된다.

이러한 반성을 통해 볼 때, 앞서 추측한, 남편과의 결혼 생활에서 나

---

29) 남편이 출근한 후, 그 여자는 오랜만에 공들여 화장을 했다. 머리를 드라이어로 손질하다 말고 문득 뒤로 묶고 싶어졌다. 긴 머리를 아무렇게나 뒤로 질끈 동이는 게 그 여자의 처녓적 머리 모양이었다. 그때도 그런 머리가 유행한 건 아니었고 그런 머리 모양이 유난히 그 여자에게 잘 어울렸다뿐이었다. 동그스름하면서 애티 나는 얼굴 모양이 그대로 드러나 남의 시선을 끌었고 그걸 그 여자도 충분히 의식하고 있었다. 다시 머리를 위로 넘겨보니 애티는 많이 가셨지만 그 대신 무르익은 요염함이 풍겼고 과일처럼 싱싱한 윤곽이 조금도 이지러지지 않고 그대로 남아 있었다. 그 여자는 회심의 미소를 짓고 앞머리만 조금 흐트러뜨리고는 나머지를 몽땅 뒤로 묶었다. 옷도 거기 맞춰 유행보다는 캐주얼한 걸 고라 입으니까 훨씬 자유로워졌다. (「꽃 지고 잎 피고」, 박완서 단편소설 전집3, p.217)

타났던 무력증과 공포심은 성적 불만에 의한 것이 아니었음을 확인할 수 있다. 그것은 자신의 젠더 역할에 대한 회의(懷疑)와 자신의 존재적 가치에 대한 의문에서 비롯된 것이었다. 그러한 무력감은 삶의 생기, 활력을 불어넣는 것으로 해소될 수 있을 것이라는 생각은 형선이 자기 일에 대한 욕망을 갖기 시작하는 것으로 나타난다. 현모양처라는 고정된 젠더 역할에 절대적으로 복종하고 안주하기보다는 자신의 일을 통해 자아성취의 만족감을 갖고 싶다는 형선의 결심은 "치열한 내적 갈등"을 통해서야 시도될 수 있었다.

결국 이 작품에서도 여성 인물이 갈망했던 욕망의 본질은 "살 맛"이었다. "남편 잘 만나 걱정 없이 사는 여자"라는 고정된 젠더 규범으로부터 벗어나 "장차 자신이 힘겹게 뚫고 나가야 할 돌파구"를 찾아가는 것으로, 여성의 야성적 생명력이 되살아나는 것으로 재현되고 있기 때문이다. 「꽃 지고 잎 피고」라는 이 작품의 제목은 바로 아름다운 '꽃'으로 비유되는 여성 젠더가 아닌, 이분법적 젠더 규범을 초월하는 '잎'으로 피어나는 여성인물의 가능성을 비유하고 있는 것이다.

이상에서와 살펴 본 바와 같이 여성은 자신의 젠더 규범에 표면적으로 복종하고, 그 복종의 양식을 반복적으로 인용하면서 젠더 정체성을 구성해 간다. 하지만 그 이면에는 차별적 젠더 규범과 억압적 젠더 규율, 종속적인 권력관계의 젠더 역할에 대해 회의하고 또 저항하는 방식으로 젠더 불복종의 정체성을 전략적으로 수행하기도 한다. 앞서 알튀세르가 주체는 호명에 의해서 성립되었다고 한 것과 달리 버틀러는 호명에 대한 다양한 응답의 가능성을 열어 놓았다. 앞서 살펴본 바와같이, 여성은 자신에게 부여된 호명에 적절하게 응답할 수도 있고, 그 호명을 완강하게 거부할 수도 있으며, 전혀 다른 방식으로 호명을 역이용 할 수도 있다는 것이다.

박완서의 소설에서 여성인물이 보여주는, 자신을 주체화하는 '호명'
에의 반복 복종은 여성 젠더의 반복 수행에 있어서 젠더 규범을 교란하
는 양상을 보여준다. 표면적으로 젠더 규범에 순응하지만 젠더 규범에
대해 재의미화나 재발화를 실행하고 있는 것이다. 젠더 규범의 교란은
복종에 대한 열정적 집착을 새롭게 수정하는 동시에 젠더를 불안정하
게 만들 수 있다. 더욱이 박완서 소설의 저항성이 보다 더 유의미한 이
유는, 이러한 젠더 규범에 대한 재의미화가 실생활과 밀접한 가운데 실
현되고 있다는 사실이다. 여성의 생활에 밀착되어 여성을 구속하고 규
제하는 젠더 규범을 교란하는 것은 이론적이고 교과서적인 저항성보다
강력하고 설득력있게 나타나기 때문이다.

2. 복종의 이중성과 은신(隱身) 공간

1) 순응과 저항의 '자궁'

여성 고유의 신체기관으로서 '자궁'은 생명을 탄생하게 하는 공간이
라는 점에서 모성성과 결부되었다. 따라서 자궁은 환원 불가능한 성적
특수성을 갖는 젠더 공간이다. 그런데 자궁은 언제나 몸의 한 기관으로
서의 의미보다는 재생산의 도구적 측면에서 그 의미가 규정되어 왔다.
즉 젠더 관습에 의하면, 자궁은 출산의 여부, 출산의 가능성으로서만 그
가치를 인정받을 수 있는 몸 기관인 것이다. 여성의 고유한 신체기관이
인류 재생산의 수단으로서만 그 의미가 확보되어 왔다는 것은 자궁이
여성적 젠더 공간이라기보다는 남근적 젠더 공간이라는 것을 증명해
준다. 그러므로 자궁은 젠더 순응적인 몸이고 이때 여성의 몸, 자궁의
소유권은 남성에게 주어진다.

『그해 겨울은 따뜻했네』와 「해산바가지」에서도 젠더 공간으로서 자궁은 풍요와 다산(多産)을 의미화하는 공간으로 그려진다. 그러나 『그해 겨울은 따뜻했네』의 '오목이'가 일환의 '진짜' 아들인, 막내 아들을 낳고서야 비로소 일환의 아내라는 존재적 가치를 확인할 수 있었던 것이나, 「해산바가지」에서 화자의 친구가 그의 며느리에게 젠더 규범으로서의 도리를 다하지 않는 것에 대해 비난과 질타가 가능했던 것은 바로 여성의 몸인 자궁이 남성적 가계(家系)를 유지하기 위한 수단으로서 남성에게 소유권이 부여되었기 때문이다. 마찬가지로 여성의 본성적 성(性) 욕망을 인정하지 않고, 재생산을 목적으로 하지 않는 여성의 성(性)을 제도적으로 도덕적으로 징벌하고 비난해 왔던 것도 여성의 자궁에 대한 남성의 소유권이 암묵적으로 작용했기 때문이다.

「가(家)」에서 작품의 제목은 '교하댁'이라는 여성인물의 집(家)에 대한 집착과 남성중심적 가계(家系)를 잇고자 하는 맹목성이 동일하게 나타나는 중의적 표현이다. 아들 셋에 딸 둘을 낳고 단산(斷産)을 했지만 돌림병으로 남매만 남게 되고, 다시 한국전쟁에 징집된 아들이 전사(戰死)하자, "교하댁은 남편한테뿐 아니라 남들한테도 꼭 아들 하나 더 낳고 말테라고 장담을 해서 웃음거리가 되곤 했다." 그러나 마흔 다섯 살의 나이와 단산(斷産)한 지 15년이나 지난 "늙은 여자의 시든 자궁"은 오로지 '가(家)'를 이어야 한다는 젠더 규범에의 맹목성에 의해 다시 재생산의 기능을 수행하게 된다.

슐라미드 파이어스톤은 여성이 경험하는 특수한 억압이 그들의 독특한 생물학과 직접적으로 연관된다고 주장했다.[30] 그녀는 여성의 불평등의 근거는 바로 여성의 재생산 역할이라고 주장한다. 여성의 재생산 기능이 근본적으로 여성 억압의 기반이 된다는 것이다. 따라서 파이어스

---

30) Shulamith Firestone, 『The Dialectic of Sex』, New York : Bantam Books, 1970, p.9.

톤은 피임법과 자궁 외 출산 등의 출산 통제와 낙태권 등을 통해 여성을 자신의 신체로부터 해방시켜야 한다고 주장하였다.[31] 이와 유사한 관점으로 박완서의 소설에서 '자궁'은 생명을 소멸시키는 공간으로도 나타난다. 예컨대 『서 있는 여자』, 「그 가을의 사흘 동안」에서 젠더 공간, '자궁'은 사멸(死滅)의 공간이자 불모(不母)의 공간이다. 이 불모성은 남근적 제도에 대한 불복종의 전략으로서 나타난다.

『서 있는 여자』에서 '연지'는 "대를 잇고 자손을 번성시키는 여자의 유구하고도 막중한 책임으로부터 홀로 자유로워"지고 싶었다. 아이를 낳는 것은 여성만이 할 수 있는 일이고 여성에게만 부여된 의무이자 책임인 반면, 남성에게 아내의 임신과 출산은 자신의 "완전한 남자임"에 대한 증명과 남성적 가계(家系)의 존속이라는 측면에서 자존감의 획득으로 이어질 것이기 때문이다.[32] 연지는 자신의 몸이 남성적 세계의 유지를 위한 수단이 된다는 데에 동의할 수가 없는 것이다.

또한 연지에게 임신은 생명에 대한 모성적 느낌보다 "지긋지긋한 구역질", "지옥 같은 구역질"의 고통으로 각인된다. 여성의 본성이라고 주장되어 온 모성애의 허상을 스스로가 몸으로 확인하게 된 것이다. 때문에 연지는 "최소한의 도의심도 망설임도 없"이 수술대 위에 오르게 된다. 낙태에 대한 공포보다 구역질에서 벗어나야겠다는 생각이 더 급했던 만큼, 연지에게 임신은 몸의 질병이요, 고통이고 낙태 수술은 질병의 치유방법이었던 것이다.

---

31) 질라 아이젠슈타인, 「자본주의적 가부장제이론과 사회주의 여성해방론의 계발」, 『여성해방이론의 쟁점』, 하이디 하트만 · 린다 번햄 외, 김혜경 외 역, 태암, 1990, pp.82~84 참조
32) 연지가 그녀의 잉태를 감쪽같이 철민에게 속인 것도 철민이 중절을 반대할까 봐서가 아니라 그가 은근히 맛볼지도 모를 쾌감을 용납할 수 없어서인지도 몰랐다. (『서 있는 여자』, p.107)

지긋지긋한 구역질이었다. 인간의 생명이라는 게 하필 그런 구역질과 함께 비롯될 게 뭐람. 어쩌면 몸이란 마음보다 훨씬 더 정직한 거여서 자기 몸에 깃들이는 새 생명을 그렇게 맹렬히 거부하는 건지도 모르지. 모성애라는 것은 사람들이, 그중에도 남성들이 만들어낸 미신일 뿐, 속박의 악랄한 수단일 뿐, 인류가 신봉해 온 허위 중에서도 가장 전통 깊은 거여서 마치 거룩한 본성처럼 자타가 착각하게 된 너무도 완벽한 허위일 뿐이라고 연지는 모성애라는 것에 대해 가진 악담을 다 해봤지만 좀처럼 속이 후련해지지는 않았다.

-『서 있는 여자』, pp.102~103

공동의 행위에 대한 불평등한 결과에 수긍할 수 없는 연지는 결국 혼자서 낙태를 결정하게 된다. 그런데 문제는 낙태 수술 이후에 더욱 심각해진다. 연지의 낙태 사실을 알게 된 철민은 연지에게 무자비한 폭력을 행사한다. 연지의 낙태 수술은 철민의 "자존심을 악질적으로 짓밟은 것"이라는 비난이 쏟아졌다. 이 사건을 통해서 연지는 철민에게서 "남성의 뿌리깊은 우월감"을 확인하게 되었다. 철민이 말하는 남성의 자존심은 여성의 자궁을 소유하고 있다는 데서 시작된다. 자신의 남성됨을 증명해 주고 대(代)를 잇는다는 책임을 완성해 주는 것은 바로 여성의 자궁을 통해서만 가능하기 때문이다.

"친권이 전적으로 아버지에게 있다는 것은 자식을 존재하게 할 것인가, 말 것인가를 정할 권리도 아버지에게 있는 것"이라는 철민의 주장은 바로 연지의 자궁에 대한 소유권을 확인하는 것이다. 그러므로 철민의 폭력은 연지의 자궁에 대한 자신의 소유권을 묵살한 데에 대한 보복인 것이다. 폭력이라는 강압적인 방법을 통해서라도 아내의 몸에 대한 소유권을 강화하지 않으면 안 된다는 의식이 발산된 것이고, 동일한 목적을 위해 철민은 지금까지의 '소꿉장난 같은 약속'을 파기하고 규율화된 전통적 젠더 규범에 따를 것을 강요하게 된다.

이처럼 역사적으로 봉건적 가부장주의는 자궁을 통해 온전한 가부장적 가계(家系)를 보존, 지속하기 위해 순수한 자궁을 필요로 했다. 또한 자궁의 오염을 막기 위해서 가부장적 체계와 젠더 이데올로기를 더욱 강화하게 되었다. 즉 여성에게 억압적인 남근적 젠더 규범의 근원은 여성의 신체에 대한 남성의 지배력에서 시작된다.[33] 이 소설에 대해서 작가는 결혼제도와 젠더 평등의 문제를 담고 싶었다고 밝힌 바 있는데,[34] 결과적으로 차별적 젠더 규범 내에서 남성과 여성의 관계는 종속적이고 억압적일 수밖에 없다는 것을 말해주고 있다.

이러한 남성의 지배력에 반하여 「그 가을의 사흘 동안」은 몸의 물리적 차원에서 남근적 이데올로기의 형상을 제거하는 것으로 젠더 규율에 저항한다. 이 작품의 화자인 '나'는 소파수술을 전문으로 하는 의사(醫師)이다. 27세에 미군이 주둔한 근방의 지역에 병원을 개업하고, 그 동네에서 은밀하게 풍겨지는 '화냥기와 야합'함으로써 많은 돈을 벌었다. 그런데 '나'가 분만이 아닌 소파수술만을 전문으로 하는 것은 단순히 금전적 목적에만 있는 것은 아니다. 그녀는 한국전쟁 당시 외국인 병사로부터 강간을 당했던 기억이 있기 때문이다. 강간으로 인해 임신을 하게 된 '나'는 선배 언니의 병원을 찾아가 낙태 수술을 받은 경험이 있다. "원치 않는 애기를 배고 겪었"던 "생지옥"의 경험은 '나'로 하여금

---

33) 엥겔스는 "인류 최초의 대립은 남성과 여성 사이의 불평등"이었으며, "남성에 의한 여성의 억압을 최초의 계급적 억압"으로 파악했다. 즉 "부권제 내에 편재하는 남성 지배와 여성 복종 체제는 사회화에 의해 달성되고, 이데올로기적 수단을 통해 완성되며, 제도적 장치에 의해 유지된다."고 하였다. (J. 미첼(1984), 앞의 책, p.77)

34) "내가 이 소설(『서 있는 여자』-인용자)을 통해 정말 보여주고 싶었던 것은 혼자 살아도 행복할 수 있나 없나보다는, 남자와 여자의 평등을 바탕으로 하지 않은 결혼이 과연 행복할 수 있나 없나라는 내 딴엔 좀 새로운 문제였다." (박완서, 『서 있는 여자』 작가후기)

소파수술로써 여성을 구원하는 것으로 이끌었던 것이다.

> 원치 않는 아기가 뱃속에 있을 때의 고통이 어떻다는 건 그걸 가져본 여자만이 안다. 모든 질병의 고통은 동정자를 끌어모으지만 그 고통만은 비난과 조소를 면치 못한다. 사람을 질병에서 해방시키는 게 인술의 꿈이라면, 여자를 그런 질병 이상의 고독한 고통에서 해방시키는 건 나의 꿈이었다.
> ―「그 가을의 사흘 동안」, 『엄마의 말뚝』, p.233

이렇게 볼 때, '나'에게 임신은 '나'의 오염이며, 동시에 여성에게만 나타나는 끔찍한 질병이다. 여성의 임신으로써 남성이 자신의 남성성을 인정받고, 가계(家系) 보존의 의무와 책임을 완수한다는 성취감을 갖는 것과 달리, 여성에게는 몸에 각인된 폭력적 남성성의 기억이고, 오염이며 "당장 죽고 싶은 절망"적인 질병인 것이다. 그러므로 '나'는 '나'의 의술행위가 여성들을 고통으로부터 해방시키는 것이라고 생각하기에 이른 것이다. 이렇게 볼 때, '나'의 의술행위는 여성의 몸, 자궁에서 남근에 의해 오염된 것을 건어냄으로써 남성적 폭력성과 남근적 젠더 규범에 대해 저항하고 있는 것이라 할 수 있다.

또한 '나'의 저항성은 남성에 의한 여성의 이분화를 해체하는 것으로도 나타난다. 소파수술과 성병치료라는 '나'의 진료과목에 맞게 대부분의 환자들은 '창녀'였다. 남근적 젠더 규범에 따르면 창녀의 전형은 퇴폐적이고 문란한 성관계로 인해 '오염된' 여성이다. 그러나 '나'에게 창녀는 "아름답다고 생각"이 들 정도이다. '나'의 경험에 의하면 어떤 창녀의 자궁은 "거의 백치의 얼굴처럼 청결"하다. 이러한 '나'의 서술은 남성이 여성의 자궁을 통해 남근적 권력을 획득하고 유지하기 위해 여성을 '정숙한 여자'와 '창녀'로 이분화하고, 창녀의 자궁을 오염된 것으로 인지함으로써 젠더 규범에 의해 사회적으로 배제하고 윤리적 처벌을 가했던 것에 저항하는 것이다.

다른 한편으로 '나'에게 자궁은 철저하게 남근적 젠더 규범에 종속되어 있는 여성들을 박해하는 방법으로 이용되기도 한다. "젊어지고 예뻐지는 신기한 명약"이라는 소문을 듣고 동네의 여자들은 소파한 태반을 먹으러 병원을 찾는다. 회춘제라면 물불 안 가리는 그들의 모습에서 '나'는 여자의 추악함의 극한을 본다. 그래서 기꺼이 그들에게 소파한 태반(자궁 내 오염 물질)을 내어준다. 그것이 그녀가 젠더 규범적 여성들을 박해하는 방식인 것이다. 태반을 먹고 음담패설을 늘어놓는 여자들을 보며 '나'는 "잔혹한 쾌감"을 느낀다. 그것은 바로 남근적 젠더 규범의 추악함에 대한 확인이요, 젠더 규범을 부정하는 한 방법이기 때문이다.

『그대 아직도 꿈꾸고 있는가』에서는 여성의 몸, 자궁이 남근적 가치체계에 따라 다른 여성의 자궁으로 대체되는 양상이 나타난다. 이 작품은 35세의 이혼녀인 '차문경'이 아내와 사별한 동창생 '혁주'를 만나 결혼을 꿈꾸다가 배반당하는 것으로 시작된다. 혁주의 어머니는 문경이 처녀가 아니라는 점, 나이가 많다는 점을 들어 결혼을 반대하는데, 혁주 어머니의 논리는 여성을 재생산의 수단으로만 생각한 데서 이어진 것이다. 즉 문경은 오염된 자궁을 가진 여자이고, 이미 재생산의 능력이 퇴화했을 것이라는 판단인 것이다. 따라서 혁주의 어머니는 문경 대신 처녀인 '애숙'과의 결혼을 추진한다.

그러나 문경은 이미 임신을 한 상태였고, 결혼은 못 하더라도 아이의 존재를 인정받고자 했다. 새로운 삶을 기획하고 있는 혁주 모자(母子)는 당연히 문경의 임신을 부정했을 뿐만 아니라, 문경의 자궁 속 아이가 혁주의 아들이라는 순수성마저도 부정했다. 남근적 젠더 인식에 따라 문경은 이미 오염된 여성이기 때문이다. 이러한 상황은 모두 남성에 의한 여성의 몸의 억압을 보여준다. 남근 중심적 가치체계에 따라 여성의 몸은 깨끗한 몸이거나 더러운 몸이 되는 것이다.

문경의 몸이 남근 중심적 가치관에 따라 억압된 것은 처음이 아니다. 문경의 첫 결혼이 실패한 것은 남편의 외도 때문인데, 주변의 친지들은 문경이 '소박을 맞은' 이유는 바로 아이가 없었기 때문이라고 하였다. 그러나 문경의 불임은 남편의 요구에 의한 피임의 결과였을 뿐, 문경의 의지와는 무관한 것이었다. 그럼에도 불구하고 남편의 외도가 문경의 재생산 능력의 결여 때문이라는 주위의 인식으로 인해, 문경은 첫 번째 결혼에서 자신의 몸에 대한 소유권이 남성에게 있었음을 이미 확인하게 된다.

여성의 몸에 대한 남성의 소유권을 승인하는 남근적 사고방식은 이 작품의 또 다른 여성인 애숙에게도 동일하게 나타난다. 애숙은 자궁 내 질병으로 인해 자궁 적출 수술을 받고 영구적인 불임의 상태에 직면하게 되었다. 그러나 애숙은 자기 몸의 기관인 자궁을 떼어냈다는 사실 그 자체보다도 더 이상 아이를 낳을 수가 없다는 사실, 나아가 아들을 가질 가망이 없다는 데에 대한 절망이 더욱 컸다. 부족함이 없이 자랐고, 결혼 후에도 남편 혁주와 안정적인 결혼생활을 유지하고 있었던 자신의 삶에서 '아들을 낳을 수 있는 도구'가 없다는 것으로 심리적 좌절과 정신적 고통을 겪는다는 것은 애숙이 남근적 젠더 규범 인식에 함몰되어 있음을 증명하는 것이다.

문제는 이 작품에서 자궁이 대체되기까지 한다는 것이다. 문경은 혁주의 부정(否定)과 상관없이 홀로 아들 '문혁'을 낳아 기르는데, 혁주 모자(母子)가 문혁의 친권을 주장하고 나선 것이다. 혁주 모자(母子)는 애숙이 아들을 낳을 수 없는 현실을 극복하는 대안으로 이전에 부정했던 문경의 아들을 데려 오기로 결정했다. 이는 가계(家系)를 잇기 위해 애숙의 불구적 자궁을 문경의 자궁으로 대체하는 것이다. 마찬가지로 애숙은 문경의 아들 문혁을 "스페어 아들"이라고 칭한다. 즉 아들을 낳을 수 없는 자신을 위해 문경의 몸이 대신 아들을 낳은 것이고, 그 아들을 데려옴으로써 애숙의 불구성은 회복된다고 생각하는 것이다. 이때 문혁은 애숙에게 없는 아들이면서 동시에 자궁이 된다. 자신의 불구적 몸이 "스페어" 자궁을 통해 회복될 수 있었던 것이다.

이처럼 여성의 몸에 대한 소유권은 남근 중심적 가치체계와 가부장적 제도 관념에 따라 남성에게 이양되어 있었고, 남성은 여성의 자궁에 대한 소유권을 강화하는 것으로 남성적 권력과 권위의식을 더욱 공고하게 할 수 있었다. 그러므로 이러한 차별적 젠더 관념으로부터 벗어나기 위해서는 여성이 자신의 몸에 대한 소유권을 확보하는 것이 중요하다. 자궁을 가부장적 가계(家系)의 존속 수단으로 삼거나 남성의 전유물로 인식하지 않는 것, 온전히 자신의 몸으로서 인정하고 그 존재성을 회복하게 하는 것이 남근적 젠더 억압을 해체할 수 있는 근본적인 방법이라 할 수 있다. 따라서 혁주 모자(母子)와 애숙의 음모에 대해 문경이 할 수 있는 젠더 규범에의 불복종은 문혁을 자신의 아이로 인정받는 것이었다. 혁주의 가계(家系)를 잇기 위한 제물도, 애숙의 불구성을 대리 만족시키는 대체물로서도 아닌 온전한 인간으로서의 문혁을 사랑하고 보호할 수 있는 사람은 문경 자신뿐이라는 사실을 공표할 수 있어야만 했다.

그 여자는 분노나 원한을 원색적으로 드러냄이 없이도 혁주가 아버지 자격 없음을 조리있게 주장하는 서면을 작성할 수가 있었다. 복사한 혁주의 편지를 첨부하는 것만으로 많은 말을 절약할 수가 있었기 때문에 그 여자는 오히려 자신의 어머니 자격을 증명하는 데 더 많이 고심했다. 방 박사가 호감과 관심을 보여서인지 돈이 얼마 없다는 것도 숨기고 싶지 않았다. 떳떳하게 자랑하고 싶기조차 했다. 그러나 돈이 얼마 없다는 것이 아주 없다는 것하곤 다르다는 것만은 말하고 싶어 비록 전세를 준 거긴

하지만 자신의 명의로 된 아파트의 등기부 등본과 반찬가게의 납세증명까지 떼어다 붙였다.

　재판 날은 조정 때 미리 주눅들었던 생각을 하고 옷차림에 각별히 신경을 썼다. 화장도 야하지 않을 정도로 공들여서 처발랐다. 초라하지 않고 생기 있고 당당하게 보이고 싶었다. 그동안 얼마나 자신을 돌보지 않고 먹고 사는 데만 골몰했었나를 돌이켜보며 콧날이 시큰했다. 그러나 감상에 젖어선 안 된다고 생각했다. 그 여자는 마치 이야기 속에 나오는 소년처럼 무작정 씩씩하게 법원으로 향했다.

―『그대 아직도 꿈꾸고 있는가』, p.165

　혁주의 친자확인 소송에 대응하는 문경의 모습은 젠더 교란적 성격을 띠고 있다. "우리나라의 법엔 친권은 전적으로 아버지한테 있"다는 『서 있는 여자』의 '철민'의 말처럼 문경은 제도화된 젠더 규범에 불복종하며 맞서고 있기 때문이다. 또한 문혁에 대한 자신의 친권을 요구하는 문경의 대응 태세는 '법'의 기준에 준하는 요건을 갖추고, '법'의 형식을 따르고 있다는 점에서 다분히 남성적 성격을 갖는다. 따라서 이 작품은 여성의 몸으로 남성적 권리를 확보하기 위해 남성적 수단과 방법을 차용하여 결국 권한을 인정받는다는 점에서 젠더 교란적 여성의 젠더 저항을 보여주는 것이라 하겠다.

　이처럼 스스로 젠더 교란적 여성이 되기를 자처하면서 '문경'은 자신이 낳은 아들, 문혁을 "신종 남자"로 키우겠다고 선언한다. 이는 남성중심적 법과 제도, 규범과 문화에 대한 전면적인 비판이면서 동시에 어머니의 양육이 갖는 이면, 젠더 불복종의 양상을 직접적으로 드러내는 것이다. 앞에서 이미 밝혔듯이 박완서 소설에서 나타나는 여성의 모성적 양육은 젠더 규범의 복종이면서 동시에 불복종이다. 여성은 자신이 경험한 차별적이고 종속적인 규범 체계에 대해 자각하고 새로운 삶의 가치를 생산할 수 있는 가능성을 양육을 통해 전파할 수 있다. 이 작품에서 문경이 아들을 "신종남자"로 양육하겠다는 선언도 이와 같은 면에서 해석할 수 있다. 즉 젠더 평등이 불가능한 현실의 결혼 제도와 문화는 근본적으로 인간에 대한 인식의 전환이 필요하다는 것이며, 남성과 여성의 젠더 이분화에 따른 제도와 규범, 문화의 양산이 아닌 젠더를 초월한 인간적인 측면에서, 인간애를 중심으로 삶의 형식이 구현되어야 한다는 것을 강조하는 것이다.

이처럼 여성의 몸은 경제적, 정치적, 성적, 지적인 일련의 투쟁에서 핵심적이며, 여러 가지 담론들이 저항, 생성되는 공간이다.35) 박완서 소설에서 모성성과 불모성은 젠더의 (불/)복종의 형태로 나타난다. 가부장적 담론에 순응하는 것으로서의 복종과 저항하는 것으로서의 불복종은 남성 중심 담론에 대한 저항이면서 동시에 모성성이 여성의 생물학적 본능이라는 환상에도 도전하고 있다.

2) 준수(遵守)와 혐오의 결벽증

박완서의 소설에서 남성인물과 여성인물 간의 대립적인 구도는 반복되어 나타난다. 대개 부부 사이에서 서로에게 적의와 반감을 품고 있는 경우가 빈번하고, 연인 관계의 경우에도 상대의 이중성이나 속물성을 엿보며 거부감을 일으킨다. 이렇게 남성과 여성의 관계가 대립적인 구도로 반복 재현 된다는 점에서 몇몇 평자들은 박완서의 소설이 남성에 대한 배타적 시각을 드러낸다고 한계를 지적하기도 하였다. 앞서 1970

---

35) 프랑스 페미니스트들은 여성들이 그들의 타자성 즉 특이성을 부권제적 질서를 파괴하고 전복시키는 또는 탈구축시키는 수단으로 확인했다고 주장한다. 여성의 특이성은 바로 여성의 신체에 있기 때문에, 진정한 붕괴적 '여성 상상력'의 원천이 되어야만 하는 것은 여성의 신체와 여성의 성별이다. (조세핀 도노반, 『페미니즘이론』, 문예출판사, 1993, p.213)

년대에 발표된 작품들에서 대개의 인물들이 배금주의와 물신주의에 사로잡혀 있었기 때문에 인물 간의 대립구도는 남성과 여성사이의 젠더적 차원의 대립이라기보다는 가치관 상실로 인한 개인 간의 적대라고 한다면, 1980년대 작품에서 빈번하게 등장하는 인물 간의 대립구도는 뚜렷하게 남성과 여성 사이의 배신과 배반, 적의와 살의로 나타난다. 다시 말해서 이 시기의 박완서 소설에서는 낭만적 연애와 사랑에 기반 한 결혼관계는 거의 나타나지 않는다. 이는 남성 중심적 결혼제도에 대한 저항과 반감의 표현으로 독해가 가능하다.

「저문 날의 삽화 3」(이하 「삽화 3」)과 「저문 날의 삽화 4」(이하 「삽화 4」)는 일상에서 누구나 겪을 법한 소소한 일화들을 엮은 작품이다. 이들 작품에서 부부관계는 극단적 대립으로 이어질만한 갈등을 내포하고 있지는 않지만, 오랜 세월을 함께 살아 온 관계에서 나타나는, 즉 친밀함과 동시에 느끼게 되는 거부감이 서술된다. 아내인 '나'는 불현듯 남편의 외모에서 혐오증을 느끼기도 하고, "남편의 착한 척"에 찬물을 끼얹고 싶을 만큼 진저리를 치기도 한다. 남편의 예의바름과 배려가 굴욕스러움으로 비치는 것도 오랜 세월동안 부부관계를 유지해 오면서 누적된 젠더 관계에 대한 반발로 나타난다.

> 그러나 옆머리도 정수리를 넉넉하게 덮을 만큼 숱이 많은 건 아니어서 기름 발라 가까스로 덮은 정수리의 새까만 광택에 나는 담즙처럼 쓰디쓴 혐오감을 느꼈다.
> －「저문 날의 삽화 3」, 박완서 단편소설 전집 5, p.75

> 직장까지 남편을 찾아간 적은 없었지만 그가 어떤 모습으로 아랫사람을 거느릴까 상상하는 것만으로도 등골에 닭살이 돋곤 했다. 그의 노릇으로는 부장도 과분했다. 내가 이렇게 사뭇 냉철한 관찰자 노릇을 해왔음에도 불구하고 그는 내가 그의 사는 방법에 완벽하게 순종해왔다고 여기고 있

는 말투였다.

-「저문 날의 삽화 3」, 박완서 단편소설 전집 5, p.77

무릎이 깊고 무디게 쑤셨다. 그 기분 나쁜 동통이 여직껏 무의식적으로 순종해왔던 것에 대한 단순하고도 격렬한 반발을 불러일으켰다. 생전에 소매 한번 스친 일은커녕 동시대의 공기를 더불어 호흡한 일조차 없는 완벽한 미지의 사람들을 내가 공경할 의무가 있음은 그들이 남편을 있게끔 했기 때문이거늘 나를 있게끔 한 내 조상에 대해선 어째서 남편이 공경의 의무를 지려 들지 않는가.

-「저문 날의 삽화 4」, 박완서 단편소설 전집 5, p.103

남편에 대한 혐오감이나 닭살이 돋는 것과 같은 이물감, 반발심 등은 모두 아내와 여성이라는 입장에서 남성인 남편에 대한 비판과 거부감을 표출하는 것이다. 위의 작품에서 남성 인물들은 남녀관계에서 극단적 대립을 야기하는 작품들의 남성 인물과 달리 가장으로서의 책임감과 도덕적 윤리성을 지니고 있다. 그럼에도 불구하고, 이 작품의 여성 화자는 남편에 대한 반발심을 드러낸다. 이는 젠더 규범에 대한 저항감과 거부감이 일상의 소소한 부분에서도, 다시 말해서 여성 일상의 전반적인 상황에서도 나타나고 있음을 반증하는 것이다.

「움딸」에서 화자는 유치원에 다니는 아들이 있는 여성이다. 하지만 아이의 손을 잡을 때 느껴지는 끈끈함은 아이의 손목을 비틀고 싶다는 잔혹한 생각이 들 정도로 화자에게 거부감을 일으킨다. 이러한 결벽증은 아이와의 관계에서 비롯되었다기보다는 자신의 결혼 생활 전반에 대한 반감에 의한 것이다. '나'는 아들이 있는 남편의 후취(後娶)로 들어왔다. "나는 원래 아이들을 좋아하거든요"라는 말로 시작된 남편과의 결혼생활은 '나'에게 모성이라는 젠더 규범을 강화하는 대신 자아의 고립을 가져왔다. 때문에 '나'는 아이들을 좋아한다는 자신의 말이 떠오를 때마다 자신에 대한 혐오는 물론 "등허리로 벌레가 기어가는 것 같"은 이물감에 "진저리를 쳤다." 실상 아이들을 좋아한다는 말은 거짓이 아니었으나, '좋아하는 모든 아이들 중에 나의 아이만은 포함할 수 없다'는 이유로 그 말은 거짓이고 위선이었다. 아이를 돌보는 것으로 채워지는 '나'의 결혼 생활은 아이의 의붓 엄마 노릇을 친엄마처럼 하는 것이다.

> 혼자서 점심을 먹는데 남편으로부터 전화가 왔다. 윤섭이 점심 먹었느냐는 전화였다. 벌써 며칠째 남편은 전화로 아이의 점심을 챙기고 있었다. 남편은 손끝으로 다이얼을 돌리면서 손바닥으로 아이의 앙상한 가슴을 짚어보고 있으리라. 나는 먹었다고만 해도 될 것을 무엇 무엇을 어떻게 맛있게 먹었다는 것까지 자세하게 고해바쳤다. 남편은 진정으로 미안한 듯 수굿하고 다정한 목소리로 당신 수고가 많다고 하면서 전화를 끊었다. 수화기를 내려놓고 망연히 창 밖을 내다보다 말고 나는 잠꼬대처럼 중얼댔다. 아아 싫다. 싫다. 정말 싫다. 이놈의 노릇이 정말 싫다. 싫다.
>
> ─「움딸」, 박완서 단편소설전집 4, p.159

불필요한 이야기까지 전달하는 것은 나의 젠더 역할 수행의 완성을 표면화하고 싶은 결벽성이다. 젠더 이데올로기로 규율화된 일상 공간이 '나'에게는 젠더 역할을 연기(演技)하는 무대일 뿐이고, '나'는 자아를 상실하게 하는 결혼 생활과 규범적 젠더 정체성의 수행에 염증을 느끼고 있다. 전처(前妻)의 아이를 두고 강요되는 젠더 규범은 '나'에게 후처(後妻) 콤플렉스를 가져온 것인데, 이는 모성 이데올로기를 내면화한 데서 비롯된다. 즉 모성을 연기하는 '나'와 그것을 검열 받는 상황 모두에 대해서 화자는 강박의식을 갖고 있는 것이다.

젠더 규범에 종속된 여성은 「초대」에서도 나타나는데, 이 작품에서 여성 화자는 극심한 결벽증의 심리적 강박을 갖고 있다. 이러한 강박증은 여성 화자가 자신에게 부여된 젠더 역할에 대해 심리적으로 거부하고 있음을 의미한다. 작품의 화자인 '희주'와 남편의 결혼은 남편이 희주의 미모를 보고 예견한 "쓸모"에 의해 이루어졌다. 사업을 하는 남편은 사교적인 식사자리가 많았는데, 그때마다 희주를 동반하고자 했다. 희주의 외적 아름다움을 사업적인 쓸모라고 생각했기 때문이다. 그러나 남편과 달리 희주는 사교적인 식사 모임에 참석하는 것이 매우 고역이었고, 그때마다 남편은 자신의 예견이 잘못된 것이었음을 자책하고 희주를 힐난하였다.

희주는 처녓적부터 아름답다는 칭송을 자주 들어왔고, 남편 역시 희주의 아름다움을 칭송하며 청혼을 했었다. 희주는 자신의 아름다움에 대한 남편의 칭송을 사랑으로 받아들이고 결혼에 이르게 되었다. 이러한 남자와 여자 사이의 사랑에 대한 오해와 착각은 근본적으로 남성과 여성의 사랑의 방식이 다르다는 데 있다. 남성의 사랑은 대상에 대한 찬사와 우상화를 특징으로 한다. 남성의 사랑은 대상애(anaclisis)로 사랑대상을 과대평가하는 경향이 있기 때문이다. 반면에 여성의 사랑은 나르시시즘의 경향을 띤다. 자신을 얼마나 사랑하느냐에 따라 자신의 존재 가치를 확인할 수 있다고 생각하는 것이다. 그런데 대상을 우상처럼 받들면서 시작되는 남성의 사랑은 사실 우상화된 대상의 연인으로서의 자기의 가치에 더 집중한다. 즉 사랑 대상에 대한 찬사와 우상화는 결국 그 대상의 연인인 자신에 대한 찬사와 우상화가 되는 것으로, 나르시시즘으로 반전되는 것이다.[36]

희주의 남편 역시 아내의 미모를 칭송함으로써 그 미모의 여인을 아내로 두고 있는 자신의 존재적 우월감을 보장받고 싶어 한 것이다. 그러므로 남편이 희주에게 원했던 "쓸모"라는 것은 결국 희주의 외적 아

---

36) 여성문화이론연구소 정신분석세미나팀, 『페미니즘과 정신분석』, 도서출판 여이연, 2003, pp.34~40 참조.

름다움으로 자신의 남성적 우월감, 지배력, 권력의 가치를 과시하고자 하는 수단으로서의 용도였던 것이다. 결국 필요에 의해 '고용'된 희주의 결혼생활은 남편과의 애정관계가 아닌 주종관계로 나타난다. 그리고 남편의 억압적인 비난과 질책으로 인해 희주의 내면에는 결혼에 대한 회의(懷疑)는 물론 자신의 삶에 대한 깊은 절망으로 쌓여갔고, 그것을 토해내지 못하는 것으로 희주의 강박증은 심해진다. 남편의 일방적인 약속모임 통보와 화장실의 막힌 하수구를 뚫지 못해 어쩔 줄 몰라 하는 희주의 모습은 바로 희주의 현실 세계와 내면 세계를 대비하여 보여주고 있는 것이다.

> 어쩌면 자신의 길고긴 검은 머리는 가짜이고, 더러운 하수구를 막고 있던 백발이야말로 진짜 자신의 머리칼이 아닌가 하는 혼란이 왔다. 그래서 마치 하룻밤에 머리를 세게 한다는 깊고 깊은 절망을 자신 속 어디엔가에 은폐하고 있는 것처럼 느꼈다. 그것을 어떻게든지 토해내게 해서 다시 한번 확인해 보고 싶었다. 독한 약으로 감쪽같이 녹여버릴 수는 없다는 것이 자신의 것에 대한 그녀의 애정이자 증오였다.
>
> ―「초대」, 박완서 단편소설 전집 4, p.252

"길고긴 검은 머리"와 하수구 속의 "백발" 역시 희주의 허위적 현실의 삶과 자신의 내면에 은폐된 진심을 각각 상징한다. 희주는 자신의 결혼 생활이 절망적이라는 심정을 '백발'로 드러내고 있다. 그런데 희주는 더러운 백발을 반드시 확인해 보고자 한다. 보지 않고 녹여 없애는 것이 아니라, 어떻게든지 토해내고 직접 확인해 보고 싶은 것이다. 겉으로 드러난 자신의 '검은 머리'가 아닌 "깊고 깊은 절망"으로 인하여 '하얗게 세어버린 머리'라 할지라도 그 진심을 밝혀보고 싶은 것이다. 하지만 번번이 희주는 자신의 진심을 드러낼 기회를 갖지 못하는데, 남편과의 "일상이 곧 기회의 연속이었"지만 희주는 전혀 내색할 수가 없었다.

이러한 결혼 생활의 근원은 억압적이고 종속적인 젠더 관계에 있다. 남편에게 순종하는 것이 젠더 규범에 따른 미덕이었기에 가부장제도 내에서 여성은 자신의 '목소리'를 내고, 자신의 뜻을 밝힐 수가 없는 것이다. 소통 부재의 관계는 여성을 주변화하고 여성의 존재적 의미를 상실하게 하는 주된 이유가 된다. 사교모임의 자리에 참석해서도 남편은 희주에게 자신의 생각을 말하는 것을 금지했다. "절대로 남의 말에 끼어들지 말고, 더군다나 자기 의견 같은 것을 가질 필요가 없고 다만 표정과 미소와" "우아한 동의"만을 하라는 엄명을 내린 것이다.

소통의 불능과 부재로 인해 억압된 말은 자신의 존재 가치를 증명하기 위해 어떤 방식으로든 터져 나오게 되는데, 이 작품에서는 소리가 아닌 구역질로 현실에 저항하고자 한다. 젠더 억압에 따른 남편의 규율과 종속은 희주로 하여금 구역질을 유발할 만큼 강한 거부감으로 드러난다. 따라서 앞의 예문에서 정작 희주가 토해내고 싶은 것은 자신의 내면에 은폐해 둔, 종속적 결혼 관계에 대한 거부감이고 젠더 역할 규범에 대한 저항감이다. 희주에게 남편의 사교모임 참석보다 하수도 뚫는 일이 중요한 것도 바로 이러한 이유이다.

이처럼 결혼생활에 있어서의 애정 결핍과 부부 간의 단절은 결혼 제도 자체에 대한 회의를 이끌어낸다. 철저하게 젠더 규범에 따라 유지되는 결혼 생활은 여성에게 억압이 될 수밖에 없고, 피상적인 결혼 관계의 지속은 여성으로 하여금 심리적 강박을 유발하기 때문이다. 여성의 억압을 가져오는 이데올로기가 실천되는 곳은 여성의 몸이다. 다시 말해서 젠더 이데올로기는 몸을 통해 기억되고 실행된다. 여성인물들은 자신에게 내면화된 젠더 규범이나 젠더 이데올로기를 자기 몸에 '끈적끈적하게 달라붙은' 이물감으로 느끼거나, 자신의 몸이 남근(적 규율)에 의해 오염되어 있다고 느낀다. 이들은 자신이 느끼는 강박적인 감각을 극도로 혐오하고 있으며 결국은 자기 몸에 대한 적의까지 드러낸다.

특히 모성 이데올로기나 순결 이데올로기 등의 젠더 규율에 종속된 여성인물들은 스스로를 비하하고 자기를 혐오하는 것으로 자기 검열과 그에 따른 죄의식을 표출한다. 그러나 사실상 이들이 갖는 죄의식은 젠더 이데올로기에 의한 것이다. 그럼에도 불구하고 여성인물들은 자신들을 젠더 규범 이탈자로서 스스로 징벌하고 있다. 처음에는 외재적으로 나타나 주체를 복종시키고 억누르던 권력은, 이제 내면화되어 주체가 자기 정체성을 구성하는 심리 형식으로 전환된다.[37] 젠더 규범을 내면화하여 자기를 벌하고자 하는 죄의식의 관념은 이물감의 감각으로서 여성인물을 고통스럽게 하며, 자학적 정서로 인해 타인과의 교류, 교감 자체를 거부하게 됨으로써 인간적 감정의 교류나 낭만적 정서의 교통을 불가능하게 하는 것이다.

「울음소리」에서 화자인 '그녀'는 "온몸이 진이라도 날 것처럼 *끈끈*"하고 "젖무덤 사이론 땀이 지렁이처럼 꿈틀대며 흐르는 게 느껴"지는 것 같은 이물감을 자주 느낀다. 그리고 그런 느낌은 그녀에게 "살의에 가까운 전율과 함께" 두려움과 공포로 자극된다. 작품 전반에서 이물감에 대한 극도의 혐오는 반복되어 나타나고 있는데, 주목해야 할 것은 '그녀'가 자기 몸의 이물감에 살의를 느낄 정도로 고통스러워하면서도 다른 한편으로는 "온몸을 단근질해대는 뙤약볕" 속에서 "처형(處刑)에 순종하듯이" 자신의 온몸으로 받아들인다는 점이다.

이물감에 대한 "혐오"와 "순종"의 모순성은 곧 젠더 규범에 의한 자기 몸의 혐오와 징벌에의 순종을 의미한다. 이 작품에서 여성인물의 결벽증적 강박증세의 원인은 불구의 몸으로 태어나 일주일도 살지 못하

---

37) 조현준, 앞의 책, 2007, p.226.

고 죽은 자신의 첫 아기에 대한 정신적 상처이다. 뇌성마비의 아기는 고통스러운 울음을 울다가 결국 죽었는데, 그 울음소리는 그녀가 '모살(謀殺)의 기도'를 할 정도로 그녀를 고통스럽게 했다. 즉, 그녀의 결벽증은 자신의 아이가 불구성을 갖고 태어났다는 점과 아이를 모살(謀殺)했다는 죄의식에서 비롯된 것이라 할 수 있다.

먼저 이물감에 대한 극도의 혐오감은 자신의 몸에 대한 거부감이다. 자신이 처음으로 낳은 아이가 불구였다는 기억은 자신(혹은 자신의 자궁)의 불구성으로 확대되고, 이는 자기 몸에 대한 부정과 학대로 강화된다. 더욱이 아이의 고통스러운 울음소리에 차라리 아이가 어서 죽기를 기도했다는 윤리적 죄의식은 자신의 불모성까지 인정할 수밖에 없는 상처로 각인된다. 몸(자궁)의 불구성과 불모성의 자각은 자기 몸에 대한 부정과 혐오를 갖게 하였고, 끊임없이 자기 몸에서 이물감을 느끼며 거부를 하게 되는 것이다. 남편 역시 그녀의 맨살보다는 화학섬유의 매끄러움을 통해서 그녀를 만지기를 더 좋아했고, 반드시 피임기구가 있어야만 성관계를 나누는 등 아내와의 관계는 언제나 '이물감'을 통해서만 접촉하려 한다는 점도 그녀에게는 자신의 몸에 대한 부정을 심화하는 이유가 되었다.

다른 한편으로 그녀는 혐오스러운 이물감에 순종할 수밖에 없는데, 마찬가지로 자신이 온전한 아이를 생산하지 못한 불구적 '아내'라는 점과 아이의 죽음을 소원한 '엄마'였다는 점 때문이다. 사실 이러한 자기 학대와 자기 부정은 뿌리 깊은 젠더 규율에 스스로 얽매어 있기 때문이며, 그러한 젠더 규율에 따라 스스로를 징벌하고 있는 것이다. 관습적 젠더 규율에 따르면 그녀는 (온전한) 아이를 생산하지 못한 죄와 모성성을 갖지 못한 죄를 짊어져야 하는 여성이기 때문이다. 이러한 젠더 규범에의 복종은 이물감의 고통으로 상징되는, 자신의 몸에 대한 징벌을

순순히 받아야 한다는 자학으로 드러난다. 그러나 죄의식으로 인한 정
신적 강박이라는 그녀의 자기 혐오(이물감에 대한 공포)는 실체와 근거가
없는 관습적 젠더 규범에 근거하고 있다. 따라서 그녀는 스스로를 젠더
규범에 따라 억압하고 규율하는, 복종적 젠더 정체성을 수행하는 것으
로 이해할 수 있다.

　관습적 젠더 규범에 의한 자기 혐오와 부정은 『그해 겨울은 따뜻했네』
의 '오목이'를 통해서도 찾아볼 수 있다. 이 작품에서 오목이는 '인재'의
강간으로 각인된 몸의 기억으로 자신을 "더러운 여자"로 폄하하며 스스
로에 대해 혐오감을 보인다. 오목이는 자신의 몸에 남은 폭력적 남근의
기억을 떨쳐내지 못하고 있다. 따라서 스스로를 남근에 오염된 여성으
로 비하하며, 자기를 부정하고자 하는 것이다.

　　　그녀는 더러운 여자였다. 그녀의 몸속엔 아직도 인재의 칼날처럼 예리하
　　고 무자비한 육신의 감촉이 싱싱하게 살아 있었다. 눈이 멀고 귀 먹어도
　　구별할 수 있을 만큼 깊이 두 남자의 육신을 알고 있는 더러운 여자였다.
　　　　　　　　　　　　　　　　　　　　　　　－『그해 겨울은 따뜻했네』, p.374

　　　이럴 순 없어. 그 더러운 여자가 정숙한 여자와 마찬가지로 행복할 순
　　없어.
　　　　　　　　　　　　　　　　　　　　　　　－『그해 겨울은 따뜻했네』, p.375

　여성의 몸에 각인된 정신적 상처는 이물감으로 남아 여성의 몸을 자
극한다. 남성 중심적 권력과 제도로부터 훼손당하고 자기 몸의 소유권
을 빼앗긴 채 남성에게 예속된 삶을 살았던 여성은 자신의 몸에 대한
혐오감을 갖게 된다. 그것은 여성이 자신의 몸이 오염되었다고 생각하
기 때문인데, 오염된 몸에 대한 거부감과 이물감으로 전해지는 각인된
기억으로 인해 자기 몸을 부정할 뿐 아니라 자기 자신에 대한 정신적

심리적 가학성을 나타낸다. 오목이의 자기 부정과 자기 몸에 대한 혐오는 순결 이데올로기에 의한 자기 징벌의 양상이다. 심지어 자신이 다른 남자의 아들을 낳고, 일환의 묵인 속에 그 아이를 일환의 아이로 속여 키우고 있다는 죄책감은 오목이로 하여금 자신의 오염된 몸으로는 남편 일환의 온전한 아내가 될 수 없다는 자학을 하게 한다. 때문에 오목이는 결혼 생활동안 계속되는 일환의 무자비한 폭력이나 방탕한 생활을 모두 인내하는 것이다.

오목이는 순결 이데올로기를 내면화하여 젠더 규율에 따라 속죄하고자 하며, 면죄받기 위해 아이 낳기를 반복 수행함으로써 일환의 진짜 아들을 낳은 후에야 비로소 아내로서 속죄를 할 수 있었다고 생각한다. 결국 자기 몸의 오염에 대한 강한 부정과 혐오는 젠더 규범에 복종하고 젠더 규율을 내면화한 여성 스스로의 자기 처벌 또는 징벌이며, 오목이는 면죄를 위해서 또다시 젠더 규범에 종속되는 여성이다. 이렇게 볼 때, 오목이의 몸은 남근에 의해 오염된 것이 아니라 젠더 규범 자체에 오염되어 있는 것이라 할 수 있다.

이와 같은 젠더 공간에서의 심리적 강박은 바로 애정과 신뢰로 구축된 인간관계로서의 결혼이 아닌 억압과 종속으로서만 유지되는, 즉 낭만성이 배제된 결혼제도와 젠더 규범에 대한 거부감 때문이라고 할 수 있다. 여성인물은 자신을 옭아매는 제도와 규범을 거부하며, 그것에 종속되어 있는 자신을 오염된 몸으로 인지한다. 따라서 자기 몸에 대한 부정과 적의를 드러내기도 하며, 스스로를 가두어 둔 젠더 규범으로부터 달아나기 위해 몸에 달라붙은 "껍질"(이물질, 젠더 이데올로기)을 벗겨내려 피를 흘리기도 한다. 다만 그러한 여성의 젠더 불복종이 비가시적으로 진행된다는 점에서 젠더는 다시 여성의 은신(隱身)공간이 된다. 이를테면, 여성성은 표면적으로 젠더 규범을 모방하고 수행하지만, 그 이면에서는 젠더 규범의 허위성을 드러내고 젠더 불복종이라는 교란을 도모하는 정서적 공간을 확보하고 있는 것이다.[38]

「소묘(素描)」의 화자 '나' 역시 결혼 생활에서의 억압적 젠더 규범에 따라 "외부를 향해 자신을 표현할 수 없는" 여성이다. '나'는 시부모를 봉양하며 살고 있는데, 화자의 시어머니는 남들에게 보이기 위한 삶을 살아간다. 남들에게 풍요롭고, 화려하고, 안락하고, 다정한 가정 환경, 가족 구성원으로 보이기 위해 시어머니는 온 집안에 은밀한 권력을 행사한다. 이 권력이라는 것은 가식과 위장의 삶에 동참하기를 종용하는 것이다. "잠시의 나태나 휴면도 허용하지 않고 만개(滿開)의 지속만을 강요하는" 시어머니의 허식은 '나'의 생활은 물론 시아버지나 남편에 이르기까지 모두를 인공의 조화물처럼 관리 감독한다. 시어머니의 은밀한 권력은 "사랑"이라는 이름으로 포장되는데, 시어머니의 사랑의 설교에 대해 '나'는 "마치 점액질의 고약한 오물이 되어 나의 고운 살갗에 묻어나는 것 같아 펄쩍펄쩍 뛰고 싶"은 거부감을 느낀다. 자기 몸에 닿는 것과 같은 이물감은 "시어머니에 대한 격렬한 적의"로 발전한다.

그런데 젠더 규범에의 반란은 시어머니의 생활 공간과는 분리된 공간에서 모색된다는 점에서 은밀하다. '나'는 시어머니의 생활 공간인 안채를 사선으로 내려다 볼 수 있는 별채에서 시어머니의 가식과 위선을

---

38) 지젝에 따르면, 여성은 상징계의 결여를 나타내는 징후로 작용하며, 상징계적 질서의 모순을 은폐함으로써 현실 세계를 유지하는 데 기여한다. 그러나 (비)의지적으로 발생하는 대타자의 결여 확인과 그에 따른 충격은 상징적 죽음을 경험하게 하고, 남근중심적 팔루스의 세계로부터 벗어나 실재계에 들어서게 되면서 주체화를 이루게 된다. 실재계는 전(前)언어적이고 전(前)담론적 공간으로서 현실세계의 기호로는 재현이 불가능한 사회이다. 그러므로 여성인물은 다시 현실세계로 복귀할 수밖에 없는데, 이때의 여성은 이전의 남성 중심적 세계의 담론적 주체로서의 여성이 아닌, 부정과 모순을 확인하고 그에 대해 실천적인 대응을 모색하는 인물로 재구성된다.

관찰한다. 그리고 "혁명"을 위한 모색을 하는데, 그것은 시아버지와 남편, 그리고 앞으로 태어날 아기에게 "인조짐승이 아닌 야성짐승으로" 살아 갈 수 있는 삶의 형식을 갖추게 하려는 것이다. 다만, 그 모색의 과정은 안채와 분리된 별채에서 은밀하게 진행될 수 있을 뿐이다. 오직 별채만이 시어머니가 "젊은 것들 저희끼리 제멋대로 자유롭게" 살도록 분리해 준 공간이기 때문이다. 안채와 분리된 곳에서 젠더 불복종을 향한 저항의식이 표출되고 있다는 것은 젠더 저항의 "혁명"이 비가시적으로나마 진행되고 있음을 의미한다.

「무중(霧中)」에서도 여성인물의 공간은 외부와 차단되어 있는 공간이다. 이때 차단은 "지독한 안개"에 의한 것인데, 아파트의 일층임에도 불구하고 땅이 보이지 않을 정도의 막막한 깊이를 느끼게 한다는 점에서 화자가 외부세계와 단절된 삶을 살고 있다는 것을 암시한다. 중년 남자의 정부(情婦)인 '나'는 본처(本妻)의 기습에 대비해 언제든 도망갈 준비가 되어있어야 한다. 때문에 '나'의 생활 공간은 나의 은신처이면서 동시에 불안한 공간이다. '나'의 공간이 갖는 이러한 이중성은 여성으로서 '나'에게 부여된 젠더 규범의 가치이기도 하다.

'나'는 "대가리에 피도 안 마른 년이 바람부터 나서 암내를 피우고 다닌다"는 엄마의 광란을 보고 어린 나이에 가출을 했다. 하지만 그날은 '나'가 문학 작품을 읽고 깊이 감동하여 가장 정서적으로 충만하고 청결한 경험을 한 날이었다. '나'가 느낀 정서적 충격과 감동을 나누기 위해 국어 선생님을 찾아 갔지만, 선생님은 '나'의 감동과 교감하기는커녕 젠더 규범으로써 '나'를 달랬다. 더욱이 엄마는 젠더 규율에 따라 이미 '나'를 징벌하고 있었다. '나'는 자신을 정서적 감동으로 전율할 수 있는 인간이기 전에 성적 마력(魔力)만을 뿜는 '여자'로 인식하는 선생님과 엄마의 젠더 규범으로 인해 실제로 젠더 규범을 일탈하게 된 것이다.

결국 '나'에게 젠더 규범이란 여자인 '나'를 보호하는 은신처인 것 같지만 동시에 '나'를 억압하고 무자비한 처벌을 가하는 규율이다. 따라서 "도망칠 구멍을 터놓지 않은 은신처는 무의미"하듯이 억압적이고 종속적인 규범과 관념은 '나'에게는 벗어나야 하는 굴레이다. 여전히 '나'는 "타인의 숨결", "타인의 인기척"을 느낄 만큼의 정서적 교류를 원하고 있다. 하지만 동시에 끊임없이 "뭔가에 쫓기고 있다는 느낌"으로 인해 "멀리멀리 도망치기"를 준비한다. 이런 점에서 '나'의 아파트 공간은 일시적으로 '나'를 비호하면서 내부적으로 거부의 대상이 되는 공간으로서 이중적 성격을 내포하고 있다.

일반적으로 여성적 공간은 모성을 연상하게 하는 안정감과 평화로움을 나타낸다. 집이나 방 등의 공간에 대한 상상력은 여성성과 연관되어 여성의 의식을 대변하고 여성적 성격을 은유한다. 전형적으로 집은 인간에게 안식처와 같은 원형공간이기에, 인간에게 집은 안정의 근거와 환상을 주는 이미지의 집적체이며, "인간적인 것으로 전치된 내밀하고 응축된 공간"을 의미한다. 바슐라르는 이러한 여성적 공간에 대해 '안온함과 평화로움'의 이미지라고 했다.39)

그러나 박완서의 소설에서 집은 안정과 평화를 의미화하는 것만은 아니다. 오히려 집은 여성을 억압하고 여성을 구속하는 공간으로 자주 형상화된다. 「저문 날의 삽화 5」에서 서술되듯이 한국의 전통적인 집이나 방 등의 공간은 외부와 차단되어 있는 곳, 벽(壁)으로 하여금 구속하는 곳이라는 점에서는 결코 안전과 평화만을 의미화할 수 없다. 젠더 차별적이고 가부장 중심적인 가족생활 방식과 젠더 고정관념은 여성의 삶의 공간마저 구획하고 억압하는 방식으로 구조화된 것이다.

---

39) 가스통 바슐라르, 『공간의 시학』, 곽광수 옮김, 동문선, 2003, pp.85~86, p.135.

우리의 재래식 가옥이 여자에게 더 불편하게 돼 있다는 건 대물림의 한 옥에서 처음으로 개량주택으로 이사 갔을 때 아내가 얼마나 좋아했던지, 그때부터 충분히 알고 있었다. 그러나 이름난 반가(班家)는 물론 시정의 여염집, 시골구석의 초가삼간에 이르기까지 일관되게 악착같이 고수해온 기본적인 틀이 여자에게 단지 불편한 정도가 아니라 악랄하고도 교묘하게 설계된 형틀이라고까지 생각하게 된 것은 손수 집을 고쳐보고 나서였다.
—「저문 날의 삽화 5」, 박완서 단편소설 전집 5, p.135

때문에 이 작품에서 '아내'는 '자기만의 방'을 요구한다. 전통적으로 여성의 공간으로서 '안방'을 상정하고 있지만, 이 작품에서는 '안방'을 여성의 공간으로 인정하지 않는다. 그곳은 가족 누구에게나 개방되어 있는 공간으로 여성의 내밀성을 보장하지 않는 공간이기 때문이다. 아내는 "아주 작아도 좋으니 아무도, 영감님일지라도 노크 없이는 못 들어올 그녀만의 방이 갖고 싶다"고 요구하고, 그렇게 해서 얻은 방은 "한 평이나 겨우 될까 말까 한 골방이었다." 그 방을 소유하게 됨으로써 비로소 아내는 자신만의 시간을 획득할 수 있었다.

이처럼 여성은 외부와는 차단되고 격리된 공간에서 젠더 규범에 대한 저항성을 표출하기도 하고, 기존의 젠더 관습으로 인해 억압되었던 자기만의 내밀성을 확보할 수 있게 된다. 따라서 박완서 소설에서 젠더 공간은 여성에게 젠더 규범을 종용하는 공간이면서 다른 한편으로는 젠더 종속적 관계를 타파하고 차별적 젠더 규범에 대한 내적 저항을 강화하는 반성적 공간이다. 여성인물들은 표면적으로 가시화되지 않는 공간에서 젠더에 대한 불복종의 영향력을 키워나가고 있는 것이다. 이는 표면적으로 법의 구속력에 장악되어 있는 것 같으면서도 오히려 법의 권력이 미치지 못하는 은밀한 공간에서 법의 허구성을 가시화하는 공간이라는 점에서 의의를 갖는다.

3. 차이의 인식과 포용의 글쓰기

1) 경험의 구체화와 서사의 병렬

여성인물의 수행적 정체성을 서술한다는 점에서 박완서의 소설은 세밀한 서사를 동반한다. 여성 인물들 각각의 정체성 구성 요소들이 어떻게 젠더 정체성에 영향을 미치는지를 서술하기 때문이다. 이러한 작가의 서술방식은 "여성적 리얼리즘"[40]을 구현하며, 이때의 "여성적 글쓰기"는 남성과는 다른 리얼리즘의 서사화라는 점에서 주목할 필요가 있다. 서구 이성의 근대적 글쓰기를 표방하고 있는 남성적 글쓰기는 단하나의 정의와 진리를 밝히는 것을 목적으로 한다. 따라서 이성과 합리성에 근거한 객관적이고 논리적 글쓰기가 실행된다. 글의 권위와 영향력을 확보하기 위해서 자신과 대립되는 논점에 대해서는 배제와 부정, 왜곡을 서슴지 않는 것도 남성적 글쓰기의 특징이다.

이와 달리 여성적 글쓰기는 단 하나의 진리를 모색하지 않는다. 여성의 진리는 이성과 합리성이라는 관념적인 것이 아니라 몸으로 경험하고 몸으로 기억된 실체적인 것이기 때문이다. 엘렌 식수에 의하면 '여성적 글쓰기'는 분명 존재하며, 단절의 글쓰기인 동시에 탄생과 긍정의 글

---

40) 비판적 담론의 남성적 리얼리즘은 사회비판을 통해 아직 오지 않은 이상적인 사회에 대한 열망을 암시한다. 반면에 박완서의 리얼리즘은 여성의 소외와 존재론적 고통에서 벗어나기 위한 진정한 사랑의 열망을 그려낸다. 잔잔한 일상 속의 명암을 근본적 욕망이나 사회문제와 연관시키는 소설은 짙은 굴곡을 드러내는 남성적 리얼리즘과 구분된다. 그 점에서 사소한 일상사를 통해 아주근본적인 삶의 문제들을 다루는 박완서의 소설은 '여성적 리얼리즘'이라고 부를 수 있을 것이다. 여성적 리얼리즘이란 개념은 일반적인 남성적 리얼리즘과 구분하기 위한 은유적 표현이다. 그러나 박완서 소설이 여성적 욕망을 통해 현실을 조망하는 독특한 영역을 지닌 점에서, 남성적 리얼리즘과 구분되는 그 세계의 특징을 살피기 위한 적절한 개념이라고 할 수 있다. (나병철, 「박완서 소설에 나타난 여성적 사랑의 의미」, 『현대문학이론연구』, 현대문학이론학회, 2010, pp.275~276)

쓰기로 정의된다. 다시 말해 여성의 몸을 통해 느끼는 경험을 기입하는 여성적 글쓰기라는 새로운 글쓰기의 한 형태를 말한다. 여성적 글쓰기는 이성과 합리성을 중심으로 하는 남성 담론, 남성의 글쓰기와 단절하는 대신, 삶을 긍정하고 차이를 긍정하며 여성의 육체성을 긍정하는 글쓰기이다.

엘렌 식수는 여성적 리비도와 여성적 글쓰기 사이의 관계에 초점을 둔다. 그녀의 연구는 여성적 이질성을 강조한다. 식수의 주장에 의하면, 남성적 성욕과 남성적 언어는 남근 중심적이고 이성 중심적이어서 일련의 이항대립들, 예컨대 아버지/어머니, 머리/가슴, 지성적/감성적, 로고스/파토스 등을 통해 의미를 고정시키는데, 이때 이항대립들은 가부장적 질서를 보증하고 재생산하는 남자/여자라는 최초의 이항대립에 의존하고 있다. 의미의 이런 위계질서화는 여성적 질서를 남성적 질서에 종속시키는 데 기여한다.[41] 식수는 남근 이성 중심적인 이항대립적 사유에 반대하면서 다수의 이질적인 차이들을 상정한다.

토릴 모이의 주장에 따르면, 어떤 의미에서 보면 식수의 전체 이론적 기획은 이성 중심적(logocentric) 이데올로기를 해체하는 것으로 요약될 수 있다. 즉 여성을 생명과 권력과 에너지의 원천으로 주장하면서, 여성을 억압하고 침묵시키려는 노력의 일환으로써 이성중심주의가 남근중심주의(phallocentric)와 공모하는 가부장제의 이항대립적 도식을 쉼 없이 전복시키는 새로운 여성적 언어의 출현을 환호하는 것이 식수의 이론적 프로젝트라는 것이다. 식수의 여성적 글쓰기는 차이를 작동시키고 차이를 두려는 방향으로 나아가며, 지배적인 남근중심적 논리를 해체시키려고 투쟁하는, 끝없이 열려진 텍스트성의 쾌락에 젖는 텍스트이다.[42]

---

41) 크리스 위던, 앞의 책, 1994, p.87.
42) 토릴 모이, 『성과 텍스트의 정치학』, 임옥희, 이명호, 정경심 역, 한신문화사, 1994,

식수의 이러한 개방성과 관대함의 글쓰기는 박완서 소설의 글쓰기와 같은 목적을 수행한다. 바로 여성들 사이의 차이를 인정하는 것이다. 박완서는 남성적 글쓰기에서 배제되거나, 엄격한 젠더 규범에 의해서 타자화될 수 있는 여성에게 자신의 경험을 이야기할 수 있는 기회를 마련한다. 곧 여성들 간의 위치성(positionality)에 따른 차이를 포용하고 오히려 그 차이를 가시화함으로써 불합리한 젠더 규범 체계와 남성 중심적 사유를 해체하고자 하는 것이다. 이러한 글쓰기의 특징을 포용의 글쓰기로 명명할 수 있다.

이를테면, 박완서 글쓰기는 인간의 삶과 그것이 담고 있는 진리가 결코 하나의 기준으로 범주화될 수 없다는 것을 말한다. 때문에 남성적 글쓰기에서 배제되었던 부차적인 것도 포용하고 흡수한다. 차별화하지 않는 것이다. 이분법에 근거한 양자택일의 방식을 따르지도 않는다. 삶의 진리는 몸의 논리, 감각의 논리를 따르는 것이기 때문이다. 그러므로 상호 모순이 공존할 수도 있다. 하지만 그것 역시 배타성을 배제하려는 작가의 포용력에서 기인하는 것이며, 여성적 글쓰기의 미덕[43]이라 할 수 있다. 그리고 이러한 글쓰기야말로 '인간적 글쓰기'[44]라 하겠다.

『그해 겨울은 따뜻했네』는 수지와 오목(수인), 두 자매를 중심으로 가족 이데올로기가 갖는 허구성을 비판한다. 이 작품은 두 여성의 각기

---

pp.123~136 참조.
식수는 데리다를 따라서 서구의 핵심적인 사유에다 이성중심적이라는 명칭을 붙인다. 이성중심적이라는 명칭은 형이상학적인 현존으로서 말씀(Word) 혹은 로고스의 끊임없는 특권에서 비롯된 것이다. 남근중심주의는 권력의 상징이나 그 원천으로서 남근을 특권적인 위치에 두는 체계를 지칭한다. 데리다 이후 이성중심주의와 남근중심주의가 중첩 결정된 국면을 남근이성중심주의(phallogocentrism)라고 부른다. (토릴 모이, 위의 책, 1994, p.123 주석 재인용)

43) 안미현, 「여성적 글쓰기의 특성과 가능성」, 『사고와 표현』 제2집, 한국 사고와 표현학회, 2009.5, pp.61~81 참조.
44) 김해옥, 『페미니즘 이론과 한국 현대 여성소설』, 박이정, 2005, p.69.

다른 삶의 과정을 나란하게 서술함으로써 젠더 정체성의 차이를 보여주는데, 두 여성의 삶을 뚜렷한 대비가 가능하도록 대등하게 서술하고 있다. 또한 이 작품은 그들의 삶의 양태에 대한 상세한 서술을 가족 이데올로기의 뿌리 깊은 모순성을 증명하는 전략으로 사용하고 있다. 이들 여성의 정체성이 어떻게 구성되고 수행되는지를 사실적으로 재현하고 있는 것이다.

6·25 전쟁 피난길에서 언니(수지)가 어린 동생(오목)을 버린다는 것에서 이 작품은 시작된다. 수지의 악행으로 인해 오목이 겪어야 했던 삶의 불행을 생각한다면, 인물 구성에 있어서 선인(善人)과 악인(惡人)의 대비는 분명해야 할 것이다. 하지만 서술자는 한 사람의 입장에서 일방적으로 가치판단이 이루어지는 것을 예방한다. 특히 각 인물의 행동과 그에 따른 심리적 갈등과 위치 등을 모두 상세하게 기술하는 것은 서술자의 의도적인 서사 전략으로 판단된다. 즉 수지의 악행도, 오목이의 불행도 개인의 성품이나 운명에 의한 것이라기보다는 전쟁이라는 국란(國亂)과 가부장적 가족 이데올로기 때문이라는 잠정적인 결론을 갖고 시작된 것이다.

이러한 의도적 서술이 가능한 것은 이 작품이 전지적 작가에 의해 서술되고 있기 때문이다. 서술자의 전지성(全知性)은 인물 한 사람의 입장에서 사건을 분석하고 해결하는 것이 아니라 등장인물의 입장을 모두 밝히고 그에 따른 내면의 갈등이나 해결에 대해서도 보다 다양하게 서술할 수 있는 장점이 있다. 사건 발생의 배경이나 과정에서 독자에게 최대한의 정보를 제공하게 되는 것이다. 이러한 서술의 특성은 세계에 대한 총체적인 인식을 가능하게 하고, 보다 객관적인 입장에서 인물과 사건의 행적을 추적할 수 있는 기회를 준다. 하지만 다른 한편으로 장편소설에서 전지적 서술자는 권위적 서술자이기도 하다. 서술자가 작품을 총지휘하고 있기 때문에 독자의 상상력은 그만큼 제한될 수밖에 없고, 서술자가 의도한 방향으로 작품을 이해하고 판단하게 되는 특징이 있다. 그런데 이 작품에서 이러한 한계는 오히려 일반적으로 이성적, 윤리적이라는 보편성으로 여성인물을 예단하고 남성 중심적 규범에 의해 여성을 해석하는 것을 방지한다.

따라서 전지적 서술자의 중개성과 작품의 방향을 주도하는 권한을 고려할 때, 이 작품의 의미는 더욱 효과적으로 이해될 수 있다. 다시 말해서 서술자의 서술 태도와 서술 방식을 분석함으로써 작가의 의도와 사건에 대한 가치판단을 추출할 수가 있게 되는 것이다. 예컨대, 이 작품의 발단이 된 사건의 계기는 수지를 '착한 아이'로 담론화하면서 자신들의 몫을 지키려고 했던 어른들의 이기심이다. 이러한 판단은 서술자가 사건의 내막에 대한 서술에서 수지의 상황을 옹호하는 서술태도를 보이는 것으로 확인 할 수 있다.

> 수지는 보통 아이였다. 갑작스러운 애정의 공백상태에서 오목이와 마찬가지로 심한 허기증을 앓고 있는 보통 아이지 어른들이 추켜세우는 것처럼 특별히 착한 아이가 아니었다. 보통 아이이기 때문에 어른들이 만들어 준 착한 아이 노릇을 그만둘 수도 없었다. 수지는 마치 몰이꾼에게 몰리듯이 착한 아이 노릇에 몰리고 있을 뿐이었다.
> 　　　　　　　　　　　　　　　　　　　　－『그해 겨울은 따뜻했네』, p.21

> 실상 일곱 살이란 나이는, 어른도 먹을 것이라면 덮어놓고 치사스러워질 수밖에 없는 난리통에 두 살 터울밖에 안되는 동생에게 먹을 것을 모조리 양보하고 의젓하기엔 가당치도 않은 나이였다.
> 　　　　　　　　　　　　　　　　　　　　－『그해 겨울은 따뜻했네』, p.25

위의 예문에서와 같이 서술자는 직접 문면에 나서서 일곱 살 수지의 상황을 대변해 주고 있다. 자신이 '착한 아이'처럼 보이고 싶다는 생각을 가질 수는 있지만, "마치 몰이꾼에게 몰리듯이 착한 아이 노릇에 몰리고" 있었다는 서술은 일곱 살짜리 아이의 서술로 보기는 어렵다. 마찬가지로 '보통 아이'였을 뿐인 수지의 나이가 자기 것을 모두 양보하고 의젓하게 행동한다는 것은 "가당치도 않은 나이였다"는 서술자의 직접적인 옹호는 수지의 악행이 개인의 윤리적 문제로만 치부할 수 없다는 사실을 밝혀준다.

서술자가 적극적으로 인물의 상황을 옹호하고 대변하는 것은 오목이의 입장에서도 찾아볼 수 있다. 전쟁 고아로 외롭게 성장한 오목이는 처음으로 연정을 갖게 된 남자에게 솔직하게 자신의 정체성을 드러내지 못한다. 자신을 거짓으로 포장하려 했을 뿐 아니라 혹시라도 당장의 기쁨이 사라질까 두려워 상대에 대한 감정도 거짓말로 감추기에 급급했다. 이러한 오목이의 심리적 갈등을 서술하면서 서술자는 오목이의 거짓말이 감싸고 있는 진심을 독자에게 전달하고자 한다.

> 비단은 비단 보자기에, 누더기는 무명 보자기에 싼다고만 생각지 말라. 사람은 때로는 가장 아끼는 보석을 보석함보다는 누더기나 북더기 속에 숨겨 두는 게 더 안전하다고 믿을 수도 있다. 그렇다고 해서 누더기가 보물의 값어치를 변질시키거나 떨어뜨리진 못한다.
> —『그해 겨울은 따뜻했네』, p.179

이러한 서술자의 개입은 교조적 성격을 띤다. 행동의 피상적인 면만을 두고서는 선과 악의 이분법으로 재단할 수 없다는 삶의 경험을 독자에게 제시하는 것이다. 또한 여성의 문제를 개인의 의식, 개인의 능력의 측면에서만 다룰 수 없음을 강조한다. 그러므로 독자는 서술자가 이끄는 대로 사회 구조의 메커니즘과 대결하고 있는 서술자의 문제의식을 살펴지 않으면, 여성인물들의 갈등이 공허한 신세한탄으로만 여겨질 수 있다. 문학작품을 이해하는 데 있어서 등장 인물을 그 사회와 떼어놓고 분석할 수 없다. 특히 여성 인물의 경우, 역사적으로 당대 사회와 제도, 가치관과 생활 규율에 엄격하게 영향을 받아왔다는 점을 고려해야 한다. 그러므로 이 작품의 서술자는 여성인물의 내면을 치밀하고 섬세하게, 일상의 측면에서 제시하고 있는 것이다.

앞서 밝혔듯이 이러한 서술 태도가 가능한 이유는 권위적인 전지적 서술자이기 때문이다. 그리고 이러한 서술자의 개입은 전략적이라고 할 수 있다. 이미 수지의 악행의 근원에 대해서도 서술자가 상황에 대해서 설명적 전지를 보여줌으로써 수지 개인의 문제로 한정되는 것을 방어했듯이, 오목이에 대해서도 서술자는 객관적인 입장에서 오목이의 행동과 내면의 갈등을 직접 해명해 주는 것으로 오목이의 거짓말이 악의적 행동은 아니라는 사실을 대변해 주고 있기 때문이다. 독자는 서술자의 의도된 전략에 따라 두 여성인물의 행동에 대해서 윤리적 비난을 가하기보다는 정서적 연민과 공감을 갖게 된다.

이처럼 전지적 서술자의 교조적 성격은 두 여성인물에 대해 독자의 이해를 구하는 방식으로 적극적으로 활용되고 있다. 하지만 이러한 서술자의 태도는 독자에 대해서만 이루어지는 것은 아니다. 서술자는 작중 인물의 행동에 대해서도 가감 없는 가치판단을 내리기도 한다.

> 그녀는 이야기했어야 옳았다. 자기는 실은 최오목이 아니라 오목이임을. 오목이도 실은 불확실하므로 그녀의 정체와 관계되는 실물은 은표주박이 유일한 것임을. 그 은표주박이 소중한 까닭은 그것이 망각된 시간으로부터의 자신의 정체를 발굴해 낼 수 있는 단 하나의 단서이기 때문이라고 말해야 옳았다.
>
> —『그해 겨울은 따뜻했네』, p.203

이처럼 전지적 서술자는 사건의 내막에 대해 총체적인 시각으로 인물과 독자를 중개한다. 독자는 서술자가 설명해주고, 해명해주고, 판단해 주는 대로 인물과 사건의 관계를 따라가게 된다. 하지만 위의 예문에서와 같은 서술자의 논평적 서술을 통해 독자는 객관적인 입장에서 상황을 교통하고 중재하고자 하는 서술자의 의도를 확인하게 되고, 서술자를 더욱 신뢰할 수 있게 된다. 서술자에 대한 독자의 신뢰는 초점화자의 다변성에서도 비롯된다. 이 작품에서 초점화자는 등장인물의 각입장에서 사건을 보고 판단하며 인물 스스로에게 변명의 기회를 부여한다. 따라서 전지적 서술 양식은 서술자의 일방적이고 작위적인 태도에 의해서만 사건 전개가 이루어지는 것은 아니다.

이렇게 초점화자가 수시로 바뀌는 것을 '다원적 초점화'[45]라 하는데, 이 작품에서는 주로 수지와 오목을 초점화자로 내세우고 있다. 두 명의 초점화자가 등장하기 때문에 두 여성의 삶의 행로는 병렬적으로 구성될 수밖에 없다. 여성의 생활 세계에 대한 작가의 세밀한 관찰과 집요한 추궁, 핍진한 서술은 규범적 젠더가 일상의 전면에서 나타나며 여성의 정체성에 직접적인 영향을 미치고 있다는 사실을 분명하게 한다. 따라서 그의 소설은 여성의 삶을 단일화하지 않는다. 여성의 삶은 애초에 논리성과 합리성을 추구하지 않기 때문이며, 여성을 비역사적, 보편적 실체로 범주화할 수도 없기 때문이다. 오히려 여성들 각자의 삶의 방식을 구체화하는 방식으로 여성을 이야기한다. 여성 주체가 단수로 표기되기보다는 여성 자체의 복수성을 인정함으로써 여성들 간의 차이에 대해서도 볼 수 있게 된 것이다.

요컨대, 박완서는 여성과 남성의 차이, 여성과 여성 간의 차이, 여성 내부의 차이를 모두 인정하고, 여성을 하나의 개념으로 정의하기를 단

---

45) 구수경, 「소설의 시점」, 김상태 편, 『한국현대소설론』, 학연사, 1993, p.114.

넘한다. 대신 여성의 다양한 삶의 방식과 양식을 구체화함으로써 여성성을 탐색하고 젠더 규범의 정형성을 비판한다. 즉 여성의 차이와 불연속성을 강조[46]하면서 여성들의 각각의 역사를 재점검해야 하는 작업을 역설하고 있는 것이다. 따라서 병렬적으로 구성되는 서사의 특성은 여성들의 차이에 대한 포용이면서 동시에 지배 담론과 권력 체제에 대한 여성적 대응 방식의 하나로 이해될 수 있다.

한편으로 서술자는 여성인물의 젠더 정체성을 효과적으로 드러내기 위해 전략적인 수사 장치를 구성하는데, 바로 은표주박과 오목의 이름이다. 먼저 수지가 오목이를 고의로 잃어버릴 때 오목이에게 건넨 은표주박은 "오목이가 먹을 거 외에 탐낸 단 하나의 것이었고, 수지가 오목이에게 끝내 양보하지 않은 단 하나의 것이었다." 하지만 수지는 오목이를 버리는 대신 자신이 그토록 아끼던 은표주박을 선물한다. 동생을 버리는 죄책감을 지우기 위해 쥐어 준 것으로 이해할 수 있다. 그러나 이에 대해 서술자는 전혀 다른 태도로 독자들에게 접근한다. 앞서 서술했듯이 서술자의 교조적 성격에 따라 독자는 은표주박에 대한 서술자의 서술 태도와 서술 방식에 의해서 그것이 담지하고 있는 상징성을 재확인하게 된다.

그 대단한 은표주박 노리개를 꺼내보는 수지의 얼굴에 마음이 얼음장

---

46) '위치의 정치학'은 애드리안 리치가 주창한 개념으로 "위치"는 여성들 사이의 차이를 확보하지 않는 보편적 대문자 여성(Woman)을 비판하며 여성들 각각의 구체적 위치, 장소, 여성의 신체에 방점을 둔다. 리치는 추상적이고 단일한 신체가 아니라 신체를 각 여성의 복수성과 복잡성, 물질성이 혼재하는 장소로 제시하며 신체가 하나 이상의 정체성을 지녔음을 설명한다. 위치의 정치학은 여성들의 구체적인 특수성에 기반한 유물론적 육체 페미니즘의 시작이라고 리치는 밝히고 있다. (김은주, 「육체와 주체화의 문제 – 브라이도티의 페미니즘적 주체의 모색」, 『여/성이론』 통권 20호, 여이연, 2009 여름, p.43)

같은 어른의 미소가 감돌았다. 그게 보물이 아니란 극비를 실은 진작부터 알고 있었다는 듯이 노련한 표정이었다.

　그러나 곧 먹을 것을 빼앗길 때 같은 애처로운 체념과 언니다운 양보심을 최대한으로 발휘한 착하디착한 얼굴로 그것을 오목이 손아귀에 쥐어주었다.

-『그해 겨울은 따뜻했네』, p.25

　결국 유원장은 그 물건을 몰수했다. 그 처사는 누가 보기에도 타당해보였다. 그건 뭔가 모르게 애물이었다.

-『그해 겨울은 따뜻했네』, p.85

　은표주박은 오목이가 전쟁고아가 되는 삶의 시작을 의미하는 것이다. 그 시작을 결정하는 것은 수지였다. 그런데 수지가 은표주박을 건네면서 "얼음장 같은 어른의 미소"를 보였다는 것은 서술자의 개입이다. 그리고 서술자는 그것이 '보물이 아니라는 것', 그리고 그 사실은 '극비'라는 정보를 독자들에게 제공한다. 뒤이어 다시 작품에 등장한 은표주박에 대해 그것은 '뭔가 모르게 애물'이라고 가치판단을 부여함으로써 독자들에게 은표주박의 상징성을 암시하는 서술을 보인다.

　서술자의 서술의도에 따르면, 은표주박은 '가족'과 대응되는 상징물이라고 할 수 있다. 수지가 은표주박을 오목에게 주면서 오목으로부터 가족을 빼앗았다면, 오목은 은표주박을 받는 대신 가족을 잃은 것이다. 그런데 서술자는 은표주박에 대해서 부정적이다. 즉 가족이라는 것의 허구성, 그것이 "보물이 아니라는 극비"를 이미 전제하고 있는 것이다. 가족의 허구성은 은표주박을 소유한 사람들의 끊임없는 다툼을 유발한다는 점에서 "애물"로 표현된다.

　젠더 정체성을 구성하는 또 다른 전략은 오목이의 이름이다. '오목'이라는 이름은 오목이가 태어난 후 어머니가 부르던 이름이다. 다시 말해서 집에서 부르는 애칭일 뿐, 공인된 이름은 아닌 것이다. 오목이가 4살이 되었을 때 수인이라는 이름으로 호적에 올랐으나, 여전히 오목이라는 이름으로 호명되었다는 점에서 '한수인'이라는 가부장적 호명은 오목이의 정체성 구성에 아무런 영향력을 미치지 못한다. 오목이는 보육원에서 '오'목이로, 입양된 집에서는 '최'오목으로 호명된다. 오목이는 평생을 두고 자신의 정체성을 찾기 위해 자신의 이름을 수호했지만, 결국 단 한 번도 가족 이데올로기에 수렴하는 자신의 이름을 가져 본 적이 없는 여성이다. 서술자는 오목이의 이름에 대한 집착과 수호의 방식을 통해 여성 젠더 정체성과 호명의 상관관계를 암시한다.

　　이름도 안 짓고 출생신고도 안하고 내버려두면서 다음에 아들 낳으면 둘을 함께 신고하면 된다고만 말했다. 이름 없는 딸은 오목조목 예쁘게 자라 엄마가 먼저 오목이라고 불렀고 어느 틈에 식구들이 다 그렇게 부르게 되었다.
　　오목이는 네 살 때 비로소 수인이란 이름을 얻어가지고 한남석씨의 이녀로 호적에 올랐다.
　　　　　　　　　　　　　　　　－『그해 겨울은 따뜻했네』, pp.16~17

　　<오누이의 집> 아이들은 커서 들어온 몇 명만 빼고는 거의가 다 원장의 성을 따서 유가였고, 그것이 가족관계 비슷한 연대감을 형성해 주고 있었기 때문에 혼자서 오가인 목이는 자칫 소외될 수도 있었다.
　　　　　　　　　　　　　　　　－『그해 겨울은 따뜻했네』, p.69

　　오목이는 이제 최오목으로 행세하고 있었다. 미순이네서 혼기가 되도록 적이 없는 목이를 딱하게 여겨 양녀로 입적을 해 주었기 때문이다.
　　　　　　　　　　　　　　　　－『그해 겨울은 따뜻했네』, p.166

딸이라는 이유로 '이름'없이 애칭으로만 불리었던 오목이 "비로소"

이름을 얻었다는 것은 가부장적 이데올로기와 남아선호사상에 의해 배제된 여성 젠더에 대한 서술자의 해석을 포함한다. 아울러 보육원에서 원장(의사(擬似) 아버지)의 성(姓)을 따르지 않고, 혼자 '오'씨 성을 고집한 목이가 "자칫 소외될 수도 있었다"는 점도 역시 가부장적 젠더 규범에서 벗어난 여성 정체성이 억압, 규제, 배제될 수 있음을 보여준다. 양녀로 입적된 후의 오목이에 대해서 "행세하고 있었다"라고 서술한 것은 입양을 통해 얻은 '최'씨라는 성(姓), 가부장적 이데올로기 역시 오목이의 정체성 형성에 전혀 영향력을 행사하지 못하였음을, 그래서 오목이는 '최오목'의 역할을 "행세"하고 있을 뿐이라는 것을 보여준다.

이와 같이 오목이는 부계적 가족담론에서 벗어나 있는 인물이다. 맨처음, 차별적 가부장제에 의해 가족의 범주에서 소외된 후, 또 언니인 수지에 의해서 가족이라는 범주로부터 내쫓긴 후, 오목이는 억압적 가부장제의 잉여적 젠더 정체성을 수행하는 여성으로 살아가고 있는 것이다. 따라서 오목이는 그 존재성만으로 젠더 규범의 억압성과 그 잉여성을 체현하는 인물이라 할 수 있다.

『서 있는 여자』에서도 두 여성의 삶의 모습이 대비되어 나타난다. 전지적 서술자에 의해 서술되는 이 작품도 앞의 작품에서와 같이 두 명의 인물이 각각 초점 화자가 되어 자신들의 삶의 양식과 가치관을 보여준다. 두 명의 초점 화자를 설정하고 전지적 서술을 통해 서술자가 작품에 개입하는 서술방식은 앞서 보았던 『그해 겨울은 따뜻했네』와 동일하다. 이렇게 서술자가 전지성을 보이고, 다수의 초점 화자를 활용하는 것은 작품의 주요 사건에 대해 총체적인 조망을 시도하려는 전략에 기인한다.

초점 화자가 다수일 경우 초점 상황이 계속 변하게 되고, 이로써 사건에 대한 다각적 접근이 가능해진다. 장편소설에서 내적 초점화가 누구에게 주어지는가는 중요한 문제이다. "서술자에 의해 양적으로 호의를 입고 있는" 인물이 초점자로 등장할 확률이 높으며, 이는 "작가의 심층 의식에 있는 가치와 태도에 대한 결론을 유도"[47]할 수 있기 때문이다. 따라서 이 작품에서 두 명의 여성인물, 특히 외모적으로나 가치관에 있어서 상대적인 여성인물을 각각 초점자로 활용한다는 것은 어느 한 사람의 입장을 대변하기보다는 각각의 차이점을 가시화하고 문제의 핵심을 객관적으로 보려는 작가의 의도로 읽어야 할 것이다.

이 작품은 두 모녀의 서로 다른 가치관과 젠더 정체성을 비교, 대조하기 위해 두 여성을 대등한 입장에서 병렬적으로 서술하고 있다. 두 여성의 일상은 교차되는 부분이 적다. 즉 서사 구조는 두 여성의 삶이 각각 조명됨으로써 두 개의 이야기가 나란히 진행되는 것이다. 이들 여성 인물이 중첩되는 부분은 도입과 결말부인데, 서사 구조가 두 여성의 차이를 드러내는 방식으로 진행되고 있다는 점을 고려할 때, 도입은 두 인물의 차이점을 강조하고 결말부에서는 다시 그 차이점을 재확인하기 위한 것으로 설정된 것이라 할 수 있다.

도입부에서 두 인물의 차이점에 대한 서술은 외모에서부터 시작된다. 경숙 여사의 경우 작품의 도입부에서 지극히 여성스러운 면모가 부각된다. 변하지 않는 젊음은 경숙 여사의 여성성을 더욱 강조하며, '도도함'과 '교양', '기품'이라는 수식어는 연지에게 부여되는 '선머슴 같은', '중성적인'이라는 표현과 대조를 이룬다. 이렇게 외모에서의 차이를 먼저 서술한 것에서 작품을 구성하는 서술자의 의도를 파악할 수 있다. 서술자는 두 여성의 젠더 정체성의 차이에 대해서 이야기하려는 것이다.

두 여성인물은 생물학적인 성(性)의 차이가 없지만 뚜렷하게 구별되는 젠더 정체성을 보여준다. 그런데 서술자가 이들 여성의 차이를 부각하

---

47) F. K. 스탄젤, 『소설의 이론』, 김정신 역, 문예출판사, 1991, pp.194~195.

는데 있어서 전제하고 있는 것이 있다. 모녀간의 위계를 약화하여 두 여성의 차이가 세대 간의 차이라기보다는 여성 개인의 차이, 개별적 인 식의 차이임을 강조한다. 아래의 예문은 그러한 서술자의 의도를 잘 보 여준다.

> 대조적인 모녀였다. 경숙 여사가 나이보다 훨씬 젊어 보이고 연지가 경 숙 여사를 쏙 빼닮아서 자매같이 보이는 모녀였음에도 불구하고 각자 생 각하는 것과 관심 있어 하는 게 만들어낸 표정은 딴판이어서 남남끼리처 럼 서로 상관없어 보일 적이 많았다.
> ─『서 있는 여자』, p.11

연령에 따른 인식의 차이라는 편견을 최소화하기 위해 경숙 여사의 젊음을 강조하거나 모녀지간이라는 혈연적 관계보다는 개별적 여성 자 아로서의 인물들로 구성하기 위해 '남남처럼 보인다'는 서술 방식은 애 초에 두 여성을 동시대의 개별적 인물로서 대비되는 차이를 부각시키 기 위해 독자에게 전제를 제시하고 있는 것이다. 그 밖에도 "연지는 숙 성해서 여중 때 이미 어머니와 키가 비등비등했다"거나, "모녀가 외출 해서 상가나 백화점 같은 데 들를 때마다 장사꾼들은 으레 그들을 자매 취급을 했"다라는 서술 역시 서술자가 두 여성의 인물을 세대 간 혹은 위계적 차이보다는 위치성(positionality)[48]에 따라 인식하고자 한다는 것을

---

48) 위치의 정치학은 주체가 근거하고 있는 물적, 지리적 장소(location)와 상징적, 정치 적 위치성(positionality)에 따라 변화하는 정체성에 주목함을 의미한다. 이는 경험과 지식의 일대일 대응관계를 말하는 것이 아니라, 정치적 위치성과 인식의 관계, 경 험과 지식 간의 관계에 대한 새로운 인식으로, 세상을 보는 방식, 이해하는 방식, 이론을 구성하며 생산하며 인지하는 방식 또한 주체의 다양하고 불안적하며 관계 적인 자리매김(positioning)과 연관된다는 의미이다. 이러한 주장은 탈식민주의 페미 니스트들의 실제 경험과도 연관된다. 그들은 위치성에 따라 이동하는 정체성, 시 선, 장소에 따라 적극적으로 선택되기도 하고 수동적으로 주어지기도 하는 정체성

보여준다.[49]

이와 같은 상황 설정은 결혼이라는 동일한 상황에서 전혀 다른 젠더 정체성을 수행하는 두 여성인물을 비교 대조하는 기반이 된다. 먼저 경숙 여사의 경우 자신의 결혼 생활의 허구성을 인지하면서도 대외적으로는 '팔자 좋은 여자'의 삶을 살아가는 것으로 그려진다. 서술자는 경숙 여사의 허위적 삶의 고통을 설명적 전지양상으로 직접 해명해준다.

> 꼭 있어 주길 바랄 때 없기가 한두 번이 아닌 남편에 대한 분노가, 같이 있을 때도 있으나마나하길 잘하는 남편 특유의 만성적 부재현상에 대한 평소의 허전함과 합세해서 경숙 여사를 더욱 참담하게 했다. 참담한 다음에 그 화사한 한복이 문득 남루처럼 초라하게 비쳐 그녀는 도망치듯 종종 걸음쳤다.
>
> —『서 있는 여자』, p.46

> 경숙 여사가 의기양양해 하는 걸 연지는 차라리 쓸쓸한 눈길로 바라보았다. 어쩌면 연지가 바라보는 것은 결혼이란 것의 허울인지 몰랐다. 결혼은 이제 작은 들창의 아름다운 등불이 아니라 KS마크를 꿈꾸며 날조되는 제품, 아니 부도를 꿈꾸며 남발되는 어음이었다.
>
> —『서 있는 여자』, p.21

연지의 약혼식을 혼자서 치루는 경숙 여사의 소외감은 경숙 여사의

을 경험하고, 이에 따라 억압의 내용과 결과, 수용방식도 달라짐을 인지해왔던 것이다. 또한 한 문화와 사회에서 이탈하여 타문화로 재배치된 자신들의 존재 자체가 주체/타자라는 고정성에 어긋나는 정체성 분열의 공간에 위치해왔음을 깨닫고 있었다. (이나영, 「초/국적 페미니즘 : 탈식민주의 페미니스트 정치학의 확장」, 『경제와 사회』, 2006 여름호 참조)

49) 아미드(Ahmed, 2000)는 차이는 타자의 몸 혹은 몸의 차이에서 발견되는 것이 아니라 타자와의 마주침을 통해 결정되는 것이며, 현재성이 아니라 과거성에 근거한다고 주장한다. 몸의 차이가 아니라 몸이 "위치하는 장소, 주체에게 부여된 상대적 역할의 차이"에서 이해된다는 것이다.

내면에서만 토로되고, 전지적 서술자는 경숙 여사의 외면적 아름다움이나 우아함에 감추어진 결혼 생활의 비애감을 보여준다. 화려한 성장(盛裝)이 감추고 있는 것은 경숙 여사의 '분노'와 '허전함', '참담함'과 '초라함'이다. 경숙 여사는 자신의 이러한 내면이 발각되는 것을 두려워하고 있으며, 따라서 자신의 결혼 생활의 허구성을 자식에게조차 드러내지 못한다. 이러한 서술자의 개입으로 독자는 경숙 여사의 화려한 외관(外觀)에 감추어진 결혼 생활의 진실에 근접할 수 있다. 서술자의 중개성이 경숙 여사의 결혼의 이면을 대신 설명해 주는 것은 가부장적 결혼 제도가 갖는 모순을 드러내려는 의도를 내포하고 있다. 남들에게 '팔자 좋은 여자'로 보일지라도, 그 이면에서 "적나라한 그 여자가 얼마나 참담한가를" 보여주는 것으로 서술자는 한국 사회의 결혼이 내포한 비가시적인 모순을 가시화하려는 의도를 분명하게 밝히고 있는 것이다.

딸 연지가 결혼하는 것으로 서사가 진행되면서 이제 소설은 본격적으로 두 여성의 젠더 정체성의 차이를 보여주는데 집중한다. 각각의 여성인물이 처한 결혼 생활의 단면을 보여주는 것인데, 이 과정에서 두 여성인물의 젠더 정체성이 변화한다는 점을 주목해야 한다. 앞서 밝혔듯이 경숙 여사는 외모나 행동, 가치관에 있어서 규범적 젠더를 수행하는 인물이다. 여성성이 강조되고 있듯이 규범적으로 여성에게 요구되는 정체성에 동화되는 인물인 것이다. 그런데 '이혼순례' 과정에서 경숙 여사의 젠더 정체성의 본질이 밝혀진다.

경숙 여사는 남편의 이혼 요구에 대응하기 위해서 앞서 이혼한 친구들의 생활을 관찰하기 위해 여행을 시작한다. 그런데 찾아 간 두 명의 친구들의 삶은 경숙 여사로서는 수용하기 어려운 삶의 방식이었다. 이혼 순례를 시작하면서 자신도 당당하게 이혼에 응할 수 있으리라 기대했던 것과 달리 가까이에서 살펴 본 이혼한 여성들의 삶은 결코 자신이 원하는 삶이 아니라는 것을 확인하게 된 것이다. 결국 경숙 여사는 가정으로 복귀할 것을 결심하게 된다. 이러한 경숙 여사의 판단에 대해 서술자는 다시 한번 경숙 여사가 감추려고 하는 진실에 대해 직접 서술하는 것으로 경숙 여사의 잘못된 결심을 비판한다.

> 그 무관심한 듯한 남자가 실은 육 년 전에 부린 아내의 추태와 폭언을 잊지 않고 꼭꼭 싸두었다가 실행을 요구한 가혹한 남편이었다는 걸 경숙은 생각하려 들지 않았다. 육 년 전 오해할 수밖에 없는 상황 속에서 아내가 이성을 잃고 내뱉은 이혼이란 소리를 육 년 동안 고이 간직하고 있다가 고요한 평상시 냉정한 이성으로 그 말을 상기시키고 자기가 먼저 그것을 실행하고자 서둘렀다는 건 무관심이 아닌 무자비였다는 걸 경숙은 생각하려 들지 않았다.
> —『서 있는 여자』, p.252

이와 같이 서술자의 전지성은 여성 인물의 행위 이면에 대해서 독자에게 최대한의 정보를 제공한다. 그것은 독자가 인물을 분석하는 데 있어 매우 유용한데, 위의 예문을 통해서 독자는 경숙 여사의 젠더 정체성의 본질을 확인할 수 있기 때문이다. 남편의 이혼 요구는 오히려 여성적 자아를 각성하게끔 유도했다. 하지만 여성적 자아를 공고하게 하기 위해 시작한 "이혼 순례"에서 경숙 여사는 결혼 제도가 여성에게 부여한 담론의 폭력성을 스스로 내면화한다. 이혼한 친구들의 삶을 철저하게 가부장적 시각에서, 결혼 이데올로기가 담고 있는 남성적 가치에 따라서 평가하고 비판하고 혐오한다.

결국 자신의 상황에 대해서도 정확하게 남성적 젠더 규범과 인식 체계로써 판단을 한다. 경숙 여사의 가정으로의 복귀는 그녀가 남성 젠더의 시각으로 세상을 바라봄으로써 가능했던 것이다. 따라서 경숙 여사의 젠더 정체성은 지극히 남성적 가치관을 내면화한 결과이면서 동시에 전통적 젠더관념을 역이용하는 데서 발생한다. 다시 말해서 그녀의 젠더 정체성은 본성적으로 규정된 것이 아닌, 남성 중심적 가부장 사회의 규범을 모방한 효과일 뿐이다.

지금까지의 선행연구에서는 경숙 여사의 주체적 인식의 한계성을 지적[50]해 왔지만, 경숙 여사의 가정으로의 복귀는 여성의 자아 결핍과 무지(無知)에 의한 가부장 사회에의 예속이 아니라 자신의 삶에 대한 적극적인 욕망 추구라 할 수 있다. 즉, 그녀는 자신에게 부과된 젠더 특성을 모방하면서 젠더 특성이라는 것이 본원적 특성이 아니라 모방구조에서 발생하는 인공물임을 알려주는 패러디적 젠더 주체이며, 동시에 당대의 젠더규범에 반복적으로 복종함으로써 복종과 동시에 주체를 구성한다는 패러독스를 안고 있는 반복 복종의 젠더 주체이기도 하다.

연지의 경우, 서술자는 연지의 남성적 기질을 강조하기 위해 어머니 경숙 여사를 초점 화자로 활용하였다. 또한 연지의 남성적 젠더 정체성을 구체화하기 위해 어머니와 대조적인 위치에 서도록 한다. 경숙 여사가 자신의 성적 욕망을 표현하는 장면에 대해서 경숙 여사의 시선이 아닌 연지의 시선으로 서술한 것은 연지를 초점화자로 활용함으로써 어머니의 여성성을 거부하고 아버지의 남성성을 동경하게 되는 연지의

---

50) "행복한 여자의 삶이란 어떤 것인가. 가부장제 사회에서 여성의 행복은 언제나 든든한 가부장의 보호를 받으면서 그를 보좌하는 지배, 복종의 위계체계에 얼마나 잘 적응하느냐 하는 정도에 따라 평가되어 왔다."(박혜란, 「여자다움의 껍질 벗기」, 『박완서론』, 삼인행, 1991, p.182) "치욕적인 결혼을 일부종사라고 미화시키면서 살기" 싫다고 하였으나 사실은 거부하지 못하고, 가부장 문화에 순응하는 경숙여사는 고정불변한 여성의 삶의 양태를 변화시킬 수 없는 여성이다. 경숙여사는 자유를 추구한 것이 아니라 행복을 추구했으며, '행복한 이혼'을 견습하려고 했다는 사실이 처음부터 잘못 계산된 판단이다. 결국 경숙여사는 다시 주저앉는 여자의 길을 선택하게 되며 남편과의 관계는 화해가 아니라 굴복이 된다. (한혜선, 「박완서의 두 겹의 글쓰기」, 『한국문학이론과 비평』 제20집, 한국문학이론과 비평학회, 2003.9, pp.351~352 참조)

선택에 독자가 공감을 갖도록 유도하는 효과를 가져왔다. 요컨대, 연지의 시각으로 제시된 아버지와 어머니 사이의 단절은 아버지의 이성과 어머니의 욕망을 대비함으로써 독자에게도 연지와 동일한 가치 판단을 가질 수 있도록 이끄는 결정적인 계기로 만든 것이다. 이와 같이 서술자는 연지와 경숙 여사가 서로를 바라보는 것을 서술로 중개하면서 두 사람의 인식의 차이와 가치관의 차이, 젠더 정체성의 차이를 드러내 보이고 있는 것이다.

그런데 결혼 제도 내에서 연지는 내외부적으로 강제되는 여성적 정체성을 덧입게 된다. 젠더 정체성이라는 것 자체가 불안정적이고 가변적으로 구성되는 것이기 때문에 그 정체성은 언제나 재의미화의 가능성에 열려 있는 주체를 구현한다. 비의지적으로 정체성을 수행했다고 할 수 있지만, 결혼 관계를 유지하는 동안 여성적 정체성의 수행에서 연지가 얻은 것은 바로 여성을 여성의 시각으로 볼 수 있게 되었다는 점이다. 여성의 경험을 남성 중심적 시각에서 바라볼 때 여성으로서의 어머니는 허영심이 가득하고, 모순적이고, 감정적인 인물로 의미화된다. 하지만 여성의 시각에서 여성의 경험이 재현될 때, 그것은 지극히 인간적이고 순수하며 본성적으로 그려진다. 이전의 남성적 시각에 의해서 바라본 어머니에 대한 부정적 판단이 결혼 후에는 여성의 입장에서 여성에 대해 연민을 할 수 있게 된 것이다. 이로써 연지는 남성적 삶과 남성적 가치를 추구했던 자신의 편협한 사고에서 벗어난다. 대신 자신이 남성 젠더를 연기함으로써 소외했던 어머니를 연민할 수 있게 된다. 그리고 자신의 삶에 대한 새로운 각오를 다지게 된다. 남성 중심적 결혼 제도로부터 자발적으로 이탈하는 것이다.

이와 같이 구성주의적 젠더 주체는 윤리적 주체의 가능성을 안고 있다. 이 주체는 완전한 자기동일성이나 본질적이고 본래적인 정체성을 주장할 수 없는 열린 주체, 그래서 단일한 자기정의를 통해 타자를 배척하거나 배제하지 않는 윤리적 주체의 의미한다.[51] 연지가 여성적 정체성을 수행하면서 어머니에 대해 재의미화가 가능했던 것, 자신이 생각한 젠더 평등의 편협함을 인식한 것은 윤리적 주체로의 성장을 의미한다. 이에 대해 서술자는 분명하게 연지의 결심을 옹호하는 서술을 통해 연지의 젠더 정체성을 지지하는데, 이는 젠더 규범에 대한 불복종의 수행성을 강조하는 서술자의 목적성에 기인하는 것이라 하겠다.

> 내 글을 쓰고 싶다. 내 일을 갖고 싶다, 내가 원하는 걸 배우고 싶다. 그때 그녀를 엄습한 이런 소망은 너무도 찬란하고 순수해서 차라리 영감이었다. 그리고 그것만은 아직 아버지에게도 말하지 않은 그녀만의 비밀이었다. 연지는 자신이 간직하고 있는 그 비밀을 매우 흡족하게 생각했다. 그녀는 지금 아무것도 없었다. 결혼에 실패한 여자였고, 부모한테도 버린 자식 취급당하게 될 게 뻔했다. 사회적으로도 이혼해서 혼자 사는 여자를 얼마나 만만하고 우습게 취급하는지 모르지는 않았다. 최소한의 자존심이나마 지키고 살기가 벅찰 테지만 그 비밀이 있음으로써 그런 어려움이 별로 두렵지 않았다. 그보다 더한 어려움도 극복할 수 있을 것 같았다. 그래서 그녀의 비밀은 매우 엉뚱스러웠지만 소중했고 아무에게도 내보이고 싶지 않았다.
>
> – 『서 있는 여자』, p.304

위의 예문은 연지를 초점 화자로 내세우고 있지만 서술자의 의도가 강하게 전달되는 부분이다. 전지적 서술자로서 연지의 의지를 직접 판단하고 설명하고 있기 때문이다. "찬란"과 "순수", "영감"의 표현은 연지의 주체적 삶에 대한 의지를 독자에게 전파하고자 하는 교조적 성격을 띤다. 즉 서술자는 연지의 결심에 과도한 의미부여와 장황한 서술로

---

51) 조현준, 앞의 책, 2007, p.300.

써 독자에게 여성의 주체적 삶에 대한 강조를 하고 있는 것이다.

각각 전쟁의 비극성과 가족 이데올로기, 그리고 가부장제도와 차별적 결혼제도를 문제 삼고 있는 『그해 겨울은 따뜻했네』와 『서 있는 여자』는 가장 극단에서 문제점을 객관적으로 서술할 수 있는 두 명의 여성인물을 등장시킨 공통점을 보여준다. 그리고 두 여성인물 각각의 목소리를 모두 들려주는 것으로 서술자는 역사와 제도, 문화적 담론에 대해서 전방위적 고찰을 시도한다. 즉 표면적으로는 전지적 시점으로 인해 서술자의 주도적 서술에 독자가 이끌리는 것으로 나타나지만, 오히려 서술자는 보편적이라는 이름으로 배제되고 타자화될 수 있는, 윤리 도덕적 가치 판단에 의해 소거될 수 있는 여성을 모두 보여주는 것으로 여성 간의 차이를 인정하고 포용하는 글쓰기를 실현하고 있는 것이다.

2) 감각적 서술과 삽입 구조

엘렌 식수는 여성의 언어에서 물 흐르는 듯이 이어지는 문체나, 생략되거나 읊조림의 표현들은 모두 여성의 육체적 글쓰기의 특성을 드러내는 것이라고 설명한다. 엘렌 식수는 "여성은 여성 자신을 글로 써야 한다"[52]는 명제를 통해 여성적 글쓰기가 여성의 육체를 원천으로 삼아야 한다는 점을 강조하였다. 왜냐하면 "여성이라면 공통적으로 누구나 갖고 있"고, "선천적인 특성이 보여주는 무한한 풍부함"[53]이 여성의 잠재된 언어 욕망을 분출하려는 속성과 일치하기 때문이다. 따라서 '여성적 글쓰기'는 '의미의 전달'보다는 '감각의 전이'로 이해된다.[54] 몸으로

52) 엘렌 식수, 『메두사의 웃음/출구』, 박혜영 옮김, 동문선, 2004, p.9.
53) 엘렌 식수, 위의 책, 2004, p.10.
54) 김미현, 앞의 책, 2002, p.127.

말하고 몸의 언어로 전달되는 글쓰기인 것이다.

이러한 여성적 글쓰기를 고려할 때, 박완서의 소설은 여성의 몸으로 쓴 글이며, 감각을 서사화한 글이라 할 수 있다. 박완서는 여성 특유의 예민한 감각의 정서를 작품 전면에 제시하여 작품의 의미를 강조한다. 또한 감각의 세밀한 서술은 독자의 공감을 유발하는 데 기여함으로써 인물과 독자 간의 거리를 최소화한다. 그의 소설이 대부분 1인칭 서술자나 전지적 서술자로 서술되고 있는 것 역시 감각적 이미지의 전달을 용이하게 한다. 자신의 경험을 직접 보고하는 화자를 활용하는 것이다.

감각은 외부 또는 내부의 자극에 의해 일어나는 느낌이자 사물을 느껴서 받아들이는 힘이다. 이런 이유로 이미지는 보통 시각, 청각, 촉각, 후각, 미각 등을 중심으로 하는 감각적 경험을 통해 표현된다. 그리고 대상은 이러한 감각적 경험을 통해 보다 직접적으로 구체화되고 내면화된다. 자아와 세계에 대한 추상적, 간접적, 이성적 인식을 배제하고 구체적, 직접적, 감정적인 인식을 가능하게 하는 것도 감각성이다. 이것은 곧 이성 중심적 남성과 감정적 여성이라는 이분법적 인식에 대한 저항이다. 따라서 민감한 여성 육체의 감수성이 자연과의 동일성을 시사하면서 여성 특유의 감각적 글쓰기를 가능하게 해 준다.55)

그러므로 여기에서는 박완서 소설의 서사화에서 주요한 특징으로 제시되는 감각적 이미지의 재현 양상을 분석하여 작중인물의 표층적 행동이나 언술 등으로 서술되는 현상 이면에 숨겨진 인물의 정서와 서술자의 서술 태도, 작품에 대한 작가의 의도를 파악하고자 한다.

그런 나의 바람을 비웃듯이 오늘 소파를 한 세 임부의 내용물엔 하나같이 3개월 미만의 작은 태아의 모습이 조금도 손상되지 않고 옹글다. 대개

---

55) 김미현, 앞의 책, 2002, pp.129~132 참조.

는 손상되어 적출되는데 오늘은 좀 이상했다. 새끼 손가락 끝의 한 마디만한 크기의 태아가 인간이 갖출 구색을 얼추 다 갖추고 있다는 건 아마 임부 자신도 모르리라. 다만 몸의 각 부분의 비율만이 완성된 인간하고는 딴판이어서 크기의 대부분을 두부(頭部)가 차지하고 있다. 그래봤댔자 기껏완두콩만한 두부인 것을 놀랍게도 두 개의 눈이 또렷하게 박혀 있다. 눈꺼풀이 아직 안 생겼음인지 그 두 개의 눈이 마치 채송화씨를 박아놓은 것처럼 또렷하게 뜨고 있다.

-「그 가을의 사흘 동안」, 『엄마의 말뚝』, p.259

　　서술자는 낙태된 태아의 모습을 세밀한 관찰에 의해서 서술하고 있다. 초점자에 의해 이루어지는 태아 관찰은 곧 초점자의 내부관찰(inside view)[56]을 가능하게 한다. '채송화씨' 같은 태아의 눈은 화자에게 윤리성을 회복하게 하는 자극제가 되는 것이다. 앞서 보았듯이 이 작품의 화자인 '나'는 남근적 폭력에 대한 저항의 방식으로, 또 남근에 오염된 여성성을 부정하는 방식으로 소파수술만을 전문으로 하는 산부인과 의사이다. '나'는 의사 생활을 하는 동안 '의술(醫術)은 인술(仁術)'이라는 아버지의 말씀과 '히포크라테스 선서'를 비웃어 왔다.[57] '나'에게는 자궁 속생명을 '죽이는' 일이 사람(여성)을 살려내는 '인술(仁術)'이었기 때문이다. 그런데 자신의 이러한 신념은 '황영감'의 "사람 백정"이라는 말에 흔들리게 된다. 또한 동네에 '교회 첨탑'이 늘어 갈수록, 신도들의 울음소리가 깊어갈수록 자기 신념과 "사람 백정"이라는 평가 사이의 갈등은 더해갔다.

　　그러나 가시화되지 않았던 내부의 갈등과 혼란은 뜻밖의 각성을 통해 분명하게 자각된다. 자신이 소파한 태아의 '의식화(意識化)되지 않은', 그래서 오히려 무한한 시계(視界)를 가진 채송화씨 같은 눈은 '나'가 의

---

56) 웨인 C. 부스, 『소설의 수사학』, 최상규 옮김, 예림기획, 1999, pp.330~336 참조.
57) 박완서, 「그 가을의 사흘 동안」, 『엄마의 말뚝』, 세계사, 2010, p.236.

지하고 있던 신념과 고정관념을 뒤흔들고 있는 것이다. 태아를 직접 확인하게 됨으로써 '나'는 비로소 자신의 "의술이 환자의 고통을 대상으로 하지 않고 자신의 불순한 쾌감을 대상으로 하고 있"었다는 반성을 하게 되었다. 아울러 이러한 시각(視覺)으로 인해 '나'는 '살아있는' 아기에 대한 자신의 내밀한 욕망을 확인하게 된다. 윤리성의 회복과 이어진 생명성에의 갈구는 작품의 종결부에서 '나'가 신도들 틈에서 통곡의 눈물을 터뜨리는 것으로 나타난다. 이러한 울음이 가능할 수 있었던 것은 바로 화자의 시각적 체험에서 비롯된 것이라 하겠다.

그럼에도 불구하고 감각은 개인주의적이기 때문에 공동체의 관심사나 집합적 정체성의 문제를 다루는 데 한계가 있다. 감각의 주관성과 개인주의적 성격은 공감대를 형성할 수 있는 폭을 좁히기 때문이다.58) 이러한 한계성으로 인해 박완서 소설이 개인성의 틀을 벗어나지 못한 채 보편적 공감을 획득하는 데 실패했다는 비판이 가능했다. 하지만 오히려 작가의 감각적 이미지 재현은 개인주의적 정서를 보편의 정서로 확장하는 데 기여한 바가 크다고 할 수 있다. 즉, 감각 이미지를 세밀하게 서사화하는 것으로써 작중 인물의 개인적인 정서를 독자가 공감할 수 있도록 기회를 제공하고 있으며, 감각 이미지의 정보를 통해 독자는 인물에 보다 친밀감을 갖게 되고, 인물의 내면 갈등이나 사회와의 불화, 정서적 고립이나 분열 등에 공감할 수 있게 되기 때문이다.

> 벌거벗은 배는 주글주글 몇 겹의 굵은 주름과 수많은 작은 균열로 푹 꺼지고 늘어진 게, 마치 함부로 도굴하고 메워버린 무덤 자국 같았다. 저 배가 한때 쉴 새 없이 자식을 배고 기르느라 풍만하게 부풀었을 생명감 넘치는 고장이었다는 걸 누가 알까? 그녀는 자기만이라도 그것을 알아줘야

---

58) 천정환, 「한국 소설에서의 감각의 문제」, 『국어국문학』 140, 국어국문학회, 2005.9, pp.197~222 참조.

할 것 같았고, 그 곳에 귀를 기울이면 그 속을 거쳐 간 생명들의 흔적을 느낄 수 있을 것 같았다. 그녀는 처음으로 시어머니의 적나라한 노구(老軀)에 연민을 느꼈다.

-「울음소리」, 박완서 단편소설 전집 4, p.81

"여보 들어봐, 아이 우는 소리가 들리잖아." 남편이 이렇게 다정하게 속삭였다. 그리고 보니 아이 우는 소리가 들리는 것 같았다. 그러나 문 밖은 아니었다. 그들은 동시에 아주 멀리서 우는 아이의 울음소리를 듣고 있었다. 행복한 공감이었다. 아이는 그들이 같이 걸어온 아득한 시간의 회랑 저 끄트머리쯤에서 울고 있었다. 거기서 남편을 만날 줄은 정말 뜻밖이었다. 더욱 뜻밖인 건 울음소리를 들으면서 자는 남편의 아름답고 싱그러운 미소였다. 비록 흰 머리가 섞인 머리칼이 몇 가닥 늘어졌을망정 아마도 소년처럼 번듯하게 빛나고 있었다. 그녀가 남편에게서 그렇게 풍부하고 부드러운 감정을 느껴보기도 처음이었다. 마치 비로도에 싸인 것처럼 안락했다. 그리고 행복했다. 이제야말로 망설여서는 안 될 것 같았다. 그리고 정직해져야겠다. 그녀가 자신있게 남편의 뿌리가 입고 있는 그 흉측한 이물질을 벗겨냈다. 정욕보다도 훨씬 집요하고 세찬, 생명에의 갈구가 그녀를 무자비하게 비틀었다.

-「울음소리」, 박완서 단편소설 전집 4, p.85

「울음소리」의 여성 화자는 불구의 아이를 낳았다는 자기 몸에 대한 부정과 아이를 모살(謀殺)한 데 대한 죄의식으로 인해 배타적이고 자기 분열적인 정서를 갖고 있다.[59] 화자의 정서적 결핍과 강박 증세는 노망 난 시모(母)에 대한 적의(敵意), 그리고 '이물감'에 의해서만 교류되어 사실상 소통불능의 상태로 지속되던 남편과의 관계에서 확인할 수 있다. 이와 같은 화자의 배타적 정서는 이웃집 여자 아이를 통해 해소된다. "아침은 초록빛이야"라는 아이의 엉뚱한 대답은 그녀에게 "새벽빛을 응시하는 버릇"을 주었고, "그 새벽빛 속에서 어떡하든 한 줄기의 초록빛

---

59) 3장 2절 2항의 내용을 참조.

을 가려내고야 말겠다는" 그녀의 의지는 시모(母)와 남편에 대한 새로운 감각을 일깨운다.

시모(母)의 노구(老軀)는 "해괴한 망령"과 더불어 혐오의 대상이었지만, 새로운 시각으로 바라 본 시모의 얼굴은 "어린아이의 얼굴처럼 작고 무구하고 무심해 보였"고, "벌거벗은 배"에서는 "생명들의 흔적"을 찾을 수 있었다. 이러한 새로운 감각에의 일깨움은 시모(母) 대한 연민으로 발전하여 시모(母)와 그녀 사이의 감정의 유대를 생성한다. 자신의 불모화된 자궁, 모성에 대한 부정적 인식으로 인하여 혐오스럽게 여겨졌던 시모(母)의 치부가 한 순간, 풍요로움과 생명감 넘치는 고장과 일치되어 인식되는 현상은 그녀의 내부에서 일어나기 시작한 생명에의 갈구, 모성에 대한 긍정적 인식과정과 궤를 같이 하는 것이다.[60]

또한 이웃집 아이의 울음소리를 들으며 '칠 년 전' 자신의 아이의 고통스러운 울음을 상기했던 그녀와 남편은 죽음으로 이어지는 울음소리가 아닌 생명과 맞닿은 울음소리를 함께 듣게 된다. 아이의 울음소리가 이들 부부 사이의 정서적 단절을 가져왔던 이물감을 제거하는 계기로 작용한 것이다. 이물감의 제거는 바로 이들 부부의 정신적 상처에 대한 치유 가능성을 보여준다. 더욱이 남편과 함께 듣는 소리의 감각은 감각의 공유를 통해 남편과의 공감으로 이어지는, 세계와의 화해 가능성을 의미한다.

인간은 감각을 통해서 세계와 직접 대면하고 세계를 수용하지만, 몸의 문제, 몸에 의한 즉물적 지각이라는 이유로 감각에 의한 지각은 폄하되어 왔다. 앞서 밝혔듯이 감각이 지극히 개인적인 지각이며, 보편적, 객관적 인식이 불가능하다는 것도 이성에 의한 감각 폄하의 주된 요인이었다. 하지만 이리가라이(Luce Irigaray)는 여성의 경험을 부정하는 서구

---

60) 김경희, 앞의 논문, 2005, pp.91~92.

적 가치관의 이러한 이성 중심적 지각에 이의를 제기한다. 여성문학에 있어서 감각의 문제는 남근 이성 중심적 서사 방식에 대한 거부로서 강조되었다. 이리가라이는 여성의 육체와 여성의 감각에 의한 서술방식으로 여성적 글쓰기의 성격을 강조하였다.[61]

박완서 소설에서 이러한 감각적 서술은 특히, 스토리 전개 중에 삽입된 서사에서 발견 된다.[62] 삽입(embedding)구조란 하나의 계기 속에 또 하나의 계기가 삽입되는 구조이다.[63] 소설에서 삽입구조는 사건의 명세화나 상세화를 위한 기법으로 사용된다. 삽입된 내용을 통해서 독자는 앞으로의 상황, 결말에 대해 기대와 예상을 하게 되며, 독자는 강한 극적 경험을 얻게 된다. 박완서는 여성의 경험, 여성의 육체, 여성의 정서를 전달하는 부분에서 감각적 표현을 세밀하게 서술함으로써 독자로 하여금 감각의 공유를 가능하게 하고, 동감의 정서를 이끌어낸다.

「저물녘의 황홀」의 화자는 노년의 여성이다. 자식들은 모두 외국에서

---

61) 이리가라이는 직접적으로 '여성적 글쓰기'라는 용어를 사용하지는 않았다. 그러나 프랑스 페미니즘에서 여성적 글쓰기 논의에서 주요한 이론적 근거를 제공하고 있다는 점에서 이리가라이의 '여성성, 여성적인 것'에 대한 고찰은 여성적 글쓰기에 대한 주장으로 이해될 수 있다. 이리가라이에 따르면, 여성의 언어, 여성적 담론을 이야기하기 위해서는 여성 신체의 특징에 주목해야 한다. 여성의 성은 '하나이지 않'기 때문에 여성의 언어나 여성의 세계는 단일하지 않다. 때문에 보편적 여성성도 없고, 여성은 분열적이며, 여성적인 것의 정해진 특징은 없다. 그러나 특징이 없는 것이 곧 특징인데, 이는 여성성을 액체성으로 파악하는 근거가 된다. 즉, 주물의 형태에 따라 자유자재로 변형이 가능한 것이다. 열려있는, 가변적인, 비고정적이고 재의미화가 가능하다는 점에서 여성의 정체성, 가치관과 세계관, 여성의 언어와 사고 체계는 이성 중심적인 남근적 글쓰기와 다르다. (뤼스 이리가라이, 『하나이지 않은 성』, 이은민 옮김, 동문선, 2000, pp.29~157 참조)
62) 본 줄거리와 직접적인 관계가 없는 어떤 에피소드를 끼워 넣어 이야기의 전체적인 흐름을 자연스럽게 만들기도 한다. 이런 구성을 삽입식 구성이라고 하는데, 흔히 일화나 전설, 추억담, 무용담, 노랫말 등이 삽입되어 나타난다. (이은하, 앞의 책, 2009, p.217)
63) 리몬 케넌, 앞의 책, 2003, p.47.

거주하고 홀로 살아가기에 화자의 서술은 자신의 고독의 깊이를 가늠하게 하는 표현으로 시작된다. "백 년 묵은 먼지가 피어오르듯이 자욱하게 피어오르는 냄새", "뼛속까지 시리게 음습한 그 곰팡내"라는 후각적 서술은 노년의 고독을 강조한다. 서술자는 노년의 늙음을 주름진 얼굴이나 희끗한 머리카락, 노쇠한 몸으로 묘사하기 보다는 "음습"하고 "고약"한 냄새로써 독자에게 전달한다. 일반적으로 시각이 대상과 주체 사이의 거리를 전제로 발생하는 것이라면, 촉각은 대상과의 합일이나 일체를 꿈꾸는 욕망에 의해 발생한다. 그리고 그 둘을 연결시켜 주면서 중간 단계에 속하는 경우가 바로 후각이다.[64] 오감 중에서 후각은 가장 저열하고 동물적인 감각으로 치부되어 왔고, 유일하게 해석자를 필요로 하지 않는 직접적이고 비-언어적인 감각이다.[65]

이 작품에서 화자(話者)가 자신의 냄새를 더욱 강렬하게 자각하는 것은 자신의 생존에 대한 의심 때문이다. "먹고 마시고 숨 쉬고 소리 내는 나의 인기척을 타인에 의해 확인시킬 수도, 타인의 인기척을 감지할 수도 없는" 외로움에서 화자는 자신의 생존 여부를 의심하며, 오히려 고약한 냄새로 하여금 자신이 죽어있을지도 모른다는 혐의를 갖는다. 즉, 서술자는 노년의 고독뿐 아니라 죽음에 임한 노년의 두려움을 후각 이미지를 통하여 전달하고 있는 것이다. 하지만 불현듯 상기된 "한 귀여운 노인의 모습"은 화자의 외로움과 허전함을 다른 방향으로 전환하는 계기로 작용한다.

이 작품에 삽입된 서사는 화자의 "어린 눈"으로 관찰되어 서술된다. '화초 할머니'가 온몸을 던져 중풍 든 할아버지를 병구완했다는 삽입 서사는 노년의 고독이 '꾀병'으로밖에 설명되지 않던 '나'의 참담함에

---

64) 김미현, 앞의 책, 2002, p.127.
65) 천정환, 앞의 글, 2005, p.200.

새로운 감동을 준다. '화초 할머니'의 꾀병은 "온 몸으로 사람 속의 깊고 깊은 오지(奧地)에 뛰어들 줄 아는 특별한 재능"이었다. 하지만 '나'는 그러한 화초 할머니의 꾀병의 극치를 완성할 수 있었던 것은 친할머니의 도움 때문이었음을 깨닫는다. 처첩 간이라는 관계를 초월한 두 여성의 연대는 한 남자에 대한 시기와 질투가 아닌 죽음을 앞둔 노년의 삶에 대한 연민이었으며, 인간의 삶 그 자체를 수용할 줄 아는 애정 때문에 가능했던 것이다.

중심 서사에서 빗겨간 내용들의 삽입으로 인해, 박완서의 소설은 "이야기는 산만하고, 서술자는 시도 때도 없이 개입하여 이야기의 흐름을 방해"[66]한다거나 '구성의 산만함'을 보인다는 여러 평자들의 비판을 받아왔다. 그래서 여러 단편소설들은 미숙한 작품으로 평가되기도 하였다. 하지만 중심서사에서 분기(分岐)되는 '다른' 이야기는 중심서사와 한데 어우러져서 작품의 주제를 고양시키는 기능을 한다.[67] 예컨대 이 작품의 삽입 서사는 '나'가 삶의 활력을 회복하려는 계기를 마련한다. 두할머니의 이야기는 화자로 하여금 자기 몫의 삶과 죽음을 포용하게 한 것이다. 죽음을 통해서라도 당장의 외로움과 허전함을 떨쳐내고 싶었던 '나'는 노년의 고독과 죽음에의 두려움을 직시하고 포용하리라 다짐한다. 이처럼 삽입 서사는 화자가 현실을 이해하고 갈등을 극복할 수 있는 계기를 마련하면서 사건을 해결해 나가게 한다는 점에서 유효한 의미를 갖는다.

아울러 삽입서사는 화자가 처한 상황에 대해 독자가 객관적으로 보고 판단할 수 있는 거리를 유지하게 한다. 독자와 사건 간의 거리감은

---

66) 이선미, 앞의 글, 2004, p.412.
67) 이선미는 이러한 서술 방식을 '뭉뚱그리기'의 구성효과라고 하였다. (이선미, 앞의 논문, 2001)

독자와 인물 사이의 공감을 약화시키는 것 같지만, 오히려 화자의 주관적 감각을 객관적 정서로 환기시킨다는 장점이 있다. 요컨대 갑작스럽게 삽화이야기로 흐르는 박완서 소설의 이야기 구조는 작가의 의도된 일탈인 것이다. 삽입된 내용은 모두 하나의 주제를 향해 연결되어 있다는 점에서 서사적 기능을 발휘하며, 서술자에 의해 은밀하게 통어되고 있다는 점에서 고도의 전략적 글쓰기라 할 수 있다.

「엄마의 말뚝 2」는 어머니의 대수술과 관련된 이야기가 서사의 큰 줄기를 이룬다. 눈길에 넘어진 어머니는 뼈를 잇는 수술을 해야 했고, 여든이 넘는 연세에 위험한 수술이었다. 그럼에도 어머니가 큰 수술을 무사히 넘길 수 있었던 것은 '산골'과 관련된 '아들'의 기억 때문이다. 여기서 첫 번째 삽입 서사가 등장한다. '나'가 기억하는 산골은 '신화 같은 이야기'이다. 이 삽입 서사는 두 가지 의미에서 '신화적' 성격을 갖는데, 먼저 오빠와 산골을 구하러 갔던 유년 시절의 기억은 "신화처럼 매혹적"인 이야기로 남아있다.

> 묻고 물어서 당도한 산골굴은 암벽에 빈지문이 달린 굴속이었다. 대낮인데도 촛불을 켜놓고 있었다. 한눈에 보통 토굴이나 암굴하곤 다르다는 걸 알 수 있었다. 벽이고 천정이고 온통 반짝이는 쇠붙이로 뒤덮여 있었다. 오톨도톨 모자이크된 잔다란 쇠붙이들이 촛불이 출렁이는 대로 물결처럼 흔들려 신비한 몽환의 세계를 이루고 있었다.
> ─「엄마의 말뚝 2」, 『엄마의 말뚝』, p.83

삽입된 서사에서 시각적 이미지로 표현된 산골굴의 형상은 '산골'의 효험을 증명해줄 만큼 신비로운 모습을 하고 있었다. '나'와 오빠는 이러한 시각적 분위기에 압도되었고, 젊은 남자가 전해주는 산골이 반드시 어머니의 골절된 손목을 붙게 할 수 있으리라 믿었다. '나'의 표현대로 그들은 이미 "이미 신화 속 주인공이 되어" 있었던 것이다. 이들의 믿음은 어머니에게 '오빠의 효성'으로 변화하여 전달된다. 산골의 효험은 영약으로서의 신비함이 아니라 오빠의 정성에 의한 감동으로 전달된 것이다.

십입 서사의 두 번째 신화적 속성은 바로 오빠의 효성을 다시금 회상하는 어머니의 기억에서 나타난다. 고령의 환자가 견디기 어려운 수술의 고통을 어머니는 오빠의 산골을 기억하고, 그 정성을 느꼈던 감동을 주문처럼 간직함으로써 이겨낸 "신화적" 성격의 첫 번째 삽입서사를 통해서 서술자는 독자에게 어머니의 성공적인 수술을 암시하였다. 자식의 효성을 부적 삼아 수술을 이겨낸다는 이야기는 독자에게 감동으로 전해지고, 소설의 큰 줄기는 해결된 것으로 보였다. 그런데 첫 번째 삽입서사는 거기에서 끝나지 않는다. 오빠에 대한 기억의 서사는 바로 뒤이어 오빠의 죽음에 대한 상처까지도 끌어온다. 아래의 예문에서와 같이 수술을 마친 어머니가 회복실에서 뜻밖의 광란을 일으키는 장면이 제시되는 것이다.

> 나는 어머니를 힘껏 찍어 눌렀다. 온몸으로 타고 앉다시피 했다. 어머니의 경련처럼 괴로운 출렁임이 고스란히 전해왔다. 조금이라도 마음이 움직이거나 약해져선 안 된다고 생각했다. 그렇게 되면 어머니가 나를 타고 앉게 될지도 모른다. 내가 아무리 전심전력으로 대결해도 어머니의 힘과는 막상막하여서 내 힘이 위태로워질 때마다 나는 어머니의 **뺨**을 쳤다.
> ─「엄마의 말뚝 2」, 『엄마의 말뚝』, p.98

사실적으로 묘사되는 어머니의 난동과 그것을 필사적으로 막아서는 '나'의 행동은 극적 긴장감을 주면서 독자가 사건의 진상을 추궁할 수 있는 기회가 된다. 왜냐하면 오직 '나'만이 어머니의 "원한의 울부짖음"

과 "불가사의한 괴력"이 무엇 때문인지를 알고 있기 때문이다. 이러한 갑작스러운 서사의 진행은 "아무의 도움도 간섭도 필요 없는 우리 모녀만의 것"의 정체가 무엇인지에 대해 의문을 갖게 한다.

'나'의 서술에 따르면, 어머니는 참척의 고통을 다시 한번 반복하고 있는 것이다. 그동안 화자는 어머니가 종교에 몰두하면서 당신의 피맺힌 원한을 거의 극복했다고 생각해왔다. 그러나 어머니의 몸을 끌어안으며 사투를 벌여야 했던 '나'는 어머니의 가슴 맺힌 기억을 통해 잊고 지냈던 전쟁의 상처를 회상하게 된다. 바로 두 번째 삽입서사가 시작되는 부분이다. 한국전쟁 당시 '빨갱이'로 몰린 오빠의 죽음에 대한 두 번째 삽입 서사는 개인의 경험을 민족 보편의 경험으로 확대하는 효과를 가져온다. 즉 화자의 회상으로 서술되는 삽입 서사는 자식의 죽음을 막지 못하고, 자식이 죽어가는 모습을 목도해야 했던 어머니의 원한이나 전쟁의 비극과 참혹함을 독자에게 고스란히 전달하고 있는 것이다.[68]

이와 같이 시각적, 청각적, 후각적, 촉각적 서술로 묘사되는 감각적 서사와 개인적 감각을 보편적 정서로 확장하게 하는 삽입 서사 구조는 독자로부터 공감과 감동을 이끌어낸다. 독자는 작중 인물의 개인적 체험을 피상적인 이해나 추측이 아닌 자신의 감각적 체험과 동일시함으로써 보편적인 정서로 확대하게 된다. 이를 막스 셸러는 "동감의 윤리"[69]라 하였다. 동감은 타인이 내 머릿속의 단순한 상상이 아닌 실재

---

68) 채트먼은 사건을 핵사건과 위성사건으로 구분하고, 핵사건과 위성사건은 내러티브가 주는 긴장감과 명백한 연관성을 가진다고 말한다. 선형적 텍스트에서는 사건의 중심이 되는 핵사건과 이를 보충하는 위성사건이 긴장감으로 묶여 하나의 결말로 진행되는 구성을 보인다. 연쇄 구조에서 극적 경험은 독자가 점진적으로 고조되도록 만들지만, 삽입구조에서는 독자에게 급격한 갈등을 제공함으로써 극적 구조를 급격히 상승시킨다. 이를 통해 독자는 극적 갈등과 긴장감이 심화된 서사를 경험하게 된다. (시모어 채트먼, 『영화와 소설의 서사구조』, 김경수 역, 민음사, 1994, p.82)

성이라는 인식을 전제로 한다. 그것은 타인의 체험에 실제적으로 참여하는 것이며 그것에 대해 반응하는 것이다. 따라서 동감은 나의 체험과 삶을 풍부하게 하고 확장하는 계기가 된다. 셸러에 따르면 동감을 통해서 우리는 자아중심주의에서 벗어나서 다른 인간들을 나와 동등한 실재성과 동등한 가치성을 가진 것으로서 받아들인다.[70]

박완서 소설은 감각의 전이라는 여성적 글쓰기를 통해 독자와 인물 간의 거리를 최소화하고 한편으로는 삽입 서사 구조를 통해 세계를 조망할 수 있는 시계(視界)를 확보하게 함으로써 동감을 이끌어내는 데 성공하였다. 그러므로 박완서 소설 속 여성인물들의 감각은 여성만의, 또 개인적이고 주관적인 감각이 아니라 세계와 소통할 수 있는 열린 감각이며 공유될 수 있는 감각이라 할 수 있다.

---

69) 동감의 윤리학은 자신의 행동을 칭찬하거나 비난하는 관찰자의 판단과 태도 속에 자신을 대입시킴으로써, 즉 동감을 통해서 자기 행동을 바라보는 타인의 증오와 분노들에 직접 참여함으로써 자기 행동에 대한 윤리적 판단을 비로소 내릴 수 있다는 입장이다. 이것은 애덤 스미스, 흄 등의 영국인들과 루소와 쇼펜하우어로 대표된다. '보는 이에게 기꺼이 시인하는 느낌을 주는 심적 활동이나 성질을 덕이라고'정의하는 흄의 입장도 거기에 속한다. 이것은 한 행동의 도덕적 가치를 그 행위의 의지 행위 자체 그리고 행위자의 인격 존재에 의해서 판단하는 것이 아니라 행위의 관찰자의 태도에 의존하여 판단하는 것이다. (막스 셸러, 『동감의 본질과 형태들』, 조정옥 옮김, 아카넷, 2006, pp.526~527)
70) 막스 셸러, 위의 책, 2006, pp.529~533 참조.

4장 젠더 인식의 탈구축과 상생(相生)의 사유

1. 원환(圓環)적 기억과 비동일적 여성성

1) 유동적 정체성의 실현

1990년대 박완서의 문학은 유년기적 향수를 되새김하는 '자전적 소설'로 시작되었다고 해도 과언이 아니다.[1] 그런데 이 시기에 발표된 두 편의 자전 소설은 지금까지 작가가 발표한 여러 소설에서 서사화된 바 있는 이야기들이 많이 포함되어 있다. 즉 "다시 쓰는" 자전 소설인 셈이다.

자율적인 개인의 통일된 자아정체성을 그려낸다는 기존의 자전적 소설은 남성 중심적이다. 여성이 자신의 경험을 반영하는 자서전을 쓰는 것은 이와 다른 의도와 강조점을 지닌다. 여성 작가들이 자서전적 글쓰기를 도모하는 것은 대체로 젠더의 불안정성과 정체성 혼란에 대한 자기 재현 방식으로 이를 활용하려는 데 있다. 이러한 요인에 의해 대부

---

1) 장편소설을 기준으로 할 때, 『꿈엔들 잊힐리야』가 1990년에 출판되었지만 이 작품은 1980년대 후반에서부터 집필되고 있었던 작품이었다. 그러므로 1990년대 작가의 서사적 정체성의 변화는 1992년에 발표된 『그 많던 싱아는 누가 다 먹었을까』에서부터 시작되었다고 할 수 있다.

분의 여성 작가들 혹은 여성들은 자기 재현의 욕망에 사로잡힌다. 대체로 여성들은 누군가의 딸, 아내, 어머니로서 타자들과의 관계들에 주목한다. 공적 영역에서의 활동들에 기반한 남성 전기 작가의 텍스트들과 달리 여성 전기 작가들은 사적이고 가정적인 삶에 특히 집중하고 있는 것이다. 이러한 점에서 남성 작가들이 통일된 자아의 서술을 지향하는 반면, 여성 작가들은 자아의 유동적인 과정을 그리고자 한다. 기존의 남성중심의 자서전 모델과 다른 차원에서 여성의 자서전 쓰기가 새롭게 관심을 끄는 이유가 여기에 있다. 서술 주체와 시점과 서사 담론 등 모든 양상에서 기존의 자서전과 다른 글쓰기 양식들이 등장하고 있는 것이다.[2]

김미현에 따르면, 자전소설은 작가가 직접 체험한 사실들을 소설의 기법과 수법을 빌어 서술한 문학의 형식이다. 자전적 소설이 작가 자신의 이야기이면서, 허구적 현실을 상정하는 것은 고백을 통해 갖게 되는 심리적 부담감에서 벗어나고 싶은 욕망 때문이다. 그 심리적 부담감에서 벗어나 있기 때문에 오히려 구체적이고 세부적인 고백을 가능하게 한다. 자신이 하고 싶은 속 이야기를 다 할 수 있기 때문에 카타르시스의 과정을 거치게 되고, 그러므로 사건의 진실에 더 가까이 접근할 수 있게 된다.[3] 또한 강진호는 작중의 화자와 인물의 형상이 다양한 형태로 존재할 수밖에 없는 일반 허구(fiction)와 달리 자전소설에는 작가의 개인사가 비교적 충실하게 재현된다고 하였다. 자전소설에는 작가의 현실에 대한 견해와 내면심리, 거기에 작용한 사회적 압력과 작가의 무의식적 검열 양상 등이 사실적으로 제시되며, 특히 작중의 '화자(話者)'와 '인

---

2) 박영혜·이봉지, 앞의 글, 2001, p.8, p.22.
3) 김미현, 「여성적 글쓰기로서의 자서전」, 『여성문학연구』 제8호, 여성문학학회, 2004, p.37~38 참조.

물의 형상'에는 현실에 대한 작가의 견해와 입장, 가치와 신념 등이 한 층 구체적으로 투사되어 있다고 하였다.[4]

그러나 자전 소설은 작가의 개인적 체험에 허구성을 더해 서술되므로 소설의 내용 그 자체를 실제의 내용과 혼동해서는 안 된다. 따라서 이전에 쓴 자전 소설과 후에 다시 쓴 자전 소설을 비교할 때 작품의 내용과 작가의 체험이 다른 것에 있어서 어느 부분이 사실이고 거짓인지는 분명하게 밝힐 수 없다. 게다가 이미 허구성이 더해진 장르이기 때문에 사실과 허구를 분리해 내서 규명할 필요도 없다. 이 글에서 주목할 부분은 사건의 진위(眞僞)가 아니라 인물에 대한 서술자의 집중의 변화이다. 이를테면 이전의 자전 소설, 혹은 자전적 체험을 배경으로 하는 소설에서 서사의 중심이 '나'라는 주체에 있었다면,『그 많던 싱아는 누가 다 먹었을까』(이후『싱아』)와『그 산이 정말 거기에 있었을까』(이후『그 산』)에서는 '나'에 대한 집중이 약화된다. 대신 주변의 다른 여성인물들, 예컨대『싱아』에서는 '엄마',『그 산』에서는 '올케'에 대한 서사가 강화되어 나타나고 있다는 사실에 주목하고자 한다.

먼저,『싱아』에서 '엄마'는 다양한 성격으로 제시된다.『나목』과『목마른 계절』에서 어머니가 '회색빛' 그늘에 둘러싸여 세계와의 단절을 의도하거나,「엄마의 말뚝 1」에서 억척스러움으로만 강조되었던 것과 달리『싱아』에 등장하는 엄마는 보다 다양한 성격으로 제시되고 있으며 생명력 있는 인물로 구축된다. 이 작품이 '나'의 이야기라기보다는 '엄마'의 이야기를 대신 전달하고 있는 듯한 느낌을 주는 것도 이러한 이유 때문이다.

　(1) 며느리들이 황황히 일손을 놓고 또 무슨 벼락이 떨어지나 기다리는

---

4) 강진호, 앞의 글, 2003, p.316 참조.

순간에도 슬쩍슬쩍 농담들을 했다. 그런 농담은 우리 엄마가 제일 잘했다.

－『그 많던 싱아는 누가 다 먹었을까』, p.12

(2) 엄마는 기가 셌다. 시어머니한테 같은 잔소리를 듣고도 숙모들은 부뚜막에서 눈물을 짰지만 엄마는 웃기는 소리로 단박 분위기를 바꿔버렸다.

－『그 많던 싱아는 누가 다 먹었을까』, p.60

(3) 엄마는 빈틈없이 깐깐한 것 같으면서도 그렇게 허술한 데가 있었다. 엄마가 셈이 바른 것은 자타가 인정하는 바이나 막상 자신의 가난한 돈지갑이 새는 것도 모르는 것이 엄마의 또 다른 면이었다. 나는 지금까지도 엄마에게 그런 허술한 일면이 있었음을 감사하고 또한 그로 인해 엄마를 사랑한다.

－『그 많던 싱아는 누가 다 먹었을까』, p.81

(4) 세상에 우리 엄마만큼 삼국지를 재미있게 말할 수 있는 사람이 또 누가 있을까? 엄마가 "옛다 조조야, 칼 받아라" 하면서 그 동작까지 흉내내느라 바느질하던 손을 높이 쳐들었을 때 엄마의 손끝에서 번적이는 바늘빛은 칼빛 못지않게 섬뜩하고도 찬란했고, 나는 장검을 휘둘러도 시원치 않을 우리 엄마가 겨우 바느질품밖에 못 하는 게 안타까워 가슴속에 자릿하니 전율이 일곤 했다.

－『그 많던 싱아는 누가 다 먹었을까』, p.97

(5) 엄마는 자신이 옳다고 믿으면 어떡하든 밀고 나가는 강한 성격인데다가 교만하기도 해서 안집 식구를 은근히 경멸하고 있었다.

－『그 많던 싱아는 누가 다 먹었을까』, p.101

(6) 엄마가 절대로 아들딸을 음식 층하 안 하는 것은 숙모들 사이에서도 유별난 걸로 알려져 있었다.

－『그 많던 싱아는 누가 다 먹었을까』, p.143

(7) 그러면 엄마는 애저녁에 못 떼어놓고 이왕 우리 식구 된 거, 내 자식

에게 할 수 있는 것과 똑같이 해주고 싶다고 말하곤 했다. (중략) 엄마의 그런 면은 나도 전혀 예상 못 한 새로운 면이었고, 엄마를 존경스럽고도 자랑스럽게 여길 수 있는 중요한 계기가 되었다.

  －『그 많던 싱아는 누가 다 먹었을까』, p.171

  ⑧ 엄마는 원래 자식들이 좋아하는 거나 옳다고 여기는 건 무조건 따라하는 분이었다.

  －『그 많던 싱아는 누가 다 먹었을까』, p.181

  ⑨ 자식의 안전을 위해 법에서 금하는 불온한 사상을 두려워하면서도, 자식이 위험을 무릅쓰고 하는 일이니만치 뭔가 위대한 일이라고 믿고 싶은, 가장 우리 엄마다운 이중성이었을까? 아니면 엄마도 임의로 할 수 없는 불길한 예감 때문이었을까?

  －『그 많던 싱아는 누가 다 먹었을까』, p.197

  ⑩ 엄마는 아직도 쫓기고 있었다. 엄마는 좌익조직으로부터 헛되게 도망을 다녔듯이 이번엔 전향한 후환으로부터의 도피를 시도하고 있었다.

  －『그 많던 싱아는 누가 다 먹었을까』, p.206

  위의 예문은 『싱아』에서 엄마의 성격을 추측할 수 있게 하는 단서들이다. 많은 부분이 이전의 자전적 체험 소설에서는 제시되지 않았거나 간략하게 서술되고 말았던 내용들이다. 이 작품에서 엄마는 농담이나 우스갯소리를 잘하는 밝고 명랑한 성품을 지닌 여성으로 그려지고 있으며 소신 있는 모습, 당차고 활력 있는 모습으로 나타난다. 이전의 작품에서 제시된 엄마의 이미지와는 상당히 다른 부분이다. 엄마의 성격이 변한 것과 같이 '나' 역시 엄마에 대한 애정 표현이 적극적이다. 이전의 소설에서 엄마의 이중성이나 모순성을 강조하며 엄마가 갖고 있는 가치관이나 관습적 인식을 부정하려고 했던 것과 달리, 이 작품에서 '나'는 엄마의 모순성을 이해하고 존경하며 사랑한다. 그리고 자신이 판단했던 엄마의 이중성이 다른 의미로 재해석될 수 있는 것이었음을 인정한다.

엄마에 대한 딸의 서술이 이처럼 다채로워지고 구체화된 것은 작가가 참척(慘慽)의 고통을 거친 후, 자식을 잃은 엄마의 고통을 공유할 수 있게 되면서 엄마의 삶을 향한 시선이 완전히 바뀌었기 때문이다. 지금까지 엄마와 공유했던 것은 전쟁의 참혹함이라는 것에 한정되어 있었다. 아들을 잃은 엄마의 심정을 이해하는 데에는 작가는 타자였던 것이다. 가늠할 수 없기에 완전히 이해한다고 할 수도 없는 관찰자의 입장에서만 엄마의 고통이 서술될 수 있었다. 그러나 「엄마의 말뚝 3」에서와 같이 딸이 엄마의 이름에서 그 뜻을 읽을 수 있게 된 것은 이제까지 타자였던 엄마를 재발견함을 의미한다.[5] 따라서 『싱아』에서 엄마의 삶에 대한 조명이 보다 구체화된 것은 엄마에 대한 이해의 폭이 확대되면서 한 인간으로서, 여성으로서 엄마의 삶에 대한 인식의 폭도 넓어진 것으로 이해할 수 있다.

마찬가지로 이어서 발표된 자전 소설, 『그 산』에서는 이전 작품들에서 주변적인 인물로만 그려졌던 '올케'의 삶과 행동이 상세하게 기술된다. 특히 이전에 자전적 체험 소설에서 재현된 이미지와는 달리 상당히 적극적이고 능동적인 여성으로 나타난다. 더군다나 이전의 작품에서 '나'와 엄마와의 대결, 갈등이 서사화되는 동안 올케는 부수적인 인물로 등장했던 데 반해, 이 작품에서 올케는 '나'와 엄마의 생계를 맡아 주도적으로 전쟁의 시간을 극복해나가는 여성으로 그려진다. 때문에 이 작품 역시 '나'의 이야기라기보다는 오히려 올케와의 이야기라고 할 만한

---

5) 그런 의미에서 조회경은 「엄마의 말뚝 3」이 작가 박완서의 새로운 출발점으로서 「그 많던 싱아는 누가 다 먹었을까」의 원점이라고 하였다. (조회경, 앞의 글, 2010, pp.612~615 참조)

데, 올케에 대한 관찰은 작품의 도입부터 시작된다.

(1) 이상한 일이었다. 수화상극이라는데 올케의 손을 거치면 물과 불이 열광적으로 화합하는 게 그렇게 감동스러울 수가 없었다. 그런 신기한 비밀을 알고 있는 올케가 믿음직스러웠고, 여태껏 어떤 친구에게도 느껴보지 못한 우정의 기쁨 같은 걸 느꼈다.
　　　　　　　　　　　　　　　　　　－『그 산이 정말 거기 있었을까』, p.16

(2) 올케가 나더러 보급투쟁을 나가자고 했다.
　　　　　　　　　　　　　　　　　　－『그 산이 정말 거기 있었을까』, p.29

(3) 올케가 존경스러웠다. 그러나 그녀에게 대들고 싶은 걸 참고 순종한 건 존경 때문이라기보다는 그녀의 통제 하에 있어야만 우리 식구가 살아남을 수 있을 것 같은 본능적인 생존 감각 때문이었다.
　　　　　　　　　　　　　　　　　　－『그 산이 정말 거기 있었을까』, p.30

(4) 올케가 무슨 생각을 하고 있는지는 더군다나 알 수 없었다. 매사에 가장 의젓하게 구는 게 올케였지만 나는 가끔 올케가 울고 싶은 걸 억지로 참고 있는 것처럼 아슬아슬해 보이곤 했다.
　　　　　　　　　　　　　　　　　　－『그 산이 정말 거기 있었을까』, p.35

(5) 뭐니 뭐니 해도 올케는 우리 식구의 대들보였다. 만약 올케가 꼼짝 못하게 되면 나 혼자 힘으로 우리 식구를 먹여 살릴 능력도 의욕도 나에겐 없었다.
　　　　　　　　　　　　　　　　　　－『그 산이 정말 거기 있었을까』, p.36

(6) 그날 올케하고 나 사이엔 육친애나 우정보다 훨씬 더 속 깊은 운명적인 연민 같은 게 심금에 와 닿았기 때문에 그 밖의 것은 그닥 중요하게 여겨지지 않았다.
　　　　　　　　　　　　　　　　　　－『그 산이 정말 거기 있었을까』, p.37

(7) 늘 믿음직한 것은 올케였다. 그녀는 그날 아침에도 경건한 의식처럼 오빠 다리의 총구멍을 소독하고 심을 갈아 끼우는 일을 했다. 새살이 많이 나왔다는 말도 있지 않았다. 그건 정말이지 종교적 의식과 다름없이 경건했고 위안과 희망이 됐다. 오빠의 총상에 대한 나만의 비밀스러운 혐오감도 잠시 승화되는 것 같았다.

－『그 산이 정말 거기 있었을까』, p.66

(8) 올케의 장사도 때를 잘 만난 셈인데 그 반대로 본 게 올케다운 눈썰미였다. 아무리 노점이라도 자릿세 없이 해먹을 수 있는 날이 얼마 안 남았다고 내다본 올케는, 어떻게든지 자기 가게 터를 갖고 싶은 욕심이 동했다. 꿈도 크지, 그것도 돈암시장이 아니라 동대문시장에다가.

－『그 산이 정말 거기 있었을까』, p.215

예문에서와 같이 '나'에게 올케는 육친애 이상의 감정 교류를 갖게 하는 인물이다. '나'는 엄마나 오빠보다 더 올케에게 의지하고 있으며, 올케를 신뢰하고 있다. '나'와 올케는 『목마른 계절』에서와 동일하게 함께 피난을 갔다 오고, 텅 빈 동네에서 함께 생존을 위해 의지하던 관계로 변함이 없다. 하지만 이전과 달리 올케의 개인적 성품이나 능력이 상세하게 서술되고 있다. 또한 이전의 소극적이고 겁이 많던 모습과 달리 담대하고 강인한 면모가 부각된다. 식량을 위해 '보급투쟁'을 제안한 사람도 '나'가 아닌 올케로 바뀌었고, 구제 옷 장사를 처음 제안한 것도 '나'가 아닌 올케였다. 이처럼 올케는 '나'의 가족에서 중심적인 인물로 등장하며 가족들은 모두 올케를 의지하고 신뢰한다는 점에서 큰 차이를 보인다. 아울러 올케에 대해 '나'의 믿음은 거의 종교적이기까지 하다. 이처럼 『그 산』은 주변부적인 인물이었던 올케를 전면에 내세우면서 수동적이고 젠더 규범적 여성에서 능동적이고 자율적인 여성으로 재해석하고 있다.

이러한 서술 태도의 변화는 여성의 정체성에 대한 재의미화를 시도한 것이라 할 수 있다. 전쟁이라는 폭력적이고 급박한 상황 속에서 생존을 위한 여성들의 역사적 투쟁, 경험 그리고 기억은 오랫동안 강제된 침묵을 깨고 여성들의 목소리를 복원함으로써 역사화가 이루어진다.[6] 권명아는 "박완서가 여성의 역사를 내포하고 있다는 것은, 남편이나 아들에 얽매인 '이름 없는 존재로서 익명성의 역사만을 구현하던 시기로부터 자신의 역사를 갖게 되는 과정이 깊이 각인되어 있다."[7]고 밝히고 있다. 나아가 이전 시대의 가치관이 아닌, 새로운 관점으로 여성의 정체성을 관찰할 수 있는 시각의 변화가 생긴 것이다. 남성적 질서를 옹호하기 위해 남성적 가치관이 부여한 역척모성의 재현이 아니라, 또한 순종적이고 소극적이며 연약한 감성의 여성으로 보편화된 여성의 모습으로 읽어내는 것이 아니라, 『싱아』와 『그 산』에서의 엄마와 올케는 규범적 여성의 범주를 넘어서는 인물로 재해석되고 있는 것이다.

또한 자전 소설에서 '나'가 아닌 '엄마'나 '올케'의 삶이 더욱 강조된 것은 '나'의 정체성의 변화와도 관련된다. '나'의 정체성은 '나'와 관련된 사람들과의 동일시를 통해 구성되는데, 유년 시절(『싱아』)의 '나'는 엄마와 동일시를 함으로써 주체로 성장할 수 있었다. 그리고 한국전쟁 당시(『그 산』)의 '나'는 올케와의 동일시를 통해서 '나'라는 주체를 인식할 수 있게 된 것이다. 그렇다면 이들 소설에서 '엄마'와 '올케'는 '나'의 동일시의 대상이면서 동시에 또 다른 '나'의 모습이라고 할 수 있다. 결국 '나'는 엄마와 올케를 드러냄으로써 '나'의 이야기를 '다시' 하고 있는 것이다. 작가는 '나'를 중심으로 기억하던 사건들을 엄마와 올케와의 관계를 통해서 다시 기억하고 있는 것이고, 그러한 '다시-기억하기는 엄

---

6) 이성숙, 앞의 글, 2007, p.127.
7) 권명아, 앞의 글, 1998, p.391.

마와 올케를 보면서 세계와의 갈등을 이겨내고 내면의 갈등을 해소할 수 있는 방식으로 재서사화되고 있는 것이다.

그런데 작가가 끊임없이, 반복적으로 '기억'하려는 이유가 '치유하기'를 목적으로 한다면, '기억하기'는 궁극적으로 '망각하기'와 연결된다.[8] 상처를 기억함으로써 역사를 증언하고자 했던 작가의 의지는 해한(解恨)을 원하는 것이다.[9] "꿀떡 삼켰던" 죽음을 토해내려 한다는 것이나 어머니의 주술같은 기도 역시 가족의 억울한 죽음을 풀어내고 씻겨내고자 함이다. 그렇다면 증언과 복수로서의 글쓰기는 다 토해냄으로써 자유롭고 싶은 것, 결국 온전히 기억함으로써 온전히 잊어버리고 싶은 것, 잊어버리는 것으로 치유되고 싶은 것이라 할 수 있다.

1990년대 이후의 작품들을 살펴보면 작가의 세계관이나 인생관의 전환을 보여주는 작품들이 쉽게 발견된다. 여기서 '전환'이라는 것은 기존의 '저항'과 '비판', '고발'과 '조롱', 혹은 '복수'로서의 글쓰기가 중단되었다는 점이다. 앞서 살펴본 바와 같이 작가의 자전소설인 『싱아』와 『그 산』의 여성 인물들은 반복적으로 과거를 회상하고 복원해 내려고 한다. 자꾸 그 시절로 돌아가서 당시의 삶을 반추하고, 재의미화를 시도한다.

---

8) 작가의 자전적 글쓰기 자체는 작가 자신의 과거의 상처와 억압된 기억의 재현이며, 의식화와 치유의 과정이다. 그리고 이 경험에 대한 반복적 글쓰기는 바로 그 폭력과 억압의 상처로부터 벗어나기 위한 것, 즉 억압에 대한 의식화(기억)를 통한 상처 치유(망각)의 글쓰기라는 가정이 충분한 설득력을 얻게 된다. (송명희, 앞의 글, 2004, p.157, p.171 참조)

9) 박완서는 이상 문학상 수상식 연설문에서 6·25를 다룬 일련의 작품들은 "오빠의 망령으로부터 벗어나 보려는 몸부림 같은 작품들"(박완서, 「나에게 소설이란 무엇인가」, 『한국문학』, 1985, p.5)이라고 술회하고 있으며, "나는 그들로부터 자유로워지고 싶었고, 자유로워지는 방법으로 우선 숨겼던 것을 털어놓는 일"이라고 했다. 또한 박완서는 "그것은 저에겐 소설이기 이전에 한바탕의 참아내지 못한 통곡 같은 거였습니다."(박완서, 「미처 참아내지 못한 통곡」, 『이상 문학상 수상작가 대표작품선』, 문학사상사, 1987, p.315)라고 속마음을 드러냈다.

이는 「엄마의 말뚝1」이나 『목마른 계절』에서의 여성인물과 유사하면서도 분명히 다른 면모를 보이는데, 그 차이는 이전의 '기억하기'가 증언과 복원의 글쓰기10)였던 것과 달리, 지금의 '기억하기'는 '망각하고 싶다'는 의식을 바탕으로 하고 있기 때문이다.

예컨대, 「엄마의 말뚝 3」에서 '화장(火葬)'과 '매장(埋葬)'은 '기억하기'와 '망각하기'의 차이로 나타난다. 「엄마의 말뚝 2」에서 엄마의 유언은 '화장'이었다.11) 먼저 죽은 아들의 뼛가루를 고향이 보이는 바닷가에 뿌

---

10) 박완서 스스로 '복수의 글쓰기'라고 명명한 것에 의미를 부여한 권명아는 전쟁의 상처를 불특정 다수에 대한 증오와 복수심으로 해소하는 수난자로서 작품 속 엄마에서 아들을 잃고 삶의 의욕을 상실한 채 죽은 듯 삶을 살아내는 엄마의 표상으로 나타나 있다고 말한다. (권명아, 앞의 글, 2000, pp.83~84) 강인숙은 그의 글쓰기 행위의 목적이 6·25체험을 토해내는 것, 현실에 대한 복수, 증언, 가면 벗기기에 있다고 말한다. (강인숙, 앞의 책, 1997) 백지연은 박완서의 글을 두고 강렬한 증오는 상처로 남고, 상처를 쓰다듬고 치유하기 위해 글쓰기가 시작된다고 말하고 있다. 작가에게 문학은 악몽의 체험을 생생하게 재현함으로써 역설적으로 고통에서 조금이나마 자유로워지게 하는 유일무이의 수단이었다고 말하고 있다. (백지연, 앞의 글, 2000) 황도경은 아들을 잃은 직후에 쓴 「한 말씀만 하소서」에서 작가가 스스로 이글을 '통곡 대신'으로 쓰여진 것이라고 말하는 것을 지적한다. 말과 글은 일종의 통곡과 같다는 것이다. 그의 소설 속 주인공들처럼 그녀는 수시로 '짐승처럼 치받치는 통곡'을 삼켜야만 했고 그 삼켜진 통곡은 대신 글이 되어 분출되었다. 박완서의 말과 글은 단지 견디기 위한, 살아남기 위한 말이 아니라 상처를 치유하는 생명의 말, 고통을 함께 하는 나눔의 말이라는 것을 지적하고 있다. (황도경, 「한 말씀만 하소서」, 『박완서 문학 길 찾기』, 세계사, 2001) 이상우·나소정은 박완서가 자전적 요소를 서사화하는 독특한 창작스타일을 고수해 온, 두 가지 중요한 이유는 바로 <복수로서의 글쓰기>와 <치유로서의 글쓰기>이며, 이는 박완서 글쓰기의 주요한 창작동인으로 작용하는 동시에 그의 작품세계를 이해하는 데에 하나의 길잡이가 되어준다고 평가하였다. (이상우·나소정, 앞의 글, 2003, p.20)

11) 어머니는 한 줌의 먼지와 바람으로써 너무도 엄청난 것과의 싸움을 시도하고 있었다. 어머니에게 그 한 줌의 먼지와 바람은 결코 미약한 게 아니었다. 그야말로 어머니를 짓밟고 모든 것을 빼앗아 간, 어머니가 도저히 이해할 수 없는 분단(分斷)이란 괴물을 홀로 거역할 수 있는 유일한 수단이었다. 어머니는 나더러 그 때 그 자리에서 또 그짓을 하란다. 이젠 자기가 몸소 그 먼지와 바람이 될 테니 나더러 그짓을 하란다. 그 후 삼십 년이란 세월이 흘렀건만 그 괴물을 무화(無化)시키는 일은 정녕 그짓 밖에 없는가? (박완서, 「엄마의 말뚝 2」, 『엄마의 말뚝』, p.111)

려 그 한을 달래고자 했듯이 자신의 뼛가루로써 한 맺힌 전쟁을 기억하고 증명하고 싶은 것이다. 하지만 '나'는 엄마의 유언을 따르지 않는다. '화장(火葬)'함으로써 온전히 기억하는 것, 기억을 지속하고자 하는 것을 포기하고, '매장(埋葬)'을 통해 과거로부터 벗어나기를 바라는 것은 1990년대 이후 달라진 작가의 세계관을 단적으로 보여준다고 하겠다.

> 오빠의 뼛가루를 그 바다에 흩날린 지 30년이나 지난 뒤까지도 어머니는 지치지도 않고 그 짓을 낙처럼 취미처럼 계속해왔다. 우리는 이제 어머니의 그런 청승은 상상하는 것만으로도 넌더리가 났다. 헤어나고 싶었다.
> ―「엄마의 말뚝 3」, 『엄마의 말뚝』, p.119

"유난스러운 한풀이"를 반복하고 싶지 않다는 조카의 설득을 받아들이기도 했지만, 위의 예문에서 보듯이 "나 역시 그짓을 하기가 싫었던 것이다." 엄마가 기억하고 증언함으로써 "분단(分斷)이란 괴물을 홀로 거역"하고자 한 것과 달리 '나'는 전쟁의 기억과 분단(分斷)의 현실은 개인의 힘으로는 어찌하지 못하는 "괴물"이라는 것을 인정하지 않을 수 없음을 자각하고 있기 때문이다. 따라서 오랜 시간동안 반복되어 온 엄마와의 공모에서 '나'는 절연(絶緣)을 결심하게 된다.

그러나 '망각하고 싶다'는 것은 과거를 외면하고, 기억을 삭제하겠다는 것을 의미하지 않는다. 오히려 과거의 기억을 온전히 떨쳐내는 것이 불가능하다는 것을 인지했다는 것으로, 떨쳐 내는 것이 아니라 안고 나아갈 수밖에 없음을 인정하는 것이다. 즉 '상실(의 기억)'을 상실하고자 하는 것이고, 이는 곧 자신의 타자성, 내 안의 이물감을 수용하려는 노력에서 비롯된다. 결과적으로 이들 자전소설에서 나타나는 이러한 원환적 '기억하기'는 현재의 정체성을 재구성하는 하나의 과정으로 수행된다. '상실'을 상실함으로써 화자는 이전의 자신과는 또 다른 자신을 발견하게 되는 것이다.12) 이것이 1990년대 박완서 소설에서 나타나는 서사적 정체성의 변화를 의미하는 것이다.

이전의 '나'는 확고한 신념과 뚜렷한 자아를 갖고 있었다. 분명한 기준이 있었기에 '타자'를 상정하기도 어렵지 않았고, '나'의 기준으로 '타자'를 비판하는 것도 서슴지 않았다. 하지만 이미 내 안의 타자성을 인정하게 된 서사적 자아는 '나'의 낯섦을 수용하게 되고, 타자의 변화도 인정하는 모습으로 나타난다. 세계의 모순을 들추고, 인간의 속물성에 대해서 가차 없이 비판을 하며 내, 외부적 갈등을 겪어 왔던 서사적 자아는 세계와의 화해를 암시하는 '나'로 바뀌게 된 것이다. 이 시기 소설의 여성 인물들은 자신의 내부에 들어와 자신을 구성하고 있는 이질적 외부를 수용함으로써 자신의 정체성을 유동적으로 구성하게 된다.13)

> 그들이 무슨 말을 하는지 표정이 어떤지는 잘 알 수 없었지만 늙어서도 그 정도로 멋있다는 건 우리에겐 선망이고 위안이었다. 그 노인들은 아주 천천히 거의 핥듯이 술을 마셨지만 자주 서로의 술잔을 부딪쳤다. 그들이 술잔을 가볍게 부딪치는 걸 보고 있으면 저 나이나 돼야 비로소 인간과 인간 사이의 진정한 화해가 가능하지 않을까 하는, 안 하던 생각이 들기도 했다.
>
> ─「마른 꽃」, 박완서 단편소설 전집 6, p.25

---

12) 「엄마의 말뚝 3」에서 딸이 엄마의 이름의 비석을 세워드림으로써 '어머니의 성함이 한 개의 말뚝이 되'었다는 것은, 단지 엄마라고만 불리던 보편자를 '최기숙'이라는 한 개인 개별자로 다시 탄생시키는 장면이다. (김복순, 앞의 글, 2003, p.260)

13) 들뢰즈. 가타리는 공저 『천 개의 고원』에서 두 가지 유형의 주체성을 구분한다. 그것은 정착적(sedentary) 주체성과 유목적(normadic) 주체성이다. 정착적 주체성은 사회의 지배적 질서를 내면화하는 주체가 되는 것으로 사회적 포획장치를 통해서 예속된다. 반면, 유목적 주체성이란 욕망의 탈주선을 따르는 것으로 어떤 주어진 상태나 질서에 고정되는 것이 아니라 끊임없이 변화하고 분열하며 새로운 대상과 가치를 창출하는 능동적인 주체이다. (이소희, 앞의 글, 2002)

세계와의 화해, 인간과 인간 사이의 진정한 화해가 가능할 수 있는 것은 작가의 생물학적 연령이 노년기에 접어들었다는 점도 간과할 수 없다. 인간의 삶에 대해서 거시적으로 바라볼 수 있는 시야를 확보하게 된 것이다. 노년의 작자는 이제 치열함과 맹목성, 단죄와 비판보다는 아량과 이해, 포용과 격려를 더 먼저 생각하게 되는 서사적 정체성을 보여준다. 「마른 꽃」에서는 이러한 작가의 인식의 변화를 예감할 수 있다. 새로운 감수성이 형성되어 가는 과정을 보여주는 것이다.

유년 시절의 일화를 담은 『싱아』에서 "우리는 그냥 자연의 일부였다. 자연이 한시도 정지해 있지 않고 살아 움직이고 변화하니까 우리도 심심할 겨를이 없었다"라는 말로 어린 아이의 생명력과 자연의 생명력을 일치시켰다면, 「마른 꽃」에서 노년의 화자는 "결코 죽은 평화가 아니었다. 거기 가면 풀도 예쁘고 풀 사이에 서식하는 개미, 메뚜기, 굼벵이도 예뻤다. 그의 육신이 저것들을 키우고 있구나, 나 또한 어느 날부터인가 그와 함께 저것들을 키우게 되겠지, 생각하면 영혼에 대한 확신이 없어도 죽음이 겁나지 않았고, 미물까지도 유정했다"라는 말로 인간의 유한성을 자연의 영원성으로 극복하고자 한다.

즉, 인간의 삶은 자연의 일부이면서 동시에 자연 그 자체이고, 이렇게 자연과의 동일시는 고정된 '나', 단독자로서의 '나'가 아닌 상생(相生)의 사유를 갖게 한다. 작가는 상생(相生)만이 삶의 지속을 가능하게 한다는 믿음을 갖게 된 것이다. 상생의 사유는 자연의 영원성에 기대어 죽음마저도 새로운 생(生)의 시작, 영원회귀의 시작으로 인식할 수 있게 하는 것이다. 영원회귀는 동일자의 사유가 아니라, 종합적 사유, 과학 밖에서 새로운 원리를 요구하는 절대적인 차별자의 사유이다.[14]

---

14) 그 원리는 다른 것 그 자체의 재생산의 원리, 차이의 반복의 원리, 즉 아디아포리 (차이의 부정, 無차이)의 반대이다. 영원회귀 속에서 되돌아오는 것은 동일자가 되

상생(相生)의 사유는 관습적 젠더의식을 해체하는 힘이 되기도 한다. 「길고 재미없는 영화가 끝나갈 때」에서 여성 화자는 아버지의 가부장의식과 오빠의 장남의식 역시 젠더 규범에의 종속에서 비롯되었음을 확인하게 된다. 아버지는 평생을 무시와 무관심으로 어머니를 대해왔고, 조강지처라는 명목만으로 어머니는 묵묵히 며느리로서의 도리를 다하며 살아왔다. 철저한 가부장의식에 젖은 아버지는 어머니의 임종 직전에서야 자신의 무자비함을 반성하게 된다. 그동안 '나'는 평생 동안 난봉을 피우고 가부장의식에 사로잡혀 있던 아버지의 모습에서 한 여자의 일생이 얼마나 외롭고 고되게 살아왔는지 밖에 살피지 못했었다. 그러나 어느 날, 우연히 엿본 아버지의 모습에서 '나'는 지금까지와는 전혀 다른 시각에서 아버지의 삶을 생각하게 된다.

> 롯데월드 광장에서 본 아버지도 그렇게 편안하고 거침없어 보였다. 아버지는 장남 노릇이 몸을 옥죄는 걸 참지 못해 편안하게 퍼질 자리를 찾아 난봉을 핀 게 아니었을까. 소녀 적엔 그렇게 풀린 아버지가 추악하게만 보였는데 지금은 아니었다. 난봉기도 도가 트니까 관록 같은 게 생겨 멋있고 풍류스러워 보이기까지 했다.
> ―「길고 재미없는 영화가 끝나갈 때」, 박완서 단편소설 전집 6, p.149

화자는 아버지 역시 젠더 이데올로기의 희생자일지 모른다는 생각을

돌아옴 그 자체는 그것이 자신을 생성으로, 지나가는 것으로 긍정하는 한에서 존재를 구성한다. 되돌아오는 것은 하나가 아니지만, 되돌아옴 그 자체는 자신을 차별자로, 다수로 긍정하는 하나이다. 달리 말하자면, 영원회귀 속의 동일성은 되돌아오는 것의 속성을 가리키는 것이 아니라, 차이나는 것을 위해 되돌아오는 상태이다. 그래서 영원회귀는 하나의 종합으로, 즉 시간과 그것의 차원들의 종합, 다른 것과 그것의 재생산과의 종합, 생성과 자신을 생성으로 긍정하는 존재의 종합, 이중적 긍정의 종합으로 간주되어야만 한다. 즉 영원회귀를 차별자와 그것의 재생산의 이유인 어떤 원리, 차이와 그것의 반복의 이유인 어떤 원리의 표현으로서만 이해해야 한다. (질 들뢰즈, 『니체와 철학』, 이경신 옮김, 민음사, 2008, 2장 참조)

하게 된다. 아버지가 어머니에게 '조강지처'의 지위와 부덕의 의무만을 짊어주었다고 생각해 왔던 것과 달리, 화자는 비로소 아버지가 짊어진 장남 노릇, 가부장의 짐을 볼 수 있게 된 것이다. 박완서의 소설에서 이처럼 남성 젠더 규범에 대한 인식은 90년대에 들어서야 나타난다. 항상 적대의 대상, 비판의 대상이었던 남성의 삶에 대해서도 객관적 관찰이 가능한 시야가 확보되었다는 것이다. 아버지뿐만 아니라 '나'에게 항상 "천사표"라는 말로 비아냥거리던 오빠에게서도 "장남된 도리를 제대로 못한다는 자책감"을 읽고, "도둑이 제 발 저리다"는 오빠의 자기비하를 이해할 수 있게 된다. 오빠에 대해서도 마찬가지로 남성 젠더에 대한 연민의 시각으로 볼 수 있게 된 것이다.

하지만 화자에게 젠더 이데올로기로부터 자유롭지 못했다는 남성들의 입장은 아직은 "난해한 영화"일 뿐이다. 아직 "길고 재미없는 영화", 봉건적 제도와 관습화된 젠더의식은 끝나지 않았음에 대한 확인인 것이다. 다만 '나'는 "혹시라도 이번엔 조금이라도 더 이해할 수 있을까"라는 기대로 '다시 보기'를 시작한다. 이제 '나'는 여성의 입장에서 여성만의 시각으로 여성을 대변하기 위한 눈이 아닌, 인간적인 삶의 문제에서 젠더 규범을 재해석해 보고자 하는 것이다. 이러한 여성 인물을 유목적 주체라 할 수 있을 것이다.

브라이도티는 "우리는 현재 우리가 처해 있는 역사성에 부합하는 정치적 전략뿐만 아니라 상상적인 형태들도 필요하다"고 역설한 바 있다. 그러므로 브라이도티는 사유(지식)의 이미지 변형을 꾀하는 들뢰즈의 이론과 여성 주체성을 변화시키는 페미니즘 이론의 교차지점15)을 논의의

15) 들뢰즈와 가타리가 차이의 문제에 보여준 관심사는 철학에 팽배해 있는 남성주의 형식에 대항하는 페미니스트 투쟁과 연대할 수 있는 측면이 있다. 자기 안에 있는 스스로의 차이, 즉 정체성에 종속되지 않는 차이를 개념화하면서 들뢰즈와 가타리는 단일하고 통합된 주체성의 증식이나 더블을 넘어서는 되기와 다수성의 개념을

대상으로 삼고 "유목적 페미니스트 주체" 라는 새로운 주체 형성에 관한 인식론적 근거를 정립하는 데 심혈을 기울여왔다.16) 브라이도티에 따르면, 유목적 주체란 "경계 없는 유동성이 아니라 경계의 비고정성을 날카롭게 인식하는" 주체이다.17)

「그리움을 위하여」는 노년의 로맨스를 이야기한다. 화자 '나'는 사촌 동생의 새로운 연애담을 듣게 되는데, 기존의 보편적 젠더 규범을 따르는 '나'에게 환갑이 넘은 동생과 칠십이 넘은 노인의 연애는 비현실적인 것이었다. 그러나 로맨스의 주인공인 두 남녀의 모습은 결혼이라는 관계를 새롭게 해석할 수 있는 여지를 보여준다.

> 언니, 그건 언니가 이상한 거야. 영감님이 날 그이 제사에 보내준 게 뭐가 그리 이상하다는 거야. 보내주긴, 내가 갔다온다고 했어. 나도 즈이 마누라 첫 차례 지내려고 풍랑을 무릅쓰고 갔는데 그 정도의 주장도 못해.
> － 「그리움을 위하여」, 『친절한 복희씨』, p.34

> 나는 남자가 그렇게 눈물을 철철 흘리며 우는 거 처음 봤다우. 그러면서 죽은 마누라가 도와줬다나. 내 손목을 붙들고 마누라한테 도와달라고 이

환기시킨다. 들뢰즈와 가타리가 주장하는 몸 개념, 즉 불연속적이고 비총체적인 일련의 과정이자 기관, 흐름, 에너지, 육체적인 실체, 비육체적인 사건, 속도, 지속으로서의 몸 개념은 마음/몸, 자연/문화, 주체/객체, 내부/외부의 이항대립에 의해 몸에 부과된 양극화를 벗어나서 몸을 재인식하려는 페미니스트들의 시도에 엄청나게 소중한 것이 될 수도 있다. (엘리자베스 그로츠 지음, 『뫼비우스 띠로서 몸』, 임옥희 옮김, 도서출판 여이연, 2001, p.320)

16) 이소희, 앞의 글, 2002.
17) 유목주의는 "끊임없이 침해, 위반하고자 하는 강렬한 욕망이다." 유목주의란 "사회적으로 코드화된 사유 방식과 행동 방식에 안착되기를 거부하는 비판적 의식을 지칭하며 관습집합의 전복"이다. "유목적 이동은 창조적인 종류의 생성이요. 뜻밖의 원천들을 허용해주는 수행적인 은유"이다. "유목적 의식은 주체성에 대한 헤게모니적이고 배타적인 관점들에 대항하는 정치적 저항의 한 형태이다." (로지 브라이도티, 『유목적 주체』, 박미선 옮김, 도서출판 여이연, 2004, pp.21~22, pp.31~33, p.59)

사람마저 잃으면 못 산다고 빌었대. 언니도, 그게 뭐가 기분 나빠. 난 하나
도 기분 안 나쁘더구만. 영감님이 워낙 정이 많아서 그래. 언니는 그 사람
이 마누라 잃은 지 일 년도 안 돼 새장가 들었다고 욕하지만 외로움을 이
기지 못하는 게 왜 나빠.

-「그리움을 위하여」, 『친절한 복희씨』, p.37

이들의 결혼 생활은 봉건적 가부장제에 종속되어 있지 않고, 관습화
된 젠더 규범도 초월한다. 남성과 여성에게 차별적으로 적용되는 결혼
담론의 억압성도 이들 부부 사이에서는 예측하기 어렵다. 여기서는 남
성성이나 여성성의 근원을 묻지 않는다. 오히려 서로의 내부에 이질성
이나 타자로서 상대를 안고 있음을 인정하는 모습이 나타난다. 작가는
결혼이라는 제도 자체를 허물지 않으면서, 그 안에서 새로운 인식 체계
로 나아갈 수 있는 삶의 방식, 기존의 불평등한 젠더 규범을 해체할 수
있는 가능성을 보여주고 있는 것이다. 즉 상징계적 질서 내에서 여성을
이탈하게 하거나 여성만을 위한 새로운 세계를 건설하자는 비현실적
가치를 내세우지 않고, 가장 현실적인 세계에서 상생(相生)을 가능하게
하는 삶의 방식을 제시해 준 것이다.

2) 익명적 여성성의 발견

들뢰즈의 존재론의 기반은 '차이'라는 토대이고, 이러한 차이의 심연
을 드러내는 것이 '반복'의 운동 원리이다. 물질이 이미지로 규정된 후,
이 세상의 존재론적 방식은 재현의 방식이 아닌, 반복의 방식으로 대체
된다. 이로써 위계질서가 지워지지 않은, 각자의 다름과 차이가 드러나
는 운동 원리가 그려지는 것이다. 따라서 들뢰즈의 세계는 탈 위계적이
며, 상징계가 무화되는 세계이다. 여성주의 철학이 들뢰즈와 만날 수 있

는 접점이 바로 이러한 지점이다. 차이를 드러내는 원리인 반복의 운동을 통해 이성적이고 남성적으로 규정된 자아와는 다른, 규정 불가능한 여성의 모습에 수렴될 수 있는 균열된 자아로서의 새로운 여성의 가능성을 모색할 수 있는 것이다.[18]

들뢰즈가 강조한 바, 재코드화는 기존의 틀을 넘어서고 해체하면서 동시에 새로운 인식 체계 속으로 합류하는 것이다. 단 새로운 인식 체계는 끊임없이 자리 이동을 한다. 그러므로 재코드화의 작업은 '여성' 혹은 '남성'이라는 기표가 갖고 있는 다면적, 다층적 복합성을 재음미해 보는 것을 의미한다. 브라이도티는 이 재코드화 작업을 반복하는 경험을 통하여 페미니스트 주체 형성에 관한 이론의 새로운 방향, 새로운 여정을 발전시킬 수 있는 잠재력을 발견할 수 있다고 주장하였다.[19]

「꿈꾸는 인큐베이터」의 '나'는 이제껏 자신이 의지하고 있었던 가치 개념의 허구성을 깨닫는다. 자신을 억압하던 젠더 규범의 정체는 바로 스스로 내면화한 체제 종속적 사고체계였던 것이다. 이러한 자각은 뜻밖의 만남을 통해 이루어진다. 조카의 유치원에서 만난 남자는 화자에게 인식의 전환을 가능하게 하는 계기를 마련해 준다. 그는 '나'에게 여성의 외모에 "남성 성기"를 가진 기괴한 '나'의 모습을 깨닫게 해 주는 것이다.

아들을 낳음으로써 "후천적 남성 성기"를 갖게 된 '나'는 자신을 옭아맨 젠더의 불평등을 재생산하는 여성이다. 젠더에 종속되어 억압된 '나'의 내면은 겉으로 드러내지 못한 채 정서적 혼란만을 가중시켜 왔다. 그런데 '나'의 허망함, 쓸쓸함을 정확히 들여다 본 '남자'가 '나'의 괴물

---

18) 연효숙, 「영원회귀, 반복 그리고 여성의 이미지」, 『한국여성철학』 제3권, 한국여성철학회, 2003.1 참조.
19) 이소희, 앞의 글, 2002.

성을 깨닫게 한 것이다. 그러므로 이 작품에서 '나'의 익명적 여성성의 발견은 "후천적 남성 성기"를 가진 여성이라는 '기괴한 젠더'를 해체하고자 하는 자기 성찰에서 비롯된다. 즉 "후천적 남성 성기"를 가졌다는 의식, 그것으로 인해 만족한다는 가식을 버리는 것이며, "'아들'을 얻기 위해 '딸'을 죽인" 자신의 죄책감을 외면하지 않는 것이다. 이는 '남성 성기'를 가짐으로써 타자를 억압하고 군림하려 한 자신을 반성하고 자신의 여성됨을 새롭게 구성하는 것을 의미한다.

> 내가 나의 인큐베이터됨을 참아낼 수밖에 없었던 소인은 그러니까 기저귀 찰 때부터 비롯됐던 것이다. 그러나 앞으로는 달라져야 한다. 누구에게 보이기 위해서가 아니라 나를 위해 어떡하든지 달라져야 한다. 남편도 나도. 이건 사는 게 아니다. 그렇게 간악한 짓을 저지르고도 죄책감을 못 느끼는 그 께름칙함을 떨쳐버리지 않는 한 생전 아무것도 느낄 수가 없을 것 같다.
> ─「꿈꾸는 인큐베이터」, 『엄마의 말뚝』, p.228

봉건적 가부장 사회에서 이 작품의 화자와 같은 여성성은 보편적인 것이었다. 많은 여성들은 가부장제도와 남아선호사상 등의 차별적 젠더 관념을 스스로 내면화하고 실행했다. 아들을 낳는 것만이 자신의 존재적 가치, 존재성을 확인할 수 있는 방법이었기 때문이다. 스스로 수단, 도구가 될 수밖에 없었던 것은 곧 존재성 획득을 위한 것이었고, 여성의 재현은 자신의 개체적 특이성이 아닌 보편적 여성으로 일반화될 수밖에 없었다. 주체로 인정받기 위해 자아를 억압하는 것이다. 이렇게 남성적 가치 개념에 기대어 자신의 여성성을 규정하려 하게 되면, 여성성은 기괴해진다. 생물학적 여성에게 내면화된 의식적 남성성은 또다시 여성을 괴물로 만들고, 여성성을 억압하게 되는 것이다.

이제 여성은 남성 중심적 철학의 논리를 벗어던질 필요가 있다. 반복 원리를 갖는 차이의 철학은 어떤 원본도 거부하기 때문에 각자는 단독자의 모습 속에서 자유롭게 각자의 이미지를 형성해 나갈 수 있다. 차이의 철학에서는 '차이의 영속적인 탈중심화와 발산'이 가능하고, 행위와 관점으로서의 반복은 '교환 불가능하고 대체 불가능한 단독성'과 관계한다. 여성들은 각자가 창조적 활동을 지향해야 한다. 각자의 단독성은 어떤 보편적인 도덕 법칙에 종속될 필요가 없으며, 자유로운 삶의 가능성을 반복의 원리가 보증해 줄 수 있기 때문이다.[20)]

『아주 오래된 농담』은 비종속적, 단독성의 젠더 정체성을 구현하는 여성인물을 보여준다. '현금'은, 젠더라는 고정된 가치 개념은 단지 '아주 오래된 농담'일 뿐이라는 것을 반증하는 개성 있는 성격의 여성인물이다. 그녀는 자발적으로 젠더 관습으로부터 이탈한 여성이다. 결혼 생활 중의 현금은 '밥 짓기'와 '자식 낳기'를 거부하면서 이혼을 결심했다. 젠더 규범적 여성이기를 거부하고 있는 것이다. 하지만 이러한 거부는 겉으로 드러나지 않는다. 그녀는 남편과 시부모에게 젠더 규범을 철저하게 내면화하고 수행하는 여성으로 행동한다. 이러한 현금이의 젠더 모방은 젠더 관습을 이탈하기 위한 전략적 수행이다. 즉, 현금은 스스로를 불임(不姙) 여성으로 위장함으로써 견고한 상징계의 틀을 안전하게 넘어 선다.

그런데 이혼 후에 처음으로 자신을 위해 밥을 지어먹게 된 현금은 밥과 반찬의 냄새가 "사람 사는 집구석"이게끔 한다는 사실을 깨닫는다. 결혼 생활에서는 극도로 거부하던 일이 자신만을 위한 시도에서는 가능했다는 것은 개체적 특이성의 발견이다. 여성의 '밥 짓기'가 결혼 제도 내에서 종속된 규범에 의해 행해지는 것이 아니라 인간의 본능적 욕

---

20) 연효숙, 앞의 글, 2003.

구 충족을 위해서 시도될 때의 '신선한 충격'과 감동은 젠더 규범을 벗어난 여성의 자유에 대한 감각이며, 현금이의 익명적 여성성의 발견이라고 할 수 있다.

> 마침내 다 된 밥과 끓고 익어가는 반찬의 냄새가 어우러져 더 이상 좋을 수는 없는 절정에 달했다. 오장육부가 아우성치듯 맹렬한 식욕이 솟구쳤다. 그러나 꾹 참고 식탁 위에다 격식을 차려 밥상을 차렸다. 나는 반듯하게 차린 밥상을 받으며 자랐다는 자의식이 아무도 보는 사람 없는 데서도 그런 절차를 생략할 수 없도록 했다. 일단 상차림이 끝나자 짐승처럼 게걸스럽게 먹기 시작했다. 그렇게 맛있는 식사는 생전 처음이었다. 나에게 음식솜씨가 있다는 것은 놀라운 발견이었다. 이 나이에도 내 안에 발견할 게 남아 있었다는 건 또 얼마나 신선한 충격이던지.
> ―『아주 오래된 농담』, pp.60~61

삶의 의미나 목적을 갖지 못했던 현금은 요리를 통해서 처음으로 자신의 삶에 대한 의욕을 갖게 된다. 단순히 음식을 잘 한다는 소질의 발견이 아니라 자신의 삶에 대한 방향성이나 활력을 찾게 되었다는 점에서 현금은 이전과는 전혀 다른 자신의 모습을 갖게 된 것이다. 현금은 음식 만들기를 즐기며, 음식을 통해 타자를 인정하고 수용하는 방법도 익히게 된다. '밥'을 통해서 타자와의 관계가 맺어지고 교감할 수 있다는 사실을 알게 된 것이다.

현금은 '영빈'과의 만남을 지속하면서 아기를 낳고 싶다는 욕망도 갖게 된다. 하지만 그 아기는 여성이 자신의 존재성을 인정받기 위해 반복 인용되던 젠더 규범에 의한 것이 아니다. 현금은 인간의 본성으로서, "종족 보존의 본능"이 "인간에게 입력된 생명의 회로"에 의해 발동된 것이라고 분명히 밝힌다. "너한텐 말 안하고 감쪽같이 나 혼자만의 새끼로 키우려고 했지"라는 현금의 말도 기존의 젠더 규범을 초월한 여성성의 발현이다.

아이를 낳고 싶다는 현금의 욕망은 뜻밖에 영빈의 아내 '수경'을 만나면서 자매애로 발전한다. 현금과 수경은 아이를 원하는 여성이라는 동류의식에서 서로를 위로하고 격려한다. 수경은 원하던 아들을 낳기 위해 두 번의 중절수술을 하고나서야 비로소 아들을 임신하게 되고, 그런 수경을 바라보면서 현금은 여성이기에 경험해야만 하는 고통과 죄의식을 공유하게 된다. 자매애는 현금의 윤리의식을 회복하게 하는 기폭제가 되었다. 현금은 영빈의 정부(情婦)라는 자신의 위치를 인간적 윤리성에 의해서 반성하게 되고, 영빈과 결별한다.

현금이가 윤리성을 회복하게 되는 또 다른 계기는 역시 음식의 공유를 통해서이다. 현금은 자신을 속이지 않으면서, 즉 위선과 가식을 부리지 않고서 타자를 포용할 수 있는 방법으로 요리를 하게 된다. 젠더 규범에 의한다면 가장 부도덕한 여성으로 비난받을 수 있는 현금은 오히려 억압적인 젠더 규범에 의해 종속되지 않으면서 개체적 특이성을 통해 자신의 고유한 존재성을 인정받는 여성으로 재의미화된 것이다.

"비꼬지 마. 요리 솜씨도 썩히진 않을 테니까. 이사까지 가야 하는 게 카페 때문만은 아니야. 실은 요리 솜씨 때문이야. 내가 전서부터 인연을 맺고 다니던 고아원이 있거든. (중략) 원장의 요청은 그애들이 세상에 대한 최소한의 믿음이라도 갖고 떠날 수 있게 나더러 도와달라는 거야. (중략) 문제는 내가 내 생활에 생긴 그런 새로운 리듬을 즐기고 있다는 거야. 내가 내 생활에 미친 떨리는 리듬하고는 또 다른 거지만, 난 이게 훨씬 더 좋고, 생전 처음 보람이라는 것도 느끼고 있어. (중략) 너의 정부 노릇 할 때도 나름대로 행복했었지만, 일단 도덕적인 잣대로 재고 나니까 말할 수 없이 비참해졌어. 내 정체성에 균열이 생긴 기분이랄까. 어느 날 갑자기 거울에 비친 내 얼굴이 깊은 주름으로 팔십 노파처럼 처참하게 갈라져 있대도 이보다는 덜 무섭고 혼란스러웠을 거야. 아주 고약 하더라구. 그렇지

만 어쩌겠어. 도덕적인 것도 내 일부인 것을. 생긴 대로 살거야. 분열된 내
정체성을 정직하게 드러내고 잘 살아낼 테니 두고 봐."

-『아주 오래된 농담』, pp.281~283

현금은 기존 젠더 규범의 관점과 해석으로는 규정될 수 없는 익명적
여성성을 대표한다. 다시 말해서 그녀는 상징계적 질서 내에서 가부장
적 가치체계로는 재현 불가능한 여성성을 보여준다. 그녀는 여성 젠더
를 포함하면서 또한 넘어선다. 보편적 여성성으로 대체 불가능하고 환
원불가능한 상태, 여성성의 반복이면서 차이를 드러내는 여성성인 것이
다. 이와 같은 익명적 여성성은 기존의 여성에 대한 재현 체계를 위협
한다. 고정된 인식 체계를 부정하고 개별적 단독성의 세계를 구성할 수
있는 계기를 마련하기 때문이다. 이러한 여성 인물은 "자기의 안일을
지키기 위해 사회적 타자를 만들어 내는 데 일조하거나 방관하던 자기
를 비판하는 것에서 나아가 자기 자신의 타자성을 발견하는 것"[21]으로
세계와의 소통 가능성을 암시한다.

이 소설에서도 그랬지만, 박완서 소설에서 타자와의 만남, 세계와의
소통 가능성은 대부분 음식을 나누어 먹는 것으로 나타난다. 박완서 소
설에서 자신의 내부에서 찾게 되는 이질감, '나'와 다른 '남'으로부터 경
험하게 되는 혐오감은 모두 음식의 공유를 통해 극복된다. 요컨대, 이전
의 글쓰기가 '토해내기'의 서사였다면, 1990년대 이후의 여러 작품들은
'먹기'. '함께 먹기'를 강조한다. 이를테면, 「대범한 밥상」에서 시한부
선고를 받은 '나'는 오랜 친구를 찾아가 그간의 오해를 풀게 된다. 부부
가 아닌 남자와 여자가, 심지어 사돈 간인 남자와 여자가 함께 산다는
이유로 친구인 '경실'은 갖은 속설의 주인공이 되어 있었다. 그 내막을

---

21) 이선미, 앞의 글, 2002, p.423.

듣기 위해, 다른 한편으로는 호기심을 충족하기 위해 '나'는 경실을 만나게 된다.

경실과 그의 사돈은 자식 내외를 동시에 잃었다는 슬픔과 어린 손주들을 키워야 한다는 책임감을 공유하면서 남자와 여자라는, 이분법으로 규범화된 젠더를 넘어설 수 있었다. 사돈영감과의 동거가 "망측"한 것은 이분법에 의한 편견일 뿐, 소문과 달리 또 '나'의 호기심에 전혀 미치지 못하게 경실과 사돈 영감은 보편적 젠더인식으로부터 초월해 있었다. 이들에게 젠더의 해체는 "선택의 여지없이 자연스러웠던 일"이었다.

> "……깊은 속내는 말이 필요 없는 거 아니니? 같이 자는 것보다 더 깊은 속내 말야. 영감님은 먼 산이나 마당가에 핀 일년초를 바라보거나 아이들이 재잘대고 노는 양을 바라보다가도 느닷없이 아, 소리를 삼키며 가슴을 움켜쥘 적이 있었지. 뭐가 생각나서 그러는지 나는 알지. 나도 그럴 적이 있으니까. 무슨 생각이 가슴을 저미기에 그렇게 비명을 질러야 하는지. 그 통증이 영감님이나 나나 유일한 존재감이었어. 그 밖의 것은 하나도 중요하지 않더라. 남이 뭐라고 하든 그게 나하고 무슨 상관이야. 내가 아닌데. …(중략)… 산의 단풍이나 빛의 축제도 내가 지금 보고 있는 내가 있을 뿐 거기 실체가 존재한다는 실감은 안들어."
> −「대범한 밥상」, 『친절한 복희씨』, p.229

인간의 존재성을 설명해 주는 것은 없다. 익명적 사건만이 존재할 뿐이다. 지금의 '나'는 이전의 '나'가 아니고 미래의 '나'가 아니다. 실체는 없고 기표만 있는 것이다. 위의 예문에서 경실의 설명은 이러한 익명적 존재성(여성성)을 대신하고 있다. 사돈 영감과의 동거는 젠더를 해체한 뒤 보편적이고 일반화된 여성이 아닌 행위(사건)로서만 존재하는 여성이 됨으로써 가능한 것이다. 상징계적 재현 체계로부터 벗어나 있기에 관습적 젠더 규범으로써 이해되지 않고 무성한 소문을 만들어 내지만, 경실과 사돈 영감은 가장 본성적인, 가장 인간적인 정체성을 수행하고 있는 것이다.

'나'에게 경실과 마주앉은 밥상이 '대범한 밥상'일 수 있는 것은 바로 경실이 상징적 규범 체계를 초월함으로써 단독적 개체로서의 존재성을 획득하고, 그것으로써 외부 세계와의 불화에 초연할 수 있게 되었다는 것을 인식했기 때문이다. 작품의 서두에서 시한부 선고를 받은 '나'가 죽은 뒤의 일까지 간섭하기 위해 전전긍긍했던 것을 부끄럽게 하는 사유방식인 것이다. 따라서 경실의 이야기와 섞여있는, '나'가 먹는 '밥'의 이야기는 바로 익명적 타자와의 마주침을 의미하는 것이라 할 수 있다.

「후남아, 밥 먹어라」에서 '밥'은 연민과 그리움을 응축하고 있다. 미국으로 시집을 간 뒤 향수병에 걸린 '나'와 한 생애의 끝을 보이며 치매를 앓고 있는 '어머니'와의 만남은 어머니의 밥 짓는 냄새와 "밥 먹어라"라는 투박한 외침으로 한순간에 긴장이 풀리고 편안함을 준다. '나'는 언니 두 명과 남동생 두 명 사이에서 존재성을 인정받지 못하고 자랐다. 특히 '후남'이라는 이름은 '나'의 고유한 가치보다는 남동생을 위한 이름이었고, 은근한 말로 '딸'의 희생을 정당화하는 어머니에게 서운함이 많았다. 개별적 자아로서의 존재성을 인정받지 못한 것은 결혼 후에도 계속 되었는데, 낯선 이국에서의 결혼 생활은 자신의 정체성을 혼란스럽게 했다. 남편의 성(姓)을 따라야 하는 제도에 대해서도 자신의 성(姓)을 놓치고 싶지 않았던 것은 '나'의 존재성에 대한 의심과 정체성 상실에 대한 불안이 컸기 때문이다.

미국에서의 생필품을 부지런히 한국의 가족들에게 보낸 것도 멀리 떨어져 지내는 자신의 존재성을 인정받기 위해서였고, 한국의 경제발전으로 더 이상 그럴 필요가 없어지면서 앓게 된 우울증과 실의는 바로 자신의 존재성을 확인시켜 줄 수 있는 방법을 잃었기 때문이었다. 이처럼 결혼 전과 후, 다시 말해서 평생을 두고 '나'는 자신의 존재성을 확인하고 인정받고 싶어 했던 것이다. 그러므로 치매에 걸린 어머니가 '나'를 '딸막내'라고 부르며 그리워한다는 소식에 "원망인지 그리움인지 모를 격정이 복받쳐" 온 것은, 그것이 '나'를 개체적 특이성으로 인정해 주는, 어머니의 최초의 호명이었기 때문이다.

> 투박하기 이를 데 없는 어머니가 어쩌다 딸에게 애정 표현을 할 때도, 밑으로 사내동생을 줄줄이 둘이나 본 신통한 내 새끼, 하는 식이었다. 그럼 난 오직 사내동생을 보기 위해 태어났단 말인가. 처음부터 자식의 고유한 존재가치를 인정하지 않은 이름을 지은 부모, 고유한 존재가치 없이 태어난 인생, 둘 다 싫었다.
> "후남아, 밥 먹어라. 후남아, 밥 먹어라."
> 백발의 어머니가 젊고 힘찬 목소리로 악을 악을 쓰고 있었다.
> 하여튼 우리 엄마 밥 좋아하는 건 알아줘야 해. 아들자식을 원할 때도 그런 마음이었겠지만 딸들 앞에서 아들을 특별대우 할 때도 변명처럼 말하곤 했다. 야아는 제삿밥 떠놓을 애니까라고. 아아, 가엾은 우리 엄마. 그녀는 달려오는 엄마를 한길 가운데서 맞이했다.
> ─「후남아, 밥 먹어라」, 『친절한 복희씨』, pp.139~140

자식에게 밥을 먹여야 한다는 어머니의 무의식은 '나'에게 개체적 특이성을 인정받지 못한 상처를 떨쳐버릴 수 있게 해 준다. '나'는 어머니의 밥 냄새를 맡으며 자신이 "몇 생을 찾아 헤맨 게 바로 이 냄새가 아니었던가 싶은" 마음을 갖는다. '나'의 존재성은 실체가 없이도 존재하는 것, 부재하는 곳에 존재하는 것이라는 역설의 깨달음인 것이다. 곧 '나'의 익명성에 대한 발견이다. 눈 앞에 실재하지 않더라도 분명히 존재하는 것이 바로 '나'의 존재이며 그것은 '나'를 '딸막내'로 부르며 그리워하는 어머니의 사랑과 '딸막내'에게 밥을 먹이려는 어머니의 밥 냄새를 통해 나에게 자각된다. 비로소 '나'는 "평생 움켜쥐고 있던 세월", 자신의 존재성을 증명하기 위해 갈증 하던 세월을 스르르 놓을 수 있게 된다.

이처럼 여성인물들은 자신의 젠더 정체성과 관련된 내면의 갈등을 '요리', '밥상', '밥 냄새'로써 해소하게 된다. 그리고 내면에 증폭되었던 세계와의 불화는 음식을 먹는 행위를 통해 해체된다. 하지만 실상 갈등이 해결되었다기보다는 여성인물들이 '자기'에 대한 인식의 전환을 갖게 된 것으로 보아야 할 것이다. 그러므로 이들에게 '먹는다'는 행위는 망각의 행위이다. 자신의 존재에 대한 불안을 망각하는 행위, 자기 결핍이라는 '상실'을 상실하는 행위이며, 나아가 타자의 이질감을 해소하는 행위가 된다. 인식의 전환은 '나'의 익명성을 인정하는 것이다.

'먹는 행위'로써 익명적 여성성, 주체의 불완전성을 보여주는 또 다른 작품이 있다. 여기서도 '먹는 것'은 밥이며 또한 기억이다. 「빨갱이 바이러스」에서 '있음'으로서 존재하는 익명적 여성성은 이질적 타자와의 만남, 접촉을 통해서 이루어진다. 노년의 여성인물인 '나'는 우연히 세 명의 여자들을 만나고 그들과 하룻밤을 보내게 된다. "버스를 놓쳤다는 것 말고는 세 여자의 공통점은 아무것도 없었다." '나'는 일방적으로 세 명의 여자들을 넘겨짚으며 그들에 대해 평가한다. 그렇게 해서 붙은 그들의 이름은 '소아마비', '뜸', '보살님'이다.[22] 작품에 등장하는 네 명의 여성은 모두 이름이 없다. 그들의 존재는 '사건'으로만 증명된다.

---

22) "괜찮으시다면 세 분 다 우리집에 가서 묵으실래요? 아침에 터미널까지 모셔다드 릴 수도 있구요."
"거저요?"
'소아마비'가 촉새처럼 나섰다. 다른 두 여자가 아이고 무슨 실례야, 저분이 어디 가 장사할 사람으로 보여, 하면서 '소아마비'의 옆구리를 찌르는 게 보였다. '소아 마비'가 운전석 옆에 앉고 '보살님'과 '뜸'이 뒤에 앉았다. (「빨갱이 바이러스」, 『문 학동네』, 2009 가을, p.219)

‘나’는 익명의 타자들에게 저녁식사를 대접한다. 음식의 공유는 낯선 사람들에게 자신만의 “완전범죄”를 털어놓을 수도 있게 하고 낯선 사람들의 “무섭고 천박한 비밀”을 들을 수 있는 기회를 마련하기도 한다. 고백을 통해서 이들은 서로에게 존재성을 확인받는다. ‘소아마비’는 불륜의 여성으로, ‘뜸’은 마녀적 모성으로, ‘보살님’은 정욕에 찬 노년으로 인지된다. 그런데 이들의 고백이 ‘나’에게 부담스러울 만큼 솔직한 반면, ‘나’는 그들과 ‘나’의 기억을 공유하지 못한다. “한자리에 뿌리박고 누대를 살아온 이 고가의 주인”이자 “상속녀”라는 ‘나’의 존재성은 “그날 밤”의 이야기를 삼킬 수밖에 없게 했기 때문이다. 즉 이 소설은 세 여자의 상처 ‘고백하기’, 즉 토해내기의 서사와 ‘나’의 기억 ‘삼키기’로 대비 구성되는 것이다.

> 아무에게도 발설하지 못한 골육상잔의 기억은 돌파구를 찾지 못해 나하고 한 몸이 되었다.
> —「빨갱이 바이러스」, 『문학동네』, 2009 가을, p.239

> 나의 입과 우리 마당은 동일하다. 둘 다 폭력을 삼켰다. 폭력을 삼킨 몸은 목석같이 단단한 것 같지만 자주 아프다.
> —「빨갱이 바이러스」, 『문학동네』, 2009 가을, p.240

‘나’가 삼킨 폭력의 기억은 삼촌의 죽음과 관련된다. 남북한의 이데올로기 전쟁은 가족을 죽이고 그 시체를 집 마당에 파묻을 정도로 참혹하고 잔인했다. 이미 반 세기가 넘는 시간이 지났지만 ‘나’는 여전히 반공 이데올로기로부터 자유롭지 못하다. ‘나’라는 존재는 이데올로기에 사로잡혀 있는 것이다. 그러므로 ‘나’가 삼킨 것은 전쟁의 참혹한 기억이며, 가족을 죽이는 데 공모했다는 죄의식이다. ‘나’는 끔찍한 기억과 죄의식을 고백하지 않고 내부에 남겨두는 것으로 '나'의 존재성을 보존하고 있는 것이다. 따라서 이 작품에서 '먹는 행위'는 곧 낯섦, 이질감, 타자를 오히려 내 '안'으로 담아둔다는 의미("자기 내부로의 합체"[23])의 행위로 이해할 수 있다.

하지만 타자를 포함하고 있는 주체가 완전한 주체, 안정된 주체가 될 수 없음은 분명하다. "어떤 상처하고 만나도 하나가 될 수 없는 상처를 가진 내 몸"은 '나'라는 주체의 불완전성을 증명하며, 안정된 자아로서의 정립이 불가능한 상황에서 정체성은 유동적일 수밖에 없다. 이런 점에서 '나' 역시 사건으로만 존재하는 익명적 주체임을 확인할 수 있다.

한편 세 명은 상징계적 호명을 이탈한다는 점에서 익명적 여성성을 재현한다. '나'는 첫 대면에서부터 일방적으로 세 여자들을 각각 '소아마비', '뜸', '보살님'으로 부른다. 즉, '소아마비', '뜸', '보살님'은 '나'의 임의적 판단에 의해 붙인 이름이다. '나'는 여자들 각각의 인상적인 점을 들어 보편적인 기준으로써 그들을 호명한 것인데, 세 여성들은 이러한 '나'의 호명을 거부한다.

> 못 마신다고 사양하는 사람들 것까지 홀짝홀짝 비워주고 난 '소아마비'가 밥을 몇 숟갈 뜨다 말고 뜬금없이 저 소아마비 아닌데요, 하는 것이었다. 당신들 놀랐지롱 하는 것처럼 장난기 어린 표정이었다.
> ― 「빨갱이 바이러스」, 『문학동네』, 2009 가을, pp.222~223

> 이건 뜸뜬 자국 아니라 남편이 담뱃불로 지진 자국이에요.
> ― 「빨갱이 바이러스」, 『문학동네』, 2009 가을, p.227

> "무슨 실례야. 점잖은 분한테."
> 내가 나무라자 뜻밖에도 보살님이 나도 점잖은 사람 아닙니다, 하면서

---

23) 주디스 버틀러, 앞의 책, 2008.

말문을 열었다.

－「빨갱이 바이러스」, 『문학동네』, 2009 가을, p.229

위의 예문에서와 같이 세 명의 여자들은 '나'에 의한 상징계적 재현의 호명을 거부하고 수정한다. 그리고 이어지는, 자신들이 '보통의 여자'들이 아니라는 고백은 젠더 규범을 해체하고 초월하는 경험을 담고 있다. 세 명의 여자는 각각 정절 이데올로기의 허구성을, 모성 이데올로기의 허구성을, 노년의 젠더에 대한 편견을 이야기하기 때문이다. 이는 상징계적 질서의 위반이며 젠더 규범을 교란하는 행위이다. 세 명의 여성들은 서로 자신들의 이야기를 나누고 공유함으로써 젠더의 규범으로부터 자발적으로 이탈한다.

이처럼 이야기하기는 치유와 보호의 힘으로 여성들 사이의 유대와 역사를 가능하도록 만드는 실천행위이다. "인간성 회복이 시급한 과제라면 대화의 회복은 그보다 앞서야할 전제조건 같은 것이 되어야 할 줄로 믿는다."[24]라는 자신의 말처럼, 박완서는 여성들 간의 유대와 유동적 정체성을 구현하는 방편으로 대화성의 복원을 제안하고 있는 것이다. 각자의 젠더 경험은 대화를 통해 억압성으로부터 이탈하여 비고정적 자유를 갖게 된다. 젠더 정체성의 비고정성이야말로 인간성 복원의 요체가 된다. 박완서 소설의 여성인물들은 젠더 정체성의 비고정성, 주체의 불안정성, 불완전성을 인정하게 되면서 여성성의 익명적 성격을 발견한다. 그리고 그것은 다시 주체의 유동성과 타자와의 상생을 실현하는 원동력으로 기능하게 된다.

---

24) 박완서, 「말가난」, 『아름다운 것은 무엇을 남길까』, 세계사, 2000, p.218.

2. 생성과 소멸의 중첩 공간

1) 연민과 교감의 '피부'

박완서의 소설이 끊임없이 과거의 기억으로 회귀하는 것은 자아의 한가운데에 완전히 애도하지 못한 타자가 놓여 있다는 것을 의미한다. 버틀러는 자아 속에 놓인 이러한 타자야말로 '자아'가 완전하고 자족적인 자아 정체성을 획득하는 것이 불가능함을 말해준다고 본다. 여러 작품에서 볼 수 있듯이, 여성 인물이 자기 정체성의 비고정성과 비동일성을 확인하게 되는 젠더 공간은 바로 '피부'이다. '피부'는 낯선 나의 몸으로 나타나기도 하고, '나'가 아닌 타자의 안쓰러운 몸, 혹은 혐오스러운 몸으로 나타나기도 한다. 피부는 '나'와 '타자'를 분리하면서 결합하고 있는 경계 공간으로서 존재하는데, 실제로 '피부'라는 경계 공간의 인지는 '나'와 타자 사이의 심리적 거리감을 와해하게 하고, 이질적 타자를 '나'의 '구성적 외부'로서 수용하게 한다.

피부는 자아와 세계가 만나는 접점이다. 외부 세계로부터 몸을 보호해 주기도 하고 자아가 세계를 향해 나아갈 수 있는 관문이 되기도 한다. 능동성(접촉)과 수동성(피접촉), 감각성과 운동성, 내재와 외재, 수용과 발산, 분리와 통합 등 양가적인 속성과 함께 자기애적이며 성적인 리비도가 집중되는 곳이라는 공통점을 지닌다. 피부가 자아 형성에 미치는 영향에 관한 심리학적 연구에 따르면, 인간의 자아와 심리는 피부와 밀접한 연관을 갖고 있다.[25] 피부가 몸 전체를 감싸듯이 자아가 심리 전체를 감싼다는 의미에서 '피부 자아(Haut-Ich)' 개념을 발전시킨 디디에 앙

---

25) 정윤희, 「소통과 분리, 그 경계면으로서의 '피부'」, 『카프카 연구』 제23집, 한국 카프카 학회, 2010, pp.121~122 참조.

지외(Didier Anzieu)의 연구는 피부와 자아의 관계에 주목하게 한다. 그는 "타인과의 교류의 최초의 장소이자 도구인 동시에 우리의 개별성의 보호 체계로서의 피부"26)를 통해 자아의 심리를 확인할 수 있다고 본다.

뿐만 아니라 자아 정체성의 변화도 피부를 통해 이루어진다. 몸은 "고정된 본질이나 자연적 소여가 아니라 다중적 코드들이 횡단하는, 그래서 운동성을 가질 수 있는 장(場)"27)이라고 할 때, 이때의 운동성은 생성적 특성을 갖는다. 하나의 고정된 의미, 본질을 구축하는 것이 아니라, 비본질적이고 유동적인 창조 공간으로서 의미화되는 것이다. 주체는 피부를 통해 세계를 접하고 세계 속의 자아를 확인하게 된다. 세계 내 존재로서의 자아는 외부의 영향에 따라 내면의 변화를 겪게 된다. 그러므로 유동적인 정체성의 계기를 마련하는 것도 피부이고, 자아의 정체성이 유동적이라는 사실을 드러내는 것도 피부가 된다. 아울러 피부는 무한 또는 절대적 타자와의 만남이 이루어지는 지평이다. 피부라는 제한성 속에서 우리의 개별성이 구성되며, 피부를 통해서 무한과의 만남이 이루어진다. 이러한 양면성 때문에 피부는 역설적이다.28)

「티타임의 모녀」에서 피부는 '나'의 계급과 계층을 확인해 주는 낙인처럼 인식된다. 오랫동안 파출부 일을 해 온 '어머니'의 발뒤꿈치는 늘 갈라져 있고, 연탄 장사를 하는 '아버지'의 발뒤꿈치는 까맣다. 부모님의 발뒤꿈치는 고된 삶의 응축이다. 그러나 노동은 무치(無恥)라는 양친(兩親)의 가치관과 달리 '나'는 발뒤꿈치가 증명하는 계급의 차이, 계층의 차이, 빈부의 차이를 알고 있다. '나'의 열패감은 성당의 세족식(洗足式) 의례에서 본 "분가루를 발라놓은 것처럼 새하얗고 보송보송"한 발뒤꿈

---

26) 디디에 앙지외, 『피부자아』, 권정아·안석 옮김, 인간희극, 2008, p.23.
27) 태혜숙, 앞의 책, 2004, p.142.
28) 서동욱, 「피부주체」, 『문학과 사회』, 문학과 지성사, 2008.11, pp.340~353 참조.

치를 보고 난 후부터였다. 그것은 일종의 배신감이기도 했다. 종교적 성
스러움은 "하나같이 땅을 딛고 다닌 적이 있는 것 같지 않게 가냘프고
정갈한 발"만을 대상으로 하고 있었기 때문이다. 따라서 '나'가 느낀 외
로움과 아득함은 발뒤꿈치를 통해 확인한 계층과 계급의 실체 때문이
다.

이 작품은 '나'의 집에 일을 해 주시러 온 어머니의 발뒤꿈치를 보며,
남편의 가족과 '나'의 가족 사이의 계층과 계급의 격차를 확인하는 것
으로 시작한다. '나'는 공장에서 일하던 중 남편을 만났다. 자신과 똑같
은 계층일거라 생각했던 것과 달리, 남편은 위장 취업한 일류대 학생이
었다. 둘 사이의 격차를 감지했지만, 만인의 평등을 꿈꾸는 남편을 믿었
다. 아들 '지훈'을 낳으면서 가난하지만 행복하게 살아왔다. 그런데 불
의의 사고에 아들이 뇌수술을 받게 되면서 '나'는 남편의 또 다른 실체
를 알게 된다. 남편의 가족은 믿을 수 없을 만큼 부잣집이었다. 지훈의
병실에서 '나'는 남편과 남편의 가족들로부터 "없는 존재"로 "가장 완벽
한 천대"를 받았다. 퇴원 후, 임시로 지훈의 고모의 집에 거처를 옮겨
지내고 있지만, '나'의 소속감 없음에 대한 불안은 깊어간다.

> 아직 대낮인데 초인종 소리가 났다.
> "그이가 벌써 들어오나봐, 엄마, 어서!"
> 나는 자지러지게 놀라면서 어머니에게 덮어놓고 손짓부터 했다. 내가 어
> 머니에게 어서 하라는 것은 발에다 아무거나 신었으면 하는 거였다. 나는
> 귀티를 좋아하는 그이에게 어머니의 시커멓게 튼 발뒤꿈치를 보이기가 싫
> 었다.
>   -「티타임의 모녀」, 박완서 단편소설 전집 5, pp.368~369

'나'는 남편과의 거리감을 해소하기 위해 어떡하든 그가 노동운동을

하는 사람이라는 믿음에 의지하고자 하지만, 남편은 더욱 더 "귀티를 좋아 하는" 사람으로 변해가고 있었다. 따라서 남편과의 계급 차이는 더욱 강조되어 갔다. '나'와 남편 사이의 거리감은 '까만 발뒤꿈치'와 '하얀 발뒤꿈치'의 대조만큼이나 절대적인 것이다. '나'의 현재 생활에 부푼 기대를 안고 있는 어머니의 발뒤꿈치를 보면서 '나'는 남편의 집과는 전혀 다른 '나'의 가족을 생각한다. 분명히 '나'는 어머니의 발뒤꿈치에서는 남편이 바라는 '귀티'를 찾을 수 없다는 사실을 인식한다. 하지만 '나'의 불안한 마음은 어머니를 통해 위안을 받는다.

어머니는 당신의 경험을 이야기해 주는 것으로 '나'가 갖고 있는 불안과 갈등의 핵심을 짚어준다. 아무리 부유해도 부모 없이 자란 아이에게 행복이란 있을 수 없다는 것이다. 어머니의 삶의 경험에서 산출된 조언은 남편과 남편의 가족들로부터 괴리감을 겪으며 소외된 채 살고 있는 '나'에게 아들의 곁을 지켜야 한다는 동기를 부여한다. 어머니의 삶의 행적을 담은 피부(발뒤꿈치)를 보며 '나'는 여성으로서, 또한 모성으로서 어머니와 교감하게 된 것이다.

『그 산이 정말 거기 있었을까』에서 '나'와 '근숙언니'의 피부 접촉은 동성애적 감각으로 서술된다. '나'는 가족과 떨어져 향토방위대 대원과 합류해서 피난길을 나섰다. 같은 방위대 소속이었던 근숙언니와 둘이 지내게 되면서 둘 사이는 전쟁의 공포와 불안을 함께 경험하고 극복해야 하는 동지애적 교감으로 나타난다. 근숙언니는 "진중하고 사려깊은 태도"로써 '나'를 안심시키고 '나'의 불안을 위로해 주는 인물이다. 또한 호기심이 많은 만큼 적극적이고 의지적인 면모가 강하게 나타난다. 따라서 '나'가 근숙언니에 대해 갖는 감정은 단순한 동지애를 넘어 의존적인 형태로 발전하는데, 근숙언니 또한 '나'의 의존을 거부하지 않는다는 점에서 둘 사이의 교감은 다른 사람들의 눈에 동성애적인 것으로 보이기도 한다. 이들이 서로 정신적으로, 정서적으로 의지하고 있다는 사실은 다음의 예문에서 확인할 수 있다.

> 뱀의 살갗은 차디찰 것이라는 선입관이 있어선지 근숙이 언니의 따뜻한 살이 닿아야만 잠이 오곤 했다. 날은 점점 더워오는데 근숙이 언니는 숫제 밤새도록 나에게 팔베개를 내주었고 다음 날은 그 팔을 주물러달라곤 했다. 그러나 땅꾼 여편네가 우리한테 신랑각시 놀음하냐고 야한 웃음을 웃고 나선 우리의 관계도 부정을 탄 것처럼 께적지근해지고 말았다.
> 이젠 안 무섭다고 땅꾼 집의 두엄더미 같은 요때기나마 떨어져 깔고 자다가도, 어느 틈에 근숙 언니의 팔이 하나는 내 머리를 받쳐주고 하나는 내 가슴을 따뜻하고 포근하게 감싸고 있는 걸 느꼈을 때는 안심스러우면서도 언니가 나를 끌어당긴 것일까, 내가 언니한테 파고든 것일까 심각하게 고민이 되곤 했다. 동성끼리건만도 피부적인 접촉의 쾌감에는 멀고 어렴풋하지만 확실한 죄의 예감 같은 것이 있었다.
> －『그 산이 정말 거기 있었을까』, pp.136~137

피난 중에 머물게 된 움막집이 땅꾼 집이라는 것을 알게 된 뒤부터 '나'는 뱀에 대한 이미지로 인해 두려움과 불안을 느낀다. 차디 찬 뱀의 살갗에 대한 '나'의 막연한 공포심은 근숙언니의 따뜻한 살의 촉감으로 안정을 되찾게 된다. 피부의 접촉을 통해 내면의 불안이 해소될 수 있는 것이다. 가족들과 떨어져 혼자서 피난을 간다는 외로움과 전쟁이 주는 생존에 대한 위기의식이 깊어질수록 '나'는 함께 생활하게 된 근숙 언니를 의지하게 되었다. 그런데 이들의 피부접촉은 다소 동성애적인 성격으로 그려진다. '땅꾼 여편네'의 말에 두 사람의 관계가 "부정을 탄 것처럼 께적지근해"졌다거나 "피부 접촉의 쾌감에는 멀고 어렴풋하지만 확실한 죄의 예감"이 들었다는 서술은 '나'와 근숙 언니의 피부 접촉이 젠더 정체성에 영향을 미치고 있었음을 보여준다.

물론 '나'와 근숙언니의 관계는 성적인 교감이 아닌 동지애적 위무(慰撫)의 관계로 규정할 수 있다. 그러나 땅군 집에서의 피부 교감은 이들에게 잉여적 젠더 정체성의 경험을 갖게 해 주었음이 분명하다. '나'가 갖게 된 무의식적 반감, '죄'라는 확실한 예감이 이를 반증한다. 이후 피난에서 돌아와서 '나'와 근숙언니의 사이는 소원해졌는데, 이들이 다시 이전의 감정, 든든한 동지애나 우정으로의 감정으로 회복하기까지 어느 정도 시일이 소요됐다는 점에서도 두 사람의 동성애적 경험에 대한 잔류 기억을 상쇄할 필요가 있었던 것으로 판단된다.

이와 같이 타자와의 피부 접촉은 '나'의 정체성 형성에 상당한 영향을 미친다. 피부는 자아를 세상에 내보내는 통로이면서 타자를 내 안으로 들어오게 하는 문(門)의 역할도 하고 있기 때문이다. 피부를 통해서 자아는 타자와 대면하게 되는데, 다른 신체 기관의 감각 능력에 비해 피부의 촉감은 타자를 직접 인식하게 하고 즉시 반응을 하게 한다. 이를테면, 타자의 피부가 따뜻하고 포근한 느낌으로 전해질 경우에 자아는 타자와 더욱 밀접한 관계를 갖기를 원하게 되고, 두 피부 사이의 경계는 소멸한다. 반면에 타자의 피부가 이물감으로 혐오스럽게 전해진다면 자아는 온 몸을 응축시켜 타자와의 접점을 최소화하고자 하고 가능한 타자와의 거리감을 확보하려 한다.

그러나 피부는 비단 촉각으로만 감각되는 것은 아니다. 시각적 이미지로 재현되는 피부도 자아와 타자 사이의 관계를 설명해 준다. 다만 촉각이 아닌 감각의 경우 직접성이 약화된다는 한계를 갖기 때문에 촉각보다는 교감의 정도(程度)가 떨어질 수 있다. 이러한 한계에도 불구하고 「여덟 개의 모자로 남은 당신」에서 재현되는 '남편'의 두상은 인물 간의 관계를 드러내는데 충분한 소재로 등장한다. 항암제로 인해 머리카락이 모두 빠져버린 '남편'의 머리(두상-피부)를 보면서 '나'는 깊은 연민과 애정을 느낀다.

> 무성하던 머리칼이 한 오라기도 안 남은 늙은 남자의 두상은 그 나이에
> 흔한 대머리하고는 또 달랐다. 대머리는 보통 피부보다 더 유들유들 윤이
> 나 한눈에 강인한 인상을 주지만 그의 머리 빠진 두상은 마치 머리칼이
> 귀하게 태어난 갓난아기의 두상처럼 피부가 희고 여려 보였다. 정말이지
> 크기만 좀 크다뿐 머리 귀한 갓난아이 두상과 다를 게 하나도 없었다. 자
> 세히 들여다보면 아주 대머리는 아니고 보오얀 솜털이 성기지만 고루 뒤
> 덮여 있는 것까지 똑같았다. 그러나 아기의 솜털은 장차 머리카락이 될 희
> 망이지만 그의 여려 보이면서도 결코 근절되지 않는 솜털의 의미는 무엇
> 일까.
>
> - 「여덟 개의 모자로 남은 당신」, 박완서 단편소설 전집 5, p.288

　남편의 두상은 '늙은 남자'라는 것을 잊을 만큼 갓난 아기의 피부처
럼 보인다. 남편의 두상을 "자세히 들여다보"는 '나'의 행동에서 남편에
대한 애정과 연민을 읽을 수 있다. 그것은 마치 엄마가 아기의 머리를
쓰다듬고 보듬는 모습을 연상하게 한다. 자아와 타자와의 피부 접촉에
서 가장 애착관계가 깊다고 할 수 있는 엄마와 자식 간의 유대감은 자
아와 타자 사이의 구분이 불가능할 정도로 일체된 모습을 보여준다. 이
작품에서도 '나'와 남편의 관계는 이러한 돌봄과 보살핌의 관계, 관심과
애정의 관계로 나타난다.

　남편의 투병 생활에서 가장 인상적인 경험이 바로 모자(帽子)를 모으
는 것이었다. '나'는 결혼 때 유일하게 남편에게 선물했던 '모자'와 비슷
한 것을 남편에게 씌어주고 싶어 한다. '나'의 요구에 따라 자식들은 남
편의 모자를 사다가 선물해 주었는데, 다양한 모자들은 남편의 민머리
를 감추기 위한 것이기도 하지만 다른 한편으로는 투병 중인 남편과의
유대감을 더욱 강화하려는 '나'의 심리적 의지에 기대고 있는 것이다.

'나'가 모자를 보며 남편과의 결혼 생활을 회상하는 것은 남편과의 이별을 준비해야 하는 현실에 대한 반감으로 읽을 수 있기 때문이다. 다시 말해서 모자에 대한 '나'의 집착은 남편에 대한 애정과 연민에 다르지 않은 것이다.

> 신혼생활의 이런저런 추억 중 가장 아늑하고 따스운 추억은 역시 모자와 관계가 있다. (중략) 넥타이를 매주고 나면 모자를 건네줄 차례였다. 그동안 잠깐 모자를 매만졌다. 고가품답게 잘빠진 모양은 늘 일정했지만 나는 괜히 가운데 누르는 부분과 둥근 테의 곡선을 조금씩 손보면서 그 부드럽고 따스운 감촉을 즐겼다.
> ―「여덟 개의 모자로 남은 당신」, 박완서 단편소설 전집 5, p.297

'나'가 모자의 촉감을 통해서 남편을 기억하고 느끼는 것도 바로 모자와 남편을 동일시 한 '나'의 심리를 보여준다. 모자는 남편의 피부를 대신한다. 남편의 모자 쓴 모습은 '나'에게 묘한 즐거움을 주는데, '나'는 남편의 모자를 통해서 남편에 대한 애정을 키우고 강화 해갔다. 즉, 모자와의 접촉은 곧 남편과의 접촉인 것이다. 이런 점에서도 모자와 남편에 대한 애정을 동일시하는 화자의 모습을 찾을 수 있다. 또한 신혼생활의 추억을 회상하면서 '나'는 당시 남편의 모자 쓴 모습이 시집살이의 정서적 돌파구였다고 말한다. 그것은 현재 남편에게 새로운 모자를 씌어주고 그 어울림을 즐기는 '나' 역시, 남편의 투병생활을 지켜보는 일상에서 정서적 위안의 힘이 되고 있음을 암시한다. 위안이 된 마음은 '나'에게 새로운 의지를 북돋아준다. 남편의 두피에서 듬성하게 난 솜털을 보고 '나'는 남편의 몸이 갖고 있는 생명에 대한 갈망, 의지를 찾으려는 것이다. 이와 같은 '나'의 심리와 정서는 오랜 시간 부부로 살아 온 남편에 대한 애정이며 인간의 유한한 삶에 대한 연민에서 우러나

온 것이라 하겠다.

한편, 박완서 소설에서 피부는 타자와의 관계로만 재현되는 것은 아니다. 오히려 자신의 피부를 보고 만지면서 이질적 자아의 모습을 확인하게 된다. 타자에 대한 이물감이나 내 몸을 고통스럽게 하는 이물감이 아닌 자기 자신을 낯설게 인식하는 것은 박완서 소설의 90년대적 특징이라 할 수 있다. 이 시기에 발표된 소설은 대부분 노년의 인물을 중심으로 서술되고 있기 때문이다. 노년의 인물은 자신들의 늙음에 대해 낯선 감각을 감추지 못한다. 노추에 대한 불안이나 공포를 드러내기도 하고 여전히 젊은 감성을 갖고 있다는 사실을 강조하기도 한다. 하지만 피부로 전해지는 노년의 감각은 의도적인 마음먹기나 의식하기와는 달리 외면할 수도 없고 감출수도 없는 사실 자체를 인식하게 해 준다.

「마른 꽃」의 화자는 갑작스럽게 자신의 노구(老軀)와 대면한다. 거울에 비친 '나'의 몸은 아이를 품고, 낳고 기르면서 '추악한 몸'으로 변해 있었다. 임신과 출산이 반복되면서 여성의 배는 탄력을 잃게 되었다. '나'의 피부에 뚜렷하게 남은 주름살은 여성 젠더의 역사를 증명한다. 주름진 피부는 지금까지 "노인을 미화함으로써 미구에 닥칠 허망감과 노추의 공포를 달래던" '나'에게 노년의 실체를 보여주는 낯선 몸이었으며 생급스러운 이질적 타자이다.

> 나는 세 번 임신했고 삼남매를 두었지만 실은 네 아이를 낳아 셋을 기른 거였다. 세 번째 임신이 쌍둥이였다. 그중 아우를 돌 안에 잃었다. 쌍둥이까지 밴 적이 있는 배꼽 아래는 참담했다. 볼록 나온 아랫배가 치골을 향해 급경사를 이루면서 비틀어 짜 말린 명주빨래 같은 주름살이 늘쩍지근하게 처져 있었다. 어제오늘 사이에 그렇게 된 게 아니련만 그 추악함이 충격적이었던 것은 욕실 안의 김 서린 거울에다 상반신만 비춰보면 내 몸도 꽤 괜찮았기 때문이다. 또한 욕조에 잠겨서나 나와서나 내 몸 중에서

보고 싶은 곳만 보고 즐기려는 마음도 없지 않았을 것이다. 그때 나는 급히 바닥에 깔고 있던 타월로 추한 부분을 가리면서 죽는 날까지 그곳만은, 거울 너에게도 보이나 봐라, 하고 다짐했다.

－「마른 꽃」, 박완서 단편소설 전집 6, p.36

    늘어진 피부를 대면하면서 '나'는 노년을 직시하게 된다. "내 몸 중에서 보고 싶은 곳만 보고 즐기려"던 '나'의 마음은 '정서로 충족되는 겉멋'이었다. 내 몸의 이질성을 아름다운 정서로 미화함으로써 노년의 실체와 직면하기를 두려워했던 것이다. 여전히 '나'의 몸은 추하고 부끄럽다. 하지만 다시는 거울에도 비춰보지 않으리라는 '나'의 다짐은 낯선 몸에 대한 거부가 아니라 자신의 노년을 인정하지 않을 수 없다는 자포자기이다. 낯설음을 인정하되 자기 안에 가둬두겠다는 것, 다시 말해서 나의 '구성적 외부'로서 인정하는 것이다.

    낯선 몸과의 대면을 통해 '나'는 허식을 버리게 된다. 고급스러운 바에서 바라보던 노신사와 노부인의 모습처럼 '나'는 '조박사'와의 연애를 즐겼다. 하지만 그것은 피부에 닿을 수 없는 정서적인 충족일 뿐이다. 주름진 피부는 그 이질감으로 하여금 '나'를 충격에 빠뜨렸지만, 그로써 '나'가 확인한 것은 "적어도 같이 아이를 만들고, 낳고, 기르는 그 짐승스러운 시간을 같이한" 남편과의 정욕이다. 정욕은 타자와의 접촉을 요구한다. 타자와의 접촉은 따뜻한 애무일 수도 있지만, "기름기 없이 처진 속살과 거기서 우수수 떨굴 비듬"까지도 포함한다. 타자의 이물감까지도 보듬을 수 있는 것이다. '나'가 겉멋보다 정욕이 더욱 거룩할 것이라고 하는 것은 바로 이러한 이유 때문이다.

    여기서 작가의 변모된 서사적 정체성을 다시 한번 확인할 수 있다. 인간의 내면에 감춰진 이기와 속물성을 신랄하게 묘사하고 날카롭게 비판하던 이전과 달리, 또 피부로 전해지는 이물감에 대해서 적의와 살의를 드러내던 것과 달리 작가는 '나'의 이질성뿐만 아니라 타자의 이질성에 대해서도 관대함을 보여준다.[29] 타자와의 접촉을 통해 '나'를 연민하고 '나'와 같은 타자와 교감할 수 있는 여지를 마련하고 있는 것이다. 피부는 개별성을 성립시키는 개체의 경계이므로 타자와의 접촉을 통한 경계의 상실은 자기 동일성의 상실을 의미한다. '나'와 타자의 합체인 것이다.

이와 같은 박완서 소설의 변모는 「너무도 쓸쓸한 당신」에서 집약적으로 나타난다. 이전 시대의 소설에서 남성은 여성을 억압하고 규율하는 존재였다. 폭력적 행동과 언사는 물론 가부장이라는 무소불위의 권위를 내세워 군림하고자 하였다. 때문에 박완서의 많은 작품에서 남성은 적대적인 위치에 놓여 있었다. 여성인물은 남성 중심적 사회와 제도, 문화와 가치관을 비판하였다. 여성인물이 남성 중심적 가치와 물신사회의 속물성을 결합하며 내면화한 경우, 여성인물에 대해서도 박완서는 거침없는 비판으로써 그 부정성의 근원을 파헤쳤다.

그런데 「너무도 쓸쓸한 당신」에 등장하는 남성 가부장은 지금까지 재현된 가부장적 이미지와 상당히 다르다. 또 이러한 남성(남편)을 바라보는 여성인물의 시선도 혐오보다는 연민으로 바뀌었다. 이러한 변화는 남편의 정강이를 쓰다듬는 피부 접촉을 통해서 가능하게 된 것이다. 이 작품에서 여성 화자와 남편은 아들의 졸업식에 참석하기 위해 재회한다. 남편은 시골의 초등학교에서 교장선생님을 하고 있었고, 화자는 아이들의 학업을 위해 서울에서 거주하고 있었다. 이렇게 남편과의 별거는 '자식 뒷바라지'라는 뚜렷한 외부적 요인을 갖고 있었지만, 사실 '나'

---

29) 김치수는 박완서의 노년의 작품들이 변화에 대해 "성장기의 역사적 상처를 시시콜콜 드러냄으로써 그것을 치유하고자 했던 주인공들이 나이가 들어가면서 생로병사가 자연의 이치임을 깨닫고 받아들이는 지혜를 터득하고 있는 것"이라고 하였다. (김치수, 앞의 글, 2011, p.396)

는 남편의 체제 순응성과 권위의식, 가부장성에 혐오감을 느껴온 터라 분명한 별거의 사유가 오히려 부수적인 요인으로 치부될 정도로 남편과의 별거에 호응했다.

아들의 졸업식을 마치고 허전한 마음을 주체하지 못해 지푸라기라도 잡는 심정으로 남편과 동행한 '나'는 남편의 마른 정강이를 보며 다시 한번 남편과의 정서적 거리감을 환기하게 된다. 자식들이 떠난 후에 남은 공허감을 가벼운 스킨쉽만으로라도 메우고 싶었던 자신의 생각이 어긋났음을 알게 된 것이다. 남편의 피부는 '나'에게 철저하게 타자화되면서 화자는 남편에 대한 혐오감을 각인한다. 그리고 '나'는 "절망감의 생생한 실체"로 재확인된 남편의 피부를 거부하고 외면한다.

그러나 남편의 피부는 '나'에게 대립과 단절만을 보여주는데 그치지 않는다. '나'는 잠든 남편의 정강이를 가까이에서 살펴보게 된다. 남편의 다리에 남은 모기 물린 자국을 보며 남성성에 대해 재고(再考)하게 되는 것이다. 남편이 자신을 돌보지 못하면서 지키고자 했던 것이 가부장의 책임감이었다는 것은 '나'에게 남편 역시 남성에게 억압된 젠더 규범의 희생자였다는 사실을 깨닫게 한다. 그동안 자신이 거부한 남편의 모습은 남편의 실체가 아니라 가부장 이데올로기에 휩싸여 있는 허상이었음을 깨닫게 되는 것이다. '나'는 남편 역시 젠더 규범에 억눌린 채 가부장 노릇을 해야 한다는 막중한 규율로부터 자유롭지 못했다는 사실에 처음으로 남편의 삶에 대한 연민을 갖게 된다.

방 안은 강바람 부는 강변보다 더 시원하고 남편은 침대 덮개도 안 걷어 내고 그 위에서 헐렁하게 낡아빠진 팬티만 입은 채 코를 골고 있었다. 보기 싫은 것은 둘째치고 감기가 들 것 같아 덮어주려고 꽃무늬 덮개 자락을 들추다 말고 어쩔 수 없이 벗은 하체를 가까이 보게 되었다. 모기 물린 자국이 시뻘겋게 한창 약이 오른 것도 있고, 무르스름 가라앉은 것도 있고, 무수했다. 이 말라빠진 정강이에서 피를 빨다니, 아무리 미물이라도 어떻게 그렇게 잔혹할 수가 있을까? 도대체 어떡하고 살기에 제 몸을 저렇게 만들었을까? 때가 긴 손톱과 함께 그의 지나치게 초라하고 고달픈 살림살이가 눈에 선했다. 그렇게까지 안 살아도 될 만한 연금을 받고 있는 남편이었다. 스스로 원해서 가부장의 고단한 의무에 마냥 얽매여 있으려는 남편에 대한 연민이 목구멍으로 뜨겁게 치받쳤다. 그녀는 세월의 때가 긴 고가구를 어루만지듯이 남편 정강이의 모기 물린 자국을 가만가만 어루만지기 시작했다.

－「너무도 쓸쓸한 당신」, 박완서 단편소설 전집 6, p.187

　　남편에 대한 연민과 위로는 피부의 접촉, 남편의 정강이를 만지는 것으로 나타난다. 그동안 자신이 거부한 것이 '가부장'이라는 젠더에 갇힌 남편의 허상이었을 뿐, 남편의 몸은 자신이 실제 혐오한 것이 아니라는 사실의 확인이다. 오히려 화자는 그 남편의 몸에 각인된 삶의 무게와 고난을 느끼게 된다. 그의 말라빠진 정강이에 달려들어 피를 뽑은 건 모기가 아니라 자신과 자식들이었던 것이다. 남편의 살을 만짐으로써 남편의 육체성은 실체를 회복하게 된다. 즉 이데올로기화하며 이미지로만 남았던 남성의 몸이 구체적인 몸으로 보이고 그 실재성을 획득하고 있는 것이다.

　　또한 극도의 혐오감과 이물감으로 재현되었던 남편의 정강이를 만지는 것은 이질적 타자를 수용하는 것으로 의미화할 수 있다. 자아와 타자와의 경계, 거리감은 소멸되고 타자의 몸은 '나'에게로 합체되는 것이다. '나'는 그동안 '나'에 의해 타자로 배제되고 거부되었던 남편을 받아들이고 인정하게 된다. 따라서 이 작품에서의 피부는 이질적 타자를 내 안으로 합체하는 공간, 타자를 보듬는 공간이다. 이는 '이질적 차원들의 접속'을 의미한다. 이질적 차원들이 동일한 장(場)을 공유한 단일성으로 균질화함이 없이 횡단적으로 접속하고 있는 것이다.

2) '타자'의 모호성과 우울증

불완전한 정체성으로서의 '나'를 확인하는 여성인물은 우울증의 병리적 증상을 나타낸다. 애도가 의식에서의 상실이라면 우울증은 무의식에서의 상실이다. 애착관계에 있던 대상을 상실했을 때, 상실에 대해 인정하고 슬픔을 토해내는 것이 애도라면 우울증은 대상을 상실했다는 사실을 인정하지 않는다. 오히려 더욱 강한 애착을 보이는데, 바로 대상을 자기 자신에게로 합체하기 때문이다. 프로이트에 따르면 우울증 환자는 사랑하는 대상이 상실되면 그 대상과 자아를 동일시한다. 그리고 대상으로 향하던 리비도를 자신에게로 방향을 바꾼다. 따라서 우울증 환자는 일종의 나르시시즘으로 퇴행하게 되는 것이다. 다만 일반적인 나르시시즘과 달리 우울증 환자는 자아에 합체된 대상을 학대하고 억압하려 한다. 그러므로 프로이트는 애도가 대상 상실이라면 우울증은 자아 상실이라고 한다. 애도는 자학에 빠지는 경우가 드물지만 우울증은 자신에 대한 비난과 처벌, 그리고 죄의식이 강해져서 세상과 자아에 대한 증오감을 품게 하기 때문이다.[30]

프로이트의 설명에 따른다면, 우울증은 자아 형성의 또 다른 과정임에 틀림없다. 자아의 형성 과정에서 부인된 상실이 정체성 구성의 주요인으로 작동한다는 것을 의미하기 때문이다. 자아 형성 과정의 첫 번째는 리비도가 대상을 향하는 것이다. 즉 대상을 욕망하는 단계이다. 두 번째는 대상을 포기해야 하는 상황에 직면하여 대상의 상실을 경험하게 된다. 마지막으로 자아는 대상에 대한 동일시를 통해 그 대상을 자아로 받아들인다. 대상을 가질(have) 수 없으니까, 대상이 되는(be) 것이다. 이러한 과정에 따라 자아는 형성된다.[31]

---

30) 권택영, 『감각의 제국―라캉으로 영화 읽기』, 민음사, 2003, pp.133~134 참조.

이러한 자아 형성의 과정에 주목하여 주디스 버틀러는 우울증과 자아의 형성 과정에 젠더적 관점을 덧붙인다. 바로 우울증은 젠더 주체를 형성하는 하나의 방식이라는 것이다. 버틀러는 우울증이 몸의 자아(bodily ego), 즉 '젠더화된' 자아를 형성하는 방식이라고 주장한다. 버틀러에 따르면, 자아의 한 가운데에는 완전히 애도하지 못한 타자가 놓여있고 이러한 타자에 의해서 자아는 이미 붕괴된 자아라고 할 수밖에 없게 된다. 다시 말해서 애도 불가능한 타자는 '자아'의 완전하고 자족적인 자아정체성 획득을 불가능하게 만든다. 따라서 거부된 동일시로서 자아의 한 가운데 놓인 이 타자야말로 바로 자아가 있을 수 있는 전제조건이 된다. 이렇게 형성된 자아가 바로 '우울증'의 형식으로 구성되는 젠더 자아이다.32)

「너무도 쓸쓸한 당신」에서 화자는 남편 역시 남성에게 부여된 젠더 이데올로기로부터 자유롭지 못했다는 사실을 확인하였다. 남편은 자신에게 주어진 에고 이상을 자기 정체성의 구성 요인으로 내면화하고 그것을 통해 남성, 남편, 아버지가 되었던 것이다. 이와 같이 젠더 정체성은 자신에게 부여된 금기를 스스로 내면화함으로써 구성되기도 한다. 이때 자신을 억압하는 금기는 마치 나의 외부에 있으나 부정의 방식으로 들어와 나를 구성하는 '구성적 외부(constitutive outside)'와도 같은 것이다. 버틀러는 에고 이상의 구성을 통해 그 대상이 되는 것이라면, 젠더 정체성은 그 무엇보다도 정체성을 형성하는 것으로, 입증된 금기를 내면화하는 것이라고 하였다. 게다가 이런 정체성은 그 금기의 지속적인 적용 때문에 구성되고 유지된다.33) 금기를 내면화함으로써 구성되는 젠

---

31) 임진수, 앞의 책, 2010, pp.273~274 참조.
32) 조현순, 「멜랑콜리」, 『여/성 이론』 15호, 여이연, 2006 겨울, pp.332~342 참조.
33) 주디스 버틀러, 앞의 책, 2008, p.207 참조.

더 정체성을 버틀러는 우울증적 젠더라고 하였다.

「가는 비, 이슬비」에는 애도되지 못한 상실감을 자아로 합체한 젠더 주체가 등장한다. 이 작품의 화자인 '수자'가 "느닷없이 수치심에 사로잡"히거나 "자기 자신과 소통이 안 될 때의 낯설음"을 느끼는 것은 무의식적 상처가 증상을 드러내는 것이다. 수자의 무의식적 상처는 이혼 전 남편과의 사이에서 발생한 것이다. 자신의 순결을 의심하는 남편에 대해서 수자는 항변을 해 볼 염두도 없이 스스로 단념했다. 남편은 수자에게 자백(自白)을 강요했고 수자는 자신이 무엇을 잘못한 건지, "무엇을 잘못했기에 이런 꼴을 당해야 하는지"에 대한 자문(自問)을 반복했다. 하지만 수자는 남편이 원하는 답을 찾을 수가 없었다. 그것은 이혼 후에도 계속되었는데, 수자에게는 답을 찾는 것보다 무엇이 원인인지를 알 수 없다는 무력감이 더욱 컸다.

이후 수자는 남성과의 관계에서 불안감을 느끼는데 그것은 혹시나 '자신이 순결하지 못한 것이 아닐까'하는 불안이다. 수자는 함께 소풍을 가기로 한 '김 전무'가 자신에게 관심을 보이기 시작한 것이 자신이 김 전무 앞에서 요염한 행동을 했기 때문은 아니었을까하는 의심을 한다. 즉 자신의 부도덕한 행실의 여부를 스스로 심판하는 것이다. 이러한 불안감은 김 전무와의 소풍을 갈 것인지 말 것인지를 고민하게 한다. 이 작품의 제목이 '가는 비, 이슬비'인 것은 수자의 심리적 갈등을 상징하는 것인데, 수자는 결국 소풍 가는 것을 단념하고 만다. 그 결정을 내리는 데는 수자의 내면에 고착된 순결 이데올로기의 강박이 크게 작용한 것이라 할 수 있다.

이러한 수자의 행동은 여성의 우울증적 젠더 정체성을 보여주는 것이다. 다시 말해서 순결 이데올로기에 대한 강박으로 인해 수자는 우울증적 젠더 정체성을 수행하게 된다. 수자는 순결이라는 대상을 상실했다는 것을 부정하기 위해서 자기 안에 대상을 합체한다. 그러나 사실 수자가 합체한 '상실된 순결'은 남편에 의해서 만들어진 상실감이다. 즉 실체가 없는 것이다. 수자는 남편이 원하는 대답을 할 수 없었던 것만큼, 남편이 왜 그러한지에 대해서도 적당한 이유를 찾지 못했다. 무의식중에 남편이 강요한 자백을 스스로 반복했던 것이다. 결국 수자는 실체 없는 상실감에 대한 강한 애착을 드러내며 젠더 정체성을 구성하게 되었다.

> 그녀는 괜히 급하게 굴면서 도시락 뚜껑을 닫다가 그만 손을 베고 말았다. 은박지로 된 뚜껑의 날카로운 모서리가 슬쩍 손끝을 스쳤을 뿐인데도 꽤 깊이 벤 것 같았다. 단박 붉은 피가 뚝뚝 떨어졌다. 피를 보자 그녀는 날카로운 소리로 외마디 비명을 질렀다. 그리고 피를 닦아낸 휴지를 함부로 바닥에다 흩뿌리며 도망치듯이 거실 구석으로 가서 벽에 등을 대고 붙어섰다. 등에 식은땀이 흐르는 게 벌레가 기어가는 것처럼 선명하게 느껴졌다. 수자는 다량의 출혈 후의 빈혈 증세처럼 아득한 느낌으로 벽 속으로 잦아들 듯이 납작하게 붙어서서 울기 시작했다. 점점 격렬하게 복받치는 울음이 키질하듯이 그녀를 들까불었다.
> (중략)
> 그러나 그녀는 자신의 몸뚱이가 괜히 피를 흘릴 때처럼 혐오스러운 적은 없었다. 울음을 그친 그녀는 부엌과 거실 사이, 엎드러지면 코 닿을 거리에 낭자하게 흩어진 핏자국을 우울한 시선으로 바라보았다. 그리고 왜 울었을까, 마치 남의 일처럼 좀전에 몸을 내맡긴 격렬한 오열에 대해 이상하게 생각했다. 단지 혐오감 때문에 울기까지 한 적은 없었다. 그렇담 희망 때문이었을까? 희망에 대한 공포감, 아니면 낯가림?
> ―「가는 비, 이슬비」, 박완서 단편소설 전집 5, pp.408~409

위의 예문에서 '알 수 없는 격렬한 오열'은 바로 수자가 우울증의 방식으로 젠더 정체성을 수행하고 있는 것을 의미한다. 또한 남편으로부터 순결을 의심당한 수자의 무의식적 상처는 '피 흘리는 몸'에 대한 혐오로 나타난다. 수자는 손끝에서 흐르는 피에 갑자기 울음을 쏟아내는데, 애도되지 못한 상처가 수자의 내면에 부착되어 있기 때문에 우울증적 병리성을 보이는 것이다. 앞서 밝혔듯이, 수자에게 애도되지 못한 상처는 순결 이데올로기이다. 여성에게만 강요되는 순결 이데올로기에 의해서 수자는 남성의 폭력과 학대에 시달렸다. 남편에 의해 부정된 순결은 수자의 무의식에 합체되어 순결 이데올로기는 더욱 강력하게 작용한다. 이혼 후에도 수자가 다른 남성과의 관계에서 자신의 욕망에 정직해본 적이 없다는 사실은 스스로 내면화한 순결 이데올로기의 무의식적 작용 때문이다.34)

그러므로 이 작품은 '구성적 외부'와 더불어 권력과 제도의 내면화로서 발생한 젠더 정체성이 사실은 규제적 허구이며, 자기 안에 규율담론이 배제한 외부, 타자성을 이미 불완전한 방식으로 합체하고 있음을 보여준다. 권력은 우울증의 방식으로 불완전하게 주체에게 합체되므로 주체는 언제나 양가적이고 모호하며, 단일한 의미로 설명할 수 없다.35) 창밖의 비를 보고 '가는 비'인지 '이슬비'인지 모호한 것은 화자의 심리의 표명이다. 자신이 김 전무와의 소풍을 가야하는지 말아야 하는지를 결정할 수 없는 것이다. 젠더 규율의 내면화에 따른 억압과 자신의 욕망

---

34) 이 작품의 마지막 부분에서 '대여섯 살' 정도의 소녀를 수자는 마치 자신의 어린 날의 환영을 보듯, 몽롱한 시선으로 바라본다. 수자는 그 소녀가 티없이 맑고 예쁘다고 생각하고 소녀를 천진무구의 상징처럼 보았다. 하지만 수자는 그 소녀를 보면서 '여아 강간범'이라는 신문 기사를 연상하게 된다. 천진무구의 소녀를 "더럽히는 폭력"은 바로 이데올로기에 의해 훼손된 순결이라고 할 수 있다.
35) 규율권력은 우울증적 생산을 거쳐서 주체에게 내면화된다. 권력이 자신의 존재를 철회하여 주체에게 상실한 대상이 되고, 역설적이게도 이러한 권력의 철회를 통해서, 발화 공간(topos)으로서의 심리를 위장하고 조작함으로써 주체는 자신을 생산한다. (조현순, 「애도와 우울증」, 『페미니즘과 정신분석』, 여성문화이론연구소 정신분석세미나팀, 여이연, 2003, p.73)

이 합체된 '나'의 내면은 이러한 양가성과 모호성을 동시에 보여주는 것으로 재현된다.

우울증이 합체의 방식으로 정체성을 획득한다면, 그 합체의 공간은 몸 안이 아닌, 몸 위에 있다. 그 이유는 우울증이 몸 안에서 주체가 완전하게 내면화된 동일시가 아니라, 몸 표면(body-surface) 위에서 상상적으로 작용하는 동일시 양식이기 때문이다. 따라서 우울증적인 젠더 정체성은 본질적이거나 자족적인 자아 정체성을 부정하고 환상의 구조 위에서 불완전하게 구성되는 젠더 정체성을 주장한다.36) 「참을 수 없는 비밀」의 화자인 '하영'은 스무 살 때의 입맞춤이 우울증으로 변하여 20년이 지난 후에도 여전히 자신의 존재성에 불안을 느끼며 살아가고 있다.

> 말리는 사람들을 뿌리치고 하영은 세준의 가슴을 두드리고, 배를 누르고, 그리고 입술을 빨았다. 실습해본 일도 남이 하는 걸 본 일도 없지만, 그녀 나름으로는 인공호흡을 하고 있는 거였다. 그의 입술은 얼음처럼 차가웠다. 아무리 열렬하게 빨아대도 새파랗게 질린 입술에 핏기는 돌아오지 않았다. 가족들과 동네 사람들이 그녀를 현장에서 억지로 떼어낸 후에도 틈만 나면 달려가 그 짓을 되풀이했다. 인공호흡의 효험이 지났다는 것 알았다 해도 사랑의 입맞춤이 행할 수 있는 기적엔 시한이 없다고 믿고 싶었다. 동화 속의 왕자들이 해낸 걸 나라고 못 하려구. 그건 발작 같은 거여서 아무도 못 말렸다. 요새도 하영은 그때 빨아들인 냉기가 자신의 내부에서 빙하게 되어 모세혈관까지 고루 분포돼 있는 것처럼 느낄 적이 종종 있다.
>
> ─「참을 수 없는 비밀」, 박완서 단편소설 전집 6, p.118

첫사랑이었던 '세준'의 익사 사고는 중년의 하영에게 여전히 우울증적으로 남아있다. 하영은 "경고 없이 오는 불행에 대한 두려움" 때문에

---

36) 조현준, 앞의 글, 2003, pp.63~73.

무사안일한 시간을 오히려 불안하게 여긴다. 자신이 "언제나 불행한 무엇과 연루돼 있다는 불안감"이 있는 것이다. 하영의 불안감은 세준의 차가운 입술을 통해 전해 진 냉기가 하영의 몸에 각인되었기 때문이다. 하영은 세준의 죽음을 애도하지 못하고 가족들과 함께 서둘러 고향을 떠나면서 죽음에 대한 기억을 거부한다. 그러나 애도되지 못한 상실감은 하영에게 우울증으로 남아 결혼 후에도 "주기적인 가출"의 형태로 나타나고 있는 것이다.

"우울한 바닷가의 풍경"을 보며 자신에게 닥칠 불행을 불안해하던 하영은 누군지도 모르는 청년의 죽음 앞에서 "북받치는 울음"을 토해낸다. 주변 사람들이 하영을 죽은 사람의 지인으로 오해할 만큼 하영은 통곡을 하는데, 이러한 모습은 애도하지 못한 세준의 사고에 대해 거짓으로라도 애도를 하고 싶어 하는 하영의 내밀한 고통을 말해준다. 요컨대, 하영에게 "참을 수 없는 비밀"이란 송장과의 입맞춤이 자신의 최초의 입맞춤이라는 사건이며, 또한 애도하지 못한 첫사랑의 죽음과 자기 자신에 대한 애도 불가능성을 의미한다. 결국 "참을 수없는 비밀"은 하영에게 구성적 외부로서 하영의 우울증적 젠더 정체성을 구성하는 요인이 되고 있는 것이다.

「공놀이하는 여자」에서 '아란'의 엄마는 '진씨 집'의 첩이었다. '노인'('나'의 아버지-인용자)은 유산으로 아란에게 아파트를 남기고, 뜻밖의 거액을 받게 되면서 그녀는 '돈의 위력'을 느낀다. '돈의 위력'은 "옴짝달싹도 할 수 없이 답답하고 어두운 정해진 팔자에서 비로소 열린 세상의 햇빛 속으로 나온 자유의 기쁨"이었으며, 귀빈 대접을 받고, 우아와 품위를 흉내낼 수도 있게 해 주었다. 하지만 아란이 가장 크게 기대하고 있는 돈의 위력은 바로 애인인 '현'과의 관계 전복이다. 지금까지 그녀는 현과의 관계에서 온갖 굴종과 굴욕을 당해왔다. '현'이 사법고시에 합격하고, 그와 결혼을 하는 것만이 그녀의 유일한 삶의 목표이고 "개천에서 용 날" 기회였다. 그런데 뜻밖의 거액은 그녀와 현의 위치를 바꿀 수 있는 것이었다. 아란은 현을 "살살 굴리고", "발끝으로 희롱하고", "힘을 모아 힘껏 걷어차" 주리라 다짐한다. 상상만으로도 "나쁘지 않은" 것인데, 그녀는 오히려 생뚱스러운 비애를 느낀다.

우울증은 자신이 상실한 것이 무엇인지 모르고 있다는 점에서도 애도와 다르다. 애도가 자신이 상실한 것이 무엇인지 분명하게 알 수 있는 것은 그것이 의식에서의 상실감이라는데 있다. 반면 애도의 불가능성으로 설명되는 우울증은 무의식에서의 상실감이다. 즉 상실한 것이 무엇인지 알 수 없기 때문에 애도할 수조차 없는 것이다. 이 작품의 아란 역시 갑작스러운 생활의 변화와 관계의 변화에 알 수 없는 상실감을 느낀다.

> 결국은 이렇게 진씨집과 화해를 하게 될 줄이야. 돈독인지 돈힘인지를 맛보고 나서야 진씨집에서 여태껏 당한 것을 용서할 수도 있을 것 같은 자신에게 아란은 문득 비애를 느꼈다. 도시 한가운데서도 문득 지난날의 향수처럼 풀이나 거름 냄새 같은 게 코끝을 스쳐갈 때가 있듯이, 잡힐 듯 말 듯 모호하고도 생뚱스러운 비애였다.
> ―「공놀이하는 여자」, 박완서 단편소설 전집 6, p.277

갑작스러운 비애감의 원인은 자신의 '존재에 대한 아픔'이다. '존재의 아픔'이란 화자가 공놀이를 하는 공원에서 본 조형물의 작품명이다. 그런데 조형물은 사라지고 작품명만 남았다는 점에서 이 작품의 주제의식과 상통하는 면이 있다. 화자 역시 자신의 존재에 대해 모호함을 느끼고 있기 때문이다. 아란은 돈의 위력으로 '올드 미스'라는 "존재의 아픔"은 전복시킬 수 있었으나, 자신의 정체성이 모호해졌다는 것을 느낀 것이다. 유산(有産)으로 인한 '진씨 집'과의 '다급한' 화해는 첩의 자식으로서 받았던 수모와 유년 시절의 고통, 엄마와의 불화와 엄마에 대한 연민 등, 그동안 자신의 정체성을 구성했던 모든 것들은 단숨에 비워야 하는 상황으로 바꾸어 버렸기 때문이다.

다시 말해서 그녀의 존재는 첩의 자식이라는 이름만 있을 뿐 실체는 사라지게 된 것이다. 그러나 아란은 상실감의 이유를 알지 못한다. 불완전한 자아로서의 자신에 대해 자각하지 못한 채 비애감만 느끼게 될 뿐, 자기 존재의 아픔을 애도하지 못한다. 그렇다면 자아의 한가운데에는 완전히 애도하지 못한 타자가 놓여 있는 것이 된다. 버틀러는 자아 속에 놓인 이러한 타자야말로 '자아'가 완전하고 자족적인 자아 정체성을 획득하는 것이 불가능함을 말해준다고 본다. 아란에게 '진씨 집'과의 화해는 바로 그것을 의미하는 것이다. 자기 동일성을 상실했다는 것에 그녀의 비애감이 존재하는 것이다.

즉, 이 작품에서 타자는 '현'이면서 동시에 그녀 자신이다. 돈은 '현'에 의해 억압받던 그녀를 구제했지만, 자기 동일적 주체였던 자신을 파기해 버린다. 아란이 '굴리는 공'은 돈의 위력을 느끼는 자기 자신이며, 자신을 억압했던 '현'이다. 공은 자신이고 또 '현'인 것이다. 결국 '공놀이하는 여자'는 자기 안에 합체된 이질적 자아를 의미하고, 이질적 자아로 구성된 자기(自己)의 확인은 아란의 비애감, 우울증으로 나타난다.

「친절한 복희씨」의 젠더 주체 역시 이와 유사한 방식으로 우울증적 젠더 정체성을 보여주는 인물이다. 이 작품에서 젠더 정체성의 구성적 외부로서 존재하는 이물질은 "생철갑"이다. 소량을 먹으면 만병통치약이지만, 다량을 섭취하게 되면 죽을 수도 있다는 친정 엄마의 말씀에 화자는 가출 당시 엄마의 '생철갑'을 들고 나왔다. 그리고 생철갑을 마치 은장도처럼, 극한의 순간에 사용하리라는 생각으로 보관하고 있었다. 화자는 그것을 "내 안에서 출구를 찾고 있는 잔인한 충동"이자 "내 인생의 슬픈 동반자"라고 표현한다. 노년이 된 지금까지도 생철갑은 화자의 정체성의 중요한 구심적 역할을 하고 있다.

생철갑을 지니며 사는 이유는 화자의 내면에 해소되지 않는, 남편에 대한 감정 때문이다. 남편의 집에서 식모살이를 하다가 전실 자식을 거두며 후처(後妻)로 살게 된 후 지금까지 화자는 표면적으로는 다복한 가정을 꾸리며 사는 듯 했지만 내면에는 남편과의 불화(不和)를 갖고 있다. 생철갑 역시 남편과의 불화가 극한에 이르게 될 때 사용할 목적으로 보관하고 있던 것이다. 중풍에 걸린 남편은 반신불수의 몸이고 화자는 이런 남편을 극진히 보살핀다. 하지만 내면에는 "늙은 왕의 죽음과 함께 순장당한 어린 궁녀만 같"다는 생각에 자신을 애처로워한다. 따라서 이 작품은 표면적으로 드러나는 행위와 그 이면에서 화자의 진심을 토로하는 양가적 서사로 이어지고 있다. 작품의 제목 역시 화자의 이중성을 강조하기 위한 반어적 표현이다.

> 개같이 벌어서 정승처럼 쓰는 게 이상인 단순한 남자가 늙고 병들어 썩은 포대자루처럼 처져 있는 걸 보면서 나는 측은하단 생각이 들기보다는 기괴한 환상에 시달린다. 저 남자는 도대체 무슨 생각을 하고 있을까. 그가 거침없이 말할 때도 그의 생각은 주로 욕망에 관해서였다. 물욕, 식욕, 성욕이 남보다 강하고 그걸 표현하는 데 망설임도 수치심도 없었다. 말로도 행동으로도 그런 욕망을 채울 길이 막혀버린 지금 그는 도대체 무슨 생각을 할까. 생각은 무슨, 그의 속이 텅 비어 있다고 생각해도 불안하고, 텅 비었다고 생각하고 그 안에다 뭘 자꾸자꾸 쑤셔넣고 싶어 하는 나는 더 불안하다. 내가 불안한 건 그가 아니라 나다.
> ─「친절한 복희씨」, 『친절한 복희씨』, p.238

화자가 남편을 보며 갖게 되는 "기괴한 환상"은 남편의 속에 "뭘 자꾸자꾸 쑤셔넣고" 싶은 충동이다. 다시 말해서 생철갑을 먹이고 싶은 것이다. 화자는 남편이 중풍에 걸려 반신불수가 되기 이전부터 그의 몸에 대해 혐오감을 가져왔다. 남편과의 첫 관계가 강제적으로 이루어진 것이니만큼 남편과의 결혼 생활은 만족스러울 리가 없었다. 남편의 "변태를 살의(殺意)없이 참아내"야 하는 관계일 뿐이었다. 하지만 화자는 남편에 대한 혐오감과 복수심을 감추고, 대신 "얼뜨기", "착한 여자"를 연기(演技)한다. 그것은 장사를 하는 남편에 맞장구를 쳐주고 대신 '잇속을 챙기기 위해 구는 일종의 전술'이었다. 그렇게 남편과의 관계는 위장과 속임수, 착각으로서만 가능했다.

불편한 걸음으로 산책을 하고 돌아 온 남편은 화자를 약국으로 내몰고, 약국에서 다시 한번 남편에 대한 혐오의 감정이 일어난다. 반신불수의 남편이 '정력제'를 원했으며 "마누라가 그걸 너무 좋아하니 좀 봐달라"고 했다는 것이다. 화자는 수치심과 경악을 느끼고 한강으로 달려간다. 그리고는 생철갑을 강에 던져 버린다. 지금까지 화자에게 그 약갑은 "환상이지 실체가 아니었다." 라캉에 의하면 현실에서 얼룩을 감추는 것이 바로 환상의 역할이다. 그러므로 환상은 상징계가 완벽하다고 믿게 하는 것이다. 이는 현실도피로서의 환상이 아닌, 현실을 유지하고 구성하는 환상이다. 즉 환상은 상징계의 질서유지, 징후와 얼룩을 가리기 위해 요구되며, 현실의 누빔점 역할을 하면서 현실을 유지하고 구성한다.[37] 화자는 그 환상을 던져 버린 것이다.

이 작품의 화자에게 생철갑은 바로 화자의 현실을 유지하기 위해 스스로가 보존하고 유지한 환상이다. '생철갑'이라는 환상은 화자의 현실을 떠받치고 있는 것이며, 내면에 억압한 혐오와 분노가 화자의 일상생활의 경험 안으로 침입할 때 방어하는 역할을 해왔다. 하지만 이제 화

---

37) 슬라보예 지젝, 『당신의 징후를 즐겨라』, 주은우 역, 한나래, 1999, 1장 참조.

자는 환상으로써 자신이 감추고자 했던 자신의 욕망과 마주하게 된 것이다. "그와 나 사이의 착각은 바로 우리의 운명이다"라는 화자의 말은 환상을 거둬 내고 실체를 바로 보게 된 화자의 자각이다.[38] 여기서 타자라는 대상이 모호해졌다는 것을 알 수 있다. 지금까지 화자에게 타자는 남편이었다. 하지만 약국을 나서면서 화자가 자각 한 것, 문갑 안에 보관해 오던 생철갑을 들고 한강으로 갔던 것, 한강에 그 생철갑을 던져 버린 것 등의 행동들은 곧 화자에게 타자는 바로 자신이 만들어 낸 환상이라는 것을 말해 주기 때문이다.[39]

작품의 종결부에서 화자는 "허공에서 치마 두른 한 여자가 한 남자의 깍짓동만 한 허리를 껴안고" 강물로 추락하는 환(幻)을 본다. 그리고 그것이 인생 절정의 순간일 것이라 생각한다. 화자가 "까만 고약 같은 덩어리"만 던져버리는 것은 결국 "실행하지 못한 복수"로 의미화될 수도 있다. 그러나 화자는 자신의 세계, 상징계를 유지하기 위해 자신이 은밀하게 보존해 둔 환상을 깨달았고, 그 환상의 징표를 내버리는 것으로 자신에게 주어진 향락[40]을 받아들이는 것이다. 라캉은 이 과정을 '환상 가로지르기'[41]라고 부른다. 환상 가로지르기는 타자의 욕망과 향유에 의해 빼앗긴 자신의 고유한 욕망과 향유를 되찾는다는 것을 의미한다. 이는 또한 타자 속에서 결여를 발견한다는 것을 뜻하는 것이다. 지금까지 타자는 자신의 결여를 메우기 위해 '나'의 무의식 속에 자신의 욕망(혹은 요구)을 각인 시켰다. 타자의 요구에 순응함으로써 '나'는 환상 속

---

38) 숀 호머, 『라캉 읽기』, 김서영 옮김, 은행나무, 2006, 5장 참조.
39) 우울증은 대상과 자아를 일치시켜 대상을 얻지 못할 때 그 탓을 자아에게 돌려 자신을 증오하고 세상을 증오하는 현상이다. 우울증은 상상계에서 일어나기 때문에 나르시시즘이 강한 사람에게 나타난다. (권택영, 앞의 책, 2003, pp.133~134 참조)
40) 이때 향락(jouissance)이란 일종의 '곡해된 쾌락'을 의미한다. 즉 고통 속의 쾌락, 희열이라 할 수 있다. (슬라보예 지젝, 앞의 책, 1999, 2장 참조)
41) 이것은 주체가 실재계의 외상을 주체화하는 것을 의미한다.

에서 타자의 욕망의 대상으로 자신을 제공했기 때문에 여러 가지 소외된 욕망을 갖게 된 것이다.

이 작품의 화자 역시 자신의 욕망이 타자(남편)의 욕망에 대한 주체의 무의식적 응답이었음을 깨닫는다. 그리고 생철갑을 던져버리고서야 비로소 자신의 욕망에 대해 직시할 수 있게 된 것이다. 버틀러는 자신의 구성적 우울증을 깨닫는 것은, '자기 안의 타자'를 받아들이는 것을 포함하는 것이라고 주장한다. 왜냐하면 우울증은 에고 안에 타자가 동일시를 통해 설치되는 과정이기 때문이다. 따라서 존재론적 자율성이라는 개념은 하나의 허구로서 포기되어야만 한다. 결국 내 안에 들어온 타자는 내 젠더 정체성의 단일성이나 안정성을 허물고 여러 의미로 열린 젠더 자아를 형성한다.[42]

「나의 가장 나종 지니인 것」에서는 대상에 대한 애도를 거부하는 젠더 주체가 등장한다. 이 작품의 화자는 아들이 죽은 후 "시간이 정지돼 있"다고 느끼며 자신이 살아 있다는 것을 믿으려 하지 않았다. 이러한 증상은 바로 아들의 죽음을 애도하기를 거부하는 것이다. 이 작품의 화자는 운동권 출신이었던 아들의 죽음을 사실 자체로 받아들이기를 거부한다. "창환인 전무후무한 하나뿐인 창환이고 아무하고도 비교할 수 없이 잘났다"거나 "걔 아들하고 창환이하곤 댈 것도 아니"라는 화자의 자부심은 "죽은 우리 창환이가 산 법관보다 골백번은 더 잘나 보이더라"는 의식으로 확대된다.

이러한 화자의 말은 아들의 죽음을 온전히 받아들이지 않으려는 화자의 무의식을 보여준다. 무의식적으로 작용하는 상실에 대한 거부는 상실한 대상을 자기 내부에 합체하게 되고 이것이 우울증적 병리성으로 드러나게 된다. 우울증에서 완전한 대상의 애도가 불가능한 것은 상

---

42) 조현순, 앞의 글, 2006, pp.332~342.

실한 대상을 자기 안에 보존하는 동일시로서의 애착 합체가 일어나기 때문이다. 상실된 대상은 계속해서 자아 안에서 살면서 가끔씩 나타나고 자아와 공존하게 된다. 요컨대 우울증에서 상실이 거부되는 것은 상실된 대상이 추방되어서가 아니라 내면화의 방식으로 심리 속에 보유되기 때문이다.43)

> …밖에 나갔다가 집에 들어왔을 때 열쇠로 문을 따고 들어가야 할 때와 안에서 창숙이나 창희가 열어줄 때가 있잖아요? 안에서 맞아줄 사람이 있을 때가 없을 때보다 좋은 게 인지상정이련만 전 그 반대예요. 그들의 마중을 받으면 창환이의 빈자리가 왜 그렇게 크게 느껴지는지, 나도 모르게 무너져 내리듯이 밖에서 꾸민 나를 포기해버리죠. 그러나 열쇠로 문을 따고 빈집에 들어섰을 때는 딴판이에요. 창환아, 에미 왔다. 그렇게 활기 넘치는 소리로 말을 걸며 들어가는 거예요. 핸드백을 내던지면서 옷을 벗으면서도 냉장고에서 찬물을 꺼내 벌컥벌컥 들이마시면서도 연방 말을 시키죠. 그럴 때는 집 구석구석이 창환이로 가득 차는 것에요. 내가 그애 안에 있다는 걸 실감하죠. 어느 쪽이 진짜 나인지 모르겠어요. 걔가, 생때같은 내 아들이 어느 날 갑자기 없어졌다는 걸 어떻게 믿을 수가 있겠어요.
> ─「나의 가장 나종 지니인 것」, 박완서 단편소설 전집 5, p.394

위의 예문에서 화자는 아들의 애도를 거부하고 있다. 애도하지 않는 것은 자신의 상실감을 상실하고자 하는 것인데, 죽은 아들에게 "활기 넘치는 소리로 말을 걸며 들어가는" 화자의 모습에서 이러한 우울증적 증상을 확인할 수 있다. 그런데 화자에게 무의식적으로 거부되었던 애도는 친구의 모자(母子) 관계를 지켜보다가 갑작스럽게 변화한다. 즉 화자는 친구와 그의 아들을 보면서 자신의 허구적 정체성을 확인하게 된 것이다. 친구의 아들은 차 사고로 인해 하반신 마비와 치매를 앓고 있

---

43) 조현준, 앞의 글, 2003, pp.64~65.

었지만, 화자는 그들 모자(母子) 사이를 지켜보며 "생명의 실체"에 대한 부러움을 느끼게 된다. 그리고 대성통곡을 하게 되는데, "막혔던 울음이 터지"는 것은 곧 자아의 허구성에 대한 자각이고 동시에 유예되었던 애도의 통곡이다.

들뢰즈는 존재가 아니라 존재 사이에서 벌어지는 하나의 존재에서 다른 존재로 '되는' 변화에 주목하였다. 그리고 그러한 변화의 내재성을 주목하여 그것을 통해 끊임없이 탈영토화되고 변이(變異)하는 삶을 촉발하는 것의 중요성을 강조한다. 들뢰즈의 이러한 강조점은 모두 '되기 (becoming)'라는 개념을 둘러싸고 진행된다. '이기(être)'가 어떤 것의 현재 상태가 갖는 동일성/정체성(identitié)을 명시한다면, '되기'는 명시하고 확정할 동일성을 가질 수 없다.[44]

이 작품에서 화자가 아들의 상실을 거부하는 것은 '이기(être)'에 대한 집착이다. 자신과 아들의 존재를 어떤 방식으로든 인정받고 싶은 것, 아들의 죽음을 거부하고 반복적인 가치부여를 통해 존재하게 하는 것은 모두 자기 동일적 자아에 대한 확고한 의지와 신뢰 때문이다. 그러나 친구의 모자(母子) 사이를 보면서 화자가 쏟아낸 통곡은 '되기'라는 변화를 가져온다. 지금까지 거부해 왔던 아들의 죽음을 인정하고 그 슬픔을 토해내면서 비로소 애도가 가능해졌음을 보여주기 때문이다. 그러므로 이 작품을 "단순히 고통을 이겨내는 감동적인 인간 승리의 이야기나 시대적 상처의 기록이 아니라 삶과 존재에 대한 근원적 물음과 성찰의 이야기"[45]라고 하는 것은 자기 동일적 주체로의 복귀나 확신을 의미하지 않는다. 오히려 자아의 비동일성, 유동성, 불완전성을 인정하고 새로운

---

44) 생성 내지 '되기'라고 번역한 말은 불어로는 'devenir', 영어로는 'become(becoming)', 독일어로는 'werden'이란 단어로 표시한다. (이진경, 『노마디즘 2』, 휴머니스트, 2002, pp.24~25 참조)

45) 황도경, 앞의 글, 2004, pp.38~42.

존재로 변화하는 화자의 변신에 주목해야 하는 것이다.

> 전 그 울음을 통해 기를 쓰고 꾸민 자신으로부터 비로소 놓여난 것 같은
> 해방감을 느꼈어요. 그러고 나서 요 며칠 동안은 울고 싶을 때 우는 나으
> 로 살고 있죠. 그러느라고 증조모님 제삿날도 깜박했을 거예요. 은하계도
> 떠내려가는 판에 한 번 뵙지도 못한 시대 조상 제삿날이 남아났겠어요. 이
> 제부터 울고 싶을 때 울면서 살 거예요. 떠내려갈 거 있으면 다 떠내려가
> 라죠, 뭐. 아무렇지도 않은 것처럼 꾸미는 짓도 안 할 거구요. 생때같은 아
> 들이 어느 날 갑자기 이 세상에서 소멸했어요. 그 바람에 전 졸지에 장한
> 어머니가 됐구요. 그게 어떻게 아무렇지도 않은 일이 될 수가 있답니까.
> 어찌 그리 독한 세상이 다 있었을까요, 네, 형님?
> ―「나의 가장 나종 지니인 것」, 박완서 단편소설 전집 5, pp.401~402

화자는 이제 아들의 죽음을 인정하고 "울고 싶을 때 울면서" 죽은 아
들을 애도할 수 있게 되었다. 아들의 생존 당시와 동일한 자아를 갖는
것은 불가능하고, "장한 어머니"라는 규범적 젠더로부터도 초월해야 한
다는 것을 자각한 것이다. 이와 같은 젠더 정체성의 변화가 바로 '되기'
로서의 정체성이라 할 수 있다. 그러나 '되기'는 진화가 아니다. 이전의
정체성에서 진보적으로 변화되는 것이 아니다. 진화가 통상 덜 분화된
것에서 더 분화된 것으로 나아가는 것을 말한다면, 이 작품의 화자는
'아들의 죽음'이라는 이질적인 것이 자신의 내부에 들어와 있음을 자각
하고 인정함으로써 새로운 혼성적인 정체성을 구성하게 된 것이다. 이
것이 '되기'라는 창조적 존재성이다.[46]

한편 들뢰즈와 가타리는 "되기란 반-기억이다"라고 말한다. 되기란
기억에 반(反)하며, 기억에 대항하여 이루어지는 것이다. '반-기억' 내지
'대항-기억'이란 현재를 과거에 사로잡는 기억에 대항하여 기억을 지우

---

46) 이진경, 앞의 책, 2002, 2권 10장 참조.

며 다른 것이 '되고' 새로운 삶을 구성하는 그런 능력으로서 망각능력을 뜻한다. 그러나 이때 중요한 것은 무언가 다른 것이 되기 위해서 현재 가지고 있는 것을 이용하고 변형시킬 수 있어야 하는 것이다. 즉 기억된 것을 새로운 배치로 탈영토화시키고 변형시키는 것이다.[47]

박완서의 유작(遺作)이 된 「석양을 등에 지고 그림자를 밟다」는 다시 한번 작가의 자전적 기억을 언급한다. 하지만 이전과는 또 다른 기억을 이야기하고 있다는 점에서 유동적 젠더 정체성의 수행 양상을 읽을 수 있다. 이 작품의 주요 내용은 이전에 발표되었던 자전 소설과 상당부분 중복되는 일화들이다. 유년 시절의 박적골에 대한 이야기나 엄마를 따라 서울에 입성한 이야기 등인 것이다. 그러나 이 작품은 이전의 자전 소설과는 또 다른 면모를 드러내며 새로운 작품으로서의 영역을 확보하고 있다. 이 작품이 앞서 발표된 자전 소설, 「엄마의 말뚝 1」과 『그 많던 싱아는 누가 다 먹었을까』와 다른 점은 바로 '여성만의' 기억에 대항하고 있다는 것이다.

> 드디어 인천공항에 내렸다. 입국수속을 마치고 짐 찾는 아래층에 안전하게 발을 디디자 비로소 고래뱃속을 빠져나왔구나, 하는 현실감이 왔다. 이번 여행길을 통틀어 방금 내린 비행기까지가 다 고래뱃속의 일로 여겨졌다. 어쩌면 지난 이십 년 동안의 설렘도 목적도 없는 여행이 다 고래뱃속 안에서의 헤맴이 아니었을까.
>
> ─「석양을 등에 지고 그림자를 밟다」, 『현대문학』, p.58

---

47) '기억'에는 이미 호오(好惡)와 선별이 내장되어 있기 때문에 우리는 기억하고 싶은 것들만, 그리고 잊히지 않는 상처 같은 것만을 기억하게 된다. 이러한 대문자 <기억> (기억들의 집합)은 통상 다수적이고 몰적인 기억들의 집합이다. 우리는 분자적 구성요소를 묶어서 새로운 탈영토화된 배치 안으로 밀고가야 한다. 새로운 배치 안에서 기억된 것들을 이용하는 것은 이처럼 주어진 기억의 재영토화된 지대에서 벗어나 새로운 배치로 탈영토화함으로써 가능하다. (이진경, 앞의 책, 2002, 10장 참조)

위의 예문은 이 작품의 마지막 부분으로, 작가의 집필 동기를 유추할 수 있게 하는 대목이다. 화자는 "어디로든 떠나 이 집의 일상으로부터 나를 부재하게 만들고 싶"다는 생각에 성취감 없는 여행을 떠나길 반복해 왔다. 그런데 그 오랜 시간동안의 여행이 모두 '고래뱃속에서의 헤맴'으로 생각된다. 과거의 일들이 마치 현실감 없이 느껴지게 된 것이다. 이러한 자각은 화자로 하여금 자신의 생(生)을 다시 되돌아보게 하였으리라 생각된다. 이때 기억하기의 방식은 이전과는 다르다. 이전의 자전소설들이 자신의 삶에 대해 증언을 목적으로 서사화되었다면, 이 작품에서 서사화되는 방식은 현실감이 사라진 기억들에 대한 재고(再考)이다.

재고(再考)라고 할 수 있는 것은 이 작품에서 작가의 초점이 다시 변화했기 때문이다. 이 작품은 그동안 배제되거나 생략되었던 인물들, 드러내지 않았던 사건에 대해서도 새롭게 조명하고 있다. 바로 아버지와 할아버지, 오빠와 삼촌, 남편과 아들이라는 남성인물에 대한 집중이다. 작품은 작가의 아버지에 대한 기억을 언급하는 것으로 시작된다. '나'가 젖먹이일 때 돌아가셨기에 기억이 전혀 없는데도 기억에 의한 자전 소설 첫머리에 아버지를 언급하게 된 것은 화자의 무의식적 정체성과 관련이 있다. 지금까지 작가의 정체성을 구성하는데 결정적인 영향을 미친 인물은 줄곧 어머니였다. 또 작가의 많은 소설이 '엄마와 딸'의 관계를 중심으로 펼쳐지고 있었기 때문에, 아버지에 대한 기억을 언급하는 것은 생소한 도입이라고 할 수 있다.

그러나 작품에서 '나'는 사진 속 아버지의 모습을 의식적으로 거부했던 어린 시절의 기억을 자신의 "최초의 자의식"이었다고 밝히고 있다. 다른 사람들이 자신을 불쌍하게 생각하는 것이 싫었다는 것이다. 때문에 일부러 사진 속의 아버지의 얼굴을 주입시키려 했던 고모의 의지를 배반한 채 "고개를 획 90도로 돌려서 그 사진을 주목하기를 거부 했"고

나이가 들어서도 일부러 '아버지'의 사진을 쳐다보지 않았다. 고개를 돌려 거부했다는 점에서 상실감의 거부를 읽을 수 있다. 자신이 아버지가 없는 아이라고 주변으로부터 불쌍하게 여겨지는 것이 싫었다는 내용으로 볼 때, 아버지에 대한 상실감을 거부함으로써 가족들의 위로로부터도 자유롭고 싶었던 것이다. 그런데 이러한 자의식과 달리 '나'는 숙모의 등에 업혀서 "별안간 하늘을 가리키면서 무섭다고 몹시 울었다"고 쓰고 있다. '나'로부터 거부된 상실감은 '나'의 무의식 속에 각인되어 나의 정체성으로 구성된 것이다.

> 아이에게 그렇게 크게 겁을 준 것의 정체는 무엇이었을까. 그 후 나이를 많이 먹은 오늘날에도 유난히 곱고 낭자한 저녁노을을 볼 때면 내 의식이 기억 이전의 슬픔이나 무서움증에 가닿을 듯 안타까움에 헛되이 긴긴 시간의 심연 속으로 자맥질할 때가 있다.
>
> ─「석양을 등에 지고 그림자를 밟다」, 『현대문학』, p.36

위의 예문은 앞서 제시한 예문에서의 '고래뱃속을 헤맨 듯'한 느낌과 상통하는 면이 있다. 바로 무의식중에 각인된 우울의 표상이기 때문이다. 우울증은 대상이 마법처럼 어떻게든 '몸 안에' 유지되는, 지연되거나 부인된 슬픔의 상태를 말한다. 화자에 의해 언급되는 "기억 이전의 슬픔"이란 화자가 의식적으로 거부하고자 했던 아버지에 대한 무의식적 기억이다. 이미 밝힌 바와 같이 우울증은 무의식에서의 상실이기 때문에 애도가 불가능하다. 애도가 불가능하기 때문에 자아는 상실의 감각을 자각하지 못한다. 자각의 불가능은 무의식에서의 발생 사건이기 때문이기도 한데, 이러한 우울증의 발생 배경을 고려하면 "일상으로부터 자신을 부재하게 하기 위해" 떠났던 여행들이 모두 "고래뱃속 안에서의 헤맴"이라는 것 역시 우울증의 병리성을 자각한 것으로 읽을 수 있다.

결국 이 작품은 우울증적으로 수행된 젠더 정체성의 서사화라 할 수 있다. 자신의 과거를 우울증적으로 인식하게 된 화자의 기억하기 방식은 이전의 기억과는 다르게 기억하는 것으로 나타난다. 아버지에 대한 무의식적 상실감을 자기 내부에 합체하여 설명할 수 없는 "돌연한" 울음을 울었던 바와 같이 화자는 할아버지에 대한 기억에 있어서도 내부에 각인된 상실감을 언급하는 것으로, 이전과는 다르게 서술한다. 중풍으로 인해 반신불수로 다시 '앉은뱅이'로 전락한 할아버지의 모습은 '나'에게 "환멸과 비애의 극치"로 각인된다. "불쌍한 할아버지"라고 할아버지에 대한 안타까움이 직접적으로 제시된 것도 이 작품에서 할아버지에 대한 기억의 남다름을 증명한다. '나'에게 단발을 강행한 엄마의 행동을 할아버지에 대한 "무자비한 폭력"이라고 여기는 것도 이전에 엄마 중심의 서술에서와 다른 관점이다.[48]

> 그리고 무엇보다도 시골집에는 할아버지가 계셨다. 사랑에서 나를 학수고대하는. 나는 할아버지 품에 왈칵 안기면서 내가 돌아올 고향이 있어서 서울생활을 견딜 수 있었던 것처럼 할아버지도 서울 손녀를 기다리는 낙으로 앉은뱅이의 나날을 견딜 수 있었다는 걸 느꼈다. 그리고 내가 할아버지 두루마기 자락에서 대처의 냄새를 맡은 것처럼 할아버지도 내 단발머리 정수리에 당신 코를 파묻고 도시의 냄새를 맡고 있다는 것도 알아차렸다.
> ―「석양을 등에 지고 그림자를 밟다」, 『현대문학』, p.48

위의 예문에는 할아버지와의 정서적 교감이 상세하게 서술되어 있어서 할아버지에 대한 화자의 그리움이나 애정이 잘 나타나 있다. 이전의

---

48) 이전의 자전 소설에서 엄마가 '나'에게 한 단발은 신여성, 도시로의 입성에 대한 엄마의 의지를 강조하는 것으로 서술되었다. 그러나 이 작품에서는 엄마의 의지나 신념은 전혀 나타나지 않는다.

작품에서 할아버지는 가부장의 권위와 봉건적 가치 질서를 대표하는 남성으로 묘사되었다. 유년의 화자에게는 깊은 정을 주었다는 점은 동일하나, 이 작품에서 할아버지는 이전의 위상이나 권위가 드러나기보다는 화자로부터 연민과 교감의 대상으로 서사화되고 있다. 남성성에 대한 인식이 변화된 작가의 시각이 반영된 것으로 볼 수 있다.

오빠와 삼촌에 대한 언급은 화자에게 아버지 같았던 존재들의 죽음으로 서술된다. '나'와 십 년이나 차이나고 집안의 장자(長子)로서 가부장(家父長) 역할을 하고 어른 대접을 받았던 오빠는 물론이거니와 자손이 없어서 '나'와 오빠에게 더욱 애착을 보여주었던 삼촌은 '나'에게 대리부성(父性)의 존재들이다. 따라서 그들의 죽음은 6·25 전쟁을 기억하고 증언해야 할 의무감으로 '나'에게 각인되었다. 그러나 두 죽음을 토해내지 못하고 즉 애도하지 못하고 '삼켜버리는'데, 이는 아버지의 상실감을 거부했던 것과 다른 방식으로 오빠와 삼촌의 죽음을 무의식적으로 자신의 내부에 합체하는 것이다. 이들의 죽음과 관련된 애도의 불가능성과 무의식적 합체의 원인은 반공 이데올로기이다.

이처럼 죽음을 애도하지 못하고 자신의 내부에 합체한 또 다른 죽음들이 있다. 바로 남편과 아들이다. 남편의 갑작스러운 죽음은 화자에게 "극도의 무력감"을 안겨주었다. 생활력이 강한 남편으로 인해 평균치의 삶을 무난하게 살아왔던 화자는 남편에게 전적으로 의존하며 살아왔던 자신을 다시금 깨닫게 된다. 남편의 영정사진을 보며 "여보 나 좀 데려가줘요, 하는 소리만 주문처럼 외고 살았"던 것은 남편의 죽음으로 인한 이별을 거부하는 것, 애도의 불가능성을 의미하는 것이다.

남편의 애도가 불가능했던 또 다른 이유는, 이어진 아들의 죽음 때문이다. 아들의 죽음에 대해 화자는 "남편이 데려간" 것이라고 생각했고, '나'는 "내 소원에 그런 어깃장으로 답한 남편이 꼴도 보기 싫어 당장

영정사진을 치워버렸다." 남편이 죽은 지 석 달 만이었고, 화자는 잇달아 이어진 두 죽음으로 인해 어느 한 죽음에 대해서도 온전한 애도의 기회를 갖지 못했다. 그리고 아들의 죽음을 받아들이기를 거부한 채 그러한 사실로부터 도망치듯이 해외로 여행을 떠났던 것이다.

이처럼 '나'는 아버지와 할아버지, 오빠와 삼촌, 남편과 아들의 죽음을 변변한 애도를 하지 못한 채 자신의 내부에 담아두고 정체성을 형성하게 된 것이다. 버틀러에 따르면, 정체성은 부인된 애착을 전제로 하기 때문에 완전한 애도를 거부하는 우울증의 이중거부는 자아, 특히 젠더화된 육체 자아를 형성하는 주요 기제가 된다.[49] 따라서 '나'의 우울증적 병리성은 강화될 수밖에 없었고, 그러한 증상의 자각으로부터도 벗어나기 위해 화자는 일상 속에서 자신을 부재하게 하고 싶었다는 말로 끊임없이 여행 떠나기를 반복해 온 것이다.

그런데 화자는 자신의 그러한 여행이 내부에 애도하지 못한 채 담아두었던 상실감이었음을 어느 여행의 끝에서 깨닫게 된 것이다. 무의식에서 거부된 상실감의 정체를 확인하자마자 현실은 "고래뱃속"과 같은 비현실적 공간으로 인식된다. 자기 정체성의 비실체성, 불완전성의 확인이다. 우울증적 젠더 정체성의 자각은 이전의 기억을 다르게 기억하도록 만들었고, 그것은 자신의 '구성적 외부'로서 합체된 남성 인물들을 재고(再考)하는 것으로 나타난 것이다.

그러므로 유작(遺作)으로서 이 작품의 의의는 더욱 강화된다. 박완서는 소설 쓰기를 통해서 자신의 우울증적 젠더 정체성을 수행해 온 것이기 때문이다. 박완서는 자신이 애도하지 못한 그 죽음들이 자신의 정체성의 구성요소였음을 이 작품을 통해 밝히고 있다. 그리고 이때 작가의 구성적 외부는 비단 남성 인물에만 한정되지 않는다. 작가는 지금까지

---

49) 조현준, 앞의 글, 2003, pp.64~65.

자신이 소설로써 구현해 낸 남성성, 이를테면 전쟁과 이념, 국가와 역사에 대한 강한 거부감과 비판적 인식을 전혀 다른 방식으로 인식하고 수용하고 있는 것이다.

이를테면, 자신은 "스무 살에 성장을 멈춘 영혼"[50]이라는 작가의 고백에서 추측할 수 있듯이, 한국전쟁의 상흔과 국가 이데올로기의 억압 등 한국의 근현대사는 그러한 역사를 여성의 몸으로 경험하고 여성적 시각에서 기록하고 증언해 온 작가의 젠더 정체성을 구성하는 또 다른 구심점, 구성적 외부로서 기능하고 있었다. 따라서 이 작품은 자신이 끝내 외면하거나 배제할 수 없는 타자로서 전쟁과 이념, 국가와 역사라는 근대성과 남성성을 인정하고, 그에 따른 상처와 고통을 또 다른 자아의 일부로서 수용하고 있음을 인식한, 작가의 변화된 서사적 정체성을 증명하는 작품이라고 하겠다.

3. 탈영토성과 포월(匍越)의 글쓰기

1) 경험의 복수성과 서사의 확산

박완서는 자신의 내부에 고착된 정신적 상처와 고통을 '소설쓰기'라는 방식을 통해 스스로를 치유하고자 하였다. 하지만 완전한 치유는 불

---

50) "더 지겨운 건 육십 년이 지나도 여전히 아물 줄 모르고 도지는 내 안의 상처이다. 노구(老軀)지만 그 안의 상처는 아직도 청춘이다."(박완서 산문집, 『못 가본 길이 더 아름답다』, 현대문학, 2010, p.20)
"나는 누구인가? 잠 안 오는 밤, 문득 나를 남처럼 바라보며 물은 적이 있다. 스무 살에 성장을 멈춘 영혼이다. 80을 코앞에 둔 늙은이다. 그 두 개의 나를 합치니 스무 살에 성장을 멈춘 푸른 영혼이, 80년 된 고옥에 들어앉아 조용히 붕괴의 날만 기다리는 형국이 된다. 다만 그 붕괴가 조용하고 완벽하기만을 빌 뿐이다."(박완서, 위의 책, 2010, p.26)

가능하고, 이질적 타자로 등장하는 고통과 혐오, 한편으로는 그리움과 허무 등을 자신의 '구성적 외부'로 인정하지 않을 수 없게 된다. 이러한 과정을 포월(匍越)의 글쓰기라고 할 수 있다. 초월이 수직적인 상승과 승천이 목적이라면, 포월은 그와 달리 넘어감(越)이 수평적인 이동과 멀어짐의 과정을 지칭한다. 수직적인 올라감이 아니라 수평적인 건너감, 수평적인 가로질러 감이 그 운동의 중요한 방향이자 방식이다.51)

박완서의 소설에서 포월(匍越)의 글쓰기는 1990년대 이후 작품의 요체라 할 수 있다. 특히 가부장 중심의 수목(樹木)형 가족 개념에서 벗어나 비혈연적 관계로써 맺어지는 리좀적 공동체의 형성은 가부장이데올로기, 혈연 중심의 가족제도의 급격한 해체를 요구하지 않으면서도 끊임없이 회의(懷疑)하고, 그 의문을 제기함으로써 현대사회의 문제에 접근하고 있다. 이러한 미동(微動)의 변화는 생성의 사유를 가능하게 하고, '소수자 되기'52)를 통해 타자를 환대하는, 서사의 확대로 나아가게 한다. 다시 말해서, 이 시기의 박완서 소설은 '환대'의 원리가 주체와 타자 모두의 '공존'과 '상생'의 원리로 연결된다는 점을 보여주고 있다.

---

51) 포월(匍越)이란 "기어가기. 그냥 오랫동안, 한평생 가까이 또는 한평생보다 더 오래, 기어가기. 열심히 기어가다 보니, 어느새 넘어가 있음을 깨닫게 되기. 그리고 그 넘어감도 뭐 대단히 멀리 훌쩍 뛰어 넘어간 게 아니라, 거의 보이지 않을 거리를 움직이며 또는 거의 제자리에서 그냥 머물고 있는 듯한데도 어느 아득한 경계를 넘어가 있음을 깨닫기. 기고 있는데 넘어 있음. 앞으로도 길 것인데 그래도 어느새 어떤 중요한 경계는 가로질러 갔고 넘어가 있음. 땅에 바짝 붙어 기면서 앞으로 또는 위로 별로 나아가지 않은 것 같은데도, 그럼에도 불구하고 열심히 기었고 또 기고 있는데, 어느새 넘었고, 넘었었음을 알기"라고 표현 한다. (김진석, 『초월에서 포월로』, 솔, 1994, pp.212~216)

52) 들뢰즈/가타리에게 소수적이란 말은 다수적이라는 말과 대립된다. 이는 단순히 수적인 비교를 의미하지 않는다. 다수자 내지 다수성이란 척도적인 것, 그래서 척도의 권력을 장악하고 있는 것이다. 그런 점에서 '다수적인'이란 '지배적인' 내지 '주류적인'이고, 언제나 권력이 함축되어 있는 어떤 것이다. 소수적인 것은 그 지배적인 것에서 다수적인 것의 권력에서 벗어난다. (질 들뢰즈, 『카프카-소수적인 문학을 위하여』, 이진경 옮김, 동문선, 2001, 3장 참조)

『꿈엔들 잊힐리야』(원제 『미망』)는 구한말에서부터 한국전쟁까지의 시간을 배경으로 하는 작품이다. 기존의 박완서의 소설과는 차별화된 시간적 배경과 대하장편 소설이라는 점에서 박완서 문학의 또 하나의 백미(白眉)라 할 만한 수작(秀作)이다.[53] 지금까지 이 작품은 여성가족사 소설로서의 의의가 중점적으로 연구되어 왔다. '태임'이라는 여성인물을 중심으로 모계가족의 구성을 형상화하고 있기 때문이다.[54]

오세은[55]의 연구에 따르면, 여성 가족사 소설은 한 가문의 딸이나 며

---

53) 권영민은 『미망』이 가장 박완서적인 작품이며, 가족사 소설의 전범이 된다고 평가하였다. 그는 민족사의 격동의 시기를 형상화함으로써 한국의 고유한 삶의 관습이 파괴되고 가치관이 붕괴되어 가는 과정을 잘 드러내는 데 성공한 작품이라고 하였다. (권영민, 「소설 『미망』의 구도」, 『미망』 해설, 문학과 지성사, 1990 ; 「박완서와 도덕적 리얼리즘의 성과」, 『박완서 문학앨범』, 웅진출판, 1992) 이동하는 단순히 가족의 문제를 집중적으로 다룬다는 차원에서 벗어나 본격적인 가족사소설의 범주에까지 진입해 들어갔다는 점, 그 결과 19세기 말과 20세기 중반까지의 방대한 시기가 작품 속의 시간적 지평을 이루게 되었다는 점에서 이 작품은 6·25 이후의 당대만을 즐겨 다루어 왔던 기왕의 박완서 문학과 분명히 변별되는 확대판의 성격을 갖는 작품이며, 근대사회로의 역사적 이행이라는 문제를 정면에서 탐구한 몇 안 되는 한국 소설 가운데 하나라고 평가하였다. (이동하, 「근대화의 문제와 소설적 진실」, 『작가세계』, 1991.3, pp.90~92 참조)

54) 우찬제는 이 작품이 가족사에서 주변부에 위치했던 여성의 역사를 주류로 끌어올려 조명하고 있다는 점에 주목하고, 이러한 여성의 역사 복원을 통해 여성과 남성이 어우러져 가족과 역사를 함께 꾸리며, 나아가 여성사와 가족사, 시대사를 유기적으로 결합하여 상호텍스트적인 종합의 지평을 이끌어내고 있다고 평가하였다. (우찬제, 「<미망(迷妄)>, <미망(彌望)>, <미망(未忘)>, 그 상호텍스트성 – 박완서의 『꿈엔들 잊힐리야』[원제 : 『미망(未忘)』] 읽기」, 『꿈엔들 잊힐리야』 해설, 세계사, 2004)

55) 여성 가족사 소설(Novels of Female Family History)은 가족소설의 하위 장르로서 그 정의는 다음과 같다.
첫째, 남성적 삶보다 여성적 삶을 중심으로 여성의 세대론적 연계성을 다룬 대하소설이다.
둘째, 가계의 계통성이 '이질성'과 '혼성성'의 특질을 갖는다.
셋째, 여성 정신(female mind) 혹은 여성적 관점이 함축되어 있다.
넷째, 여성 정신에 적합한 여성적 글쓰기에 기반한다.
다섯째, 여성 작가들의 작품이다.

느리에 의해 전개되는 가족의 흥망성쇠를 다룬 소설이다. 주로 여성 작가들에 의해 창작되며, 여성적 가치관을 도입하여 기존의 여성의 이미지를 수정하고 해체하며 재구성하여 잃어버린 여성의 목소리를 회복하게 된다. 또한 어머니와 딸의 공생, 동반적 관계가 주도적이며 남편보다 아내가 우위의 관계를 갖는다. 가족사 소설이라는 특징에 따라 사회적 가치관보다는 가족의 가치관이 우선하며, 아버지의 죽음으로써 딸(며느리)의 성장 계기가 마련된다. 이전 세대의 계통을 잇는 과정에서는 이질성과 분화성을 공유하며, 혼성적이고 복수화된 가족 구성원을 형성한다는 점도 특징적이다. 특히 여성적 양식(feminine mode)이나 여성적 문체(feminine style)의 출현이 병행한다는 점은 주목할 만하다.56)

『꿈엔들 잊힐리야』는 '전처만'(태임의 조부-인용자)의 일화를 시작으로 전개되며, 점차 '태임'을 중심으로 서사가 추가되면서 사건이 확장되는 구조를 보인다. 태임은 손녀임에도 불구하고 개성의 거상(巨商)인 전처만 일가의 후계로 등장한다. 물론 형식적으로 당주(堂主)는 작은 아버지의 아들인 '분열'이가 맡게 되지만, 태임 자신뿐만 아니라 주변 인물들도 태임을 '동해랑'의 주인으로, 또 전처만 영감의 정신적 계승자로서 인정한다. 때문에 전체적인 구도에서 작품의 중심인물은 전처만이라기보다는 태임이라고 할 수 있는데, 이 작품의 선행연구자들이 전처만의 후계인 태임을 주목하며 여성가족사 소설로 규명하고 있는 것도 바로 이러한 이유 때문이다.

그러한 관점에서 이 작품은 여성 인물인 태임을 중심으로 다른 여성 인물들이 추가 되면서 사건 전개가 이루어진다. 즉, 작품의 주요 사건이

(오세은,『여성 가족사 소설 연구-『토지』,『미망』,『혼불』을 중심으로』, 서강대 박사학위 논문, 2001, p.22)

56) 오세은, 위의 논문, 2001, p.22~23 참조.

여성인물의 등장과 맞물려 있는 것이다. 인물이란 잠재된 이야기이며, 그것은 그의 삶의 이야기이다. 모든 새로운 인물은 새로운 플롯을 의미한다.[57] 주요 인물의 수가 많아질수록 강화된 개별 서사를 가진 인물의 수가 증가하고 서사 확장의 범위가 넓어지게 된다. 또한 인물을 중심으로 서사를 확장하는 경우, 개별 인물의 서사성을 강화할 뿐만 아니라 각 인물들 간의 관계를 중첩시켜 연결하면서 개별 인물들 속에 내재된 잠재적인 서사들을 전체 서사로 통합한다.

채트먼(Chatman, Seymour)은 핵사건과 주변사건을 구분하며 서사적 사건들은 서열의 논리를 가진다고 말한다. 핵사건은 서사적 논리를 파괴하지 않고서는 제거될 수 없는 문제의 발생과 충족을 통해 플롯을 발전시켜나가는 것이고, 주변사건은 제거되더라도 플롯의 논리를 혼란시키지는 않으며 그것의 가능성은 핵사건들을 보충하고 다듬고 완성시키는 것이다. 주변 사건은 이야기 뼈대에 살을 부여하는 것으로 핵사건들을 앞서거나 뒤따르기도 하고 멀리 떨어져 있기도 하면서 보다 풍부한 서사를 형성한다.[58] 그런데 핵사건과 긴밀하게 연결되기 위해서는 주변사건의 중심인물들이 각각 개성적인 성격이 있어야만 한다. 인물들의 개별화가 강화되고, 개성적인 인물들의 사건이 핵사건과 유기적으로 조직될 때 전체 서사는 다양한 변주를 거듭하며 확장의 폭을 넓힐 수 있는 것이다.

이 작품에서 핵사건은 태임이의 일대기라고 할 수 있다. 태임이의 자아가 성립되어 가면서 당대의 역사적 사건들과 관계된 에피소드들이 이어지게 된다. 각각의 에피소드는 젠더적 관점에서 여성의 일상을 보여주거나 지역적 관습과 예법을 복원하는 사회 문화적 측면, 그리고 구

---

57) 츠베탕 토도로프, 『산문의 시학』, 신동욱 역, 문예출판사, 1992, p.81.
58) 시모어 채트먼, 앞의 책, 1994, p.82.

한말과 일제식민지, 한국전쟁이라는 역사적 측면 등 다양하게 이어지고 있다. 그리고 이러한 주변 사건들을 제시하는 중심인물들은 개성적 성격을 부여받은 여성인물들이며, 각 여성인물을 중심으로 한 사건들은 다양한 서사 형태로서 나타난다.

기본적으로 보편주의적 성격을 띠고 있었던 기존의 페미니즘은 "보편적 여성"이라는 이름 아래 서로 다른 환경, 연령, 문명 또는 다양한 심적 구조들을 지닌 여성의 문제를 "범세계화" 하였다.[59] 그러나 여성의 삶과 경험의 다양성을 충분히 반영하기 위해서는 '차이'의 구조적 모순을 밝혀낼 수 있는 능력을 지니는 것이 중요하다. 랜섬(J. Ransom)이 주목하듯이 여성들을 구분하는 문화적, 구조적 요인들과 여성들이 공유하는 것 모두를 아우르기 위해서는, 여성의 서사는 말해진 것 속에서 말하는 사람의 존재를 인식하는 방법론을 발전시키는 것이 필요하다.[60]

먼저 태임의 할머니 '홍씨 부인'과 어머니인 '머릿방 아씨'는 여성인물들 사이의 징벌과 복수의 서사를 보여준다. 청상과부인 며느리의 실절(失節)을 징벌하기 위해 시어머니인 홍씨 부인은 간악한 음모로 며느리 머릿방 아씨를 죽음으로 내몬다. 이에 머릿방 아씨는 시어머니가 신성시하는 우물에 빠져 죽음으로써 징벌에 대한 복수로 대응한다. 그런데 이러한 징벌과 복수의 서사는 두 여성의 젠더 정체성의 차이에 기인한다. 홍씨 부인은 남편인 전처만 영감으로부터 여성성을 거세당한 인물이다.[61] 반면에 표면적으로 청상과부인 머릿방 아씨는 여성의 섹슈얼

---

59) 줄리아 크리스테바, 앞의 글, 1994, p.667 참조.
60) 앤 브룩스, 『포스트페미니즘과 문화이론』, 김명혜 옮김, 한나래, 2003, pp.116~117 참조.
61) 시앗을 보면 돌부처도 돌아앉는다는데, 한창나이 때도 마누라 속이 볶이는 걸 조금도 헤아려주려 들지 않았으니 영감 눈엔 아예 마누라가 여자로 보이지 않았을지도 모른다. 그런 생각을 하면 홍씨는 아직도 제법 앙칼진 부아가 끓어올랐다. 그러나 감히 영감 앞에선 내색을 못했다. 영감이 알아주지 않는 여자다움이기에 홍씨

리티를 능동적으로 표출하는 인물이다. 때문에 두 여성의 대립과 갈등, 응징과 복수의 관계는 억압된 여성성의 비정상적 표출과 젠더 규범을 초월한 여성 욕망의 표출이라는 정체성의 차이에서 발생하는 것이다.

두 여성 사이의 징벌과 복수는 은밀하게 이루어진다. 거부(巨富) 집안의 안주인과 맏며느리라는 두 여성인물의 위치성(positionality) 때문에, 머릿방 아씨에 대한 홍씨부인의 적의와 음모는 내적 독백으로만 전달될 뿐 대외적으로는 전혀 드러나지 않는다. 또한 머릿방 아씨의 성적 욕망 역시 표면화되지 않고 아씨의 의식을 통해서만 독자에게 전달된다. 따라서 홍씨부인의 내적 독백[62]이나 아씨의 내면의 서술은 모두 의식의 흐름 기법으로써 전달된다고 할 수 있다. '의식의 흐름' 기법은 전지적 작가가 이야기와 서술이라는 재래적인 방법을 통하여 그러한 의식을 묘사하려는 기법이다.[63] 작중인물의 의식을 그려내고, 내적 상황을 묘

도 그런 게 자신 속에 있다는 걸 내색할 수가 없었다. 영감이 콩을 팥이라면 팥이라고 따라 부르기만 할 분 아니라 팥으로 보일 수도 있는 홍씨였다. 영감이 홍씨한테서 투기할 수 있는 능력을 인정해주지 않았기 때문에 투기를 못해봤는지도 모를 일이었다. (『꿈엔들 잊힐리야』 상권, pp.22~23)

[62] 내적 독백(Interior Monologues)은 한 장면에서 작중인물이 하는 말로서, 설명이나 주석을 통한 작가의 개입 없이 직접 우리 독자들을 그 인물의 내면생활로 이끌어 가려는 것을 목적으로 하고 있다. 그 내용에 있어서 그것은 거의 무의식에 가까운 아주 심오한 내면적 사고의 표현이며, 그 형식은 최소한으로 간략화된 문장의 직접적인 어법인 것이다. 내적 독백이란 소설에 있어서 표면상 부분적으로 혹은 전혀 말해지지 않은 작중인물의 의식 내용 및 과정을 표현하는 데 사용되는 기법으로서, 이러한 심적 과정이 신중한 언어로 형성되기 직전에 여러 가지 의식제어 단계에 있는 그대로 묘출(描出)하려는 것이다. 그것은 또한 부분적으로나 전적으로 말로 표현된 것이 아니라는 점에 유의해야 한다. 왜냐하면, 그 기법은 신중한 언어로 나타나기 이전의 초기 단계에 있는 의식의 내용을 표현하는 것이기 때문이다. 직접 내적 독백과 간접 내적 독백의 근본적인 차이점 중의 하나는, 전자에서는 1인칭 대명사를 사용하는 것이고, 후자에서는 3인칭 혹은 2인칭 대명사를 사용한다는 것이다. 간접 내적 독백은 항상 독자에게 작가의 존재를 느끼게 하는 반면, 직접 내적 독백은 작가를 완전히 혹은 거의 배제한다는 점이다. (로버트 험프리, 『현대소설과 의식의 흐름』, 이우건, 유기룡 공역, 형설출판사, 1984, pp.49~58 참조)

사하는 의식의 흐름 기법을 통해서 인물의 내면은 독자에게 생생하게
전달된다.

(1) 홍씨는 전에 없이 비굴하면서 전에 없이 생기에 넘치는 며느리를 물
끄러미 바라보다가 그녀 역시 전에 없던 연민을 느꼈다. 내가 저년을 불쌍
히 여기다니, 아무리 마음이 여리기로서니 사람 같은 걸 보고 측은지심도
우러나야 하거늘. 이렇게 자신을 다잡으면서 홍씨는 더욱 깐깐하게 굴었다.
―『꿈엔들 잊힐리야』 상권, p.124

(2) 바짓가랑이를 둘둘 넓적다리까지 걷어 올린 재득이의 다리는 거목의
뿌리처럼 억세고 펄펄 뛰는 숭어처럼 싱싱했다. 건강한 남자의 맨살이 그
렇게 아름답다는 걸 아씨는 처음 알았다. 얼굴도 잊은 죽은 남편의 병적으
로 집요하게 감겨오던 희고 매끄럽고 가냘픈 다리가 갑자기 생생하게 생
각나 새삼스럽게 진저리를 쳤다. 빗발이 듬성듬성해지면서 갑자기 해가
났다. 눈부신 밝음 속에 드러난 재득의 건강한 다리는 더욱 아름다웠다.
―『꿈엔들 잊힐리야』 상권, p.130

(3)(ㄱ) 자, 들자. 우리 힘을 내서 들어보자꾸나. 땅바닥에 닿지 않게 목침
같은 나무토막으로 사방을 괴어놓아서 손을 넣기는 편했으나 옴짝달싹도
할 리가 없었다. 양옆에 달리 무쇠 손잡이를 잡고 힘을 써보아도 요지부동
이긴 마찬가지였다. (ㄴ)조금만 더 힘을 써 이것아, 젊으나젊은 게 힘 됐다
뭐 하는? 홍씨의 목소리는 점점 앙칼져 갔다. 움직이기만 한다고 뭐가 되
는 건 아니었다. (중략) (ㄷ)옳지, 좀더 좀더 힘을 내, 힘 됐다 뭐 하는. 홍씨
의 채찍질도 점점 더 모질어졌다. 탈진하면서 아씨의 정신이 혼미해졌다.
(ㄹ)이제 그 장대하고 미련한 궤 속의 것은 은도 금도 아니었다. 전처만 영
감의 우람한 몸과 파란만장한 일생이 누워 있었다. 온몸에선 땀이 비오듯
하며 엉뚱한 곳으로 힘이 주어졌다. 아랫배가 무쭈룩했다. (ㅁ)아이를 낳은
게 아니라 뱃속에 그냥 있는 것 같은 느낌이 들었다. 죄의 씨를 그렇게 감

---

63) 의식의 흐름을 나타내기 위해 사용된 기본적인 기법은 편의상, 직접 내적 독백, 간
접 내적 독백, 작가 전지적 서술, 그리고 솔리러퀴이다. (로버트 험프리, 위의 책,
1984, pp.48~49)

쪽같이 낳을 수 있는 게 아니었다. 아이는 하필 지금 나오려 하고 있었다. 배로 힘이 주어지는 걸 참을 수가 없었다. (ㅂ)아이와 친정식구가 공모를 해서 그녀를 속인 것이었다. 하필이면 지금 나오려고 하다니. (ㅅ)벌을 받는 것이니까 피하려고 해봤댔자 헛수고가 될 게 뻔했다. 그녀는 궤짝을 움직이려던 힘을 어쩔 수 없이 아랫배로 모았다. 뭉클하며 뭔가 빠져나오는 느낌과 함께 날카로운 비명을 질렀다. (ㅇ)궤짝 속에 길게 누웠던 시아버지가 벌떡 일어났다. 은빛 수염을 올올이 세운 시아버지의 얼굴은 노한 사자처럼 무서웠다. 아씨는 또 한번 비명을 길게 끌고 혼절했다.

─『꿈엔들 잊힐리야』 상권, pp.204~205

(1)은 홍씨 부인의 내적 독백이 끼어든 서술이다. 며느리의 부정(不貞)을 확인함과 함께 인간적 연민이 일어나자 스스로를 자책하는 말이다. 며느리에 대한 비난과 질책을 표면화하지 않으면서 음흉하고 교묘하게 적의를 드러내는 홍씨 부인의 말은 상당부분 이중성을 갖는다. 즉 표면화된 말은 위장된 말이고, 진심은 내적 독백을 통해서만 전달된다. 홍씨 부인이 가부장적 젠더 규범에 종속된 여성인물이라는 점에서 이러한 내적 독백은 억압된 여성의 목소리를 의미화한다. 며느리의 부정을 드러내놓고 질책할 수 없는 것은 가문(家門)의 보존 때문이다. 즉 홍씨 부인의 젠더 규범의 내면화는 자기 욕망을 감추고 위장하는 발화로써 드러난다.

(2)는 재득의 야성적 매력에 대한 아씨의 흠모가 제시되어 있는 부분이다. 친정 방문길에 재득과 동행을 하면서 마주하게 된 재득의 생동적인 성적 매력은 아씨의 욕망을 자극하게 된다. 그리고 이러한 성적 욕망은 의식의 흐름에 따라 기술되면서 아씨의 성격적 결함에서 비롯된 비윤리적인 행동이 아닌 인간의 본능적 호감이라는 의미로 표현된다. 봉건적 규율 권력으로써 여성을 억압하고 구속하며 여성적 욕망을 부인(否認)하는 가부장제가 수목 모델의 대표적인 예라면, 뿌리줄기인 리좀

적인 서사64)는 여성들의 다양한 욕망의 흐름을 포착할 수 있게 하고 또 그 흐름들을 적극적으로 밀고 나갈 수 있게 한다.65) 따라서 머릿방 아씨의 내면을 서술하는 의식의 흐름 기법은 여성의 내밀한 욕망의 자유로운 흐름을 서사화하는 데 유효한 작용을 하고 있다.

(3)은 홍씨 부인이 아씨를 응징하는 과정의 내용이다. 긴장감이 고조되는 이 상황은 아씨의 의식의 흐름에 따라 기술되고 있다. 그런데 (ㄱ), (ㄴ), (ㄷ)은 홍씨 부인의 말이다. 인용부호 없이 아씨의 의식에 포함되어 서술되고 있다는 점에서 홍씨 부인의 목소리는 제거된다. 내용상 홍씨 부인의 발화로 볼 수 있지만, 아씨의 의식을 통해서 전달된다는 점은 주목할 필요가 있다. 즉, 서술자는 아씨의 의식과 근접해 있고, 아씨의 입장에서 홍씨의 말이 전달되는 대로 서술되고 있기 때문이다. 그러므로 내용상 발화된 말은 소리가 삭제되어 내적 독백의 형태로 전달되고 있다. 이를 로버트 험프리는 '간접 내적 독백'으로 정의한다.

간접 내적 독백은 전지적 시점의 작가가 말로 표현되지 않은 소재를 마치 작중 인물의 의식으로부터 직접 나온 것처럼 묘사하고, 설명과 서

---

64) 하나의 중심, 하나의 비밀로 환원될 수 없는 다양한 흐름의 공존을 들뢰즈는 '리좀'이라고 부른다. 들뢰즈는 무의식 자체가 '무리'를 이룬다고 하였다. 이런 의미에서 "무의식은 리좀적이다", "무의식은 리좀적 다양체다"라는 명제를 함축하는 것으로 볼 수 있다. (이진경, 『노마디즘 1』, 휴머니스트, 2002, 2장 참조)

65) "그들(들뢰즈와 가타리 – 인용자)은 육체성과 물질성에 대한 대안적인 개념을 전개할 뿐만 아니라 또한 대단히 다르고, 긍정적이며, 적극적인 욕망 개념을 제안한다. 정신분석학이 획득 불가능한 대상을 획득함으로써 충족시키려고 하는 결핍으로서의 욕망이나 부재로서의 욕망 개념에 의존하고 있다면, 그들에게 욕망은 오히려 생산하는 것이자 연결시키는 것이며 기계적인 결합을 가능하도록 해주는 것이 될 수 있다. (중략) 욕망은 실현이며 일련의 실천이며 어떤 것을 연결시키거나 분리시키며 기계를 만들고 실재를 만드는 것이다. 욕망은 자신이 요구한 특정한 대상의 획득을 욕망 그 자체인 것처럼 착각하지 않는다. 욕망은 오로지 자기 증식과 자기 확장이라는 이상만을 목적으로 삼는다."(엘리자베스 그로츠 지음, 앞의 책, 2001, pp.320~321)

술에 의해서 독자를 이끌어가는 내적 독백의 유형이다. 간접 내적 독백은 보통 다른 '의식의 흐름'의 기법 – 특히 의식의 묘사와 병용된다. '의식의 흐름'의 기법과 간접 내적 독백의 구별은 두 기법의 정의에 함축되어 있다. 간접 내적 독백의 정의, 즉 "전지적 시점의 작가가 말로 표현되지 않은 소재를 의식으로부터 직접 묘출(描出)한다"는 부분에서 명백하게 나타난다. 이것이 이 두 기법을 크게 구별 짓는 근본적인 차이점이며, 또한 그들 각각의 효과, 구조, 사용범위를 변화시키는 것이다.[66]

한편 (ㄹ), (ㅁ), (ㅂ), (ㅅ), (ㅇ)은 모두 아씨의 의식의 흐름에 따라 전개되고 있는 내용이다. 홍씨 부인의 계략을 미처 자각하지 못하고, 자신이 수행하고 있는 행동이 출산과 연계되어 묘사되고 있는 것이다. (ㄹ)에서 궤짝이 전처만 영감으로 보이면서 아씨의 죄의식은 상기된다. 그러므로 (ㅁ)에서 "감쪽같이" 자신의 죄를 덮을 수는 없었다는 한계를 인정하고 자포자기의 심정을 보인다. 그러나 (ㅂ)과 (ㅅ)에서처럼 "하필이면 지금"이라는 말과 친정 식구들에 대한 원망으로, 자신이 겪게 될 징벌에 대해 두려움을 드러내기도 한다. 아씨의 의식은 더욱 고조되어 (ㅇ)에서 자신을 징벌하기 위해 "벌떡" 일어난 시아버지의 "노한 사자"와 같은 모습으로 묘사되며 아씨를 공포로 몰아넣는다. 이와 같은 '의식의 흐름'을 통해서 서술자는 사적 내밀성(內密性)의 특성[67] – 일관성의 결여, 불연속성 및 당사자밖에 알 수 없는 내용 – 을 유지해 가면서 의식을 실감나게 나타내도록 노력하고 있으며, 이러한 의식을 통해서 독자에게 고부(姑婦) 간의 잔혹한 징벌과 복수의 서사를 전달해 주고자 한다.

다음으로 '달래'는 태임과 모녀적 관계로 연결된다. 즉, 태임으로 하여금 모성적 젠더 정체성을 수행하게 하는 인물이다. 달래는 이부제(異

---

66) 로버트 험프리, 앞의 책, 1984, p.59, p.68 참조.
67) 로버트 험프리, 앞의 책, 1984, p.111.

父弟)인 '태남'의 처(妻)가 되어 태임 앞에 등장한다. 계보상으로는 올케이 지만, 작품에서 태임과 달래의 관계는 마치 친정 어머니와 딸의 모습으 로 나타난다. 예컨대, 달래와의 첫 상면이 만삭의 모습이기 때문에 태임 은 달래의 출산을 돕기 위해 동분서주 하는 행동을 보인다. 이 작품에 서 친딸인 '여란'의 출산이 태임의 손을 거치지 않고 이루어지며, 서술 자에 의해서도 출산에 관한 내용이 간략하게 언급만 된데 반해 달래의 첫 출산을 준비하는 태임의 모습은 모성적 정체성을 보여주는데 부족 함이 없다.[68]

또한 만삭의 달래를 잘 먹이고 싶다는 태임의 마음은 여러 가지 음식 장만을 하는 모습으로 표현된다. 그런데 주요 서사에 크게 관여하지 않 는 장면들이 상세하게 서술되면서 다소 이야기의 중심에서 이탈한 듯 한 서술이 반복된다. 아래의 예문에서는 '언년 아범'의 떡 치는 모습과 관련된 이야기들이 과도하게 이어지고 있다.

> 떡을 치는 날은 언년 아범과 시간을 맞추느라 날이 저물어서야 떡밥을 쪄야만 했다. 언년 아범 떡 치는 솜씨는 일품이었다. 씩씩하고 기운차면서 도 유연했다. (중략)
> 태임이의 어린 시절과 젊은 날을 스치고 지나간 갖가지 다채로운 설 풍 경 중에서도 으뜸으로 흥겹고 행복한 추억으로 남아 있는 게 언년 아범이 떡 치는 모습이었다. 이집 저집에서 떡 치는 소리가 철썩 철썩 담을 넘어 들려올 무렵에 동해랑집에서도 마당 한가운데 멍석을 깔고 떡 칠 차비를 했다. 부엌에서 떡밥 찌는 김이 자욱해지면 멍석 위에다 폭이 석 자, 기장 이 다섯 자에 두께로 네 치나 되는 큰 떡판과 냉수가 하나 가득 넘실대는 양분이 놓여지고 머리에 수건을 질끈 동여맨 언년 아범이 떡메를 들고 나

---

68) 이 작품은 개성의 풍습을 포함해서 우리나라의 전통적인 예법과 풍습을 상세하게 서술하는데, 여성만의 고유한 경험인 출산 장면은 태임의 어머니인 머릿방 아씨와 태임을 통해 기술되었다. 그 뒤를 이어 달래의 출산 준비 역시 여성의 젠더 경험을 드러내는데 효과적인 기능을 하고 있다.

타난다. (중략)

　한창때의 언년 아범은 팔힘이 세고 허리가 유연하고 신명도 있는 편이
어서 (중략) 떡메를 내리치는 모습은 구경꾼에게까지 명절의 질탕함을 실
감하게 했다. 태임이에게도 언년 아범 떡치는 구경은 비단 설빔이나 금박
댕기하고도 안 바꿀 나이 먹는 기쁨, 명절다운 설렘이었다.

－『꿈엔들 잊힐리야』 중권, pp.354~355

　이러한 개성 지역의 풍습과 관례 등에 따른 서술에서 서술자는 종종
여담(餘談)[69]의 서사로 서사의 범주를 확장한다. 린다 사브리의 설명[70]에
따르면, 어떤 유형의 담화이건 간에 중심 주제나 스토리 라인으로부터
이탈하고 텍스트의 동질성과 결합력을 약화시키는 부분들은 모두 여담
의 범주에 포함될 수 있다. 그러니까 여담이라는 개념 속에는 이미 주
변부/부수적인 지위가 새겨져 있으며, 그 바탕에는 ‘중심, 주변’의 이분
법이 강력하게 작동하고 있는 셈이다.[71] 이렇게 볼 때 이 작품에서 빈
번하게 등장하는 ‘여담’의 서사는 ‘텍스트 내의 타자’로서 질서·목적
성·필연성·일관성 등 문학 담론에 내재한 이성 중심적 가치들을 의문
시한다. 그러므로 이러한 일탈의 서사 역시 포월적 글쓰기의 전략적 양
상이라고 할 수 있다.

　개성의 풍속과 예법을 복원하고 재현하는 것은 작품에 내재된 작가

---

69) ‘여담(餘談, digression)’은 넓은 의미에서 볼 때, 서사의 중심 줄거리에서 벗어나거나
　무관한 것 또는 텍스트의 선조성이나 일관성을 파괴하는 모든 텍스트 내적 요소를
　아우르는 개념이다. 이는 하나의 중심축에 종속되어 있으면서도 그 배치 질서와
　위계적 우월성을 위협하는 모든 종류의 담론을 무차별적으로 지칭한다. 인물이나
　사건에 대한 저자의 논평은 물론, 삽화, 액자 구조의 속 이야기, 묘사, 편지 및 다
　른 삽입 텍스트들, 길게 늘어진 인물들의 연설과 대화, 작가의 재담과 개인적 성찰
　등이 이에 포함될 수 있다. (김미지, 『박태원 소설의 담론 구성 방식과 수사학 연구』,
　서울대 박사학위 논문, 2008, p.9 참조)
70) 린다 사브리, 『담화의 놀이들』, 이충민 역, 새물결, 2003, p.34.
71) 서종택, 「딴전의 시학」, 『한국학연구』 31, 고려대학교 한국학연구소, 2009.1 참조.

의 이데올로기를 확인해 준다.[72] 곧 공동체를 중심으로 한 가족 윤리와 가치 규범의 회복 의지인 것이다. 대부분의 풍속 묘사가 명절과 결혼, 제사 등 가족 행사에 집중되어 있다는 점도 이를 반영한다. 요컨대 관혼상제는 공동체 사회에서 반드시 구성원간의 유대와 화합, 조화와 연대를 요구하는 것으로, 이들 풍속에 대한 작가의 과도한 집중과 상세한 묘사는 개성의 삶 방식이 바로 상생(相生)의 방식이었음을 구체화하기 위한 전략인 것이다.

이와 같이 이 작품에 묘사되는 관습과 풍습, 윤리와 규례 등의 전통은 상하 수직적 계층 구조에 따른 것이 아니라 공동체를 향한 열린 자세를 성취하고 있으며, 구성원들 간의 상호 유대성이 강조되고 있다.[73] 따라서 서술자가 '달래'라는 인물이 등장하는 과정에서 태임이의 과도한 환대의 방식을 묘사하는 것은, 이방인을 배제하거나 소외하지 않는 공동체의 서사를 재현하고 수직적 계층화를 해체할 수 있는 여담의 글쓰기를 보여주고 있는 것이라 하겠다.

한편, 태임의 딸인 여란의 성장은 태임이의 성장과 유사하게 나타난다. 다부진 모습이나 자신의 주장을 굽히지 않으며 논쟁과 대화를 통해

---

72) 작가의 전망은 반드시 텍스트적 표층에 단일한 목소리로 나타나는 것은 아니지만, 텍스트에 항상 기호화되어 있다. 또한 담론의 심층구조/표층구조는 이데올로기를 전달한다. (수잔 랜서, 『시점의 시학』, 좋은 날, 1998, 1장 참조)

73) 드넓은 집에 가득 찬 손님들은 방과 대청마루만 가지고는 어림도 없어 마당과 후원에도 차일을 치고 교자상을 놓았다. 소문을 듣고 모여든 거지들은 행랑뜰에 자리를 깔고 따로 상을 봐주었지만 음식층하는 하지 않았다. 부엌 가마솥과 뒤란에 임시로 건 솥에서는 장국이 설설 끓어 구수한 냄새와 김이 자욱했고 숙수방에선 숙수들이 아무리 날렵하게 음식을 담아내도 하인들이 나르는 속도를 당해내지 못했다. 그러나 음식은 없는 거 없이 고루 갖추었을 뿐 아니라 지천으로 풍성했다. 고기나 유과를 행주치마 밑에 감추어가지고 제집으로 나르는 동네사람도 못 본 척했다. 왕년에는 손님마다 외상을 차려주고 남은 음식을 몽땅 싸주던 게 전처만네 잔치인심이었다. (『꿈엔들 잊힐리야』 중권, p.112)

상대방과 교류한다는 점에서도 유사하다. 두 사람의 성품이 유사하기 때문에 모녀(母女)관계인 두 여성은 자주 대립하고 논쟁한다. 태임이가 조부(祖父)인 전처만과의 대화에서 논쟁을 벌였던 바와 같이, 여란은 태임이와 논쟁을 하며 자신의 주장을 표현하는 여성으로 재현된다. 여성 언어로서 대화와 논쟁은 "때로는 저항으로, 때로는 지지로 나타나서 언어를 생산해 내는 능동적 힘"을 보여준다. 그런데 태임이와 달리 여란의 행동반경은 개성과 경성을 넘어선다. 만주와 일본 등지로 확대되는 여란의 유동성은 태임이보다 더 개방적이고 적극적인 형태의 언어와 사고를 갖게 하였다.

> "어머니, 옳게 사는 게 도대체 뭐예요? 우리가 남의 걸 훔치거나 협잡질 해서 이만큼 사는 거 아닌데 어머니는 왜 옳지 않다고만 보시려구 해요?" (중략)
> "어머니 제발 우리를 그런 눈으로 보지 마세요. 어머니가 뭘 못마땅해 하시는지 저도 알아요. (중략) 그이가 친일 하는 거 보셨어요? 독립운동만 안하면 친일판가요. 다들 독립운동도 안하고 친일도 안하구 살지. 독립운 동 하는 사람이 몇이나 되겠어요. (하략)"
> "쪽박에 밤 줘담듯 웬 말이 그리 많는?"
> "근본을 따져 들어가려니까 그렇죠."
> (중략)
> 여란이는 그 동안 참았던 적대감을 숨기지 않고 드러내면서 대들었다. 태임이도 지지 않고 할 말 다할 기세였다.
> ―『꿈엔들 잊힐리야』 하권, pp.287~289

대화는 "상이한 언어 의식이 교차되고 중첩되는 현상"이며, "언어의 교환은 곧 가치관과 세계관의 '나눔'이 된다."[74] 즉, 여란이의 언어 형

---

74) 김미현, 『한국 근대 여성소설의 페미니스트 시학』, 이화여대 박사학위 논문, 1996, p.113.

태가 대화와 논쟁으로 이루어지고 있다는 점은 당대의 가치관과 세계관의 활발한 교류와 확장을 의미한다. 여란은 자신의 의지에 따라 삶을 개척하는 여성인물로 당대의 봉건적 가치관에 위배되는 '자유 연애'를 통해 '상철'의 첩이 되는 것을 마다하지 않는다. 여성들이 자신들의 상처를 마음 속에 두지 않고 겉으로 드러내고 있다는 점에서 태임과 여란이의 대화와 논쟁의 언어는 개화기 시대에 여성의 자아 정체성의 확립과 관련된다.

이전 세대의 여성들이 자신의 주장을 속말이나 광기의 언어를 통해 표출한 데 반해 태임이와 여란은 분명한 어조로 자신의 생각과 의지를 피력한다. 여성 정체성의 확립 과정에서 여성들이 자멸하지 않기 위해서는 자신들의 상처를 마음 속에 두지 말고 겉으로 드러내야 한다. 즉 그동안 억눌렸던 언어의 물꼬를 과감하게 트이게 할 필요가 있다.[75] 여란과 태임이의 언어가 장황하게 기술된다는 점도 이러한 언어의 전염성과 확산성이 교체와 혼합, 대화와 논쟁의 언어로 표현되면서 여성언어의 특성을 드러내는 것이다.

'혜정'이의 서사는 여란을 통해서 태임과 연결되었다. 여란이 경성에서 유학 중에 '박승재'의 집에 기거하게 되었는데, 혜정은 그 집의 새댁이었다. 혜정은 시어머니와 남편의 학대를 묵묵히 견디며 생활하던 중, 여란을 겁탈하려는 남편 '규서'의 범행 장면을 목격하면서 여란과 우애를 갖게 된다. 여란의 죄를 자신의 죄로 뒤바꾸면서까지 혜정이 원했던 것은 이혼이었다. 서술자는 혜정과 여란의 대화를 통해 혜정이의 이면적 성품과 앞으로 전개될 삶의 변화를 미리 암시해 주었다.[76] 봉건적인

---

75) 김미현, 위의 논문, 1996, p.95.
76) "그게 아니라, 수틀리면 도망가려고 배우는 건데 그 사람이 알면 어떡허게."
새댁이 하도 엄청난 소리를 외눈 까딱 안하고 쉽게 말하는지라 여란이 쪽에서 한동안 말문이 막히고 말았다.

가족 구도와 가치관, 반민족적 정서의 가족 구성원들로부터 이탈하기를 욕망한 것이다.

그러나 혜정이의 적극적이고 능동적인 여성상은 기존의 여성상을 모두 부정하고 이룩하는 것이 아니라 오히려 여성성을 극대화함으로써 구현되고 있다. 만주로 이동하여 병든 달래를 극진히 보살피고, "배냇병신"으로 태어난 달래의 딸, '경순'을 모성적 감성으로 키워낸다. 혜정이가 태임이와 조우할 수 있었던 것은 바로 이러한 대모적 여성성 때문이다. 즉 혜정이는 태임이와 유사한 선상에서 이 작품의 또 다른 중심 여성인물로 그려지고 있는 것이다. 서술자가 부수적인 인물로 등장하는 혜정에 대해 중심인물인 태임이와 유사한 면모를 강조하고 있는 것은 바로 혜정의 대모적 여성성 때문이다. 혜정이의 대모적 여성성은 땅에 관한 친화성과 관련된 서술에서 더욱 상세하게 나타난다.

> (1) 또 불과 1,2년 사이에 농사일이 황소처럼 몸에 밴 태남이를 볼 적마다 씨는 못 속이지 싶어 기특하기보다는 섬찟해지는 건 태임이만의 비밀이었다. 태임이는 태남이의 생부를 본 적이 없었다. 어머니의 정부라니 상상하기조차 싫었다. 그러나 어려서부터 아랫것들이 수군대는 소리를 통해 본의 아니게 형성된 상스럽고 무지막지한 사내의 모습을 간직하고 있었다. 그리고 태남이가 그 사내를 영락없이 빼닮았다는 걸 이제야 깨달았다. 그런 느낌은 생뚱스럽고도 억울했다. 마치 할아버지가 일찍이 태남이한테서 확인한 관옥 같은 사내를 그 상스러운 무지렁이가 밀어낸 것 같았기

> (중략)
> "농담이 아니면, 도망갈 여편네가 옷보따리가 패물을 챙길 일이지 일본말은 배워서 뒷에다 쓸려구."
> "도망갔다 하면 멀찌거니 가지, 이까지 토끼화상 속에 옴치고 뛸 내가 아니라우."
> 그리고 보니 새댁의 옴팍한 눈이 여간 담대해 보이지 않았다.
> "그럼 만주?"
> "이왕이면 바다 건너." (『꿈엔들 잊힐리야』 하권, pp.34~35)

때문이다. 그러나 태남이는 누님이나 그밖의 누구의 눈치도 보지 않고 상
머슴으로 변신해갔다.

-『꿈엔들 잊힐리야』 하권, p.306

(2) 자연히 샛골에서 농사꾼으로 변신해가는 혜정이한테 가서보내는 날
이 늘어갔고 그 동안이 무엇보다도 행복했다. 왠지 혜정이하곤 못할 말이
없었다. 후처로 들어온 이한테 전처 얘기를 삼가는 것은 개가한 이에게 전
시집이나 전 남편 얘기 안하는 것과 마찬가지로 상식이건만 혜정이하곤
그런 상식에 구애될 것도 없었다.

(중략)

태임이도 어언 앞날에 대해서보다 지난날에 대해 더 할 말이 많은 나이
가 돼 있었다. 탁 터놓고 말해서 내 집안 흉될 것도, 듣는 이의 인격이나
비위에 거슬릴 것도 없는 편안한 말상대가 필요했고 혜정이는 적격이었
다. 그녀는 자신이나 남의 과거가 들어나는 데 담담하다가도 곧잘 맞장구
도 쳐줘서 말할 맛을 나게 해 주었다.

(중략)

그건 결코 입에 발린 찬사가 아니었다. 태임이가 샛골집에서 혜정이를
만날 때마다 탄복하는 건 혜정이가 그곳과 너무 잘 어울리는 거였다. 서울
장안 한복판에서 태어나서 서울의 명문대갓댁으로 시집가서 쫓겨나고, 쫓
겨난 끝에 간도까지 흘러가 태남이한테 개가하고서는 틈 상점의 안주인으
로 변신한 기구한 과거가 있다고는 도저히 믿어지지 않았다. 마치 낳아서
부터 땅에 순응해 살아온 것처럼 편안하게 어울려 보였다. 그렇다고 직접
농사를 짓는 것도 아니었다. (중략) 그러나 그녀는 많은 시간을 들여서 농
사일을 배우려고 애썼고 무엇보다도 즐겨서 하고 있다는 티가 역력했다.
혜정이 곁에는 늘 경순이가 붙어 다녔다. (중략) 여북해야 태임이는 샛골
땅을 그들을 위해 예비한 것처럼 느꼈고… (중략) 태임이는 더욱 혜정이가
미덥고 좋았다.

-『꿈엔들 잊힐리야』 하권, pp.290~293

예문 (1)과 (2)는 각각 태남과 혜정에 대한 태임의 가치평가를 서술한
부분이다. 핵사건의 중심인물로서 태임이의 삶의 목적은 전처만의 정신

을 계승하는 것이었다. 할아버지의 상(商)도덕과 가치관 등 태임이는 할아버지인 전처만을 삶의 표본으로 상정하고 정체성을 형성해 왔다고 할 수 있다. 그리고 그러한 계승은 태남에게로 이어지기를 바랐다. 할아버지가 자신에게 태남이를 주었기 때문에, 태남이를 동해랑의 후계로 잇는 것이 자신의 소임이라고 믿었다. 그러므로 핵사건의 주요 관심사는 태남이를 통해 모계적 계통 잇기가 성공할 수 있는 것인가의 여부에 있었다.

그런데 위의 예문에서와 같이 태남이에 대한 태임이의 평가가 달라진다. 서술된 표현만으로도 태남이는 동해랑의 후계자라기보다는 "상머슴"의 모습을 하고 있다. 반면에 태남의 처(妻)로 다시 태임과 연계된 혜정은 태임으로부터 깊은 신뢰와 인정을 받는 인물로 부상한다. 더욱이 샛골땅이 마치 혜정이를 위해 예비한 것 같다는 생각을 드러낸다. 샛골땅은 태임이가 태남이 몫으로 상정해 두었던 땅이다. 태남이가 만주에서 독립자금을 모금하는 일을 할 때도 자금의 상당부분은 샛골땅에서 거둬들인 이익으로 채워졌었다. 다시 말해서 샛골땅의 주인은 태남이인 것이다. 그럼에도 불구하고 (2)의 예문에서와 같이 서술자는 태남이가 아닌 혜정이가 바로 태임이의 뒤를 이을 것임을 암시한다.[77]

태남이가 점차 '상스럽고 무지렁이'가 되어 버린 반면, 혜정이는 의붓딸인 경순에게 애착을 갖고 샛골땅에서 "자연의 일부", "땅과의 완벽한 친화", "평화 그 자체"라는 표현으로 전처만 영감에서 태임이로 전해진

---

[77] 오세은은 태남에 대한 태임이 집착이 동생의 남근(男根)을 통해 자신의 권한을 확장시키려는 의지가 반영된 것이라고 분석하였다. 그에 따르면, 실재로 태남이는 후반부로 갈수록 전처만이 삼농사를 대물림하는 인물이며, 전씨 가의 명맥을 이어가는 주인공이다. (오세은, 앞의 논문, 2001) 그러나 본고는 이러한 선행연구에 반론을 갖지 않을 수 없다. 작품의 후반부로 갈수록 태임이는 태남이 아닌 혜정에게 더욱 의지하며, 혜정을 통해서 샛골 땅의 미래를 가늠하려 하고 있기 때문이다.

땅에 대한 신뢰와 의지적 신념을 고스란히 전달받은 인물로 재현된다. 특히 이 작품의 말미에서 태임의 아들 '경우'와 태남의 아들 '경국'이 개성의 인삼 모종을 강화로 이식하기 위해 태남과 대립할 때, 혜정은 "훔쳐가"라는 "상쾌한 한 마디"를 던지고 돌아선다. 방 안에선 태임이 숨을 거두고 있는 상황에서 혜정은 태임이가 평생을 신봉하고 의지했던 인삼을 개성 '바깥으로' 확장시킴으로써 태임이의 소명을 이어가는 것으로 나타나는 것이다. 즉, 태임이의 후계는 태임이가 그토록 원했던 '태남'이 아닌, 혜정을 통해 이어지게 되면서 혜정은 태임과 동일한 선상에 위치하는 여성인물로 서사가 승격된다.

이상에서와 같이 『꿈엔들 잊힐리야』는 태임이를 중심으로 하는 핵사건과 그 밖의 여성인물들의 삶의 양태를 보여주는 주변 사건들이 연계되면서 서사가 확장되어 가는 구조를 갖고 있다. 이러한 서사구조는 "세계 자체가 한 인간에 의해 파악될 수 없을 정도로 복합적이고 다층적이라는 것, 각 개인들의 삶은 혼자만으로는 완결된 의미를 지닐 수 없다는 것을 보여준다."[78] 인물 중심의 서사 확장 유형에서 개별 인물들의 강화를 통해 서사의 수직적 확장이 일어난다면, 잠재적 이야기를 가진 인물 집단의 지속적인 추가와 인물 관계의 폭을 넓힘으로써 서사의 수평적 확장이 일어난다.

한편, 2004년에 발표된 장편소설 『그 남자네 집』은 그보다 2년 전에 발표 한 단편소설 「그 남자네 집」을 확대 개작한 작품이다.[79] 제목에서 암시하듯이 단편소설에서의 중심서사는 '그 남자'와의 만남과 이별이다. 전쟁이라는 암흑의 시간을 견딜 수 있게 했던 젊은 시절 연정의 이

---

78) 김미현, 앞의 논문, 1996, p.106.
79) 여기서는 장편소설(『그 남자네 집』, 현대문학, 2004)을 중심으로 논의가 진행되며 이후의 서지사항 역시 장편소설의 기록을 따른다.

야기는 노년의 화자에게 오십 년의 시간을 거슬러 그 남자의 집을 기억해 내는 것으로 시작된다. 그러나 "단아하고 고풍스러운 홍예문"이 "도저히 새끼를 깔 수 없는 만신창이의 집"으로 변질되어 보였듯이 '그 남자'와의 첫사랑은 안정된 생활과 생존이라는 화자의 욕망에 의해 좌절되고 말았다.

　여기까지의 서사는 단편소설과 장편소설이 모두 포함하고 있는 내용이다. 장편소설로 개작하는 과정에서 작가는 '그 남자'와의 추억담에 대해서 동일한 서술방식을 활용하고, 스토리 구조를 그대로 답습하였다. 따라서 작가의 개작 의도를 확인할 수 있는 요소는 확장된 서사에 의존할 수밖에 없다. 확장된 서사의 내용은 '그 남자'와의 일화를 첨가한 부분도 있지만 상당부분 새로운 작품으로 읽힐 수 있는 여지를 마련하고 있다. 즉 박완서는 장편소설로 개작하는 과정을 통해서 새로운 인물과 사건을 배치하여 기존의 작품이 내포한 주제의식을 더욱 강화하기보다는 거시적인 관점에서 새로운 의미가 부여될 수 있는, 다른 이야기를 재생산하고자 한 것이다. 장편소설에 첨가된, 확장된 서사 구조를 살펴보면 다음과 같다.

구분	주 요 서 사	서 술 지 면
(가)	전쟁 중의 여자들의 경제 활동	pp.40~41
(나)	그 남자의 어머니에 대한 외면 묘사	pp.41~42
(다)	박수근 미술관의 전시회 관람	pp.45~50
(라)	휴전과 엄마의 경제 활동(집 팔기와 하숙집 시작)	pp.53~64
(마)	전민호와의 만남, 춘희를 소개 받음	pp.65~95
(바)	전민호와의 결혼과 시어머니의 식도락(食道樂), 시어머니의 무속신봉에 대한 이질감	pp.103~162
(사)	그 남자와의 재회와 외도의 욕망	pp.163~191
(아)	'나'의 임신과 그 남자의 실명(失明)	pp.192~201
(자)	사촌조카 광수와의 통화	pp.202~220

구분	주 요 서 사	서 술 지 면
(차)	춘희의 임신중절 수술과 '나'의 출산	pp.221~245
(카)	양옥집으로의 이사와 춘희의 이민	pp.246~271
(타)	그 남자와의 재회와 이별	pp.272~289
(파)	춘희와의 재회와 춘희의 전화	pp.290~306
(하)	그 남자의 부음 기사와 마지막 만남의 회고(回顧)	pp.307~310

　　단편소설과 비교해 보면, (가)에서 (마)까지의 서사는 단편소설의 흐름을 이어가면서 부분적으로 첨가된 내용들이고, (바)의 서사부터는 장편소설로 개작하는 과정에서 새롭게 시작되는 이야기이다. 따라서 첨가된 서사를 분석해 보는 것으로 작가의 개작의도와 그 의의를 확인해 볼 수 있다. 먼저 (가)에서 (마)까지의 서사에서 첨가된 내용 중 주목할 것은 전쟁 중의 여성들의 경제활동에 대한 내용을 상세화하고 있다는 점이다.

　　(가)에서와 같이 전시상황에서 여성은 생계를 책임지는 가장(家長)의 역할을 수행하였고, 마찬가지로 (나)에서와 같이 '그 남자'의 어머니는 물론 (라)의 화자의 어머니 역시 이전의 봉건적 젠더 역할의 고정성을 탈피하고 있었다는 점이 강조된다. 이렇게 볼 때, (다)의 전시회 관람 내용의 첨가는 이러한 서술자의 의도를 분명하게 밝히기 위한 기능을 한다. "박수근 그림에 나오는 여자들은 다 부지런히 일을 하고 있는데 남자는 우두커니 앉았거나 놀고 있는 게 특징이라고 했다."라는 서술은 "박수근이 표현한 그와 동시대의 여인들"을 통해 전시(戰時)의 여성의 경제활동이 갖는 의미를 강화하는데 기여하고 있는 것이다.

　　그러나 여성들의 경제활동을 강조하는 서술은 작가의 직접적인 개작의 목적을 달성하기 위한 배경을 제시하는 것에 지나지 않는다. 이 작품이 장편소설로 개작되면서 획득한 유의미성은 바로 '춘희'의 등장에 기인하기 때문이다. 개작과정에서 주요한 중심인물로 등장하는 춘희는 가족의 생계를 책임지기 위해 경제 활동을 시작하는 여성인물이다. 그런데 춘희의 경제 활동은 어머니 세대의 '광주리 장사'가 아닌, 여성의 섹슈얼리티를 담보로 하는 매춘에 의존하고 있다.

규범적 젠더 가치에 따라 매춘 여성은 중심서사에서 배제되어 왔다. 그러므로 개작과정에서 춘희라는 매춘여성을 등장시킨 것은 의도적인 서술방법이라 할 수 있다. 춘희의 등장이 초점화자인 '나'의 남편과의 만남 과정과 연계된 것 역시 작품의 전개과정에서 '나'와 춘희의 관계를 보다 밀접하게 유지하기 위한 서술전략이라 하겠다. 작가는 이후에 전개되는 서사에서도 초점화자와 춘희를 대등하게 연결하고 있으며, 초점화자의 상황과 춘희의 상황을 대립적으로 설정하였다. 그 대립 양상을 살펴보면 크게 네 가지의 서사로 구분할 수 있다.

1. '나'의 미군부대 근무와 춘희의 미군부대 근무
2. '나'의 임신과 춘희의 중절수술
3. '나'의 결혼생활과 춘희의 이민생활
4. '나'의 연애 정서와 춘희의 불감증

서사가 진행되는 과정에서 네 가지의 대립양상은 초점화자가 춘희에 대해서 이질감과 거부감을 강화하는 요인으로 확인된다. 두 여성인물에 대한 극단적 대립의 격차는 『자유부인』과 『보봐리 부인』이라는 소재를 통해서도 은유된다. 서술자는 '자유부인'을 통해 "화냥기", "전후의 궁상", "사치와 향락", "진부하고 천박한 이야기"라는 표현으로써 춘희의 삶을 조명하고, '보바리 부인'을 서술하는 과정에서 "고상함", "정열", "희열", "생동하는", "로맨틱", "장렬한 파국"이라는 표현으로 초점화자의 낭만적 연애, 즉 "그 남자네 집"이라는 이 작품의 외연을 은유한다.

이러한 여성인물 간의 대립양상과 서술의 차이는 이 작품에서 중요한 서사적 의미를 내포하고 있다. 표면적으로는 초점화자의 정서적 연애감을 우위에 두고 그러한 감성을 극명하게 제시해 줄 대립항으로서 '천박한 화냥기'를 설정해 두고 있지만, '자유부인'이 천박할 수밖에 없는 것은 남성(독자)들의 욕망과 차별적 젠더 규범에 기인하는 것이라는 점을 강조하고 있기 때문이다.[80] 다시 말하면, 장편소설『그 남자네 집』은 단편소설이 의도한 '낭만적 첫사랑의 기억'이라는 외피를 갖고 있지만, "진부하고 천박한 이야기"라고 폄하된 여성들의 이야기를 다시 보고자 하는 것이다.

> (1) 다녀간 지 며칠 안 됐는데 춘희가 미국서 전화를 걸어왔다.
> (2) 언니 미리 말해두는데 전화값 많이 나온다고 생각해주는 척 전화 빨리 끊으라고 하지 마. 알았지? 지금 이 시간은 아무리 오래 통화를 해도 전화값 거저나 마찬가지야. 미국 좋은 나라야. 늙은이한테는 천국이야. 내가 기를 쓰고 데려간 우리 칠남매의 나라가 나쁜 나라라면 나 너무 불쌍하잖아. (하략)
>
> ─『그 남자네 집』, p.296

위의 예문은 노년이 된 두 여성의 상황을 다시 한번 대립항으로 설정하는 과정에서 춘희의 독백이 이어지는 부분이다. 춘희의 독백은 이후 11쪽에 이르는 긴 흐름으로 이어지는데, 이 과정에서 서술자는 춘희라는 여성인물, 즉 남성 중심적 가치관과 젠더 규범, 국가 이념에 의해 희생되고 배제된 소수자로서의 여성의 고통과 비극을 직설적으로 서사화한다. 더욱이 (1)과 (2)의 연결에서 볼 수 있듯이 춘희의 독백은 서술자

---

80) 그 소설의 인기가 당대의 증후를 정확하게 집어낸 데서 비롯됐거늘, 남자의 바람기에는 너그럽지만 여자의 화냥기는 엄벌에 처하고 싶은 동시대인의 기미를 못 읽어냈을 리 없었다. (『그 남자네 집』, p.182)

의 입장에서 직접화법으로 서술되고 있다는 점은 초점화자와 춘희의 구분을 해체하고자 하는 서술의도로 판단된다. 다시 말하면 초점화자에 의해서 끊임없이 경계 밖으로 내몰리고 소외되었던 소수자 여성인물이 서술자에 의해서 경계가 해체된 양상으로 서사화되고 있는 것이다. 이는 작가에 의해 의도된 환대의 서사방식이라고 할 수 있다. 고정된 젠더 인식에 의해 폄하되어 온 여성인물을 이 시대의 구성적 외부로 승인하는 것이다.

앞서 밝혔듯이, 한국전쟁의 상흔이 자신의 서사적 정체성을 이루는 구성적 외부라는 사실의 확인은 박완서 소설에 직접적인 영향을 미친다. 이전의 단편소설이 '나'라는 개인의 이야기, '나'가 중심이 되어 서사가 진행되는 구조를 이루었다면, 장편소설로 개작되면서 이 작품은 전쟁을 경험한 여성들을 보다 상세하게 서술하고, 전쟁의 시대에서마저 경계 밖 존재로 폄하되었던 여성인물을 또 다른 중심인물로 부각하는 서사로 확장하면서 보다 거시적인 관점에서 전쟁의 비극을 되짚어 보는 작품으로 승화되었다고 할 수 있다.

박완서에게 있어 가장 중요한 소설의 항목이 "이야기성, 인간성, 언어성의 복원"[81]이라고 할 때, 『꿈엔들 잊힐리야』와 『그 남자네 집』에 등장하는 여성인물들의 서사는 곧 박완서 소설의 '기본'이고 '본질'이라고 할 수 있다. 박완서는 여성인물들의 다양한 젠더 경험을 차별하지 않고 여성들의 차이와 고유의 개별성을 인정하면서 서사의 복수성(複數性)을 실현하고 있다. 다양한 젠더 정체성을 배제하거나 소외하지 않고 상생(相生)의 사유를 기반으로 한 여성들의 공생관계로써 화합하고 있는 것이다. 요컨대 박완서의 여성적 글쓰기의 미덕은 여성의 연대성을 강조하는 것으로 여성의 경험'들'에 대한 차이를 외면하지도 않는다는 점이

---

81) 김미현, 「소설의 근성과 벼리」, 『작가세계』, 1999 여름, pp.359~360 참조.

다. 다시 말해서 '여성'이라는 보편주의를 강요하지 않는다. 여성들 사이의 차이를 인정하면서 각각의 경험을 포용한다는 점에서 개별적 여성들의 공생(共生)을 가능하게 한다.82)

2) 리좀적 공동체와 연합 구조

박완서의 후기 작품들에서 다루어지고 있는 '만남'은 타자에 종속됨으로써 소외되는 관계가 아니라 서로의 개체성이 유지되는 리좀적83) 연대의 성격을 갖는다. 그리고 이 타인과의 만남은 '가족'이라는 공간으

---

82) 로드(Audre Lorde, 1984)는, "여성들 간의 상호의존은, 습관적인 '나'가 아니라 창조적인 '나'가 되기를 허용하는 자유로 향하는 유일한 방법이다."라고 주장하였고, 루고네스(Maria Lugones)는, 만약 우리가 우리 자아들을 활동적이고 창조적인 자아들로 개조하고자 한다면, 만약 우리가 우리의 행위성을 (재)구성하고자 한다면 이러한 상호의존, 즉 타자와 더불어 있는 것(타자존재)은 필수적이라고 주장한 바 있다. (사라 루시아 호그랜드(Sarah Lucia Hoagland), 「레즈비언 윤리(학)」, 『여성주의철학 2』, 앨리슨M.재거・아이리스 마리온 영 편집, 한국여성철학회 옮김, 서광사, 2005, p.120) 마찬가지로, 버틀러가 궁극적으로 도달한 '우리'는 타자를 주체의 나르시시즘으로 삼켜서 동질화시킨 것으로서의 '우리'가 아니라 타자와 주체가 상실의 슬픔 속에서 서로 기댐으로써 타자와 '나'가 공존하는 것이다. 이때 '우리'는 혼성적인 주체이며, 투명한 주체가 아니다. 이처럼 타자에게 '우리'의 삶 자체가 볼모로 잡혀 있는 불확실하고, 불안정하고 취약한 삶임을 인정할 때 오히려 정치적 커뮤니티를 만들어 낼 수 있는 역적인 힘이 나오지 않겠는가라고 버틀러는 반문한다. (임옥희, 앞의 책, 2006, pp.257~258)

83) 리좀이란 비-체계가 아니라 비 중심화된 체계이다. 여러 방향으로 열린 체계이고, 접속되는 항이 늘거나 줄어듦에 따라 성질이 달라지는 가변적 체계이다. 다시 말해서 리좀은 일자(一者)적 중심을 제거함으로써 내재성으로 나아가는 방법인데, 내재성이란 '외부'와 대립하는 개념이 아닌, 외부와의 결합 속에서 그것의 본질이 생성되는, 즉 외부에 의한 사유가 된다. 그러므로 내재성은 관계에 따라 어떤 것의 본질이 달라진다고 보는 사유방식을 의미한다. 이는 생산적이고 긍정적인 삶의 양태를 보여주는 박완서 후기 소설의 특징을 설명하는 주요한 용어로서 의미가 있다. (질 들뢰즈・펠릭스 가타리, 『천개의 고원』, 김재인 옮김, 새물결, 2001, pp.11~55 참조)

로 국한되지 않고 대사회적인 것으로 확장되며, 바로 이러한 확장 속에서 진정한 연대성이 실현된다.[84] 연대성이란 "서로를 내면에서부터 동등하게 바라보는 자들 사이에서만 가능"하며 자립적 주체들 사이에서 이루어지는 직접적인 만남이다.[85] 이는 박완서가 그리고 있는 인간의 정서적 유대가 혈연에 국한된 것이 아닌, 타자를 환대하는 것으로써 구성되는 공동체에서 비롯되는 것이라는 사실을 보여준다.

『꿈엔들 잊힐리야』에서 가족 구성은 봉건적 가치 개념을 넘어선다. 가부장적 가족 제도를 신봉하는 전처만 일가에서 여성인 태임이 전처만 영감의 정신적 후계의 역할을 담당하고 있는 것은 봉건적 젠더 규범을 해체하려는 작가적 의지를 보여준다. 또한 태임이 갖고 있는 소명의식의 기원이 바로 전처만 영감에게서 직접 주어진 것이라는 내용은 종래의 가족사 소설에서는 찾아볼 수 없는 구성이다. 더군다나 태임은 봉건적 가족 제도로부터 자발적으로 이탈하는 사건을 일으킨다. 바로 이부제(異父弟)인 태남을 가족 구성원으로 데려오는 것이다.

태남은 전처만 일가의 비정통적 혈육이며, 부정(不貞)의 태생이라는 점에서 봉건적 가족 제도의 정통성에 위배되는 인물이다. 그러나 태임은 이방인으로서 거부되어야 할 태남을 환대(hospitality)로써 맞아들인다.[86] 태임이는 전처만 일가의 비정통적 인물인 태남에게 할아버지로부터 받은 소명을 전수하고자 한다. 태임이가 전처만의 가치와 신념을 계승하는 인물로서 부계적 전통의 대물림이라는 봉건적 인식으로부터 벗어나, 봉건적 관념에서는 철저하게 배제되는 이방인을 가문(家門)의 맥으로 이

---

84) 이형진, 『박완서 소설에 나타난 '가족'의 의미 연구』, 서울대 석사학위 논문, 2004, pp.80~81 참조.
85) 이종영, 『가학증, 타자성, 자유』, 백의, 1996, pp.178~180.
86) 환대(hospitality)는 자신이 존재하고 있는 거주공간을 이방인에게 기꺼이 개방하여 타자를 맞이하는 것이다.

4장 젠더 인식의 탈구축과 상생(相生)의 사유 321

어가려 한다는 것은 리좀적 공동체의 서사를 보여준다. 가족 구성원이 수직적 전승, 계승에 따라 이어지는 것이 아닌 수평적 전파의 형태로 연결되고 있기 때문이다.

이처럼 이 작품의 '환대'의 원리는 봉건적 인습으로부터 자발적으로 이탈하여 새로운 가치 기준을 제시하며, 억압과 소외를 해소하고 '공존'과 '상생'의 원리를 실천하는 리좀적 공동체의 구현으로 나타난다. 그런데 이 작품에서, 다시 주목할 것은 "열림과 공존의 윤리"[87]로서 이러한 환대의 서사가 언어에 덧씌워진 환상에 의해서 발생한다는 점이다. 즉 '관옥과 같다'는 언어의 의미에 대한 환상에서 비롯되고 있는 것이다.

전처만 영감은 유언으로 태임이에게 태남을 찾을 신표를 주면서, 태남을 '관옥과 같다'라는 말로 이상화하였다. 태임이 역시 할아버지의 표현에만 의지하여 '관옥과 같다'는 말에 집착하게 되고, 관옥과 같은 아이, 태남에게 강한 소유욕을 보인다. 결과적으로 태임이가 태남이를 전처만 일가의 후계로 삼게 되는 근거는 '관옥과 같다'는 한 마디의 말 때문인 것이다. 서술자는 태남이를 동해랑의 가족으로 맞이하게 되는 과정에서 '관옥과 같다'는 표현을 반복적으로 서술하는 것으로 태임이의 환상을 강조하고 있다.

> (ㄱ) "그 아이는 관옥 같다고 하시더군."
> (ㄴ) "난 아직 못 봤지만 눈에 선하다네, 그 아이는 관옥 같다네."
> (ㄷ) "그 아이가 물건이 아니란 걸 내가 모를 줄 아나? 그 아이가 얼마나 애물이라는 것도 안다네. 할아버지도 어머니도 그 아이헌테 지고 말았지만 난 그 아이를 이길 걸세. 관옥 같은 그 아이를 헌헌장부로 키울걸세."
> ─『꿈엔들 잊힐리야』, 상권, pp.288~289

---

87) 권수경, 「열림과 공존 : 엠마누엘 레비나스에게서의 타자성 연구」, 『프랑스학 연구』 제33권, 2005.

(ㄹ) 태임이에게 있어서 관옥 같다는 건 가장 아름답고 가장 무구하고 가장 늠름한 남자아이의 추상이었다. 거기 탐닉해 구체적으로 그 아이의 모습을 그려볼 겨를이 없었다.

-『꿈엔들 잊힐리야』, 중권, p.82

　위의 예문에서 '관옥과 같다'는 말은 하나의 기호이다. 기호는 그것을 해독하는 주체에 따라 다르게 의미화될 수 있다. 문맥에 따라 전혀 다르게 의미화될 수도 있는 것이다. 태임에게 이 말은 논리적이기보다는 (ㄴ)과 (ㄹ)에서와 같이 감정적인 말이다. 그러므로 태임의 입으로 전달되는 (ㄱ)의 "관옥 같다고 하시더군"이라는 말에는, '관옥과 같다'라는 수식어를 사용한 전처만 영감의 저의(底意)와 추상적이고 감정적인 의미로 해석하는 태임이의 이해가 모두 포함되어 있다. 또 (ㄴ)의 "관옥과 같다네"에서 서술어는 두 가지의 의미로 해석될 수 있다. 먼저 '관옥과 같다고 하셨다'라는 의미로 전처만 영감의 말을 간접화법으로 전달하는 말로 이해될 수 있다. 다른 한편으로는 '관옥과 같다'라는 태임이의 추측에 의존한 단언으로 이해되기도 한다. 요컨대, 이중적인 목소리가 내포되어 있는 다성성의 언어인 것이다.

　언어의 기본 단위는 문장이나 혹은 단 한 사람의 화자(話者)나 작가의 행위가 아니라 오히려 화자와 청자가 동시에 참여하는 일종의 의사소통이다. 그리고 다성성이란 단순히 반대되는 목소리와 관념들이 병치되어 있거나 연속적으로 표현되는 현상이 아니라 동일한 말을 서로 다르게 표현하는 다양한 목소리들이 동시에 들리는 것을 의미한다.[88] 그러므로 다성성의 언어로서 '관옥과 같다'는 기호는 단선적 의미를 갖는 기호가 아닌 복잡한 의미생성의 과정을 보여주는 유동적 기호의 언어

---

88) 캐릴 에머슨/게리 솔 모슨, 「바흐친의 문학이론」, 김욱동 역, 『바흐친과 대화주의』, 김욱동 편, 나남, 1990, pp.70~73 참조.

라고 할 수 있다.

앨리슨 위어는 언어를 닫힌 체계로 보는 것이 아니라 차이와 타자성
에 끊임없이 교란되고 변형되는 열린 동일성 체계로 본다. 이것은 크리
스테바도 마찬가지이다. 크리스테바는 언어나 정체성은 고정된 의미체
계가 아니라 개별적이고 충동적인 차이가 지속적으로 사회적 상징에
영향을 주고받는 열린 과정이라고 설명한다.[89] 언어의 의미는 생각이나
사물을 지시하는 단어들을 써서 단지 지시적으로만 만들어지지 않는다.
의미는 주로 텍스트들의 시적이고 정서적인 양상에 따라 만들어진다.[90]
크리스테바는 언어를 본질론적 실체로 파악하지 않고 특수한 상황의
산물로 이해하였다. 언어의 의미를 결정하는 것은 언어의 내적 구조가
아니라 역사적 상황이라는 바흐친의 생각을 따라, 언어의 의미는 역사
적 상황에 따라 변하는 것이다. 이러한 글쓰기의 형태는 '코라'(chora)의
인식론과 밀접한 관계를 나타낸다.[91]

크리스테바는 의미화의 영역을 크게 두 가지로 나누어 설명한다. 하
나는 기호계(the semiotic)이고, 다른 하나는 상징계(the symbolic)이다.[92] 크리

---

89) 이현재, 앞의 책, 2008, pp.95~98 참조.
90) 노엘 맥아피, 『경계에 선 줄리아 크리스테바』, 이부순 옮김, 엘피, 2007, p.39.
91) 크리스테바는 종종 '코라'를 '기호적'이란 용어와 연결 지어 사용한다. 그녀가 쓴
    '기호적 코라(the semiotic chora)'라는 구절은 코라가 기호적 의미생산의 공간이라는
    점을 독자에게 상기시킨다. 예컨대, 대상을 지시하려면 언어를 어떻게 사용해야
    하는지를 아직 알지 못하는 유아, 혹은 적절하게 의미 있는 방식으로 언어를 사용
    하는 능력을 상실한 정신병자 등이 보이는 반향언어증(남의 말 흉내 내기), 의미
    불명의 방언, 리듬과 어조 등이 이런 경우에 해당한다. 기호적 코라는 상징적 의사
    소통 속에서도 드러난다. (노엘 맥아피, 위의 책, 2007, pp.40~51)
92) 상징계는 '지시'와 '의미체계'의 영역으로서 '질서'와 '논리체계'가 서는 '아버지의
    이름'과도 같은 영역인 반면, 기호계는 모든 것을 받아들이고 모든 것을 거부하는
    '어머니의 몸'과도 같은 모순의 영역으로서, 크리스테바는 이를 플라톤의 용어를
    빌어 '코라'(chora)라고 명명한다. (권택영, 「여성비평의 어제와 오늘」, 『후기구조주
    의 문학론』, 민음사, 1990, pp.129~130)

스테바는 남성적 언어 기호를 수단으로 하면서 내포적 의미의 변환과 확장이 자유로운 언어의 형태를 기호계 개념으로 설명하였다. 이로써 기호의 의미는 열려지게 되고, 기호는 단성적(univocal)이 아니라 다성적(polysemic)으로 된다.[93] '코라'는 법, 질서, 논리, 지시 이전의 장소로서 '중심'의 존재를 알지 못하는 무정형의 공간이다. '빈 중심'이고 '빈 현존'이기에, '코라'에서의 존재의 근원은 이분법적 우열에 의한 단일의미로 불변하는 것이 아니라, 잠재력과 변형성을 향해 열려있는 복합 의미로 환유의 고리를 만들어 나간다.[94]

이 작품에서 '관옥과 같다'는 의미는 수시로 변한다. 할아버지의 말씀만으로 추상화된 의미는 어린 태남이를 직접 만나고 안아봄으로써 현실감으로 전해진다. 하지만 부정적이지는 않았다.[95] 그러나 청년기의 태남이에 대해서는 '관옥과 같다'는 말을 소거한다. 태남이는 이상적 남성이 아니었고, 태임이는 '관옥과 같다'는 말에 부여한 자신의 환상을 제거하기 시작한 것이다. 이처럼 '관옥과 같다'는 말의 변이(變異)를 통해 태임이는 남성 젠더에 대한 이상화와 좌절을 경험하게 된다. '관옥과 같다' 기호를 태남에게 고정하고 태남에게서 근거를 찾으려고 했으나 실패한 것이다.

---

93) Toril Moi, 『성과 텍스트의 정치학』, 임옥희 외 역, 한신문화사, 1994, p.186.
94) 마치 타자(the other)로서의 아이를 품는 어머니의 자궁과도 같은(chora), 하나 속의 둘이지만 결국 하나도 아니고 두 개도 아닌 모순 그 자체로서의 '어머니의 몸'이 함축하고 있는 특성과 동일한 맥락에서 이해되기도 한다. 때문에 크리스테바는 남성, 여성이라는 이분법 자체를 거부한다. 다만 어머니 중심적 기호계의 담론은 아버지 중심의 상징 질서를 거부하는 힘과 그것을 부수는 힘을 가지고 있는데, 이것이 바로 코라 공간의 언어, 여성성이라고 하였다. (이상신, 「코라(chora)로의 끊임없는 자리바꿈」, 『인문학연구』, 강원대학교, 1991, pp.97~100)
95) 태임이는 그 아이를 끌어안았다. 아이는 순순히 품 안으로 들어왔다. 아이는 관옥 같지 않았다. 그러나 숨결은 건강하고 몸은 실하고 따뜻하고, 냄새는 구수했다. 관옥 같은 것보다 그게 얼마나 좋은지 몰랐다. (『꿈엔들 잊힐리야』 중권, p.82)

그런데 '관옥과 같다'는 말을 남성 젠더로부터 자유롭게 하자마자 태임은 그 안에 담긴 말의 의미를 새롭게 인식하게 된다. 전처만 영감의 '관옥과 같다'는 말은 태남을 향한 것이 아닌, 며느리인 머릿방 아씨를 향하고 있었던 것이다. 태임은 할아버지가 부정(不貞)의 결실인 태남을 '관옥과 같다'로 표현함으로써 며느리의 부정(不貞)을 덮어주고자 한 것이었음을 깨닫는다. 즉, 그것은 실절(失節)한 며느리, 봉건적 가치 규범으로부터 이탈한 며느리, 배제되고 억압되어야 할 타자에 대한 할아버지의 환대였다는 것을 깨달은 것이다.

> "…… 이제야 할아버님께서 왜 그 아이를 관옥같이 보셨는지 알 것 같군요. 정절을 못 지킨 며느리를 어떡허든 덮어주고 이해하려는 자애 때문이었어요."
>
> ─『꿈엔들 잊힐리야』 중권, p.164

'관옥과 같다'라는 말의 재해석은 태남에 대한 태임이의 환대를 완성해 준다. 이전에 태남을 동해랑으로 불러들이는 것이 '관옥 같은' 남성으로 하여금 동해랑을 계승하게 하고자 한 것으로 남성적 젠더 규범에 의지한 바가 있는 것이었다면, '관옥과 같다'는 말의 새로운 해석으로 인하여 태임은 이상화된 남성에 대한 잔재를 제거하고 전처만 영감의 여성에 대한 환대까지를 포함하여 태남을 환대하게 되었기 때문이다.

요컨대 이 작품은 전처만 영감과 태임이의 목소리가 모두 포함된 '관옥과 같다'는 언어의 유동적 의미를 통해 비정통적 남성 혈육에 대한 환대와 젠더 규범을 일탈한 여성에 대한 환대를 동시에 보여준다. 태임은 추상화된 남성 젠더를 이상화함으로써 환대를 시작하고, 남성 젠더에 대한 탈이상화를 통해 환대를 완성한다. 또한 전처만 영감은 여성 젠더에 대한 인간적 이해와 관용으로써 젠더 규범을 초월하고 봉건적 제도내의 타자인 며느리를 포용함으로써 환대를 실천한 것이다.

「환각의 나비」에서도 환대의 서사는 상생의 원리로 작용한다. 상생의 사유는 소설에서 연합구조의 형식으로도 나타난다. 연합(joining) 구조는 동일한 구조의 사건이 이중적인 서사 의미를 가질 때, 두 사람의 작중 인물의 이름 아래 이중적으로 나열되는 구조이다.[96] 우선 이 작품은 두 개의 서사로 구성되어 있는데, 행방불명이 된 어머니를 찾는 딸 '영주'의 서사와 모성(母性)로부터 소외당한 딸 '마금'의 서사이다. 각 서사의 초점화자로 등장하는 영주와 마금이의 두 개의 서사는 모두 '어머니(할머니)'라는 하나의 중심 인물을 향해 있다. 하지만 두 사람이 기억하고 재현하는 어머니(할머니)의 형상은 전혀 다르다.

영주의 서사에서 '어머니'는 아들의 봉양을 받아야만 떳떳하다고 믿는, 가부장제도의 억압에 갇혀 있는 여성[97]이면서 또한 자식에 대한 무거운 책임으로 평생을 일하고 걱정하는 희생적 모성이다. 영주의 첫 번

---

96) 소설은 기본적으로 선형적인 서술형식을 가지고 있으므로, 다층적 인물의 시점으로 보는 방식을 취하는 연합구조의 경우에도 여전히 선형성을 지닌다. 소설에서의 연합구조의 서술은 두 가지로 나타난다. 첫째, 인물 A 중심의 서술 이후 시간을 멈추고 과거로 돌아가서 동일한 시간에 일어난 B의 이야기를 하는 경우와 둘째, 시간은 계속 흘러가고 서사를 진행시키면서 인물 A의 서사 시간 이후에 일어난 사건을 B의 시각에서 기술하는 경우이다. 전자에서는 잠시 A의 이야기가 중지되고 B의 이야기로 넘어가게 된다. 이 경우 A의 서사는 더 이상 진행되지 않고 중지된다. 그리고 이전의 같은 사건을 B의 시점에서 다르게 보게 된다. 이때 B의 서사에서도 A가 등장하지만 A의 서사는 B를 통해서만 볼 수 있다. 후자의 경우, A의 시점에서 본 이야기는 그대로 진행되고 B의 시점에서 본 이야기는 다른 사건을 다루게 된다. 이 경우 각각의 사건에서는 한 사람의 시각만이 존재한다. 소설에서 이러한 서사구조는 시점의 이동을 통한 서술 주체의 이동이라는 점에서 설명된다. 한 인물의 시점에서 서술되는 경우, 다른 인물들의 서사와 시간은 멈추거나 서술자는 다른 인물들의 서사를 전달하는 중요한 매개체로 작용한다. (리몬 케넌, 앞의 책, 2003, p.48)

97) 초점화자인 영주의 설명에 의하면, 어머니는 친척이나 친지들이 어머니가 아들네로 안 가는 걸 이상한 눈으로 보기 시작하면서부터 딸하고 사는 걸 굴욕스럽게 여기게 되었다.

째 서사에서 핵심적인 사건은 어머니의 가출이다. 치매 증상을 보이는 어머니의 가출은 딸네 집에서 아들네 집으로, 다시 아들네 집에서 딸네 집으로 옮겨가기를 바라는 것으로 나타난다. 맏딸인 영주와 장남인 막내 동생 '영탁'은 어머니의 반복되는 상성(上聲)에 대해 존중하고 따르겠다는 형식적인 행위로 반응한다. 자신들이 이해하기 쉬운 쪽으로만 생각하려 든 것이다.

(1) "그 너머가 바로 외삼촌 네니까. 그날 할머니가 거기 계셨다는 건 우연이 아니었잖니?"

"알아요, 그렇지만 과천에서 가깝기 때문일 수도 있어요."

충우가 영주의 눈치를 보느라 조심스럽게 말했다. 영주는 과천 소리만 나오면 화를 내기 때문이다. 과천을 향한 노인네의 집착은 영주를 혼란스럽게 했다. 별안간 드러내기 시작한 아들의 보호 밑에 있고 싶다는 갈망은 어쩌면 예정된 것이었다. 이상하다면 그게 너무 늦게 왔다는 것뿐, 이 땅의 모든 어머니들의 유구한 전통이었으니까. 그러나 십 년 넘어 살았다고는 하나 고작 아파트 단지에 지나지 않는 과천에 대한 어머니의 이상한 애착을 영주는 이해할 수가 없었고, 설명할 수 없기 때문에 인정하기도 싫었다.

"할머니가 과천을 좋아하신다면 그건 여기보다 외삼촌네하고 훨씬 더 가깝기 때문이니까 그게 그거야."

영주는 필요 이상 차갑게 잘라 말했다.

　　　　　　　　　　　　　　　　－「환각의 나비」, 박완서 단편소설 전집 6, p.64

(2) 어머니를 그렇게 떠맡기다시피 한 영주는 매일매일 문안전화를 안할 수가 없었고 어머니는 그럴 적마다 야아, 나 과천 갈란다, 과천 좀 데려다주려무나, 그 말밖에 안했다. 그말이 그렇게 애절하게 들릴 수가 없었다. 과천은 영주네가 둔총동으로 오기 전에 살던 동네였기 때문에 영탁이나 그의 처는 그 말을 딸네로 가고 싶다는 소리와 같은 뜻으로 알아듣는 듯했다.

　　　　　　　　　　　　　　　　－「환각의 나비」, 박완서 단편소설 전집 6, p.67

⑴과 ⑵는 '어머니'에 대한 영주의 인식을 보여주는 예문들이다. 초점자가 영주이기 때문에 "나 과천 갈란다, 과천 좀 데려다주려무나"에 대한 진의(眞意)는 표면화되지 않는다. 더욱이 영주는 어머니의 상성(上聲)을 보통의 가부장적 모성성에 기준하여 듣고 있기 때문에 어머니의 진의(眞意)를 알고자 하지 않는다. 화자인 영주의 한계는 바로 어머니를 한 명의 개체적 존재로서 인정하지 않고 젠더 규범에 따른 모성적 여성으로만 인식하고 있다는 데 있다. 그것은 남동생 영탁과 그의 처(妻)의 경우에도 마찬가지이다. 이들에게 어머니는 개별적 욕망을 가진 존재가 아닌 자식에게 의지하고 봉양받기를 원하는, 전통적인 권위의식을 내세우는 모성으로만 인식되고 있다.

이러한 서술에서 서술자는 영주의 인식의 한계를 분명히 드러내고 있다. "과천 소리만 나오면 화를 내"는 행동이나 "이 땅의 모든 어머니들의 유구한 전통이"라는 가부장적 의식의 단호한 표현, "이해할 수가 없었고, 설명할 수 없기 때문에 인정하기도 싫었다"는 독단적인 사고방식과 "차갑게 잘라 말"하는 냉정함에 대한 서술은 모두 영주에 대해 반감을 드러내는 서술태도를 보여준다. 즉, '어머니'라는 존재에 대하여 개별적 특이성과 인간적 욕망을 인정하려 하지 않고 젠더 규범적 인식을 갖고 있는 영주의 한계를 부정적으로 서사화하고 있는 것이다.

영주와 어머니의 관계는 보통의 모녀관계가 아닌 동지적 관계였다. 막내 동생이 태어나기도 전에 과부가 되어버린 어머니의 책임감과 고통을 나누기 위해 영주는 동생들에게 "아버지처럼 군다는 불평까지" 들었다. 이러한 서술을 통해 볼 때 영주는 남성 중심적 가족 로망스의 주체라고 할 수 있다. 대리부성의 역할을 자처하면서 안정적인 가족 구성원의 형태를 유지하고자 한 것이다. 동생들을 위해 자신의 학업을 미루었다는 점도 영주의 자기 희생적 가족애를 엿볼 수 있다. 그러나 영주의 가족 로맨스는 철저하게 가부장적이라는 한계를 내포하고 있으며, 그것은 어머니에 대한 제한적 인식을 갖게 하는 근거가 된다.

영주의 젠더 규범적 인식의 한계는 마금이의 서사에서 보다 구체화된다. 영주의 서사가 남성 중심적 가족 로맨스의 서사를 욕망한다면, 마금이의 서사는 페미니즘적 가족 로맨스 혹은 리좀적 공동체를 욕망하는 서사라 할 수 있다. 마금이가 초점화자로 등장하는 이 서사에서 영주의 어머니는 '할머니'로 등장한다. 할머니는 마금이가 거처하는 포교원에 느닷없이 등장하였다. 그러나 마금이는 할머니의 '침입'을 자연스럽게 수용한다.

> 뒤란에 씨를 뿌린 것도 그녀가 아니어서 어떻게 해먹는 푸성귀인지도 모르고 손에 잡히는 대로 한 움큼 뽑으려다가 다듬으려는데 노파가 한 사람 스르르 들어왔다. 한눈에 점을 치러 온 사람은 아니었다. 계절에 맞지 않은 옷에 비해 환한 얼굴이 까닭없이 눈부셨다. 노파는 스님을 나무랐다.
> "아욱도 다듬을 줄 몰라. 쯧쯧 나이는 어디로 처먹었누."
> 그러면서 천연덕스럽게 마주 앉아 아욱을 다듬기 시작했다. 아욱은 연한 줄기의 껍질을 벗겨가며 다듬는다는 것을 그녀는 처음 알았다.
> ─「환각의 나비」, 박완서 단편소설 전집 6, p.85

"스르르" 들어온 타자에 대해 "까닭없이 눈부셨다"고 인식하는 것은 절대적 환대의 개념과 일치한다. '절대적 환대'는 "내가 나의-집을 개방하고, 이방인에게만이 아니라 이름 없는 미지의 절대적 타자에게도 줄 것을, 그리고 그에게 장소를 줄 것을, 그를 오게 내버려둘 것을, 도래하게 두고 내가 그에게 제공하는 장소 내에 장소를 가지게 둘 것을, 그러면서도 그에게 상호성을 요구하지도 말고 그의 이름조차도 물지 말것"을 내세운다.[98] 따라서 환대는 자신이 존재하고 향유하는 공간, 즉

'거주지'를 개방하여 타자를 영접하고 타자에게 친절을 베푸는 것을 의미한다. 그리고 이것은 타자에 의해서 수동적으로 부여된다는 점에서 일방성과 비상호성을 특징으로 한다.

예문에서와 같이 "천연덕스러운" 타자(할머니)의 행동에도 마금이가 당황하지 않은 것은 바로 모성적 감성의 느낌 때문이다. "딸이 한 번도 뭘 맛있게 먹는 걸 본 적이 없는 마금네"와 달리 할머니는 푸성귀를 손질하고, 찌개를 끓이며 모성적 감성을 전달해 주며 마금이와 함께 살게 된다. 친어머니로부터 모성적 보살핌을 받아본 적이 없는 마금이에게 할머니는 그대로 모성적 존재임에 틀림없다. 그러나 이때의 모성은 젠더 규범적 모성이 아니다. 자식에 대한 책임감으로 희생을 강요받지 않은 모성이고, 희생에 대한 대가로 전통적인 봉양을 강요하는 모성도 아니다. 마금이는 할머니에게서 인간적인 존중과 보살핌을 받는 인간애를 바탕으로 하는 모성을 경험하고 있는 것이다.[99]

마금이가 할머니로부터 모성적 감정을 느끼며 "꿈같이 편안하고 달콤"한 생활에 황홀해 했다면, 할머니는 심리적 안정과 평화로움을 느끼고 있었다. 할머니의 안정된 모습은 마금이의 관찰을 통해 제시된다. "주인보다 더 자기 집처럼 자유자재로 행동"한다든지, "기지개를 켜듯이 마음껏 느긋하고 만족스럽게" 군다는 것에서 할머니는 영주의 서사

---

98) 자끄 데리다(Jacques Derrida) 외, 『환대에 대하여』, 남수인 역, 동문선, 2004, pp.70~71.
99) 할머니가 끓인 아욱국이 어찌나 맛있던지 국에 말아 밥 한공기를 다 먹었는데도 할머니는 몸이 그렇게 약해서 어떡하냐고 자꾸 밥을 더 권했다. 누가 손님인지 헷갈리게 하는 할머니였다. 하긴 들어올 때부터 할머니는 자기 집에 들어오는 것처럼 아무렇지도 않게 굴었으니까. 저녁엔 뭐 구미 당길 걸 좀 해멕여야 할 텐데……다음 끼니 걱정까지 하는 할머니를 보면서 그녀는 슬그머니 어리광을 부리고 싶어졌다. 그런 느낌 또한 처음이었다. 그녀는 남한테 위함을 받아본 적이 없기 때문에 좋은 꿈을 꾸고 있는 것처럼 현실감 없이 황홀했다. (「환각의 나비」, 박완서 단편소설 전집 6, pp.86~87)

에서의 어머니와 동일인이면서 또한 동일한 사람이라고 할 수 없다. 서술자는 마금이의 관찰과 보고를 통해서 영주의 서사에서 "과천 상성"을 하던 어머니의 진의(眞意)를 해결해 준다.

이 작품에서 "나 과천 갈란다, 과천 좀 데려다주려무나."는 영주의 독자적 해석에 따른 남성의 언어와 어머니의 진의(眞意)에 따른 여성적 언어를 동시에 포함하는 언어이다. 어머니에게 '과천'은 딸네 집 혹은 아들네 집이 아니라 인간적 정서의 교류, 유대감의 형성, 자연 추구적 삶에 대한 이상(理想)이었던 것이다. 그럼에도 불구하고 서로 다른 이해 관계를 가진 남성(적 여성인 영주)과 여성(어머니)이 동일한 언어를 사용함으로써 언어에는 상이(相異)한 의미가 교차하게 된 것이다.

크리스테바는 여성 담론의 근거를 기호학에서 찾는다. 이는 남성 우위적 성향을 가진 라캉의 상상적/상징적 모델을 기호적/상징적 모델로 대치한 것으로, 라캉의 상징적 모델이 부성적인 것이라면, 크리스테바의 기호적 모델은 모성적인 것과 연관된다. 기호계적 언어는 상징 언어 속의 모순, 파열, 침묵, 부재의 형태로 존재하는 무의식적인 혁명 세력이 된다. 앞서 설명한대로, 이러한 기호계의 담론을 크리스테바는 '코라(chora)'라고 부른다.100)

코라(chora)는 담론 너머의 또 다른 언어적 공간이다.101) 크리스테바는 언어 이론의 차원에서 "코라"를 텅 빈 용기가 아니라 다양한 의미와 사회질서를 생성시키고 변형시키는 음성과 리듬의 터전으로 보고 있다.

---

100) 김혜니, 『외재적 비평문학의 이론과 실제』, 푸른사상, 2005, pp.378~381 참조.
101) 고갑희는 크리스테바의 '코라'가 모성이나 여성의 몸을 가리키는 직접적인 용어라기보다 반사회적이고 반권력적인, 반상징계적인 육체적 물질성을 비유하는 말이라고 보는 것이 더 적절하다고 주장한다. (고갑희, 「시적혁명과 경계선의 철학 -줄리아 크리스테바」, 『페미니즘의 어제와 오늘』, 한국영미문학페미니즘학회, 민음사, 2000, p.224)

즉 "코라"는 담론 외부의 또 다른 언어가 상호교차하고 있는, 그런 의미에서 음성과 리듬으로 가득 찬 공간인 것이다. "코라" 공간은 그 자체가 물질적인 것으로서 어떤 하나의 담론으로 환원되지 않는 원리에 의해 주어진 질서를 교란하고 파열하는 실천을 행한다.[102]

> 더할나위없이 화해로운 분위기가 아지랑이처럼 두 여인 둘레에서 피어오르고 있었다. 몸집에 비해 큰 승복 때문에 그런지 어머니의 조그만 몸은 날개를 접고 쉬고 있는 큰 나비처럼 보였다. 아니아니 헐렁한 승복 때문만이 아니었다. 살아온 무게나 잔재를 완전히 털어버린 그 가벼움, 그 자유로움 때문이었다. 여지껏 누가 어머니를 그렇게 자유롭고 행복하게 해드린 적이 있었을까. 칠십을 훨씬 넘긴 노인이 저렇게 삶의 때가 안 낀 천진덩어리일 수가 있다니.
>
> ─「환각의 나비」, 박완서 단편소설 전집 6, p.95

다시 영주의 서사에서 영주는 어머니와 마금이의 공생(共生)을 보며 환상과 같은 느낌을 받는다. 이때의 어머니는 가부장적 상징계의 가족 원리를 넘어서고 젠더 규범과 인식으로부터 자유로운 여성이기 때문이다. 어머니는 마금이에게 모성적 감수성을 전달하지만, 이때 모성성은 영주가 규정한 젠더 규범적 모성성이 아니다. 크리스테바는 여성의 사회적 지위가 기호계라고 하는 상징계 이전의 세계에 기반하고 있다고 주장한다. 기호계는 전(前)상징적이고 전(前)문화적이기 때문에, 가부장제

---

102) 그러나 크리스테바는 "코라 세미오틱"의 물질적 힘은 "생볼릭"과 완전히 분리되어 존재하는 것으로 그리지 않는다. 코라의 물질성은 한 편으로는 파괴와 파열의 힘이지만 다른 한편으로는 생볼릭의 법을 중재하고 이와 더불어 의미 생성의 과정을 추동해 나가기 때문이다. 즉 "코라"는 기존의 담론질서의 형식과 의미를 가능하게 할 뿐 아니라 이를 파열하고 변화시키며 나아가 새로운 의미를 창출하는 토대로 작용하게 된다. (이현재, 「"코라(chora)" 공간의 물질성과 사회 철학적 확장 가능성 ─ 크리스테바의 『시적언어의 혁명』을 중심으로」, 『사회와 철학』 제18호, 2009.10, pp.493~518 참조)

와 로고스에 대한 대안-주체/대상 이원론과 권력 관계가 도전받고 재정의 되는, 여성적 지식과 경험이 공유되는 세계-으로 나타난다.103) 즉, 박완서는 여성에게서 모성을 삭제하지 않으면서 규범적 젠더에 억압된 모성을 거부하고자 하는 것이다.104)

박완서는 이 작품을 통해서 모성의 경험을 재현할 새로운 패러다임의 필요성을 제시하며, 모성적 감성을 통해서 가부장제의 패러다임에 대안이 될 여성성의 새로운 윤리를 구축하려는 시도를 보인다. 그러브로 마금이와 어머니(할머니)의 관계에서 볼 수 있는 오이디푸스의 전(前)단계는 가부장제에서 이해되었듯이 주체성이 형성되지 않은 단계가 아니라, 주체성을 의식적이고 주체적으로 놓고 절대적인 타자를 받아들여 주체와 대상 간의 경계가 분리할 수 없이 허물어지는 단계이다. 크리스테바는 모성적 감성과 모성의 육체가 수행해 온 이러한 관계에서 여성성의 새로운 윤리를 발견한다.105)

이상에서와 같이 박완서의 작품에서 대화주의의 기능은 종합이나 해결의 목적론을 지향하기보다는 소설가 자신의 목소리를 포함하여 다른 목소리에 관해 한 목소리의 급진적인 외부성이나 이질성을 유지하고 그것을 통해 생각하는 데 있다.106) 박완서는 가부장제도와 차별적 젠더

---

103) 서강여성문학연구회 편, 『한국문학과 모성성』, 1998, 태학사, pp.8~9 참조.
104) 모성성은 반드시 생물학적 계기를 통해서만 나타나는 것은 아니다. 사라러딕은 어머니 역할이 출산행위에 의존하고 있는 것이 아니라고 하였다. 이러한 주장은 어머니 역할로부터 출산을 분리해 냄으로써 자칫 여성의 특수성을 와해, 혹은 왜곡하고 있는 것으로 오해될 수 있지만, 사라러딕은 "여성성이 모성적 관행과 사고에 미치는 결과들을 시시한 것으로 만들어버린다"고 주장한다. 즉 모성성을 이상화하거나, 특정 사람을 배제할 수 있으며, 모성들 간의 차이와 모성으로 인한 억압을 무시할 수 있기 때문이다. (사라 러딕, 앞의 책, 2002, p.21)
105) 정명희, 「모성의 시학 : 버지니아 울프와 줄리아 크리스테바」, 『어문학논총』제21집 국민대학교 어문학연구소, 2002, pp.355~360 참조.
106) 폴 드 만, 「대화와 대화주의」, 김욱동 역, 『바흐친과 대화주의』, 김욱동 편, 나남, 1990, p.100.

규범에 대한 남성 중심적 권력과 인식의 철폐를 요구하고 젠더 인식에 대한 재의미화를 위해 여러 가지 목소리가 동시에 울리는 이 같은 담론을 서사화함으로써 권력의 비고정성과 유동적 정체성, 다양한 목소리의 존재성을 반증하고 있는 것이다.

　이 책은 박완서의 소설 작품을 중심으로 작가가 집요하게 자문(自問)하고 있는 여성(성)을 탐구하는데 중점을 두었다. 그간의 선행연구에서 박완서의 소설은 한국전쟁과 세태비판, 여성주의라는 세 가지의 관점으로 논의되어 왔다. 그러나 이 책은 이러한 세 가지의 관점을 모두 포괄하면서 박완서 소설의 핵심을 관통하는 것이 '여성(성)'에 대한 고찰이었음을 판단하고 여성인물의 형상화와 그것을 통해 제시되는 작가적 의식을 연구하였다. 단, 본 연구는 그간의 페미니즘적 관점의 연구가 갖는 한계, 예컨대 여성성의 우위를 강조하거나 모성성의 회복을 강요하는 것, 남성을 타자로 상정하고 대립관계로서만 파악하는 것 등의 문제점을 극복하고, 현실 세계로부터 유리(遊離)되지 않은 주체로서의 여성인물을 분석하기 위하여 젠더적 독해를 시도하였다.

　여성을 반드시 여성적 존재로, 또 남성을 반드시 남성적 존재로 설정하는 것은 가부장적 권력으로 하여금 여성성(femininity)이 아니라 모든 여성(woman)을 상징질서와 사회의 주변적 존재로 규정하도록 만든다.[1] 이에 대해 박완서의 여성 인물들은 자신들의 욕망과 사회적 요구를 교차

---

1) 토릴 모이, 앞의 책, 1994, p.196.

하여 자신의 정체성으로 구성한다. 다시 말해서 여성성이라는 것은 사회적으로 구성된 권력과 담론의 효과이고 여성은 제도와 문화로써 규범화된 젠더 담론을 전략적으로 활용하는 여성인 것이다.

따라서 이 책은 버틀러의 젠더 수행성의 관점에서 박완서 소설의 여성인물을 분석하였다. 박완서는 대부분 여성인물을 중심화자로 내세우면서 여성의 현실과 여성의 욕망을 재현하고 여성의 몸으로써 경험하는 전쟁과 이념, 파행적 근대화 등의 한국 근현대사를 서사화하고 있기 때문이다. 곧 시대의 변화에 따라 여성의 정체성이 변이(變異)하는데, 본 연구는 이러한 변화 양상을 젠더 수행성으로 이해하였다. 이를 위해 소설의 발표 시기에 따라 세 개의 시기로 구분하여 박완서 소설의 젠더의식의 변화를 통시적 관점으로 고찰하고, 각 시대의 공시적 특성을 분석하여 각 시대의 정치적, 사회적, 문화적 요구와 여성인물의 욕망이 교차하는 지점에서 여성의 젠더 정체성이 발현되고 있다는 사실을 확인할 수 있었다.

2장에서는 1970년대에 발표된 박완서의 소설 작품을 대상으로 여성인물의 젠더적 특징을 살펴보았다. 한국전쟁의 잔상(殘像)과 파행적 근대화에 따른 가치관의 부재는 여성인물에게 생(生)의 지속과 안정에 대한 욕망을 갖게 하였다. 즉 정치적으로나 사회적으로, 또 정신적으로 불안한 시기를 살아가고 있던 당대의 여성 인물들은 생(生)의 지속은 물론 남보다 잘 살기 위해서, 혹은 남들처럼 살기 위해서 당대가 요구하는 규제적 이상을 습득하고 모방하고 수행하게 된다. 특히 생활에의 안정을 위해 결혼을 하고, 관계를 지속하는 여성인물들이 다수 등장한다. 여러 작품에서 여성 인물들은 '금시발복(今時發福)'의 가장 효과적인 방법으로 경제적 안정을 가진 남성과의 결혼을 희망한다. 때문에 박완서 소설에 등장하는 '결혼'은 전략적이다. 이를 위해 여성인물들은 자신을 화려하게 꾸미고, 장식하며, 가장 '여성스러운' 표정과 몸짓, 말씨와 규범을 준수하게 된다. 이를테면, 정주(定住)의 욕망을 위해서 당대 '가장 여성적'이라고 인식할 수 있는 '여성 젠더'를 연기(演技)하게 되는 것이다.

이처럼 여성의 이상적 자질을 모방하고 연기(演技)함으로써 젠더 역할을 주체적으로 수행하는 모방적 젠더 수행성은 여성에게 강제된 젠더 역할을 전복적으로 패러디하는 것에서도 찾을 수 있다. 여성성이 허구적이고 비본질적이라는 것을 공공연하게 누설하는 것이다. 여성성을 상실한 어머니이거나, 모성을 '구실', '노릇'으로 연기하는 어머니는 모두 젠더 역할의 전복적 수행성을 보여준다. 마찬가지로 양처(良妻)의 젠더 역할에 대한 반발이나 저항으로써 차별적 젠더 역할에 균열을 가하는 여성인물의 등장도 여성성이 본질적인 것이 아닌, 비고정적이고 불완전한 것이라는 사실을 의미한다.

이 시기의 소설에서 가장 분명하게 제시되는 위장의 방법으로는 화장(化粧)과 변장(變裝)이 등장한다. 남성에게 매력적으로 보이기 위해, 그리고 남성의 허위적 권력과 허구적 젠더 담론을 조롱하기 위해 여성은 화장을 하고, 남성에 의해서 '만들어진' 여성성을 흉내낸다. 그런데 이러한 모방성이 삶의 양식에서도 이어지게 되면서 남들과 같아지는 것에 대한 긴장감와 저항감이 신경증이라는 여성의 병리성으로 나타난다. 여성의 신경증은 뚜렷한 병명으로 제시되기보다는, 일상의 다양한 상황에서 긴장과 불안의 심리를 드러내며, 나아가 모방의 허구성을 상징적으로 드러내는 효과로서 의미화된다.

이처럼 여성의 모방적 젠더 정체성은 불안을 불식하고 일상성을 회복하고자 하는 여성의 욕망을 충족하기 위해 당대의 이상적인 젠더 역할을 모방적으로 수행한다는 점에서 양가적 속성을 갖는다. 즉 여성은, 여성이 '되는' 것이면서 또한 여성을 수행 '하는' 것이기 때문이다. 이를 전략적 동일화라고 할 수 있는데, 박완서는 이러한 여성의 젠더 정체성을 서사화하는 방법으로써 포섭의 글쓰기를 보여준다. 포섭의 글쓰기란 이데올로기적 담론의 허구성과 남성 권력의 불완전성을 여성이 인지하면서도 생(生)의 지속과 안정을 위해 여성을 제도적 담론 안으로 끌어들이는 글쓰기이다. 박완서는 수미상응구조에 해당하는 서사의 반복과 진위(眞僞)의 정확한 판단을 유보하고 불안정, 불완전의 상태를 연쇄적인 구조로 서술함으로써 젠더 역할의 비본질성을 암시하였다.

3장에서는 차별적 젠더 규범을 교란하고자 하는 여성인물을 중심으로 분석하였다. 1980년대에 발표된 박완서의 여성주의적 소설은 페미니즘 소설의 주요 대표작으로 선정될 만큼 여성성의 자각과 회의(懷疑)를 주된 내용으로 한다. 박완서는 여성에게 부여된 가부장적 젠더 규범의 억압성을 고발하면서 여성이 수행하는 젠더 규범의 재의미화를 시도하였다. 즉, 남성 중심적 가치관에서 비롯되는 젠더 규범이 아닌, 휴머니즘적 사유에 근거한 인간 존중의 윤리성으로 재의미화하는 것이다.

이를 통해 박완서는 여성의 젠더 규범의 수행이 담론화된 규범의 복종적 수행이면서 동시에 차별적이고 종속적인 젠더 규범을 거부하고 재해석을 시도하는 불복종적 수행이기도 하다는 점을 극명하게 보여준다. 특히 여성의 성(性)적 욕망은 남성적 사유 방식으로는 결코 해석될 수 없는, 다시 말해서 기존의 관점을 넘어서서 본성적인 측면에서 재고해야 한다고 강조한다. 여성의 성적 매력은 결코 추하거나 비천한 것이 아닌, 인간 본성의 일면이라는 사실을 주장하는 것이다. 이러한 잉여적 여성성을 박완서는 야성(野性)적 여성으로써 보여주고 있다.

한편 여성의 젠더 규범에 대한 반복 복종은 '자궁'이라는 젠더 공간에 의해서도 재현된다. 박완서는 여성 고유의 신체기관인 자궁이 가부장적 가계(家系)를 위해 도구적으로 저당 잡힌 남근적 공간이었다는 사실을 제시하고, 자궁의 생산성보다는 불모성(不母性)과 사멸성(死滅性)을 강조하는 것으로써 젠더 규범에의 불복종 양상을 그려낸다. 나아가 차별적이고 종속적인 젠더 규범은 여성인물을 규제의 대상으로 타자화함으로써 여성을 소외시키거나 배제하는데 그 과정에서 여성은 결벽증을 갖게 된다. 결벽증은 남성 중심적 젠더 규범을 거부하고 저항하는 여성인물에게서만 나타나는 것이 아니라 젠더 이데올로기에 고착된 여성인물에게서도 나타난다. 즉, 결벽증은 젠더 규범에 복종하는 여성인물과 젠더 규범에 불복종하는 여성인물에게 공통적으로 나타나는 병리성인 것이다.

이처럼 여성은 개별적으로 자신의 경험에서 추출된 서사를 갖는다. 여성이라는 보편성으로 포섭되지 않는 여성인물들이 존재하는 것이다. 이에 박완서는 여성의 개별성을 서사화한다. 각각의 위치성(positionality)에서 경험하는 젠더 규범과 그것에의 복종과 불복종의 양상을 구체적으로 서사화하는 것이다. 여성인물이 각자의 목소리를 내고, 자신의 경험을 구체적으로 이야기할 수 있는 기회를 마련한다는 점에서 1980년대 박완서의 소설은 포용의 글쓰기로 설명할 수 있다. 특히 여성적 경험의 구체성은 독자의 동감을 이끌어내는데 효과적인 방법으로 활용된다. 개인적인 감각을 보편의 공통감으로 전이(轉移)하는 과정에서 역사적 기억과 일상의 경험을 아우르는 서사를 삽입함으로써 박완서 소설은 대중의 공감을 획득할 수 있었다.

4장에서는 1990년대 이후에 발표된 소설을 중심으로 여성인물의 젠더 정체성의 변화는 물론 작가의 서사적 정체성이 변화하였음을 분석하였다. 1990년대 이후, 작가는 기존의 증언과 복수, 치유로서의 글쓰기를 행했던 것과 달리 치유의 궁극인 망각으로서의 글쓰기를 시도한다. 이때 망각은 기억을 지우고 싶다거나 잊어버리겠다는 의지의 표명이라기보다는 오히려 잊을 수 없고 그래서 온전하게 치유될 수 없다는 사실을 각인하는 것이다. 치유될 수 없는 기억에 대해서 작가는 다르게 보기를 수행한다. '나'를 중심으로 서사화되었던 유년의 고백들은 '엄마'와 '올케'에 대한 기억을 재구(再構)하는 것으로 새롭게 생성되고, 일원적이고 완전한 자아를 찾기 위해 갈망하던 이전 시대와 달리 자아의 유동성과 불완전성, 여성 주체의 익명성을 승인한다.

자기 동일적 주체의 불가능성은 자기 안의 타자성을 인정하는 것으로, 타자를 부정함으로써 배제하거나 소외시키는 것이 아닌 또 다른 자기로서 수용하는 것이다. 이는 타자를 자아로 포섭하는 것이 아니라 자아와 타자의 중첩공간의 생성을 의미한다. 박완서 소설에서 자아와 타자의 경계공간이면서 접촉지대인 젠더 공간은 '피부'로 형상화된다. 타자와 교감하고, 타자의 타자성을 연민하면서 자기 안의 타자성을 확인하게 되는 과정이 타자와의 피부 접촉을 통해 제시된다. 이러한 과정을 버틀러의 우울증적 젠더 정체성으로 설명할 수 있다. 버틀러는 주체 안에 애도되지 못한 타자는 우울증으로 고착되어 주체의 성립에 구성적 외부로서 기능하게 된다고 설명한 바 있다. 마찬가지로 박완서는 기존의 소설에서 거부와 부정의 대상이며 타자화함으로써 배제하고자 하였던 남성성, 예컨대 전쟁과 이념, 국가에 대한 사유를 전환하여 자기(自己)의 구성적 외부였음을 고백하게 된다.

이러한 작가적 의식은 글쓰기에서 보다 극명하게 드러난다. 타자를 배제하지 않는 작가의 글쓰기는 자아의 다양성은 물론 타자의 다양성을 모두 긍정한다. 다시 말해서, 이 시기의 박완서 소설은 '환대'의 원리가 주체와 타자 모두의 '공존'과 '상생'의 원리로 연결된다는 점을 보여주고 있다. 자아의 다양성은 자기 동일적 서사의 중단을 의미하고, 타자의 다양성은 거부와 배제가 아닌 환대와 공생의 논리를 추구하게 되었음을 의미하는 것이다.

이는 모두 경험의 복수성(複數性)을 강조하는 것이며, 박완서는 자아와 타자가 함께 포월(匍越)하는 글쓰기로써 이러한 사유의 방식과 젠더 관념을 서사화하고 있다. 박완서는 다성성의 언어, 대화적 담론 등을 통해 젠더 규범을 해체하고 여성적, 모성적 담론을 재구축하는 시도를 보여주었다. 박완서는 가부장제도와 차별적 젠더 규범에 대한 남성 중심적 권력과 인식의 철폐를 요구하기 위해 여러 가지 목소리가 동시에 울리는, 이같은 담론을 서사화함으로써 의미의 비고정성과 유동적 정체성, 다양한 목소리의 존재성을 반증하고 있다.

이상에서 분석한 바와 같이 박완서의 소설에서 젠더의식은 여성 인물의 수행적 젠더 정체성의 변화 양상을 통해 드러난다. 지금까지의 페미니즘 문학은 여성이 남성에 의해서 타자화되고 소외되는 양상에 주목하여 현실의 억압적 상황을 가시화하는 데에 주력해왔다. 그러나 박완서는 가부장제 사회 안에서 금기로 여겨진 여성의 욕망을 중심으로 여성이 어떻게 능동적인 존재가 되는가에 초점을 두고 있다. 여성의 욕망을 결핍이 아닌 생성으로 이야기하기 위해서 박완서는 먼저 여성의 욕망을 긍정하고, 남성과 여성이라는 대립구도의 이분법적 인식 체계를 거부하였다. 또한 지배 문화의 권력과 이념, 제도와 인식을 교란할 수 있는 여성의 수행적 정체성을 재현하였다.

그러므로 박완서의 소설에서 여성인물의 수행적 젠더 정체성은 여성이 자신의 욕망을 생성적 욕망으로, 창조적 욕망으로 표면화하고 있는 것이며, 남성적 가치와 제도, 문화에 대항하는 반동적 사유에서 벗어나 인간으로서의 가치와 존엄성을 인정받는 존재론적 욕망을 추구하는 것으로 나타난다. 또한 여성성과 남성성이라는 이분법적 가치를 해체함으로써, 젠더라는 것은 이데올로기적 허상이며 지금까지의 남성과 여성은 적대 관계가 아닌 모두 이데올로기의 희생자였음을 확인하는 것으로 확대되고 있다. 결국 박완서의 여성 인물들은 '세계'로부터의 탈주가 아닌, '개념'으로부터의 탈주를 시도하는 것이라 할 수 있다. 상징적 체계를 해체하는 것으로는 생(生)의 지속이 불가능하기 때문에, 상징적 체계를 이루고 있는 이데올로기의 허상을 밝히고 누설하는 것으로 이데올로기에 종속된 인간성과 인간적 가치를 해방하고자 하는 것이다.

상징적 체계의 결여를 봉합하는 환상을 제거하는 것은 이상화되고 차별적인 젠더 규범을 해체하는 것이다. 그리고 규범화된 젠더 이상의 탈피는 21세기 여성주의 문학, 포스트페미니즘적 가치의 지향점을 극명하게 제시해준다. 먼저 박완서 소설의 젠더의식은 여성에게 덧씌워진 신비화로부터 자유로워질 것을 강조한다. 여러 작품에서 여성인물들은 현실 세계에 가장 예민하게 반응하고, 세계의 변화를 감지하며 대응하거나 비판, 저항 또는 전략적으로 순응하는 태도를 보여주었다. 이들은 현실 세계에 억압받는 것을 거부하고 오히려 권력으로 작용하는 담론을 재배치하는 능동적이고 적극적인 여성인물들이다. 이러한 여성인물의 특이성은 현실세계를 초월하지 않고, 세계 질서와 길항 관계를 맺으며 자신을 생성하고 변주하며 구성해 나간다는 점에서 여성 정체성의 새로운 정의를 제시한다. 즉 가정 내에서만 유의미한 존재, 혹은 남성적 세계에 종속된 여성이라는 전통적 여성성을 타파하고 오히려 남성 중심적 담론에 적극적으로 맞서고 사회 제도의 변화에 능동적으로 대응하는 존재로서 재규정될 수 있는 것이다.

다음으로 박완서의 소설은 젠더 규범으로 억압된, 이데올로기적 모성성으로부터 여성을 해방하고자 하였다. 기존의 여성문학에서는 여성만의 고유한 가치로서 모성성을 자연의 생명력과 연계하여 숭고적 가치로 끌어올리고자 애쓴 흔적이 역력하다. 그러나 그것은 다시 여성을 옭아매는 이데올로기로 작용하게 되는 한계를 발생시켰다. 이와 달리 박완서의 소설에서 모성성은 인간에 대한 존중과 인간애라는 보편적 가치로서 제시된다. 이때의 모성성은 인내와 순응, 허여(許與)와 희생으로 응집된 초월적 이상(理想)이 아니다. 개별적 인간으로서 자신의 욕망을 충족하고 타인에 대해 인간적 가치로 응대하는 가장 휴머니즘적 감정인 것이다.

마지막으로 박완서 소설에서 나타나는 젠더 의식의 변화는 남성(성)에 대한 인식의 전환을 요구하기도 하였다. 남성 역시 규제적 이상의 효과로서 구성된 수행적 젠더 정체성일 뿐이라는 것이다. 따라서 박완서의 소설에서는 '남성'을 문제 삼지 않는다. 그의 소설에서 비판의 대상이 되는 것은 '제도화된' 남성일 뿐이다. 박완서는 고정된 여성(성)이 없듯이 남성(성) 역시 수행적 정체성이라는 것을 강조하며 여성인물의 성찰적 인식을 통해 규범화된 젠더 이데올로기로부터 남성(성)을 구제하고자 한다. 남성(성)에 대한 여성의 인식 전환을 요구하는 것이다. 인식의 전환은 남성에게서 육체성, 실재성을 회복하게 해준다. 이데올로기의 허상으로서만 존재했던 남성(성)을 개별화된 정체성으로, 구성 중에 있는 주체로서 재확인하는 것이다.

이와 같이 박완서의 소설은 여성과 남성의 상생을 추구하는 문학으로 나아간다. 알튀세르의 주장처럼, 이데올로기라는 것은 실체가 아닌 환상이기 때문에 해체하는 것은 원칙적으로 불가능하다. 다만 인간은 이데올로기가 스스로의 결여와 공백을, 그것의 허구성을 드러낼 수 있도록 교란할 수 있다. 이러한 전략적 저항의 주체가 박완서의 소설에서는 여성으로 등장하고 있는 것이다. 여성은 남성적 가치로 공고하게 유지되고 있는 현실 세계에 틈을 만들어 교란하고 그것이 어떻게 인간성을 억압하고 규제하는지를 폭로한다. 즉 박완서의 여성인물은 자신의

'여성'을 거세하지 않으면서 여성성을 재해석하고 여성에게 강제된 이데올로기를 재의미화한다. 따라서 이들은 '여성' 되기를 통해 '여성'을 수행하고 있는 것이라 할 수 있다.

수행적 여성성으로 재현되는 이러한 탈근대적 주체가 가능한 것은 박완서의 소설이 관념적 가치나 추상적 이념보다는 생존의 문제, 삶의 문제, 생(生)의 지속 가능성의 문제를 다루고 있기 때문이다. 근대적 주체가 인간의 유한성을 관념적으로 극복하려고 한 반면, 박완서의 소설 속 여성인물들은 생존의 문제, 생의 지속을 가능하게 하는 문제보다 더 중요한 가치는 없다는 것을 반복적으로 보여준다. 작가는 '의(衣)·식(食)·주(住)'라는 가장 현실적인 문제에 집중함으로써 가장 보편적인 가치를 내세우고 있는 것이다. 따라서 박완서 문학에서 윤리성은 삶의 문제에 기반하고 있다. 인간의 구체적인 생활 속에서 세계관은 발생하는 것이기 때문이다.

요컨대, 박완서의 문학은 여성인물을 통해서 보편적 인간애를 강조하고 인간의 존엄성과 인간적 가치가 존중되는 사회의 건설을 염원한다. 여성주의 문학으로서 남성을 적대시하지 않고 상생의 동반자로 구성하고 있다는 점도 주목할 필요가 있다. 그것은 바로 이전 세대의 여성주의 문학이 갖는 한계로서 소통의 단절과 대립적 저항성, 대안적 여성성의 비현실성을 해소한다는 점에서 생(生)의 지속과 연장이라는 미래지향적 여성문학의 가치를 구현하는 것이다. 주체와 타자와의 관계성을 중심으로 한 박완서 소설의 서사 구조 역시 여성의 자기 보존은 물론 여성 간의 유대와 연대, 타자에 대한 환대와 상생의 원리를 보여주고 있다는 점에서 실천적 대안을 제시하는 여성주의 문학으로서의 단면을 제시하고 있는 것이라 하겠다.

참고문헌

1. 기본서

● 소설

박완서 소설 전집 1권~17권, 세계사, 2009~2010.
박완서 단편소설 전집 1권~6권, 문학동네, 2006.
장편소설 『아주 오래된 농담』, 실천문학, 2000.
장편소설 『그 남자네 집』, 현대문학, 2004.
소설집 『친절한 복희씨』, 문학과지성사, 2007.
단편소설 「갱년기의 기나긴 하루」, 『문학의 문학』, 2008 가을.
　　　　「빨갱이 바이러스」, 『문학동네』, 2009 가을.
　　　　「석양에 등을 지고 그림자를 밟다」, 『현대문학』, 2010.2.

● 에세이

박완서, 『서 있는 여자의 갈등』, 나남, 1986.
박완서, 「미처 참아내지 못한 통곡」, 『이상 문학상 수상작가 대표작품선』, 문학사
　　　　상사, 1987.
박완서・권영민・호원숙, 『박완서 문학앨범 : 행복한 예술가의 초상』, 웅진출판,
　　　　1992.
박완서, 『아름다운 것은 무엇을 남길까』, 세계사, 2000.
박완서, 『꼴찌에게 보내는 갈채』, 세계사, 2002.
박완서 외, 『우리시대의 소설가 박완서를 찾아서』, 웅진닷컴, 2002.
박완서, 『호미』, 열림원, 2007.
박완서, 『못 가본 길이 더 아름답다』, 현대문학, 2010.

2. 국내 논문

강금숙, 「박완서 소설의 공간에 나타난 여성의식」, 『이화어문논총』 10, 이화여자

대학교, 1989.

강민정, 『박완서 초기소설 연구』, 이화여대 석사학위 논문, 2001.

강애경, 『박완서 소설의 서사담론 연구 – 1970년대 단편소설을 중심으로』, 전남대 석사학위 논문, 2005.

강용운, 「한국 전후소설에 나타난 모성성 연구 – 박완서의 「엄마의 말뚝」 연작을 중심으로」, 『우리어문연구』 제25집, 우리어문학회, 2005.

강인숙, 「박완서의 소설에 나타난 도시의 양상 3 : 『도시의 흉년』에 나타난 70년 대의 서울」, 『人文科學論叢』 16, 건국대학교, 1984.

_____, 「박완서론 : 「울음소리」와 「닮은 방들」, 「泡沫의 집」의 비교연구」, 『人文 科學論叢』 26, 건국대학교, 1994.8.

강진호, 「반공주의와 자전소설의 형식 – 박완서를 중심으로」, 『국어국문학』 133, 국어국문학회, 2003.

고갑희, 「시적혁명과 경계선의 철학 – 줄리아 크리스테바」, 『페미니즘의 어제와 오늘』, 한국영미문학페미니즘학회, 민음사, 2000.

고정희, 「다시 살아있는 지평에 서 있는 작가, 박완서」, 『한국문학』, 1990.

곽세나, 『박완서 소설의 여성상 변모 연구』, 중앙대 석사학위 논문, 2008.

곽은경, 『박완서 소설에 나타난 가족관계의 양상』, 건국대 석사학위 논문, 2001.

권명아, 「박완서 문학 연구 – 억척모성의 이중성과 딸의 세계의 의미를 중심으로」, 『작가세계, 1994.

_____, 「박완서 : 자기상실의 '근대사'와 여성들의 자기 찾기」, 『역사비평』 제45 집, 역사비평사, 1998.

_____, 「가족의 기원에 관한 역사소설적 탐구」, 『박완서 문학 길 찾기』, 세계사, 2000.

_____, 『한국 전쟁과 주체성의 서사연구』, 연세대 박사학위 논문, 2001.

_____, 「미래의 해석을 향해 열림, 우리 시대의 고전」, 박완서 외, 『우리시대의 소설가 박완서를 찾아서』, 웅진닷컴, 2002.

_____, 「박완서, 그녀가 남긴 것」, 『작가세계』, 2011.3.

권수경, 「열림과 공존 : 엠마누엘 레비나스에게서의 타자성 연구」, 『프랑스학연구』 제33권, 2005.

권영민, 「박완서와 도덕적 리얼리즘의 성과」, 『박완서 문학앨범』, 웅진출판, 1992.

권택영, 「미국의 해체 비평」, 『후기구조주의 문학론』, 민음사, 1990.

_____, 「여성비평의 어제와 오늘」, 『후기구조주의 문학론』, 민음사, 1990.

_____, 「해체론적 독서 : Barthes의 S/Z를 중심으로」, 『후기구조주의 문학론』, 민음사, 1990.

_____, 『짐승의 시간과 전이적 글쓰기』, 세계사, 2000.

_____, 「버틀러의 퀴어 이론과 정신분석」, 『영미문학페미니즘』, Vol.10, 한국영미문학 페미니즘학회, 2002.8.

김경수, 「여성경험의 소설화와 삽화형식 -<저문 날의 삽화>론」, 『현대소설』, 1991 겨울.

_____, 「여성 성장소설의 제의적 국면」, 『페미니즘 문학비평』, 고려원, 1994.

_____, 「여성 삶의 복원에 대하여」, 『박완서 문학 길 찾기』, 세계사, 2000.

김경연 외, 「여성해방의 시각에서 본 박완서의 작품세계」, 『여성 2』, 창작사, 1988.

김경희, 『한국 현대소설의 모성성 연구』, 조선대 박사학위 논문, 2005.

김교선, 「호소력의 문제」, 『창작과 비평』, 1976 여름.

김기숙, 『박완서 소설연구 - 현실반영을 중심으로 한 작가의식 고찰』, 연세대 석사학위 논문, 1994.

김명호 외, 「여성해방문학론에서 본 80년대 문학」, 『창작과 비평』, 1990 봄.

김미영, 「박완서 성장소설과 여성주체의 성장」, 『한중인문학연구』 제25집, 2008.

_____, 「젠더이론의 지형 변화와 페미니즘 문화연구 읽기」, 『한국여성학』 제27권3호, 2011.

김미지, 『박태원 소설의 담론 구성 방식과 수사학 연구』, 서울대 박사학위 논문, 2008.

김미현, 『한국 근대 여성소설의 페미니스트 시학』, 이화여대 박사학위 논문, 1996.

_____, 「다섯 개의 사랑으로 남은 당신」, 『문학동네』, 1999 여름.

_____, 「소설의 근성과 벼리」, 『작가세계』, 1999 여름.

_____, 「영원한 농담에서 새로운 진담으로」, 『박완서 문학 길 찾기』, 세계사, 2000.

_____, 「여성적 글쓰기로서의 자서전」, 『여성문학연구』 제8호, 여성문학학회, 2004.

김미희, 「니체에서의 생성과 긍정의 정신 : 니체의 영원회귀 사상 중심으로」, 이화여대 석사학위 논문, 2003.

김민아, 『박완서 소설의 문체적 특성 연구』, 동덕여대 여성개발대학원 석사학위 논문, 1999.

김민옥, 『박완서의 전쟁체험 소설 연구』, 충북대 석사학위 논문, 2001.

김병덕, 『한국 여성작가 소설에 나타난 일상성 연구 : 박완서, 오정희, 양귀자를 중심으로』, 중앙대 박사학위 논문, 2003.

김병익, 「험한 세상, 그리움으로 돌아가기 — 박완서의 『친절한 복희씨』」, 『기억의 타작 — 도저한 작가 정신을 위하여』, 문학과 지성사, 2009.

김병희, 「일대기적 성장소설 : 「그 많던 싱아는 누가 다 먹었을까」」, 『태릉어문연구』 9, 서울여자대학 국어국문학회, 2001.2.

_____, 『한국 현대 성장소설 연구』, 서울여대 박사학위 논문, 2001.

김복순, 「'말걸기'와 어머니 — 딸의 플롯」, 『20세기 문학연구의 쟁점과 과제』, 한국문학연구학회, 국학연구원, 2003.

김봉순, 『박완서 소설에 나타난 가족의 해체와 대안』, 대전대 석사학위 논문, 2005.

김선미, 『박완서 장편소설의 아버지 극복과정 연구』, 이화여대 석사학위 논문, 2004.

김성도, 「데리다 『그라마톨로지』 : 해체사상의 창발을 알려준 새로운 언어와 사유의 실험」, 『철학과 현실』, 철학문화연구소, 2004.12.

김애령, 「지배받는 몸, 자유로운 몸 — 다시 보는 여성의 몸」, 『여성과 사회』 Vol.6. 한국여성연구소, 1995.

_____, 「'여자 되기'에서 '젠더 하기'로 : 버틀러의 보부아르 읽기」, 『한국여성철학』 제13권, 한국여성철학회, 2010.

김양선, 「증언의 양식, 생존·성장의 서사」, 『한국문학이론과 비평』 15집, 한국문학이론과 비평학회, 2002.

김양선·오세은, 「안주와 탈출의 이중심리」, 『오늘의 문예비평』 3, 지평, 1991.

김연숙·이정희, 「여성의 자기발견의 서사, '자전적 글쓰기'」, 『여성과 사회』 제8호, 한국여성연구소, 1997.7.

김영무, 「박완서의 소설 세계」, 『세계의 문학』, 1977 겨울.

_____, 「박완서의 단편들」, 『제삼세대한국문학』, 삼성출판사, 1983.

김영민, 「슬픔, 종교, 성숙, 글쓰기 : 박완서의 경우」, 『오늘의 문예비평』 제18집, 1995.

김영택·신현순, 「박완서 소설의 정신분석학적 고찰 — 욕망의 응달, 오망과 몽상에 나타난 '콤플렉스', '불안'을 중심으로」, 『어문연구』 63, 2010.3.

김영희, 「근대체험과 여성」, 『창작과 비평』 통권89호, 창작과 비평사, 1995.9.

김예니, 『여성작가의 소설에 나타난 주체화양상 연구 – 박완서, 오정희를 중심으로』, 성신여대 석사학위 논문, 2004.

김용규, 「포스트 민족 시대 혼종과 틈새의 정치학 : 호비 바바 읽기」, 『비평과 이론』 제10권, 한국비평이론학회, 2005년 봄/여름.

김우종, 「한국인의 의식과 그 미망」, 『세계의 문학』, 1978 봄.

_____, 「분단현실이 한국문학에 미친 영향」, 『덕성여대논문집』 14, 덕성여자대학교, 1986.

김윤령, 「니체에서의 영원회귀와 영원성의 문제」, 이화여대 석논, 2003.

김윤식, 「박완서론 – 천의무봉과 대중성의 근거」, 『문학사상』, 1989.

_____, 「박완서와 박수근」, 『현대문학』, 1983.5.

_____, 「천의무봉과 대중성의 근거 : 박완서론」, 『한국현대작가연구』, 문학사상사, 1991.

_____, 「능소화(凌소花)의 미와 생리 : 박완서의 「아주 오래된 농담」론」, 『한국문학』 제30권, 한국문학사, 2004 겨울.

김윤정, 「근대주체, 소비자본주의, 여성의 욕망」, 『한국현대소설과 타자의 정치학』, 새미, 2004.

김은주, 「육체와 주체화의 문제 – 브라이도티의 페미니즘적 주체의 모색」, 『여/성이론』 통권 20호, 여이연, 2009 여름.

김은하, 「완료된 전쟁과 끝나지 않은 이야기 – 박완서론」, 『실천문학』 통권 62호, 2001.5.

_____, 『소설에 재현된 여성의 몸 담론 연구 : 1970년대를 중심으로』, 중앙대 박사학위 논문, 2004.

_____, 「애증 속의 공생, 우울증적 모녀관계 : 박완서의 『나목』론」, 『여성과 사회』 제15집, 한국여성연구소, 2004.

_____, 「개인사를 통해 본 여성의 근대체험」, 『여성과 사회』, 한국여성연구소, 2005.

김인환, 「이중의 분단」, 『박완서론』, 삼인행, 1991.

김재인, 『니체의 '영원회귀' 사상 연구 – '생성', '시간', '에토스'를 중심으로』, 서울대 석사학위 논문, 1995.

김정진, 「페미니즘 소설의 양상」, 『한국어문학연구』 9, 한국외국어대학교, 1998.

김종헌, 「탈식민주의의 해체적 문화 이론」, 『현상과 인식』, 2004 봄/여름.

김종회, 「근대의 선두에 선 작가의 고향 : 박완서의 문학과 개성」, 『경희어문학』

제27집, 경희대학교 국어국문학과, 2006.12.

김주연, 「변동 사회와 작가」, 『변동사회와 작가』, 문학과 지성사, 1970.

＿＿＿, 「순응과 탈출－박완서의 근작 2편, <부처님 근처>와 <지렁이 울음소리>」, 『문학과 지성』, 1973 겨울.

＿＿＿, 「말이 학대받는 사회」, 『문학과 정신의 힘』, 문학과지성사, 1990.

김지영, 「들뢰즈와 (여성의) 몸 담론」, 『새한영어영문학』 Vol.46, No.1, 새한영어영문학회, 2004.

＿＿＿, 「버틀러와 여성」, 『여성학연구』 Vol.18, 부산대학교 여성학연구소, 2008.

김치수, 「함께 사는 꿈을 위하여」, 『우리 시대 우리작가』, 동아출판사, 1987.

＿＿＿, 「젊음과 늙음의 아름다운 의식－박완서의 『저문 날의 삽화』」, 『문학의 목소리』, 문학과 지성사, 2006.

＿＿＿, 「역사의 상처와 문학적 극복－박완서 씨의 삶과 문학」, 『문학과 사회』, 문학과 지성사, 2011.2.

김현주, 「발언의 정신과 새로운 문화」, 『도덕의 형성』, 세계사, 1997.

＿＿＿, 「박완서의 에세이를 통해서 본 에세이 정신과 근대성」, 『작가세계』, 2000 가을.

＿＿＿, 『박완서 단편소설 연구 : 여성적 언어의 특성을 중심으로』, 창원대 석사학위 논문, 2003.

김혜경, 『박완서 소설의 노년문제 연구』, 충남대 석사학위 논문, 2004.

김홍진, 「홀로서기와 거듭나기－자기발견의 서사」, 『한남어문학』 제22호, 한남대학교 국어국문학회, 1997.

김희진, 『박완서 소설의 풍자성 연구』, 중앙대 석사학위 논문, 1995.

나병철, 「여성성장소설과 아버지의 부재」, 『여성문학연구』 10호, 한국여성문학학회, 2003.

＿＿＿, 「박완서 소설에 나타난 여성적 사랑의 의미」, 『현대문학이론연구』, 현대문학 이론학회, 2010.

나소정, 『박완서 소설 연구－도시문명과 산업화사회에 대한 비판을 중심으로』, 명지대 석사학위 논문, 2001.

남진우, 「박완서 소설에 나타난 식물적 상상력」, 『문학동네』, 2008년 봄.

노성숙, 「포스트모더니티와 여성주의에서 본 젠더와 정체성」, 『인간연구』 제8호, 2005.

류보선, 「고통의 기억, 기억의 고통－『그 많던 싱아는 누가 다 먹었을까』 연작에 대한 단상」,『문학동네』, 1998.

_____, 「개념에의 저항과 차이의 발견 – 박완서 초기소설에 대하여」,『부끄러움을 가르칩니다』해설, 문학동네, 1999.

문혜원, 「진정한 남녀평등에 대한 질문」,『박완서 문학 길 찾기』, 세계사, 2000.

민충환, 「박완서가 만들어낸 우리말의 아름다움」,『새국어 생활』제13권, 국립국어연구원, 2003.

박광숙, 『박완서 소설의 페미니즘 소설 연구』, 단국대 석사학위 논문, 2004.

박미선, 「로지 브라이도티의 존재론적 차이의 정치학과 유목적 페미니즘」,『여/성이론』5호, 여이연, 2001 겨울.

_____, 「재현」,『여/성이론』10호, 여이연, 2004.

박성천, 「박완서 자전소설의 서술전략」,『한국언어문학』제56집, 한국언어문학회, 2006.

박수현, 「박완서의 장편소설과 비평 이데올로기 –『도시의 흉년』과『살아있는 날의 시작』을 중심으로」,『한국문학이론과 비평』제50집, 한국문학이론과 비평학회, 2011.9.

박연경, 『『미망』연구』, 연세대 석사학위 논문, 2003

박영혜, 이봉지, 「한국여성소설과 자서전적 글쓰기에 관한 연구 : 나혜석, 박완서, 서영은」,『아세아여성연구』제40집, 숙명여대 아세아여성연구소, 2001.

박정미, 『박완서 소설의 여성문제 인식 연구』, 전주대 석사학위 논문, 2001.

박정애, 「여성작가의 전쟁체험 장편소설에 타나난 '모녀관계'와 '딸의 성장' 연구 : 박경리의 <시장과 전장>과 박완서의 <나목>을 중심으로」,『여성문학연구』제13호, 한국여성문학회, 2005.

박주영, 「영원히 지워지지 않는 흔적 : 줄리아 크리스테바의 모성적 육체」,『비평과 이론』제9권 1호, 한국비평이론학회, 2004.

박지은, 『박완서 소설에 나타난 '집'의 상징성』, 중앙대 석사학위 논문, 2009.

박철수, 「박완서의 문학작품을 통해 본 서울 주거공간의 이분법적 시각」,『한국주거학회 논문집』제17권, 한국주거학회, 2006.

박해리, 『박완서의『미망』연구』, 한양대 석사학위 논문, 2007.

박혜란, 「여자다움의 껍질벗기」,『작가세계』, 1991 봄.

박희숙, 『박완서 소설에 나타난 '어머니상' 연구』, 인하대 석사학위 논문, 2001.

방민호, 「불결함에 맞서는 희생제의의 전통성」,『박완서 문학 길 찾기』, 세계사, 2000.

배성심, 『박완서 소설에 나타난 여성문제 연구』, 경기대 석사학위 논문, 2005.

배은경, 「사회 분석 범주로서의 '젠더' 개념과 페미니스트 문화 연구 : 개념사적 접근」, 『페미니즘 연구』, 한국여성연구소, 제4권, 2004.10.

백낙청, 「사회비평 이상의 것」, 『창작과 비평』, 1979.

백지연, 「폐허(廢墟)속의 성장」, 『목마른 계절』, 세계사, 1994.

＿＿＿, 「황혼의 삶을 향한 따뜻한 시선」, 『동서문학』, 1999 봄.

＿＿＿, 「폐허속의 성장」, 『박완서 문학 길 찾기』, 세계사, 2000.

변신원, 「일상성의 세계에서 드러나는 여성의 목소리」, 『현대문학의 연구』 17, 새미, 2001.

서동욱, 「피부주체」, 『문학과 사회』, 문학과 지성사, 2008.11.

서인숙, 「포스트 페미니즘 시대의 푸코와 페미니즘」, 『영화연구』 제14호, 한국영화학회, 1998.12.

서종택, 「딴전의 시학」, 『한국학연구』 31, 고려대학교 한국학연구소, 2009.1.

성민엽, 「윤리적 결단과 소설적 진실」, 『지성과 실천』, 문학과지성사, 1985.

＿＿＿, 「자전적 성장소설의 실패와 성공」, 『서평문화』 9집, 1993 봄.

소영현, 「복수의 글쓰기, 혹은 쓰기를 통해 살기」, 『박완서 문학 길 찾기』, 세계사, 2000.

＿＿＿, 「박완서의 나목론 – 치유와 복원의 소실점, 글쓰기」, 『1970년대 장편소설의 현장』, 민족문학사연구소 현대문학분과, 국학자료원, 2002.

손윤권, 「박완서 자전소설 연구 – 상호텍스트 안에서 담화가 변모하는 과정을 중심으로」, 강원대 석사학위 논문, 2004.

손종업, 「삶을 완성하는 것은 결국 죽음이다 : 박완서의 친절한 복희씨 읽기」, 『분석가의 공포』, 경진문화, 2009.

송명희, 「중년 여성의 위기의식 – 박완서의 『살아있는 날의 시작』을 중심으로」, 『표현』, 표현문학학회, 1989.

＿＿＿, 「박완서의 자전적 근대 체험과 토포필리아 – 『그 많던 싱아는 누가 다 먹었을까』를 중심으로」, 『타자의 서사학』, 푸른사상사, 2004.

송은영, 「현저동에서 강남까지, 문밖의식으로 구성한 도시사 : 박완서 문학과 서울」, 한국여성문학학회 학술대회(특집 : 한국 근현대사와 박완서) 발표문, 2011.4.30.

송지현, 『페미니즘 비평과 한국소설』, 국학자료원, 1996.

신경아, 「1990년대 모성의 변화 – 희생의 화신에서 욕구를 가진 인간으로」, 『모성의 담론과 현실』, 나남출판, 1999.

신규호, 「박완서론 2」, 『비평문학』 16호, 한국비평문학회, 2002.

신민용, 『박완서 분단소설 연구』, 성신여대 석사학위 논문, 2004.

신수정, 「증언과 기록에의 소명 – 박완서 자전소설 읽기」, 『푸줏간에 걸린 고기』, 문학동네, 2003.

신영지, 『박완서 소설 연구 : 현실재현 양상과 서술방식을 중심으로』, 성균관대 박사학위 논문, 2005.

신은정, 『박완서 소설에 나타난 '어머니상' 연구』, 아주대 석사학위 논문, 2007.

신철하, 「이야기와 욕망」, 『박완서 문학 길 찾기』, 세계사, 2000.

신현순, 『박완서 소설의 서사 공간 연구』, 목원대 박사학위 논문, 2008.

심미선·이상우, 「박완서 단편소설의 일인칭 서술자 연구」, 『교육연구』, 한남대 학교 교육연구소, 2007.2.

안광진, 『박완서 장편소설 연구 – 체험의 소설적 형상화를 중심으로』, 중앙대 석 사학위 논문, 1997.

안미현, 「여성 주체의 말하기와 젠더화된 수사학」, 『수사학』 제9집, 한국수사학 회, 2008.9.

_____, 「여성적 글쓰기의 특성과 가능성」, 『사고와 표현』 제2집, 한국 사고와 표 현학회, 2009.5.

안소현 외, 「한국 상해방문학의 현주소」, 『원우론집』 19, 연세대학교, 1992.

안숙원, 「박완서와 전화언어 – 나의 가장 나종 지니인 것」, 『한국 여성 서사체와 그 시학』, 예림기획, 2003.

양진오, 「노인에 관한 명상 : 박완서, 최일남, 김원일의 소설을 읽으며」, 『오늘의 문예비평』, 세종출판사, 2002 봄.

엄혜자, 『박완서 소설 연구 – 페미니즘을 중심으로』, 경원대 석사학위 논문, 2001.

_____, 「박완서 소설에 나타난 여성의 언어」, 『경원어문논집』 제6집, 경원대학 교 국어국문학과, 2002.3.

연점숙, 「페미니즘과 노년차별 : 페미니즘 안팎의 타자, 노년여성」, 『영미문학페 미니즘』 제17권 1호, 2009.

연효숙, 「영원회귀, 반복 그리고 여성의 이미지」, 『한국여성철학』 제3권, 한국여 성철 학회, 2003.1.

염무웅, 「사회적 허위에 대한 인생론적 고발」, 『박완서론』, 삼인행, 1991(『세계의 문학』, 1977 여름).

오생근, 「한국 대중문학의 전개」, 『삶을 위한 비평』, 문학과 지성사, 1988.

오세은, 「박완서 소설 속의 '어머니와 딸' 모티브」, 『한국여성문학비평론』, 개문사, 1995.

_____, 『여성 가족사 소설 연구-『토지』, 『미망』, 『혼불』을 중심으로』, 서강대 박사학위 논문, 2001.

오준심·김승용, 「박완서 소설에 나타난 노인에 대한 가족부양 갈등 연구」, 『한국노년학』, 한국노년학회, 2009.11.

오창은, 「아파트 공간에 대한 문화적 저항과 수락 : 박완서의 <닮은 방들>과 이동하의 <홍소>를 중심으로」, 『어문논집』 제33집, 중앙어문학회, 2005.

우한용, 「여성소설에서 에코 페미니즘의 한 가능성-박완서의 『그 많던 싱아는 누가 다 먹었을까』를 중심으로」, 『한국어와 문화』 제1집, 숙명여자대학교 한국어 문화연구소, 2007.

_____, 「현대소설 담론의 젠더 문제-소설 연구 방법론을 위한 하나의 시도」, 『현대소설 연구』 17, 현대소설학회, 2002.

원윤수, 「꿈과 좌절」, 『문학과 지성』, 1976 여름.

유남옥, 「풍자와 연민의 이중성」, 『어문논총』 5, 숙명여자대학교, 1995.

유영석, 『롤랑 바르트의 후기구조주의 텍스트 이론 연구』, 홍익대 석사학위 논문, 2004.

유종호, 「고단한 세월 속의 젊음과 중년」, 『창작과 비평』, 1977 가을.

_____, 「불가능한 행복의 질서」, 『동시대의 시와 진실』, 민음사, 1982.

윤방실, 「성과 젠더 그리고 수행성에 관한 자의식적 고찰」, 『현대영미드라마』 제21권 제3호, 한국현대영미드라마 학회, 2008년 12월.

윤송아, 『박완서 소설에 나타난 모녀관계 연구』, 경희대 석사학위 논문, 1999.

윤철현, 『박완서 소설 연구』, 부산여대 석사학위 논문, 1991.

윤효진, 『박완서 장편소설의 가족관계 변모양상 연구』, 경희대 석사학위 논문, 2006.

이경식, 『박완서 장편소설 연구』, 경희대 석사학위 논문, 1986.

이경재, 「박완서 소설의 오빠 표상 연구」, 『우리문학연구』 제32집, 우리학회, 2011.2.

이경훈, 「작가의 전쟁 체험의 문학의 핵심적 구조」, 『문학사상』, 1996.3.

이광민, 『박완서 소설 연구-도시체험을 중심으로』, 명지대 석사학위 논문, 2003.

이광호, 「여성에 대한 물음과 소설쓰기-박완서의 <꿈꾸는 인큐베이터>」, 『위반의 시학』, 문학과 지성사, 1993.

이광훈, 「소시민적 삶과 일상의 덫」, 『현대문학』, 1980.2.

이나영, 「초/국적 페미니즘 : 탈식민주의 페미니스트 정치학의 확장」, 『경제와 사회』, 2006 여름.

이남호, 「말뚝과 사회적 의미」, 『이상문학상 수상작가 대표작품선』, 문학사상사, 1989.

이동렬, 「삭막한 삶의 형상화 - <背叛의 여름> 서평」, 『문학과 지성』, 1979 여름.

이동수, 「포스트모던 페미니즘에서 여성의 정체성과 차이」, 『아시아여성 연구』 Vol.43, No.2, 숙명여대, 2004.

이동하, 「1970년대의 소설」, 『한국문학의 현단계』, 창작과 비평사, 1982.

_____, 「근대화의 문제와 소설적 진실」, 『작가세계』, 1991.3.

_____, 「한국대중소설의 수준」, 『박완서론』, 삼인행, 1991.

_____, 「한국문학의 도시 문제 인식에 대한 비판적 고찰」, 『인문과학』, 한국시립대학교 인문과학연구소, 2000.2.

이두혜, 『박완서 <엄마의 말뚝>에 나타난 서사 전략 연구』, 동아대 석사학위 논문, 1996.

이명재, 「변동사회에 대한 문학적 접근」, 『문학사상』, 1999.3.

이명호, 「2000년대 한국 여성의 위상과 여성문학의 방향」, 『문학수첩』, 2006 봄.

이문애, 『박완서 소설에 나타난 전쟁체험과 가족의 피해의식 연구 - 상실의 문제를 중심으로』, 한성대 석사학위 논문, 2005.

이상미, 『호미 바바의 혼종성과 자아정체성의 문제 : 『광활한 싸가쏘 바다』의 경우』, 이화여대 석사학위 논문, 2002.

이상신, 「코라(chora)로의 끊임없는 자리바꿈」, 『인문학연구』, 강원대학교, 1991.

이상우·나소정, 「복수와 치유의 전략적 서사 - 박완서의 자전적 작품세계」, 『인문과학 논총』 제25호, 명지대학교 인문과학연구소, 2003.

이선미, 「여성 언어와 서사」, 『작가세계』, 2000 가을.

_____, 「여성언어와 서사 - 소외체험을 드러내는 감각적 내면 묘사와 지적 서술 태도의 공존」, 『박완서 문학 길 찾기』, 세계사, 2000.

_____, 『박완서 소설의 서술성 연구』, 연세대 박사학위 논문, 2001.

_____, 「박완서론 - '소시민성' 비판에서 '타자성'의 발견으로」, 『새로 쓰는 한국 작가론』, 상허학회 지음, 백년글사랑, 2002.

_____, 「세계화와 탈냉전에 대응하는 소설의 형식 : 기억으로 발언하기 - 1990년

대 박완서 자전소설의 의미 연구」, 『상허학보』 12집, 상허학회, 2004.2.

이선영, 「세파 속의 생명주의와 비판의식」, 『박완서론』, 삼인행, 1991.

이선옥, 「박완서 소설의 다시 쓰기」, 『실천문학』, 2000가을.

이성숙, 「한국전쟁에 대한 젠더별 기억과 망각」, 『여성과 역사』 제7집, 한국여성
　　　사학회, 2007.12.

이소희, 「탈식민 페미니즘 비평과 페미니스트 입장이론의 교차 지점에 관한 연
　　　구-글로벌 시대 페미니스트 주체 형성의 관점에서」, 『영어영문학』 제
　　　48권 3호, 한국영어영문학회, 2002.

_____, 「로지 브라이도티의 유목적 페미니스트 주체형성론에 관한 연구 : 전지
　　　구화와 초국가주의의 관점에서」, 『영미문학 페미니즘』 제13권 1호, 한국
　　　영미문학 페미니즘학회, 2005.

이수자, 「몸의 여성주의적 의미확장」, 『한국여성학』 Vol.15, No.2, 한국여성학회,
　　　1999.

_____, 「문화연구와 페미니스트 문화이론 : 몸, 섹슈얼리티, 주체 논의의 계보학
　　　적 이해」, 『문화와 사회』, 한국문화사회학회, 2006.

이은하, 『박완서 소설 연구-여성문제를 중심으로』, 명지대 석사학위 논문, 2000.

_____, 「박완서 소설에 나타난 전쟁체험과 글쓰기에 대한 고찰」, 『한국문예비평』
　　　제18집, 창조문화사, 2005.

_____, 『박완서 소설의 갈등 발생 요인 연구』, 명지대 박사학위 논문, 2005.

_____, 『소설 창작의 갈등구조 연구』, 새미, 2009.

이인숙, 「박완서 단편에 나타난 여성의 '성'」, 『국제어문』 22, 국제어문학회, 2000.

이임하, 「한국전쟁이 여성생활에 미친 영향」, 『역사연구』 8호, 2000.12.

이재복, 「문명의 야만, 야만의 문명」, 『리토피아』 6, 2002.

이정숙, 「<서있는 여자>, 그 서성거림의 두 가지 방법」, 『선청어문』 21, 서울대
　　　학교 사범대학, 1993.

이정우, 「미셸 푸코에 있어 신체와 권력」, 『문화과학』 제4호, 1993 가을.

이정희, 「감시의 시선, 몸의 언어」, 『여성과 사회』 13, 창작과 비평사, 2001.

_____, 「생활세계의 식민화와 나르시시즘적 '신여성'-박완서의 세태소설을 중
　　　심으로」, 『한국문화연구』 4, 경희대학교 민속학연구소, 2001.

_____, 『오정희, 박완서 소설의 근대성과 젠더(Gender)의식 비교 연구』, 경희대
　　　박사학위 논문, 2001.

이태동, 「근대화의 문제와 소설적 진실」, 『작가세계』, 1991 봄.

_____, 「서 있는 여자의 갈등」, 『문학사상』, 1992.3.

_____, 「여성작가 소설에 나타난 여성성 탐구」, 『한국문학연구』 19, 동국대학교, 1997.

이해진, 「아버지에 갇힌 주체에서 어머니로 열리는 주체」, 『젠더와 문화』 제4권 1호, 2011.

이현영, 『박완서 소설의 모성성 연구 – 남아선호사상을 중심으로』, 영남대 석사학위 논문, 2008.

이현재, 「"코라(chora)" 공간의 물질성과 사회 철학적 확장 가능성 – 크리스테바의 『시적언어의 혁명』을 중심으로」, 『사회와 철학』 제18호, 2009.10.

이형진, 『박완서 소설에 나타난 '가족'의 의미 연구』, 서울대 석사학위 논문, 2004.

이혜령, 「식민주의의 내면화와 내부 식민지 – 1920~30년대 소설의 섹슈얼리티, 젠더, 계급」, 『상허학보』, 상허학회, 2002.

이홍진, 『박완서 초기 장편소설 연구』, 계명대 석사학위 논문, 1996.

이화진, 「박완서 소설의 대중성과 서사전략 – 『휘청거리는 오후』와 『도시의 흉년』을 중심으로」, 『반교어문연구』 통권 제22호, 반교어문학회, 2007.3.

임규찬, 「분단체제와 박완서 문학」, 『작가세계』, 2000 겨울.

임금복, 「존재자로서의 고부와 비극의 전말」, 『현대여성소설의 페미니즘 정신사』, 새미, 2000.

임명숙, 「Gender 공간에서의 여성적 글쓰기 양상 모색」, 『돈암어문학』 제14집, 돈암어문학회, 2001.10.

_____, 「한 · 태 현대시의 여성적 담론과 글쓰기 연구」, 『외국문학 연구』 제20호, 2005.

임선숙, 『1970년대 여성소설에 나타난 가족담론의 이중성 연구 : 박완서와 오정희를 중심으로』, 이화여대 박사학위 논문, 2010.

임순만, 「분단 극복을 향한 문학의 가능성」, 『박완서 문학 길 찾기』, 세계사, 2000,

임옥희 「'법 앞에 선' 수행적 정체성 – 버틀러의 젠더 트러블을 중심으로」, 『여/성이론』 1호, 여이연, 1999.

_____, 「박완서 문학과 페미니즘」, 『작가세계』, 2000 겨울.

_____, 「이야기꾼 박완서의 삶의 지평 넓히기」, 『작가세계』 통권 제47호, 2000.11.

임인숙, 「엘리자베스 그로츠의 육체 페미니즘」, 『여/성이론』 4호, 여이연, 2001.

_____, 「사회적으로 재구성되는 여성의 몸」, 『성평등 연구』 Vol.9, 가톨릭대학교 성평등연구소, 2005.

임혜림, 『여성작가의 자전소설 연구-박완서, 신경숙의 과거체험의 소설적 형상화를 중심으로』, 성균관대 석사학위 논문, 2007.

장경렬, 「데리다와 해체구성」, 『문학사상』, 1991.3.

장미경, 「육체담론과 페미니즘」, 『연세여성연구』, Vol.3, 연세대학교 여성연구소, 1997.

장미정, 『박완서 소설에 나타난 모성 연구』, 동아대 석사학위 논문, 2001.

장순란, 「페미니즘 문예학으로서의 젠더 연구」, 『독일문학』 제99집, 한국독어독문학회, 2006.9.

전승희, 「여성문학과 진정한 비판의식」, 『박완서론』, 삼인행, 1991.

전창호, 『여성의 글쓰기와 자기발견의 서사구조 : 박완서 장편소설을 중심으로』, 한남대 석사학위 논문, 1993.

전흥남, 「박완서 노년 소설의 담론 특성과 문학적 함의」, 『국어문학』 제42집, 국어문학회, 2007.1.

_____, 「박완서 노년 소설의 시학과 문학적 함의(Ⅱ)」, 『국어문학』 제49집, 국어문학회, 2010.8.

정규웅, 「목마른 계절의 세계」, 『제삼세대 한국문학, 박완서』, 삼성출판사, 1983.

정명희, 「모성의 시학 : 버지니아 울프와 줄리아 크리스테바」, 『어문학논총』 제21집, 국민대학교 어문학연구소, 2002.

정문권, 「불안의 극복을 통한 자아 인식 연구」, 『한국문예비평연구』 제31집, 2010.4.

정미숙, 「탈주의 서사 : 박완서의 『도시의 흉년』」, 『국어국문학』 제35집, 부산대 국어국문학과, 1998.

_____, 「시점과 젠더 공간 : 박경리, 박완서, 윤정모를 중심으로」, 『문창어문논집』 제37집, 문창어문학회, 2000.

_____, 「시점과 젠더 공간」, 『한국문학논총』 27, 한국문학회, 2000.

_____, 『한국 근대 여성소설의 서술시점 연구』, 부산대 박사학위 논문, 2000.

정미숙·유제분, 「박완서 노년 소설의 젠더시학」, 『한국문학논총』 제54집, 2010.4.

정미영, 「니체의 계보학적 근대주체비판과 니힐리즘의 극복」, 이화여대 석사학위 논문, 2008.

정미옥, 『포스트식민적 페미니즘의 글쓰기 : 인종, 젠더, 몸』, 대구 카톨릭대 박사 논문, 2003.

정성미, 「애도와 치유언어의 언어적 특징 – 박완서 수필 <한 말씀만 하소서>를 중심으로」, 『언어학연구』 제19호, 한국중원 언어학회, 2011.4.

정소영, 『박완서 소설 연구 – 욕망개념을 중심으로』, 서울시립대 석사학위 논문, 2001.

정영자, 「현대 인기소설의 특징과 문제점」, 『분단현실과 비평문학』, 1986.

정윤희, 「소통과 분리, 그 경계면으로서의 '피부'」, 『카프카 연구』 제23집, 한국 카프카 학회, 2010.

정혜경, 「줄리아 크리스테바의 페미니즘 이론」, 『현상과 인식』 Vol.12, 한국인문 사회과학원, 1988.

정혜경, 「도시의 흉년 혹은 허위의 풍년 – 박완서의 도시의 흉년」, 『매혹과 곤혹』, 열림원, 2004.

_____, 『한국 현대소설에 나타난 여성 정체성의 변모과정 연구』, 부산대 박사학 위 논문, 2007.

_____, 「1970년대 박완서 장편소설에 나타난 '양옥집' 표상」, 『대중서사연구』 제 25호, 대중서사학회, 2011.6.

정호웅, 「상처의 두 가지 치유방식」, 『작가세계』, 1991 봄.

_____, 「욕망의 안쪽」, 『박완서 문학 길 찾기』, 세계사, 2000.

정홍섭, 「1970년대 서울(사람들)의 삶과 문화에 관한 극한의 성찰 – 박완서론(1)」, 『비평문학』 제39호, 한국비평문학회, 2011.3.

조구호, 「현대소설에 나타난 가족의 모습」, 『배달말』 25, 1999.12.

_____, 「박완서의『엄마의 말뚝』연작 고찰」, 『경상어문』 제10집, 경상대학교 국 어국문학과 경상어문학회, 2004.8.

조남현, 「건강한 세태소설의 모형」, 『서평문화』 제4집, 한국 간행물 윤리 위원회, 1991.

_____, 「생태학과 상식과 그리고 생명주의의 화음」, 『박완서 문학 길 찾기』, 세 계사, 2000.

_____, 「한국문학과 박완서 문학」, 『박완서 문학 길 찾기』, 세계사, 2000.

조미숙, 「『그해 겨울은 따뜻했네』의 가족과 젠더 연구」, 『현대문학이론연구』, 현 대문학이론학회, 2006.

_____, 「박완서 소설의 전쟁 진술 방식 차이점 연구」, 『한국문예비평연구』 제24 집, 창조문학사, 2007.12.

조윤희, 『박완서의 페미니즘 소설 연구』, 명지대 석사학위 논문, 2001.

조 은, 「<그 많던 싱아는 누가 다 먹었을까>가 우리에게 던진 숙제」, 『또 하나
　　의 문화』 9, 1992.

조현순, 「주디스 버틀러의 젠더 정체성 이론 : 패러디, 수행성, 복종, 우울증을 중
　　심으로」, 『영미문학페미니즘』 Vol.9, 한국영미문학페미니즘학회, 2001.

_____, 「여성의몸 : 수잔 보르도와 주디스 버틀러」, 『비평과 이론』 Vol.7, 한국비
　　평이론학회, 2002.

_____, 「멜랑콜리」, 『여/성 이론』 15호, 여이연, 2006 겨울.

조현준, 「몸과 여성 정체성 – 주디스 버틀러의 수행성과 우울증을 중심으로」, 『인
　　문학연구』 제5호, 경희대학교 인문학연구소, 2001.

_____, 「애도와 우울증」, 『페미니즘과 정신분석』, 여성문화이론연구소 정신분석
　　세미나팀, 여이연, 2003.

조혜정, 「한국의 페미니즘 문학 어디까지 왔나」, 『또 하나의 문화』 3, 실천문학
　　사, 1987.

_____, 「박완서 문학에서 비평이란 무엇인가」, 『작가세계』, 1991 봄.

조회경, 「일상 속의 진실 캐기 – 박완서 론」, 『치유와 회복의 서사』, 푸른사상사,
　　2005.

_____, 「박완서의 자전적 소설에 나타난 ‘존재론적 모험’의 양상」, 『우리문학연
　　구』 31집, 우리문학학회, 2010.

천정환, 「한국 소설에서의 감각의 문제」, 『국어국문학』 140, 국어국문학회,
　　2005.9.

최경희, 「「엄마의 말뚝1」과 여성의 근대성」, 『민족문학사 연구』 9, 1996.

최길연, 『박완서 소설에 나타난 가족의 의미 연구 – 80년대 이후 박완서 소설에
　　나타난 가족 갈등을 중심으로』, 대구카톨릭대 석사학위 논문, 2008.

최성실, 「전쟁소설에 나타난 식민주체의 이중성 – 박완서의 『나목』을 중심으로」,
　　『여성문학연구』 10호, 여성문학학회, 예림기획, 2003.

_____, 「전쟁 기억과 트라우마를 넘어서 – 박완서의 『나목』 다시 읽기」, 『근대,
　　다중의 나선』, 소명, 2005.

최유연, 「1970년대 소설에 나타나는 ‘집’의 상징성」, 『도솔어문』 15, 단국대학교,
　　2001.

최현무, 「미하일 바흐친과 후기 구조주의」, 『바흐친과 대화주의』, 김욱동 편, 나
　　남, 1990.

편혜영, 『박완서 가족소설 연구』, 한양대 석사학위 논문, 2001.

하수정, 「노년의 삶과 박완서의 페미니즘」, 『문예미학』 제11호, 2004.

하윤금, 「롤랑 바르트의 기호학」, 『오늘의 문예비평』, 오늘의 문예비평, 1993.

하응백, 「한국 자전소설의 계보학을 위하여」, 『문학으로 가는 길』, 문학과 지성사, 1996.

_____, 『낮은 목소리의 비평』, 문학과지성사, 1999.

한귀은, 「장소감에 따른 기억의 재서술 - 박완서의 『그 남자네 집』을 중심으로」, 『현대문학의 연구』 36호, 2008.

한형구, 「서울 현대의 삶과 박완서 소설 : 「나목」, 「도시의 흉년」, 「휘청거리는 오후」, 「서울사람들」을 중심으로」, 『인문과학』 제9집, 서울시립대학교 인문과학연구소, 2002.2.

한혜선, 「박완서의 두 겹의 글쓰기」, 『한국문학이론과 비평』 제7권, 한국문학이론과 비평학회, 2003.

함윤주, 『박완서 소설연구』, 동덕여대 석사학위 논문, 1996.

홍정성, 「한 여자 작가의 자기 사랑」, 『역사적 삶과 지평』, 문학과 지성사, 1986.

홍지화, 『페미니즘 시각에서 본 박완서 소설 연구』, 중앙대 석사학위 논문, 2001.

홍혜미, 「박완서 문학에 투영된 6·25전쟁」, 『단산학지』 5집, 전단학회, 1999.

황광수, 「민족문제의 개인주의적 굴절」, 『창작과 비평』, 1985.

황도경, 「정체성 확인의 글쓰기 : 박완서의 <엄마의 말뚝1>의 경우」, 『이화어문논집』 13, 1994.

_____, 「생존의 말, 교신의 꿈 : 여성적 글쓰기의 양상」, 『이화어문논집』 14, 1996.

_____, 「생존의 말, 생존의 몸 - 박완서론」, 『우리시대의 여성작가』, 문학과지성사, 1999.

_____, 「통곡과 말씀의 힘 - 박완서의 한 말씀만 하소서」, 『그대 아직도 꿈꾸고 있는가』, 세계사, 1999.

_____, 「이야기는 힘이 세다 - 박완서 소설의 문체적 전략을 중심으로」, 『실천문학』 통권59호, 실천문학사, 2000.8.

_____, 「한 말씀만 하소서」, 『박완서 문학 길 찾기』, 세계사, 2001.

_____, 「부재를 견디는 나눔의 말 - 박완서의 <나의 가장 나종 지니인 것>」, 『환각』, 새움, 2004.

3. 국내 저서

강인숙, 『박완서 소설에 나타난 도시와 모성』, 둥지, 1997.

고병권, 『니체, 천개의 눈 천개의 길』, 소명출판, 2001.

권명아, 『맞장 뜨는 여자들』, 소명출판사, 2001.

권택영, 『감각의 제국 - 라캉으로 영화 읽기』, 민음사, 2003.

김미현, 『여성문학을 넘어서』, 민음사, 2002.

김인환, 『줄리아 크리스테바의 문학탐색』, 이화여자대학교출판부, 2003.

김진석, 『초월에서 포월로』, 솔, 1994.

김해옥, 『페미니즘 이론과 한국 현대 여성소설』, 박이정, 2005.

김혜니, 『외재적 비평문학의 이론과 실제』, 푸른사상, 2005.

박찬국, 『해체와 창조의 철학자, 니체』, 동녘, 2001.

박혜경, 『박완서의 엄마의 말뚝을 읽는다』, 열림원, 2003.

서동욱, 『차이와 타자』, 문학과 지성사, 2000.

서강여성문학연구회 편, 『한국문학과 모성성』, 1998, 태학사.

소광희, 『시간의 철학적 성찰』, 문예출판사, 2001.

여성문화이론연구소 정신분석세미나팀, 『페미니즘과 정신분석』, 도서출판 여이
    연, 2003.

이거룡 외, 『몸 또는 욕망의 사다리』, 한길사, 1999.

이경호, 권명아 공편, 『박완서 문학 길 찾기』, 세계사, 2000.

이상우, 『현대소설론』, 양문각, 1995.

_____, 『현대소설의 원형을 찾아서』, 애플기획, 1996.

_____, 『소설의 이해와 작법』, 월인, 1999.

이은하, 『소설 창작의 갈등구조 연구』, 새미, 2009.

이재선, 『한국문학 주제론』, 서강대학교 출판부, 2009.

이정희, 『여성의 글쓰기, 그 차이의 서사』, 예림기획, 2003.

이종영, 『지배양식과 주체형식』, 백의, 1994.

_____, 『가학증, 타자성, 자유』, 백의, 1996.

_____, 『욕망에서 연대성으로』, 백의, 1998.

이진경, 『노마디즘』 1-2, 휴머니스트, 2002.

이화어문학회, 『우리문학의 여성성, 남성성』(현대문학 편), 월인, 2000.

이현재, 『여성주의적 정체성 개념』, 여이연, 2008.

이희원, 이명호, 윤조원 외,『페미니즘 : 차이와 사이』, 문학동네, 2011.

임옥희,『주디스 버틀러 읽기』, 여이연, 2006.

임진수,『정신분석에서 자아의 문제』, 파워북, 2010.

장미경,『페미니즘의 이론과 정치』, 문화과학사, 1999.

전광식,『고향』, 문학과지성사, 1999.

전혜은,『섹스화된 몸』, 새물결, 2010.

정미숙,『한국여성소설 연구 입문』, 태학사, 2002.

조현준,『주디스 버틀러의 젠더 정체서 이론』, 한국학술정보(주), 2007.

태혜숙,『탈식민주의 페미니즘』, 도서출판 여이연, 2004.

한국여성연구소(편),『여성의 몸 : 시각, 쟁점, 역사』, 창작과 비평사, 2005.

한국여성연구회 문학분과 편역,『여성해방문학의 논리』, 창작과비평사, 1990.

한국영미문학페미니즘 학회,『페미니즘 어제와 오늘』, 민음사, 2001.

홍혜원,『이광수 소설의 이야기와 담론』, 이화여자대학교 출판부, 2002.

4. 국외 저서

가스통 바슐라르,『공간의 시학』, 곽광수 옮김, 동문선, 2003.

낸시 홀름스트롬(Nancy Holmstrom),「인간 본성」,『여성주의철학 1』, 앨리슨M.재
　　　　　거·아이리스 마리온 영 편집, 한국여성철학회 옮김, 서광사, 2005.

노엘 맥아피,『경계에 선 줄리아 크리스테바』, 이부순 옮김, 엘피, 2007.

디디에 앙지외,『피부자아』, 권정아·안석 옮김, 인간희극, 2008.

레니 인트호프,『페미니즘 문학이론』, 이란표 옮김, 인간사랑, 1998.

로버트 험프리,『현대소설과 의식의 흐름』, 이우건, 유기룡 공역, 형설출판사,
　　　　　1984

로지 브라이도티,「로지 브라이도티와 주디스 버틀러와의 대담」, 오수원 역,『여/
　　　　　성이론』 1호, 여이연, 1998.

＿＿＿＿＿＿＿＿＿,『유목적 주체』, 박미선 옮김, 도서출판 여이연, 2004.

롤랑 바르트,『텍스트의 즐거움』, 김희영 역, 동문선, 1997.

＿＿＿＿＿＿,『S/Z』, 김웅권 역, 동문선, 2006.

＿＿＿＿＿＿,『기호의 제국』, 김주환 역, 산책자, 2008.

뤼스 이리가라이,『하나이지 않은 성』, 이은민 옮김, 동문선, 2000.

리몬 케넌, 『소설의 현대 시학』, 최상규 역, 예림기획, 2003.

리사 터들, 『페미니즘 사전』, 유혜련, 호승희 옮김, 동문선, 1999.

리타 펠스키, 『근대성의 젠더』, 김영찬 · 심진경 옮김, 자음과 모음, 2010.

린다 맥도웰, 『젠더, 정체성, 장소』, 여성과 공간 연구회 역, 한울, 2010.

막스 셸러, 『동감의 본질과 형태들』, 조정옥 옮김, 아카넷, 2006.

매리 더글라스, 「순수와 위험 : 오염과 금기 개념의 분석」, 유제분 · 이훈상 역, 『현
     대미학사』, 1997.

메리 E. 위스너-행크스, 『젠더의 역사』, 노영순 옮김, 역사비평사, 2006.

미셸 바렛 외, 『페미니즘과 계급정치학』, 신현옥 · 장미경 · 정은주 편역, 여성사,
     1995.

미셸 푸코, 『담론의 질서』, 이정우 역, 새길, 1993.

_____, 『감시와 처벌 : 감옥의 역사』, 오생근 역, 나남출판, 2004.

_____, 『性의 역사, 1 : 앎의 의지』 이규현 역, 나남, 2007.

사라 러딕, 『모성적 사유』, 이혜정 옮김, 철학과 현실사, 2002.

사라 루시아 호그랜드(Sarah Lucia Hoagland), 「레즈비언 윤리(학)」, 『여성주의철학
     2』, 앨리슨 M.재거 · 아이리스 마리온 영 편집, 한국여성철학회 옮김, 서
     광사, 2005.

사라 살리, 『주디스 버틀러의 철학과 우울』, 김정경 역, 앨피, 2007.

슬라보예 지젝, 『삐딱하게 보기』, 김소연 · 유재희 공역, 시각과 언어, 1995.

_____, 『당신의 징후를 즐겨라』, 주은우 역, 한나래, 1997.

_____, 『이데올로기라는 숭고한 대상』, 이수련 역, 인간사랑, 2002.

샌드라 리 바트키(Sandra Lee Bartky), 「몸의 정치학」, 『여성주의철학 1』, 앨리슨M.
     재거 · 아이리스 마리온 영 편집, 한국여성철학회 옮김, 서광사, 2005.

숀 호머, 『라캉 읽기』, 김서영 옮김, 은행나무, 2006.

수잔 랜서, 『시점의 시학』, 좋은 날, 1998.

수전 보르도, 『참을 수 없는 몸의 무거움』, 박오복 옮김, 또하나의 문화, 2003.

시모어 채트먼, 『영화와 소설의 서사구조』, 김경수 역, 민음사, 1994.

아드리엔느 리치, 『더 이상 어머니는 없다 : 모성의 신화에 대한 반성』, 김인성
     역, 평민사, 1995.

앤 브룩스, 『포스트페미니즘과 문화이론』, 김명혜 옮김, 한나래, 2003.

엘렌 식수, 『메두사의 웃음/출구』, 박혜영 옮김, 동문선, 2004.

엘리자베스 그로츠, 『뫼비우스 띠로서 몸』, 임옥희 옮김, 도서출판 여이연, 2001.

엘리자베스 라이트(편),『페미니즘과 정신분석학사전』, 박찬부·정정호 외(역), 한신문화사, 1997.

웨인 C. 부스,『소설의 수사학』, 최상규 옮김, 예림기획, 1999.

자끄 데리다,『해체』, 김보현 역, 문예출판사, 1996.

_____,『환대에 대하여』, 남수인 역, 동문선, 2004.

제라르 주네트,『현대 서술 이론의 흐름』, 석경징 외 옮김, 솔출판사, 1997.

조세핀 도노반,『페미니즘이론』, 문예출판사, 1993.

조셉 브리스토우 저,『섹슈얼리티』, 이연정, 공선회 역, 한나래, 2000.

조운 W 스콧,「젠더와 정치에 대한 몇 가지 성찰」, 배은경 역,『여성과 사회』 Vol.13, 한국여성연구회, 2001.

_____,『페미니즘 위대한 역설』, 공임순 외 역, 앨피, 2006.

주디스 로버,『젠더 불평등 : 페미니즘 이론과 정책』, 최은정 외 옮김, 일신사, 2005.

주디스 버틀러,『의미를 체현하는 육체』, 김윤상 옮김, 인간사랑, 2003.

_____,『안티고네의 주장』, 조현순 옮김, 동문선, 2005.

_____,『젠더 트러블』, 조현준 역, 문학동네, 2008.

_____,『불확실한 삶 : 애도와 폭력의 권력들』, 경상대학교출판부, 2008.

줄리아 크리스테바,「여성의 시간」, 김성곤 옮김,『현대문학 비평론』, 김용권 외 공역, 한신문화사, 1994.

_____,『시적 언어의 혁명』, 김인환 역, 동문선, 2000.

_____,『세미오티케』, 서민원 역, 동문선, 2005.

_____,『정신병 모친살해 그리고 창조성』, 박선영 역, 아난케, 2006.

지그문트 프로이트,「신경쇠약증에서 '불안신경증'이라는 특별한 증후군을 분리시키는 근거에 관하여」,『억압, 증후 그리고 불안』, 황보석 역, 열린책들, 1997.

_____,『성욕에 관한 세 편의 에세이』, 김정일 옮김, 열린책들, 2003.

질 들뢰즈,『니체, 철학의 주사위』, 신범순, 조영복 역, 인간사랑, 1993.

_____,『프루스트와 기호들』, 서동욱·이충민 공역 옮김, 민음사, 1997.

_____,『푸코』, 허경 역, 동문선, 2003.

_____,『차이와 반복』, 김상환 옮김, 민음사, 2004.

_____,『중첩』, 허희정 옮김, 동문선, 2005.

_____,『매저키즘』, 이강훈 옮김, 인간사랑, 2007.

_____,『니체와 철학』, 이경신 옮김, 민음사, 2008.

질 들뢰즈·펠릭스 가타리,『천 개의 고원』, 김재인 옮김, 새물결, 2001.

_____,『카프카-소수적인 문학을 위하여』, 이진경 옮김, 동
　　　문선, 2001.

츠베탕 토도로프,『산문의 시학』, 신동욱 역, 문예출판사, 1992.

카롤라인 라마자노글루 외 저,『푸코와 페미니즘 : 그 긴장과 갈등』, 최영 외역,
　　　동문선, 1998.

캐릴 에머슨/게리 솔 모슨,「바흐친의 문학이론」, 김욱동 역,『바흐친과 대화주의』,
　　　김욱동 편, 나남, 1990.

케티 콘보이 외(편),『여성의 몸, 어떻게 읽을 것인가?』, 고경하 외 역, 한울, 2001.

크리스 쉴링,『몸의 사회학』, 임인숙 역, 나남출판, 1999.

크리스 위던,『여성해방의 실천과 후기구조주의 이론』, 조주현 옮김, 이화여자대
　　　학교출판부, 1993.

크리스티나 폰 브라운,『히스테리』엄양선·윤명선 옮김, 여이연, 2003.

크리스티나 폰 브라운·잉에 슈테판 편,『젠더 연구』, 탁선미 외 옮김, 나남출판,
　　　2002.

테리 이글턴,『문학이론 입문』, 김현수 옮김, 인간사랑, 2001.

팸 모리스,『문학과 페미니즘』, 강희원 역, 문예출판사, 1997.

폴 드 만,「대화와 대화주의」, 김욱동 역,『바흐친과 대화주의』, 김욱동 편, 나남,
　　　1990.

프란츠 파농,『대지의 저주받은 사람들』, 남경태 옮김, 그린비, 2004.

하이디 하트만·린다 번햄 외,『여성해방이론의 쟁점』, 태암, 1990.

호비 바바,『문화의 위치』, 소명출판, 2002.

A. 미셸,『가족과 결혼의 사회학』변화순·김현주 역, 한울, 1990.

Chris Weedon,『포스트구조주의와 페미니즘 비평』, 이화영미문학회 옮김, 한신문
　　　화사, 1994.

J.미첼,『여성의 지위』, 이형랑, 김상희 역, 동녘, 1984.

Toril Moi,『성과 텍스트의 정치학』, 임옥희 외 역, 한신문화사, 1994.